제 4 회 KAIST 과학 글쓰기 대회 수상 작품집

과학과 우리들의 행복한 만남 2012

【고등부 · 일반부 수상 작품집】

과학과 우리들의 행복한 만남

2012

제4회 KAIST 과학 글쓰기 대회 수상 작품집

우리 사회에서 과학과 글쓰기는 서로 어울리지 않는 조합이라는 편견이 강합니다. 일제강점기에 시작된 문과, 이과라는 비정상적인 학문 구분으로 과학자는 수식과 도표로 소통할 것이라는 선입견이 견고히 뿌리내린 까닭입니다. 수학과 과학에 재능을 보이는 학생은 이과로, 언어와 사회에 재능을 보이는 학생은 문과로 진로를 선택하는 것이 한국에서는 상식인 것이 사실입니다. 그러나 글쓰기는 인문사회 계열 전공자뿐만 아니라 이공계 전공자 또한 갖추어야 할 지식인으로서 보편적인 능력입니다.

사실 과학과 글쓰기가 그다지 동떨어진 영역은 아닙니다. 과학자가 갖추어야 할 가장 기본적인 소양은 창의성입니다. 자연 현상을 새로운 시각으로 관찰하고 끊임없이 새로운 질문을 던지는 것이 과학자의 임무입니다. 바로 그 창의성은 글쓰기에서 가장 필요로 하는 능력이기도 합니다. 세계를 새로운 시각으로 관찰하고 끊임없이 새로운 질문을 던진다는 점에서 과학과 글쓰기는 동일한 뿌리를 가지고 있는 셈입니다.

그러한 인식에서 KAIST 문화과학대학은 미래 한국과 인류의 과학기술을 선도해 나갈 과학도들에게 인문학적 소양과 글쓰기 능력을 길러주기 위해 지속적으로 노력해 왔습니다. KAIST 과학 글쓰기 대회도 그러한 노력 중 하나입니다. 제4회 과학 글쓰기 대회 고등부에는 총 181개 학교에서 654명의 학생들이 작품을 투고하였고, 대상 1명, 우수상 4명, 장려상 41명이 수상하였습니다. 일반부에는 우수상 4명, 장려상 12명이 수상하였습니다.

제4회 과학 글쓰기 대회 수상 작품집 『과학과 우리들의 행복한 만남 2012』에는 고등학생 작품 46편과 대학생 작품 16편 총 62편의 작품이 수록되어 있습니다. 한국과 인류의 미래를 짊어지고 나갈 과학도들은 무엇을 꿈꾸고, 무엇을 생각하고 있는지 독자 여러분들과 함께 나눌 수 있게 된 것을 기쁘게 생각합니다.

2012년 12월 30일
KAIST 문화과학대학 학장 이동만

차 례

책머리에 · 4

〈고등부〉

집 먼지 진드기　　　　　　　　　　　　　　　　　· 015
　　홍지민_경문고등학교 1학년

텔로미어　　　　　　　　　　　　　　　　　　　· 065
　　이희송_관저고등학교 2학년

PARADOX　　　　　　　　　　　　　　　　　　· 141
　　차수민_하나고등학교 2학년

과학, 이름 속에 담긴 이치　　　　　　　　　　　· 150
　　최희찬_하나고등학교 1학년

선(線)을 지우는 노력
　一과학기술과 문화의 만남을 방해하는 교육정책에 대해서　· 155
　　한승연_대원외국어고등학교 1학년

정재승의 과학콘서트　　　　　　　　　　　　　· 159
　　강아영_분포고등학교 2학년

실험복에 새겨진 내 이름　　　　　　　　　　　· 163
　　권산하_부산과학고등학교 1학년

앨리스의 타키온　　　　　　　　　　　　　　　· 168
　　김선정_서울국제고등학교 2학년

수학? 시험? 어디 한번 덤벼 봐　　　　　　　　· 183
　　김유진_경산과학고등학교 1학년

교과서, 믿어도 되는 것일까?　　　　　　　　　· 190
　　김윤서_휘경여자고등학교 1학년

할아버지와 스마트폰　　　　　　　　　　　　　· 193
　　김재욱_김포외국어고등학교 1학년

톡소 플라즈마 · 198
김주원_풍암고등학교 2학년

노벨상과 순수과학 · 203
김지현_하나고등학교 2학년

The ruler · 209
김진래_인천과학고등학교 2학년

인류의 위기와 Plan B · 235
모연욱_과천고등학교 2학년

유토피아 · 241
박재영_하나고등학교 1학년

독을 품은 사과, 조력발전 · 258
박진아_괴정고등학교 2학년

현실과 동떨어진 과학
―과학의 미래는? · 263
서기영_하나고등학교 2학년

과학의 대행자 · 266
서혁재_광주과학고등학교 1학년

이공계의 길을 걸어가는
과학고 학생의 진솔한 자기 성찰 이야기 · 278
성동기_대구과학고등학교 2학년

뇌, 과학에게 전하는 인문학의 선물 · 282
성아현_경산과학고등학교 1학년

2500년, 발전된 과학 기술 아저씨 지금 행복해요? · 287
신혜진_호원고등학교 2학년

가이아(Gaia) · 299
오연아_관저고등학교 2학년

우리 주변에 관심을 가지는 만큼 우리 주변이 살아난다 · 336
오진택_다사고등학교 2학년

아들을 위한 물리학 · 339
유시욱_김포외국어고등학교 1학년

과학의 의미와 과학자의 역할 · 350
윤효진_부산과학고등학교 1학년

세렌디피티 · 355
이가현_인천신현고등학교 2학년

다 과학 · 364
이민경_하나고등학교 1학년

A의 뇌는 꿈을 꾼다 · 368
이소연_하나고등학교 2학년

인간보다 우월한 Big Brain, 보스콥인을 찾아서 · 375
이예솔_경산과학고등학교 1학년

좋은 날 · 379
이재엽_경산과학고등학교 1학년

소리 없는 전쟁, 씨앗을 지켜라 · 384
이주현_창원중앙여자고등학교 2학년

사회의 패러다임을 선도하는 과학과 우리가 해야 할 노력들 · 387
이지용_하나고등학교 1학년

이중의 뇌 · 392
이한나_동대전고등학교 2학년

마지막 작전 · 404
임정호_경기과학고등학교 2학년

20세기 과학의 다크 레이디 · 436
임종부_서인천고등학교 2학년

신의 직업에 대한 간단한 고찰 · 464
장가연_충렬여자고등학교 2학년

시간여행의 끝 · 468
장영지_북일여자고등학교 1학년

호수, 별자리를 삼키다 · 485
정재웅_상무고등학교 3학년

천사의 칩 · 487
정해지_하나고등학교 1학년

지구를 위기로 이끈 우리들의 착각 · 497
조광우_환일고등학교 2학년

마지막 인사 · 500
조주현_경산과학고등학교 1학년

주기율표 · 518
차다정_광주과학고등학교 1학년

호수의 지평선 너머, 그곳을 당신은 바라볼 수 있는가? · 522
채희석_강원과학고등학교 1학년

진정한 사랑의 속삭임 · 528
최윤영_부산과학고등학교 1학년

푸른 종소리 · 532
홍승범_경산과학고등학교 1학년

〈일반부〉

공사장 아저씨가 되고 싶어요　·545
　김건우_KAIST 전기 및 전자공학과 2011학번

21세기 현대인이 갖춰야 할 바람직한 과학관
－과학이란 무엇인가에 대한 물음을 중심으로　·550
　김우성_KAIST 항공우주공학과 2011학번

그 앞에 떨어진 벌레먹은 사과　·555
　백승준_KAIST 생명화학공학과 2009학번

미래에 대한 작은 고찰　·568
　이우솔_KAIST 무학과 2012학번

2030년, 진정으로 기다려지는가　·587
　김태윤_KAIST 생명화학공학과 2009학번

아버지가 걸어가신 과학도의 길 위에서　·592
　노재린_KAIST 기계공학과 2011학번

"COSMOS"에서 본 인류의 꿈과 열정　·597
　박힘찬_KAIST 전산학과 2008학번

내 발 아래의 세상, 미시세계를 배우고　·602
　변지윤_KAIST 생명과학과 2009학번

후배들이여, 인문학과 사회과학을 공부하자!　·606
　이동준_KAIST 전산학과 2006학번

연구의 동기　·611
　이응준_KAIST 생명화학공학과 2010학번

증명　·615
　임은지_KAIST 생명화학공학과 2009학번

한 산업디자인학과 학생의 결심 · 623
임지현_KAIST 산업디자인학과 2010학번

세 얼간이 · 634
장령_KAIST 무학과 2009학번

구글 이후의 세계_이력서 · 637
정승원_KAIST 바이오 및 뇌공학과 2010학번

행복의 추구 · 641
정유진_KAIST 기계공학과 2010학번

한 편의 수학 · 645
조국_KAIST 수리과학과 2009학번

과학**과**
우리**들의**
행복**한 만남**
2012

－고등부－

대상

홍지민

우수상

이희송

차수민

최희찬

한승연

장려상

강아영 권산하 김선정 김유진 김윤서
김재욱 김주원 김지현 김진래 모연욱
박재영 박진아 서기영 서혁재 성동기
성아현 신혜진 오연아 오진택 유시욱
윤효진 이가현 이민경 이소연 이예솔
이재엽 이주현 이지용 이한나 임정호
임종부 장가연 장영지 정재웅 정해지
조광우 조주현 차다정 채희석 최윤영
홍승범

홍지민_경문고등학교 1학년

집 먼지 진드기

서문

"1만 5천"

당신은 이 숫자에 대해 어떻게 생각하는가?

당신은 이 숫자를 가지고 수많은 상상을 펼칠 수 있을 것이다.

서울 광장을 가득 채운 채 응원하는 어마어마한 수의 붉은 악마들, 아프리카의 어느 강가에서 물을 마시고 있는 수만 마리의 동물들, 혹은 하늘을 덮을 기세로 날아가는 새들의 무리를 생각해 볼 수도 있을 것이다.

나도 이 숫자에 대한 글을 쓸 것이다.

하지만 당신이 생각하는 규모의 어마어마한 글은 아니다. 나는 그저 10g의 먼지 속에서 살고 있는 집 먼지 진드기 군락에 대해 쓰고 싶을 뿐이니까.

한 움큼도 되지 않을 먼지 속에 1만 5천이란 어마어마한 숫자가 들어갈 정도로 진드기는 매우 작다. 게다가 진드기는 매우 작을 뿐만 아니라 많은 수가 우리와 살을 부대끼며 살고 있다. 믿기지 않는다면 당장 인터넷에 들어가 검색해 보라. 그렇다면 당신은 평균적으로 당신의 침대 안에 살고 있는 진드기의 개체수가 200만 마리가 넘는다는 놀라운 사실을 알게 될 것이다.

　그러나 인간은 자신들이 진드기와 동거하고 있다는 사실을 낭만적으로 받아들이기가 힘들다. 대부분의 벌레를 혐오스러워하고 끔찍해하여 심지어 보이기만 하면 박멸해버리고 싶어 하는 현대인에게 그들과 가장 가까운 곳인 가구나 침대에서 진드기와 같이 살고 있다는 현실은 참으로 충격적이다.

　물론 이런 관계를 유지할 수 있는 이유는 마치 물주머니에 다리가 달린 것처럼 생긴 그들의 크기가 너무 작아 사람의 눈에 띄지 않는다는 점이 매우 크게 작용한다. 진드기의 크기는 0.1mm～0.5mm 정도이므로 그들의 숫자가 아무리 많더라도 사람이 그들을 육안으로 볼 수 있을 가능성은 제로다. 기묘하게도 우리가 그들을 볼 수 없듯이 그들도 우리를 볼 수 없다. 그들은 눈이 없어 우리를 볼 수가 없고 우리는 그들이 너무 작아서 보지 못한다. 인간과 진드기 사이에 이루어진 자연의 섭리 때문에 현대과학이 진실을 밝히기 전까지 진드기는 사람이 만든 침구류에 기생하며 살고 우리는 그 위에서 편안히 뒹굴 수 있었다.

　그렇다면 당신은 진드기를 어떻게 생각하는가? 이 글을 읽고 있는 사람들의 집 대부분에서 우리들의 허락 없이 지내는 동거자인 진드기에 대해서 당신은 얼마나 알고 있는가? 당신이 하루 대부분의 시간을 보내고 있는 카펫, 소파, 침대 등, 천으로 된 모든 곳에서 당신과 같이 살고 있는 그들에 대해서 말이다.

　우리는 우리 주변에 존재하고 있는 수없이 많은 유해 곤충들을 제거하기 위해 많은 노력을 기울인다. 인간 세계에 피해를 줄 수 있는 작은 여러 생명체들을 항상 소독하고 박멸하며 경계하고 감시한다. 만약 우리들이 그들의 존재감을 확실하게 안다면 눈에 보이지 않는다고 하더라도 진드기들이 집에 살고 있는 것을 너그럽게 이해해주고 아무런 조치도 취하지 않고 내버려두기 어려울 것이다. 그러나 그들의 존재를 과학이 만천하에 밝힌 현 시점에서도 그들은 여전히 우리 곁에서 우리와 친분을 과시하며 살고 있는 사실을 우리는 어떻게 해석해야만 하는가? 인간의 관용 때문에, 그들을 제거하기 힘들어서 또는 게으르고 귀찮다는 이유로 그들을 내버려 둔 걸까? 아니, 우리들은 그 존재 자체를 망각하고 있는지도 모른다. 심지어 이 작은 생명체들이 당신과 함께 존재한다는 것을 꺼려해 그들을 제거하려 한다 하더라도 현대과학의 힘으로는 완전하게 우리들 주위에서 내쫓을 수 없기 때문인지도 모른다. 과연 진드기는 우리에게 유해하기만 한 생물일까? 우리는 그들이 어떤 존재이며 그들과의 동거가 도대체 언제, 어디서부터 시작되었고 언제까지 지속될지, 우리와 어떻게 생활을 같이하고 있는지 일단 알아야 되지 않을까?

나는 이 글에 상상으로 이루어진 진드기들의 생애를 담았다. 우리가 그들을 안 지 불과 100년이 안 되고 그들에 대한 연구 결과가 아직 진행형이며 얻을 수 있는 자료 또한 적었지만 과학적인 사실에 기초하여 나는 인간의 능력을 가진 진드기에 대한 상상을 적어보았다. 나와 함께 한 번쯤 이 특이한 세계에 대해 상상의 나래를 펼쳐 보는 것은 어떠한가!

1. 통제 불가능한 무기력

나는 어느 거대한 도시 한가운데 서 있다.

한동안 멍하니 서 있는 사이,

괴상하게 생긴 생물체 하나가 나를 스쳐 지나간다.

아니 하나가 아니었다. 도시 전체가 황급히 사방으로 도망치는 괴물들로 가득 찼다.

<쿵! 쿵! 쿵!> 그들이 정신없이 뛰어가는 소리가 바닥이 울리면서 사방으로 소리의 파동이 퍼져나간다.

나도 그들에게 휩쓸려 사정없이 휩쓸리다 간신히 그들의 무리에서 벗어날 수 있었다.

겨우 한숨 돌린 나는 주변을 둘러보기 시작했다.

그러자 보이는 것은 무언가에 쫓기는 듯 절망에 찬 표정을 짓고 일제히 한쪽 방향으로 달려 나가고 있는 괴물들이였다.

<무엇으로부터?> 순간 궁금증이 인 나는 그들이 뛰쳐나온 반대 방향으로 몸을 돌렸다.

파도, 그렇다. 그것은 거대한 해일이었다. 아니 그것은 해일이라기보다 이미 하나의 수평선에 가까웠다. 하늘과 땅을 가르는 지평선이 존재하듯이 내 앞에 또 다른 수평선이 생겨났다. 수평선은 점점 가까이 다가오며 불안정한 곡선으로 변한다. 그리고는 마침내 장애물처럼 해일을 가로막는 건축물들에 밀어닥친다. 도시가 부서지는 것은 찰나의 순간이었다.

거대한 집은 과자부스러기 마냥 갈기갈기 부서지고 도망치는 시민들을 한입거리도 되지 않는 듯 삼켜 버린다. 최후의 마지막 조각마저 쓸어버린 후 포만감을 느낀 듯 파도가 잠들어 버리자, 가볍게 치고 올라오는 작은 파도 소리만이 정적을 지키고 있었다. 갑자기 그 고요한 정적을 깨버리듯 짙은 안개 속에 윤곽만 보이는 무언가가 굉음을 울리며 다가온다.

<쾅~쾌앙 쾅!>

나는 시끄러운 소리에 더 이상 견디지 못하고 간신히 눈을 떴다.

바깥에서는 러그의 목소리와 뒤섞여 그가 문을 두드리는 소리가 들려온다.

<그램프! 빨리 일어나. 이러다가 전부 놓치겠어. 빨리 나와!>

"아, 중요한 순간이었는데…… 아쉽다."

온 세계가 물에 잠기는 꿈은 내가 며칠 전부터 계속 꾸는 꿈이다.

낯설고 거대한 괴물들, 그 사이에서 그들이 부서지는 모습을 바라보는 나, 그리고 항상 먼발치에서 안개로 흐릿해진 알 수 없는 무언가의 윤곽이 들어난다.

<도대체 그게 뭘까?>

아무리 기억하려 노력해도 희미한 윤곽만이 머릿속에 맴돈다.

나는 얼마간 노력해 보다 이내 포기해 버리고 바깥으로 나갈 채비를 한다.

그램프는 앞을 막던 섬유 찌꺼기를 겨우 치워 버리고 바깥으로 나왔다. 엉켜 있는 실타래처럼 사방으로 뻗어 있는 섬유질 사이사이에 하늘에서 떨어진 만나가 끼어 있다. 이제야 잠에서 깬 듯 모두들 서서히 일어나 사방에 기지개를 피고 있다. 그들이 여덟 개의 다리들과 촉수를 흔들며 빠르게 지나가자 주위에 흩어져 있는 만나는 흔적도 없이 자취를 감췄는데 특히 입 주변에 존재하는 두 개의 팔은 그것을 더욱 용이하게 만들어 주었다. 진드기들이 몰려 있는 곳은 그들의 키만큼 높고 커다란 만나가 자리 잡고 있었으며 그들은 한 조각이라도 더 먹기 위해 버둥거렸다. 바닥은 만나와 함께 우리들의 배설물과 껍질 그리고 말라비틀어진 시체들이 뒤섞여 있어 아수라장의 분위기를 풍겼다.

잠시 풍경을 즐기고 있다 보니 어느새 러그가 사라졌다. 벌써 아침 식사를 하러 갔나 보다.

이렇게 아니라 나도 어서 부지런히 움직여야 한다.

그렇지 않으면 분명 차갑게 굳어 딱딱해진 그 돌덩어리를 씹어야 할 거다.

나는 차가운 공기에 노출된 몸을 웅크렸다.

"아, 따스한 굴 안이 아쉽다."

그러나 밖에는 아직도 갓 내린 만나가 수북이 쌓여 있다.

지금은 아무도 그것을 거들떠보지 않지만 나는 결코 그들이 먹이에 관심이 없어서가 아님을 알 수 있다. 그들은 그저 아직 몸이 풀리지 않은 것뿐이다.

〈만나〉

모세의 나이도 이미 80이 다 되었다.

야훼에게 십계명을 받은 지가 엊그제 같았는데 벌써 세월이 수없이 흘렀다. 그가 지금까지 보내온 세상은 고난의 세월이 대부분이었지만 그의 뜻이 분명한 만큼 흔들리지 않고 여기까지 올 수 있었다. 애굽의 파라오 밑에서 노예로 살던 이스라엘 백성들을 이끌고 목숨을 걸며 이집트를 탈출한 것도 그가 옳다고 생각한 바를 행동에 옮긴 결과였다. 하지만 아무것도 없는 황량한 평야를 헤맨 시간이 얼마였던가?

신념 하나만을 의지하여 살기에는 삶의 여건이 너무 힘들었다. 그를 따라온 자들의 몸과 마음은 이미 모두 쇠약하였다. 먹을 것이 모두 떨어져 굶주려서 이제는 그만 삶을 포기하는 것이 더 나으리라 생각하기 일보 직전이었다.

<이렇게 살 바에는 차라리 죽는 것이 편하리라.>

모두들 그만 바라보고 있었다. 그들의 원망과 기대의 눈빛을 외면하기에는 현실이 너무 각박했다. 그들을 모세는 외면할 수 없었다. 그는 지팡이로 홍해를 가르고 백성들을 위기에서 구해 주었던 능력자였다. 모세는 그들과 함께 하늘을 향해 정성을 다해 간절하게 기도하였다.

"전지전능하신 하느님, 우리들을 살려주십시오."

"우리들을 외면하지 말고 먹을 것을 주십시오."

다음날 아침, 기적 같은 일이 벌어졌다. 밤사이에 이슬이 내린 줄 알았는데 그것은 이슬이 아니었다. 하얗게 서리같이 생긴, 처음 보는 신비한 것들이었다. 배가 고파 눈에 뵈는 것이 없었던 그들은 그것을 주워 일단 먹어 보았다. 놀랍게도 그것은 먹을 만하였다. 그들은 하늘에서 양식이 내려왔다는 사실에 대해 놀랐고 하늘이 그들의 기도에 화답함을 감사했다.

모세는 이것이 하늘에서 보낸 식량이며 앞으로도 매일같이 하늘에서 내려올 것이라 하였다.

"단 모두들 욕심 부리지 말고 자신들의 식구가 하루 먹을 만큼만 챙겨라."

모세가 말한 바와 같이 그날 이후 백성들이 하루치 먹을 분량이 하늘에서 날마다 내려왔고 40년 동안 그들의 주식이 되었다. 구약성서의 『출애굽기』에 나오는 내용으로 이 신비로운 양식이 바로 '만나(manna)'이다.

나는 먹기 알맞게 만나를 손으로 깨부수어 입에 넣으면서 내 절친한 친구 러그에게로 다가갔다. 러그는 벌써 몇 개째인지 모를 덩어리를 씹고 있었다.

<러그, 또 너 때문에 내 꿈을 망쳤어!>

천연덕스럽게도 이 둔감한 진드기는 먹는 데에만 열중하고 있었다.

휴! 결국 평소에 늘 그렇듯이 인내심이 부족한 것은 나였다.

러그는 무슨 일이 있어도 먹는 것에서 한눈을 팔지 않을 테니까. 나는 그를 마치 <영화 캐스트 어웨이에 나오는> 배구공 윌슨하고 이야기하듯이 그를 앞에 앉혀 놓고 상담을 하기 시작했다(물론 러그는 먹을 때만큼은 진짜 무생물 같다).

<러그, 난 말이야, 요새 며칠째 괴상한 꿈을 꾸고 있어.>

<그래.>

내 말을 듣고 있는지 아닌지 그는 만나만 우적우적 씹고 있다.

<거대한 네 발 달린 괴물이 전부 익사해서 죽는 꿈이야.>

<네 발 달린 괴물?>

바지직, 바지직하며 씹어대며 그의 목구멍으로 꿀걱하며 넘어가는 소리가 사방에 퍼진다.

<그래 거대한 네 발 달린 괴물, 매일 그것들이 죽어 가는 꿈을 꾸는데 글쎄 항상 맨 마지막에는 정체 모를 거대한 물체가 항상 등장한단 말이지.>

<그래, 그래서? 또 똑같은 소리…….>

러그의 씹는 소리가 점점 빨라진다.

<넌 그 꿈에 대해서 어떻게 생각하냐고?>

<그야, 난 아무 생각 없지.>

<말을 건 내가 잘못이지.>라는 생각이 머릿속에 절로 맴돈다.

그래도 난 이런 러그가 좋다.

러그에게는 아마도 아무 생각 없이 편하게 늘상 이런 이야기를 할 수 있어서일 것이다.

"나에게도 제대로 된 말상대가 있었으면……."

이런 생각에 빠져들수록 우울한 생각들은 점점 깊어졌다.

만나 생각도, 입맛도 더 이상 나지 않았다.

그램프의 주변에 많은 자들이 북적거리며 지나간다.

그러나 그램프가 신경 쓸 대상은 아무도 없었다.

"그에겐 목숨을 걸고 상대해야 할 적이 없었으며 긴장해야 할 경쟁자나 가슴을 애태우는 연인도 존재하지 않았다."

"그는 식량을 구해야 할 필요가 없었으며 굶주림과 추위에 시달리지도 않았다."

"그의 친구들은 모두 호의적이었으며, 빈둥거리기 바빠서 오히려 그를 앞서기 위한 새로운 시도조차 귀찮아했다."

그래, 우리가 알고 있는 통설대로라면 바로 지금이, 이곳이 우리가 행복할 수 있는 사회다.

무기력, 그 세 글자가 내 마음속을 가득 채운 지는 이미 오래다.

하루하루를 보내는 게 괴로웠고 시간은 항상 느리게 흘러간다.

물론 생활이 불편한 것은 아니었다. 하늘에서 떨어지는 만나가 항상 그들의 배고픔을 채워주고 있었고, "검은 태양"이 제공하는 따뜻한 온기만으로 밤의 추위도 견뎌낼 수 있었다. 내가 가장 견딜 수 없었던 것은 바로

"고독", "고독"이었다.

내가 고독을 느끼게 된 가장 큰 이유를 말해보자면 바로 "맹목적인 종교" 때문일 거다.

그 종교가 만들어진지는 매우 오래 되었다. 내가, 나의 아버지의 아버지가 태어날 때부터 존재했기 때문에 나도 언제부터인지는 정확하게 모르겠다.

그램프의 나라에선 모두가 검은 태양을 숭배하는 하나의 종교를 믿었고, 그 종교의 교리는 매우 단순했다. 그래서 그런지 그 종교의 사제들이 설교를 할 때면 그들이 표현할 수 있는 말이라곤 거의 몇 마디 정도였다.

"배고파지면 먹어라."

"잠이 오면 수면을 취해라."

"밤은 생명의 요람이니, 너는 번식해야 할 것이니라."

그러나 이러한 단순한 교리에도 불구하고 그 종교에서 주장하는 신은 너무나 명확하였다. 그 존재를 부정할 수도, 또 그 신을 믿지 않을 수조차 없었다.

그 첫 번째 증거가 검은 태양에서 떨어지는 만나였고 밤이 되면 밖으로 나오지 못하게 땅 위의 모든 것을 막아버리는 "생명의 장막"이 바로 두 번째 증거였다. 그들은 이 "은총"이야말로 우리를 평안하게 살게 하고 무한히 번식하라는 신의 계시라고 주장한다. 신들이 그들을 영위히 축복한다고 하는데 도대체 누가 그걸 싫어하겠는가?

어쨌든, 모든 이들은 신의 산맥의 가장 높은 산꼭대기 위에 존재하고 있는 검은 태양에서 매일 밤마다 떨어지는 만나를 주워 먹으면서 산다.

풍요로운 삶을 제공해 준 위대한 신을 찬양하고, 현재를 만족하고 즐기며.

지금까지 만나가 하늘에서 떨어지지 않은 적은 한 번도 없었다. 생명의 장막에서 제공하는 따뜻한 온기는 우리들을 추위에서 해방시켜 주었고 축축한 습기는 우리를 기분 좋게 만들어 주었다. 그럼에도 불구하고, 아니 그렇기에 그와 같은 현실은 오히려 내게 알 수 없는 불안감을 준다.

그들은 시민들을 단순한 꼭두각시 인형으로 만들고 있다.

그들에게는 단 한 가지의 밝은 미래만을 강조하고 있다.

"하지만 결국" 그램프는 쓴웃음을 지으며 독백했다.

<나도 그 종교의 일원이지.>

"내 스스로가 한심스럽다."

"내가 그걸 할 수 있을 리가 없지."

이 둘은 내가 가장 자주하는 말이다.

나는 아침 일찍 일어나 신선한 먹이를 얻을 수 없었다. 심지어 러그가 깨워 주기까지 했는데 말이다. 나는 내가 그렇게 무시하던 러그보다도 못한 존재다. 나는 게으르다. 하고 싶은 것은 많지만 생각만 앞선다. 내가 도대체 무엇을 할 수 있을까?

그는 머릿속으로 우리의 장구한 역사를 생각한다.

그것은 우리의 삶의 증거이자 몸부림의 흔적이다.

과거는 우리 '존재'들을 지지해 주는 뿌리,

현재는 지구상에서만 2300만 년을 살아온 우리들을 이어가기 위한 줄기, 미래는 우리의 방향과 동기, 희망을 주는 이파리이다.

이파리들은 광합성을 하며 식물의 생장을 돕는 원동력 역할을 한다.

이파리 없이는 생장은 없다. 그저 언제까지나 가만히 주저앉고 있을 뿐이다.

세상에 존재하는 모든 것은 변한다. 절대로 변하지 않을 것 같던 검은 태양도 하루하루가 지나면 그 파편이 남는다. 다른 이들은 대수롭지 않게 여기지만 그것은 변화의 결과물이다.

물론 그것은 아주 머나먼 일이라고 할 수 있다.

내가 죽고 그리고 까마득한 내 후손 대에 미치게 될 이야기.

어쩌면 내 후손의 까마득한 후손에게 미치게 될 아주 머나먼 미래.

선지자들로부터 면면하게 이어져 내려온 역사에 따르면 만나가 우리의 양식이 된 지 수천 년의 세월이 흘렀다. 그 시기는 검은 태양이 등장한 시기와 비슷하다. 이런 몇 가지 사실을 연결시켜 보면 만나는 검은 태양에서 나온다. 검은 태양이 우리에게서 사라지는 날이 만나가 우리에게서 사라지는 날이라는 말이다.

이러한 가설을 배경으로 깔고 보면. 우리 앞에는 몇 가지 의문이 남는다. 검은 태양이 사라지고, 만나가 더 이상 떨어지지 않는다면 우리는 대체 무엇을 먹고 살 것인가? 우리 스스로가 할 수 있는 일은 과연 무엇인가? 노력하고 개척하여 얻어지는 것이야말로 우리를 존재하고 유지시켜 주는 강력한 힘이 되지 않겠는가? 그리고 우리들은 왜 우리가 그토록 수많은 시간 동안 이 스핑크스의 수수께끼를 풀지 않았는지 절망하며 죽어갈 것이다.

그러나 내 질문은 하나의 잡념일 뿐이다.

반복되는 공허한 메아리일 뿐이다.

〈엔트로피〉

열역학 제2법칙은 이렇게 말한다.

<에너지는 한 상태에서 다른 상대로 옮겨길 때마다 일정액의 벌금을 낸다.>

여기서 벌금은 일할 수 있는 유용한 에너지가 손실되는 것을 말한다.

열역학 제1법칙은 무엇인가?

전체 에너지의 총량은 변하지 않는다.

이것으로 알 수 있는 것은 무엇인가?

"어떠한 것도 영원하지도 무한하지도 않다"

—제레미 리프킨의 엔트로피에서 발췌

"나는 200만의 우리와 같은 '존재'들 중의 하나일 뿐이야."

<그래, 200만의 우리와 같은 '존재' 중의 하나!>

나는 혼잣말로 중얼거린다.

그렇게 중얼거릴수록 믿고 싶다는, 아니 믿어야 한다는 확신을 가진다.

그럼으로써 무모한 욕망 또한 좌절시킨다.

"200만이나 있어 그들 중 하나가 이 일을 해결하겠지."

나는 그 생각으로 애써 암울한 미래를 물리친다.

굴속이 점점 식어 가는 걸 보니 벌써 낮이 왔나 보다.

나는 누워 있던 몸을 일으켰다. 밤사이 막혀 있던 집 위의 천장을 뚫고 밖으로 나온 그램프는 언제나 똑같은 도시 풍경에 진저리를 냈다.

"항상 똑같은 메뉴, 항상 똑같은 '존재'들."

그들은 잘못한 게 없다. 그들은 평범할 뿐이다.

<그래, 하지만 나는 '특이'해.>

나는 남들과는 조금 다르다. 그렇기 때문에 지독한 고독을 느낀다.

그 고독이 싫어서, 고독에서 벗어나기 위해 주위와 같은 수준을 유지한다.

"가식이다."

하나하나가 평범한 생각들로 무장된 "단어들"

이파리가 없어 스스로 정체되어 가는 나 스스로를 바라보는 것은 하루하루가 고역이다.

위선으로 겹겹이 포장된 나의 모습이 결코 반갑지 않다.

아니, 그래도 그건 참을 수 있다.

내 생각은 그들에게 받아들여지지 않는다. 오히려 불쾌감을 갖게 하거나 무관심을 불러올 뿐이다. 수많은 시간이 흘러간 뒤에야 비로소 나는 깨달았다.

<나는 이들을 변화시킬 수 없다.>

"이 넓은 세상에 내 의견을 들어줄 자들이 한 명도 없다니……."

고독이 그의 마음을 갉아먹고 있었다. 그러나 그는 고독했기에 모두에게서 자유로웠다. 그는 가족이나 친구 또는 친척의 영향을 받지 않았다 그의 삶은 온전히 자신만의 시간이었다. 아무도 들어오지 않는 그의 집 안에서 그는 생각하고 또 생각했다.

"우리가 겪어야 하는, 그리고 겪을지도 모를 미래를"

"답답한 현실을 타파할 방법을"

"이 끊임없는 고독에서 벗어날 방법을"

마침내 그는 끝없는 무기력의 딜레마에 침체되고 말았다.

〈무기력〉

1964년 가을, 저명한 학습이론가인 리처드 솔로몬은 잘 통제된 동물실험을 바탕으로 정신질환의 기초과정을 추정하려고 시도하고 있었다. 그러나 마틴 셀리그만이 솔로몬의 실험실에 찾아 갔을 때는 연구 결과가 파국에 치닫고 있었다.

"이 원인이 모두 다 개 때문이야. 개들이 아무것도 하려 들질 않거든. 개들한테 무슨 문제가 있는지 도무지 실험이 되지 않아."

그때 마틴 셀리그만은 그 실험에 "무기력"이 존재하고 있나는 것을 깨달았다. 솔로몬 교수는 개들에게 파블로스의 조건형성 실험을 하고 있었는데 마틴은 그 실험에 문제가 생겼을 거라고 추측했다.

자신의 통제에서 벗어난 일들이 일어났을 때, 순간적이든 영구적이든 사람이든 동물이든 곤충이든 모두 무기력증에 빠진다. 개들이 전기충격이 일어나도 저항할 생각을 하지 않은 것처럼 모든 것에 대한 흥미와 용기를 잃어버리고 그저 포기해 버리고 만다. 이런 무기력이 학습되면 개들은 전기충격에서 벗어날 방법이 있음에도 이를 포기해 버리고 마는데 이 실험은 후에 마틴 셀리그만이 인지주의를 발전시키는 중요한 토대가 되었다.

2. 학습된 낙관주의

그램프는 진심으로 이곳을 벗어나고 싶었다.

<하지만 어떻게?>

"내가 그걸 할 수 있을 리가 없지."

그래 나 따위가 그렇게 엄청난 일을 할 수 있을 리가 없다. 늘 그렇듯이 내가 갇혀 있는 생각의 틀 속에서 쳇바퀴만 돌고 있다. 그램프는 자신이 파 놓은 굴 속에 스스로를 가두었다. 생각하면 할수록 좋지 않은 생각들이 꼬리를 물며 이어진다.

이제 나에겐 만나는 더 이상 주식으로 삼을 만한 음식이 아니었다. 그것은 역겨운 쓰레기에 불과했다. 나는 아무것도 할 수 없는 겁쟁이였으며 움직이기조차 게을러하는, 경멸받아 마땅한 굼벵이였다. 비관적인 생각을 먹고 커진 무기력이라는 괴물이 나를 짓밟고 짓이긴다. 나는 더 이상 현실을 견딜 수 없었다. 나는 어디론가 도피하고 싶었다. 나는 일어나고 싶지 않았다. 그램프는 끝없는 잠에 빠져들었다.

나는 또다시 어느 도시의 한 가운데 떨어져 있다.

그런데 놀랍게도 나는 괴물과 함께 달리지도 도망치지도 않았다. 나는 괴물의 몸에 붙어 있었다. 내가 단순히 괴물이라 생각한 것은 어마어마하게 큰 거인이었다.

그의 옷에 붙어 정신없이 흔들리다 보니 어느새 높은 산으로 올라와 있다.

"이곳이 괴물들의 최후의 도피처인가?"

거인들이 모두 이 산을 도피처로 삼은 듯했지만 얼마 가지 못했다.

물이 서서히 이곳까지 차오르기 시작한 것이다.

<꽝~콰~앙>

익숙한 소리가 들려온다.

보통 지금쯤이면 이 소리에 깨어났었다.

그러나 이 소리에 잠에서 깨어나기에 나는 너무 지쳐 있었다.

다행히 꿈은 계속 이어진다.

처음엔 검은 얼룩처럼 보였던 물체가 점점 커져 가고,

거대한 윤곽이 안개를 뚫고 서서히 다가온다.

그래 이제야 알았다. 그것은

<거대한 배>

나는 잠에서 깨어났다.

얼마나 시간이 지났는지 모른다. 그저 목이 몹시 마르고 몸에는 힘이 하나도 없었다.

자리를 박차고 일어나고 싶었지만 움직일 힘마저 부족했다.

아마 그때 러그가 찾아오지 않았더라면 그램프는 굶어 죽었을 것이다.

러그가 문 밖으로 소리쳤다.

<어이! 그램프 괜찮아?>

"그래 그는 참 좋은 친구다. 이런 좋은 친구를 등한시하다니 나는 정말 형편없는 놈이었다."

며칠째 방문자 하나 없던 쓸쓸한 토굴에 드디어 온기가 들어찬다.

<어이! 왜 이렇게 기운 빠진 모양샌가? 이거 먹고 정신 차리게.>

러그가 가져온 만나를 나에게 디민다.

문득 이런 생각이 들었다

<어떻게 그는 항상 이렇게 밝을 수 있을까?>

이제까지 한 번도 생각해 보지 못했던 사실인데, 그는 왜 무기력에 빠지지 않을까?

그는 언제나 활기찼다. 나는 그가 기운이 빠져 우울하게 있던 모습을 본 적이 없다. 심지어는 그의 여자 친구에게 버림받았을 때에도 다음날이면 멀쩡해졌다.

그래, 바로 그것 때문에 내가 러그를 좋아했던 것이다. 이제야 뒤늦은 깨달음이 다가온다. 나는 그를 항상 무시했지만 그에겐 내가 가장 닮고 싶어 했던 밝은 미소가, 행복이 있었다.

그래서 내가 러그를 버릴 수 없었던 거다.

그를 보고 있으면 잠시간은 무기력한 나를 잊을 수 있었으니까.

나는 충동적으로 그에게 물었다.

<러그 넌 어떻게 항상 그렇게 밝을 수 있는 거니?>

러그는 조금 머리를 긁적거리더니 말한다.

<글쎄, 아무런 생각이 없어서?>

러그는 정말 내가 그 말을 믿을 거라 생각하는 걸까?

<음…… 생각해 보면 내가 어려운 일이 생겼을 때 대처하는 여러 규칙이 있는 것 같아.>

규칙이라고? 의외다. 막무가내로 사방팔방 뛰어다니던 러그가 규칙이라니 어울리지 않았다.

놀람과 감탄 다음에는 강한 호기심이 그의 마음을 점령한다. 그의 의식 속 잠자고 있던 호기심이 그의 마음을 끓어오르게 만든다.

"내가 이렇게 호기심이 많았던가?"

그렇게 한순간 불타오른 감정은 오랫동안 그를 지배했던 무기력마저 태워버린다.

<물론 나도 갑작스럽게 나쁜 소식들이 쏟아지면 우울해질 때도 있지. 아무것도 하고 싶지 않고 축 처져 버리는 날도 있고 말이야.>

<하지만 넌 다음날이면 항상 멀쩡하잖아.>

그는 마치 장난치기 직전의 어린아이 표정을 짓더니 속삭이듯 말한다.

<나는 반박할 줄 알거든.>

반박이라고?

<무엇에 대해?>

<자기 자신을 비난하는 말, 스스로를 깎아내리는 비관적인 생각들.>

러그는 갑자기 지난 일이 생각난 듯 깊은 한숨을 내쉬었다.

<이건 스스로와의 싸움이야.>

<스스로와의 싸움?>

<그래. 아무리 마음을 다잡아도 무기력해지기 십상이거든.>

그러나 그램프는 러그의 밝은 모습만이 떠올라 그가 무기력한 모습을 상상할 수조차 없었다. 그렇지만 러그는 그렇게까지 되는 동안 많은 시련을 겪은 듯이 보였다.

<그리고 한 가지 더 있어. 낙천적으로 바라보기.>

<그건 누구나 다 아는 일반적인 거잖아.>

<맞아, 하지만 난 그걸 현실에 실천했어.>

<……그동안 수없이 나를 괴롭혔던 무기력을 없애기 위한 방법이 이렇게 간단했다니.>

<사실 그게 그렇게 쉬운 것만은 아니야.>

그럼 그렇지 하는 표정으로 그램프의 얼굴이 어두워졌다.

<하지만 좀 더 쉽게 생각할 수 있는 방법은 있지.>

그가 밝게 웃으며 말을 이었다.

그가 말한 "해결책"은 간단했다. 하지만 얼른 받아들이기는 쉽지 않았다.

우선, 내가 생각한 부정적인 생각의 반대 "증거"를 찾아야 한다. 둘째로는 내가 제기한 가장 심각한 문제들을 덜 심각한 문제 즉 "대안"으로 바꾸어 버리는 것이다. 셋째로 내가 너무 과대망상적으로 생각하던 미래를 함축한다. 그 뒤 내가 할 수 있는 것을 즉 "유용성"을 찾는다.

〈자기 자신과 토론하는 법〉

여러분은 살면서 누구와 논쟁한 경험이 이미 무수히 많을 것이다. 다른 사람과 말다툼을 할 때마다 우리는 상대에게 이기기 위해서 논쟁의 기술을 사용한다. 자기 자신에게 내뱉은 근거 없는 비난에 대해 일단 반박하기 시작하면 평소 익힌 논쟁기술에 시동이 걸리면서 전력을 기울여 상대방과 이야기한다.

설득력 있는 반박을 위해, 진정한 소통을 위해 중요한 네 가지 요소가 있다. 이것을 새로운 각도에서 사용할 수 있을 것이다.

그것이 사실인가? 현실을 똑바로 바라보라! 비약은 때로는 최악의 상황으로 당신을 몰아간다.(증거)

다르게 볼 여지는 없나?(대안)

그래서 어떻다는 것인가? 부정적인 상황들을 축약해서 바라보라.(함축)

그것이 어디에 쓸모가 있는가? 지금 생각해도 문제 해결에 아무런 도움이 되지 않는 일을 피하라.(유용성)

—마틴 셀리그만의 학습된 낙관주의에서

나는 내면 깊숙이 파고들어 내가 지금까지 절망했던 모든 순간들을 되돌아본다.

그리고 그제야 깨닫는다.

나는 지금 이 순간까지도 삶에 대해 너무 비관적이었다는 것을, 세상이 나를 알아주지 않는다는 사실, 또 그럼으로써 따라오는 고독이 도대체 왜 내가 형편없다는 사실이라는 의미를 시사해야만 하는가?

나는 분노가 일었다. 도대체 나에게 이런 고독을 안겨준 자는 누구인가?

아! 그래. 나는 쇠뇌당하고 있었던 것이다.

비관주의란 이름을 가진 나약한 악마가 되뇌는 헛소리에 농락당한 것이다.

이제 나는 비관주의가 옳지 않다는 것을 증명하기 위해서라도 내가 믿고 있던 것을 실천할 필요가 생겼다.

<내가 생각했던 것들을 실현시키는 것, 저 허무맹랑한 종교를 파멸로 이끄는 것.>

그러나 그러기 위해선 나 혼자만으론 역부족이다.

우선 나의 의견에 공감하는 세력을 모아야만 한다.

<러그 고마워, 정말 진심으로.>

나는 우선 러그에게 감사인사를 했다.

<뭘 친구로서 당연한 일인데……>

러그는 어깨를 으쓱하며 쑥스러운 듯이 얼버무렸다.

아! 러그가 이렇게 멋져 보일 줄이야. 아무것도 바뀌지 않았지만 생동감 있고 활기 넘치는 세상이 내 눈앞에 펼쳐져 있었다. 비록 앞으로도 비관주의에서 벗어나기 위해 무한한 노력을 기울어야겠지만 일단 그는 다시 활기를 되찾았다.

그런데 러그가 무언가 할 말이 있는 듯 우물거린다.

<무슨 할 말 있니. 러그?>

그는 조금 더 고민하는 듯 움찔거리다 입을 연다.

<난 네가 평소 지금의 체계에 불만을 많이 품고 있다고 생각했어.>

러그가 도대체 무슨 소리를 하는 거지? 그리고 평소 내 말을 듣고 있었다고?

나는 그에게 내가 한 헛소리들을 떠올려 보고는 얼굴이 하얗게 질린다.

<그래 그렇게 생각하긴 했었지. 그런데 왜?>

<그렇다면 내가 소개해 줄 수 있는 단체가 하나 있지. 너도 그리고 그 단체에서도 서로가 필요할 거야. 그리고 그 단체 이름은……>

나는 그가 말하는 단체를 어렴풋이 짐작하고선 화들짝 놀란다.

그리고 약속이나 한 듯이 둘이 동시에 말했다.

<반대자 말이야?>

<반대자야.>

3. 반대자들

사방이 일정한 체스 판처럼 규칙적이고 사각무늬로 가득 찬 세상이 우리가 살고 있는 세상이다. 그다지 쾌적하진 않지만 사방에 먹을 것이 널려 있고 천적도 존재하지 않으니 모두 마음들이 느긋하고 게으르다. 하긴 그렇다. 무엇을 절실하게 얻을 필요가 없으면 움직일 필요도 없다.

우리는 좀 더 걷는다. 아, 걷는다고 하는 건 좀 어폐가 있다.

우리들의 다리는 갈고리처럼 생겨서 움직이기보다는 매달리며 이동한다.

사방이 길고 두꺼운 줄투성이라 이편이 우리에게는 더 편하다.

그램프와 러그가 그렇게 움직이다 보니 곳곳에 만나를 벽돌로 써서 지은 제법 웅장해 보이는 건물들이 눈에 띈다. 그것이 바로 이 특이하고 보수적인 이 도시 "텍스쳐"에 유일한 집단인 사제들의 신전이었다.

사제들의 중심에 있는 사제단은 가장 강력하여 소위 말하는 "무소불위"의 권력을 갖고 있었는데. 그들의 유일한 목표는 그들의 종교를 대중들에게 퍼뜨리고 믿게 하는 데 있었다. 그들의 신념은 절대적이었고 그들의 행동은 사명감에 가득 차 있었다. 무엇보다 그들은 대중들이 검은 태양에게 가지는 두려움을 적극적으로 이용했다. 결국 이른바 "이단자"들을 모두 박멸하고 나자 그만 그들이 할 일이 사라지고 말았다. 그 이후로 그들은 변화를 두려워하였다. 그리고 다른 이들과 마찬가지로 도전이나 새로운 시도를 멈추고 도시 전체를 무기력으로 이끌고 있었다.

그램프와 러그는 화려한 도심지를 지나 점점 더 외진 공간으로 들어선다. 빛이 있으면 어둠이 있고, 양지가 있으면 그늘이 있기 마련이다. 여기 텍스쳐라는 나라에도 보수적이고 무기력한 사제단이 있다면 반대로 진보적이고 역동적인 혁명세력이 존재한다. 역사적으로 볼 때도 어떤 조직, 단체, 국가가 아주 오랫동안 본 모습을 유지할 가능성은 거의 없다. 만일 그 단체가 매우 강한 다른 단체의 식민지로 전락해 그 힘을 잃어버리는 일이 없다 해도 그 내부에서는 끊임없는 쿠데타가 일어나기 마련이다.

초기에 권력을 유지한 자들은(대부분 혁명가들) 진보적이고 희망찬 미래를 보여 주며 정권을 잡지만 시간이 지나면 자연스럽게 보수적으로 변하고 권력을 유지하기 위해 진보세력을 억누르는 기득권층이 되며, 그들에 반대하는 새로운 혁명가들 또한 생겨날 것이다. 물론 그들은 권력자들에 의해서 자연스럽게 제거될 것이다. 그러나 기득권층이 권력에 취해 향락과 탐욕에 빠지면 조직을 세운 최초의 지도자와 그의 목적은 왜곡되고 변질되어 점점 더 많은 반대자들이 생겨날 것이다. 로마를 강대국으로 만든 카이사르에겐 브루투스가, 고려의 공민왕에겐 조선을 세운 이성계가 바로 그들이다.

그램프와 러그는 외곽을 넘어서 어느 허름한 집으로 들어갔다.

바로 그들을 만날 수 있는 곳, 접선지였다.

그리고 그곳 지하실이 열리자 우리를 맞이한 것은,

각자의 무기를 치켜들고 있는 긴장한 표정이 역력한 자들,

이 특이한 도시에는 그들을 <"반대자"들이라 부른다.>

그들 아니 반대자들은 왜 사제단이 이 나라를 다스리고 있는지 의문을 품었다.

왜 자신들이 사제단의 명령을 따라야 하는지 의문을 품었다.

그리고 곧 그 의문은 격렬한 반발심이 되어 그들의 가슴 깊숙이 자라났다.

물론 대부분의 독재자들이 그렇듯 사제단도 곳곳에 감시자들을 심어 놓았고 반대자들을 이단으로 몰았다. 그러나 이단으로 몰린 자들 또한 아주 끈질기게 감시의 눈을 피해 살아남았고 곧 도래할 자신들의 세계를 기다리기 시작했다.

나는 접선지에서 들은 반대자의 본거지인 높은 산맥 너머를 오르기 시작했다.

그들은 산맥을 "주름"이라고 불렀는데 가장 높은 주름은 바로 "베개 끝 주름"이라고 불렀다. 거의 기진맥진해 헉헉거리면서 한참을 올라가자 드디어 정상이 보이기 시작했다. 이곳이 반대자들의 거주지라면 탁월한 선택이다. 아무도 이런 수고를 거쳐 이곳까지 올라올 리는 없을 테니 말이다.

이곳에 올라오니 사방이 탁 틔었다.

도시 텍스처의 전경이 그의 두 눈 아래 들어오기 시작했다.

전경이 탁 트이고 지형이 험한 이곳은 주로 게릴라전을 펼치는 반대자들에게는 최선의 장소일 것이다.

바로 그때 나는 움폭 패어 있는 굴들의 흔적을 발견했다. 그것은 순전히 우연이었다.

그 굴들은 자세히 봐도 알아차릴 수 없을 만큼 잘 은폐되어 있었기 때문이다.

<이런 외진 공간에 도대체 왜 그들이 살까?>

나는 강한 호기심을 가지는 가운데도 나의 가장 큰 고민이 해결되는 것을 느낄 수 있었다.

이런 곳에 사는 친구들 중 평범한 이는 없었고 평범하지 않은 "집단"은 내가 알기론 단 하나뿐이었다.

<"반대자"들>

<맞아! 이곳이 바로 반대자들이 살고 있는 곳이구나!>

"두드려라, 그러면 열릴 것이다!"

이 말이 그렇게 와 닿는 순간이 아닐 수 없었다.

그래, 그렇다면 그가 속으로만 생각해 왔던 일을 실현시킬 수 있을 것이다.

비록 그동안은 될 리가 없다 포기하고 있었지만.

아마 그것은 신비주의를 표방하고 있던 권력자들의 오금을 저리게 할 것이고 나아가서는 그 종교의 근원을 뒤흔드는 빌미가 될 것이다.

<반대자들이 내 말을 따르지 않을 이유가 없지, 후후……>

그램프는 기분이 매우 고양되었다. 그는 즉시 이리저리 쏘다니며 이 거대한 산 어딘가에 숨어 있을 반대자들의 무리를 찾기 시작했다. 그 무리들을 찾는 일은 별로 힘들지 않았다. 그가 여기저기 둘러보고 있는 사이에 어느새 낯선 무리들이 그를 완벽하게 포위하고 있었기 때문이다.

<그래 제안할 게 있다고?>

반대자들의 대장 "노우"는 온몸이 포박된 채로 앉아있는 그램프에게 물었다.

<얼마나 대단한 제안이기에 우리 반대자들의 근거지인 "높은 산"까지 찾아왔는지 궁금하군?>

그램프는 묶여 있는 탓에 운신하기도 힘들고, 숨 쉬는 것마저 여의치 않았지만 애써 당당한 태도를 유지하고 있었다.

<당신들과 합류하고 싶어서 왔소>

<합류?>

<그렇소 이 빌어먹을 사제단을 엎어버리고 싶소>

그가 짐짓 무거운 어조로 대답하자 노우는 갑자기 배를 잡고 웃어댄다

<으하하하하, 누가 누굴 뒤집어? 네가 사제단을 뒤집겠다고?>

<수십 대에 걸쳐 이루어진 반대자들의 집단도 이루지 못한 일을 네가 해내겠다고?>

그는 노우의 말에 담긴 은근한 후회와 포기, 낙담의 빛을 보고 약간 망설여졌다.

그러나 망설임도 잠시, 그는 다시 말을 이어 나갔다. 그가 꺼낸 이야기는 우선 종교에 대한 화두였다. 종교란 무엇을 가장 중요하게 여기는가? 아마도 그건 종교 자체에 대한 신비로움이다. 만일 그들이 절대적이라 믿

는 그리고 그 증거인 만나가 그저 우연의 산물이라면? 검은 태양에서 떨어뜨리는 하나의 육편일 뿐이라면? 종교의 가장 큰 적은 과학이다. 그들이 우리 모두를 무식하게 만드는 것도 근거 없는 믿음이 무너진다면 언젠가 거대한 파란이 날 것이라고 정확히 인지하기 때문일 것이다.

노우는 그 소리를 듣고 비웃음을 날렸다.

그 냉소적인 웃음은 그가 일생을 살아오면서 느낀 절망의 상징일까?

<믿을 수 없다. 그깟 사실 하나에 그런 거대한 종교가 무너진다고?>

<거대하게 쌓인 담이라도 하나의 구멍 때문에 무너지는 법이지요.>

그는 잠시간 침묵에 빠졌다.

몇 분의 시간이 흐르고, 어쩌면 반대자들의 역사 중 가장 파격적인 제안이 수락되었다. 이제 그들은 이 나라 최대의 금지 신성의 근원인 검은 태양으로 원정대를 파견할 것이다.

총 46명에 달하는 탐험대가 추려졌다. 반대자들 중 각 분야에서 추천받은 뛰어난 학자, 탐험가, 군인들로 채워졌는데 사제단에서도 이런 인재를 찾기 어려운 걸 보면 반대자들의 저력이 대단한 것 같다. 사제단에게 들킬 것을 대비해 소규모 탐험대로 꾸렸지만 전력은 결코 적지 않았다. 어쨌든 사제단들이 일생에 걸쳐 없애려 했던 "반대자"들이니 말이다. 그 대장은 노우가 맡았다.

그들은 한 명, 한 명 흩어져 도시 외곽에 모이기로 약속을 잡았다. 몇 백만이 넘어가는 도시인구이니만큼 사제단에게 들킬 염려는 거의 없을 것이다. 약속한 날짜인 사흘 뒤 정확히 45명의 탐험대가 모였다.

<한 명, 한 명이 보이질 않아!>

인원을 점검하던 탐험가 대장인 노우가 소리쳤다.

<좀 더 기다려 보는 게 어때.>

<아니 우리 같은 자에게 시간은 생명과 직결되지.>

<그렇다면 적에게 잡혔거나, 혹시 첩자였었나?>

<그렇다면 우린 들킨 거라고 볼 수 있겠군.>

<일단 흩어져 다음 기회를 노리자.>

역시 오랫동안 도망생활을 다닌 만큼 상황 판단과 실행 능력이 매우 빨랐다.

그램프와 그의 일행들은 사방으로 흩어져 달아나려 했다. 그러나 어디선가 들려오는 목소리가 모두를 절망하게 했다.

<모두들 꼼짝하지 마!>

영악하게도 사제단은 이 주변을 이미 포위해 놓은 것이다.

<아, 전부 끝났어!>

그램프는 사방에서 달려오는 수없이 많은 사제단 무리들을 보면서 눈을 감았다.

이제 전부 끝인 것이다.

남자는 오랜만에 오는 휴일을 맞아 한가롭게 낮잠을 즐기고 있었다.

평일 내내 길고 고된 노동에 시달려 온 탓인지 오랜만에 자는 낮잠은 달콤하기 그지없었다.

"여보!"

그러나 평화로운 오후는 한때였으니, 아내의 잔소리가 그를 괴롭히기 시작했기 때문이다. 남자의 아내도 지난 한주간은 제대로 쉴 틈이 없었다. 남편의 쥐꼬리만 한 봉급이 그녀를 일터로 내몰았기 때문이다. 그녀의 목소리에 원망과 짜증이 묻어있었다.

"여보, 잠만 자지 말고 잠깐 와 보라니깐? 당신은 주말이면 집안일은 도와주지 않고 왜 항상 잠만 자는 거예요"

아내의 목소리가 좀 더 커지자 남자는 보이지 않는 몽둥이찜질을 당하는 것처럼 몸을 웅크린다.

"못 들은 척 가만히 있자. 자기가 답답하면 알아서 하겠지."

"여보!"

그런 보람도 없이 이제는 더 이상 남편의 무관심을 참지 못한 아내가 그의 눈앞에 싸움꾼처럼 눈을 부라리며 서 있다.

"휴~우."

그는 어쩔 수 없다는 듯 한숨을 내쉬며 답한다.

"내가 도와줄 게 뭔데?"

"방청소 좀 도와줘요. 아이도 있으니 집안이 청결해야 되잖아요. 일주일의 한 번은 청소해야지. 집이라고 지저분해서 정말……."

혹시나 했더니 역시다. 아내는 힘들고 귀찮은 모든 집안일들을 모았다가 주말에 쉬고 있는 남편에게 시키려고 작정한 것이 분명하다. 그는 마음속으로 온갖 불평을 늘어놓으며 천근만근 무거운 몸을 억지로 일으킨다.

일단 몸을 움직인 이상 그는 재빨리 청소를 끝내기 위해 구석에 놓여있는 청소기를 들었다.

<윙…….>

곧 청소기 돌리는 소리가 나고 안심한 아내는 밀린 집안일을 하나하나 끝내기 시작했다.

남자가 청소기를 이리저리 끌고 다니며 움직일 때마다 사방을 열심히 문지르던 그는 평소에는 방치했던 침대에 눈이 간다.

"도대체 우리가 이 침대를 몇 년이나 내버려 둔 거지?"

사실 침대 매트리스를 청소하는 것은 힘든 일이다. 빨아서 옥상에 널 수도 없고…….

귀찮아진 남자는 난생 처음 청소기로 매트리스 위의 먼지를 빨아들이기 시작했다.

그런데 매트리스에는 먼지 말고도 다른 움직이는 물체들이 살고 있었다. 청소기가 매트리스의 먼지를 빨아들이는 순간 갑자기 놀라서 우왕좌왕하고 있는 사람의 눈에 보이지 않는 작은 생명체들이 있었다. 바로 수십만 마리의 진드기들이었다.

〈진공청소기〉

진공청소기가 청소하는 원리는 바로 공기의 성질이다 전기에너지를 이용해서 청소기 안을 반 진공상태(그 안의 진공은 우주공간과 같이 완벽하게 텅 빈 공간이라기보다는 공기 입자수가 보통의 주위 기압상태보다 아주 적은 불완전한 진공이다)를 만들면 이때 발생된 압력차 때문에 주변보다 기압이 낮은 청소기 안으로 압력이 높은 주변의 공기가 이동한다.

이런 천재적인 발명품인 청소기는 누가 만들었고 현대까지 이어져온 청소기의 역사는 어떠할까? 1901년 어느 날, 세실 부스(Cecil Booth)는 전시회에서 고압의 제트기를 사용해 먼지와 쓰레기를 불어 내는 청소기를 보고 의문점을 가졌다. 그 기계는 먼지가 다른 곳으로 이동할 뿐이지 정작 청소가 근본적으로 해결되지 못했기 때문이다. 그는 떠오른 의문을 놓치지 않고 행동으로 옮겼다.

당장 손수건을 입에 대고 카펫의 먼지를 빨아 당겨 보았고 순간 카펫의 먼지가 입안으로 들어오는 것을 느꼈다. 그는 개인적으로 먼지를 아마도 꽤 먹었을 테지만 그 덕분에 앞으로 인류가 먹어야 했을 먼지를 획기적으로 줄여 줄 발명품, 바로 우리가 지금 사용하는 진공청소기의 원조인 흡입식 청소기를 만들어 냈다. 그러나 이 아이디어로 만든 세실 부스의 청소기가 20세기 모든 아내들이 빗자루와 쓰레받기를 내팽개칠 수 있게 된 건 아니었다. 그가 개발한 초기 청소기 모델은 마차에 펌프를 장치한 기계장치로 어마어마한 크기를 자랑했기 때문에 가정용으로 개발되기까지 전문적인 청소업체에서만 사용할 수 있었다.

그렇다면 현재의 가정용 청소기를 만든 사람은 도대체 누구일까? 제임스 스팽글러(James Spangler)는 먼지 때문인지, 기관지가 약해서인지 늘 기침을 달고 살았다. 어쨌든 자신을 괴롭혔던 모든 원흉을 먼지 탓으로 돌려

버렸다. 그래서 그는 적어도 그의 집안에서만큼은 먼지를 박멸시키고 싶어 했다. 그러던 도중 세실의 진공청소기를 발견하고 매우 흥미를 느꼈지만 세실이 만든 거대한 진공청소기는 가정용으로 한 대씩 들여놓을 만한 실용적인 물건은 아니었다. 그는 어떻게 하면 진공청소기를 보다 손쉽게 이용할 수 있는지 연구에 몰두하였고 1907년에 실내에서도 사용하기 편하게 크기를 줄인 휴대용 진공청소기를 개발하였다. 그다음 해인 1908년, 청소기의 가치를 몰라보았던 제임스가 윌리엄 후버(William Hoover)에게 특허권을 팔아버리면서 청소기의 상용화는 활발하게 이루어졌고 수많은 청소기 업체들의 경쟁과 연구 단계를 거쳐 진화하여 현재 우리가 사용하는 진공청소기가 탄생하였다.

4. 새로운 세상

"쉬이이이~잉"

처음에는 작은 휘파람 소리 같았던 바람소리는 점점 커져 이제는 가히 천이 찢어지는 것 같은 소리를 내뿜으며 자신의 존재를 사방에 알렸다. 바람소리와 함께 들려오는 이 거대한 소리가 이 급작스럽고 긴박한 상황을 알리듯 전 도시로 뻗어나갔다. 도시에 존재하던 모든 것들은 산산이 부스러지며 날아가기 시작했다.

<도대체 이게 무슨 일이지?>

반대자들을 체포하려던 사제단 병사는 불어오는 강풍에 몸을 제대로 가누지 못했다.

모두들 갑작스럽게 발생한 이 상황을 이해하지 못하고 멍하니 있었다.

그램프는 갑작스러운 상황 변화에 혼란스러움을 느꼈지만 재빨리 주변 사제단 병사들을 뿌리치고는 구멍 속으로 숨어들었다.

소름 끼치는 굉음은 난생 처음 들어 보는 소리였다.

잠깐 고개를 내민 그램프는 어마어마한 광경에 붙잡고 있던 손을 놓칠 뻔했다.

잠깐, 내 눈이 의심됐다. 거대한 회오리바람이 만나와 도시의 시민들, 그리고 그들의 부산물들을 전부 쓸어 가고 있었다. 지천에 깔려 있는 만나마저 같이 휩쓸려서 전체적으로 흰색을 띄는 소용돌이를 만들었고 주위의 모든 것을 쓸어버리고 있었다.

녹슬고 오래된 톱니바퀴처럼 삐걱거리던 도시가 활기에 차 움직이기 시작했다.

단단히 붙어있는 녹이 씻겨 나가듯 도시에 묻어있는 권태가 씻겨 나간다.

그램프는 활발하게 움직이는 진드기들을 보며 생각했다.

<역시 우리들은 위험에 처해야만 움직이는 걸까?>

순간, 하늘에 휩쓸려가던 자가 나의 몸에 갈고리를 걸었다.

<이거 놔!>

그는 살고자 하는 몸부림을 거칠게 뿌리치는 그램프의 발에 맞고 날아갔지만 그램프도 그만 잡고 있던 줄을 놓치고 말았다. 지상 위에 떠 있던 그램프가 하늘 높이 올라가는 데는 얼마 시간이 걸리지 않았다. 아, 이제 마지막인가! 주위를 포위하고 있던 사제단과 탐험대 가릴 것 없이 사방으로 날아가고 있는 모습이 보인다.

순간 끝이 보이지 않을 것 같이 높은 하늘 위로 휩쓸려간 그램프는 그를 빨아들이는 거대한 구멍을 보고 정신을 잃었다.

<흐으음…… 여긴 어디지?>

한참을 기절했다 깨어났는지 온몸이 뻐근하다.

<아마 거기 있던 그 거대한 구멍으로 빨려 들어갔었나 보군.>

그램프는 앉아서 자신이 있는 곳을 추측해 보다가 깜짝 놀랐다.

<그럼 검은 태양은?>

그램프는 주위를 둘러보다 현실을 깨닫고 절망해야만 했다.

이곳은 내가 살던 곳이 아니었다.

더 이상 검은 태양도 그곳에서 떨어지는 무한한 만나도 존재하지 않겠지.

그램프가 절망하고 있는 동안 상황을 파악한 다른 불운한 진드기들도 정신을 차리기 시작했다. 놀랍게도 그들 중 대부분이 높은 곳에서 바닥으로 내리 꽂혔음에도 별다른 부상을 입지 않은 것 같았다.

<거기 다들 괜찮소?>

정신을 차린 진드기들 중 한 명이 대답했다.

<나는 다친 데가 없소. 다른 자들은?>

그램프가 그들 곁으로 다가가려고 움직이는 순간. 그램프는 무엇이 잘못됐는지 깨달을 수 있었다.

"바닥이 너무 푹신하다."

격자무늬의 섬유질로 이루어진 도시와는 다르게 이곳의 바닥은 모래처럼 발을 푹푹 빨아들였다.

<이게 도대체 뭐지?>

그램프가 이 색다른 곳을 자신이 살던 곳과 비교하고 있는데 어디선가 비명에 가까운 목소리가 튀어나왔다.

"만나다!"

"바닥이 전부 만나로 이뤄져 있잖아?"

어느 진드기 하나가 그렇게 외치자 순식간에 분위기가 요란스러워진다. 바닥에 머리를 박고 정신없이 먹어대는 진드기가 있는가 하면. 진짜 바닥이 만나로 되어있는지 주위 깊게 관찰하는 진드기도 있다. 하지만 대다수의 진드기들이 환희에 차 소리를 지르고 있었다.

마치 헨젤과 그레텔이 과자로 만든 집을 발견한 듯한 상황이었다. 그램프는 안도의 한숨을 내쉬었다.

<그 소용돌이가 바닥에 있던 만나를 전부 쓸어왔구나.>

확실히 바닥은 만나로 이루어진 것은 아니었지만. 평생을 먹고 살아도 남을 만큼 만나가 어디에든 나뒹굴고 있었다.

진드기들은 벌써부터 적응한 듯 각자 만나에 달라붙어 있었으며 고난을 당한 뒤의 행복이 생각보다 더 큰 듯 거대한 축제마저 일어나고 있었다. 그램프도 언제 절망에 빠져 있었다는 듯이 축제에 빠져들었다. 정신없이 먹고 마시며 시간을 보내는 사이 피로에 지친 그램프는 잠이 들어버리고 말았다.

그가 잠에서 깨어나자 주변은 처음 보는 낯선 진드기들로 가득 차 있었다.

그 중 제일 앞에 서 있던 늙은 진드기 한 마리가 소리 질렀다.

<여러분들! 진드기들의 천국에 온 것을 환영하오>

<진드기들의 천국이라고?>

순식간에 주변이 어수선해졌다.

<여기가 도대체 왜 천국이라는 거요?>

<당신들은 산처럼 쌓여 있는 만나와 축축하고 습한 공기, 그리고 역겹고 뜨거운 햇빛이 존재하지 않는 무한한 어둠의 공간으로 들어왔소 이곳이 천국이 아니면 뭐겠소?>

그러자 그램프가 앞으로 나서서 노인에게 질문을 했다.

<그렇다면 당신들은 누구요?>

노인이 인자하게 웃으며 말했다.

<당연히 당신들보다 먼저 바람을 타고 이곳에 도착한 자들이지요>

그램프가 재차 물었다.

<그렇다면 이곳은 정말 검은 태양도 생명의 장막도 떨어지는 만나도 존재하지 않는 것이요?>

순간 노인의 표정이 굳었다.

<검은 태양도 생명의 장막도 존재하지 않소 그러나 우리에게 딱 좋은

따뜻한 온기, 적당한 습기와 어둠 그리고 만나가 산처럼 쌓여 있는데 무슨 걱정이요?>

그는 이처럼 빠르게 말하고 사라져 버렸다.

그램프는 어리둥절했다.

<내가 도대체 무슨 말을 했다고 노인의 표정이 굳고 이처럼 빨리 사라져 버리는 걸까?>

무언가 숨겨져 있다!

순간 그램프는 호기심이 일었으나 그보다는 눈앞의 만나에 관심이 쏠렸다.

<그래 나중에 생각하자. 어찌됐건 나는 소용돌이에 휩쓸렸지만 지금은 천국이라 불리는 곳에 있고 영원히 행복하게 살 수 있지 않는가?>

순식간에 고민들은 사라지고 눈앞의 먹을거리에 관심이 갔다.

<여기 만나들은 무슨 맛이 날까? 어서 알맹이를 파먹고 싶군.>

〈청소기 속의 필터〉

당신이 청소기를 돌리고 나면 청소기의 먼지통은 항상 비우겠지만 청소기 속의 먼지봉투는 바꾸지 않는 경우가 많다 먼지통과는 달리 먼지봉투는 교체하기가 귀찮고 또 갈아야 할 필요를 느끼지 못하기 때문이다. 그러나 먼지봉투는 수많은 먼지와 진드기의 사체, 비듬, 각질 등 그야말로 진드기가 자라기 좋은 최고의 장소다.

오늘도 평온한 오후다. 그램프는 어느새 익숙해진 모습으로 만나 속 알맹이를 파먹는다. 그의 식성은 이제 더욱 까다로워져서 말랑한 부위라도 오래된 만나는 먹지 않는다. 그의 등 뒤로 수백 개의 만나가 무가치하게 널브러져 있다. 그의 동료들도 어느 샌가 까다로운 식성을 가지게 되어서 산처럼 많은 만나의 대부분을 쓰레기로 취급한다.

우리가 오게 된 이 새로운 나라의 이름은 "천국", 그러나 이런 이름에 어울리지 않게 나라의 대부분이 고도비만이다. 굳이 어울리게 하자면 뚱뚱한 아기천사들의 모임이랄까?

이 나라는 텍스쳐보다 만나의 공급원이 더욱 풍부하다. 그도 그럴 것이 하늘에서 떨어지는 만나를 주어먹는 텍스쳐와는 달리 소용돌이에서 빨아들인 어마어마한 양의 만나들이 곳곳에 산을 이루고 있기 때문이다. 그러나 그램프는 아직 원인 모를 불안감과 고독감을 떨쳐버리지 못했다.

이 나라와 텍스쳐 사이에는 분명한 차이점이 있다.

텍스쳐가 정신적으로 무기력해진 도시라면 이곳은 육체적으로도 무기력하다.

몸이 무거워지면 육체적인 활동도 같이 줄어든다. 모든 자극에 대한 반응도 늦어진다.

여러 가지 고민으로 잠을 이루지 못하다 겨우 잠자리에 든 그램프의 심정은 착잡했다.

어느새 그램프가 이곳에 도착한 지 상당한 시간이 흘렀다.

그사이 이 비좁은 세계는 조금도 변한 곳이 없었다.

그저 하루하루가 갈수록 늘어나는 진드기들 때문에 활동 범위만 줄어들고 있을 뿐이다.

그램프는 한숨을 쉬고 주변을 내다보았다.

마치 통통한 공처럼 보이는 진드기들이 사방을 "굴러" 다니고 있었다.

하도 먹어서 살이 찐 진드기들은 움직이지도 못했고 움직이지는 못했지만 바닥에 머리를 박고 먹을 수는 있었던 지라 몸무게는 점점 더 늘어만 갔다. 그램프도 요즘 너무 먹어대 살이 찐 자신의 몸을 보고 후회했다.

<안녕! 좋은 아침이야. 그램프!>

그런데 옆에서 굴러다니던 진드기 한 마리가 나에게 아는 척을 한다.

내가 아는 진드기였었던가?

그는 잠시 고민하다 대답한다.

<그래, 좋은 아침이야. 그런데 넌 누구니?>

<나야 나. 러그!>

그램프는 충격을 받았다. 러그라고! 그가 이곳에 도착하기 전까지만 해도 러그는 다른 진드기와 전혀 차이 없는 몸매를 가졌었다.

<러그, 살아있었구나! 반갑다. 그런데 이게 무슨 일이야! 네 몸이 도대체 왜 그래?>

<그램프, 어차피 이젠 움직이지 않아도 먹이를 먹을 수 있다고 이렇게 되지 않아야 할 이유가 뭔데?>

그램프는 한숨을 쉬었다.

<너 자신의 모습을 봐. 혐오스럽지 않아?>

러그는 오히려 콧방귀를 뀌며 대꾸한다.

<혐오스럽다니? 이 도시에 있는 놈들은 모두 나와 같은 몸매라는 걸 잊었니?>

<텍스쳐에서의 생활을 생각해 봐. 넌 심각한 비만이야. 엄청 거대한 뚱보가 됐다고>

러그는 수그러드는 모습을 보이지만 이내 고개를 든다.

<웃기지마. 내가 뚱보가 된 건 여기 음식이 너무 많기 때문이야. 그리고 뚱보라고 해서 무언가 불이익이 있는 것도 아니잖아?>

낙관주의다. 지독한 낙관주의가 그를 망쳐놓고 있다.

<스스로를 냉정하게 판단하라고 넌 움직임도 둔해지고, 하루에 사분의 삼은 잠에 빠져 지내잖아.>

내가 아무리 냉정하고 직접적인 말을 해도 그는 순화해서 받아들인다.

상황은 파국으로 향하고 있지만 현실을 정확하게 인지하지 못한다.

낙관주의가 항상 좋은 것만은 아닌 것 같다.

이제 러그마저 권태와 게으름에 빠져들어 가고 있었다.

그램프는 이제 결단을 내려야만 했다.

그가 편안하고 안락한 삶을 위해 이곳에 머무른다면 그도 언젠가 그와 같이 운신도 힘들어지는 몸이 되어 버리고 말 것이다.

그는 고민하고 또 생각했다.

내가 만일 이곳에서 나간다면 과연 후회하지 않을까?

이곳에서 제공되는 무한한 먹을거리와 편안한 잠자리를 잊을 수 있을까?

이곳에 적응된 무거운 몸뚱어리를 가지고 정체 모를 위험이 도사리고 있는 바깥으로 나갈 수 있을까?

그런데 내가 왜 이곳을 나가야 하지?

어차피 다른 이들도 이곳에서 뚱뚱해지는 것은 마찬가지잖아?

그램프가 뚱뚱한 것을 권태와 게으름의 상징으로 여기는 것은 도시에서의 편견 때문이었다.

이제 모두들 뚱뚱한 것을 당연시 하니 뚱뚱하다는 것에서 더 이상 나쁜 점을 찾지 못했다.

내가 겨우 내 스스로의 편견 때문에 이 편한 곳을 나가려고 했단 말이야?

그는 순간 충격을 먹었다. 지금까지 그를 움직였던 모든 행동이 전부 다른 이들과 같기 위해 또는 다른 이들을 따라잡기 위해 벌였던 일들인 건가?

그는 자괴감에 빠졌다.

지금까지 그가 이뤄온 것은 다른 진드기들이 이뤄 놓은 것과 같았다.

그는 그곳에 살던 수백만 마리 진드기의 평균이었다.

그는 다시 고민할 수밖에 없었다.

내가 바깥 세상에 애착을 가진 것이 무엇일까?

내가 그토록 변화를 바라는 이유가 무엇일까?

내가 다른 동료들과 구분될 수 있을 일을 한 게 무엇일까?

옛날에 그는 진드기들의 게으름과 나태함에 회의를 품고 도시를 아우르고 있는 사제단을 뒤엎을 시도를 했었다.

그러나 이게 무슨 소용이란 말인가? 이곳에서야 깨달았다.

게으름과 나태함은 진드기들의 본성이다.

그들은 그저 잠들어있던 본성을 깨운 것뿐.

이곳에서 그는 그것을 매우 절실하게 느꼈다.

그렇다면 다시 그것을 잠재워야겠지.

그는 결단을 내렸다. 더 이상 다른 진드기들에게 끌려 다니지 않겠어. 내가 나가고 싶다면 고민하지 않고 나갈 거야!

그는 이 세계의 끄트머리에 있는 늙은 진드기의 집을 찾아갔다.

늙은 진드기의 집은 특이하게도 땅굴형태가 아니라 탑의 형태를 취하고 있었다.

수백 종류의 다양한 쓰레기들로 뒤덮인 탑의 맨 꼭대기 층에 그는 누워 있었다.

<안녕하세요? 어르신.>

누워 있던 노인이 인기척을 듣고 주춤거리며 일어난다.

<누구신가?>

그는 늙고 힘이 없어 자연 상태였다면 이미 죽었을 테지만 사방에 먹을 것이 널려 있는 특수한 상황은 그 모든 것을 관대하게 만드는 효과를 낳았다.

<아, 최근에 새로 들어온 진드기로구먼.>

<예, 그렇습니다. 그램프라고 합니다.>

그는 운신하기 힘든 몸을 겨우 일으켜 세웠다.

<여기까진 무슨 일로 왔는가?>

그램프는 망설이다 조금 충격적인 말을 꺼낸다.

<혹시 이곳에서 나갈 수 있는 방법이 있습니까?>

늙은 진드기가 순간 경악한 표정을 짓는다.

<천국에서 나가다니! 자네 지금 천국에서 나가겠다고 했는가?>

그가 갑작스레 일어나며 주위에 떨어져 있는 수많은 보푸라기들을 바라보면서 그는 담담히 말을 잇는다.

<여긴 천국이 아닙니다.>

그는 더욱 충격 받은 듯했다.

<여긴 천국일세. 도대체 무엇이 아쉬워 이런 소리를 하는 것인가?>

<이곳은 위기와 불안이 없습니다.>

<그것이 무슨 필요가 있는가?>

<그것들은 진보와 진화를 이루지요>

<절대적인 안정과 평화 아래선 부질없는 짓일세.>

<앞으로 나아가지 않으면 퇴보가 있을 뿐입니다. 우리는 움직이는 무빙워크 위에 살고 있습니다. 앞으로 가는 건 어렵지만 뒤로 후퇴하긴 쉽지요>

<그것들은 종말을 앞당기네.>

<그 대신 참다운 인생을 살게 해 주죠>

<이곳에서의 삶이 죽은 삶인가?>

<죽지 못해 살 뿐입니다.>

<주관적인 생각일세.>

<모든 자들은 자신의 눈으로 각자 다른 세상을 보지요>

<그러니까 모두의 유토피아는 존재하지 않는다?>

<그런 곳이 존재하려면……>

그는 잠시 생각하다 말한다.

<그런 곳은 이데아입니다.>

노인은 순간 할 말을 잃었다.

<이룰 수 없는 꿈이라……>

왠지 쓸쓸해 보이는 한마디에 그램프의 마음도 쓸쓸하다.

노인이 다시 말을 잇는다.

<지금까지 일평생을 거쳐 이 나라를 천국으로 바꾸려 했지만…… 역시 그런 곳은 존재할 수 없단 말인가.>

평생의 과업을 부정당한 노인의 눈에선 허무함과 허탈함만이 묻어나온다.

<그래…… 나갈 수 있는 곳을 가르쳐 주겠네.>

그는 탑 꼭대기에서 내려와 가장 아래쪽으로 내려가기 시작했다.

<가장 높은 곳에서 세상 모든 것을 바라볼 수 있다면…….>

그는 탑 밑바닥의 거대한 덮개를 연다,

<가장 낮은 곳에 세상의 비밀을 숨겨두길 마련이지.>

그러자 거기에는 거대한 상처가 난 것처럼 터져 있는 밑바닥이 보인다.

그곳은 끝없는 낭떠러지처럼 검고 탁한 어둠이 바닥을 가리고 있다.

노인이 말한다.

<내가 알고 있는 출구는 이곳 하나뿐이네.>

<이런 곳에서 떨어졌다간 머리가 터져 죽을 겁니다.>

<허허헛…….>

노인이 웃는다.

<누가 지금 가라고 했는가?>

<좀 있으면 자네가 이곳으로 올 때 불었던 것만큼 거대한 바람이 불걸세. 그럼 그 바람을 타고 이곳을 빠져나가면 되는 거지.>

그램프는 의문을 표했다.

<그럼 저는 어디로 가게 되나요?>

<아무도 모르지. 그저 바람이 가리키는 방향대로 휩쓸릴 뿐.>

노인의 말대로 곧이어 바람이 불기 시작했다.

그램프는 노인을 바라봤다.

그는 미소를 띤 모습으로 그램프를 바라보고 있었다.

그램프는 노인에게 마지막 인사를 드렸다.

<감사합니다.>

<아니, 오히려 이 늙은이에게 깨달음을 주었으니 내가 감사해야지.>

쓸쓸하게 웃으며 하는 노인의 말 속에서 그가 지금껏 산 인생의 깊이를 다시 본다.

<그럼 이만……>

그는 깊이를 알 수 없는 거대한 구멍 속으로 몸을 날렸다.

진공청소기로 빨아들이는 모든 먼지들이 과연 조용히 먼지통이나 먼지봉투 속으로 들어갈까? 진공청소기 송풍장치의 모터는 청소기 내부 공기를 외부로 뽑아내기 위하여 1분에 만 번 이상 회전하며 이때 만들어진 청소기 안의 낮은 내부기압 때문에 청소기 외부 고기압 공기가 내부로 빨려 들어온다. 청소기호스를 통해 들어온 외부 먼지는 먼지봉투의 미세한 구멍을 통해 일차 걸러지고 미세 먼지를 걸러내 주는 필터시스템을 재차 거친 후 깨끗한 공기만 청소기 뒤로 빠져나간다.

청소기 관리를 소홀히 하여 먼지봉투를 제때에 교환하지 않으면 상황은 달라진다. 먼지와 오물이 봉투에 가득 차게 되면 필터사이에 먼지가 끼게 되어 공기가 쉽게 통과하지 못하게 되므로 청소기 흡입, 여과 기능이 저하된다. 따라서 진공청소기로 빨려 들어왔던 먼지 등 온갖 쓰레기들 중 일부는 다시 청소기를 돌리는 사람의 살갗이나 옷감, 천, 공기 중으로 뿜어진다. 마치 게틀링 건으로 총알을 난사하는 것처럼 진공청소기를 돌리는 일은 쓰레기 총탄에 온몸을 갖다 대는 것과 같다. 얼핏 외관상으로 본다면 청소기로 깨끗하게 청소하고 있는 것처럼 보이지만 실은 그 반대가 된다. 빨려 들어온 미세먼지를 제대로 걸러내지 못하고 다시 청소기 외부로 배출한다면 오히려 외부 공기를 더럽히기 때문이다.

오늘도 여자는 기계처럼 청소기를 돌리고 있었다.

여자는 매일 돌려야 하는 청소가 짜증났지만 그녀의 손은 그녀의 마음과는 상관없이 분주히 청소기를 이리 저리 구석구석 밀어대고 있을 따름이었다. 평일인지라 그녀의 남편 또한 직장에 가 있어 그녀가 도움을 청할 수도 없었다.

<아! 집안일은 아무리 일해도 일한 티가 안 나. 누가 이를 알겠어.>

정신없이 이리 저리 움직이는 동안 그녀는 사방에 널려있는 쓰레기에 기분이 불쾌해진다.

그러나 그녀가 청소기를 돌리는 사이에도 청소기 안에서는 강력한 모터로 인해 반 진공상태가 된 청소기 안이 기압차로 인해 배기구로 공기를 뿜어낸다. 물론 그 배기구 바람 안에는 필터와 먼지봉투가 미처 걸러 내지 못한 미세먼지와 진드기 껍질, 배설물 등등이 포함되어 있는데 진공청소기로 인해 떠오른 이러한 찌꺼기들은 거의 반나절 동안 거실 공기 안을 둥둥 떠다니게 된다.

그녀는 청소를 겨우 끝마치고 의자 위에 앉았다. 빨래에다 청소 그리고 식사 준비까지 끝마친 상태라서 그녀는 오랜만에 차를 마시며 여유를 부리고 있다. 그녀가 느긋한 시간을 즐기고 있는 동안에도 그녀 주위의 공기는 그녀의 체온으로 달아올라 상승 기류를 만든다. 열기구에서 불을 피워 따뜻한 공기를 상승시키는 것과 같은 원리인데 불이 났을 때 최대한 보폭을 낮춰야 하는 이유도 마찬가지다. 온갖 유독 물질들이 공기에 섞여 위에서부터 천천히 내려오기 때문이다.

어쨌든 그녀의 발에서부터 시작된 기류는 주변의 온갖 잡다한 것들을 끌어들이며 솟아오른다. 그러나 이 기류는 차가운 방 공기에 서서히 힘을 잃기 시작했다. 그것도 잠시 발목 부근에서 시작된 상승기류는 서서히 올라가 종아리 부근의 따스한 공기와 섞인다. 종아리의 체온에 힘을 얻어 그것들은 점점 더 빠르게 상승한다.

5. 탈출

예전에 한 번 맛보았던 그 무시무시한 강풍이었다.

바람에 날려 날아가는 그램프의 몸은 사정없이 흔들렸다.

마치 거인의 손이 자신을 잡고 흔들어대듯이 마구 흔들리는 사이에 정신을 잃은 것도 몇 번인지 모른다.

그는 가까스로 중심을 잡았다.

그리고 멀리 빛이 보이는 곳으로 방향을 잡았다.

그램프는 빛으로 뒤덮인 공간에서 발버둥 쳤다.

얼마나 시간이 흘렀는지, 바람은 잦아들었고 곧 수그러들었다.

그는 이제 정체 모를 공간의 공기 위에 둥둥 떠 있다. 그의 몸무게가 워낙 가벼워 공중에 떠있을 수도 있지만 서서히 가라앉을 것이다. 이런 종류의 먼지들은 최대 반나절까지도 떠 있을 수 있다.

그러나 이변이 일어났다. 그의 몸이 점점 더 위로 올라가기 시작한 것이다.

그는 감탄했다.

그의 옆 멀리 떨어진 곳에서 거대한 산맥의 아랫부분이 보였기 때문이다.

<제대로 찾아왔군. 그린데 어떻게 기기끼지 가지?>

그가 생각에 빠져 있는 동안, 가벼운 몸무게지만 중력의 영향을 받아 천천히 내려가고 있었던 자신의 몸이 천천히 떠오른다.

<어? 어어!>

놀람도 잠시 그는 기겁한다.

그의 주위에 떠돌던 먼지, 꽃가루, 가는 모래, 진드기의 시체나 배설물들이 바닥에서 서서히 떠오르고 있었기 때문이다.

"이게 혹시 사제들이 말하던 신의 권능인가?"

정말 그렇다면 그램프는 처음부터 잘못 생각한 것일 터였다. 아니 그럴 리가 없어?

그는 부정하면서도 점점 불안해지는 마음을 숨기지 못한다.

그렇게 생각하는 동안에도 그의 몸은 점점 빠르게 솟구치고 있다.

<휘잉, 휘잉……>

지금의 두 배 혹은 세 배까지 빨라진 것 같다. 그는 정신없이 휩쓸린다.

그의 주변의 쓰레기들은 가끔 튀어나온 산맥의 부속물에 산산이 조각나기도 하고 붙어버리기도 한다. 그는 짜부라든 그것들의 모습을 보고 기겁을 한다.

<빨리 뭐든 잡을 걸 찾아야 하는데.>

저 멀리 그러니까 이 "기현상"의 원인이라고 생각되는 물체가 보인다.

하나의 완만하고 높은 언덕모양인데 이 산맥의 모든 것이 그렇듯 거대했다.

그런데 지금까지 그램프가 이곳까지 오게 도와주었던 바람들이 빨려 들어가는 것이 아닌가. 두 갈래의 바람은 일정한 간격으로 두개의 구멍에서 들어갔다 나오며 왕복했다. 바람이 구멍 안으로 들어갈 때는 밑바닥에 같이 붙어 있던 수많은 진드기, 회색덩어리들 중 열 중 하나 정도가 바람과 함께 사라져 버리는 것이다.

그램프는 도시에서 거대한 소용돌이 속으로 빨려 들어갔던 기억이 떠올랐다.

"저기 들어가면 좋은 꼴은 못 볼 것 같군."

당연한 일이다.

안에 무엇이 있을지는 둘째 치고 어딘가 부딪치는 것만 해도 온몸이 부서질 것이다.

그램프는 불행인지 다행인지 블랙홀 안으로 들어가는 것을 피해 거대한 "검은 나무숲"이 끝없이 펼쳐진 곳으로 빨려 들어갔다.

이곳은 특이하게도 사방에 가뭄이 난 것처럼 균열이 일어나고 있었으며,

곳곳에 떨어져 나간 균열 사이에선 정체불명의 기름이 뚝뚝 떨어지고 있었다.

구석구석 뿌려진 케라틴 덩어리, 기름과 먼지, 피지, 곤충껍데기 그리고 물.

그는 움직이기도 힘들었다.

이곳은 그의 갈고리 발이 아무 쓸모가 없는 것이다.

사방에는 기름웅덩이와 산처럼 우뚝 솟은 거대한 털들이 사방으로 뻗어 있었다.

사방에선 세균들이 수없이 번식하고 있었으며 주변은 시시각각으로 변하고 있었다.

<이곳이 바로 검은 태양인가?>

그는 혼란스러웠다. 이곳은 만나로 뒤덮인 공간이 아니다.

사방이 끈적끈적한 케라틴 덩어리로 두텁게 뒤덮인 축축한 공간일 뿐이다.

<이곳이 정말 만나의 근원일까?>

그때 그의 발에 차이는 무언가가 있었다.

<이게 뭐지?>

하얗게 일어난 무언가가 바닥의 일부분처럼 붙어 있었다.

기괴한 형태, 그러나 분명 익숙해 보이는 외견.

<이게 설마 만나라고?>

그램프는 그걸 조금 뜯어먹어 보았다.

그리고 황급히 달려 나가 주변을 둘러보았다.

사방에 흰색 각질과 비듬 조각들이 사방에 널려있었다.

<진짜 만나가 땅속에서 솟아날 줄이야.>

확실히 그가 생각한 대로 만나의 근원은 검은 태양이었다,

그는 낯선 검은 태양의 한가운데에서 정처 없이 헤매고 있었다.

다행히 이곳도 먹을 것이 풍부하여 굶어 죽을 염려는 하지 않아도 되었다.

<이봐?>

누군가가 나를 부르는 소리에 돌아보니 해괴한 생물체가 털이 솟아나온 구멍으로 얼굴을 빠끔히 내밀고 있었다.

<넌 누구지?>

<지금 그게 중요한 게 아니야. 살고 싶으면 빨리 이곳으로 피해.>

<무슨 일이야? 넌 누구고?>

<자세히 말할 시간이 없어. 빨리 움직여. 거기 있으면 쓸려 내려갈 거야.>

<뭐가?>

<온다. 피해.>

갑자기 사방에서 물들이 쏟아져 나온다.

그램프는 황급히 그가 있는 구멍으로 피신했다.

그가 겨우 구멍 속으로 들어가고 나자 그를 위험에서 구해준 자의 모습이 뚜렷하게 보였다. 다리는 그와 같은 8개였지만 길쭉하게 늘어진 몸에 자기 몸통만한 꼬리는 아무리 봐도 자신과 같은 동족으로 보긴 어려웠다.

<여긴 안전할 거야.>

<우선 도와줘서 고마워 그리고 이름이 뭐지?>

<난 램이라고 해. 모낭충이지.>

<그런데 도대체 이 물들은 뭐야?>

그가 쏟아지는 어마어마한 물들을 질린 듯이 바라보다 그에게 물었다.

<우릴 죽이려고 씻어 내는 거야>

<우릴 죽인다고…… 누가? 왜?>

<검은 태양.>

아니 우리가 그토록 염원하고 의지하던 신이 우리를 그렇게 미워한다

니…….

정말, 그의 말을 믿을 수 없는 일이었다.

그렇다면 우리가 지금까지 믿었던 모든 사실이 허구였다는 말인가?

그는 의문이 들었다. 왜 검은 태양은 우리에게 일용할 양식을 주면서 굳이 없애려고 할까?

<우린 그들에게 있어 기생충 같은 존재니까.>

<기생충?>

<허락 없이 그들에게 기생하는 모든 존재를 뜻하는 거지.>

그 말을 듣는 순간 그램프에게는 엄청난 쇼크가 찾아왔다.

<우릴 기생충 취급한다고?>

<우리가 그들에게 무슨 잘못을 했는데.>

<여기서 살아가는 것 그 자체가 잘못이지. 그러면서 이곳에서 우리가 그들에게 여러 가지 피해를 준다고 생각하거든.>

<하지만 우린 여기서 살지 않는데?>

<여기서 살든 안 살든 살아있는 그들은 우리들을 모두 적이라고 간주해. 그들은 가차 없어. 여기서 살기 위해선 그들이 창조한 이 자연재해를 견뎌야해.>

우리는 그들을 신처럼 생각하고 사는데 그들은 우릴 죽여야 할 대상이라고 생각하다니 이해가 얼른 다가오지 않았다.

<우리를 박멸해야 할 대상이라고 생각한다면 왜 우리에게 일용할 양식인 만나를 우리에게 주었던 것인가?>

미시세계에서 보면 얼굴은 특히 세균에게 얼굴은 훌륭한 먹거리 장터라고 볼 수 있다. 사방에 먹을 것이 널려있는 옥토이다. 질소화합물이 풍부한 소금물 <땀>들이 솟아나고 아미노산이 풍부한 피지가 가득하다. 게다가 갈라진 피부 틈에는 세균들이 먹을 만한 것들이 잔뜩 있는 것이다.

사실 우리 몸에 기생하며 살고 있는 생물들은 어마어마하다 흔히 생각하는 이나 빈대처럼 눈에 띄는 기생충류는 물론이거니와 얼굴의 모낭에 자리 잡고 있는 모낭충은 거의 대부분 사람들이 감염되어있다. 그 외에도 수백 종류의 세균들이 피부에 자리 잡고 있는데 이들 대부분은 지금 이 순간에도 당신의 피부 위를 차지하기 위한 전투를 벌이고 있을 것이다.

그러나 세균들을 제거하려고 독한 약물을 쓴다면 그것 또한 인간의 오만함일 것이다. 당신이 겨드랑이 냄새를 지우기 위해 독한 소독약을 쓴다면 세균들은 더 강한 내성과 더 강한 독성과 냄새를 가지고 당신을 찾아올 것이다.

우리와 세균들은 오랜 시간 동안 공생관계를 가졌다. 세균들은 당신의 피부에 될 수 있는 한 적은 피해를 입히고 피부는 그들을 굳이 제거하려 들지 않는다. 그러나 새로운 세균은 굳이 당신의 피부를 보호하지 않을 것이고 그것은 곧 피부 건강의 파멸로 나타난다.

6. 모낭충에 대한 일반적인 사실

모낭충은 사람의 모공에 기생하는 기생충이다. 대부분의 사람들이 감염되어 있을 정도로 널리 퍼져 있으며 생존력과 전염성이 뛰어나고 모공을 넓히고 염증을 일으켜 여드름 진드기라 부르기도 한다. 인간 주위에 사는 진드기들이 대부분 그렇듯이 크기를 무기로 삼고 있다. 암컷 약 0.4mm, 수컷 약 0.3mm 정도의 아주 작은 크기를 가지고 있는 이 진드기들은 길쭉한 모양을 하고 다리를 써서 움직인다. 좁은 몸통 앞쪽이 가슴이고 그 아랫면에 3마디로 된 짧은 걷는 다리 4쌍이 있다

—두산백과에서 발췌

모낭충들은 부족과 같은 형태를 이루며 살아가고 있었다. 알고 보니 그

들은 우리들의 먼 친척이었다. 그는 이곳에 머무르며 모낭충들이 파악하고 있는 검은 태양에 대한 실체를 들어보기로 했다.

모낭충들은 생김새는 흉악했지만 모두 활기차고 생기가 넘쳤다. 그들은 놀랍게도 검은 태양을 적으로 삼았다. 그들은 자신을 그저 살아남기 위해 발버둥치는 투쟁자로 보았다.

그들의 목표는 검은 태양의 정복이었다.

<어떻게 그런 어마어마한 생각을 하게 되었지?>

우리는 검은 태양을 신으로 보지만 모낭충들에게 검은 태양이란 싸워야 할 적일뿐이다.

검은 태양의 풍족한 환경은 그들이 착취해야 할 자원일 뿐이었다.

그들은 모낭이라고 작은 구멍 속에 살았다. 한 구멍 당 서너 마리의 모낭충이 옹기종기 모여 사는 구조였는데, 시간이 지나 구멍이 헐거워지고 염증이 생기면서 이른바 "전쟁"이 시작된 것이다.

검은 태양이 그들을 눈치 챈 것이다.

온갖 종류의 독성물질이 모낭충의 존재를 말살시키기 위해 투입되었다.

하지만 그들은 검은 태양의 공격을 구멍 안에 깊숙이 숨어들어가 간단히 피했다.

그들은 자신감에 차 있었고 그들 말에 따르면 "검은 태양의 정복"은 머지않았다.

나는 그들에게 많은 것을 배웠다.

검은 태양도 생물이었고 자신의 이익을 위해 기생충들을 죽이려고 최선을 다하는 존재였다.

검은 태양에선 모든 것이 새로 자라고 재생되었다.

그들은 그것이 무한히 반복되는 하나의 순환고리라고 생각했다. 검은 태양은 항상 움직이며, 밤에는 우리들의 안식처로 이동해 잠을 잔다.

검은 태양은 밤하늘의 별처럼 셀 수 없을 만큼 많이 존재하므로 그들도 다른 곳으로 이주할 계획을 가지고 있었다.

그들은 검은 태양을 신으로 섬기는 것보다 더 많은 것을 알고 있었다.

바라만 보며 경외하던 우리들과는 달리 직접 파고들어 진실을 얻어 냈다.

그렇기에 그들은 검은 태양에 살아가고 있다.

나는 그들을 지켜보며 눈살을 찌푸릴 수밖에 없었다.

검은 태양을 생명체로 생각한다면 왜 그들의 반격이 당연한 것이라 생각하지 않을까?

살아가는 모든 것은 진화한다.

그들은 자신만만하지만 얼마 지나지 않아 벽에 부딪치게 될 것이다.

나는 여기서야 비관주의 중요성을 깨달을 수 있었다.

현실을 직시해야 한다. 할 수 있다는 자신감은 중요하지만 현실을 직시하지 않으면 해변가에 쌓은 모래성과 같은 꼴이 될 것이다.

램은 자랑하듯이 말했다.

<이렇게까지 했어도 우린 멸망하지 않고 살아남았지.>

<어린아이부터 늙은이 모두 죽을 때까지 살 수 있다고>

"어린 아이부터 늙은이까지?"

그는 그 말을 듣자마자 무언가 이상한 것을 느꼈다.

<텍스쳐에는 늙은 진드기가 없어!>

램이 의문을 표했다.

<그게 무슨 말이야?>

그러나 그램프는 듣지 않고 달려 나가기 시작했다. 이미 물벼락은 그친 뒤 오래였다.

"텍스쳐에는 전부 젊거나 어린 녀석들뿐이야. 그러나 "천국"에서는 늙은이들이 많았지."

그게 의미하는 게 뭘까?

우리가 숭배하는 신들이 자기 몸에 기생하는 것뿐만 아니라 주변에 살고 있는 것들도 적대시하는 게 분명했다.

그램프는 평소에 수없이 꾸었던 꿈이 의미하는 실마리가 어슴푸레 보이는 것 같았다.

그들도 우리와 같은 생물이다. 그들도 자신들이 의미를 알던 모르던 본능적으로 살기 위해, 자신의 종을 유지하기 위해 최선의 행동을 할 뿐이었다.

<아니, 그렇다면…… 우리가 신이라 생각하는 그들도 감히 거역할 수 없는 자연의 법칙이 존재한단 말인가?>

<그들도 우리와 같은 미약한 존재란 말인가?>

그램프는 답답해졌다.

그렇다면 이 사실을 나의 고향 텍스쳐에 살고 있는 모든 이들에게 빨리 알려야 한다.

무방비한 상태로 어느 날 갑자기 모두들 죽어나가는 꼴을 보고 있을 수만은 없다.

그러나 현실의 삶은 험난했다. 그는 서너 번의 물세례를 견뎌야 했으며 그것들은 독성이 있는지 나의 몸에 닿을 때마다 따끔거렸다. 그는 온몸에 힘이 빠지는 것을 느꼈으나 간간히 솟아나오는 만나를 씹어 먹으며 버텼다.

마침내 어둠이 다시 찾아왔다.

끊임없이 움직이던 검은 태양의 동작이 멈췄다. 갑자기 친숙한 냄새가 느껴졌다.

나는 있는 힘을 다해서 그곳을 향해 전진했다.

시간이 지날수록 고향에 가까워진다는 확신이 들었다.

그는 드디어 검은 태양에서 그의 고향으로 돌아올 수 있었다.

그러나 그가 처음으로 발을 디뎠을 때 닥쳐오는 불안감을 지울 수는 없었다.

사방이 깨끗한 바닥, 항상 때와 먼지로 가득 찼던 섬유 속은 텅 비어 있었다.

<아!>

그는 탄식을 내질렀다. 그가 늦은 것이다.

그가 살리고자 했던 도시는 이미 물에 휩쓸렸고 진드기들은 미처 대비하지도 못했다.

둔중하고 느릿했던 그들은 갑자기 닥친 재앙에 방비하지도 못하고 무너졌을 것이다.

아니 막을 수 있더라고 하지 못했을 것이다.

그들이 믿고 있던 모든 게 깨져나가는 순간엔 역시 무기력이 그들을 포기시켰을 것이다.

마치 그가 굴속에서 생명을 포기했던 것처럼 말이다.

그는 계속 이동해 마침내 도시가 있던 터까지 이동했다.

높은 산도 도시의 폐허만이 남아 있을 뿐 인기척조차 없었다.

<아! 조금만이라도 일찍 올 수 있었더라면……>

그는 후회했지만 동시에 그 혼자 노력한다고 해서 무기력에 빠진 진드기를 구할 수 없다는 것도 알고 있었다. 하지만 곧 새로운 만나가 내리고 다시 진드기가 이 땅을 지배할 것이다.

벌써 곳곳에 남겨져 있던 알들에서 새로운 세대의 진드기가 태어나고 있었다.

"여보? 침대시트 갈았네?"

여자가 침실로 들어서며 오늘 오전에 햇빛을 받으며 건조시킨 침대시트로 바꿘 침대를 보고 물었다.

"어! 뽀송뽀송한데…… 한번 만져 봐. 확실하게 갈았어."

남자는 여자가 행복해하는 모습을 기뻐하며 침대에 몸을 누였다.

텔로미어

어느 화창한 오후라고 하면 진부할지도 모르겠다. 진부해도 화창한 오후를 장식하는 햇빛, 너무나 어여쁜 햇빛이다. 그 속에 어떤 죽음의 메시지를 담고 있는지는 일단 배제하고 말이다.

자외선 덩어리.

그래도 산성비보다 자외선 덩어리가 낫다고, 그녀는 그렇게 생각했다. 에너지를 주면 줬지, 적어도 빼앗는 것은 아니라는 생각 때문일지도 모르겠다. 가끔 이 자외선 차단 로브가 갑갑하게 느껴지긴 하지만 말이다. 2000년대 독자들을 위해 설명한다. 지금은 지속되는 온난화와 산성화로 아무 대비 없이 낮에 지상으로 외출하면 피부암에 걸릴 확률이 기하급수적으로 늘어나는 것은 기본, 혹시라도 비를 맞으면 피부에 심각한 상처가 생길 수 있을 정도로 발전하였다. 사태의 심각성을 뒤늦게야 느낀 세계 각국 정부들은 자외선과 산성에 강한 식물을 개발하는 한편 '지하로 이어지는 지구촌'을 모티브로 지하로의 규모를 점점 늘려가며 최근에는 해저 터널 이야기까지 나오면서 구체적인 계획을 세우는 단계에 이르렀다. 근데 결정적으로 그녀는 지하통로를 싫어했다. 마치 두더지 같은 느낌이라고 해야 할까, 머리 위에 벽돌과 흙덩어리가 있다는 생각이 썩 편하지 않았기 때문이다. 그녀 외에도 그런 생각을 품는 기성세대들은 불편함을 감수하면

서도 지상으로 다니는 것이고, 그 외에도 지상에 볼 일이 있는 사람들을
위하여 자외선을 차단하는 로브가 개발된 것이다. 비싼 가격에도 그녀는
애용자가 될 수밖에 없었다. 죽음의 빛으로 바뀐 생명의 빛, 그리고 그 속
을 약 20분간 거닐었던 그녀는 목적지에 도착했다. 그녀는 한 번 숨을 들
이쉬고 건물 안으로 들어섰다.

건물 밖의 세상과 건물 안의 세상은 너무나 차이 났다.

시원함과 쾌적함, 약간 답답한 바깥 공기와 비교도 안 되는 것이, 이런
건물들 덕분에 바깥 공기가 더 달구어질 것이라는 생각이 자연스레 들었
다. 애꿎은 미래형 식물들에게 책임만 더욱 부과하는 기분이라 썩 좋진 않
았다.

벽에 걸려있는 그림들이 그녀가 올바르게 찾아왔다는 사실을 인식하게
해 주었다. 그리고 그곳에 홀로 서 있는 사람까지도 그녀는 그 사람이 눈
치 채지 못하게 발소리를 죽이고 그 사람의 뒤로 다가갔다. 한 발짝, 두 발
짝, 그리고 이제 깜짝 놀라겠지? 그녀는 슬쩍 그 사람의 양 어깨에 손을
올렸다. 곧 그 사람이 움찔하더니 뒤를 돌아보았다. 놀란 눈이 토끼 같다.
곧, 그 사람은 가볍게 그녀를 밀고 놀랐다는 듯 말했다.

"뭐야."

"인사야, 안녕!"

하고 웃는 그녀의 모양새가 학창시절과 다름없다고, 지선은 그렇게 생각했
다.

"어, 그래. 안녕."

"응. 그나저나 이거 멋있는데? 언제 이렇게 많이 그린거야?"

그녀는 놀랍다는 듯 과장된 몸짓을 취하며 주위를 둘러보았다. 지선은
어깨를 으쓱했다.

"뭐, 할 일도 없고 친구들도 바쁘고."

"계속 이런 그림만 그린거야?"

그녀는 신기한 듯 궁금하면서도 그림들을 보며 어딘지 알 수 없는 불편함을 느꼈다. 옛날에 봤던 지선의 그림은 이렇게까지 어둡진 않았는데, 희뿌연 회색 속에서 미세하게 보이는 빛 더미, 그리고 그 위를 검은 선으로 덧칠한 듯한 그림. 기능이 정지된 회색 질을 표현한 건가? 그녀는 직업병에 걸린 듯한 자신의 머리를 한 대 쥐어박고 싶다 생각하며 옆에 서 있는 지선을 바라보았다. 배시시 웃는다. 그 웃음이 어딘지 씁쓸하게 비쳐 보인다 생각했다.

"요즘 회색이 대세인가? 옛날에는 파란색으로 그림 그리지 않았어?"

옛날에 지선이 그리곤 했던 그림들이 몇 떠올랐다. 지선은 파란색으로 그림을 많이 그렸었다. 그것들을 바라보고 있노라면 언제나 마음도 같이 시원해지는 듯했다. 그러나 지금 여기에 걸린 그림들은 다 무언가? 여태껏 그녀는 친구의 그림에서 이렇게까지 무신경한 잿빛 더미들을 본 적이 없다. 보더라도 가끔, 인물 등을 그릴 때 어쩔 수 없이 넣고 말았던 회색, 그 회색으로 그림을 그려 내다니. 그 정도로 기분이 침체되어 있었던 걸까? 친구에게 신경 쓰지 못한 것 같아 그녀는 약간의 죄책감을 느꼈다.

"근데 뭘 그린거야? 추상화?"

말투에는 일말의 죄책감도 묻어나오지 않았다. 그녀 자신을 보호하려는 무의시적인 작용인지도 모르겠다. 이상하게 그녀를 둘러싼 그림들이 그녀를 불편하게 했다. 어쩌면 괜히 그런 기분을 떨치고 싶어 더 말을 많이 하는 것인지도 모른다. 대답이 돌아오지 않는 지선을 흘끗 보며 그녀는 멋쩍은 미소를 지었다. 다른 그림들을 보며 그런 불편함이 좀 사라졌으면 좋겠다는 생각을 하며 그녀는 좀 더 안으로 발걸음을 옮겼다. 한 발짝, 두 발짝……

그녀는 자신의 앞에 보란 듯이 걸려있는 그림을 외면하고 갈 수가 없었다.

그녀는 본능적으로 미소를 거두어 들였다. 자신도 모르게 굳는 입가를 느끼며 생각했다. 저게 무엇인지 알고 웃음을 거두는 건가, 나는?

"이게 뭐야?"

나오는 말씨조차 곱지 못하다. 그녀는 점점 기분이 이상해짐을 느꼈다. 지선은 아무 말도 하지 않았다. 그저 그녀와 함께 그림을 바라볼 뿐. 이제 이상해짐을 넘어 섬뜩했다. 저 표정 없이 늘어선 인간들이, 파랗고 머리꼭지만 노랗게 빛나는 인간 무더기가, 그리고 알게 모르게 전체를 감싸는 희뿌연 회색이. 그녀는 다시 지선을 바라보았다.

"뭐냐니깐, 이거."

안 들리는 척하는 걸까? 아니면 대답하기 싫은 걸까? 그래서 피하는 걸까?

"알면서 묻는 거 아냐?"

지선의 말투가 차가워진 듯했다. 그녀는 입술을 꾹 다문 채로 지선을 바라보다가 다시 그림을 보았다. 아무리 봐도 저건 비유다, 염색체와 텔로미어를 비유하는 색깔이다.

'그러고 보니 그 전에는 전시회에 초대도 안 했었는데.'

보여주기에는 미숙하다고, 쑥스럽다고 그랬었는데, 이것이 목적인 걸까? 그녀에게 이 그림들을 보여 주려고? 그동안 지선은 대체 무슨 일을 겪은 것이기에? 그녀는 계속 그림을 응시했다. 그때였다.

"어이!"

약간 공황에 젖어있던 그녀는 익숙한 소리에 퍼뜩 뒤를 돌아 밑을 내려다보았다. 아, 그녀의 눈이 거슴츠레해졌다.

"제길……."

"잘 생각해."

갑자기 들리는 어딘지 착 가라앉은 지선의 목소리에 아까 그녀가 느꼈던 공황이 살아났다. 뜬금없는 말이기도 했다. 그래서 그녀는 고개를 갸웃했다.

"뭘?"

"내가 왜 이걸 그렸는지, 그림이 어떤 분위기인지."

"빨리 내려와! 아직 총살 위협을 제대로 안 받아서 안전 불감증인가 본데 말이야!"

"시끄러워! 조금만 있어봐!"

그녀는 밑을 향해 버럭 소리 지르고 지선의 눈을 보았다. 어두웠다.

"내가 연구하는 게 싫다는 거야?"

지선은 아무 말도 하지 않았다. 다만 멍하니 그림을 바라볼 뿐이다.

"왜?"

그때였다. 양쪽 팔에 강한 힘이 느껴지더니 우악스레 그녀를 뒤쪽으로 끌고 가기 시작했다. 그녀는 양쪽 팔에 달린 경호원을 보고 질린 듯 소리 쳤다.

"좀 있어보라니까! 친구랑 얘기도 못하게 할 참이야? 아! 아프잖아!"

"죄송합니다, 상부의 명령인지라."

"지선아! 내가 하는 연구는 사람들을 살리는 연구야! 도와주는 연구란 말이야!"

그러면서 뒤쪽으로 사라지는 그녀의 모습, 사라지는 만큼 목소리는 더욱 희미해졌고 시간이 지나자 거뭄 안에는 지선만이 남게 되었다. 지선은 그녀가 희미하게 사라진 문을 바라보고 다시 그림을 보았다. 일관된 무표정의 사람들이 그녀와 마주하고 있었다. 그 일관됨이 두렵게 다가왔다.

"사람을 도와주는 연구라고?"

지선은 입술을 꾹 깨물었다.

"넌 또 왜 여기 있어!"

"체통 없이 그런 상스러운 말을 하다니, 너도 참 아직 멀었구나."

"온다고 그러기에 데리고 왔는데, 뭘."

자외선을 막기 위해 특별히 코팅된 차량이건만, 그녀는 지금만큼은 자외선이 이 차량을 뚫어버리면 좋겠다고 생각했다.

"너나 체통 있는 말 하시지요. 아니, 솔직히 친구 보겠다는 게 그렇게 큰 문제야?"

"그런가 보지."

"문화생활을 하겠다는데도?"

"아, 그런 건 국정원에 물어봐! 외교부한테 묻지 말고"

"왜 그래, 재은아. 그리고 너, 아무래도 네가 경호원 없이 친구를 보러 갔으니깐……."

한 차례 고함지를 뻔한 것을 겨우 틀어막고 그녀는 앞좌석에 앉아있는 재은과 성민을 노려보았다. 특히 재은, 매일 놀 궁리만 하면서 왜인지 그녀를 더 못살게 굴고 있다는 생각에 당장이라도 때리고 싶었으나 저번에 한 번 당한 기억이 있기에 그 시도는 그만두었다. 그리고 외교관의 합기도 실력이 왜 출중한 건지 앙심을 담아 고찰하기 시작했다.

"어이가 없다, 정말."

고찰을 하다말고 그녀는 짜증이 가득 섞인 비꼬는 말을 내뱉더니 털썩 누웠다. 지선이의 복잡 미묘한 표정이 퍼뜩 어른거렸다. 복잡했다.

"겨우 어이없단 말밖에 못하기는, 역시 이과야. 말발이 딸려요, 아주."

"입 좀 다물라니깐!"

짜증나있는 상태에서 재은이 더욱 긁어대니 자연스레 소리를 버럭 지르게 되었다. 재은과 성민은 그런 그녀를 되레 어이없다는 눈길로 쳐다보았다.

"너 왜 그래, 미쳤어?"

"야, 네가 큰소리 칠 상황이야?"

'말도 말아야지.'

그녀는 고개를 홱 돌렸다. 평소에도 재은과 자주 투닥거리긴 했지만 오늘따라 왠지 더 듣기 싫었다. 아니, 참을 수 없었다. 종로에서 빰 맞고 한

강에서 화풀이하는 상황이었다. 그럼에도 재은은 계속 말을 이었다.

"야, 솔직히 이 바쁜 몸이 친히 납셨으면 고마워하지는 못할망정, 뭐? 아주 입 다물라고 욕을 퍼부어요. 네가 그러니까 돌출 행동을 하지 말았어야지, 괜히 사람 골 아프게나 하고."

"됐어, 국정원으로도 죽겠는데. 넌 왜 오냐? 그만 좀 와!"

그녀의 연구실이 보이자 그녀는 재빨리 차에서 내리고 화난 듯한 걸음걸이로 속력을 내어 안으로 들어갔다. 그 모습을 바라보던 재은은 성민을 보며 질린 듯 고개를 내저었다.

"정작 중요한 말은 듣지도 않고 가네, 썩을."

"뭐, 급한 건 아니라며. 다음에 하면 되지. 이왕 온 김에 같이 가, 청와대에 뭐 얘기해야 할 거 있다며?"

"응, 나야 고맙지."

재은은 나빠진 기분을 추스르며 성민을 향해 웃었다. 차는 청와대로 향하고 있었다.

"오, 왔어? 들어와."

간단한 살균 처리를 마치고 그녀는 연구실 안으로 들어갔다. 제이슨이 웃는 얼굴로 그녀를 맞아준다. 그녀는 굳은 표정을 풀었다.

"미안, 제이슨. 혼자 남겨둬서."

"음, 아냐. 친구는 잘 보고 왔어?"

그녀는 말도 말라는 손짓을 하며 자리에 앉았다. 제이슨이 이상하다는 듯 쳐다보았다.

"왜, 기분이 안 좋아?"

"아니, 외교부가……"

막상 운을 떼긴 했지만 어딘지 고자질하는 기분이 들어 그녀는 말을 잘랐다.

"외교관이? 왜?"

"아냐."

그녀는 살짝 불편한 듯 웃으며 주위를 둘러보았다. 새로운 기분으로 둘러보니 새삼 엄청났다는 생각이 들었다. 철모르는 대학생에서 순식간에 여기까지 올라왔다. 여기까지 올라오지 못하고 비정규직 연구원으로 살아가는 사람들이 얼마나 많던가. 그들에 비하면 그녀는 천운을 받은 것이 아니고 무엇이겠는가? 그 과정에서 제이슨의 도움도 컸던 것이 큰 운 중 하나였다. 슬럼프에 빠질 때마다 옆에서 도와주고, 특유의 직관력 강한 머리로 난관에서 구해주던 제이슨.

제이슨이 그녀 앞으로 다가왔다.

"이봐, 기분이 많이 안 좋아?"

"그렇게까지는 아니고."

"그럼, 이것 좀 볼래?"

제이슨은 빙긋 웃으며 상자를 내밀었다. 조그만 택배상자같이 생겼다. 그녀에게 온 택배인가? 택배를 시킨 적이 없는데, 그녀는 의심스러운 눈초리로 제이슨을 바라보았다.

"이게 뭐야?"

그는 잠자코 웃으며 고개만 까딱한다. 그녀는 떠름한 표정으로 상자에 손을 대고, 뚜껑을 위로 젖혔다.

"엄마!"

갑자기 튀어 나오는 용수철에 달린 익살스러운 표정의 공에 그녀는 깜짝 놀란 듯 소리 지르더니, 곧 다시 뚜껑을 닫으며 제이슨을 노려보았다.

"재밌지?"

"퍽이나!"

그녀는 그래도 기분이 좀 풀린 듯 씩 웃으며 상자를 제이슨에게 다시 주었다. 제이슨은 상자를 받아 옆에 치우더니 언제 그랬냐는 듯 금세 진지한 표정이 되어 그녀를 응시했다.

"여튼, 용건은 그게 아니야. 네가 저번에 얘기했던 방법 있잖아."

"응? 아, 그거. 왜, 별로야?"

"위험성이 큰 것 같아."

제이슨은 단호하게 말하고 어깨를 으쓱했다. 그녀는 살짝 미간을 찌푸렸다.

"물론 좀 위험하겠지. 수명을 전체적으로 늘리는 것과는 다른 문제니까. 근데 특정 부위에만 주사하면……."

"아냐, 그래도 위험해."

그녀는 입술을 꾹 깨물었다. 일종의 자존심 같은 것이랄까, 그녀는 누군가에게 자신이 틀렸다는 소리를 들으면 용납을 잘 못하는 성향이 있었다. 설령 자신이 틀렸다고 느껴도 괜히 고집하는 이유는 그때문인지도 모른다.

"그래도 요즘 나노 로봇도 개발 추세니까 그걸 기다려서……."

"그걸 언제 기다리고 있어, 생각보다 복잡한 문제야. 신중히 생각해야 해."

역시 암은 만만한 것이 아니었다. 그녀는 푹 한숨을 내쉬었다. 그들이 지금 이 자리에 서 있을 수 있게 된 이유, 그것은 텔로미어를 통한 장수 방법이었다. 텔로미어가 짧아질수록 세포가 노화되어 죽는 것이라면 텔로미어의 길이를 길게 유지하면 되는 것이 아닌가, 그 생각이 그녀와 제이슨이 했던 지극히 간단한 시발점이었다. 설령 노화가 이어진다 해도 그 속도는 늦출 수 있을 것이고, 그렇기에 수명 또한 같이 늘어날 것이다. 전례로 원핵생물의 텔로미어 길이를 늘려 수명을 늘린 적이 있기도 하였고 그래서 그들은 본격적으로 사람의 수명을 늘리기 위한 대담한 연구를 시작했다. 그러기 위해선 우선 고등동물부터 성공해야 했는데, 그래서 고등동물은 따로 실험을 할 필요가 있었다. 그들은 제일 실험하기 쉬운 고등동물인 쥐를 택해서 원핵생물과 비슷한 원리로 늘려 보았고, 그 결과 수명이 늘어나긴 하지만 주입 방법에 따라 그 결과가 다르다는 것을 알게 되었다. 그들은 처음에 혈관에 주사하는 식으로 주입시켰는데, 그렇게 하니 곁의 체세포들이 텔로머라아제 촉진물질을 받아들이지 못해 혈관세포만 수명이 오래 갔고, 나머지는 정상 쥐와 다름없는 모습을 보였다. 그렇다고 먹는 것은 더욱 말이 되지 않았다. 여기서 제이슨은 약간 생각을 바꿨다. 패치의 원리를 이용하는 것이었다. 패치는 몸에 붙이는 것으로 그 주위에 영향을 미칠 수 있다. 그렇다면 아주 강력한 힘으로 온몸으로 촉진물질을 보낼 수 있는 패치는 어떨까? 그러나 그 정도로 강력한 힘을 가진 패치가 있을까? 무엇보다, 그런다고 촉진물질이 퍼질 수 있을까? 그녀와 제이슨은 한참을 고민했고, 정말 우연한 기회로 몇 년 전에 나왔던 네스코륨에 대한 논문을 보게 되었다. 네스코륨은 지금으로부터 3년 전에 발견된 새로운 물질인데, 전기 자극을 받으면 네스코륨 주위에 접해있는 물질을 사방으로 보내는 성질이 있다고 한다. 거기다 얼마나 강력한가 하니, $10cm^2$의 네스코륨을 붙이고 전기 자극을 주면 온몸 구석구석으로 보낼 수 있을 정도였다. 퍼뜩 거기에서 아이디어를 얻은 그녀는 제이슨에게 네스코륨의 사용을 제안했고, 제이슨은 처음에 전기 자극이 촉진물질의 성질을 변경할 수 있다고 반대했으나 그녀가 실험으로 그렇지 않음을 입증해 보임으로써 아이디어를 실현하는 단계에 이르게 되었다. 그녀와 제이슨은 네스코륨으로 만든 작은 칩에 촉진제를 집어넣고, 생쥐의 몸에 붙여 일정량의 전극을 주고 관찰하였다. 90mV, 100mV, 110mV 순으로 실험을 한 결과, 왜인지는 모르지만 생체 전기와 비슷한 100mV에서 텔로미어가 제일 길게 늘어난 것이다. 그 결과로 그들은 논문을 써서 단번에 사이언스와 네이처 등에 올라가고, 이 자리까지 오게 된 것이다. 현재는 몇 지원자를 대상으로 사람에 대해 임상실험을 하고 있다. 물론 오래 살고 싶은 부유층이 대부분의 비율을 차지하지만 말이다. 텔로미어, 정말 그들과 깊은 연을 가지고 있었다.

　"진짜, 암은 복잡하다."

퍼뜩, 제이슨의 말과 함께 주마등처럼 지나온 연구일지를 회상하던 그녀는 정신을 차리고 심각한 표정의 제이슨을 바라보았다.

"암은 네스코륨을 쓰면 암이 죽기 전에 사람 세포가 먼저 죽을 거야. 네스코륨 말고 무엇으로 암에 텔로머라아제를 제거할 수 있는 효소를 집어넣어야 하지?"

그녀는 갑자기 짜증이 확 돋았다.

"그냥 주사기를 쓰던가! 그럼 안 돼?"

제이슨은 그녀를 빤히 바라보더니 고개를 천천히 내저었다.

"알면서 그러지 마."

첫 관문부터 난관에 봉착했다. 물론 텔로머라아제 촉진물질을 집어넣는 과정도 쉬웠던 것은 아니다. 발명가들이 네스코륨을 발명하지 않았다면 아마 꿈도 꾸지 못했을 것이니 말이다. 그러나 암은 그것과 성격이 약간 달랐다. 그 옛날 2000년대부터 암은 사람을 골치 아프게 하는 해묵은 난관이었다. 왜 온갖 억제 유전자와 방법을 찾았는데 그것을 종합하여 제거할 수 없는 것인가? 그것은 암에 규칙이 없기 때문이었다. 딱 한 가지, 증식한다는 것을 제외하고 말이다. 그래서 그녀는 지금 그 사실이 미치도록 짜증났다.

"제이슨."

"응?"

"우리 오늘은 말자. 지금은 아무 생각도 안 떠올라. 짜증만 나고"

복잡하거든. 그녀는 머리를 감싸 쥐며 자리에 앉았다. 컴퓨터 앞으로 향하던 제이슨은 고개를 돌려 그녀를 바라보았다.

"왜 그런 거야. 친구도 만나고 왔으면서."

"그래서 그런 거야."

제이슨이 고민하는 듯 미간을 살짝 찌푸렸다. 그녀는 어깨를 으쓱하며 피식, 씁쓸한 듯 웃었다.

"그 친구가 내 연구가 별로 마음에 안 드나 봐."

"네 연구를?"

어느 샌가 제이슨은 그녀의 옆에 앉아 그녀의 말에 귀 기울이고 있었다. 그러나 그녀의 눈앞에는 아까 봤던 그림만이 어른거리고 있었다. 무표정한 파란 사람들, 줄줄이 서 있던 노란 빛, 희뿌연 회색.

"난 지금까지 내 연구를 당연히 사람들이 반길 거라고, 그렇게 생각했는데. 왠지 마음이 안 좋아."

제이슨은 그녀의 어깨를 툭툭 다독였다.

"세상 사람들을 어떻게 모두 만족시킬 수 있겠어. 너의 친구도 그저 그 중 하나일 뿐이야. 너무 걱정하지 말라고."

"그래도……."

주위 사람이 그랬다는 것에 그녀가 크게 신경 쓰이는 모양이었다, 어쩌면 상처받은 것일 지도 모르겠다. 제이슨은 애써 웃었다.

"널 응원하는 사람이 더 많을 거야. 파이팅!"

그녀가 그 말을 진짜로 들었을지. 그녀는 한참 멍하니 있다가 고개를 끄덕였다. 컴퓨터 돌아가는 소리만이 윙윙거리며 그 공간을 채우고 있었다.

"임상 실험은 잘되어 가고 있나요?"

고급스러운 내부 디자인이 상류층의 사람임을 어느 정도 이야기해주는 듯하다. 맞은편의 여자는 남자에 비하면 확실히 젊다. 그들 사이에 20년의 시간이 존재하는 것 같았다. 남자는 살짝 웃으며 어깨를 으쓱했다.

"모르지요. 임상 실험이 얼마나 갈 지 모르니까요."

"힘드시겠어요, 언제 나오지도 모르는 결과를 기다리느라."

남자는 냉철한 눈으로 찻잔을 쏘아보고 홀짝 한 모금 마셨다.

"그래서, 적당한 기회를 봐서 그쪽을 도와달라는 말씀입니까?"

여자는 빙긋 웃었다. 고개를 끄덕였다. 어울리지 않게 해맑다고, 그는 생각했다. 그는 살짝 비웃음을 흘렸다.

"나에겐 어떤 이익이 돌아옵니까?"

그럴 줄 알았다는 듯 여자는 어떤 종이를 슥 내밀었다. 그는 종이를 받아 펼쳐 보았다. 그의 표정에 놀라움이 스쳤다.

"그 정도면, 해주시겠죠?"

"왜 이렇게까지 저지하려 하는 겁니까."

그녀의 표정이 단박에 없어졌다. 무언가를 생각하는 듯했다. 그리고 기계적으로 한마디 내뱉었다.

"저에겐 권한이 없습니다. 회장님의 명령입니다."

"뭐, 어쨌든 알겠습니다. 적당한 기회를 잡도록 하죠."

그녀는 싱긋 웃고 찻잔을 탁자에 내려놓았다. 옆에 걸쳐있는 로브를 다시 입었다. 그도 덩달아 일어났다.

"가실 겁니까?"

"예, 시위를 해야 하거든요. 아마 회장님도 당신에게 고마워하실 겁니다."

여자는 천천히 문을 열고 밖으로 나갔다. 그는 날카로운 눈으로 그녀의 뒷모습을 바라보고, 다시 종이를 바라보았다. 저 정도 되는 단체에서 가짜를 줄 리가 없지, 그는 그럼에도 꼼꼼히 다시 살펴본 후 서랍을 열어 각종 서류들의 맨 밑에 넣어 놓았다. 이제 좀 있으면 그의 인생은 더욱 날 수 있을 것이다. 그는 그 눈빛만큼이나 날카롭게 웃었다.

"나갔다 올게, 잠깐."

아무리 쥐어뜯어도 구상조차 나지 않는 머리를 원망하며 그녀는 자외선 차단 로브를 걸쳤다. 제이슨이 뭐라 반응하든 일단 나갈 생각이었다. 생각이 나지 않을 땐 계속 잡고 있는 것보다 밖에 나가는 편이 낫다. 물론 그녀 자신이 생각하지 않을 거라 했지만, 연구실에 있는 이상 자꾸 생각하게 되는 것을 어찌하랴. 연구원의 본능이라고 불러도 좋을 것이다. 어쨌든 그녀는 밖으로 나가기로 결심했고, 지하가 아닌 지상으로 나가기로 마음먹었다.

연구실 밖은 쾌적함과 거리가 멀다. 거리는 텅 비어있다. 이렇게 될 것을 알았으면 왜 우리는 지상에 길을 닦아놓은 것일까? 그녀는 피식 웃으며 한 발짝씩 앞으로 나아갔다. 한가한 것도 나쁘진 않았다. 아니, 오히려 좋았다. 쏟아지는 햇빛, 텅 비어있는 거리.

그래서 저 멀리 보이는 형체가 낯설어 보였는지도 모른다.

설마 새로 생긴 건축물일 리는 없고, 그렇다면 동물일까? 하지만 이 황폐한 곳에 더 이상 지상에 있을 동물이 있을 리가 없다. 설마 사람일까? 그녀는 궁금함에 형체가 있는 쪽으로 다가갔다. 그리고 어느 정도 가까워진 후에야 그것이 사람임을 파악했다.

'이 사람도 지하가 불편한 게 틀림없어.'

그래서 로브를 쓰고 밖으로 나온 거겠지, 그녀는 기쁜 마음에 좀 더 속력을 내어 다가갔다. 그리고 다음 순간, 그녀는 그 사람의 로브 중 팔의 한쪽에 구멍이 뚫린 것을 보고 기함했다. 사람이 죽을 지도 모르는 자외선인데! 그녀는 앞뒤 가릴 새 없었다. 손에 팻말을 들고 있든 말든, 그녀는 표정이 굳어진 채로 그 사람을 끌고 지하로 내려갔다. 자외선 때문인지, 오래 서 있었는지는 몰라도 그 사람은 너무나 맥없이 끌려왔다. 그리고 비로소 햇빛 대신 인공적인 빛이 그녀의 머리 위에 떨어지자 그녀는 로브에 달려있는 모자를 젖히고 끌고 온 사람을 보며 쏘아붙였다.

"미쳤어요?"

처음 보는 사람에게 다짜고짜 그런 소리를 들어서 기분이 언짢았는지 그 사람은 모자를 벗고 그녀를 쏘아보았다. 쏘아보는 눈빛에 짜증이 서려 있었다. 힘없는 듯 또박또박한 말씨가 눈빛과 사뭇 달라 매치가 안 되긴 했지만.

"당신이야말로 미친 것 아닙니까?"

"예?"

하루 종일 비슷한 종류의 소리를 들으려니 골이 터짐을 느꼈다. 어디선 연구가 마음에 안 든다 하고, 어디선 미쳤냐는 소리를 듣고 그러는 그녀의 눈에 팻말의 글귀가 이제야 눈에 띄었다.

'정부는 언제까지 환경을 버려둘 생각인가.'

"1인 시위 하고 있었어요?"

그녀는 아까의 짜증은 싹 사라지고 놀랍다는 듯 그 사람을 바라보았다. 환경운동가인가? 가녀린 소녀 같은 이미지인데 보이는 이미지와 다르게 강인한가보다. 이런 환경 속에서 홀로 누가 봐 줄지 모르는 팻말을 들고 서 있다니, 정말로 환경을 생각하는 사람임에 틀림없다. 이렇게나 생각하다니, 그 모습에 그녀는 괜히 미소가 나왔다.

"네."

가녀린 목소리가 흘러나왔다. 역시 그 눈빛과 매치되지 않았다.

"왜 단체로 하지 않아요?"

"다른 사람들은 바쁘거든요."

말하며 저 밖을 바라보는 모습이 안타까운 듯 결연해 보였다. 하긴, 이토록 악화된 환경을 살린다고 해야 얼마나 살릴 수 있을 것인가. 정부에서 노력하고 있다는 자외선, 산성에 강한 식물이라는 것이 단시간 내에 개발되는 것도 아니고, 날이 갈수록 지하에서 모든 것을 해결하려는 빈도가 늘고. 이러다 정말 두더지처럼 지하에서만 산다면 그녀 같은 사람들은 어떻게 견딜까? 자원은 어떻게 얻어야 하는 걸까? 모두가 느끼고 있는 사안이다. 단지, 그 규모가 너무나 크기에 섣불리 손댈 수 없을 뿐이다.

"밖에 되게 오래 서 있나 봐요."

"예, 뭐, 거의 하루 종일."

"배고프지 않아요? 이름이 뭐예요?"

"오연아라고 합니다. 안 배고파요."

나만 배고팠나, 그녀는 어색하게 웃고 딴 곳으로 시선을 돌렸다. 그동안 연아는 주섬주섬 품을 뒤지더니 어떤 종이를 꺼내들었다. 흰 종이에 몇 사람들의 이름이 적혀 있었다. 맨 위에는 명조체로 ‘환경보존을 위한 청원’이라고 쓰여 있다.

“여기 서명 좀 해 주시겠어요?”

“아! 예, 예.”

그녀는 재빨리 펜을 꺼내 끼적끼적 그녀의 이름을 썼다. 그 행위로 인해 환경을 생각하며 청원하는 사람의 목록에 그녀도 끼게 된 것이다. 뭐, 나쁘진 않았다.

“정부에 넣으려고요?”

“네.”

그녀는 자기도 모르게 연아를 보며 해맑게 웃었다.

“어, 그럼 제가 넣어드릴까요?”

그녀의 말이 너무 뜬금없이 들린 걸까, 그 말을 듣는 연아의 눈빛이 미묘하게 바뀌었다. 좋은 뜻인지 나쁜 뜻인지 파악이 되지 않았다.

“무슨 권리로요?”

아, 나쁜 뜻이었구나. 그녀는 아무렇지 않은 척 어깨를 으쓱했다.

“예? 아니, 뭐, 그냥…… 제가 도와드릴 수 있지 않을까 해서요.”

“왜요?”

“아는 지인이 있다고 해야 할까요.”

‘원한 건 아니지만.’

연아의 눈빛이 점점 미묘해지는 것 같다. 필요 없는 말을 한 걸까? 처음으로 만나는데 인상만 나빠지는 게 아닐까? 그녀는 괜히 머리가 더욱 복잡해졌다.

“그렇다면…….”

그렇다면? 그녀는 벌어지는 연아의 입을 주시했다. 벌어진 입은 곧 다물어지더니 아무 말도 내뱉지 않았다. 무엇하러 뜸을 들이는 걸까? 그녀는 궁금했다. 곧 연아가 다시 입을 열었다.

"안 받고 뭐해요?"

"예?"

그녀는 당황하며 밑을 내려다보았고, 그곳엔 아까 여러 사람의 서명이 적혀 있던 종이가 자리했다. 민망해진 그녀는 재빨리 종이를 받았고, 그 모습에 연아는 살짝 웃었다.

"감사합니다."

"어, 어휴. 천만에요."

손사래를 치며 웃는 그녀의 모습을 약간의 미소를 띠며 바라보던 연아는 다시 로브를 쓰고 팔에 새로운 천을 덧댔다. 감쪽같았다.

"근데, 그쪽은 누구세요?"

헤프게 웃던 그녀가 여전이 그 웃음기를 유지하며 연아를 바라보았다.

"저요?"

"네, 이상하네요. 그쪽 신분은 하나도 안 가르쳐 주시고요."

그녀는 연아를 바라보았다. 가만히 생각하는 모습이 왠지 그녀에게 불편하게 다가왔다. 그녀가 딱히 정체를 숨기려는 마음도 없었는데, 이상했다. 그녀는 비딕을 바라보며 살짝 웃었다.

"그럼요, 그 전에 하나만 물어봐도 될까요?"

"저한테요?"

그녀는 고개를 끄덕였다.

"뭔데요?"

"그런 기술이 있다면요,"

파랗고 노랗든, 일관되든.

"암도 치료할 수 있고, 수명을 늘릴 수도 있는 기술이 있다면요."

"네."

"그 기술은 흔적조차 없이 사라져야 하는, 뭐 그런 종류의 기술이라 생각하세요?"

연아는 입을 다물더니 생각하는 눈빛을 띠었다. 그 눈빛으로 말하니 더 진중하게 들렸다.

"많은 사람들은 열광할겁니다. 특히 암환자와 진시황 부류들이요"

하긴, 그렇기에 연구비가 나오고 언론을 타는 것이 아니겠는가.

"하지만 분명히 반대하는 무리가 있을 겁니다."

죽지 않는 사람들, 늘어가는 오염, 죽어가는 지구.

연아는 고개를 저었다.

"그리고 거기엔 저도 끼어있겠죠"

연아의 말에 그녀는 살짝 멈칫하더니, 곧 수긍한다는 듯 고개를 끄덕였다. 연아는 가볍게 웃었다.

"축하해요, 금세 암도 치료할 수 있게 발전했군요"

그녀는 고개를 저었다.

"아니, 아직요"

"어쨌든, 정부에 넘겨주신다니 감사합니다. 조심하세요. 국정원에서 또 애태우겠어요"

"아, 네. 신경 써주셔서 감사합니다."

그녀는 다시 로브의 모자를 푹 눌러쓰고 재빨리 자외선이 내리쬐는 곳으로 나갔다. 연아는 그녀의 뒷모습을 바라볼 뿐이었다.

'거기엔 저도 끼어 있겠죠'

이해 못하는 것은 아니다. 죽지 않다시피 살아있는 사람이 있는 것은 일단 생태계에 위배될뿐더러 인간이 오래 살아봤자 환경에 이득이 되는 것은 아니다, 아니, 오히려 해악이다.

그래도 섭섭한 감은 적잖게 남아있다.

'근데 누구한테 넘겨줘야 하는 거지? 환경부?'

아는 사람은 국정원과 외교부에만 있는데, 그녀는 가만히 머리를 굴리다 곧 외교부에 넘기기로 결정했다. 아무래도 외교부는 사교성이 넘쳐 여기저기 부탁을 잘 들어줄 것 같았다. 그녀는 자신의 결정에 만족해하며 종이를 손에 쥐었다.

연구실에 다시 들어가니 제이슨이 어디로 갔는지 보이지 않았다. 잠깐 화장실이라도 간 모양이었다. 아까 나갔던 목적이 다시 떠올랐다. 주위에 영향을 주지 않고 어떻게 그 부분만 억제를 시킨단 말인가? 그녀는 얼굴을 찌푸리며 어느 샌가 아까 받았던 종이를 펼쳐보고 있었다. 정갈한 글씨, 알아보기 힘든 글씨, 삐뚤거리는 글씨. 모양새도 다양했다.

"그거 뭐냐."

뒤에서 들리는 목소리에 그녀는 화들짝 놀라 고개를 돌렸다. 멀뚱한 재은의 표정이 자리하고 있었다.

"누, 누가 함부로 들어오래! 이거 불법이야!"

"권력의 힘 앞에 당할 자 누구 있으리."

재은은 비웃듯 미소 지으며 흥얼거렸다.

"성민이는?"

"바쁜 몸이시라. 용건 있는 건 나거든."

그녀는 짜증난다는 표정을 팍 지으며 재은을 바라보았다.

"뭐야."

"별건 아니고, 너 외국 안 나갈 거지?"

언제나 그런 식이었다. 돌리는 말없이 직설법을 사용한다. 저런 애가 그 권모술수가 넘쳐나는 외교 판에서 어떻게 살아남는지 신기하기 짝이 없다고, 그녀는 생각했다.

"응."

"많은 돈에도?"

“어.”

“왜?”

“나가면 또 적응해야 하잖아. 싫어.”

“같잖은 이유대긴.”

재은의 무의식적으로 내뱉은 말에 그녀는 어깨를 으쓱했다. 그리고 바로 비웃듯이 말했다.

“그게 전부냐?”

“응. 감사.”

“왜 그건 갑자기 와서 물어, 근데?”

그 한 마디에 그녀의 표정에 온갖 억울함과 스트레스와 짜증이 무서우리만치 순식간에 피어올랐다. 갑작스러운 감정 분출에 그녀는 소름이 끼쳤다.

“왜, 왜 그래.”

“아니, 되게 어이없는 게 네놈의 자식은 분명히 이렇게 말을 해서 나는 자랑스러운 국가 공무원의 일원으로서 국민의 의사를 존중할 필요가 있기 때문의 너의 의견을 전하거든? 근데 이 외국 녀석들이 말길을 못 알아듣고 자꾸 자기 나라에 보내라고 다 무시하고 주장만 한다 이거야. 커뮤니케이션의 기본이 안 되어있다니까. 내가 뭔데 국민의 권리를 지키네 뭐네 나불거려야 하는 거야. 네 인권이 뭐라고! 짜증나 죽겠어.”

한순간 휘몰아치는 수많은 말에 그녀는 잠시 멍하니 있다가 피식 웃었다. 재은의 표정에 더욱 짜증이 서렸다.

“웃어? 넌 이게 웃기냐? 공무원의 비애가 우습냐!”

“응.”

그리고 보란 듯이 깔깔깔 웃는 그녀를 재은은 어이없다는 듯 째려보더니 한숨을 내쉬었다.

“저놈한테 뭘 바래. 여튼, 넌 분명하게 입장 표명했다. 용건 끝. 간다.”

“어! 잠깐만.”

갑자기 불러 세우는 그녀를 보며 재은은 의아함을 느꼈다. 자기한테 용건이 있을 게 무어라고? 곧 그녀는 품에서 주섬주섬 종이를 꺼내 그녀에게 건네주었다.

"이게 뭐야?"

"그거, 환경부에 주라고"

"환경부?"

종이를 받아들고 바라보는 재은의 눈이 어두워지더니 다시 그녀에게 종이를 건넸다.

"왜?"

"난 못해."

"아니, 왜? 그냥 전달해주는 거잖아."

"그런 게 있어."

"아까는 잘도 국민의 권리 운운하더니."

비아냥거리는 그녀의 말에 재은은 가라앉은 짜증이 팍 치밀고 올라옴을 느꼈다.

"너, 내가 되게 만만하냐? 안 그래도 환경부랑 지금 얼마나 사이가 안 좋은데, 퍽이나 좋아하겠다!"

"그래도 이 사람들이……."

"안 돼! 진짜 싸움난다니까?"

"왜 말 끊고 네 말만 하는데!"

서로 언성이 높아지던 그녀와 재은은 아무 말도 않고 씩씩 노려보기 시작했다. 그때, 제이슨이 저 멀리서 그녀들을 향해 다가왔다.

"오, 무슨 일이야? 재은, 뭐 안 좋은 일이라도 있나요?"

화나서 계속 재은만 바라보던 그녀는 재은의 표정이 놀랄 만큼 빠른 속도로 차분하게 돌아감을 목격하고 놀라움에 입이 떡 벌어질 것만 같았다.

"아, 제이슨. 별거 아닙니다."

재은은 그러면서 그녀를 한 차례 째려보더니 쌀쌀맞게 밖으로 나갔다. 그녀의 표정 또한 일그러졌다. 제이슨은 다만 그런 그녀의 옆에서 어찌할지 모르고 서 있을 뿐이었다.

"어딜 갔다 온 거야."

제이슨의 걱정스러운 물음에 그녀는 한숨만 내쉬고 자리에 앉았다. 제이슨은 빙긋 웃었다.

"음, 저기, 있잖아. 내가 계속 생각해봤는데 말이야, 이 방법은 어때?"

운을 떼고 제이슨은 그녀를 바라보았다. 그녀가 고개를 들어 궁금한 표정으로 제이슨을 보았다.

"아…… 뭔데?"

"확실한 방법! 대신 우리 세대에서 암 치료하는 건 포기한다고 봐야 할 거야."

말하는 제이슨의 표정이 살짝 어두워졌다. 나름 욕심이 있었던 것이리라. 그 표정을 보는 그녀는 저도 모르게 중얼거리듯 말이 툭 튀어나왔다.

"그냥 안 하는 게 좋을 수도……."

"엥? 뭐라고?"

제이슨의 어이없다는 반응이 돌아오고 나서야 그녀는 자신이 어떤 말을 내뱉었는지 퍼뜩 느꼈다. 제이슨은 살짝 얼굴을 찌푸렸다.

"왜 그러는 거야."

"그게…… 아니, 아니, 모르겠어. 왠지……."

연구하면 안 될 것만 같은 기분이야. 뒷말은 속으로 삼키고 그녀는 고개를 숙였다. 제이슨의 눈빛이 아까와 달라졌다.

"이렇게 나약한 소리를 할 줄은 몰랐네. 흐흠, 흠. 봐, 내 말을 들으라고."

그러니까, 약간 안쓰러운 눈빛으로 바뀌었단 소리다.

"왜 언론에서 우리 업적을 그렇게 대대적으로 얘기했겠어! 그건 많은 사람들이 우리 업적에 절대적인 공감을 표시하고 있기 때문이야. 네가 만났던 사람들은 우연히 어쩌다가 반대 입장인 사람들이었던 것뿐이야. 나머지는 환호한다고!"

제이슨은 빙글빙글 웃으며 말했지만 어째 말을 듣는 그녀의 눈은 점점 침울해졌다. 제이슨은 난처했다. 이럴 땐 어떻게 행동해야 하지? 그가 뭐라 말을 덧붙이려는 찰나, 그녀가 입을 열었다.

"미안, 제이슨. 다음에 듣자. 먼저 들어갈게."

그녀는 힘없이 웃고 가방을 챙기며 손을 흔들었다. '안녕.'

"음? 어? 어, 어. 그래. 내일 보자고 어, 어……."

제이슨은 얼떨결에 고개를 끄덕였다. 문이 열리고, 닫혔다.

집으로 돌아오는 길이 때론 너무 길게 느껴질 때가 있다. 왠지 그럴 때마다 그녀는 괜히 더 지침을 느낀다. 특히 이리도 침울한 날엔 더더욱 말이다. 그렇게 좁지도 않지만 넓은 것도 아닌 집, 그래도 편하다는 느낌은 충분히 주고도 남는 집. 그녀는 옷도 갈아입지 않고 소파에 주저앉았다. 푹신한 느낌이 안정감을 주었다. 지선과 연아의 모습이 몽타주처럼 지나갔다.

상당히 기분이 좋지 않은 일이다, 라고 느꼈다.

'많은 사람들이 우리 업적에 절대적인 공감을 표시하고 있기 때문이야.'

있지도 않은 소리인 것 같았다. 실제로 만난 사람들은 다 그녀의 연구에 반대 의견을 표명하지 않았던가. 보이는 모습과 들리는 목소리가 달라서 혼동이 왔다. 나는 무엇을 믿어야 할까? 그녀는 무릎에 얼굴을 파묻었다.

그냥, 다 때려치울까.

그때 전화기가 울렸다.

'누구지?'

시끄럽게 울려대는 핸드폰을 귀찮은 듯 쥐어 잡으며 그녀는 귀에 갖다 됐다.

"여보세요."

"여보세요!"

활기차고 밝은 목소리다. 그리고 그것은 그녀에게 부모님만큼이나 익숙한 목소리이기도 했다. 목소리를 듣는 순간 모든 고민이 싹 사라지고 반갑다는 감정만이 남았다. 그녀는 반갑게 소리쳤다.

"주영아!"

그녀의 제일 오래된 친구였다. 초등학교부터 고등학교까지 같은 학교를 다니면서 우정을 돈독히 쌓았던, 여러 추억이 많았던 친구. 결국 염원하던 존스 홉킨스 대학에 붙어서 그곳에서 의사 생활을 하기 위한 기초 지식을 닦고 있고, 지금은 인턴이라고 알고 있는데, 국제 전화를 건 것일까? 어쨌든 그녀는 반가움에 마음이 들뜨기 시작했다.

"잘 지냈어? 거긴 어때? 살 만해? 한국엔 안 오고 싶고?"

"……아. 바빠서 너한테 소식을 못 전했구나. 진짜 미안하다, 사실 나 한국 들어온 지 꽤 됐는데."

"뭐라고?"

반가움과 약간의 섭섭함이 뒤섞인 채로 그녀가 소리쳤다. 한국에 들어왔으면 자신에게 제일 먼저 알렸어야 했던 것 아닐까? 그럼에도 같은 나라에 있다는 사실은 그 섭섭함을 넘어서 반가움으로 자리했다. 그녀는 보이지 않음에도 웃었다.

"진작 말하지! 왜 이제 말하는 거야."

"미안, 미안. 여기 병원에 적응하는 데도 꽤 걸리더라고"

"뭐? 병원에도 취직했어?"

"하하, 미안. 어쩌다보니 그렇게 됐어. 짧은 시간 안에."

하긴, 그 정도 학력에 안 데려갈 병원이 어디 있을까. 요즘같이 비행기를 타고 이동하는 것도 많은 제한이 들어가는 시기에 말이다. 이 상황에서 외국에 있다 온 고급 인력은 환영을 격하게 받는 존재인 것이다. 아마 굉장히 큰 병원으로 갔을 듯하다.

"진작 얘기하지, 서운하게."

"지금에서야 생각났다. 미안. 바빠서 그랬어, 이해 좀 해줘라, 친군데. 아, 말 나온 김에 우리 내일 볼까?"

"내일?"

그녀는 살짝 생각했다. 지금 한참 난관에 부딪쳐 있는데, 괜찮을까? 그러나 그녀는 고개를 내저었다. 내일 하루 고민을 안 한다고 해도 아마 방법을 찾는 것에 지장은 없을 것이다, 하루쯤 상관없을 것이다. 그녀는 그런 식으로 합리화하는 자신의 모습에 빙긋 웃었다.

"왜, 안 돼?"

"그럴 리가! 내일 만나자. 어디서 볼까?"

"병원도 구경시킬 겸, 우리 병원 앞 카페에서 음. 1시쯤에 보자."

"그래. 아, 맞다, 너희 병원이 어딘데?"

핸드폰 너머로 슬쩍 웃는 소리가 들렸다.

"우리나라에서 제일 큰 병원."

"……우와, 거기서 널 데려간 거야?"

"그러게, 학력이 좋긴 좋나봐."

왠지 주영이 웃는 듯한 모양새가 떠올랐다. 아직도 그 모습 그대로일까? 본 지 너무 오래된 것만 같다.

"그래, 알았어. 피곤할 테니까 쉬고 내일 보자!"

주영은 '응' 하는 소리와 함께 전화를 끊었다. 갑작스러운 전화여서인지 몰라도 그녀는 깜짝 놀란 듯 기분이 설렜다. 오늘에 접어들고 처음으로 기분이 좋아졌다.

'내일 보면 어떤 모습일까.'

여전히 고등학생 때의 모습일까, 너무나 많이 변해버린 것은 아닐까. 그녀는 그제서 일어나 화장실로 들어가 샤워할 준비를 했다.

　"제이슨, 오늘 친구랑 만나서 점심 먹기로 해서, 미안해."
　제이슨은 살짝 눈을 찌푸리더니 슬픈 표정을 지었다.
　"음, 요즘 친구들을 만나는 날인건가? 난 또 혼자 먹어야 하는 거야?"
　"미안, 미안. 오늘은 꼭 봐야 하거든."
　제이슨은 하는 수 없다는 듯 싱긋 웃으며 가라는 손짓을 해 보였다. 그녀는 밝게 미소 짓고 손을 흔들며 건물 밖으로 나왔다. 요즘 같은 날엔 자외선이 들어오는 빈도가 낮아 다니기 편했다. 그래도 로브는 꼭 써야 하는 존재지만. 주영은 지하철로 다니는 편을 선호할까? 아니면 로브를 써서라도 지상으로 다니는 것을 좋아할까? 여러 가지가 궁금했다. 여기서 병원까지는 걸어서 20분이다. 아무래도 한국의 메트로인 서울이다 보니 여러 가지의 건물들이 다들 모여 있기 일쑤였고, 점점 좁아지는 땅들을 새로운 건물들이 점유하다 보니 병원부터 영화관까지 전부 한 지역에 모여 있는 상태로 발전하게 된 것이다. 물론 이 현상은 뉴욕 등 큰 대도시에서는 흔히 발견되는 모습이었고, 그래서 그녀는 이곳에 살면서 별다른 위압감을 받지 않았다. 그건 아마 주영도 비슷할 것이다. 여전히 밖은 식물들이 황폐한 채로 자리했다. 땅은 항상 일렁거렸다. 그럼에도 나름의 황폐한 운치가 있었다.
　딸랑— 하는 종소리가 생경한 듯 안의 종업원이 어색하게 돌아보더니 '어서 오세요'를 짤막하게 내뱉었다. 그녀는 한 번 웃고 주위를 둘러보았다. 어느 곳에나 있는 카페였다. 갈색 톤의 테이블과 벽지, 약간 어둡게 일렁이는 전구. 병원 부근에 있는지라 여기저기 하얀 가운을 입은 의사들이 삼삼오오 모여 있었다. 그녀가 한 바퀴쯤 둘러봤을 때 저쪽에서 어제의 그 익숙한 목소리가 들렸다.
　"여기야!"

그녀는 로브를 벗고 목소리가 나는 방향을 바라보았다. 갈색 머리가 전구의 불빛을 받아 살짝 빛나고 있었다. 그래, 그 머리만 제외하면 모든 것이 똑같다. 그녀는 빙긋 웃으며 소리쳤다.

"주영아!"

주영은 손을 흔들었고, 그녀는 그쪽으로 달려가다시피 걸어가 자리에 앉았다. 머리가 생각보다 어울렸다. 그 흰색 가운도 잘 어울리는 것 같다. 그녀는 그저 좋았다.

"하이, 잘 지냈어?"

말하고 담담히 웃는 주영의 모습, 몇 년으로는 쉽사리 변하지 않나 보다.

"그럼, 근데 왜 이제야 부른 거야! 그동안은 뭐하고"

"에이, 바빴다니까. 인턴 마치고 갑자기 한국에 들어오게 되었는데, 여기 취직되고 그래서, 적응하느라고 그리고 왜! 보면 안 돼?"

"에이, 단지 그거?"

주영은 한 번 크게 웃더니 고개를 끄덕였다.

"하긴, 그냥 보고 싶은 데엔 이유가 있겠지. 정확히는 뒷북을 친 거지."

뒷북? 그녀는 고개를 갸웃했다.

"무슨?"

"네가 뉴스에 나온 걸 이제 봤지, 뭐야."

그녀는 '내가 뉴스에 나올 일이 뭐가 또 있던가?' 정도의 생각을 하다가 주영이 불러낼 정도로 관련성 있는 사실 하나를 생각해냈다.

"아, 암."

"장해, 고칠 생각도 하고"

주영은 기특한 듯 그녀의 어깨를 툭툭 쳤다. 그녀는 왠지 그것이 큰 응원이라 느껴졌다. 그럼에도 그녀는 쓸쓸히 웃으며 차를 한 모금 들이켰다. 그래도 그나마 장한 일이라고 생각해주는 사람이 있긴 하구나.

“임상실험 우리 병원에서 하지?”

“어? 혹시 담당이야?”

그랬다. 처음으로 밝혀지고 임상실험을 진행하는 곳이 바로 이 병원이었다. 규모도 크고, 그래서 조건에 맞는 환자들과 그 조건을 관리해 줄 의사들을 쉽게 선발할 수 있었다. 지금은 약 3명을 데리고 그 효능을 입증하기 위한 기나긴 임상실험의 시발점에 있다. 주영은 고개를 저었다.

“아니, 그냥 가끔 가서 보는 정도 아무것도 모르겠더라.”

“그렇지, 아무래도 일은 안 힘들어?”

“나?”

주영은 장난스레 웃으며 곰곰이 생각하는 듯 찻잔을 들여다보았다. 살짝 침묵이 자리하고, 곧 사라졌다.

“응, 괜찮아. 재밌어.”

“미국에 비하면 불편하지 않아?”

“난 한국인이야. 오히려 편해.”

“다행이네.”

하도 미국에서 잘 적응했던 친구였기에 한국 병원에서 근무한다고 했을 때 한 순간 얼마나 걱정했는지 모른다. 과연 이 병원에서조차 존재하는 권력 구조를 주영이 적응할 수 있을까? 지금은 우선 학력으로 권력 구조에 속해있지 않은 모양이지만, 앞으로 그것이 계속 도움이 될 지는 미지수였다. 오히려 독이 될 수도 있는 사실이었다.

“넌 어떤데?”

침묵이 유지되자 주영이 어색한 듯 물었다. 왠지 그녀는 기분이 아련해졌다.

“나? 그냥……”

“무슨 일 있어?”

그 걱정해 주는 한마디에 모든 걸 말해도 될 것 같은 기분이었다. 그녀는 정신없이 말하고, 착잡해하고, 혼란스러워했다. 자신의 연구가 인정받지 못하고 오히려 배척되는 것으로 판단되어질 때의 그 기분, 만나는 사람마다 펼치는 반대 의견. 그녀는 말을 하며 점점 무아지경으로 빠졌다. 가만히 듣던 주영의 표정은 갈수록 굳어졌다. 그리고 그녀의 말이 다 끝날 때쯤, 갑자기 벌떡 일어났다. 그녀는 의아한 눈으로 쳐다보았다.

"왜?"

"일어나."

"갑자기 뭐야, 주영아."

"너 아무래도 나랑 한 번 올라가야겠다. 빨리."

말을 하고 주영은 카페 종업원에게 카드를 내밀고 사인을 한 후 병원 쪽으로 빠르게 발걸음을 옮겼다. 그녀는 황망한 기분으로 뒤따라가다시피 주영을 따라 나섰다. '안녕히 가세요.' 하는 종업원의 소리를 저 멀리 들으며 그녀는 주영의 행보를 의심스럽다는 듯 따라갔다.

"병원은 왜, 갑자기."

"내가 어떤 일을 하는 지 아무래도 너한테 보여야 할 것 같아서 말이다."

병원에서 바라보는 바깥은 어두웠다. 해가 서서히 져서 하늘이 어슴푸레했다. 카페와 연결되어 있어서 바로 위로 올라가면 그만이었다. 역시 큰 규모는 다르다고, 그녀는 그렇게 생각했다. 아마 이 안이 이렇게 밝으면 바깥에서 이 병원을 바라볼 때 엄청 밝아 보일 것이다. 다른 곳은 절전 문제로 희미하게 킬 수 있지만, 병원은 그 규칙에서 벗어난 듯하다. 여기저기 켜진 불들이 죽음을 몰아내는 듯했다. 그것을 노린 것일지도 모르겠지만. 어쨌든 이곳은 생명과 죽음이 뒤섞인 곳이었다.

"어머, 아직 퇴근 안 하셨어요, 선생님?"

"아, 좀 이따 다시 할 겁니다. 수고하세요."

주영은 싱긋 웃으며 자꾸 위로 올라갔다. 2층, 3층, 4층. 엘리베이터는 계속 올라가는 듯하더니 7층에서 멈춰 섰다. 복도엔 수건과 링거를 든 간호사들이 돌아다니고 있었다. 밖으로 나오는 빛의 양과 다르게 조용한 분위기였다.

주영은 705호 앞에서 멈췄다.

"들어가자."

그리고 자연스럽게 문을 연다. 그녀는 얼떨떨한 기분으로 같이 들어갔다. 여느 방과 같았다. 아니, 달랐다. 침대가 6개쯤 열에 맞춰 자리하고 있었고, 투명한 액이 담긴 비닐이 위에 자리하여 관을 통해 사람과 연결되어 있었다. 생명을 유지하기 위한 것일까? 주영은 그중 한 사람에게 다가갔다. 머리가 다 빠져 있었는데, 대략 60대쯤 되어 보이는 사람이었다. 표정에 지쳤다는 감정이 강하게 어려 있었다. 퀭하다는 것이 무엇인지 존재 자체가 입증해 주고 있었다.

"좀 괜찮으세요?"

"아, 선생님."

퀭한 얼굴에 지친 미소가 어렸다. 삶과의 치열한 사투에서 점점 힘이 빠지는 과정이 얼마나 잔혹한지 여실히 보여주는 것 같았다.

"덕분에요. 많이 아프진 않아요."

주영은 그녀를 흘끗 바라보고, 다시 앞에 있는 사람을 쳐다보았다.

"밖으로 나가고 싶진 않으세요?"

"나가고야 싶지요. 하지만 기력에 부치는 걸 어떡해요. 저 화분으로도 만족한답니다."

저도 모르게 화분 쪽으로 시선이 갔다. 약간 시들한 꽃이 피어있었다. 저걸로 바깥의 그 활기를 대신한다고? 왠지 그 말이 서글펐다.

"오늘 손님을 데려왔는데, 혹시 이분 뵌 적 있으세요?"

주영은 웃으며 그녀의 어깨를 툭툭 쳤다. 방청객에서 갑자기 주연으로 올라간 기분이었다. 얼떨떨하게 놀랐다. 그 사람은 깊다면 한없이 깊은 눈으로 그녀를 바라보았다. 약간 흐릿하게 보이기도 했다. 모르는 사람을 보는 것치고 오래 응시하고 있었다. 그녀를 어디선가 봤던 것일까? 마침내 그 사람의 눈에 확신이 들더니 곧 기쁨의 빛이 어렸다. 그 사람은 감격스러운 듯 그녀의 손을 움켜쥐었다.

"알다마다요."

내가 이렇게 큰 기쁨의 대상이 되어도 괜찮은 걸까? 그녀는 얼떨떨한 와중에도 한 가닥 불안함을 움켜쥐었다.

"뉴스에서 봤어요. 선생님과 아는 사이신가요?"

"아, 아, 네. 그렇습니다."

"친한 사이죠."

주영의 친근한 말에 그녀는 저도 모르게 피식 웃었다. 웃으며 고개를 끄덕였다. 그 사람의 손에 더 힘이 들어갔다.

"어려운 연구하시느라 힘드시죠."

"아니, 아닙니다. 절대로요."

당황한 그녀는 놀란 듯 빠르게 말했다. 그 사람은 인자한 미소를 지었다.

"전 살 날이 얼마 남지 않은 노인에 불과합니다. 하지만……."

그 사람은 옆의 사람들을 바라보았다. 그녀도 그 시선을 따라갔다. 젊은 여자, 어린이, 아저씨. 하나같이 머리카락이 없었다.

"저 사람들은 안타깝잖아요."

그 사람은 어디서 그런 힘이 나오는지, 환하게 웃었다.

"저 사람들을 위해서라도 꼭, 꼭 성공해 주세요."

연륜에 따라 간절함마저 달라지는 것일까. 그녀는 저도 모르게 고개를 끄덕이며 결연한 목소리로 말하고 있었다.

"네."

뒤에서 주영이 득의양양하게 웃고 있었다.

"어때, 아직도 그래?"

돌아오는 길은 이제 어둑해 별빛만이 박혀 있었다. 그조차 희미하기 짝이 없지만, 그녀는 웃으며 고개를 내저었다. 주영은 '좋아'라고 혼잣말을 중얼거리며 백미러로 그녀를 바라보았다.

"처음에 그 말 들었을 때 얼마나 화났는데."

그녀가 겸연쩍게 웃는 소리가 들렸다.

"그랬나."

"당연하지. 난 의사야. 난 매일 저 사람들을 봐. 하루하루 삶과 죽음의 경계선에서 치열하게 죽음으로 넘어가지 않으려 발버둥 쳐. 고통 속에서 하루하루를 살아."

주영은 자신도 모르게 얼굴을 찌푸렸다. 그동안에 거쳤던 사람들, 그 많은 사람들이 생각나서였다. 의사라고 모든 사람을 다 구출해낼 수는 없다. 누군가는 결국 보내야만 하고, 그 모습을 안타깝게 지켜볼 수밖에 없다. 마치 죽어가는 사람을 방관하는 기분이랄까, 그럴 때마다 왜 내가 이 직업을 해서 고통을 받는 건지, 의심을 가지고는 한다. 그럼에도, 그럼에도 계속 의사를 하는 이유는…….

"넌 그런 사람들을 두고, 당연한 것을 두고 괜히 고민했어. 그 사람만이었을까? 그들 모두가 너의 연구가 성공하길 원해."

그럼에도 누군가를 살릴 수 있기 때문에.

"환경? 난 사람이 먼저라고 생각한다."

"주영아."

어느 샌가 그녀의 집에 거의 도착했다. - 주영은 차를 세우고 뒤를 돌아보았다. 정부에서 지원해준 비싼 차인데. 왠지 주영은 그런 차를 받을 만한 자격이 있다고, 그녀는 새삼 생각했다. 그녀는 빙긋 웃었다.

"고마워."

주영은 약간 어색한 느낌을 받으면서도 마주 웃었다.

"아, 오글거려."

"오글거리라고 한 건데. 난 이만 들어간다. 고마워, 조심히 가."

그녀는 차에서 내리며 손을 흔들었다. 주영은 고개를 끄덕이며 같이 손을 흔들었다. 그녀가 그녀의 집으로 멀어지는 모습을 보며 주영은 차를 다시 움직였다.

어쨌든 다행이다.

몸은 아까보다 피곤에 절어 있는 것 같지만 오히려 정신은 더 말짱해진 기분이다. 우울함에선 일단 벗어난 것으로 판단되었다. 아마 이 상태라면 뭔가 아이디어가 떠오를지도 모른다. 그녀는 옷을 갈아입고 소파에 누웠다.

가만히 눈을 감고 생각했다. 오늘 제이슨한테 물어볼걸, 그냥 집에 와버렸다. 제이슨이 말하려던 것은 무엇이었을까? 오래 걸릴지도 모르는 일, 그것은 미래 기술이나 미래에 완료될 일을 이용하기에 그렇게 이야기한 것이 아닐까?

안 될 말이다.

아까 그 사람들의 잔향이 너무나 강하게 남아있었다. 각양각색의 사투리를 벌이는 사람들, 그녀는 생각보다 일이 시급했음을 느낀 것이다. 얼른 머리를 굴려야 했다. 지금 계속 문제되는 것이 텔로머라아제를 제거하는 효소가 다른 곳으로 퍼질 가능성인데, 이것에는 해결책이라고 불릴 만한 것이 두 가지 정도 있었다. 하나는 퍼지지 못하게 막아내는 것, 또 하나는 일정한 세포만 공격할 표식을 주는 것. 첫 번째 방법은 지금 시점에서는 미래 기술밖에 떠오르지 않았다. 그렇다면 만약에 두 번째 방법을 쓴다고 가정할 때, 암세포만이 가지고 있는 특징이 무엇일까?

"섞인 유전자, 돌연변이, 단백질, 무한증식, 텔로미어 길이가 과다……"

……그녀는 벌떡 일어났다. 그녀의 기억이 맞는다면 Cdc13의 이량체 여

부를 판단하는 것에 대한 논문이 집 어딘가에 있었다. 그녀는 자신의 방으로 달려가 한참 전부터 쌓인 듯한 높이의 종이더미에서 30분간 사투를 벌인 끝에 30년 정도 전의 연도가 찍혀있는 논문을 꺼냈다. 그녀는 평소에 정돈하지 않고 쌓아두기만 하는 자신의 정돈습관을 원망했다. 언제 한 번 날 잡고 정리해야겠다는 생각과 함께 그 결심을 몇 번이나 했는지 기억도 안 난다는 생각도 어쨌든 지금은 목표를 찾았으니 그것을 해독해 내는 것이 우선 순위였다. 그녀는 읽고, 또 읽었다. 하나의 실마리를 얻은 기분이었다. Cdc13의 이량체 형성을 억제하면 금세 사멸하지만 이량체가 DNA에 결합하지 못하게 하면 그 세포는 무한 증식한다. 첫 번째 성질을 이용할 수도 있지만, 암세포에는 Cdc13의 결합하지 못한 이량체가 분명히 떠 있고, 그것을 검측할 방법이 존재할 것이다! 그리고 그 분별해 내는 결과에 따라 사멸시키는 효소의 발현을 메커니즘화하여 삽입할 수 있다면⋯⋯.

됐다.

그녀는 만족스러운 듯 눈을 감았다.

"그것도 괜찮은 생각인 것 같은데?"

제이슨은 고개를 끄덕였다. 그녀의 눈이 반짝였다.

"그치? 괜찮지!"

"응. 어제 점심 먹고 아예 안 나타나더니, 이거 짜오려고 그런 거였구나?"

제이슨은 머리를 긁적이며 장난스럽게 웃었다. 그녀의 기쁘지만 퀭한 눈빛이 보였다. 그녀는 털썩 의자에 앉았다.

"넌 처음에 뭘 생각했었는데?"

"나?"

제이슨은 어깨를 으쓱였다.

"그냥 나노 기술 이용할 것만 생각했지. 이제 슬슬 상용화로 넘어갈지도 모른다는 소식을 들어서. 근데 상용화가 갑자기 늦춰지거나 인체에 해로우면 못 쓰잖아. 그래서 시일이 오래 걸린다고 얘기한 거지, 뭐."

제이슨은 말하면서도 자신의 생각에 미련을 버리지 못한 듯 생각에 잠겼다. 누가 모르겠는가, 그녀는 그저 가만히 웃으며 제이슨을 바라보았다. 시선을 느꼈나? 제이슨은 종이에 무언가를 마저 끼적이고 일어났다.

"자, 그럼 일단 네 방법을 쓰는 걸로 하고, 단백질 분석표부터 봐야겠다. 알고리즘을 짜야지?"

2009년, 인간 게놈 해독이 처음으로 완성된 이후 과학자들은 끊임없이 유전자와 단백질들을 분석했다. 처음에는 쓸모없는 대부분의 것 중 유용한 몇 가지가 섞여 있는 줄 알았으나, 나중에 와서야 그 '쓸모없는' 것들이 텔로미어, 시작, 끝 외 여러 가지를 알려주는 쓸모없지 않은 유전자들임으로 밝혀졌다. 과학자들은 그것을 통해 유전체를 분석한 표, 단백질의 구조를 파악한 표를 만들어 알고리즘 프로그램에 삽입시키고, 시뮬레이션까지 해 볼 수 있게 만들었다. 그러나 이것은 곧 논란에 휩싸였다. 각종 인권단체와 보호단체에서 들고 일어난 것이다. 그 이유인즉 동물들은 인간의 이익을 위한 일종의 수단으로밖에 사용하지 않을 것이며, 그리고 그러다 인간을 인간이 다룰 수 있게 되는 순간 인권은 사라진다는 것이다. 심지어 환경에두 심각한 영향을 끼칠 수도 있다는 의견이 있는데, 유전체 처리의 실패로 돌연변이로 남게 된 생물들이 생태계로 퍼질 경우 엄청난 혼란이 야기될 것이라는 근거였다. 전례로 돌연변이 생물을 만들다 발각되어 강제 해체당한 두 집단이 있었는데, 그 예는 이 사안이 얼마나 민감한 사안인지를 단적으로 보여주는 사례로 종종 이용되었다. 그 후 그 집단 중 하나인 '가이아'는 '케레스'로 다시 부활하여 옛날의 명성을 이어갈 만큼 현재 세계에서 제일 큰 영향을 끼치는 환경 단체로 당당하게 자리 잡은 상태이긴 하지만 말이다. 현재 유전체와 단백질을 알고리즘을 통해 완성시키는 기술이 상용화된 이 시점에서도 꾸준히 반대 의견을 표명하며 전 세계 곳곳에서 시위를 펼치는 케레스, 그럼에도 그 단체의 회장이 누구인지는 아무도 알지 못한다. 다만 한국인이라 짐작하고 있을 뿐. 그러나 각종 단체의 시위에도 인권보다 이익 쪽으로 몸이 기운 세계 각국의 정부들은 놀라우리만치 연구비를 많이 지불하여 현재 각 나라의 연구소에 최소 하나씩 정비하여 부지런한 활용을 장려하고 있다. 대신, 케레스의 눈치가 보이는 만큼 어느 정도 협상을 하여 형태를 바꾸거나 인간의 유전자를 건드리면 엄중한 처벌을 받도록 제한하였지만 말이다. 아직 그곳까지 접근한 사람은 많지 않아 '범죄'는 발생하지 않았지만, 점점 연구자가 늘어나는 추세이기에 앞으로 어떻게 될 지는 미지수였다. 그녀는 시작 버튼을 누르고 가만히 화면을 응시했다.

'명령을 선택해 주십시오.'

그녀는 '시작'을 눌렀다. 남들은 쉽사리 알 수 없을 염기 서열이 나열되었다. 그다음엔 무엇을 해야 할까? 그녀는 옆 화면에서 Cdc13의 단백질 구조 표를 검색했다. 그리고 그 구조 표에 적혀 있는 염기서열을 자연스레 옆 화면에 복사하여 붙여 넣었다. 아직 단백질들의 구조가 전부 밝혀진 것은 아니다. 해독 알고리즘에 넣어도 빠른 시일에 나오는 것이 아닐뿐더러, 발견되는 수도 날이 갈수록 기하급수적으로 늘고 있기 때문이다. 그렇다고 순수한 단백질만 분리하는 것은 쉬운 일인가? 운 좋게 Cdc13은 누군가 구조를 해독해 놨지만, 앞으로 쓸지도 모르는 단백질의 구조표가 없다면 조사해서라도 쓰는 것은 감수해야 했다. 그리고 Cdc13을 넣고, 인식을 하고, 이량체? 이량체는 어떻게 넣어야 하는 걸까?

"제이슨."

"음. 어, 왜? 무슨 문제 있어?"

"이량체를 어떻게 인식하도록 짜야 하지?"

"이량체? 아, 표지."

제이슨은 빙긋 웃고 copy-와 OB-fold를 집어넣었다.

“이량체가 생기려면 사본이 있어야 하고, 그 다음에 결합해야 하니까.”

“그다음엔 인식, 하고 텔로머라아제 억제 효소를 넣어야 하지?”

“아니지, DNA에 붙어있는 것까지 인식하면 안 되잖아. 음, 어떡하지?”

둘은 말을 멈추고 가만히 화면을 응시했다. 깜빡깜빡하는 커서가 초침 같이 느껴졌다.

“음……”

제이슨은 약간 망설이는 듯 검색창에 핵산을 쳤다. 그녀는 가만히 생각하다가 퍼뜩 그를 보았다.

“핵산은 왜?”

“핵산이랑, 또……”

제이슨은 무언가에 홀린 듯 수행하지 말라는 명령어를 집어넣었다. 그녀는 의문에 사로잡혔다. 저 둘을 결합하면 핵산, 아니다라는 명령밖에 되지 않는데, 이것을 넣는다고 붙어있는 것을 인식하지 않게 될까?

“아!”

가만히 있던 그녀가 뭔가 생각났다는 듯 제이슨을 건드렸다. 무언가에 홀린 듯한 눈빛이 깨어났다.

“오우, 과격해. 왜?”

“이거 말고……”

그녀는 중얼거리듯 말하며 제이슨을 밀쳐내고 제이슨이 썼던 염기서열을 지웠다. 그리고 Cdc13의 염기서열 앞에 ‘순물질’을 뜻하는 명령어를 넣었다. 제이슨은 벙찐 듯 바라보다 뒤늦게 탄성을 나지막이 내질렀다.

“아, 순물질 Cdc13 이량체면 연결할 게 없으니까……”

그녀는 미소 짓고 제이슨은 머리를 긁적였다.

“에이, 이거. 명령어 좀 더 자세히 외워둘 걸 그랬네.”

“진작 그러지! 그리고 이다음에 효소?”

“효소……”

그들의 표정이 약간 어두워졌다. 막상 뼈대는 만들었으나 아직 나오지 않은 효소가 문제였다. 이것을 만들기 전에 그들이 효소를 만들어야 했다. 텔로미어를 손수 끊어 내는 효소를 만들어야 했다.

"만들지 뭐."

제이슨은 도전적인 눈빛으로 씩 웃으며 그녀를 보았다. 그녀는 장난기가 담긴 눈으로 고개를 끄덕였다. 제이슨은 손뼉을 한 번 치고 '자, 그럼 이제 시작해 볼까……' 같은 말을 중얼거리며 자리에 앉았다. 생각보다 훨씬 일이 잘 풀렸다. 느낌이 좋았다.

"이를 어떡하면 좋습니까."

삶과 죽음의 경계가 맞부딪치는 병원, 환한 빛이 퍼지는 그 어느 공간이었다. 흰 가운을 입은 여러 사람들이 빙 둘러앉아 근심스러운 표정을 짓고 있었고, 한 사람이 고개를 숙이고 앉아 있었다. 한숨을 쉬더니 주영이 말했다.

"덕배 의사, 사람 목숨이 만만해?"

숙여진 고개가 더욱더 숙여졌다. 희미하게 '죄송합니다.' 같은 중얼거림이 들리는 듯했지만, 그 누구도 들어주지 않았다. 각자 앞으로의 생각에 빠져들 뿐.

"잠시라도 곁을 떠나면 안 되잖아. 더군다나 임상 실험인데, 무슨 일이 어떻게 일어날 줄 알고?"

"저, 저는 네스코름이기에 안전할 줄 알았습니다. 그리고 급한 전화가 오기도 해서……."

간신히 기어 나온 말에 사방에서 한숨이 터졌다.

"옆에서 봤으면 사람은 죽지 않았어! 정말 실망이다."

주영은 다시 화가 치미는 듯 덕배를 죽일 듯이 노려보며 마지막 한 마디를 곱씹는 듯 마디마디 끊어 내뱉었다. 그리고 주위의 하얀 무리들을 쭉 둘러보며 소리쳤다.

"아무 말도 안 하는 여러분도 다를 것 없어요!"

주영은 그들을 한참 노려보더니 자리를 박차고 밖으로 나갔다. 남아 있는 사람들은 멀뚱히 바라볼 뿐 굳이 주영을 잡지는 않았다. 한 사람이 말했다.

"하여간 유세는……. 어쨌든, 일단 덮어 놓는 걸로 합시다."

다른 의사가 근심스러운 표정으로 그를 바라보았다.

"덮는대도 어떻게 덮습니까? 환자의 병세가 심해져서 사망했다, 뭐 그런 식으로요?"

"어떻게 해야 하나……. 일단은 그게 제일 적합할 것 같은데, 그런 쪽으로 말을 맞춰 보도록 합시다, 우리 병원이 실수로 그랬다는 것이 알려지면 신뢰도도 떨어질뿐더러 최신 연구의 임상실험에서 제외될 가능성이 크니까……."

"아니, 은폐는 안 돼요"

여태껏 말을 않던 흰머리가 성한 의사가 말을 꺼냈다. 굉장히 권위 있는 의사인 듯 모든 의사들이 그를 쳐다보았다. 아까 말을 꺼낸 의사가 당황해하며 말을 꺼냈다.

"그럼 어떡합니까, 저희 병원에 그럼 이제 임상실험을 맡기려 하지 않을 텐데요."

그는 미소를 지었다. 나이와 같이 인자하다기보다는, 어딘가 차가워 보였다.

"뭐, 꼭 저희가 잘못했다라고 하기보다는 실험에 문제가 있다거나, 그런 것도 가능하지 않겠습니까."

의사들이 약간 어리둥절해하며 술렁거렸다. 그 와중에 한 명이 말을 꺼냈다.

"책임을 돌리자는 말씀이십니까?"

그 한 마디에 좌중이 조용해졌다. 흰머리가 세한 의사는 말하지 않고 조용히 웃었다. 의사는 머뭇거리며 그를 바라보았다.

"하, 하지만 그건……."

"어쨌든 텔로미어의 임상실험 도중 발생한 일 아닙니까."

그들은 본능적으로 빈 주영의 자리를 바라보았다. 설마 그녀가 없다고 지금 얘기를 꺼내는 것인가? 그들은 섬뜩함을 느꼈다.

'생명공학자들 주제에, 너무 건방져졌어.'

옛날부터 그런 게 좀 있었다. 생명공학과에 붙은 대학생들은 은근슬쩍 의전으로 빠지는 경우가 대부분이었다. 그래서 마지막에 생명공학과를 졸업하는 사람들은 찾아보기 힘들었다. 생명공학자들은 아무래도 의사보다 직업도 불안정하고 월급도 적었기 때문이다. 그러나 텔로미어를 이용한 연구가 임상실험에 들어들기 시작하더니 이젠 전세가 역전되어 심지어 저번엔 의전에서 생명공학으로 넘어가는 사람까지 등장했다. 그 옛날 제일 셌던 의예과를 기억하는 기성세대 의사들은 그 쇠퇴에 불안함을 느끼고 있는 것이다. 그 쪽으로부터 부탁받은 것도, 물론 그 종이도 중요했지만, 근본적인 이유는 아마 그 생각에서였을 것이다, 과거의 영광이 되살아나지 않을까.

"이만 해산합시다. 제가 다 처리하지요"

그 말에 어딘지 머뭇거리는 기색을 띠며 하얀 무리들의 의자가 밀리는 소리와 함께 하나둘 문 밖으로 사라졌다. 그는 모두가 나간 것을 확인한 후 핸드폰을 꺼냈다.

'아, 젠장.'

주영은 오만상을 찌푸리며 아까 뛰쳐나갔던 길을 다시 걸어가고 있었다. 너무 급하게 나오느라 깜빡하고 핸드폰을 놓고 온 것이다. 안 돌아올 것처럼 나갔다가 다시 들어간다는 사실이 좀 창피하긴 하지만, 그래도 생활인의 필수품인데 어쩌겠는가. 내심 회의가 끝나고 아무도 없길 바라며 주영은 빠른 걸음으로 다시 올라갔다. 이윽고 도착한 아까 그 회의장, 그리고 앞에 달린 손잡이를 한숨을 쉬며 열려는 찰나, 주영은 안에서 들리는 목소리에 순간적으로 동작을 멈추었다.

"예, 기회만 보다 이제 했습니다."

'통화하는 건가?'

통화하는데 들어가는 것도 영 그런데, 주영은 머리를 긁적였다. 그래도 김락진 교수가 통화하고 있는 것을 보니 회의는 끝난 모양이었다. 그나마 다행인 것 같았다. 주영은 실례를 무릅써야겠다는 생각을 하며 다시 문고리를 잡았다. 그때, 다시 목소리가 들렸다.

"조만간 인터뷰할 생각입니다, 이걸로 거기에 대한 연구도 막을 수 있겠지요."

응? 주영은 어딘지 의심스러운 말에 귀를 기울였다. 무슨 연구를 막는다는 걸까? 주영은 미묘한 표정을 지으며 문에 더 귀를 가까이 댔다.

"이런 게 상부상조 아니겠습니까. 회장님한테도 전해주시지요. 예, 그럼 이만."

한참 귀 기울여 듣다 전화를 끊는 듯한 멘트에 주영은 화들짝 놀라 재빨리 저쪽 구석으로 달려갔다. 곧 문이 열리는 소리가 들리더니, 엘리베이터 버튼 소리가 들렸다. 그때서야 주영은 안심하고 다시 나와 안으로 들어갔다. 책상 속을 보니 핸드폰이 곱게 자리하고 있었다. 주영은 핸드폰을 고이 주머니에 집어넣으며 아까의 말들을 곱씹었다. 어딘지 석연치 않은 말들이었다. 무슨 연구를 막는다는 것인지? 주영은 얼굴을 찌푸렸다.

"하……."

나른한 오후의 햇살이 연구실 안으로 들어왔다. 그녀는 눈을 감았다. 머릿속이 복잡했다. 그 엉켜 버린 실뭉당이가 한 번에 아래로 내려앉으면 좋으련만. 애석하게도 그럴 생각은 없나보다.

뭐가 문제인걸까?

그녀는 분에 사로잡힌 듯, 의문을 참을 수 없는 듯 벌떡 일어나 주위를 서성이다 다시 자리에 앉았다. 한두 번 겪는 실패는 물론 아니다. 그러나 번번이 안타까움을 느끼는 것도 사실이다.

존재하던 몸속의 전형적인 효소 모델을 밑바탕 삼아 텔로머라아제의 기능을 억제시킬 수 있는 염기서열에 더불어 텔로미어를 분해시킬 수 있는 염기서열까지 넣었는데, 오히려 효과가 반대로 나는 것은 무슨 이치란 말인가! 흰 쥐의 텔로미어의 길이가 전체적으로 길어짐을 관찰한 것이다. 예상치 못한 결과도 당황스럽지만 그것도 그렇지, 정반대라니. 그것만으로도 그녀의 의욕을 감소시키기엔 충분했다. 저쪽에선 제이슨이 지치지도 않고 계속 들여다보고 있다. 억제시키는 방법에 무슨 문제가 있었을까. 분해한다는 생각에 문제가 있었을까? 후자는 프로그램에 입력된 검증된 것이라 의심할 여지가 별로 없지만 전자는 그들이 개발한 것이기에 더욱 가능성이 높았다. 그렇다고 후자를 배제할 수도 없고 어디가 틀린 걸까?

그녀는 머리를 쥐며 다시 연구실 안으로 들어갔다.

아무래도 좋은 느낌이 거짓말이었나 보다.

"그러니까, 텔로미어로 수명을 늘리는 방식이 애초부터 위험했다 생각하시는 건가요?"

"그렇게 봐야하지 않을까 싶습니다. 아무 이상도 없었는데 갑자기 전류가 급증하여 환자를 사망에 몰아넣기까지 했으니까요."

"네, 인터뷰 감사합니다."

"회장님, 교수님이 연구를 절단 낼 기회를 잡았다고 합니다."

"아, 그런가요?"

"네, 인터뷰를 하겠다고 했습니다."

"좋아요, 수고했어요, 나사렛. 앞으로도 도와주세요."

"네."

전화를 끊고 그녀는 살짝 미소 지었다. 이제, 본격적으로 그들을 한 번 파탄 냈던 유전체와 텔로미어에 대한 복수가 시작되는 것이다. 우리가 없어졌던 만큼 산산이 조각내서 다신 연구하지 못하게 만들 것이라고, 그녀는 그렇게 생각했다.

그녀는 살짝 웃으며 다시 로브를 쓰고 밖으로 나갔다.

"아니, 여기서 이 결합을 써야지, 뜬금없이 수소결합은 뭐야?"

"오, 아냐. 그 결합을 쓰면 다른 게 붕괴 된다니까? 수소결합이 안전해."

"……못 봤나 본데, 수소결합을 쓰면 여기, 여기, 여기는 어떻게 할 건데. 붙게 내버려두려고?"

"어, 그러네, 또"

"아, 정말. 뭐가 문제야, 뭐가!"

그녀는 짜증을 팍 내며 고개를 세차게 내저었다. 제이슨도 약간 질린 표정으로 딴 곳을 바라보았다. 번번이 수명이 연장되는 이유가 뭐란 말인가? 확실히 조작했는데, 확실히 억제했다 믿었는데, 어디서 문제가 일어난 걸까?

"아니, 단백질도 멀쩡하고 유전자……는 검사했지?"

"그럴걸?"

"그래! 프로그램이 틀릴 리도 없고, 저게 얼마나 많은 검증을 거친 건데. 뭘 잘못 만든 걸까……."

그녀는 죽겠다는 표정으로 인터넷을 틀었다. 잠깐 머리를 식히려는 심산이다. 보기 좋은 인터넷 창에 실시간 검색어가 계속 자리를 바꿔가며 나타나고 있었다. 실시간 검색어를 무의식적으로 본 그녀는 검색어 1위를 차지한 단어에 의문을 느꼈다.

'텔로미어가 왜 떴지?'

왜 불길한 기분이 드는 것일지, 그녀는 그러면서도 검색어를 클릭했다. 페이지를 보니 동영상이 하나 떴다. 어딘가에서 한 뉴스였는데, 아마 공중파인 것 같다. 그녀는 왠지 손이 덜덜 떨렸다. 이 예감이 대체 무엇인지, 그녀는 재생을 눌렀다.

"장수의 새로운 지침으로 알려진 텔로미어, 하지만 임상실험 도중 밝혀진 치명적인 위험요소가 사람을 죽일 수도 있다는데요, 장수를 꿈꾸다 바로 사망에 드실 수도 있을지도 모르니 주의하셔야겠습니다. 최창식 기잡니다."

뭐라고?

"서울병원, 최근 여기서 텔로미어 임상실험에 참가했다가 사망한 사람이 발생했습니다."

아니야.

어느 샌가 제이슨도 무슨 일인지 궁금한지 옆에 와서 보고 있었다.

"네스코륨의 이상이 아니었나 싶습니다. 심장마비로 사망하셨는데, 그 이유가 갑작스러운 전류 이상으로 보이거든요."

"어? 저 교수 왜 저기 나와? 무슨 인터뷰야, 그리고?"

제이슨의 볼멘소리가 들렸다.

그렇지 않아.

"장수를 가져다줄 수 있다던 텔로미어, 우리에게 재앙을 가져다줄지도 모르겠습니다. 최창식 기자입니다."

아니야.

"아니야……."

그녀는 넋이 나간 듯 중얼거렸다.

"왜 그래, 왜? 이봐, 정신 차려봐!"

제이슨은 당황한 듯 그녀를 흔들었다. 그녀의 눈이 아득했다.

연구실에 침울한 분위기가 자리했다. 인터넷에 달린 댓글까지 다 살펴봤다. 하나같이 악플이었다. 어떻게 저런 위험한 물질을 인체에 쓸 수 있는지, 너희가 사람이 맞냐는 등의 댓글들, 가족을 공격하는 댓글도 보였다. 이런 걸 보니 자꾸 악플로 자살한다는 이야기에 공감이 갔다. 그녀는 컴퓨터를 껐다. 제이슨이 한숨을 내쉬었다.

"그렇게 위험한 물질이 아닌데……."

제이슨의 중얼거림이 들렸다. 그녀는 침울한 와중 머리를 굴리고 있었다. 저 교수, 인터뷰한 교수가 굉장히 낯익었다. 그녀가 다니던 대학에서 본 것 같은데…….

"근데 그 교수는 왜 인터뷰한 거야? 임상실험 참여 의사엔 없었는데?"

중얼거리던 제이슨이 갑자기 벌떡 일어나 화난 듯 외쳤다. 그녀는 천천히 고개를 돌렸다.

"왜? 아는 사이야?"

"응? 몰라? 우리 다니던 대학에 김락진이라고 있었잖아, 매일 우리학과 무시하던 교수!"

그녀는 얼굴을 찌푸리며 기억을 돌이켰고, 곧 대학을 다닐 적 유달리 눈이 차갑다 생각되던 교수의 모습을 떠올렸다. 의대생들은 좋은 교수님이라 했지만 다른 학과에서는 제일 싫어하는 교수 중 단독 1위도 할 수 있을 것 같았던 교수. 그녀는 어딘지 그 사실에 살짝 짜증을 느꼈다. 그리고 가만히 생각했다. 아무래도 어딘지 석연찮은 구석이 있었다.

무엇보다, 네스코룸이 그런 성질을 가지고 있었다면 임상실험 허가 단계에서 이미 막혔을 것이다. 그걸 알면서 그러는 걸까? 그녀는 의자에 털썩 앉았다. 어쨌든 너무 지쳤다.

주영은 점심시간에 점심을 대강 먹고 착잡한 상념에 잠겼다. 아침의 뉴스를 보니 왠지 모르던 졸음이 싹 달아났던 것이다. 텔로미어 임상실험의 중단 이유를 텔로미어 실험 자체로 돌리는 김락진 교수의 모습을 보니 섬뜩하기 그지없었다.

‘아마 다른 의사들과 협의를 본 거겠지.’

그 생각을 하니 이가 갈렸다. 끝까지 그 자리를 지키기라도 했어야 했는데, 무엇보다 애꿎은 놀음에 희생되었을 그녀가 생각나 주영은 더욱 화가 났다. 어떻게 연구를 해서, 어떻게 만들어 낸 건데. 자신들의 이익을 지키고자 저런 식으로 떠미는 것이 너무나 싫었다. 그리고 어딘지 석연찮았던 김락진 교수의 통화.

‘도대체 누구와? 거기에다, 기회만 엿보다니?’

어딘지 의도되었다는 생각이 들었다. 물론 논리적인 비약인 것은 알지만, 아무래도 그쪽으로 마음이 가는 것이 영 불편했다. 주영은 한참 휴대폰을 만지작거리다 결국 전화를 걸었다.

‘누구지?’

갑작스레 울리는 벨소리에 그녀는 의지를 상실한 팔을 들어 폰을 바라보았다. ‘윤주영’이라고 뜨는 화면을 보며 그녀는 통화 버튼을 눌렀다.

“여보세요”

전화기 너머로는 아무 소리도 들리지 않았다. 그녀는 서글퍼졌다. 분명 주영도 그 뉴스를 보고 전화했으리라. 아마 주영도 물을 것이다, 왜 그런 위험한 물질을 썼느냐고……. 그녀는 그 사실이 너무 무서웠다. 주영의 목소리가 들렸다.

“지금 바빠?”

“그냥…….”

“그럼 나와, 만나서 얘기하자.”

어리둥절하게 만드는 말에 그녀가 뭐라 대답하려는 찰나 전화가 끊겼다. 갑자기 왜 만나자는 거지? 그녀는 왠지 불안했다. 갑자기 무슨 일이기에? 그래도 나가야지.

침울한 마음을 애써 다잡으며 그녀는 로브를 걸쳤다.

"나사렛, 뉴스 봤어?"

"아, 예."

전화기 너머로 들려오는 그녀의 목소리가 즐거운 듯 보였다.

"진작 뒷조사하고 접근하길 잘했어, 그치?"

여자는 전화기에 대고 말한다. 전화기 너머에서 나사렛이라 불린 여성의 목소리가 들린다.

"평소 마음에 안 드셨던 걸 이번 기회로 막으시니, 그러실 만도 하네요."

여자는 한 번 웃었다.

"그래, 그럼 마저 힘내줘. 바람을 잘 잡아야 연구를 제대로 막을 수 있을 거니까."

'네' 하는 짧은 대답 소리, 여자는 전화를 끊는다. 창문 저편을 바라본다. 무엇을 생각하는 것일까, 바깥에서 만났던 그 연구자를 생각하는 것일까?

'난 반대하는 입장이라고 분명히 말했습니다.'

여자는 살짝 웃었다.

"고생 많지?"

카페다. 전형적인 디자인의 작은 카페. 주영은 아메리카노를 홀짝 마셨다. 주영의 걱정 어린 말에 그녀는 왈칵 눈물이 나올 것 같았지만 참고, 고개를 끄덕였다. 예상 외로 따뜻한 반응에 그녀는 마음이 적잖게 놓임을 느꼈다. 주영마저도 그녀를 실망스럽게 쳐다보면 어떡해야 할지 내심 걱정이 됐기 때문이다.

"주영아……."

"내가 물론 이쪽에 큰 지식이 있는 건 아니야, 근데 나름 주워들은 게 있어서 말이지.”

주영은 얼굴을 찌푸리며 무언가를 생각하는 듯 턱을 괴었다. 그런 주영의 반응이 못내 신경 쓰이는 듯 그녀는 힐끔힐끔 주영을 쳐다봤다. 주영은 한참 곱씹는 듯하더니 이윽고 말을 꺼냈다.

“아무래도 너, 뭔가 음모에 휩쓸린 것 같다는 생각이 든다.”

“내, 내가?”

주영은 고개를 끄덕였다. 표정이 꽤나 심각해 보였다.

“왜인지는 모르겠는데, 여튼 그렇게 보여.”

“지, 진짜? 근데 하긴, 왠지 미심쩍은 게……”

주영의 눈이 한순간 번쩍이는 듯했다. 그 기세에 흠칫 놀랐다.

“왜, 왜?”

“그런 건 진작 말해야 하는 거잖아! 뭔데 그래?”

그녀는 한 번 헛기침을 하고 목을 가다듬었다.

“어, 음. 본래 네스코륨이란 건 지정된 한계치보다 높은 전류가 한 시간 이상 흘러야 한계치를 넘어서 받아들이는 전류의 양이 기하급수로 증가하는 물질이거든.”

“아, 그런 거야?”

“그래, 관심 좀 갖고 살아. 근데 내 의문은 그거야. 의사는 잠깐 사이에 다시 돌아온 거잖아. 그럼 전압의 변화를 봤을 텐데, 한 시간 동안 그걸 방치하게 내버려뒀을까?”

주영은 뭐라 입을 벙긋하려다 다시 다물었다. 그녀가 이상한 듯 쳐다봤지만 지금 주영의 눈에 그녀의 눈초리는 들어오지 않았다. 그녀의 머릿속을 뱅뱅 도는 한 마디가 신경 쓰였다.

‘예, 기회만 보다 이제 했습니다.’

‘뭘 기회를 본 건데?’

주영은 황급히 돌아가는 머리를 내버려두고 벌떡 일어났다. 그녀가 움찔 놀란 듯 바라보았다.

"갑자기 왜 그래?"

"미안하다."

"뭐야, 뭐가."

"내가 그 자리를 끝까지 지키고 있었어야 했는데……."

뜬금없는 소리에 그녀는 어리둥절해했다. 주영은 급기야 머리까지 감싸 쥐었다.

"그러면 얘기도 못 꺼냈을 텐데, 아, 젠장……."

"무슨 소리 하는 지나 좀 알자. 응?"

그러나 주영은 그 후에도 한참 머리를 쥐어뜯다 한참 후에 한숨을 푹 내쉬었다.

"어쨌든 병원을 대신해서 사과해, 미안하다. 그러니 내가 네 누명을 벗겨줘야겠다. 근데 왜 하필 너일까……. 뭐 혹시 이 병원에 밉보인 적이라도 있어?"

그녀는 어이없다는 듯 손사래까지 치며 말했다.

"아니! 그럴 리가! 들어가 보지도 않았어!"

당찮다는 듯 큰소리까지 냈다. 주영은 알았다는 듯 고개를 끄덕이고 그녀를 바라보았다.

"어쨌든 내가 연락하기 전까진 쥐 죽은 듯이 있어. 알겠지?"

그녀는 고개를 끄덕였다. 의지가 되었다. 그 눈에 다시 의지 같은 것이 어리기 시작했다.

"아!"

여기는 제이슨 혼자 남아있는 연구실이다. 아까 그녀는 친구를 만나야 한다며 후다닥 나가서 지금 공석이다. 제이슨은 투덜대며 내내 혼자 작업 했고, 그러다가 불현듯 기발한 생각이 머릿속을 스쳐갔던 것이다. 제이슨은 벌떡 일어나 컴퓨터 앞으로 달려갔다.

'텔로머라아제 관여 유전자가 다른 게 있을 텐데.'

그는 몇 개의 검색어를 두드렸고, 곧 긴 일련의 코드를 찾아냈다. 제이슨은 약간 미간을 찌푸리며 집중하는 듯 저쪽에 있던 염기서열과 비교했다. 곧, 그는 어딘가 결합이 달라지는 부분을 찾아냈다. 이곳에서 이런 결합이 발생하면 모양이 바뀌어 특정 유전자가 돌연변이를 일으킨다. 그리고 이 돌연변이는……

'길이 신장.'

제이슨은 승리의 미소를 지었다. 그녀는 언제 돌아올까? 빨리 결과를 알려주고 싶은 마음에 그는 가슴이 설렜다. 그때, 때마침 문이 열리는 소리가 들렸다. 그는 반가움에 나가며 소리쳤다.

"이봐! 찾았어! 찾았다고!"

그러나 그것도 잠시, 그는 앞에 서 있는 재은을 보며 어리둥절한 기분에 휩싸였다.

주영이 무슨 생각으로 도와줄 수 있다고 한 것인지. 일단은 주영의 말을 들어서 나쁠 것은 없다고 판단되었다. 쥐죽은 듯 조용히 있고, 주영이 연락한 후에 움직여도 나쁘지 않을 것이다. 그나저나 주영이 무슨 생각으로 그런 반응을 했는지 여전히 미궁이었다. 무슨 음모가 있다고 생각하는 것일까, 그 음모가 인터뷰한 그 김락진 교수와 관련이 있는 것일까……

그때였다.

"텔로미어 연구를 그만두라!"

"정부는 사람들을 죽일 심산인가!"

희미하게 들리는 것을 보니 멀리서 무슨 시위를 벌이는 모양이었다. 그녀는 저도 모르게 발걸음을 멈췄다. 국회 쪽인가? 그녀는 잠깐 머뭇거리다 연구실로 가던 방향을 틀어 소리가 들리는 쪽으로 다가갔다. 왠진 몰라도 가봐야겠다는 생각이 들었다.

"걘 어디 있어요?"

재은의 어딘가 날이 선 말에 제이슨은 살짝 움찔했다. 그는 어깨를 으쓱했다.

"엄, 저도 몰라요. 갑작스레 나가서."

"아, 정말, 환장하겠네!"

그녀는 털썩 주저앉았다. 제이슨이 쭈뼛쭈뼛한 자세로 그녀를 바라보았다.

"무슨 일 있어요?"

"난리가 났어요, 난리가!"

그녀는 어금니를 꽉 깨물며 중얼거리듯 말했다. 제이슨은 불안한 듯 딴 곳을 바라보았다. 재은은 혹시라도 그녀가 지금 등장하지 않을까, 계속 문을 응시했다.

"국회의사당 앞에서 케레스가 시위중이라고요!"

"케레스가요?"

제이슨은 예상치 못한 이름에 어리둥절했다. 케레스라면 환경을 보호하는 단체가 아니던가? 그렇다면 응당 환경 시위하는 것일 텐데, 왜 그녀를 찾아온 것일까?

"엄, 근데 왜 이쪽으로 찾아오신 거죠?"

"낸들 알아요! 텔로미어가 생태계 혼란에 영향을 미치네 뭐네 미치겠어요, 진짜! 필요할 땐 자리에 처박혀 있질 않고 뭐하는 거야!"

생태계가 혼란이 와서 반대한다고? 제이슨은 미간을 찌푸렸다. 그렇게 따지면, 환경 위주로만 생각하면 과학기술은, 또 인류의 생명은 언제 발전시킨단 말인가!

그는 오늘부터 케레스를 싫어하기로 마음먹었다.

“아저씨, 아저씨.”

주영은 유리창을 톡톡 두드리며 경비 아저씨를 불렀다. 다른 곳에 신경 쓰고 있던 아저씨는 한참이 지나서야 주영이 그를 부르고 있음을 알아챘다. 그는 당황한 듯 유리창을 열고 빼꼼 주영을 내다봤다.

“아유, 왜 부르십니까?”

“저, 혹시 CCTV 좀 확인할 수 있을까요?”

“예? 그건 왜요?”

“제 기억력이 안 좋아서, 꼭 확인해 봐야 할 장면이 있거든요. 가능한가요?”

경비 아저씨는 난감한 표정을 지었다.

“그게 이렇게 아무나 찾아온다고 해서 보여줄 수 있는 게 아니거든요. 사생활 침해라서.”

주영은 간절한 표정으로 아저씨를 바라보았다.

“진짜, 제 인생이 걸린 거라 그래요. 꼭 찾아야 해서요. 도와주세요, 아저씨.”

말에서 절박함이라도 느낀 것일까, 아저씨는 한참을 고민하는 표정이었다. 설마, 여기서부터 막히는 것인가? 주영은 안절부절못해하며 아저씨를 바라보았다. 이윽고 아저씨가 굳은 표정으로 고개를 끄덕였다. 주영은 내심 환호성을 질렀다.

“대신, 아무한테도 얘기하면 안 됩니다.”

주영은 고개를 끄덕였다. 다행이었다. 아마 김락진 교수도 누군가 CCTV로 볼 것이라고는 생각도 못했을 것이다. 그녀에게 크나큰 도움이 될 수도 있을 것이다.

“네, 감사합니다.”

“그럼, 어느 날짜 몇 시죠?”

“케레스에서도 반대 입장을 표명하는 시위를 할 정도면, 텔로미어가 얼마나 여러 모로 좋지 않은 것인지 다시금 생각하게 만듭니다.”

이쪽에선 한창 뉴스에 내보낼 영상을 찍고 있고, 이쪽에선 인터뷰, 그리고 시위소리가 널리 퍼졌다. 로브를 쓴 그녀의 얼굴이 어두워졌다. ‘정부는 당장 지원을 중지하라.’ ‘다시 생태계의 대혼란을 경험하고 싶은가.’ 말들도 다양했다. 그녀는 정신이 아득했다. 여기서 자신이 앞에 서면 어떻게 될까, 깔려 죽으려나? 너무도 어이없이 커지는 사태에 정신을 차릴 수 없었다. 이 사람들에게 그녀가 연구했던 진실을 말한다 한들, 그들이 그 말을 믿어 줄까? 당연하다는 듯이 비웃고 말 텐데. 눈앞이 잠깐 어두워졌다. 그녀는 살짝 휘청하고 한숨을 내쉬었다.

‘저 사람들은 왜…….’

왜 이 연구를……. 그녀는 서글픔을 느끼며 한 발짝씩 앞으로 나아가고 있었다. 그때, 그녀를 반대쪽 방향인 지하로 이끌고 가는 손이 있었다. 뭐지? 누가 날 끌고 가는 거지? 납치를 당하는 건가? 벗어나야 하나? 그러나 그녀는 더 이상 뿌리칠 힘이 없었다. 그녀는 잠자코 끌려갔고, 그 손은 밑에 내려와서야 놓아주었다. 누가 이렇게 끌고 내려온 것일까, 그녀는 누군지 확인할 준비를 하며 서서히 로브를 벗고 있는 사람을 바라보았다. 그런데,

어?

그녀는 눈을 다시 비비고 바라보고 싶다는 생각을 하며 눈을 깜빡였다. 굉장히 익숙한 얼굴이었다. 어디선가 이런 곳에서 본 듯한…….

익숙한 얼굴이 말했다.

“미쳤어요?”

“……안녕하세요.”

간만에 보는 얼굴이기도 했다. 하필 이런 기분에 만나는 사람이 이 사람이라니. 그녀는 쓸쓸하게 웃었다.

‘오면 빠른 시일 내로 기자회견을 준비했으면 한다고 전해줘요. 해명하지 않으면 더 커질 거라 판단이 되거든. 케레스가 끼어들었으니 단단히 해야 합니다.’

제이슨은 그녀가 어서 돌아오길 기다렸다. 이것저것 그녀가 없는 사이에 알려줄 것이 엄청나게 생겼다. 제이슨은 왜 외교부가 이런 일도 하는 건지 물었다. 재은은 피식 웃었다.

‘케레스는 세계적인 단체잖아요. 그리고 윗선에서 자꾸 나보고 갔다 오라는데 어떡해요. 내가 그 염병할 자식이랑 친한 줄 아나 봐. 짜증 나.’

아마 그렇게 말해도 내심 그녀를 챙기기에 그러는 것이리라. 재은이 그 표현에 좀 서투른 듯했다.

“얼른 오라고 알려줄 게 벌써 산더미가 되었는데.”

혼잣말을 중얼거리다 제이슨은 미소 지으며 유전자 염기서열 기계 앞에 섰다. 없는 사이에, 이것까지 다 짜 놓는다면 좀 더 자랑할 거리가 생기지 않을까? 제이슨은 슬쩍 미소 지었다.

“오, 좋아. 선명해.”

주영은 혼잣말을 중얼거리며 가만히 영상을 지켜봤다. 덕배 의사와 환자의 모습이 보였다. 곧, 덕배 의사가 갑자기 핸드폰을 꺼내더니 통화를 하는 듯 귓가에 갔다댔다. 그러더니 갑자기 밖으로 나간다! 주영의 눈썹이 꿈틀했다. 그러더니 흰 가운을 입은 누군가가 들어온다. 덕배 의사는 확실히 아니다. 저 체구와 머릿결, 저 안경. 저 사람은 아무리 봐도……

“김락진.”

주영은 승리의 미소를 지었다.

‘이런 식으로 곤경에 빠뜨리게 하다니, 진짜 몹쓸 인간이네? 가만두면 안 되겠네.’

아무리 연륜이 많다 하더라도

그 손에 힘이 들어갔다.

"오랜만이네요, 연아 씨."

"네, 여기서 뵐 줄은 몰랐지만요."

그리고 침묵이 이어졌다. 그녀는 기분이 별로 좋지 않았다. 그래서 그 이상의 말은 하지 않기로 했다. 더불어 그러니 서둘러 인사하고 가야겠다는 생각도 말이다. 좀 더 침묵이 흐른 후, 그녀는 지금 이때라고 생각하고 인사를 하려는 찰나, 연아의 목소리가 들렸다.

"시위 보셨어요?"

그녀의 무표정한 얼굴이 연아의 얼굴을 응시하고 있었다. 뭘 원하는 걸까.

"보다시피요."

"계속 연구하실 건가요?"

무표정이 이리도 무서울 줄이야, 그녀는 약간 경계하는 태세를 갖추었다.

"그건 왜 묻죠?"

무표정한 얼굴에 비로소 처음으로 웃음이 어렸다.

"내가 했으니까."

"네?"

"내가 했으니까요."

무슨 소리지? 그녀는 어리둥절해하며 연아를 바라보았다. 연아는 그새 다시 무표정으로 돌아가 있었다.

"케레스의 회장이 누군지는 아무도 몰라요."

그렇다. 본래 케레스의 회장은 누구나 아는 유명 인사인데, 3년 전 케레스 회장 암살 사건이 터진 이후로 내부 회의를 거쳐 비밀리에 부치는 방식으로 바꾼 것이다. 그 후로 회장이 누군지는 모르지만 현재 잘 운영되고 있는 것으로 보아 회장의 능력은 입증된 모양이더라고, 대중은 그렇게 생각했다.

"그게 왜요?"

"전 회장님은 좋은 사람이었죠. 추진력도 좋았고. 그렇게 돌아가시지만 않았으면."

연아의 얼굴에 슬픈 기색이 어려가기 시작했다.

"당신은 누구죠?"

"슬슬 짐작하실 것 같은데요."

연아는 싱긋 웃었다. 그녀는 어쩐지 그 웃음이 섬뜩했다.

"케레스의 회장입니다."

완벽하게 옮겼다. 평소에 컴퓨터 기술 몇 가지를 배워두길 잘했다고, 주영은 자신의 손에 있는 USB를 보며 뿌듯해했다. 이제 그녀에게 전화를 걸어 알려주면 될 것이다. 증거를 잡았다고, 범인은 김락진이 확실하다고. 약간 영화처럼 트릭이 있지 않을까 걱정했지만, 역시 현실에서 그런 게 일어나긴 여간 힘든 일이 아니던가. 뭐, 지금은 오히려 그 편이 나았지만 말이다. 주영은 콧노래를 부르며 병원 밖으로 나왔다. 이왕이면 병원 밖에서 작업을 시작하자.

"네?"

연아는 한 번 한 말은 두 번 안 한다는 듯한 표정으로 그녀를 바라보았다. 그녀는 멍하니 있다가 눈살을 찌푸렸다.

"그럼 저 시위는 당신이 주도한 건가요?"

"네."

"왜요?"

"말했잖아요. 당신의 연구를 반대한다고."

연아는 당연하다는 표정으로 차갑게 말했다. 그녀는 약간 미간을 찡그리며 중얼거리듯 말했다.

"당신, 틀렸어요."

갑자기 무슨 뜬금없는 말인지? 연아의 표정에 한 가닥 의문이 자리했다. 곧 눈살을 찌푸린다.

"뭘 틀렸다는 거예요. 틀린 건 없어요."

"틀렸어요."

"당신, 지금 지구를 보고도 그래요?"

신경을 건드린 듯 연아의 목소리가 날카로워졌다.

"지금 지구가 어떤 모습인지 보고도 그래요? 예전엔 어땠는지 알아요? 생물들이 뛰놀고 때론 비를 맞으며 즐거워하던, 옛날의 그 모습을 알면 그런 말이 나올 수 없어요! 안 그래도 자외선으로 몇 식물을 제외하고 동물들은 지하로 숨어든 지 오랜데, 거기다 텔로미어로 인류가 영원히 살다시피 한다고요? 인류가 폭발적으로 증가요? 환경이 나아질까요? 아니요, 절대요! 인류가 과도하게 점유하고 있는 한 생태계는 무너지는 길밖에 남아 있지 않아요. 그래서 난 텔로미어에 반대할 수밖에 없어요. 인류는 더 이상 늘어나면 안 되니까!"

말을 마치고 씩씩거리는 눈초리가 굉장히 사나웠다. 이래서 저런 나이에도 회장 역할을 잘 수행하는 것일지도 모르겠다는 생각을 문득 했다. 그녀는 미소 지었다. 연아는 그 반응도 마음에 들지 않은 모양인가 보다.

"왜 웃는 거죠? 우스운가요?"

"아니요, 아니요."

그녀는 손사래를 쳤다. 그러면서도 어색하게 웃었다.

"대단한 것 같아서요."

이젠 연아의 눈이 가늘어졌다. 의심하는 눈초리 같기도 했다.

"왜요."

"저는 그렇게까지는 환경을 생각 못 하겠거든요."

그 사람들이 날 응원할 거야.

"암환자들 보신 적 있으세요?"

어느 샌가 연아의 표정이 꺼림칙해졌다.

"아니요."

"그 사람들은 자신이 조만간에 죽는다는 사실을 알아요, 하지만."

그녀는 무언가에 젖은 듯한 표정으로 먼 곳을 응시했다.

"그럼에도, 엎치락뒤치락하면서도 살아가요. 이 세상에서 살길 바라니까. 계속 약을 기다려요. 그 크지도 않은 가능성에 희망을 걸어요. 그렇게 살아가는 모습을 보면 생각이 하나 밖에 들지 않아요. 아, 내가 저 사람들을 한시라도 빨리 살려야겠구나."

"그러다 결국 다 같이 죽어요."

"인류는 언제부터 자신이 없는 미래를 생각했나요?"

케레스 회장의 입가가 일그러졌다. 그녀는 어느 샌가 연아를 노려보며 얘기하고 있었다.

"난 그렇게 생각해요. 미래에 무엇이 있건 그곳에 내가 없으면 의미가 없어요. 내가 없는 세상을 위해 내가 희생해야 하나요? 내가 살아야 미래도 존재하는 거예요."

"이렇게 몰상식할 줄 몰랐군요. 대중들보단 나을 줄 알았는데."

그때였다. 잔잔한 벨소리가 울렸다. 그녀는 자기도 모르게 자신의 핸드폰을 꺼냈고, 핸드폰에 뜬 이름을 보고 미소 지으며 연아를 바라보았다.

"잠깐만요."

그리고 통화 버튼을 눌렀다.

"어."

연아는 그 모양새를 바라보았다. 누구의 전화일까? 그러나 그녀가 알 수 있는 것은 '응.' '응.' '아, 진짜?' '좋아, 그래.' '메일로 보내줘.' 이게 전부였다. 곧 전화 통화를 마친 그녀가 핸드폰을 다시 주머니에 집어넣으며 연아 쪽으로 다가왔다. 아까보다 표정이 밝아 보이는 것 같기도 했다.

"대중들보단 나을 줄 알았다고 하셨죠?"

"그게 왜요?"

"우리도 다 대중이예요. 뭐, 즐거웠습니다. 일단 당분간 내버려둘게요."

"뭐라고요?"

그녀는 아까보다 밝은 모습으로 웃었다.

"대중들은 내 손을 들어줄 겁니다."

"이제 온 거야, 왜!"

들어가니 벌써 저녁시간이었다. 제이슨이 그녀를 퀭한 눈으로 반겼다. 그녀는 미안하다는 듯 겸연쩍게 웃었다. 제이슨이 장난스럽게 다그쳤다.

"얼마나 기다렸는데!"

"미안, 미안. 근데 왜?"

제이슨은 득의양양한 미소를 지으며 그녀를 끌고 염기서열 기계 앞으로 갔다. 그녀는 얼떨떨하게 웃었다.

"왜, 뭔데 그래."

"보면 깜짝 놀랄걸!"

제이슨은 화면을 띄웠다. 염기서열들이 나열된 화면이 보였다. 그녀는 피식 웃었다.

"뭐야, 이거 우리가 어제 했던 거……."

"음, 자세히 봤으면 좋겠는데."

그녀는 그 말에 눈을 가늘게 뜨고 처음부터 읽어 나가기 시작했다. 시작, Cdc13, copy…….

"어?"

"알고 보니까 거기 유전자가 자꾸 돌연변이를 일으켜서 길이 신장으로 가더라고. 그래서 안 일으키는 쪽으로 최대한 비슷하게 한 건데.”

“진짜? 아, 그래서 그랬던 거야? 결과는? 나왔어?”

“에이, 벌써 나오겠어?”

“아, 그렇지, 참. 아 그랬구나…….”

그녀는 크게 깨달은 듯 연신 고개를 끄덕였다. 그럼 이 문제만 성공시키면 그들은 이제 암도 치료할 수 있는 것인가? 갑자기 그 사실에 눈앞이 아득해졌다. 뭔가, 엄청난 짐을 양 어깨에 떠다 멘 기분이었다. 그녀는 한숨을 크게 들이쉬고, 내뱉었다.

“괜찮겠지?”

“너무 걱정 마. 실패하면 또 하면 되지. 아! 아까 재은이 찾아왔었어.”

그녀의 표정이 약간 찌푸려졌다.

“걔? 왜?”

“조만간에 입장 표명할 준비하라던데?”

순간 그녀의 얼굴에 득의양양한 미소가 떠올랐다. 제이슨이 놀란 듯 그녀를 멀뚱히 쳐다보았다.

“아, 제이슨.”

“어? 어.”

“나 잠깐 확인할 거 있으니까, 그것만 확인하고 도와줄게. 괜찮지?”

“어, 그래 뭐.”

제이슨은 어깨를 으쓱했다. 그녀는 고맙다는 말을 내뱉으며 컴퓨터를 켰다. 컴퓨터를 키니 이메일이 한 통 와 있었다. 그녀는 그것을 클릭했다. 익숙한 이메일 주소였다. 그것을 클릭하니 동영상 파일이 하나 첨부되어 있었다.

‘오늘 각 언론사에 보낼 생각이야, 신원 확인도 할 수 있다고 하고 그냥 너도 봐 두라고’

설마, 진짜 그 사람일까? 어느 샌가 동영상을 재생시키며 그녀는 턱을

괴고 바라보고 있었다. 의사가 전화를 받는다, 밖으로 나간다. 누군가 들어
간다. 전압 버튼을 조정한다. 화면을 바꾼다. 그리고 유유히 나간다. 그리
고 주영이 첨부한 사진과 비교한다.

'똑같네, 정말.'

이 사람은 왜 연구에 훼방을 놓는 것인가. 그녀는 그 이유를 알 수 없었
다. 그래서 그 동영상을 멍하니 볼 수밖에 없었다. 이유를 알고 싶었다.

다음 날 아침이다. 그녀는 부스스하게 일어나 대강 샤워를 마치고 식빵
을 입에 문다. 오늘은 가서 쥐의 생태를 하루 종일 관찰해야 한다. 무슨 이
상은 없는지, 텔로미어는 어떻게 되어 가는지, 암세포는 사멸할 기세를 보
이는지. 은근히 할 것들이 많았다. 그녀는 머릿속을 정비하며 밖으로 나갔
다. 그때, 전화가 울렸다.

"여보세요."

"야."

"뭐야."

재은이었다. 무언가 엄청 들뜬 듯, 목소리가 가볍고 빨랐다.

"뉴스 봤어?"

"왜 그러는데."

"너 그거 연구 네 연구 탓에 그런 게 아니라는데?"

'아.'

그녀는 미소 지었다. 언론사에서 충격을 받고 얼른 기사를 써 준 모양이
었다. 하긴, 그럴 만도 하지 않은가. 대학병원 최고의 권위자가 조작하는
영상이라니. 더군다나 소속 의사가 신원도 확인해 준다면 두말할 나위 없
지 않겠는가.

"기다려봐. 가서 확인할게."

그리고 그녀는 전화를 끊었다. 가면서 살짝 핸드폰으로 검색해 보았다.

이미 실시간 검색어에는 김락진이 떠있었다. 그녀는 씁쓸한 미소를 지었다.

"제이슨."

연구실에 들어서니 계속 히죽거리며 웃고 있는 제이슨이 보였다. 그 상태가 심히 염려된 듯 그녀는 걱정스러운 어투로 제이슨을 불렀다. 제이슨은 그녀를 바라보았다.

"왜 그래."

"그러게 내가 저 교수 마음에 안 들었다고 얘기했지?"

그새 뉴스를 접한 모양이었다. 그녀는 안타까운 표정으로 제이슨을 바라보았다. 얼마나 마음이 상했을까. 온갖 힘든 악플에, 의심에, 자신이 뭘 잘못한 것인가에 대한 자책까지. 그러니 분노가 얼마나 심할까.

"힘내."

"저 교수는 매장당해야 해!"

제이슨이 울컥한 듯 크게 소리쳤다. 그녀는 살짝 웃었다.

"매장당할 거야. 걱정 마."

"오우, 아무리 생각해도 너무 화가 나는 사실이야! 있을 수 없어."

이미 인터넷에는 김락진 교수가 대학에서 의예과를 편애했다는 사실과 더불어 유언비어까지 나돌기 시작했다. 무서운 곳이었다. 그녀는 이제 자신이 응원 받는 입장에 서 있으면서도 그렇게 느꼈다.

"그래, 그래. 이따가 보도록 하고 쥐는 어때?"

한참을 열 받은 듯 소리치던 제이슨이 갑자기 잠잠해졌다. 그러면서 찔리는 듯한 표정으로 어색하게 웃음 지었다. 그녀는 밝게 웃었다.

"가자! 같이 확인하러."

"나사렛."

전화기 너머로 들리는 소리가 매우 불편하다. 나사렛은 저도 모르게 움츠러드는 기분을 받았다. 많이 심기가 불편한 듯했다.

"네."

"그 멍청한 교수가 우리까지 밝히진 않겠지?"

"그럴 것이라 생각합니다만……."

"젠장!"

그리고 목소리가 들리지 않았다. 그러더니 그새 전화가 끊겼다는 신호음만이 들렸다. 나사렛은 한숨을 내쉬었다. 갑자기 왜 이렇게 일이 꼬이는 것인가.

주영은 오늘 기분이 매우 좋았으나 병원에서 내색하지 않기 위해 한참을 고생했다. 병원에선 한바탕 난리가 나고, 오늘 김락진 교수는 병원에 나오지 않았다. 환자들은 거센 걱정과 항의의 물결에 휩쓸려 다녔고, 의사들은 그 물살을 저지하는 데 급급한 한편 자신들의 교수를 원망하면서, 한편으로는 아닐 거라고 생각하고 있었다. 어찌 그 상황에서 웃을 수 있겠는가. 여기로 온 기자들은 안 왔다는 사실을 알자 바로 사택으로 달려갔고, 그 후에 어떻게 되었는지는 모른다. 물론 그가 괜히 그랬을 것이라 생각하진 않는다. 분명히 뒤에 세력이 있을 거라 의심되는 말들이었기 때문에. 그러나 지금은 그녀의 누명을 벗기는 것이 중요했다. 나머지는 어떻게든 밝혀질 것이라고, 그녀는 그렇게 편안히 생각하기로 했다.

전화기가 울렸다.

"여보세요."

"주영아."

그녀다. 주영은 그때서야 처음으로 웃었다.

"봤어?"

"응. 어휴."

그동안 고생했을 그녀를 생각하니 주영은 그녀가 꽤나 안쓰러웠다. 그래도 이제 거의 풀렸으니, 아마 괜찮을 것이다.

"뒤에 누가 있는지는 모르겠지만, 여튼 다행이라고 생각해."

"응, 아, 그리고 아마 내일 나 기자회견 가질 것 같아."

"정말?"

주영은 놀라서 다시 되물었다. '응' 하는 그녀의 목소리가 들리고, 주영은 미소 지었다.

"넌 잘할 거야. 믿는다."

"응. 고마웠어, 주영아."

"응."

그리고 전화가 끊어졌다. 주영은 다시 자신의 진단실로 들어갔다. 오늘은 환자가 뜸하다. 과연 교수의 운명은 어찌될 것인가. 주영은 어깨를 으쓱했다.

오늘 하루는 여러 격려를 많이 받은 날이었다고 생각한다. 그녀는 집에 돌아와 털썩 누우며 하루를 돌이켰다. 뉴스에선 계속 CCTV의 동영상을 반복해서 보여 주고 있었고, 김락진 교수는 배후에 누군가 있다고 이야기한 모양이다. 언론과 인터넷에서는 계속 그 사람이 누구일지 추측하는 한편, 김락진 교수의 행태를 욕하기에 바빴다. 통쾌한 일이지만, 한편으론 그만큼 마음 아픈 일이기도 했다. 한 번 당해 봐서 알았기 때문인지도 모르겠다. 그녀는 바깥풍경을 바라본다. 밤은 햇빛이 들지 않아 쉽사리 돌아다니기 좋은 환경이다.

잠깐 밖으로 나갈까?

그녀는 씩 웃고 나갔다. 로브는 필요하지 않았다. 막아야 할 햇빛이 없었으니까. 나와 보니 밤하늘이 어여쁘기 그지없었다. 별이 보이지 않아도 그곳에 존재할 것이란 생각은 하늘을 충분히 아름답게 보이게 한다. 눈에 보이지 않는 것이 중요하다는 말을 새삼 실감했다.

그녀는 무작정 걸었다. 사실 무작정이란 말은 어울리지 않았지만. 사람은 무의식적으로 일정한 곳을 향하게 마련이다. 아무리 불규칙적인 일이라 해도 결국 패턴을 띠고 만다는 누군가의 말을 상기한다. 불규칙이란 것은 그럼 있을 수 없다는 말이라는 것도 되는 건가? 황량한 길을 지나 조금씩 좀생이로 간신히 자라는 식물들을 보고, 건물들을 바라보고, 하나같이 어둡기 그지없었다.

'어?'

그런데 그 사이에 홀로 불이 켜져 있는 건물이 있다. 이 시간에 무엇을 하려고 켜져 있는 것일까? 그녀는 궁금함에 사로잡혀 건물 쪽으로 가까이 다가갔다. 근데 가다 보니 점점 익숙한 기분이 드는 것이, 마치 데자뷔가 일어나는 것 같기도 했다. 예전에도 여기 왔던 적이 있었던가?

'아.'

새어나오는 빛, 그녀는 그때서야 여기가 어딘지 파악하게 되었다. 지난날의 낮이어서 순간 기억을 못했었던 것이다. 그때 그녀는 기쁜 마음으로 이곳에 도달하기 위해 걸었었고, 안에 들어갔고, 또 수많은 그림을 보았었다.

"지선아."

그녀는 들어와서 문을 닫고 멍하니 저편에서 그림을 그리고 있는 여자의 이름을 불렀다. 그림을 그리다 말고 지선은 몽롱한 눈을 들어 그녀를 바라보았다.

"……간만이네."

무의식적인 발걸음이 이곳으로 인도해 준 이유가 있을까? 머릿속으로는 그때가 기억에 강하게 남아서일 거라고 생각할 수 있지만, 가끔은 이성적인 것이 무시될 수도 있는 것 아닌가. 더군다나 이런 사람 보기도 힘든 새벽에 마주한다는 사실이 어딘지 끌려온 것이 분명하다는 느낌을 주기엔 충분했다. 무엇을 위해 운명이 그녀를 지선에게 인도한 것일까?

그녀는 지선에게 한 발짝씩 다가갔다.

“무슨 그림 그려?”

“응? 그냥.”

그녀는 어딘지 씁쓸한 미소를 지으며 지선의 캔버스를 바라보았다. 밤하늘인가? 검은색이 높은 비율을 차지했다.

“그때는 미안했어, 인사도 제대로 못 하고.”

“아니야, 그만큼 바빴단 거 아니야?”

그녀는 그 말에 어색하게 웃었다. 지선은 붓을 놓고 그녀를 바라보았다.

“근데 여긴 웬일로?”

“응? 몰라. 어쩌다 보니.”

운명인가 보지. 그녀는 어깨를 으쓱하며 살짝 미소 지었다. 지선도 마주 웃었다.

“운명인가?”

그녀는 그 말에 섬뜩 놀랐다. 그녀의 마음이라도 읽은 것일까? 그럼에도 그 기분은 생경하리만치 좋았다. 둘 다 같은 생각을 품고 있었다는 것이 아닌가. 그것만으로도 충분했다.

“뉴스, 봤어.”

지선이 짤막하게 중얼거렸다. 그녀는 살짝 움찔하고, 다시 어색하게 웃었다.

“봤구나.”

“응.”

잠깐의 침묵.

“너도 고생했겠네, 보니깐.”

“뭐, 이젠 괜찮아. 아마 내일 기자회견도 할 거야. 그것까지 마치면 완전히 괜찮겠지?”

그녀는 겸연쩍은 듯 미소 지었다.

“하긴, 처음에 생각했어. 그런 부작용이 있는데 내보낼 리가 없는 애라고, 너는."

그리고 웃는 모습이 따스해 보인다고, 그녀는 그렇게 생각했다.

"믿어줘서 고마워, 지선아."

어딘지 확신이 생기는 기분을 받았다. 좋은 일이었다. 또 좋은 기분이기도 했다.

"근데 지선아."

"응?"

"아직도 반대 의견이야?"

약간 시간이 흐르고 그녀는 조심스레 지선을 바라보았다. 지선은 아무 말도 하지 않았다. 그녀는 씁쓸한 듯 웃었다.

"그렇구나. 음, 너도 환경이 더 중요한 거야?"

"아니, 그건 아냐."

예상치 못한 대답에 그녀는 갑작스러운 습격을 받은 듯 멍하니 지선을 바라보았다. 지선은 계속 검은색을 덧칠하고 있었다.

"그럼 왜?"

"……사람이 좋아서."

"어?"

지선은 이제 하얀색을 집었다. 검은색과 흰색의 대비를 노린 것인가. 그녀는 한 번 찍고, 두 번 찍고, 멈추고, 그 작업을 반복했다. 마냥 까맣던 캔버스에 별이 새겨지고 있었다.

"사람이 죽으면 별이 된대."

지선은 아득한 눈빛으로 그렇게 말했다. 그녀는 한순간 아이를 상대하는 느낌을 받았다. 어처구니없다는 듯 고개를 저으며 말했다.

"무슨 말도 안 되는 미신이야! 요즘 신의 존재도 의심받는 마당에."

"과학자들은 그렇게 얘기하는 게 맞을 거야. 근데 난 예술가잖아, 난 믿어."

밤하늘에 별들이 많아졌다. 요새 하늘에서 저 정도의, 아니 저것의 절반이라도 본 적이 있던가? 바깥의 어두운 하늘을 생각하며 그녀는 자신의 기분도 검어지는 기분이었다.

“그래서 빨리 이곳에서 인류들이 벗어났으면, 자유를 찾아 별이 되었으면 해. 난 그게 인류를 위한 더 좋은 길이라 생각해.”

“그럼 너는 왜 아직……”

그녀는 뒤의 말을 꺼낼 수 없었다. 말을 꺼내면 당장이라도 현실로 옮겨질 것만 같아서. 그리고 어쩌면, 지선이는 정말 별이 될 것만 같아서. 알아들은 듯 지선이 피식 웃었다.

“자유를 찾아갈 용기가 아직 없잖아.”

“에이, 거짓말.”

그녀는 볼멘소리를 내며 지선을 바라보았다. 당황한 걸까? 지선은 아무 말도 하지 않았다. 그녀는 빙긋 웃었다.

“핑계대지 마. 사실 죽기엔 여기서 사는 게 재밌는 거면서.”

지선은 놀리던 붓을 멈추고 망설이듯 고개를 숙였다. 그녀는 거기서 좀 더 확신을 얻었다.

“그리고 말이야, 너 그런 거 환자들 앞에서 말하면 안 돼.”

“……”

“숨 쉬는 게, 살아가는 게, 자기가 하고 싶은 것을 하며 살아가는 게, 이 모든 게 그들에게 얼마나 소중한지 알면, 그렇게 얘기하는 거 아냐. 그리고 난 너도 그중 하나라고 생각할 뿐이야.”

슬슬 갈 시간이 얼마 남지 않은 것 같다. 졸음이 몰려오고 있었다. 그녀는 한 번 웃고 아까 닫고 들어온 문을 향해 발길을 돌렸다. 환한 빛을 저 멀리 두고 벗어난다. 다시 밤의 거리 속으로, 그리고 문을 열고 닫기 전에 그녀를 응시하며 말했다. 웃으며.

“다음에 또 보자, 지선아.”

그리고 문을 닫았다.

그로부터 며칠 뒤, 연구실 안에서 그녀는 실험복 대신 다른 사복을 입고 있었다.

"오늘 좀 고생해줘, 제이슨."

그녀는 어물쩍은 미소를 지으며 제이슨을 바라보았다. 제이슨은 걱정 말라는 듯 엄지를 척 올렸다.

"괜찮아, 잘하고 와!"

"응. 하고 올게. 방송 꼭 봐야한다!"

제이슨은 크게 고개를 끄덕였다. 그녀는 싱긋 웃고 연구실 밖으로 나갔다. 제이슨은 어벙하게 그녀가 사라진 방향을 바라보다 미소 지었다.

"God bless you."

그의 혼잣말이 공중에 떠다니는 듯했다.

"가자."

성민이 부르는 소리에 그녀는 긴장된 표정으로 고개를 끄덕였다. 국내에서 지원해 주는 사람이 희귀하다는 차량을 타며 그녀는 기자회견이 열리는 곳으로 향한다. 고위 공무원들은 거의 차를 타고 다닌다. 이제 거의 차량이 없는 도로는 급할 때 용이하기 때문이었다. 그녀는 내심 긴장한 표정이었고, 성민은 그 표정에 살짝 웃었다.

"정신없지?"

성민의 웃음기가 들어간 소리에 그녀는 얼떨떨하게 고개를 끄덕였다.

"준비는 했어?"

"아니."

"어, 무슨 배짱으로?"

"그냥. 다 아는 얘길 텐데 뭘하러 하나 해서."

하긴, 성민은 고개를 살짝 끄덕였다. 그녀는 눈을 감았다. 이제 기자회견을 하면 온갖 논란들이 잠식되고, 사람들은 다시 배후를 찾으려다 시간

속에 사그라지겠지. 교수의 운명은 어찌되는 걸까. 쥐는 아직 살아있을까. 그런저런 생각들을 하다 보니 아까보다 긴장은 덜 되는 것 같았다.

'대중은 내 편이야.'

보란 듯이. 그녀는 창밖을 내다보았다. 어느 새 가까워져 있었다.

들어가는 길에서야 그녀는 정부에서 경호원을 붙여주는 것이 얼마나 편한 것인지 깨달았다. 미친 듯이 밀려드는 인파를 제지하는 데 나름 효과를 본 것이다. 중간에 '꺼져!' 같은 심한 말도 들려서 마음이 불편하긴 했지만, 어쩌겠는가. 모든 사람이 다 같은 의견일 수 없으니 말이다. 이제는 현실과 제대로 싸워야 할 때다.

문을 열자 수많은 카메라들이 자리하고 있었다.

수많은 플래시 세례를 받으며 그녀는 자리에 앉았다. 약간 긴장한 표정이었다.

"질문받기 전에 먼저 얘기하고 시작하겠습니다."

그녀는 말이 끝나고 긴장한 채로 앞을 보았다. 조용하다는 것이 이상하리만치 사람들이 많았다.

"일단 네스코륨의 성질을 명확히 아셨으면 좋겠습니다. 네스코륨은 전류를 좋아하는 물질이 맞습니다. 허나 한계치를 정해 놓고 있으면 더 높은 전류를 흘려도 1시간은 한계치를 유지합니다."

"그렇다고 네스코륨이 아예 위험하지 않다는 것은 아니지 않습니까?"

후, 첫 번째 질문이다. 그녀는 심호흡을 했다.

"전 여러분을 믿습니다."

약간 웅성거리는 소리가 들렸다. 이 사람들은 전부 환경을 더 소중하게 여기는 사람들일까? 사람보다?

"세상에 완벽하게 안전한 건 없습니다. 그런 맥락으로 보시면 좋겠습니다."

다른 기자의 소리가 들렸다.

"김락진 교수가 최근 배후에 있는 누군가가 시켜서라고 했는데, 혹시 짐작 가는 바가 있습니까?"

그녀는 고개를 절레절레 저었다.

"저도 알고 싶습니다."

기자들은 부지런히 노트북에 무언가를 적으며 촬영하고 있었다. 저 손에서 어떤 의견들이 반영되어 나올까. 이 회견이 끝나면 수많은 기사가 나올 것이다. 아니, 이미 올리고 있을 수도 있다. 세계는 광속으로 흘러가고 있으니까. 확인할 수 없어 두려웠다. 다른 기자가 질문했다.

"케레스의 반대 입장을 어떻게 생각하십니까?"

"어…… 솔직히 당황스럽습니다. 이렇게 강경하게 나올 것은 예상 못 했습니다."

"그렇다면 그 전에도 반대를 표명했었다는 겁니까?"

그녀는 퍼뜩 머릿속에 무언가 스쳐 감을 느꼈다. 김락진 교수의 배후에 누군가 있었다, 여태껏 누군지 알려지지도 않았다. 케레스가 강경하게 반대 시위를 해온다. 더불어 떠오르는 모습들이 몽타주처럼 지나갔다. 1인 시위를 하던 모습, 반대의 자리에 서 있을 거라던 말. 무표정한 얼굴, 환경을 위해서 사는, 그녀가 아는,

케레스의 회장.

'어쩌면……'

나중에 우연한 기회로 그곳에서 다시 만날 수 있다면 물어봐야겠다고, 그녀는 그렇게 생각했다. 먼저 접근할 수는 없으니까. 그녀는 어디까지나 비밀스러운 존재니까 말이다.

"그랬을 겁니다. 단체의 역사를 감안한다면 충분히 근거가 있습니다."

"진짜 생태계에 혼란을 빚습니까?"

“희박하다고 봅니다.”

언론에는 생태계의 혼란을 빚기 때문이라고만 얘기한 모양이었다. 하긴, 인류를 줄이기 위해서라고 한다면 그녀가 이 상황에 오기 전에 케레스가 먼저 매장당하지 않았을까. 어쨌든 대중들은 사람은 모두가 소중하다 말하기 때문이니까.

그건 그녀의 생각이기도 하다.

“그럼 텔로미어는 아무 이상 없는 겁니까?”

기자의 질문이 매우 도발적이라 생각했다. 그녀와 제이슨이 얼마나 공들여서 완성시킨 프로젝트인데, 중간에 연구 자체를 진행해야 할지 말지조차 의심하며 극복해 온, 그런 소중한 프로젝트인데!

“제 명예를 겁니다.”

기자는 그 단호한 한 마디에 대강 고개를 끄덕였다. 그녀는 기분이 슬슬 좋아지려 했다. 마무리되어 가는 낌새가 보였기 때문이다.

“더 하실 말씀 없습니까?”

그녀는 누군가의 말에 잠깐 고민하는 듯하더니 말을 꺼냈다.

“사실 저는 이 연구를 하면서 갈등을 겪은 적이 있습니다. 텔로미어를 통한 장수 또는 영생에 반대하는 사람들을 너무 많이 봐 왔기 때문입니다.”

그 그림은 여전히 기억의 언저리에 남아 있다. 무표정한 파란 사람들. 마냥 소녀처럼 자신의 연구에 모두가 동조해 줄 거라 믿고 있을 적에 망치처럼 머리를 가격한 것이니까.

“하지만 암환자들을 보며 갈등은 사라졌습니다.”

이 말을 들으면 주영이 흐뭇해 할 것이란 생각을 잠깐 했다.

“그들의 삶에 대한 투쟁에 조금이라도 보탬이 되었으면 합니다. 텔로미어는 인류를 도와주는 것입니다, 그걸 알아주셨으면 좋겠습니다.”

그녀는 말을 마치고 일어나 목례를 하고 밖으로 나갔다. 기자들도 그녀가 나가자 대강 노트북을 덮으며 하나하나 빠져나갈 준비를 하고 있었다.

어딘지 따스함이 웃돌고 있었다.

이미 여론이 그렇게 기울었던 터라 기자들도 그녀의 편을 열심히 들어줬다. 조금씩 다르지만 비슷한 내용을 썼고, 그 기사들을 접한 대중들은 다시금 텔로미어에 대한 격려를 내비치기 시작했다. 그리고 다시 시작된 김락진 교수에 대한 비난들. 저번부터 시작된 비난에 서서히 교수의 생활에 지장이 생기기 시작하였고, 결국 그는 이를 악물고 죄송하다는 말을 남긴 채 잠시 휴가를 떠나게 되었다. 아마 몇 년 후 사건이 가라앉을 때면 언제 그랬냐는 듯 돌아오게 될 것이었다. 그 연륜과 실력은 어쨌든 무시할 수 없는 것이니 말이다. 주영은 이참에 다른 병원으로 옮겼다. 의사들의 끈끈하고 무시무시한 공동체에서 벗어나 그녀의 편을 들어줬다는 사실이 공공연히 퍼진 까닭이리라. 덕배 의사는 다시 그만의 찬란한 의사의 꿈을 좀 더 신중하게 펼치는 중이었고, 암환자들은 여전히 사투를 벌이고 있는 중이었다.

"내일이면 결과가 나오나?"

"그렇지! 이야, 우리 수고 좀 했는데?"

제이슨과 그녀는 서로를 마주보며 손뼉을 딱 쳤다. 저번에 완성된 염기 서열에서 좀 더 수정을 가미했다. 과연 쥐는 임상실험에서 살아남을 것인가? 이번 관문을 넘긴 후에도 몇 과문이 더 남아있긴 하지만, 시작이 반이라고 하지 않던가. 잘못되면 어쩌지? 불안과 기대가 섞여 이상한 감정을 자아냈다.

"뭐, 실패해도 너무 좌절하진 말자. 요나트 박사님은 20년이나 기다렸잖아."

그녀는 제이슨의 손이 덜덜 떨리는 것을 지켜보았다.

"일단 네 손부터 진정시키고."

"흠! 허, 커흠. 웁스."

제이슨은 겸연쩍은 듯 손을 뒤로 돌렸고, 그녀는 한 번 크게 웃었다.

“그래도 성공하면 좋겠다.”

“그치, 아무래도.”

“하루빨리 그들을 살리고 싶어.”

그 사람들의 머리카락과 근육을 되찾아 주고 싶어. 그녀는 쓰게 웃으며 일어났다.

“아, 잠깐만!”

제이슨은 뭔가 생각났다는 듯 저편으로 달려갔다. 뭐지? 그녀는 궁금한 듯 제이슨의 뒷모습을 바라보았다. 잠시 후, 제이슨은 흰 봉투 하나를 들고 왔다.

“너한테 온 편지였는데, 깜빡했다!”

“언제 온 건데?”

그녀는 그에게 편지를 받으며 물었다. 발신인에 익숙한 이름이 있었다.

“어제 오후에. 아, 이놈의 건망증.”

제이슨은 자신의 머리를 툭 쳤고, 그녀는 무표정하게 편지를 꺼내 읽었다. 그 표정이 하도 심각해 제이슨은 멀뚱하게 바라보며 말했다.

“무슨 편지야?”

“응? 별거 아냐.”

그녀는 살짝 웃으며 봉투를 밑에 내려놓았다. 발신인에 ‘오연아’라는 이름이 적혀 있었다. 제이슨은 궁금하다는 표정을 지었다. 그녀는 봉투에 편지를 넣고 제이슨을 보며 말했다.

“음, 그럼 이제 밥 먹을까? 맛있는 걸로.”

제이슨의 눈이 반짝 빛났다.

“당연! 이번엔 네가 쏘는 거지?”

“그럼, 말만 해봐.”

“와우! 좋지. 엄, 뭘 먹지?”

제이슨의 고민하는 모양새가 우스웠다. 그녀는 미소 지으며 나가자고 손짓했다.

그때였다.

"택배 왔어요."

그녀는 제이슨을 돌아보았다. 제이슨은 손사래를 쳤다.

"오우, 난 아냐!"

"남지선 님이 보내셨습니다."

"예?"

그녀는 저도 모르게 앞으로 나아가 수취인에 서명을 하고 물건을 받았다. 크고 얇았다. 그녀는 물건을 가지고 들어오면서도 의뭉한 기분을 감출 수 없었다. 그녀에게 무슨 택배를 보낼 게 있다고?

그녀는 제이슨에게 잠깐 기다리란 손짓을 하고 풀어 봤다. 일부분이 드러났다. 드러난 모양새가 왠지 액자의 일부분 같아 보이는데, 그림일까? 그녀는 어딘지 울렁이는 기분으로 서둘러 포장지를 뜯었다.

"아······."

그녀는 멍하니 바라보다 탄성을 내뱉었다.

"뭔데 그래? 오, 그림?"

그녀의 눈에 만감이 교차하는 기쁨이 자리했다. 제이슨은 신기한 듯 그녀를 보고, 그림을 봤다. 검은 바탕에 흰 빛이 홀로 자리하고 있었다. 밤하늘의 홀로 찬란히 빛나는 별 같기도, 완벽한 어둠 속의 한줄기 빛으로 보이기도 했다. 어떻게 해석하느냐는 그때의 기분에 따라 다르지 않을까. 제이슨은 그녀를 바라보았다. 그녀의 눈에 눈물이 고여 있는 듯했다. 이게 그렇게 감동적인 물건인가? 곧이어 그녀는 미소 지었다. 제이슨이 여태껏 봐 온 그녀의 표정 중에서 제일 행복해 보이는 표정이었다. 제이슨은 저도 모르게 그림을 살펴보았다.

"어, 이봐. 여기 뭐 있는데?"

"뭐? 뭐가?"

제이슨은 뒷면에 붙어있는 종이를 뜯어 그녀에게 건네주었다. 그녀는 눈물이 고인 와중에도 종이를 뜯어 안을 보았다. 안에는 간단한 말만 쓰여 있었다.

'응원할게.'

그녀는 세상을 다 가진 듯한 기분을 받았다.

그림 속 빛이 반짝 빛나는 듯했다.

PARADOX

눈이 소복이 내려앉은 거리에는 기다림에 지쳐 늘어진 햇살 한 줄기가 눈에 묻혀 듬성듬성 그 꼬리를 드러내고 있었다. 귀가 하얗게 멀어버릴 듯한 침묵에 발자국이 짙게 드리운 눈의 마찰음조차 들리지 않았다. 입가에서 나는 하얀 김도, 추위에 금세 발그레해진 얼굴도 붉은 여명의 그림자에 가려 마치 오래된 기억 속의 잊고 있었던 잔상으로만 보일 뿐이었다. 터오는 동에 천지를 뒤덮은 새하얀 눈이 빛나기 시작했다. 더불어 모든 것의 경계가 흐릿해졌다. 영원히 세상을 잠들게 할 것만 같은 설화(雪花)의 만개에 세상의 모든 색과 소리가 사라져갔다.

마치 폭풍 전야처럼, 숨죽인 채 웅크린 대기가 무겁게 나를 짓눌렀다. 건물 옥상에서, 차갑게 내 피부에 내려앉는 겨울 아침의 공기는 머리를 깨우기보다는 오히려 내 현실 감각을 마비시켰다. 춥다, 그래, 춥다는 생각뿐이면 좋으련만. 그렇지만 나는 알고 있었다. 춥다는 감각의 핑계로 현실에서 그 일을 지워버리는 건 불가능하다는 것을 알고 있었다. 어쩌면, 그것은 이미 예정되어 있던 일인지도 모른다.

방으로 돌아와 탁자에 놓은 식은 커피로 목을 축이며 어제 저녁부터 내내 켜 놓은 인터넷 실시간 뉴스 창을 힐끗 보니, 어제와 별다를 것 없는 뉴스를 아나운서가 앵무새처럼 반복하고 있었다. 뉴스에는 지금 일어나고 있는 그 일에 대한 어떠한 것도 보도되지 않았다. 세상은 지극히 일상적이었고 사람들은 언제나처럼 그들의 일을 했으며 겉보기에는 무척이나 평화로운 세계였지만 나는, 그리고 연구소에 근무하는 모든 이들은 알고 있었다. 그 일은 이미 일어나고 있으며, 그것으로 인해 우리는 멸망할 것이라는 것을.

내가 처음 그 일에 알게 된 것은 연구소에서 나와 가장 가까운 사이인 리안이라는 한 연구원을 통해서였다. 그와 나는 매일 자정마다 옥상의 관측대로 올라가 별을 보면서 천문학의 접목성에 관한 이런저런 대화를 나누곤 했다. 그리고 지금으로부터 약 일주일 전, 연구소 식당에서 아침식사를 하던 도중 그가 갑자기 이야기를 꺼냈다.

"그거 알아요, 제인? 이제 곧 인간의 왕국은 멸망할 거예요"

그가 무덤덤한 어조로 말했다. 나는 그의 어조에 비해 터무니없는 말에 어리둥절해졌다.

"무슨 소리예요? 아침부터 장난치는 거라면-"

"장난 같은 거 아니에요. 당신은 신경정신 쪽에서 일하니까 '죽음의 본능'이 뭔지 알겠죠?"

"만약 당신이 우울증을 얘기하는 거라면, 우울증에 걸린 사람이 누구인지는 몰라도 하루 빨리 입원을 권하고 싶네요. 자살 충동을 보이는 건 우울증이 이미 중증 단계라는 거니까요. 당신과 아는 사람인가요?"

"그런 게 아니에요. 내가 아는 사람 하나 죽었다고 인간 세상이 멸망하진 않죠. 정보부에서 일하는 내 친구가 어제 연락이 왔어요. 집단 자살이 어제 미국에서만 열 군데에서 발생했다는군요. 극비리에 조사를 진행하려고 했지만 잘 안 되는 모양이에요"

"열군데? 집단 자살?"

"집단 자살 한 건의 사망자 수는 약 열댓 명 남짓이에요. 근 3개월 사이에 자살 건수가 급증해서 가뜩이나 예민한 상황인데, 내 추측으론 집단 자살이 미국에서만 발생한 건 아닐 거예요.”

그는 말을 쉽게 하지 않는 사람이므로 그 말이 거짓말 같지는 않았다. 하지만 차라리 그가 정신이 오락가락한 상태에서 나에게 말을 했더라면 하고 바랄 정도로 그 내용은 결코 가볍지 않았다. 근래에 자살 및 자살 미수 케이스가 급증하는 가운데 우리 정신과도 그 문제에 대해 한창 연구하는 중이었지만, 리안이 전해 준 내용은 가히 충격적이었다. 며칠 전에도 자살 문제를 연구하던 우리 부서 한 사람이 결국 절망감을 이기지 못하고 자살하는 사건이 벌어져 가뜩이나 연구소 분위기가 흉흉한데, 이제 이 소식이 알려지면 과연 우리들이 인간의 미래에 대한 일말의 희망이라도 가질 수 있을지 의문스러웠다.

“무슨 종교 집단이 아니고서야 그렇게 많은 수의 인원이 한꺼번에 같이 죽는 경우는 별로 일어나지 않는데. 그 정보부 친구는 뭐라고 해요?”

“길게 통화는 못 했어요. 그렇지만 일종의 바이러스처럼 자살이 번지고 있는 건 확실해요. 바이러스의 형태는 아니지만, 정보부 친구들은 그것을 ‘죽음의 본능’이라 부르는 것 같아요.”

“바이러스가 아닌 건 맞아요. 그건 우리 쪽에서도 규명했으니까요. 그렇지만 이건 좀.”

“심각하죠. 제인, 죽음의 본능이 뭔가요?”

“그건 심리학에서 쓰는 용어에요. 초창기 정신분석에서 쓰던 용어인데, 그냥 한 학자의 견해 같은 거예요. 모든 생명체가 공통으로 가지고 있는 생존 본능에 반대되는 게 인간의 자살 충동인데, 이를 규명하고자 한 거죠. 사람이 막다른 골목에 부딪치면, 그 반작용으로 극적인 탈출구로 선택하는 것이 죽음이다, 뭐 이런 거예요. 오 이런, 리안, 설마, 인간이 진화의 과정에서 멸종을 탈출구로 생각하는 건 아니겠죠? 아냐, 분명 소장님께서 그랬어요. 온 인간이 멸종의 길을 걷고 있다고! 난, 난 장난인 줄만 알았는데.”

“제인, 아직 우린 아무것도 몰라요. 확실한 것도 아니잖아요? 분명 그런

극단적인 경우는 아닐 거예요.”

그러나 리안의 말이 끝나기가 무섭게 연구소 전체에 비상방송이 울리기 시작했다.

나는 아직도 얼떨떨한 얼굴로 연구소 식당을 나와 각 층의 연구실들을 들러보았다. 가장 첫 번째 층 복도 문을 열자 오늘 아침 리안이 전해준 말이 사실임을 증명이라도 하듯 온 사방에 그래프를 분석한 종이, 그 위에 간간이 찍힌 연구원들의 발자국, 너무 급하게 일어난 나머지 엎어져버린 책상, 흘려진 채 아직 굳지 않은 커피자국, 무엇보다 전쟁이라도 난 듯 급하게 뛰어다니는 통계학부 연구원들이 내 눈에 들어왔다.

“무슨 일이죠, 교수님?”

“제인, 네가 여기 왜 있는가? 지금 온 부서가 비상인데. 너도 당장 네 부서로 돌아가는 게 좋을 거다.”

“큰일인가요?”

“나도 모르겠네. 하지만 인간세상은 정지했어. 그것만은 분명해.”

그 한마디를 끝으로 교수님은 종종걸음을 치며 복도 저편으로 사라졌다. 그래프 분석기는 계속해서 일직선만이 그려진 종이를 내뱉고 있었다. 나는 격하게 요동치는 심장을 부여잡고 다음 부서인 생물학부 중 특히 진화론을 찬양하는 부서에 들어갔다.

“무슨 일이에요, 교수님?”

“아아, 세상은 이렇게 멸망하는가? 인간이 진화를 그만두다니! 세상의 주인은 인간이 아니던가?”

“교수님?”

“다윈의 진화론에 따르면, 우리는 죽을 거야! 오 이런, 하느님!”

생물학 교수님은 줄곧 하느님의 이름을 외치며 연구실을 배회했다. 나는 그 장면을 더 이상 지켜볼 수 없어서 문을 닫고 나왔다. 그 뒤로 몇 십 층의 부서를 전부 둘러보았지만 하나같이 머리에 긴급 상황을 알리는 사이렌을 달고 있는 듯이 행동하고 있었다.

"리안, 우리 잠깐 옥상으로 올라가면 안 될까요?"

"괜찮아요, 제인? 그렇지만 우린 부서로 가 봐야 하지 않을까요."

"하늘을 보면 조금 나아질 것 같아요. 잠깐만이에요, 부탁해요."

나는 리안과 함께 건물 옥상에 올라가 힘없이 난간에 몸을 기대었다. 세상이 빙글빙글 돌았다. 겨울의 찬 공기가 매섭게 내 감각을 스치고 지나갔다. 아직도 상황이 받아들여지지 않았다. 내 머리는 현실을 받아들이기를 거부했으나, 그것이 현실임을 깨닫는 순간 엄청난 공포가 나를 엄습했다.

"리안, 이게 대체 무슨 일이죠? 세상은 정말로 멈춘 건가요?"

"세상이 멈춘 게 아니라 인간이 멈춘 거예요. 제인, 이제 좀 괜찮아요?"

"난 괜찮아요. 리안, 대답해 봐요. 우린 정말로 멸망하는 건가요? 세상은 어제와 오늘이 똑같잖아요! 저길 봐요. 모두가 평범한 일상을 보내고 있지 않나요? 통계학적 수치가 뭐 어때서요? 그런 것쯤이야."

"진정해요, 제인. 당신마저 이러면 나도 어떻게 해야 할지 모르겠어요 죽음의 본능은 사람을 가리지 않으니까요. 제인, 난관을 벗어날 방법이 없는 건 아니에요."

"그게 뭐죠?"

"질문 하나 할게요. '인간의 키는 5m 이하입니다.' 이건 맞는 말인가요?"

"맞다고 전제를 하죠."

"그럼, 만일 '4m 99cm인 사람을 본다면 당신은 어떻게 생각하겠습니까?' '역시 5m를 넘는 인간은 없어.'라고 생각할까요?"

"음……? 아니오."

"왜죠? 인간의 키가 5m 이하라고 전제했으니 적어도 논리적으로는 증명된 거잖아요?"

"그렇긴 하지만, 역시 '아무래도 어딘가에 5m가 넘는 인간이 있겠는 걸' 이라고 생각할 것 같아요."

"바로 그거에요. 방금 수는 논리적으로 모순된 생각을 했어요. 내가 처음에 던진 말이 참인 명제라고 가정했을 때 제인이 한 말은 참인지 거짓인지 알 수 없는 잘못된 추측이죠. 보통 우리는 그런 것을 패러독스(paradox)라고 해요. 패러독스는 얼핏 보면 하지 말아야 할 실수처럼 보입니다. 하지만 이 패러독스는 매우 중요해요. 모든 세상은 이 패러독스 때문에 진화하죠. 우리는 논리적으로 모순된 생각을 하지만, 사실은 이 모순에서 발전이 비롯되는 거예요. 아까 제인은 5m를 넘는 인간이 있을 거라고 생각했죠? 그리고 제인은 그 인간이 있는 세상을 상상해 보고, 가능하다면 수는 그 5m가 넘는 인간을 찾기 위해 노력할 거예요. 그 과정에서 인류는 진화하는 겁니다. 인간의 마음 역시 이러한 패러독스를 갖고 있고, 이것을 발견하고 개척할 때마다 우리는 한 발 진보하죠. 하지만 현재 인간은 이 패러독스를 놓치고 있어요. 그 말인즉슨 인간은 현재 발전을 할 수 없는 상태에 놓여 있다는 겁니다. 이해가 되나요?"

"알 것 같아요. 그럼 우리는 패러독스가 생기는 지점을 찾아야 하겠군요."

"간단하게 생각하면 그래요. 하지만 실상은 간단하지 않죠. 우리는 어떤 지점에서 어떻게 모순이 생기는지 알 방법이 없어요. 나는 과연 우리가 이걸 찾아낼 수 있을지가 의문입니다."

그러면서 그는 난간 바깥으로 펼쳐진 드넓은 산자락과 뾰족이 솟아있는 침엽수림 그리고 그 위를 덮고 있는 새하얀 눈을 말없이 바라보았다. 세상은 거짓말처럼 평화로웠으며 동화 속 세상처럼 아름다웠다. 강물에는 알프스의 빙하가 녹아 흐르며 푸른빛을 내고 있었고, 목장에는 두꺼운 털옷을 입은 소들이 딸랑딸랑 종소리를 내며 한적하게 초원을 거닐고 있었다. 언제나처럼 일상적인 스위스의 풍경에 순간 나는 이질감을 느꼈다. 마치 이곳 연구소와 세상은 전혀 다른 우주에 있는 것처럼 느껴졌다. 인간이 멸종할 위기에 처했는데, 세상은 아무렇지도 않게 흘러가고 있다니…… 다른 동물들이 그러했듯 인간도 소리 없이 멸망하는가? 마침내 리안에게도 물리학부 호출이 들어왔다. 그는 잠시 호출기의 불빛이 깜박이는 것을 보다가 "그럼 저녁에 봐요, 제인." 하며 비상구 계단 너머 사라졌다. 나는 잠시 그가 가고 비어있는 자리를 멍하니 바라보았다.

자정 무렵에 우리는 인쇄실이 있는 층에서 다시 만났다. 그의 헝클어진 머리와 팔 한가득 담긴 종이뭉치, 하루 새 초췌해진 얼굴이 사태가 심각함을 말해 주고 있었다.

"리안, 괜찮아요? 많이 힘들어 보여요."

"난 괜찮아요. 그보다 제인이 더 걱정이네요. 아까 그렇게 창백한 얼굴을 하더니……."

"나도 괜찮아요. 리안, 상황은 좀 어때요?"

나는 조심스레 물었다.

"난리죠. 물리학부는 인간이 진화를 멈춘 게 마치 '뉴턴은 틀렸다'인 것처럼 행동하고 있어요. 그들은 한 번도 뉴턴이 틀렸다고 생각해 보지 않았거든요." 그러면서 그는 손에 들고 있던 종이 뭉치의 반을 분쇄기에 쑤셔 넣었다. 나는 안경을 고쳐 쓰며 말했다.

"우리도 비슷해요. 하지만 다들 당황만 할 뿐이죠. 하아, 정말 피곤해요. 하지만 공포가 더 앞서요."

나는 그가 미처 감당하지 못하고 흘린 종이들을 주우며 말했다.

"제인, 우리 좀 나가요."

갑자기 리안은 손에 들고 있던 종이뭉치를 내팽개치며 내 손을 잡고 건물 바깥으로 나갔다. 그러고도 우리는 한참을 뛰었다. 미처 여미지 못한 코트 자락 새로 매서운 겨울밤 공기가 스쳐갔지만 신기하게도 춥지 않았다. 맞닿은 손을 통해 그의 온기가 느껴졌다. 나는 그의 손을 뿌리치지 않고 그저 말없이 따를 뿐이었다. 리안은 강변과 강변 사이를 잇는 커다란 다리 위로 나를 이끌었다. 우리는 긴 벤치에 앉아 숨을 골랐다. 고개를 들자 새벽의 설화만큼이나 아름다운 별들이 내 품안으로 들어왔다.

"별이 정말 아름답죠?"

리안이 말했다.

"그러네요. 별을 보고 있으니 아까의 아수라장이 다 거짓말 같아요."

"다 쓸데없는 짓이에요. 연구소가 아수라장만 될 뿐이죠. 문제 해결이 아니라 그냥 다들 당황하는 것뿐이더군요. 거기서 시간을 낭비하느니 그냥 여기 있어요."

그가 조금 신랄한 어조로 중얼거렸다. 나는 말없이 강변을 바라보았다.

"제인, 잠깐 실례할게요."

그러더니 그는 내 무릎을 베고 누웠다. 그의 칠흑의 짧은 머리칼이 내 무릎 위로 흩어졌다.

"리안?"

"조금만요, 조금만……."

잠시 침묵이 흘렀다. 우리는 그저 말없이 별을 바라보았다. 별을 보고 있자니 그 영롱한 빛이 지치고 아픈 내 영혼을 달래주는 것 같았다. 따뜻한 평화가 내려앉았다. 내가 먼저 말문을 열었다.

"저기, 리안."

"음?"

"아까 리안이 인간은 패러독스를 놓치고 있다고 했잖아요."

"그랬죠."

"그럼 그게 뭔지 리안은 알아요?"

"아뇨, 난 잘 몰라요. 하지만 패러독스는 그곳에 있지 않을까 생각해요."

"리안은 그게 뭐일 것 같아요?"

그는 잠시 생각하는 듯하더니 조심스레 입을 열었다.

"글쎄요…… 난 인간 그 자체라고 생각해요."

"인간이 모순이라고요?"

나는 살짝 놀란 표정으로 그의 얼굴을 내려다보았다. 그는 눈을 감고 중얼거렸다.

"인간은 남을 깎아내리는 건 좋아해도 정작 자기 자신을 성찰하라고 하면 그것을 거부하죠. 그들은 자기에게 어떤 모순이 있는지 애써 외면하려고 하고 점차 그것을 잊어버려요. 어쩌면 패러독스라는 건 가장 기본적인 것, 가장 내면에 있는 것, 가장 바닥에 있는 것, 가장 가까이 있는 것이 아닐까요. 난 그렇게 생각해요. 아마도 그것을 해결하려면 모두의 노력이 필요하겠죠"

강 건너 광장의 시계탑이 새벽 1시를 알리는 종을 쳤다. 어둠만이 가득한 겨울밤의 공허함을 종소리의 울림과, 내일 밤도 빛날 별들이 메워주고 있었다. 내일 밤도 빛나리라, 별들은. 만일 우리가 한 발 더 나아간다면. 만일 우리가 패러독스를 찾아낸다면. 그리고 이 세상은 다시 오늘 아침과도 같은 아름다운 풍경을 보여주리라.

과학, 이름 속에 담긴 이치

찬란한 발전을 거듭해 나가는 현대 인류의 21세기에서 과학이란 필요불가결한 존재가 되었다. 수많은 이들이 과학을 공부하고, 과학을 활용하며, 과학을 꿈꾼다. 하지만, 진정 '과학이 무엇인가'에 대해서 생각해 본 사람은 몇이나 될 것인가. 나 역시 과학과 함께 호흡하며 살아왔지만 과학에 대해서 진지하게 고민해 본 적이 없다. 그래서 나는 과학이라는 것의 본질을 알아보고자 그 이름 속에 담긴 철학에 대해 생각해 보았다.

과학이란 무엇일까. 사전적으로 과학은 科學이라고 적는다. 여기서 사용된 '과' 자는 '과목 과' 자이다. 과연 이것은 무슨 의미일까? 과목의 학문? 교과과정의 일부에 불과하다는 뜻인가? 별다른 깨달음을 얻지 못한 나는 과학의 이름에 대한 새로운 정의를 내리기로 하였다.

우선, 내가 생각하는 과학이란 過學이다. 여기서 사용된 '과'는 '인과', '경과' 등 '지나다'라는 뜻을 담고 있다. 지나는 것은 동적이다. 어떠한 특정 지점으로부터 그 지점과는 다른 별도의 지점을 향해 이동하는 유기적인 움직임이다. 과학은 움직임을 다룬다. 어떠한 물질이 특정한 시공간에서 어떠한 힘의 영향을 받아 변하는 모든 현상들, 그것이 과학이라고 생각한다. 또한 이 움직임들은 제멋대로 움직이지 않는다, 태초에 모든 것들이 형성된 이래로 그들이 지켜왔던 규칙과 질서에 따라 변화하고, 또는 유지한다. 그들이 가지고 있던 기초적이고 본질적인 논리, 그것이야말로 과학에 숨은 법칙이요, 자연이 이루는 하모니요, 만물을 움직이는 함수라고 생각한다. 그리고 우리는 그러한 과학의 법칙에 따라 살고 있다. 어떠한 행위를 함에 있어서 욕구에 따라 움직이고 경제성을 추구하는 것도, 어떠한 현상을 유도해 내기 위해서 특정한 실험을 거치고 그에 따라 세워진 적당한 가설에 따라 행동하는 것도, 우리가 과학이라는 놀라운 시스템 안에서 끊임없이 태동한다는 증거이다. 그렇다. 과학은 움직임이다. 그것도 아주 논리적이고 나아가 아름답기까지 한 움직임이다.

또 나는 과학이란 課學이라고 생각한다. 여기서 말하는 과학이란 '공부함'이다. 과학을 공부함이란 무엇인가. 이는 단순히 기성의 과학적 사실들을 받아들이는 것에 불과한 것이 아니다. 이는 오히려 더욱 위대하고 가치있는 것이다. 이는 과학의 발전 과정으로부터 알아볼 수 있다. 우리의 과학은 어떻게 발전하였는가. 원시인이 불을 발견한 것부터 생각해 보자. 원시인은 어느 날 떨어진 벼락에 의해 나무가 발갛게 빛나는 것을 보고 신기함을 느꼈을 것이다. 그리고 그 근처에 다가가 보니 피부에 느껴지는 촉감이 다르다는 것을 느꼈을 것이다. 일부는 그에 더욱 가까이 다가갔고, 피부가 이상하게도 발갛게 달아오르며 화끈거리는 것을 느꼈을 것이다. 또 일부는 그 근처에 있던 동물들이 거무스름하게 달아올라 묘한 냄새를 내며 입맛을 돋우는 것을 느꼈을 것이다. 이러한 사실들의 발견과 지각(관찰)을 통해, 그들은 몇 가지 추론(가설)을 했을 것이다. 발갛게 빛나는 것은 나무에서 가능하다는 것, 그에 가까이 다가가면 아프다는 것, 그리고 그 근처에 오래 있던 동물들로부터는 맛있는 냄새가 나며 또 실제 맛도 좋다는 것. 이런 사실들을 종합하여 그들은 불을 만들고자 하는 시도를 했을 것이다. 기본 재료가 나무라는 것에 착안하여 번개를 잘 맞는 곳에 나무를 둔다든지, 또 그 주위에 동물들을 둔다든지(실험, 활용). 그렇다. 인간들은 과학을 학습하는 특정한 과정을 거치면서, 자연 속의 논리를 답습하고, 그를 활용해 발전해왔다. 그렇게 인간은 과학을 공부해 나갔고, 찬란하고 위대한 발전들을 이룩해 냈다. 이것이 과학이며, 진정한 의미의 과학 공부라고 할 수 있다. 그렇다. 과학은 끊임없이 공부해 나가는 것이다.

마지막으로 살펴볼 과학은 果學이다. 과학은 열매이다. 열매란 무엇인가. 열매는 종자와 종자가 싹을 틔우는 데 필요한 양분을 다량 함유하고 있는, 생명의 캡슐이다. 열매가 있음으로 식물의 다음 세대가 번성해 나가고, 또한 열매를 먹는 다른 생물들 역시 양분을 공급받아 다음 세대를 번성해 나간다. 즉, 열매란 다음 세대로의 바통이라고 할 수 있다. 과학은 그렇게 다음 세대를 이끌어 나가는 바통의 역할을 한다. 우리는 선대로부터의 과학을 비판하고, 공부하고, 또 발전시켜 나가면서 끊임없이 과학을 다듬어 나간다. 기존에 성립했던 논리를 좀 더 세세하게 파고들어 그 본질을 탐구하여 오류를 발견해 나가고, 또 그를 활용하여 새로운 법칙들을 만들어 나간다. 그리고 그를 활용한 새로운 기술을 개발해 내어 인류 문화와 산업의 창달을 이끌어 낸다. 예를 들어, 원자 모형에 대한 논의만 해도 끝이 없다. 그저 단단한 원에서 시작했던 돌턴의 원자가, 쿼크와 오비탈의 개념을 이끌어 내기까지, 인류는 과학이라는 바통을 끊임없이 건네받았고, 그런 과정 속에서 발전해 왔다. 이렇듯, 과학이라는 열매는 다음 세대를 위한 든든한 징검다리가 되어 더 넓고 아름다운 세계로 우리를 이끌어 준다.

나는 이렇듯 과학이라는 것에 담긴 본질을 세 가지 측면에서 탐구해 보았다. 과학이 가지는 고유의 논리/함수 체계에 대하여, 그리고 과학을 탐구해 내고 발전시켜 나가는 과정에 대하여, 또 과학이 인류역사에 끼친 영향에 대하여. 이렇듯 단순히 이름을 바꿔서 생각해 보기만 했을 뿐인데도 우리는 그 안에 숨은 고유의 철학을 발견할 수 있다. 물론 이것이 과학에 대한 완전한 정의와 묘사는 아닐 것이다. 다만, 이것이 과학을 바라보는 새롭고 본질적인 시각이 될 수 있음에는 반론의 여지가 적다고 생각한다.

예전에는 과학을 '자연'이라고 했다고 한다. '스스로 그러하다.' 자연이

라는 것이 태초에 생긴 그대로, 그 논리 그대로, 그 방식 그대로 이루어지
고 그러하다는 것에서 나온 단어이다. 이를 풀어서 말하자면 '자연 철학'
이라고 할 수 있을 것이다. 우리의 우주를 이루고 있는 자연 법칙. 그리고
그 속에 담은 논리를 깊게 탐구해 나가는 철학의 사유 과정. 이것이 혼합
되어 만들어 진 것이 '자연 철학' 이라고 생각한다. 우리를 둘러싸고, 또
우리의 육신을 이루는 이러한 자연이란 어떤 것인가? 나는 이에 대한 대답
을 '물질, 시공간, 에너지'라고 미숙하게 대답해 보았다. 물체를 이루는 물
질들이, 시공간에 존재하면서, 다양한 에너지를 소비하고 생산해 내며 상
호작용하는 것이 자연이라고 생각해 보았다. 또, 나는 이에 대한 대답을
'그저 그러한 것'이라고도 생각해 보았다. 우리가 단순히 설명하기에는 너
무 복잡하며, 그렇지만 그 안에는 아직 우리가 완전히 설명하지 못한 아름
다운 원리들이 숨어있다고 생각했다. 그리고 또 과학에 대한 나의 철학은
끊임없이 새로워지려고 한다. 정답을 찾기 어렵지만 정답을 찾아가는 과정
자체로 행복해 지려고 한다.

평생 과학을 연구하는 사람도 과학이 무엇인지 대답하기는 어려울 것이
다. 과학이란 우리 우주를 이루는 이치의 모든 것이기 때문이다. 그 유기
적인 상호관계를 어떠한 언어로 형용하기에는 적잖은 어려움이 따를 것이
다. 하지만 아무래도 좋다. 답은 알 수 없지만, 우리가 계속 과학 속에 살
아가면서, 과학이 무엇인지 생각해 나가보면서, 과학과 함께 뛰며 살아갈
수 있다면, 그것 자체로도 행복이 아닐까? 그것이 과학자의 삶이 아닐까?
그것이 우리 인류가 지향해야 할 가장 이상적인 삶의 표상이 아닐까?

나는 아직 어린 학생이다. 내가 생각하는 과학 역시 미숙한 것에 불과할
지 모른다. 그렇지만 나는 여전히 과학을 사랑한다. 이 우주에 숨어있는
논리를 사랑하며, 우리 인류를 끌고 나가는 뜨거운 심장을 사랑하며, 또한
내가 끊임없이 과학을 공부해 나가야 할 나의 삶을 사랑한다. 과연 나의
삶의 끝에는 무엇이 기다리고 있을까? 나의 삶과 나의 과학은 어떤 아름다

움으로 인류 역사를 끌어 나갈 수 있을까? 아무래도 좋다. 나는 그저 과학을 사랑하기 때문에. 나는 생각한다. 누군가 나의 마지막 순간에 나에게 과학이 무엇이냐고 물어 본다면, '나는 과학을 사랑했습니다. 그리고 과학과 함께 끊임없이 쉬지 않고 달려왔습니다. 그리고 그것 자체로 행복합니다. 그것이, 나에게 과학입니다.'라고 답할 수 있을지도 모른다고

선(線)을 지우는 노력

-과학기술과 문화의 만남을 방해하는 교육정책에 대해서

"나는 수학에 자신이 없으니까 문과를 선택할 거야."

대한민국의 학생이라면 고등학교 2학년이 되면 문과와 이과를 선택해야
한다. 자신의 선택을 바탕으로 수학능력시험에서 평가받을 과목이 정해진
다. 그리고 대부분은 그 이후에는 자신의 선택을 뒤돌아보지 않는다. 자신
이 겨우 십여 년을 살아온 경험을 바탕으로 내린 순간의 결정이 향후 수
십 년간 자신이 일할 직업 결정에 중대한 영향을 주는 것이다. 문과와 이
과를 구분하여 선(線)을 긋고, 어린 학생들에게 선택을 강요하는 이러한
교육정책은 결국 과학기술과 문화의 만남을 방해하는 시대에 역행하는 정
책이라고 생각한다.

실제로 자신이 정말 어느 성향을 가지고 있는지 알고 있는 경우는 드물
다. 한참의 시간이 지난 후에 자신의 진짜 적성과 능력을 찾는 경우가 많
다. 홍역과 소아마비 치료가 가능한 백신을 개발하여 백신혁명을 일으킨
존 엔더슨 박사의 경우에는 뒤늦게 박사학위를 땄고, 50세가 되어서야 백
신에 대한 연구를 시작했다고 한다. 다양한 경험과 도전을 통해서만이 자
신의 적성을 알 수 있다는 점에서 자신을 돌아보는 데 시간이 필요하다는
사실은 당연하게 느껴진다.

하지만 우리의 경우에는 고등학교 시절을 학업에만 열중하는 것이 대부

분이다. 실제로 자신이 어디에 관심과 재능이 있는지를 알아보기보다는 내신과 영어공부를 챙기기에 바쁘다. 그렇기에 고등학교부터 문과와 이과로 구분하는 우리의 교육정책은 스스로 찾을 수도 있는 미래에 대한 가능성을 닫아버리게 한다. 아인슈타인이 한국에서 태어났다면, 한국의 입시제도에 갇혀서 '상대성 이론'과 같은 위대한 성과를 내리 못했을 거라는 이야기가 너무나도 당연하게 받아들여지는 것이 우리 교육제도의 현실이다. 특히 이처럼 문과와 이과를 나누는 우리의 경직된 교육제도는 과학기술과 문화의 만남을 방해한다.

물론 선을 그어야 할 시기도 있었다. 한정된 자원으로 경쟁을 하던 산업화 시대에서 문과와 이과를 아우르는 공부는 사치였을지도 모른다. 하나라도 더 많은 기능을 가진 제품이 각광을 받던 시대에는 하나의 분야를 전문적으로 공부한 전문가가 한 명이라도 필요한 시기였다. 하지만 이과와 문과가 나뉘었던 과거와는 달리 지금은 통섭의 시대이다. 서로 다른 것들이 만나고, 조화를 이루며 새로운 창조를 만들어나가는 시대가 도래한 것이다. 실제로 이미 통섭은 다양한 곳에서 이루어지고 있다. 인문학, 사회과학, 그리고 자연과학의 경계가 허물어지고 있는 것이다. 법률가가 과학을 공부하고, 과학자가 인문학을 공부하는 것이 이제는 어색하지 않게 되었다. 특히 소비자들은 단순히 더 많은 기능을 가진 제품이 아니라 감성을 가진 제품을 원하게 되었다.

감성을 가졌다는 평가를 받는 아이폰과 아이패드를 통해서 전자기기의 새로운 시대를 연 애플의 창업자 스티브 잡스가 대학교 시절에 공학과 철학, 그리고 미학을 넘나드는 공부를 했다는 사실은 이미 많은 이들에게 소개가 되었다. 스티브 잡스는 공학에도 인간의 감성이 함께 해야 한다는 사실을 깨닫고, 자신이 학부시절 공부했던 철학과 미학을 통해 기계에 감성을 불어넣은 것이다. 만약 그가 공학만을 공부한 단순한 공학도였다면, 그러한 시도는 불가능했을지도 모른다. 문과와 이과의 뚜렷한 선을 긋고 있는 지금의 교육제도는 지금 우리시대에 원하는 스티브 잡스와 같은 통섭형 인재의 탄생을 방해하고 있다.

더욱이 과거에는 상상하기 힘들었던 과학기술과 문화의 만남도 다양한 방면으로 이루어지고 있다. 단순히 공학을 전공한 사람이 기업의 CEO가 되는 차원이 아닌 과학기술 없이는 문화를 논할 수 없는 경지에 이르게 된 것이다. 예를 들어, 새로운 미디어를 통한 전에 없던 새로운 SNS라는 공간의 탄생, 그리고 3D 기술 등을 통한 새로운 영화장르의 발견과 같이 과학기술이 문화와 밀접하게 연관되는 현상들을 어렵지 않게 발견할 수 있다. MIT에서 성공을 거둔 미디어랩 연구실이나, 최근 카이스트에 세워진 문화기술대학원도 이러한 통섭의 시대를 반영하고 있는 시도라고 생각한다. 예술, 철학과 같은 인문학에 대한 이해는 공학도들에게 선택이 아닌 필수가 되었다.

이미 통섭이 진행되고 있는 외국의 경우에는 문과와 이과를 따로 나누지 않고, 대학의 학과도 입학을 한 후에 결정하는 경우가 대부분이다. 만약 자신이 특정과목에 대해서 특별히 자신이 있는 경우에는 선택과목으로 그 과목을 선택하여서 시험을 보고, 그에 대한 평가를 받는다. 자신이 특히 경쟁력을 가지고 있는 과목의 경우에는 미리 대학수준의 시험을 보고, 이를 입시의 참고자료로 사용하고 있다. 다만 이러한 선택과목을 정하는 것은 학생들의 자유이며, 자신이 문과 혹은 이과인지에 따라서 제한받지 않는다. 따라서 향후 문과에 진학할 학생도 높은 수준의 이과 공부를 하고, 이에 대한 보상을 받을 수 있는 길이 열려 있는 것이다. 이처럼 학생들은 문과와 이과를 뛰어넘어 자유롭게 다양한 공부를 할 수 있는 제도가 마련되어야 한다.

이에 비해서 우리의 경우에는 고등학교 2학년 때 정해진 문과 혹은 이과에 따라서 다른 내용의 수학능력시험을 치른다. 따라서 이미 문과를 선택한 학생의 경우에는 문과 수준 이상의 수학공부를 할 유인이 없어지는 것이다. 또한 대부분의 대학들이 교차지원을 받지 않기 때문에, 한번 자신의 길이 정해지면 바꾸기도 쉽지 않다. 한국의 고등학생들은 너무도 이른 나이에 자신 스스로가 할 수 있는 영역에 대한 선을 그어버리게 된다.

우리도 이제 문과와 이과를 나누는 선을 지워야 한다. 더 이상 고등학생에게 미리 자신의 진로를 정하도록 강요하는 것이 아니라, 문과와 이과를 통합하여서 함께 운영을 해야 한다. 대학에서도 과별로 학생을 뽑는 것이 아니라, 구분 없이 선발하고 스스로 학과를 선택할 수 있는 기회를 주어야 한다고 생각한다. 지금 우리에게 필요한 것은 다른 것들 사이에서 선을 긋는 것이 아니라, 이미 그어진 선을 지우는 노력이 필요하다. 그리고 이러한 선을 지우는 노력은 결국 통합형 인재를 만드는 초석이 될 것이다.

정재승의 과학콘서트

'과학(科學)'이라는 단어의 뜻을 사전에서 찾아보면 '사물의 현상에 관한 보편적 원리 및 법칙을 알아내고 해명하는 것을 목적으로 하는 지식 체계나 학문'이라 풀이되어 있다. '사물의 현상에 대한 보편적 원리를 알아내고'까지는 수긍이 갔는데, '그것을 해명'하는 것을 목적으로 하는 학문이라는 부분에서 머릿속에 커다란 '?'가 그려졌다. 형사가 범인을 추적하듯, 대충 심증을 가지고 가설을 세워둔 후, 그 심증에 물증을 끼워 맞추는 식이라는 말인가? 그렇게 불완전한 것이 과학이라는 학문인가? 이 불안의 징후에 '여러 사람이 감상하게 할 목적으로 음악을 공개적으로 연주하는 모임'이라는 뜻의 '콘서트'가 합쳐지면서 그 미묘한 음들이 한데 모여 오묘한 조화를 이루는 미완성 교향곡 같은 여운을 수는 잭이 바도 <정새승의 과학콘서트>이다.

근대는 이성의 시대다. 한때 '과학적'이라거나 '과학적으로 증명된'이라는 말이 마치 '이성의 면허증'처럼 쓰이던 때가 있었다. 아니 정확하게 말하면 근대는 '과학이성주의'의 시대라고 해도 과언이 아니다. 그런데 탈근대에 접어들며 그런 공고한 가치에 균열이 일기 시작한 것이다. 과학은 결국 자연 현상에 가설을 세우고 그것을 증명해 가는, 앞서 말한 심증으로 범인을 찍고 거기에 물증을 찾아가는 가난한 탐정 노릇이나 다름없다는 것. 거대한 바다 한가운데 선 소년이 '이 바다에서 파도가 치는 법칙을 모조리 다 내가 설명해 보겠어!'라고 호언장담하는 것이 얼마나 하룻강아지 같은 짓인지 인간들이 깨닫게 된 후, 그 이전에 모르면 무조건 '신의 영역'으로 치부하던 것을 '과학'이라는 이름을 빌려 겸손하게 하나하나 깨우쳐 가는 방식으로 자연을 대하는 태도를 바꾸기 시작한 것이다. 그런 면에서 과학에 대해, 일상생활의 신변잡기적인 분야 중 흥미를 끌만한 작은 소품들을 예쁘게 배치한 책이 <정재승의 과학콘서트>이며, 저자의 과학적 전략은 성공했는지, 이 책은 스테디셀러로 자리 잡게 되었다. 이제는 진부하기까지 해버렸지만, 이 책이 출간될 당시에는 '큰 과학적 재미'를 준 것은 사실이다.

예를 들어, 1장의 '머피의 법칙'에서 보면, 이건 '객관적 법칙'이라기보다는 '심리적 착각에 대한 분분한 설명'이라고 정의내리는 것이 더 알맞다는 생각이 든다. 버터를 바른 면으로 빵이 떨어지고 나면 모두들 자신이 재수가 없다고 생각하는 것에서 머피의 법칙을 적용하는 것이다. 이 어처구니없는 일조차 과학과 연결 지어 보면 지구의 중력과 사람의 키로 인해 어쩔 수 없이 버터가 바른 면이 땅으로 떨어지게 되어있는 것인데 우리는 버터 바른 면이 멋지게 한 바퀴 돌아서 위로 향하기를 원하는 무리한 부탁으로 나의 운을 충족하고 싶었을지도 모른다. 이렇듯 어이없는 사건은 필연적인 과학의 법칙에 숨겨진 과학이었으며 우리가 살면서 많은 과학을 접하게 되고 과학을 실천하게 되는 이유라는 것이 저자의 '설명'이다. "만리장성은 달에서도 보인다.", "에디슨은 자기 뇌의15%밖에 사용하지 않았다." 등의 말이 우리 생활에서 자연스럽게 사용되고 우리는 그것을 믿어왔지만 그것은 과학적으로 볼 때, '거짓'으로 드러난 것으로 보더라도 인간의 불안하고 불완전한 '심증'에 '물증'으로 그 현상의 사실여부를 가리는 것이 과학의 역할이라는 말이다.

저자는 청소년 대상 콘서트의 콘닥터처럼 달콤한 친절로 독자들을 과학의 세계로 안내했지만 현대문명의 폐해는 ‘과학을 악 이용’하는 데에서 왔음은 부인할 수 없는 사실이다. ‘과학은 그 자체로는 거짓말을 하는 법이 없다. 거짓말을 하는 것은 과학을 빙자한 인간들이다’라고 저자는 말하고 있는데, 과학에는 ‘가치판단’이 없는 것은 자명한 사실이다. 그러나 과학을 ‘하는’ 것은 인간이므로 과학자나 과학을 대하는 우리의 태도와 과학 자체를 따로 떨어뜨려 놓고 ‘과학은 죄가 없고 과학자는 죄가 있다.’라는 이분법적 명제 또한 하나마나한 말이다. ‘자동차는 죄가 없지, 운전한 사람이 죄야’라는 말을 하나마나한 것이나 마찬가지인 것처럼. 그러면 이 과학 만능의 폐해가 극에 달한 시대에 우리는 어떻게 해야 하나. 저자처럼 ‘과학은 거짓이 없고 이렇게 재미있는 거야!’하고 말아야 하나? 이쯤에서 우리가 다시 고민하지 않을 수 없다.

결국, 과학이라는 학문을 대하는 자세, 더 나아가 ‘자연에서 법칙을 찾고 그 법칙을 해명하는 학문’인 ‘과학’을 대하는 자세 혹은 과학에 대한 가치관 즉, ‘과학관’이 확고하게 정립된 상태에서 과학을 발달시키고 생활에 적용시켜야 하지 않을까. 무엇보다 ‘가치관 정립’이 우선되어야 한다는 말이다. 이쯤에서 저자에게 묻고 싶다. 저자의 ‘과학관’은 무엇인지 말이다. ‘과학은 ~다!’라고 정의 내려 달라 하면 저자는 뭐라고 할까? ‘과학은 흥미로운 거야’, ‘과학은 심리학을 눈에 보이게 증명해 주는 거야!’, ‘과학은 열심히 관찰하는 거야!’ 그 중 뭘까? 내가 감히 정의를 내려 본다면 ‘과학은, 감히 자연을 읽으려는 철없는 도전 중에 겪는 수없는 시행착오다.’라고 할 것 같은데 이 또한 확신은 없다.

과학적 발전 덕택에 인간의 수명이 늘었다고는 하나, 그 과학적 발전 때문에 가공할 만한 무기의 화염에 지금도 세계 곳곳에서 1초에 수만 명이 죽어가고 있다. 과학적 발전 덕택에 생활이 편리해졌다고는 하나, 4월에 폭설이 내리고 빙하가 녹아 해수면이 올라가고 쓰나미가 군도를 잡아 삼키는 환경오염은 가중되었다. 그래서 나는 감히 이 책을 대하는 모든 이들에게 경고하고 싶다. "이제 더 이상 과학은 콘서트 장에서 여유롭게 관람할 만한 낭만적 학문이 아닙니다. 불과 1세기만에 과학이라는 이름 뒤에서 저지른 악행을 만회하기 위해 다시 노력해야 할 학문입니다. 연주회장이 아니라 전쟁의 장, 환경오염의 현장으로 가야합니다."라고 말이다. 그래서 저자의 다음 책은 '과학 참회록', '과학 엘레지' 등이 되면 어떨까 기대해 본다.

실험복에 새겨진 내 이름

집을 떠나 기숙사 생활을 한지도 벌써 한학기가 지났다. 훌륭한 과학자가 되겠다는 포부를 안고 이곳 과학 고등학교에 처음 입학을 했을 때 나는 내 꿈의 절반가량은 이미 이룬 것 같은 착각에 빠져 너무도 행복하기만 했다. 멋진 실험실과 지금까지 접해보지 못한 각종 실험 기구들이 나의 흥미를 더욱 더 자극 시켰고, 내 이름이 새겨진 실험복을 처음 받았을 때의 그 감격은 결코 잊을 수가 없다. 정말 멋진 과학자라도 된 듯 우쭐한 감마저 가졌었다. 나뿐만 아니라 친구들도 모두 실험복을 받았을 때 한동안 들떠 멋진(?) 폼을 잡으며, 우리가 아는 세계적인 과학자들의 이름은 다 대며 그들 폼을 흉내 내느라 교실 안이 시끌벅적했던 기억이 새롭다.

그러나 반 학기가 지난 지금, 과학도로서의 길은 쉬운 과정이 아니라는 것을 절실히 느끼고 있다. 결코 만만치 않은 학과 공부에 각종 실험과 보고서 작성 등등으로 하루하루가 너무 바쁘게 지나간다. 집을 떠나 있지만 집 생각을 할 겨를이 없다. 늘 잠이 부족하여 쉬는 시간에는 책상에 엎드려 쪽잠을 자는 일이 빈번해졌다. 과학고 생활이 이러한데 아무것도 없는 데서 새로운 것을 발견하고 발명해내는 과학자의 길은 앞으로 얼마나 험난할지 과히 상상이 간다. 각오를 단단히 하고 정말 즐기면서 하지 않으면 과학자의 길은 고통스럽기만 할 것 같다는 것을 어렴풋이 느끼고 있다.

　과학고라는 특수성 때문에 우리 학교는 특히 실험 실습 시간이 많다. 조별로 팀을 짜서 우리들끼리 의논하여 실험계획을 세우고, 실험을 직접 해서 실험결과를 보고서 형식으로 작성하여 전체 학생들 앞에서 발표를 하면 다른 학생들이 점수를 매기는 형식으로 진행된다. 물론 점수가 성적에도 반영되기 때문에 결코 가볍게 생각할 일은 아니다. 학기 초에 우리들은 정말 열정을 반짝이며 실험계획을 세우고 여러 일련의 과정들을 성의를 다해 진행했다. 팀원 누구 한 명도 게으름을 피우거나 하는 학생이 없었다. 마치 훌륭한 과학자라도 된 듯, 실험복에 새겨진 내 이름이 인류의 과학발전에 큰 획을 긋기라도 하는 듯……. 정말 초심이란 그런 거였다. 실험이라는 것이 늘 말처럼, 우리 계획처럼 순조롭게 진행되는 것이 아니고 예상치 못한 변수가 작용하기도 하고, 아예 우리들의 계획자체가 무리한 것들도 수없이 많이 있다. 이런 저런 시행착오를 거치며 어린 미래의 과학자들인 우리들은 성장을 해 가는 것이었다.

　그런데 잦은 실험실습이 진행되고 할일은 많아지고 시간은 빠듯해지니 반칙을 시도하는 무리들이 생기기 시작하는 것이었다. 계획대로 실험이 진행되지 않으면 수차례 계획을 변경하고 다시 실험 과정을 수정해야 하는데 이 과장이 너무 길고 복잡하며, 새롭게 과정을 수정한 실험이 맞는다는 보장도 없다보니까 눈 질끈 감고 이론상으로 이미 밝혀져 있는 결과에 실험과정을 끼워 맞추는 것이다. 팀원들끼리 합의하에 말하자면 엉터리 실험결과, 끼워 맞춘 실험결과로 보고서를 작성하는 것이다. 선생님들이 아시면 큰일 날 일이지만 실제로 이런 일이 생기기 시작했고 실험이 잘 안되면 농담 삼아 끼워 맞추면 된다고 쉽게 말하기도 한다. 실제로 이런 방법으로 보고서를 작성한 팀이 내막을 모르는 타 학생들로부터 좋은 점수를 받기도 한 적이 있었다. 슬프고 씁쓸한 우리들의 자화상이라고나 할까? 심지어 점수를 매길 때도 이미 사전에 합의를 해서 어떤 특정 팀에게 점수를 높게 주자고 짜고 하기도 하는 것이었다.

이런 일을 보면서 나는 중학교 때의 내 일을 떠올렸다. 중학생 때 나름 모범생으로 이름이 나 있었던 나는 단 한 번도 숙제를 해 가지 않은 적이 없었다. 밤을 꼬박 새워서라도 과목선생님들이 내 주신 숙제는 당연히 다 해가야 되는 줄로 알고 있었고 반 아이들도 내가 숙제를 잘 해온다는 것을 알고 있었다. 그러던 어느 날, 그날도 전날 밤에 늦게까지 고생해서 숙제를 하고 다음날 그 숙제를 가방 안에 넣어두었다. 쉬는 시간에 밖에 나갔다가 온 사이 반 아이들은 내 가방을 뒤졌고, 내 숙제는 이미 우리 반 아이들의 것이 되어 이 아이가 베끼고, 저 아이가 베끼고, 어떤 아이들은 수업시간에도 내 숙제 프린트를 베껴서 내 숙제 프린트가 나에게 돌아왔을 때는 이미 종이가 너덜너덜 다 찢어져서 엉망이 되어 있었다. 결국 내 숙제를 베낀 아이들은 깔끔하게 숙제를 제출하여 좋은 점수를 받았고 나는 다 찢어진 숙제를 제출할 수가 없어서 그날 밤 울면서 다시 밤을 새워가면서 숙제를 했지만 날짜를 넘기는 바람에 내가 원하는 점수를 받지 못했던 아픈 기억이 있다. 그때 내 숙제를 베낀 친구들은 별로 미안해하지도 않았다.

사실, 크고 작은 차이는 있을지 몰라도 이런 비슷한 일들은 학교생활 내내 여러 차례 있었고 난 이런 중학교 분위기가 싫어서 고등학교는 특목고를 더 원했는지도 모른다. 특목고 학생들은 나름 걸러져 온 학생들이라 소양이 나을 것으로 판단했기 때문이다.

물론 지금 내가 다니는 고등학교는 중학교 때와는 훨씬 더 학습 분위기나 아이들의 품성이 나은 것은 사실이다. 그러나 앞서 말한 끼워 맞춘 실험 보고서 사건, 이미 사전에 합의해서 점수 주기 등등은 나의 과거의 아픈 기억을 떠올리게 하는 것과 동시에 과학도가 되고자 하는 내 양심에, 아니 많은 대부분의 과학고 학생들의 양심에 찬물을 끼어 붓는 일이고 이런 것들이 자칫 잘못 발전하면 우리 사회를 시끄럽게 하는 과학자들의 논문조작 사건, 특정집단의 알력이 진정한 실력자를 배척하는 우리 사회의 나쁜 보기로 이어지는 것 아닐까 걱정스럽다.

과학고에 와서 과학자의 양심이나 윤리, 도덕성에 관한 것을 중요하게 다루며 따로 수업한 적이 없고, 언젠가 어떤 선생님이 잠시 수업 중에 이런 비슷한 애기를 딱 한 번 언급했을 때에도 아이들은 관심 밖이었고, 그저 선생님들은 진도빼기에 바쁘고 우리들은 좋은 점수 따서 좋은 대학 진학하는 것에만 몰두해 있다. 중학교 때도 우리 일상생활의 작은 윤리의 실천에 대해 공부한 적은 없고 도덕시간마저 누구의 이론이 어떻고 철학사상이 어떻고 하는 것만 달달 외우는 수업이었다.

우리 모두가 너무 지식위주의 교육으로 작지만 정말 중요한 것을 등한시 하는 것이 너무 안타깝다.

올해에도 소위 일류대학이라는 서울대 교수의 논문이 조작되었다고 시끄러웠던 적이 있었다. 그런데 더 놀라운 것은 그 교수의 논문조작은 이번이 처음이 아니란 것이었다. 과학 분야의 논문이 조작된 것이라 해서 나는 관심이 더 갔고 내가 어렸을 적 있었다던 황우석 박사 논문 조작 사건이 떠오르면서 우리 과학고에서 내가 직접 본 비양심적인 일들이 겹쳐져서 생각났다. 그러면서 괜히 내 얼굴이 붉어지는 것을 느꼈다.

물론 우리나라 과학자들이 논문을 조작하고, 결과를 조작하는 일련의 사건들을 잘 들여다보면 과학자 본인의 양심과 윤리 부재에도 이유가 있지만 우리 사회가 너무나 지식위주, 결과위주로 평가를 받는 사회이기 때문에도 그 이유가 있는 것 같다. 공정하게 경쟁해서 공정하게 평가받는 사회가 아니라 빨리 빨리 성과를 내기를 바라고 결과를 중시하다보니 과학자들도 본의 아니게 그런 분위기에 휩쓸리는 것이 아닐까?

작년에 일본에 여행을 갔을 때 일본 정부가 일본의 과학자를 육성하고 지원을 하는 데는 30년의 장기적인 안목을 보고 지원한다는데 우리나라는 10년도 내다보지 않고 빨리 성과를 내기만을 바란다는 애기를 듣고 우리나라의 연구 환경도 참 많은 변화가 필요하다는 것을 느꼈다. 그리고 출신학교나 출신 지역을 따지는 사회 분위기 때문에 특정 학교 출신들이 서로 뭉쳐서 타 학교 출신들을 배척한다거나, 특정 지역 출신들이 서로 힘을 합해서 타 지역 출신들을 배척하는 하여 비주류 출신들이 아무리 연구를 잘해도 제대로 평가받지 못하는 연구 환경들이 바뀌지 않는 한, 노벨상을 받는 과학자가 나오기는 힘들다는 생각도 든다.

내가 보는 과학 잡지에도 많은 과학적 지식들은 소개되지만 정작 우리나라가 고쳐야 할 연구 환경에 대한 언급은 별로 없는 것 같다.

우리나라의 과학연구 환경의 발전은 이처럼 과학자 개인의 양심과, 사회분위기 뿐만 아니라 정부에서도 힘을 써서 변화를 가져와야 한다. 그런 바탕이 있어야만 아직 배워 나가는 어린 과학도들의 정의와 열정이 보다 나은 과학미래를 만들어 갈 거라고 생각한다.

나는, 내가 처음 실험복을 받았을 때 그때의 그 감격을 잊지 않고 그 실험복에 새겨진 내 이름 석 자가 결코 부끄럽지 않는 미래의 당당한 과학자가 되고 싶다. 양심이 열정을 만들고 그것이 좋은 결과로 이어지는 것……. 그 속에서 우리나라의 과학 미래는 빛날 것이다. 과학자가 되려는 우리 모두에게는 지금, 실험복에 새겨진 자신의 이름을 걸고 양심을 지키겠다는 선서부터 필요한 때인 것 같다.

앨리스의 타키온

"그래서 타키온은 있으면 안 돼요."

두 손뼉을 책상에 기대시며 과학 선생님께서 말씀하셨다. 선생님의 오른손에 쥐어진 플라스틱 분필 케이스 주위에는 흰색 분필 가루가 워터볼 속 반짝이처럼 흐느적거리며 유리와 대리석으로 산뜻하게 마무리 지은 책상 위로 내려온다.

엄숙한 선언이라도 들은 것처럼 물리 교실은 학생들의 눈빛에서 뿜어져 나온 광채로 번쩍번쩍 빛난다. 하지만 머리카락마저 불태워버릴 정도로 어려운 내용에 그을음 냄새가 희미하게 창문 밖으로 빠져나오고 있다.

이과 아이들은 어떻게 이런 걸 만날 하지? 역시 문과 오길 잘했어. 친구들 머릿속 한쪽 방석 위에 곱게 앉아있는 생각을 읽을 수 있다. 이과인 친구들은 어떤 생각을 가지고 있는지는 아직 잘 모르겠다. 하지만 이 수업내용도 사실 이과 학생들만 공부하는 내용이다. 이 아이들은 연강으로 이루어져있는 물리수업의 다음 시간에는 대학생들이 강의교재로 사용하는 맨큐의 경제학을 꺼내 들어 또다시 공부와의 싸움을 벌일 것이다.

'수능 기계'로 사느니 차라리 이런 게 좋아서, 국제고등학교에 진학한 아이들에게 수능 준비와 직접적인 연관이 없는 수업이 싫지는 않으냐는 질문을 하면 다들 이렇게 대답했다. 다들 내가 누구인지, 내가 무엇이 되고 싶은지 확실히 알고 있는 아이들. 10년 후 어떻게 살고 있을지 너무도 궁금해지는 아이들이 옆에 자리 잡은 과학고등학교 학생들이나 배울 법한 AP Physics를 모두 끝내고 지금 물리1에서 남은 부분을 배우기 위해 책걸상에 앉아있다.

"선생님, 이해 못 하겠어요. 다시 한 번 설명해 주세요."

오른쪽 그룹에 앉은 적갈색 머리의 여자아이가 손을 들어 올린다.

"다시 한 번 정리할게요."

선생님께서 다시 분필을 쥐신다. 그 어느 때보다도 침착한 선생님과 그 여자아이.

"공간은 앞·뒤·측면 같은 여러 방향으로 갈 수 있지만, 시간은 미래라는 한 방향으로만 진행할 수밖에 없어요. 그 속도가 가장 빠른 물체가 빛인데 빛보다 빠른 존재가 있다면, 타키온이 있다면 그게 우리가 가는 속도보다 더 빨리 가서 우리의 미래를 건드립니다. 결과적으로 미래를 바꿔버려요."

마지막 문장에 서리가 달려있다. 괜히 설레발 잘 치는 옆쪽 자리 아이가 구시렁거린다.

"으, 징그러워. 그게 뭐야. 싫어."

"유럽인자물리연구소라는 곳을 줄여서 CERN이라고 하는데요, 얼마 전에 타키온이 발견되었다고 발표를 했는데 계산오류였다고 밝혀졌다 하네요. 아직도 그거 하나 밝혀내질 못하고⋯⋯. 사람은 공부를 하면 할수록 겸손해지는 법이에요. 배울수록 사람이라는 존재가 얼마나 작은지 알게 되니까. 우주에서 사람이란 존재는 아주 요만큼도⋯⋯. 요만큼도 안 되는 아주 작은 거란 걸 아세요? 그 아주 작은 거라도 알려고 사람들이 그렇게 연구하고 공부하는 거 아니에요."

한참 동안 웅성거림이 끊이질 않는다. 그중에서도 앞자리 친구가 말한, 답변할 수 없는 질문이 심장 속에 콱 박힌다.

그럼 우린 어떻게 해야 하는 거지?

타키온. SF를 좋아하는 고등학교 선배 언니 블로그에서 CERN에서 타키온을 발견했다는 기사를 본 적이 있긴 하다. 하지만 그것이 존재한다고 해서 어떤 일이 벌어지는지에 대한 내용은 없었고 나도 그것에 그다지 흥미를 느끼진 않았다. 빛보다 빠른 입자가 있으면 재미있겠네. 그걸로 시간여행이란 것도 가능할 수도 있겠고 이런 식의 생각이 끝이었다. 이렇게 가끔 섬뜩해질 때마다 배움이란 것은 무지와의 싸움에 이겨 자신을 지키는 것이라는 걸 깨닫는다.

딩동. 우선 여기까지 수업을 마치겠어요 수업 끝을 노래하는 종소리와 선생님의 말씀 직후에도 아이들은 책상에 쓰러지지 않는다. 모두 충격이 컸기 때문일 것이다.

"여러분의 타키온은 뭐예요?"

나지막한 선생님의 질문은 아이들의 터져버린 언쟁을 뚫는다. 새된 질문이 되돌아온다.

"입시제도요 만날 바뀌어."

"맞아. 과학고등학교는 특별전형 있는데 왜 우리는 없어?"

"부모님이요 저는 사학 공부하고 싶은데 제가 하고 싶은 전공은 돈 못 버니까 하지 말고 경영학이나 공부하래요."

불안함이요, 입시제도요 점수요 수능 한 번 끝장나면 재수하거나 저기 KTX 타고 두 시간 아래로 가야만 갈 수 있는 대학 가야 해. 낄낄낄……불안을 웃음으로 가장했지만, 결코 웃으며 받아들일 수 없는 유머들.

"그런데요 선생님, 아까 사람이 우주와 비교해 한없이 작다고 하신 거 있잖아요."

뒷자리 남자아이가 손을 들자마자 갑자기 조용해졌다. 또 무슨 기묘한 질문을 할까, 라는 흥미에서 유발된 침묵이겠지. 나는 자리에서 일어났다. 제가 아는 게 전부인 양 허세에 가득 찬 아이의 질문 따위들 필요가 없다고 생각해 나온 처사였다.

"그렇지만 우주가 우리의 시간을 뺏어버리진 않잖아요. 그러니까 저희가 우주를 두려워할 필요는 없죠. 그게 중요한 거 아니에요?"

과학실에 나와 문을 밀어 닫은 직후에 선생님의 대답이 돌아와 그것이 무엇인지 듣진 못했다. 어쨌든 다시 웅성거리는 걸 들어보니 이야기는 끊이지 않는 듯하다. 아까보다 더 시끄럽기까지 하다. 그에 비해 복도는 조용하다. 줄어든 소음은 내면의 악몽으로 이어진다. 계단을 올라오던 이름 모를 후배가 인사를 한다. 억지웃음을 지으며 답했다.

나의 타키온은 뭘까?

만약에 타키온이란 게 존재한다 치면, 있을 리 없겠지만, 내 타키온은 나를 몹시도 싫어하는 녀석일 것만 같다. 내가 인생에서 중요한 기회를 쥐고 있었을 때, 언제나 음울한 비웃음을 삼킨 채 도망치던 녀석. 아무도 그 녀석을 목격한 적은 없다. 나 빼고는. 하지만 유일한 목격자인 나마저 그 녀석이 어떤 녀석인지, 어떻게 생겼는지조차 모른다.

그저 은색으로 번쩍이는 광채를 날리며 재빠르게 사라지던 희미한 인상만이 유일하게 내가 말할 수 있는 증언이다. 나는 언제나 벗어나고 싶었다. 나를 옥죄고 있는 '이곳'에서 그리고 그 녀석의 비웃음에서. 어쨌든 그 녀석은 호시탐탐 내가 낭떠러지의 끝자락으로 밀어 넣을 수 있는지 음모만을 치밀하게 세워나갔다. 그리고 분명히 지금도 그러고 있을 것이다. 인터넷 속도보다도 빠르고 고양이보다도 우아하게 어느 순간에 착지해, 나도 모르게 일을 저지르고 유유히 현장을 떠나겠지. 그런 후에 내가 할 일은 그것을 허둥지둥 처리하는 일뿐이다. 아마 그 녀석이 나를 미워하는 것보다 내가 그 녀석을 더 많이 미워하고 있을 것이다.

연한 하늘색과 바다색이 번져 퍼지는 복도가 답답하다. 지은 지 채 5년이 안 되었고 알록달록한 건물인 우리 학교도 이 정도인데, 찌는 여름에도 회색페인트칠이 그림자처럼 찌들어있을 다른 학교 친구들은 어떨까 싶다.

계단 저 건너편에 지나간 은빛 부스러기 조각은 무엇이었느냐. 감각에 의존을 했다보다는 단순한 느낌이 더 강한 판단을 내린다. 그전에도 몇 번 느꼈던 것이다. '무언가 지나갔다'고 확신할 수 있다. 너는 사람이냐, 짐승이냐. 아니면 타키온이냐.

그 녀석이다. 타키온.

지금 이 복도에 누군가 있었더라면 내 꼴을 보고 폭소를 터뜨렸을 것이다. 평화로이 아침 등산을 하다 토막 살인의 현장을 처음으로 목격한 사람인 양 얼굴은 경악에 일그러져있고 눈은 토끼 눈만치 동그랗게 충혈되어 있었을 테니까. 옛날에는 어땠는지 몰라도, 이번만은 확실하다.

나는 바쁜척하기에 일가견이 나 있는 토끼를 좇는 이상한 나라의 엘리스라도 된 것 마냥 그 녀석을 좇아 뛰었다.

지금 순간만큼은 체중이 갑절로 늘어 들건 상관 안 할 테니까, 제발. 저 녀석이 누군지 만이라도 알고 싶어, 왜 그런 행동을 하는 건지, 다른 사람들에게도 그러는지 알고 싶어.

자신의 목숨을 희생하면서까지 남의 생명을 살리는 선행을 저지르면서도 버튼 하나로 수만 명의 사람을 죽이기까지도 하는 악행을 스스럼없이 행하는 인간의 상상력은 무서운 것이다. 그런 행동을 할 수 있다는 것은 그걸 상상할 수도 있다는 것이니까. 그것이 감정 때문은 아닐까 생각도 해보았지만 인간이 가장 감정이 풍부한 동물인지는 모르겠다. 그래서 나는 다른 동물들도 가지고 있는 감정보다 인간이 특별하게 가지고 있는 상상력을 경이롭게 생각하면서도 두려워했다. 어쨌건 지금 시공간을 투시하며 걷고 있는 것 같다는 상상을 문득 해버렸다. 그 말은 내가 그럴 수 있다는 가능성도 내포하는 거겠지.

운동장 인조잔디의 푹석함이 발바닥에 느껴질 때쯤 그 녀석의 뒷모습을 다시 볼 수 있었다. 나와 체형 등이 몹시 닮았지만, 남들이 처음 나와 그

녀석을 대조해서 본다면 같은 사람이라 생각하지는 않을 것 같았다. 분위기가 서로 너무 다르니까. 눈에 익지만 한 번도 맨눈으로 본 적은 없는 나의 뒤통수가 보인다. 그리고 그 녀석이 손에 들고 있는 회중시계도 마치 '바쁘다! 바빠!'라고 말하며 조급히 뛰어가는 <이상한 나라의 엘리스>에 나오는 토끼 같다.

관동별곡에서 정철은 '백구가 나를 좇는 것인가 내가 백구를 좇는 것인가'라고 물어보았던가. 아니다. 나는 백구가 나를 좇게 하지도 않게 할 거고 내가 백구를 좇지도 않을 것이다. 나는 나를 좇을 것이다. 이게 바람직한 건지 모르겠다.

어쨌든 갈매기는 또다시 찾아올 테니까.

그 녀석의 회중시계를 뺏었다 싶었는데 그 시계의 시간을 확인하기도 전에 나는 어둠의 나락으로 떨어진다.

별로 두렵지 않다.

이 급작스럽게 벌어진 일들에 고민하지 않고 웅크려 앉아, 낙하한다는 것이. 영화관에서 영화가 시작되기 직전의 적막과 암흑만이 느껴질 뿐이다. 사실 '낙하'라는 것을 하고 있다는 느낌마저 들지 않았다. 그 느낌을 일반상대성이론은 증명했다. 참 고등학생이 된 후로 영화관에 가본 적이 없지. 어둠 속에 틀어박혀 아무런 일도 안 하는 기억들은 자습실 스탠드 빚더미에 깊게 가려져 있다.

엘리스처럼. 모든 것의 시작을 덤덤히 받아들인다. 아니 나는 엘리스보다 빨려 들어감에 더 수용적이다. 엘리스는 심심해서라도 계속 혼잣말 수다를 떠들었으니까. 내가 엘리스보다 연식이 많아서인지, 아니면 그동안 이런 것들을 원해왔는지 나는 이미 답을 알고 있다.

나는 <(당하기만 했던) 나의 과거>를 타이틀로 한 연극이 주인공이 되어 뽀얀 밀가루 같은 스포트라이트를 듬뿍 받는다. 그런 나를 지금의 나는 무대와 가장 먼 거리의 관람석에 앉아 관람하고 있다. '퍼블릭 스피킹 앤

프레젠테이션'이라는, 이름도 긴 과목이 저번 학기에 있었다. 그 수업에서 배우기를 발표자 또한 청중자라고 했는데, 과연 무대 위의 나는 충분히 발표자에게 귀를 기울이고 있었을까? 아니면, 지금 해야 할 일에 얽매여 귀를 기울였어야 했을 발표자에게 시선을 돌리고 다른 일을 하고 있진 않았을까?

#3. 중학교 제3 교무실

(조용한 교무실 안에 선생님들이 제 일을 하고 있고, 몇몇 학생들이 선생님께 시험의 서술형 답안에 관해 이야기 하고 있다. '나'가 교무실에 들어와 OMR 시험지 처리를 담당하는 선생님께 다가간다.)

나 : (조심스레) 선생님.

선생님 : (뒤를 돌아보며) 어, 왔니? 왜, 꼬리표에 뭐 이상한 점 있어?

나 : 네. 객관식이 이상해요.

선생님 : (OMR 시험지 봉투를 꺼내며) 한번 볼까…… 흠, 너 하나씩 밀려 썼는데?

나 : (깜짝 놀라며) 네? 그럴 리가 없는데요?

선생님 : (OMR 시험지를 '나'에게 보여준다) 여기 봐라. 1번이 비어 있잖니.

나 : 어, 그럴 리가 없는데…….

선생님 : 어떡하니.

나 : 선생님 어떡해요…… 그것도 고등학교 지원할 때 바로 직결되는 과목인데…… 아 근데 정말 몇 번이나 확인했는데…… 진짜 이상하다…….

선생님 : 어쩌다 이런 실수를 해서. 어쩔 수 없지만 다음에 안 그러면 되지. 힘내렴.

나 : 네, 감사합니다. 안녕히 계세요

('나'가 선생님께 꾸벅 인사를 하고 복도로 나오기 위해 뒤를 돌아보는데 무언가 은색의 물체가 휙 스쳐 지나가는 것을 느낀다.)

나 : (혼잣말로) 뭐지…….

교무실 문을 닫고 나오자마자 펑펑 울었던 기억이 난다. 시험 때문에 울어본 적은 처음이었다. 다행이도 다음 시험들을 잘 쳐서 지망하던 고등학교에 합격할 수 있었지만, 아직도 OMR 시험지를 받아드는 순간 찢어버리고 싶은 충동은 남아있다.

#4. 쉬는 시간, 고등학교 어학실

(다음 수업의 발표 준비로 한참 분주한 어학실. '나'와 '나'의 절친한 친구인 은해 또한 열심히 발표준비를 한다.)

은해 : (초조한 듯) 아, 어떡해. 여기 부분 기억 안 날 거 같아……. 이번이 고등학교 와서 처음 하는 발표잖아. 진짜 긴장돼.

나 : 난 PPT 자료 넘길 시점을 제대로 못 잡을 거 같아. 그래도 우리 둘 다 잘하자!

은해 : (미소 지으며) 그래! 우리 꼭 만점 받자.

('나'가 문 사이로 보이는 복도 쪽에 정체불명의 은색 물체가 자신을 응시하고 있는 것을 알아차리고 복도 쪽을 바라본다. 하지만 그것이 무엇인지 알아차리기도 전에 은색 물체는 사라지고, 다시 은해를 바라보는 '나'.)

은해 : (어학실 컴퓨터 쪽으로 간 후 컴퓨터에 USB를 꽂으며) 맞다, PPT 자료 심을 거 깜빡했다. 너 아니었으면 큰일 날 뻔했다. 좀 있으면 바로 수업 시작하는데.

나 : (핀잔을 주듯) 그런 걸 까먹으면 어떡해. 나처럼 아침 시간에 심지.

은해 : (몇 번 클릭한다) 후. 그러게. (이상한 것을 발견한 듯) 어, 네 것 없는 거 같은데?

나 : (깜짝 놀라며 은해에게 다가간다) 뭐? 안 돼. 그거 아까 USB에서도 지웠단 말이야. (컴퓨터 화면을 바라본다. 깜짝 놀라며 낙담하는 표정) 이럴 수가…….

은해 : (당황한 표정) 어떡하지? (무언가를 깨달았다는 듯이 손바닥을 치며) 아! 너 근데 아까 PPT 페이지 넘기는 거 연습한다고 그거 인쇄하지 않았어? 지금 손에 들고 있는 거. 그거라도 빨리 인쇄해서 가져와.

나 : 그거 연습하느라 다 구겨지고 볼펜 자국도 많은데?

은해 : 야, 그래도 없는 것보단 훨씬 낫지. (나의 어깨를 탁 치며) 빨리 갔다 와. 쉬는 시간 별로 안 남았다.

나 : (울먹이는 듯한 얼굴로) 으응, 고마워……. 너 아니었으면 나 진짜 발표 망쳤을 거야.

('나'가 어학실에서 뛰어나가더니 곧 스무여 장의 인쇄된 A4용지를 들고 들어온다. 이마에는 땀이 송골송골 맺혀있다. '나'가 들어오는 순간 수업 시작을 알리는 종이 치고, 곧이어 '나'의 발표가 시작된다.)

나 : (떨리는 목소리로) 안녕하세요, 오늘 저는 미국의 사회문제에 대해 프레젠테이션을 하려고 합니다. 우선 방금 나눠 드린 자료를 봐 주세요 갑자기 PPT 자료가 사라져서 이걸로 대체하게 되었습니다…….

('나'의 목소리가 시간이 지남에 따라 점점 분명해진다. 선생님께서 '나'의 발표를 들으시며 미소를 지으시더니 고개를 끄덕거리신다.)

결국 첫 발표는 만점을 받았던 걸로 기억한다. 은해도 그렇게 열심히 준비하더니 만점을 받았다. 그땐 왜 미처 깨닫지 못했을까, OMR 시험지가 바꿔치기 되었을 때도, PPT 자료가 삭제되었을 때도 그 주위에는 타키온이 있었다는 것을.

#2. 숲 속

('나'의 뒤에는 숯아난 나무의 그늘과 새들이 우는 소리가 평화스럽다. 그러나 흰 벽과 나무로 만들어진 문은 '나' 앞을 가로막고 있다. 문 앞으로 걸어가는 '나'. '저는 가끔 궁금해요, 왜 엘리스가 이상한 나라를 떠나 집에 돌아갔는지……'라는 문구가 나무판에 걸려있다. '나'는 문을 열고 들어간다.)

#1. 이상한 나라의 트럼프 나라

('나'가 트럼프 나라의 하트 여왕과 크로켓경기를 하고 있다.)

하트여왕 : 저 녀석의 목을 베어라!

나 : (지긋지긋하다는 듯이) 지금까지 살아오면서 이렇게 여기저기서 명령을 받아본 적은 없었어! 여긴 너무 싫어, 난 집으로 떠날 거야!

하트여왕 : (나를 가리키며) 저 녀석의 목을 베어라!

무대 위의 나를 바라보며 나는 미소를 지었다. 어렸을 적 꾸었던 꿈이다. 「이상한 나라의 엘리스」를 읽고 푹 빠졌던 그날 밤의 꿈은 지금에 와서 회상하기엔 행복한 유년의 기억일지 몰라도 그때의 나에게는 끔찍한 악몽일 뿐이었다.

그날 밤, 나는 강요를 마지못해서라도 받아들이는 나를 발견했다. 나의 의지와는 상관없이, 남의 마음대로 흔들리고 동요 당하는 나, 나의 타키온을. 그래야만 했을까? 그것에 벗어날 수는 없었을까? 나에게 회중시계를 채우고 토끼처럼 바쁘게 뛰라고 요구했으면, 나는 엘리스를 이상한 나라로 이끈 토끼가 되어야만 했을까?

토끼는 얼마나 무서웠을까? 자신이 무엇이고 무엇이 되고 싶은지도 모른 채 뛰어야만 했던 토끼는 얼마나 무서웠을까?

연극은 끝났다.

어디선가 타키온이 등장하더니 처녀 귀신처럼 웃으며 내 손목을 잡아끈다. 나는 저항할 수 없다. 분노가 치밀어 오른다. 나의 미래를 확정시켜 놓은 채 나의 가능성을 가로막는 게 바로 저 녀석이었다니. 네가 뭔데, 타키온 네가 뭔데. 존재한다고 증명할 수도 없는 주제에.

"도대체 너, 나한테 왜 그래?"

"너야말로 왜 그래?"

적반하장에 기가 막힌다. 그녀는 아무런 표정변화 없이, 심지어 입술 한쪽도 움직이지 않은 채 말을 쏟아낸다.

"넌 언제나 나를 거부했지. 날 죽도록 증오했어. 나 자신에게 증오를 받는다는 게 어떤 기분인 줄 알아? 난 계속 누군가의 명령을 받아 행동해야 하는데, 누구 하나 나를 위로해주지 않았어. 너마저도. 나, 언젠간 너의 미래가 될지도 몰라. 누군 이러고 싶어서 이러는 줄 알아? 어떻게 너는 그렇게 날 싫어할 수 있니. 이젠 다 필요 없어. 난 네가 싫어. 증오해. 넌 나에게 도움을 줄 수 있는 유일한 사람이었는데 너는 나의 각도를 꺾으려고만 했지, 움직이려고는 생각도 안 해 봤잖아. 그래, 그동안 봐 왔지, 내가 해 온 행적들을. 나는 기회가 있을 거로 생각했어."

조금은 놀랐다. 이 녀석이 이런 행동을 하는 것에 짜증만 났었지, 왜 그랬는지는 관심도 없었던 것이다. 이 녀석보다 더 잔인한 사람이 나일 수도 있다는 것에 소름이 돋는다. 하지만 화가 난다. 지금 이 자리에서 바늘 한 톨 찍어도 피 한 방울 안 나올 이 녀석에게 결정적인 치명타 한마디를 날릴 수도 있을 텐데. 이 자리에서 거꾸러질 수 있을 만한.

"넌 어차피 없잖아."

빙하가 쩍 갈라지는 소리가 들리고, 사면의 검은색 커튼이 내려앉는다. 커튼 밖의 세계는 아까 그 녀석과 부딪힌 운동장이었다. 절망적이지만 그래서 인간적인 눈빛이다. 감정이 담긴 이 아이의 눈빛, 처음 본다.

"뭐라고? 다시 말해 봐."

"넌 존재를 증명할 수도 없고 존재해서도 안 되잖아."

그 녀석의 일그러진 얼굴에 사특한 기운이 나에게까지 전해진다. 작전이 성공했다. 기뻐해야 할 나는 하지 말아야 할 말을 했다는 듯이 입술을 꼭 깨물고, 그저 숨만을 뻑뻑 내쉴 뿐이다.

"아니야."

"아니라고?"

"아니라니까. 너 그동안 뭘 본 거니? 난 존재해. 팔도 있고 다리도 있고 말도 할 줄 알아."

그 녀석의 목소리와 몸짓이 약간 떨린다.

"네가 없다는 건 상대성이론, 이 이즈 이퀄 투 엠시스퀘어가 너에게 적용되지 않는 것처럼 당연한 얘기잖……"

"아니야!"

내가 말을 끝내기도 전에 그 녀석은 뻑 소리를 질렀다.

"아니야, 아니라고."

저 아이는 왜 아닐 게 뻔한 주장을 관철하는 걸까. 저 아이는 존재하면 안 되는데. 타키온은 존재하지 않아야 하는데. 하지만 만약에라도 타키온이 존재한다면……. 짓궂은 침묵이 서로에게 준 상처만큼 파고들고, 짧지만 얄궂은 생각이 머릿속에 놀아난다. 드디어 나는 입을 연다.

"미안."

뜬금없이 터진 내 말에 깜짝 놀라는 타키온.

"뭐?"

"미안하다고."

"네가 뭐가 미안해. 미안할 게 뭐 있어, 너로선 당연한 건데."

"네가 나의 일부일 지도 몰라. 하지만. 하지만……. 너를 거부할 수밖에 없는 나를 이해해줘. 부탁이야."

그 녀석은 아무 말도 하지 않는다.

"나는 그래야만 해. 누군가 나의 앞을 막는다 하더라도 나는 내가 하고 싶은 것, 진심으로 되고 싶은 것, 생각만 해도 심장이 뛰는 것을 꼭 이루어 내고 싶으니까. 그게 내가 해야 할 일이니까."

타키온이 난간 벽에 기대더니 한숨을 쉬었다.

"……휴우, 나도 미안하다. 둘 다 이게 뭐냐, 서로 얼굴 붉힐 일만 만들어선……."

나는 타키온의 옆으로 다가가 타키온처럼 난간 벽에 기대었다. 서로의 손이 스친다. 인간과 인간의 살이 맞대어진다는 것, 우리가 살기에 바빠 잊고 살아왔던 것. 뜬금없이 타키온이 손등으로 내 배를 툭 친다. 기분이 나쁘지 않다. 아니 살근살근 간지러우니 웃음만 나온다.

"깔깔깔."

"뭘 웃어, 어쨌건 나는 실패네. 네가 내가 있다는 것도 알게 되고"

"너 없다니까?"

"아니 이게?"

나는 한숨을 내쉬었다.

"나, 그래도 잘한 거지?"

"그래, 그렇게 생각해라. 난 죽여 놓고"

"죽인 건 아니지! ……너, 또 내 눈앞에 띄기만 해봐. 그땐 진짜 죽는다."

"그건 모르겠는데? 장난이고, 어쨌건 알았어. 이제 정해진 미래를 바꾸려는 너를, 나를 축복해 줄게. 아니 '줄게'란 말도 생각해 보면 웃기다. 어쩌면 당연한 거일지도 모르는데."

못됐고, 뻔뻔하고, 그런 녀석이 나의 타키온이었지만, 나는 그런 것마저도 좋았다. 적어도 자신이 무엇을 미안해야 하는지 아는 녀석이니까. 결국, 그 녀석은 나니까.

이제 나무토막에 달려있던 질문에 대답을 할 수 있을 것만 같다. 엘리스도 자신이 토끼가 되는 것이 두려워, 집에 돌아가고 싶었던 게 아닐까?

물리실에 돌아오는 길. 아까 이 복도를 날다시피 뛰어 내려올 때 떨어지던 치열함이 생각난다. 물리실 문을 여니 진화론에 대해 담론을 하고 있는 친구들 목소리가 들린다. 정겹지만 내용을 들어보면 날카롭기 그지없는 목소리.

"근데 그러면 과학을 공부하는 사람들은 종교를 어떻게 믿지?"

"왜, 믿을 수 있지. 난 그건 별개라고 생각해. 중학교 다닐 때 과학 가르치셨던 선생님은 독실하신 기독교인이셨고 진화론 안 믿는다고 하시던데?"

"수업 시작한다, 애들아 일어나. 일어나세요. 아까 수업 때문에 아직도 애들이 혼란스러워하네. 아까 수업 끊겨서 못한 말 하고 다음 수업으로 넘어가겠어요. 우리는 무한한 상상력과 가능성을 가지고 있는 인간이니까 타키온을 상상할 수는 있어요. 하지만 우리에게 타키온이건 운명이건 미래를 정하는 그 무언가가 있다 해도, 그런 것이 있다고 밝혀져도 우리가 '인간'인 이상 그것을 믿으면 안 돼요. 타키온을 믿는 순간 우리는 인간이라는 자격을 잃는 것이나 다름없어요. 타키온은 우리의 상상력과 가능성을 깎아먹는 존재나 다름없으니까. 운명이라는 쌀포대를 쓴 귀신들이 아무리 우릴 괴롭혀도 그것을 때려눕히는 것, 그것이 바로 우리에게 주어진 운명이고 인생이에요. 알았죠? 입시제도가 이상해서 가고 싶은 대학 못 간다, 부모님께서 반대하셔서 가고 싶은 과 못 간다, 해서 여러분의 꿈을 막아도, 절대로 포기하지 마세요. 절대로. 살면서 느낀 건데 포기만 하지 않으면 결국엔 상대편이 포기하게 되어 있더라고요. 아니 왜 울어?"

선생님께서 왜 우냐는 물어보시니 눈 밑이 뽀얘지는 것이 느껴졌다. 다들 두려웠던 것이다. 나의 인생을 불확실로 흐리는 타키온의 존재…… 존재하는지 밝혀지지도 않은 존재 때문에 우리는 울고 있다. 친구들이 있어서 소리를 내지 않을 뿐이지 속으로는 서럽게 울고 있을 것이다.

"이 세상에 아직 존재한다고 밝혀지지도 않은 거로 불안해하고 우는 건 멍청이 구백 구십 구개보다도 더 멍청한 사람이에요 너흰 아직 거기까지 멍청하진 않지? 그러니 뚝 그쳐! 이제 수업할게요"

선생님께서 책상 위에 놓인 분필케이스를 집으셨다. 분필의 뽀얀 먼지들이 스포트라이트라도 받은 것 마냥 반짝반짝 빛난다. 우리는 다시 그 빛을 좇아 과학에 흠뻑 빠질 것이다.

수학? 시험? 어디 한번 덤벼 봐

"아 진짜 못 해 먹겠네."

'수학의 정석'이 허공을 가로지르며 어딘가로 날라 간다. 어차피 곧 다시 주워 와야 하겠지만 꼴도 보기 싫은 걸 어떡하랴. 쥐고 있던 싸구려 샤프도 집어던지고 무거운 몸도 침대로 던져 버렸다. 베개 속에 얼굴을 묻으며 한숨을 내뱉었다. 분명 중학교 때까지만 해도 아니 고등학교 적응기 때까지만 해도 수학 하나는 자신 있었고, 절대 누군가에게 지지 않을 거라 자신했다. 학교 경시는 늘 1등이요, 지역에서도 항상 3등 안에 들던 나였다. 그런데 언제부터이었을까 내가 이렇게 된 것은……. 처음 나의 심각성을 깨달은 것은 수학반 편성 때였다. 당연히 우성반일 줄 알았던 내가 열성반 위에 띡하니 붙어져 있는 게 아닌가?! 그날은 내가 실수를 했겠구나 하고 한 번 정도야 상관없다며 자신을 위로했지만, 그날의 충격이 계속되어 그 후 내 수학성적은 계속해서 떨어지다 못해 땅을 파고 들어갔다. 흔히들 말하는 수포자의 위기에 처한 것이다.

너무도 막막하고 깜깜한 현실만이 내 눈앞을 가로 막고 있을 뿐이었다. 분명 열성반이라 매우 쉽고 친절하게 설명해 주심이 틀림없는 선생님의 가르침은 내겐 마치 지구에서 몇 십, 몇 백 광년 떨어진 곳의 외계생물체가 쓰는 외계어보다 어렵게 들려왔다. 결국 수학시간은 내게 '암호해독시간', '숙면시간'으로 탈바꿈 해왔다. 아아…… 이 얼마나 비참한 현실인가? 속에서부터 끓어 올라오는 자괴감에 죄 없는 베개에 머리를 몇 번이고 쳐박았다. 아프지도 않고 오히려 머리만 더 어지러워진다.

이럴 때 일수록 다른 애들 엄마처럼 일찍 사교육을 시작해주지 못했던 엄마가 원망스러워진다. 학원에서 이미 1학년 수학을 끝내온 녀석들은 하늘 높은 줄 모르고 점수가 한없이 오르기만 하고 있다. 솔직히 탓해선 안 된다는 것을 알면서도 내 자신을 비난하기가 두려워 질 때 어쩔 수 없이 들게 되는 나의 도피수단인 것을 어찌하랴. 그래도 아직 대놓고 원망한 적은 없다. 그전에 미리 항상 미안하다는 말을 달고 사는 우리 엄마니깐. 이제라도 시작해 볼까 싶지만 이때까지 잘 버텨왔다는 생각에 얄팍한 내 자존심이 그것마저 막아선다. 꼭 자존심 때문은 아니더라도 가정형편상 나를 지원해 주기에는 생활이 빠듯한 게 우리가족의 현실이다. 안 그래도 수입이 넉넉하지 않은데다 곧 중학생이 될 남동생이 발전가능성이 보이기 시작하여 그 밑으로 교육비가 만만치 않게 들어가고 있기 때문이다. 그걸 다 알고 있는 첫째인 내가 뻔뻔하게 고가의 과외니 학원이니 이런 것들을 요구할 수 없는 것이다.

어쩔 수 없이 다시 책을 펴보지만 역시나 글자가 눈에 들어오지 않는다. 사놓기만 한 문제집도 3권 째다. 그러나 학교 진도를 따라 잡기 위해선 정석만 풀어도 숨이 막힐 정도다.

여름방학 동안 내가 정신 못 차리고 진도 따라가기 급급할 때 선생님께선 벌써 수Ⅱ 삼각함수 단원을 다 끝내셨다. 그리곤 우리가 잘 공부했는지 시험을 친다고 하셨다. 눈앞이 깜깜해졌다. 수업을 이해하기도 바빠 죽겠는데 벌써 시험이라니……

"시험 범위는 이 프린트물에서 똑같이 낼 거예요. 많이 틀리는 오빠야 미워! 사랑의 터치를 해 줄 거야!"

아이들은 인상을 찡그리며 선생님께 항의를 하기도 하였지만 나에겐 그나마 다행이었다. 프린트물 15문제에서 나온다고 자비로우신 선생님께서 범위를 좁혀 주신 것이다. 15문제만 죽어라 공부하면 된다. 독서실에 올라가서 그 종이를 펼쳤다. 오! 이럴 수가. 아이들이 왜 항의를 했는지 알 것만 같았다. 모두 증명문제였던 것이다! 1번도 증명하시오. 2번도 증명하시오 3, 4, 5 할 것 없이 내 눈엔 증명밖에 들어오지 않았다. 차라리 답을 구하는 문제라면 답을 외워서 거꾸로 라도 풀었을 텐데…… 다시 선생님이 원망스러워졌다.

아이들 한 명, 한 명 찾아가서 풀이를 물어보고 싶었다. 그러나 수학에 자부심이 있었던 내 태도가 하루아침에 바뀌기란 쉽지 않았나 보다. 자존심 때문일까. 친구들에게 가서 모르는 문제를 묻기가 너무 창피했다. 그 아이가 이런 문제를 묻는다고 나를 만만하게 보거나 한심하게 볼 것만 같았다. 그래도 시험날짜는 다가오고 있고 하는 수 없이 나는 직접 풀어내기로 결심했다. 내가 유일하게 의지할 곳이라고는 꾸벅꾸벅 졸면서 칠판의 풀이를 그대로 베껴놓은 필기 뿐. 그마저도 글씨를 알아보기 힘들어 정말로 암호해독의 시간을 가져야만 했다. 앞으로는 절대 수업시간에 졸지 말아야지.

그렇게 새로운 종이에다 풀이를 새롭게 옮겨 적어보았다. 아직 공식도 제대로 외우지 않아 이게 어떻게 나오는 것인지 나로썬 너무 당황스러울 뿐이었다. 중간과정 생략도 너무 많았고 끝마무리를 제대로 하지 않은 것도 상당히 많았다. 그러나 나에게 주어진 시간은 2일. 그동안 이 문제들만 붙들고 있을 수도 없는 노릇이었다. 한없이 그 풀이들만 노려보고 있자니 눈물이 흐를 것만 같았다. 언제부터였을까? 내가 이렇게 수학에 자신 없어 하고 힘들어 하던 때가. 어렸을 땐 엄마가 날 옆에 끼고 하나부터 열까지 원리부터 깨우쳐 준다고 애를 쓰셨다. 난 직접 만들어보고 그려보면서 도형을 이해했고 그것에 흥미로워 했다. 그러나 중학교에 들어오고 고등학교로 올라오게 되면서 점점 공식 외우기에 급급하고 그 원리까지 생각할 시간이 없었던 것이다.

이미 너무 늦은 것 같았지만 나는 다시 시작하기로 했다. 이번 시험이 중요한 것이 아닌 것 같았다. 난 흰 종이를 꺼내 좌표를 그리고 원점을 중심으로 하는 큰 원을 그렸다. 그리고 그것을 단위원이라 생각하고 안에 삼각형을 그려 넣기 시작했다. 중학교 때 했던 sin, cos, tan를 다시 그려보았다. 그리고 이어서 각들을 각각 α, β로 두어 새로운 삼각형을 그리고 그것들을 나타내려고 노력하였다. 의외로 간단했다. 공식으로 외우기 전에 이렇게 직접 그려 눈으로 확인해 보니 어떻게 나온 것인지 알 것 같았다. 왜 진작 내가 이렇게 하지 않았을까 조금은 후회가 되기도 하였다. 그렇게 나는 그림을 그려서 공식을 유도해낼 수 있게 되었다. 그러나 그것만으로는 직접 문제를 푸는데 너무 시간이 많이 소요된다는 것을 깨달았다. 결국 그것을 바탕으로 나는 쉽게 금방 삼각함수 공식들을 외워 버렸다.

그렇게 열심히 내 앞에 놓인 문제들을 해결해 나가려고 하였다. 그러던 도중 난 커다란 산과 마주하게 되었다. 14번. 정상을 눈앞에 두고서 맞이한 최고의 고비인 듯 했다. 이제 조금만 더 하면 15번까지 완벽하게 내가 풀어 낼 수 있을 것 같은데 14번이 그런 나를 좌절시키기 위해 온갖 애를 쓰는 것만 같았다. 내 앞을 가로막은 그 문제는 '$x + y + z = 1$을 만족하는 양의 실수 x, y, z에 대하여 $\dfrac{1}{x} + \dfrac{4}{y} + \dfrac{9}{z}$의 최소값은?'

정말 자존심이 허락하지 않았지만 어느새 시험은 바로 내일. 나를 점점 압박해 오고 있었고 결국 나는 친구들을 찾아가기 시작했다. 그러나 안타깝게도 친구들도 그 문제에 대한 확실한 풀이를 가지고 있지 않았다. 필기마저 날 버렸다. 번호와 문제만 달랑 적어 놓은 채 나는 아마도 깊은 잠에 빠진 듯 했다. 너무도 깨끗한 필기를 한참 바라보며 그렇게 한숨을 내뱉을 수밖에 없었다. 초조해져갔다. 이것만 붙들고 있어도 안 되는 시점이었다. 뒷문제도 남아 있었는데 도저히 찝찝한 기분에 이걸 쉽게 넘길 수가 없었다. 한참을 그렇게 문제만 노려보았다. 그리고 나는 다시 처음부터 라는 생각으로 문제에 임하기로 했다.

책에 얼굴을 묻다 싶을 정도로 책을 꼼꼼히 살핀 결과 그런 문제들을 푸는 방법 중에 치환을 하는 것이 있었다. z을 $\sin^2\alpha$로 두고 $x+y=\cos^2\alpha$로 바꾸었다. 두 개의 합이 1이 되니 깔끔하게 맞아 떨어졌다. 과연 이 방법으로 풀릴지는 미지수였지만 도전해 보기로 하였다. 그렇게 해서 $x=\cos^2\alpha\cos^2\beta$가 되고 $y=\cos^2\alpha\sin^2\beta$가 된다. 그리고 문제에 주어진 식을 변형하기로 하였다. 이쯤 하니 왠지 모르게 자신감이 생기기 시작했다. 내가 푸는 방법이 꼭 정석대로 푸는 것만은 아니더라도 꽤 괜찮은 방법인 것 같다는 기분이 딱 들었다.

역시 내 직감은 틀리지 않는다. 너무도 쉽게 이 문제는 몇 번의 변형과 노가다로 인해 답을 찾을 수 있도록 유도 되어가고 있었다. 그런데 이럴 수가. 식을 모조리 전개 시키고 난 후가 문제였다. 나는 $\dfrac{1}{x}+\dfrac{4}{y}+\dfrac{9}{z}$의 최솟값을 찾아야 하는데 더 이상 진전이 없었던 것이다. 나는 내 풀이를 처음부터 다시 읽어보고 어디 잘 못 된 곳이 없는지 샅샅이 뒤졌다. 그러나 난 어떠한 수학적 오류도 찾을 수 없었다. 다시 한 번 좌절의 쓴 맛을 보아야 했다.

결국 또 도움의 손길을 찾아 헤매는 수밖에 없나고 판난했다. 그런데 그 순간.

"최대 최소 문제면 처음부터 산술기하 평균 써서 하면 안 돼? 아 귀찮게 정말."

같은 문제로 골머리를 앓던 친구가 무심코 던진 한마디가 나에게 구원의 손길이 되어주었다. 내가 막힌 부분으로 돌아가니 $\tan^2\alpha+4\cot^2\beta$가 보였다. 이것을 산술기하로 하여 최솟값을 구할 수 있을 것이다. 내가 왜 이러는지 아무것도 모르는 내 친구의 볼에다 뽀뽀를 해주고 싶었다. 그렇게 나는 결국 문제를 풀어내었다.

참 오랜만에 한 문제로 끙끙대며 고생한 것 같았다. 그래도 이 후련함과 무언가 모를 허전함. 그리고 친구들이 이런 풀이를 칠판에 적으며 발표할 때 혼자 생각하며 어떻게 저런 풀이가 나올 수 있을까 하고 대단하게 생각했던 내 자신. 모든 것이 겹쳐 보이는 것만 같았다. 참 한 문제로 이런 생각을 하는 나도 우습게 보이기도 했다.

그래도 막상 다시 보니 풀이가 너무 길어졌다. 내일 만약에 이 문제가 시험에 나온다고 해도 이걸 적을 수 있을까 걱정이었다. 그래도 나름 뿌듯함에 혼자 잘했다며 스스로를 칭찬해 주었다. 이제 남은 일은 나머지 문제들을 다시 한 번 검토하는 일. 왠일인지 이번 시험만큼은 자신이 있다.

한참 문제에 집중하고 있을 때 누군가가 나를 찾아왔다. 난 또 휴지를 빌리거나 종이컵을 빌리는 아인 줄 알고 시큰둥한 표정으로 '안 돼'를 띤 눈을 하고 그 누군가를 쳐다보았다. 그런데 그 아이는 내가 아까 14번을 물어본 내가 생각하기엔 나보다 훨씬 수학 잘하는 아이였다. 그러면서 혹시 아까 그 문제를 풀었냐고 조심스럽게 물어보는데 그 투가 마치 '그냥 넌 못 풀었을 거 뻔히 알고 있는데 내가 예의상 물어봐주는 거다.'라는 것 같아 내 자존심에 불을 붙게 만들었다.

"그거? 생각보다 별거 아니던데? 풀이가…… 아 그냥 설명해 줄게."

킥. 대놓고 한번 비웃어줬다. 일명 썩소 그 아이의 표정이 구겨지는 것을 보았다. 아 생각보다 너무 통쾌한 기분. 따끈따끈한 풀이라서 그런지 생각보다 막힘없이 멋있게 설명을 끝낼 수 있었다. 처음 내 무례함을 잊었는지 그 아인 고개를 끄덕이기 바빴다. 이렇게 흡수력이 빠르니 수학을 잘할 수밖에 없다고 느끼는 순간이었다. 그리고 괜히 자존심을 세우던 내가 부끄러워지기도 했다. 그 친구는 내 등을 한번 두드려 주며 수고했다고 잘했다고 해주고 자신의 자리로 돌아갔다. 그런데 뭔가 기분이 이상했다. 나쁜 것이 아니라 굉장히 보람 있다고 해야 할까. 이때까지는 내 독창적인 풀이를 누군가에게 가르쳐 주거나 공유하는 것을 안 좋게 생각해 오던 나였다. 그런데 누군가에게 직접 내 지식을 전달하고 나니 오히려 속이 후련해지는 기분이었다. 그리고 다시금 내 장래희망이었던 대학교수가 머릿속을 맴돌았다. 공부하느라 어느새 잊고 살았던 내 꿈. 누군가를 가르치며 또 그런 과정에서 나 또한 새롭게 배워나갈 수 있는 사람. 내가 그토록 꿈꾸던 일이란 걸 어느 순간부터 잊고 살았던 것 같다. 문제 하나로 이렇게 내가 많은 생각을 하게 된 건 참 놀라운 일이었다.

누가 보면 왜 저렇게 생색내듯이 수학 문제 가지고 그러는 걸까 하겠지만 나에겐 간만에 이룬 업적이고 내가 자신감을 가질 수 있는 계기고 나에게 새로운 희망이었다.

자습 끝나는 종이 울린다. 자 이제 곧 시작이다.

"이야~ 전교생에서 백점이 딱! 한 명 밖에 없네요? 다들 박수~ 유진이 언니야가 1등 했답니다!"

다들 대단하다는 눈빛으로 쳐다보고 난 날아갈 것 같은 발걸음으로 시험지를 받으러 앞으로 나간다. 간만에 선생님과 떳떳하게 눈을 마주한다. 늘 수학을 못한다고 생각하여 선생님 앞에서도 당당하게 있을 수 없었던 내 자신이 떠올랐다. 너무도 자랑스럽게 내 시험지를 보며 대문짝만하게 100이라 적힌 숫자를 보며 뿌듯한 마음에 소리를 치려는 순간.

"야, 늦겠다! 빨리 일어나!"

내 친구가 나를 대신해 소리 쳐 주었다. 귀가 다 멍멍하네. 등교할 시간인 것 같다. 아쉽게도 백점은 달콤한 꿈속의 일부였나 보다. 그래도 뭐 어떠랴 이제 칠 시험에서 백점 맞아오면 되지! 내가 꾼 꿈은 반대가 아니라 예지몽이었다는 것을 보여주고 말테다.

"아싸! 시험이다!"

교과서, 믿어도 되는 것일까?

우리가 과학을 처음 접하게 되는 과학책. 정말 곧이곧대로 믿는 게 잘하는 걸까? 교과서에 써져있는 내용들을 토대로 학교에서 여러 가지를 배워 많은 과학 현상을 알고 원인도 설명할 수 있고 누가 증명했는지까지도 말할 수 있지만 의심 많은 사람이 '믿을 수 없는데? 어떻게 알아? 증거를 대봐.' 이런 식으로 계속해서 물어온다면 혼란이 오게 될 것이다. 우리가 직접 알아낸 것이 아니기 때문이다. 익숙한 단어라도 '틀린 것 같은데' 하는 생각을 갖게 되는 순간부터 잘못 쓴 것 같은 기분이 드는 것처럼 말이다.

혓바닥이 부위별로 느끼는 맛이 다르다고 배웠지만 인터넷에 조금만 검색해 보면 외국 문서를 잘못 번역해 생겨난 오류라는 것을 알 수 있다. 이런 혓바닥의 예 같은 경우에는 중학교 때의 생물 선생님이 알려주셔서 오류를 정정할 수 있었지만 혓바닥 이외에도 많은 오류들이 있지만 틀렸는지 맞았는지 알기는 어렵다. 관련 학과를 들어가서 더 같이 배우지 않는 한 거의 없는 확률이라고 보면 될 것이다.

일단 교과서에 여러 사실들을 표로 정리하고 나열식으로 늘어놓은 것은 많은데 그런 식으로 결과가 나오게 되는 증명과정, 탐구과정이 축약되거나 생략된 경우도 많아서 표가 나오면 '아 또 외울 것만 잔뜩 생겼네.' 하는 마음만 든다. 아니면 있는 증명과정도 믿기지가 않는 것도 있다. 얼마 전에 배운 부분에서 우주의 나이가 10000년이 되었을 때 온도는 10000K이고 크기는 지금의 10000분의 1이고 컴퓨터 시뮬레이션을 통해 나온 결과이다. 이런 식으로 적혀있는 부분이 있었는데 솔직히 난 그 프로그램의 정확도도 의심해 봐야한다고 생각했고 사실 다 10000이라는 숫자가 들어가다 보니 그냥 끼워 맞춘 것 같다는 기분이 든다고 하는 아이들이 대다수이다. 어떻게 직접 가서 잰 것도 아닌데 아마 실제로는 저렇지 않을 것이라고 하는 애들도 많다,

게다가 교과서 자체도 완벽하게 믿기에는 부족한 점이 많다. 내용이 모자라다고 거의 모든 선생님들이 많은 양의 프린트를 쥐어주심과 동시에 도저히 두 학기로는 나갈 수 없는 양이어서 여러 단원을 생략하시기도 한다. 수업을 다 못나갈 정도로 많은 분량이면서도 설명이 부족하다는 건 어딘가에 문제가 있다고밖에 볼 수 없다. 또 앞 문단에서처럼 설명이 부족해 거의 외우기만 해야 할 부분에서 선생님들이 '여기에는 이러이러한 원리가 있어서 이렇게 된다.'라고 설명을 해 주시거나 참고서를 사서 찾아보지 않는 이상 그냥 외워야 하는 것이다. 이런 부분들을 보면 어딘가 이상한 건 맞는 것 같다.

그리고 교과서를 쓰는 사람들이 어떤 생각을 가지고 있느냐에 따라 쓰는 내용이 달라지는 경우도 있기 때문에 어떤 사람들이 썼느냐에 따라 신뢰도는 더더욱 차이가 난다. 일본 같은 경우 우익 단체들이 국위선양을 위해 역사책에 마구 편집한 역사를 기재해 과거를 날조한다고 주변 국가들에게 질타를 받는 것처럼 창조론을 믿는 사람, 혹은 단체와 관련된 회사들은 파충류가 조류로 진화해갔다는 증거라고 불리는 시조새를 교과서에서 빼버리고 진화론에 관련된 단원을 아예 삭제해버리기도 해 학생들에게 창조론을 믿을 여지를 남겨두려고 한다. 만약 우리가 이런 식으로 쓰인 교과서로 배우고 있던 것이라면 자연스럽게 쓴 사람들의 의도대로 어떤 것 자체를 모르고 자고 있었다는 것이어서 비판적인 생각을 가지고 학교 공부

를 했어야 했을 것이다. 하지만 학생들은 시험을 잘 봐야 하기 때문에 일단은 믿고 외우는 수밖에 없다.

이런 상황을 해결하려면 교과서의 내용에 더더욱 완고한 신뢰성을 부여하면 좋을 것이다. 그러나 여기서 또 문제가 생긴다. 학생들에게 알려줄 때 확실히 믿을 수 있도록 충분한 증거를 주려면 너무나 많은 시간이 걸릴 거라고 한다. 인류가 알게 되는 사실들을 점점 축적해나가고 있는데 이런 상황에서 배우는 것마다 어떻게 이런 결과가 도출되었을까를 하나하나 따져가며 배우게 된다고 하면 배워야 하는 양이 너무 방대해지게 된다는 것이다.

하지만 나는 그렇게 생각하지 않는다. 꼭 수업시간에 배울 필요는 없다. 수업시간에 그 많은 증거들을 일일이 공부하게 시킨다면 오히려 시험문제는 너무 전문적으로 들어가게 될 것이고 불만을 갖는 사람들이 들고 일어날 것이다. 그러니까 그냥 교과서에 부록으로 실험 영상이나 증명 과정들을 달아 놓는다던지, 영어 교과서와 함께 E-book CD를 나누어주는 것처럼 교과서를 쓴 출판사의 홈페이지 같은 데에서, 아니면 꿀맛닷컴 같은 학습 사이트에서 궁금증을 해소해줄 수 있는 만큼의 읽을거리를 제공하는 것이다.

아직 이런 대처방법이 불가능하다고 한다면 우리는 비판적인 눈으로 수업을 지켜보고 궁금증을 쌓고 또 쌓아 궁금증을 해소할 수 있을 때까지 준비해서 결국 해소할 수 있도록 노력하는 것도 하나의 괜찮은 방법인 것 같다. 무조건적으로 수용하는 자세를 버려야 더 많은 것을 탐구하고 떠올릴 수 있게 될 것이기 때문이다.

할아버지와 스마트폰

기분이 좋았다. 나도 이제 다른 아이들이 이미 속해 있는 그 거대한 집단의 일원이 된 것 같았고, 그 유대감이란 나쁘지 않은 것이었다. 최신형 LTE 스마트폰을 산 것이다. 오랫동안 나름 애지중지했던 2G 휴대폰이 하루아침에 볼품없어 보였다. 저절로 웃음이 번졌다. 마침내 휴대폰이 개통이 되자 온몸에 흐르는 흐뭇한 전율을 느끼며 전원을 켰다. 깔끔한 소리와 함께 휴대폰 화면이 환하게 밝아오자 나는 사람들이 소위 말하는 '필수 어플리케이션'을 하나하나 다운로드하기 시작했다.

"어? 스마트폰 샀네?"

채팅 프로그램의 알람소리가 기분 좋게 울렸다. 전에 학교에서 친구들의 스마트폰을 빌려 인터넷 서핑을 하던 때와는 전혀 다른 기분이 있다. 스마트폰이라는 물건은 실로 대단한 발명이었다. 그 기능은 물론이고, DMB, 음악, 웹서핑, 게임 등 놀라운 기능들을 내 손에서 한꺼번에 즐길 수 있기 때문에 이것만으로도 하루 종일 지루하지 않게 시간을 보낼 자신이 있었다.

'으와, 이게 바로 내 거란 말이지.'

난 새로운 세상을 얻은 콜럼버스나 에디슨이 되어 있었다.

나는 기숙사 생활을 한다. 고등학교에 입학하면서 시작된 변화였다. 졸린 상태로 일어나 집, 학교, 학원을 바쁘게 오가지 않아도 되는 기숙사 생활은 새벽부터 밤까지 일정은 빡빡했지만 여유로웠다. 그런데 신기했다. 휴대폰을 스마트폰으로 바꾼 이후부터, 하루 24시간을 분으로 치면 1440분 중 단 1분도 줄어들지 않았음에도 불구하고, 시간이 점점 부족해지는 느낌을 강하게 받았다. 시간이 촉박해짐에 따라 나는 하루의 일정을 하나씩 수정하기 시작했다. 하루에 30분씩 하던 독서시간이 없어졌다. 저녁을 먹고 나서 틈내어 했던 복습시간도 어디론가 증발했다. 원인은 딱 하나, 스마트폰에 있었다. 요놈의 물건이란 게 하고 싶은 게 너무 많아서 아무 생각 없이 붙잡고만 있어도 30분, 1시간쯤은 우습게 지나갔던 것이다. 아주 잠시 멈칫했지만 스마트폰은 나로 하여금 이런 변화를 대수롭게 여기지 않도록 응원했다.

"그런 것쯤이야, 뭐 닥치면 해도 되잖아."

무엇보다 나는 스마트폰의 재미에 푹 빠졌다. 매일 똑같은 생활이 이어졌다.

그러던 어느 날, 나는 희한한 경험을 하였다. 집으로 귀가하는 어느 주말의 저녁 버스 안이었다. 버스에 오르니 차가운 에어컨 바람에 살짝 몸이 떨렸다. 버스 운전기사 아저씨는 혼자 라디오를 듣고 있었다. 좌석 쪽으로 몸을 돌렸을 때 나는 잠시 멈칫할 정도로 이상한 장면을 목격하였다. 잠을 자고 있는 한 아저씨와 할아버지 한 분 빼고 버스 안의 모든 사람이 손에 스마트폰을 들고 있었다. 귀에 꽂혀 있는 이어폰, 생기 없이 화면을 응시하는 눈동자, 그리고 앙다문 입, 그들은 마치 세상 어느 누구의 말에도 귀를 닫아버리겠다는 표정을 짓고 있는 듯했다. 나는 버스 안의 차가운 공기 속에 흐르는 라디오 소리만을 들으며 본능적으로 노인의 옆자리에 앉았다. 버스 안을 다시 한 번 둘러보았다. 사람들을 많이 태우기 위해 양쪽으로 1인용 의자만이 비치되어 있는 구조였다. 이 모습은 마치 휴대폰에 정신이 팔린 사람들 사이사이를 보이지 않는 벽으로 굳게 가로막고 있는 것 같았다. 숨이 턱 막혀 와서 재빨리 고개를 돌렸다. 마치 로봇 인간처럼 기계적인 버스 안의 풍경에서 다른 사람들의 눈에 나도 그 무리 중의 하나로 보이는 것 같아 갑자기 머리가 지끈거렸다. 내 옆자리의 할아버지를 물끄러미 바라보았다. 그러자 한 가지 의문이 들었다. 할아버지는 사람들이 이처럼 손바닥만 한 기기에 귀와 눈을 고정하기 이전에 다정했던 버스 안의 풍경이 이어지던 시절에도 살았을 것이다. 어쩌면 동료들과 함께 거리에서 시위를 하다가 아무런 일면식도 없던 이의 집에 들어가 밥을 얻어먹은 적이 있었을지도 모른다. 덜컹거리는 버스 안에서 신문을 보며 옆에 앉은 낯선 이와 나랏일을 걱정한 적이 있었는지도 모른다. 그런데 그의 손자, 손녀들은 그의 무릎에 앉아 할아버지가 해주는 옛날이야기를 들어본 적이 있을까? 할아버지 댁에 가면 방에 틀어박혀 TV나 보고 휴대폰이나 만지작거리다가 돌아오진 않을까? 나는 할아버지에게 말을 걸어보고 싶었으나, '안녕하세요'라는 인사조차 얼어붙은 나의 입안에서만 빙글빙글 맴돌았다. 문자 메시지, 채팅 프로그램에서는 낯선 사람과 아무런 거리낌 없이 웃고 떠들었는데 말이다. 휴대폰 속에서 나는 뛰어난 웅변가였지만, 현실에선 그저 낯선 할아버지에게 다정한 인사조차 건네지 못하는 겁쟁이였다.

집까지 걸어서 가는 길에는 크고 높은 상가 건물이 있다. 그 맨 아래층에는 각종 휴대폰을 판매하는 매장이 자리 잡고 있다. 매장의 입구 쪽에는 최신형 모델들을 진열해 두는데, 한두 달 만에 신형 모델로 바뀌어서 무슨 휴대폰들이 언제까지 진열되어 있었는지는 그 누구도 기억하지 못할 것 같았다. 내 휴대폰도 이미 문 앞의 신형 모델 진열대에서는 찾아볼 수 없었다. 많은 사람들처럼, 나는 내 휴대폰의 이름 앞에 더 이상 최신형이라는 광고용 수식어를 붙일 수 없게 된 것에 대해 내심 불만을 갖는다. 사람들은 겉으로는 태연한 척하지만 속으로는 최신형을 소유하려는 욕심으로 가득 차 있다. 매일처럼 쏟아지는 최신형 모델의 진열대는 사람들로 하여금 새로운 것을 가져도 만족감을 느끼지 못하고 더 발달한 또 다른 최신형 모델을 권해 현실에서는 늘 결핍감만 커진다. 만족은 점점 짧아지고 불만은 점점 늘어갈 뿐이다.

휴대폰 기술은 나날이 빠르게 발전해간다. 휴대폰의 앞에 붙는 2G, 3G, 그리고 4G의 G자는 영어 Generation의 약자로, 세대라는 뜻의 단어이다. 보통 한 세대를 50년 정도로 보는 데 불과 몇 년, 아니 1년도 채 안 되어 휴대폰 기술은 2G에서 3G로, 다시 3G에서 4G로 발전한 것이다. 정말 기술의 발전 속도는 놀랍지만, 이 과학의 위대한 산물인 통신기기는 통신이라는 그 본래의 목적을 잃어버린 듯하다. 통신이란 말 그대로 서로 대화하는 것 아닌가? 서로 다른 생각을 가진 사람들이 각자의 경험과 생각, 정보를 서로 주고받는 것이 통신기기 본래의 기능일 것이다. 혹시 떠올려본 적이 있는가? 맨 처음 인류가 통신기계를 온갖 실패의 실험을 통해서 마침내 성공해낸 사람의 열정과 그때의 열띤 환호성을…… 우리의 앞 세대 사람들이 아주 멀리 떨어진 가족과 통화하기 위해서 전화교환원이 연결해줄 때까지 기다리던 그 설렘을…… 그 세대에 태어나지 않은 나는 그 기분을 절실하게 이해할 수 없지만 상상하는 것만으로도 기뻤을 것이라 생각한다. 오늘날의 통신기기는 통신의 기능을 뛰어넘었다. 그 매정한 물건들은 사람들의 눈과 귀를 붙잡기 시작했고, 어떤 사람들은 그것에 많은 시간을 투자하며 그 속의 '나'를 현실의 '나'보다 더 중요하게 여기는 것같이 행동했다.

버스 안의 할아버지를 만난 그날 이후 다시 학교 기숙사에 돌아왔다. 3명의 룸메이트들이 각자 자신의 침대에서 휴대폰을 만지작거리고 있었다. 나는 잠시 생각에 잠겼다가 망설임 없이 내 휴대폰의 전원을 끄고 책상 위에 올려놓았다. 옷장 속에서 통기타를 꺼내 퉁기기 시작했다. 기타 줄과 내 손이 만나 부드러운 음색이 방 안을 둘러쌌다. 룸메이트들이 하나 둘 휴대폰에서 눈을 돌렸고 귀에 꽂혔던 이어폰이 침대에 누웠다. 친구들의 눈동자에는 생기가 돌았다. 사람과 기기가 만들어 내는 또 다른 자연의 부드러운 소리가 얼어붙었던 그들의 입조차 녹였다. 그렇다. 눈과 귀가 열리면 입도 열린다는 사실을 알았다.

“어, 너 언제 왔어?”

“야, 그거 내가 가르쳐준 노래잖아.”

다정한 인사들이 방안에 향긋하게 번지기 시작했고, 우리는 반갑게 만난 친구들로 다시 돌아올 수 있었다.

그날 이후 내 교복의 호주머니 안, 기숙사 침대 옆, 내 손 안에서 살던 휴대폰은 거의 내 책상 구석에서 조용히 지내고 있다. 이따금 매주 수요일 밤 취침 시간 전 휴대폰은 기숙사에 있는 나와 집에 있는 엄마를 아주 짧지만 반가운 연결을 해준다. 내 하루의 일정은 이전으로 돌아갔다. 더 이상 시간이 부족하지 않았다. 독서도 복습도 제자리를 찾았고 친구들과 기타를 치며 노는 즐거움도 늘었다. 만일 언젠가의 귀가 길 버스 안에서 다시 그 할아버지를 만나게 된다면 주저하지 않고 꼭 인사할 것이다.

“할아버지, 안녕하세요”

톡소 플라즈마

쥐는 도망치지 않았다. 점점 가까워지는 고양이의 움직임에 미동조차 없었다. 그저 몸을 웅크린 채 늘어진 제 꼬리만 붙잡고 있었다. 고양이가 한 발짝 더 다가왔다. 쥐가 고개를 들었다. 눈을 껌뻑거리며 고양이를 주시했다. 쥐의 수염이 파르르 떨렸다. 그 떨림이 두려움처럼 보이지는 않았다. 이번엔 쥐가 고양이에게 다가갔다. 고양이가 등을 곧추세우며 날카로운 발톱을 드러냈다. 쥐는 고양이의 경계태세에 아랑곳하지 않고 접근을 계속했다. 그리곤 겁도 없이 고양이의 발에 몸을 기댔다. 쥐는 나선형으로 돌며 고양이를 올라타기 시작했다. 고양이가 슬며시 반대쪽 발을 들었다. 한순간이었다. 쥐는 벽 쪽으로 힘없이 튕겨 나갔다. 고양이는 쥐의 목덜미를 짓누르며 서서히 숨통을 끊었다. 쥐는 별다른 저항 없이 자신의 죽음을 기다렸다. 고양이가 입을 쩍 벌렸다. 쥐는 머리만 삐져나온 채 고양이의 입속으로 들어갔다. 고양이는 쥐의 머리를 먹지 않는다는 말이 어렴풋이 기억났다. 고양이의 턱이 위아래로 움직였다. 입 주변의 털이 점차 피로 물들었다. 그 움직임에 맞춰 쥐의 수염도 천천히 떨렸다.

"어때. 죽이지 않아?"

오빠가 활기를 띤 목소리로 내게 물었다. 동영상이 잔인하다는 것 외에는 별생각이 들지 않았다. 오빠는 무미건조한 내 반응이 답답하단 듯 말을 이어갔다.

"쥐는 전혀 고양이를 두려워하지 않았어. 심지어 죽음마저도 이건 굉장한 거라고!"

이번에도 톡소 플라즈마에 관한 이야기였다. 사람이나 동물의 뇌에 기생하며 숙주의 정신에 영향을 끼친다는 단세포 생물. 오빠는 몇 주 전부터 이 기생생물에 모든 관심을 쏟았다. 이 동영상도 역시 톡소 플라즈마에 관한 실험 영상이었다.

오빠가 마우스를 몇 번 딸깍거렸다. 금세 모니터에 다른 창이 띄어졌다. 톡소 플라즈마의 특징들을 다룬 뉴스 기사였다. 오빠가 기사의 한 부분을 드래그 했다. '숙주의 뇌에 기생하면서 감정반응을 담당하는 화학물질인 도파민의 분비량을 수배로 증폭시킨다.' 오빠를 매료시킨 구절이었다. 기사 곳곳엔 감염자들의 자해나 자살 사례들도 기재되어 있었다. 하지만 그런 것 따윈 전혀 오빠의 눈에 들어오지 않는 듯 보였다.

"톡소 플라즈마에 감염되면 공포도 행복으로 바꿀 수 있어."

오빠는 팔짱을 끼며 나를 뚫어지게 쳐다보았다. 내가 무슨 대답이라도 해주길 바라는 모양이었다. 지금 오빠의 모습은 흡사 광적인 전도사와 비슷했다. 묘한 기대감이 담겨있는 오빠의 눈을 피해 모니터 쪽으로 시선을 고정했다. 기사를 아무리 뒤져봐도 행복이란 단어는 찾을 수 없었다. '도파민 과다분비로 인한 공포의 망각과 흥분 상태' 이것이 오빠가 말한 행복이었을까. 나는 마우스를 움직여 기사를 닫아버렸다.

현관문이 열리는 소리가 들렸다. 아버지가 휘청거리며 거실로 들어왔다. 술 냄새가 집 안 곳곳으로 퍼졌다.

"이것들이 지 애비가 왔는데……."

늘 같은 레퍼토리였다. 다음은 오빠를 부를 차례였다.

"박주혁!"

방에 틀어박혀 있던 오빠가 거실로 나왔다. 오빠는 시선을 바닥으로 내리깐 채 온몸이 경직되어 있었다. 떨리는 두 눈에는 아버지에 대한 두려움이 서려있었다. 오빠의 모습은 도축장에 끌려온 소와 별다를 게 없었다.

"장남이나 된 새끼가 말이야. 부모가 들어오면 재깍 튀어나와야지. 하루 종일 방에만 틀어박혀 있고. 내가 널 그렇게 가르쳤어?"

아버지는 한 문장을 말할 때마다 오빠의 뺨을 거세게 내리쳤다. 오빠는 말도 못한 채 아버지의 손놀림에 따라 힘없이 휘둘렸다.

"너는 말로 해선 안 되는 놈이니까, 좀 잔인하게 맞을 필요가 있어."

아버지가 벨트를 풀기 시작했다. 오빠는 무릎을 꿇고 아버지에게 애원하다시피 용서를 구했다. 벨트가 딸깍거리며 서서히 풀리는 동안 오빠는 "죄송해요 아버지."라며 계속 빌었다. 나는 내 방으로 도망쳐버렸다. 오빠가 맞는 광경을 더 이상 볼 자신이 없었다. 언젠가 내게 불똥이 튈 거란 불안감도 있었다. 나는 그렇게 오빠를 거실에 내버려둔 채 자리를 피했다. 방문 너머로 벨트가 살갗을 휘감는 소리가 들려왔다. 등골에 소름이 돋았다. 오빠의 흐느끼는 소리도 간간히 들려왔다. 오빠는 방파제처럼 아빠의 폭력을 혼자서 감당하고 있었다.

어느 날 오빠가 돼지고기를 사왔다.

"웬 고기야?"

"먹으려고"

오빠는 퉁명스럽게 대답했다. 그리곤 돼지고기가 담긴 비닐봉지를 들고 곧바로 주방에 갔다. 금세 고기 굽는 냄새가 집안에 진동했다.

대낮부터 고기를 구워먹는 오빠의 모습이 낯설었다. 나는 컵에 물을 따라 허겁지겁 고기를 먹는 오빠에게 건네줬다. 오빠는 컵을 받는 둥 마는 둥 먹는 것에만 열중했다. 그런데 고기의 색깔이 이상했다. 아직 고기엔 선명하게 선분홍 색깔이 남아있었다. 날로 먹는지 익혀 먹는지 헷갈릴 만큼 고기의 색은 애매했다.

"뭐야. 하나도 안 익었잖아."

오빠는 내 말을 무시한 채 계속 젓가락질을 했다. 우적우적 덜 익은 고기를 씹고 있는 오빠의 입가에선 금방이라도 시뻘건 핏방울이 뚝뚝 떨어질 것만 같았다. 오빠가 목이 메는 듯 그제야 물을 벌컥벌컥 들이켰다. 오빠가 마시고 남은 물엔 약간 붉은 빛이 돌았다.

괴상한 풍경이었다. 대낮부터 혼자 핏기도 채 가시지 않은 고기를 꾸역꾸역 입에 넣는 오빠는 이제껏 한 번도 본 적 없었다. 익기도 전에 먹어버리니 고기는 놀라운 속도로 해치워졌다. 오빠의 식사가 끝났다. 거북한 듯 부른 배를 쥐고 몇 번 트림을 하더니, 상을 치우지도 않은 채 제 방으로 들어가 버렸다. 오빠가 지난 자리에는 고기가 담아있던 비닐봉지와 불판, 그리고 살점이 덕지덕지 묻어있는 나무젓가락만이 남아있었다.

오빠 방에서 컴퓨터가 켜지는 소리가 들렸다. 또 톡소 플라즈마에 관한 것만 잔뜩 들여다 볼 것이 뻔했다.

며칠 뒤였다. 여느 때처럼 아버지가 술 냄새를 풍기며 현관문을 열고 들어왔다. 그리곤 당연한 듯이 오빠를 불렀다.

오빠가 방문을 열었다. 나와 아버지를 번갈아 보더니 크게 하품을 했다.

"왜 부르고들 지랄이야."

나는 순간 내 귀를 의심했다. 오빠가 돌아버린 것일까. 나는 굳어진 아버지의 표정을 보고 사태의 심각성을 깨달았다.

"너, 너 방금 뭐라고 했어 이 새끼야!"

오빠는 시끄럽다는 듯 연신 귀를 후벼댔다. 아버지를 도발하는 행동이었다. 아버지의 얼굴이 붉으락푸르락해졌다. 주먹엔 힘이 잔뜩 들어간 듯 보였다. 오빠가 미간을 찌푸린 채 아버지에게 다가갔다.

"늘 하셨던 대로 하셔야죠?"

오빠는 떨지 않고 말을 했다. 두 눈은 아버지를 똑바로 응시하고 있었다. 아버지는 오빠의 예상 밖의 행동에 당황한 듯 쉽게 말을 잇지 못했다. 오빠의 표정엔 한 치의 변화도 없었다.

아버지가 손을 들었다. 폭력의 강도가 평소보다 더 세졌다. 아버지는 오빠의 얼굴에 사정없이 주먹질을 했다. 발은 쉴 새 없이 오빠의 배를 걷어찼다. 아버지는 자신이 행사할 수 있는 모든 폭력을 사용했다. 하지만 오빠는 전혀 아파하는 기색을 보이지 않았다. 입가에 미소를 띠우며 계속 여유를 부렸다. 오빠는 더 이상 아버지를 무서워하지 않았다. 오히려 아버지의 폭력을 즐기는 것처럼 보였다.

아버지가 제 풀에 지친 듯 거친 숨을 내쉬며 오빠를 노려봤다. 아버지의 눈빛이 바뀌어 있었다. 예전에 오빠에게서 자주 볼 수 있었던 눈빛이었다. 어느 새 아버지는 온몸을 부들부들 떨고 있었다.

그날 이후로 아버지는 오빠를 무서워하기 시작했다.

어느 날 아버지가 돼지고기를 사왔다. 아버지는 돼지고기가 담긴 비닐봉지를 들고 곧바로 주방에 갔다. 금세 고기 굽는 냄새가 집안에 진동했다.

아버지는 덜 익은 고기를 먹고 있었다.

노벨상과 순수과학

누구나 한 번쯤은 오존층 파괴 문제 관련 글을 읽어본 적이 있을 것이다. 최근 더 확대된 오존홀의 상태가 위성사진으로 보도가 되면서 오존층 파괴 및 오존홀에 대한 궁금증이 생겼다. 또한 이를 계기로 하여 혹시 오존층에 대한 연구로 노벨상을 받은 과학자가 있었는지에 대해서 찾아보았다. 필자는 찾아낸 과학자 중에서 오존층에 대한 산화질소류 분자의 영향에 관한 연구로 1995년에 몰리나와 롤런드와 함께 노벨상을 공동 수상한 크루첸이라는 화학자에게 관심을 가지게 되었다.

그리고 아산화질소와 같은 기체 분자들이 오존층 파괴에 어떤 영향을 끼칠까 더 자세히 알고 싶어 크루첸의 연구에 관한 자료들을 조사해 보았다. 조사해본 결과 $NO + O_3 \rightarrow NO_2 + O_2$, $NO_2 + O \rightarrow NO + O_2$, $O_3 + uv-light \rightarrow O_2 + O$, $\neq t : 2O_3 \rightarrow 3O_2$ 와 같이 간단한 화학반응식으로 압축될 수 있는 결론으로 내어진 논문이었다. 자외선의 고에너지가 대기, 구체적으로 성층권의 기체 분자 조성을 깨뜨릴 수 있다는 것이었다. 이와 같은 연구에 노벨상이라는 큰 의미를 부여하게 된 것은 세계인들에게 오존층 파괴에 대한 경각심을 일깨워 준 것에 기인했다고 사료된다. 하지만 필자의 입장에서 크루첸의 연구는 다른 년도의 노벨상 수상자들과 달리 간단히 보였다. 예를 들어 가장 최근에 노벨화학상을 수상한 대니얼 셰시트먼은 준결정이라는 것을 새로이 발견해

내어 화학계에 큰 파장을 주었다. 그리고 그 내용을 더 자세히 알기에는 전문화된 지식이 필요해 보였고 평소 화학에 관심이 많은 나로서는 두 논문의 난이도 차가 너무 커보였다.

필자는 과학에 대한 업적이 때에 따라 치우치는 신축성을 가진 심사가 아닌 엄격한 준칙에 따르는 객관성으로 평가되어야 마땅하다고 생각한다. 물론 아산화질소와 같은 물질은 과거와 현재 오존층 파괴에 심각한 영향을 미치고 있다. 그리고 연구 발표에 의거하여 초음속 여행기에서 다량 배출되는 산화질소의 양을 줄이기 위해서 대대적인 해결책이 제시되었다. 그러나 그 심각성의 정도는 후속 연구들이 밝혀낸 결과일 뿐이다. 위 연구들은 크루첸이 발표한 연구 결과에 의해 나온 직접적인 결론이라고 보기에는 어려운 감이 없지 않아 있다. 오히려 오존층 파괴에 대한 효과적인 대책을 제시한 후속 연구들에 대한 노벨상 수여가 이루어야 마땅하다고 생각한다.

좀 더 깊이 논의를 전개해본다면, 노벨상은 그 상의 권위가 너무 높다. 과학자에게 주어지는 가장 큰 명예가 노벨상이지만 그 존재가 유일한 것도 문제이다. 더욱더 문제라고 보이는 점은 연구에 대한 평가도 다분히 주관적이라는 것이다. 물론 크루첸의 업적을 깎아내리고자 하는 의도는 없다. 하지만 이미 공공연히 알려져 있던 산화질소류의 영향에 대해 그저 연구논문을 썼을 뿐인데 그에 따른 보상이 너무 크다는 데에 문제가 있다.

평가가 주관적이라고 밝힌 이유는 그가 밝힌 산화질소류 분자에 의한 오존층 파괴 문제가 쉽게 해결될 수 있다는 점에 있다. 산화질소는 대부분 토양에서 기원한 것이 많다. NO와 NO_2을 비롯한 여러 종류의 산화질소는 고온에서의 분해 또는 Ce 전극을 이용한 상온에서의 분해 방법이 존재한다. 덧붙여 농경방법에 있어서 헤어리베치라는 작물을 이용해서 화학비료로부터 나오는 산화질소를 방출·억제하는 방법 또한 존재한다. 문제점을 제시하고 이에 대한 해결책이 수상자의 연구 결과로 거의 유일하게 존재한다면 이 연구가 가치 있다고 볼 수 있을 것이다. 하지만 단지 문제점을 제시하고 그 심각성을 인지하는 데에 시초가 되었다는 공로만으로는 과학 최고의 명예를 얻기에 불충분하다고 여겨진다.

　필자가 생각하기에 노벨상을 받기에 자격이 불충분하다고 보이는 과학자가 한 명 정도 더 있다. 그 과학자의 이름은 Kary B. Mullis으로 PCR(Polymerase Chain Reaction)이라는 DNA증폭방법으로 1993년 노벨상을 수상했다. 2체인 DNA를 싱글로 분리한 후 DNA 합성효소에 의한 2체 DNA 합성을 반복하여 DNA를 증폭하는 방법이 바로 PCR이다. 이 방법은 상용화되어 의학 또는 범죄 수사 등에 쓰이고 있으며 마이크로 부품을 PCR칩에 응용하는 연구가 진행되었고 진행 중에 있다. DNA를 증폭시키기 위해 80~90도로 온도를 높여서 DNA를 denaturing하고 Polymerase라는 효소를 이용하여 annealing 하는 것은 기존의 과학자들이 당연히 알고 있던 DNA의 복제 원리이다. 단지 이 방법의 단점은 80~90도로 가열할 때 기존에 첨가한 Polymerase가 효소, 즉 일종의 단백질이라는 사실에 의하여 변성·파괴된다는 점에 있었다. 따라서 기존 PCR 방법을 사용하여 DNA를 증폭시킬 때는 때에 맞추어 Polymerase를 꾸준히 넣어주어야 하는 불편함이 존재했다. 이러한 상황에서 Kary B. Mullis는 다 차려져 있는 밥상에 숟가락 하나를 얹어 놓듯 한 원리만을 이용하여 노벨상을 탔다. 그는 기존 PCR 방법에 미국 Yellowstone의 Old Faithful Geyser 등 높은 온도에서 증식과 물질대사가 가능한 thermus aqauticus와 같은 생물의 Polymerase를 이용했다. 고온에서도 견디는 특정 생물의 Polymerase를 초기에 다량 첨가해줌으로써 매 단계마다 Polymerase를 첨가해주어야 하는 불편함을 없앤 것이다. 그러나 이는 새로운 발견이라고 하기보다는 기존 기술을 발전시킨 하나의 아이디어에 불과하다. DNA 증폭의 효율성을 높인 것에는 큰 의의를 둘 만하나 이미 특허 상용화로 많은 돈을 벌어들인 그에게 노벨상이라는 영예까지 쥐어준다는 것은 생각할 만한 문제라고 본다. 그는 응용한 것이지 새로운 과학적 발견을 한 것은 아니기 때문이다.

　적합한 비교 대상이라고 보기에는 의견이 분분하겠지만 신으로 받들어지던 뉴턴의 물리 법칙을 한 번에 뒤흔든 아인슈타인의 상대성이론을 예로 들어보자. 그렇다고 아인슈타인이 노벨물리학상을 받지 못한 불운의 과학자는 아니다. 그는 상대성이론으로는 상을 받지 못했을 뿐 광전효과라는 빛의 성질 증명에 관한 연구로 받았기 때문이다. 물론 아인슈타인이 상대성이론으로 노벨상을 받지 못함에는 그 시대상 나름의 이유가 있었겠지만 그 누구도 생각지 못한 새로운 발견인 상대성이론과 Mullis의 PCR 기술응용의 과학적 위상의 차는 현저히 존재하지 않을까 싶다.

　그렇다면 무엇이 노벨상을 객관화 시킬 수 있을 것인가. 그 답은 두 가지로 나뉠 수 있을 것 같다. 상을 수여하는 주체와 시기를 조정하는 방안이 있지 않을까?

　첫 번째로 상을 수여하는 주체를 객관화할 필요가 있다. 이를 위해서는 세계 각국에서 나라를 대표하는 사람을 한 명씩 선정하여 노벨상위원회에 포함시켜야 될 것으로 보인다. 논지를 살짝 벗어나지만 우리나라 문학계의 거장 고은 선생을 예로 들어보자. 고은 선생은 노벨문학상 후보에 여러 번 노미네이트되었지만 우리나라 말에서만 느껴지는 특유의 느낌과 향토적 색깔이 번역 과정에서 사라지면서 번번이 노벨상 문전에서 좌절하셨다. 노벨상의 경우 상을 수여하는 주체의 대부분이 서양권의 사람들이기 때문에 수상자 명단을 보아도 서양 사람들에게 많이 편중된 느낌을 없지 않아 받는다. 서양의 과학이 많이 발달하였고 그에 따라 많은 우수한 인재들이 있음에는 이견을 달 의향이 없다. 그러나 동양의 과학 역시 이에 뒤처지지 않을 만큼 발달하였으며 특히 나노 및 생명공학에 있어서는 우리나라와 일본에서 눈에 띄는 연구 성과를 내는 것으로 알려져 있다. 이들에게 노벨상을 수여함으로써 미래의 연구에 동기부여를 만들어주어 지식 측면에 있어서의 세계화를 이룩하는 것이 어떠할까 싶다. 만연해 있는 신자유주의적

거대 기업에 의한 억지 세계화가 아닌 지식의 세계화가 더 가치 있는 것이 아닐까.

　두 번째로는 상을 수여하는 시기를 조정할 필요가 있다고 생각한다. 앞에서 이미 예를 들었듯이 아인슈타인의 상대성이론은 일반인이 보기에도 노벨상을 받을 만큼의 큰 의의를 갖는다. 특수/일반 상대성이론은 과학사의 전환점이었음에도 불구하고 아인슈타인은 이에 대해 수상하지 못했다. 수상 시기를 특정 년도에 한정시키지 않고 간격을 두어 몇몇의 경우에 한하여 상을 줄 수 있도록 정한다면 이러한 불상사는 최소화 할 수 있을 것으로 보인다. 또한 Mullis의 PCR이 과학적 원리에 있어서 과학사에 큰 족적을 남기지 못할 만큼의 수준임을 지각하는 것도 수상 시기를 늦추는 방법을 통해 해결할 수 있는 문제라고 생각된다.

　노벨상이 위와 같이 객관화되고 수여과정에서의 투명성과 합리성이 보장된다고 하더라도 순수과학에 있어서의 업적이 없다면 소용이 없다. 특별히 우리나라는 업적 즉 뛰어난 연구 성과를 남기는 데에 어려움이 있다. 왜냐하면 우리나라의 과학은 취약한 순수과학 인프라를 기반으로 한 공학 중심의 불안한 역피라미드의 형상을 띠고 있기 때문이다. 순수 자연과학에 대한 연구가 충분히 이루어지지 않은 채 외부의 지식을 잠시 빌려와 응용하여 공학만 발전시킨다면 윗부분만 거대해진 피라미드는 쓰러지는 것이 필연이다. 순수과학에 대한 인프라 조성이 필수불가결하다. 순수과학에 대한 대중들의 관심을 환기하고 정부 차원에서 많은 투자를 많이 할 필요가 있다. KAIST와 같이 특수한 목적을 갖고 세워진 대학교가 더 많이 설립될 필요가 있으며 동시에 연구비에 대한 투자 또한 그 규모가 커져야 한다고 본다. 이는 우리나라에 국한된 문제가 아니다. 세계의 여러 나라들도 단기적 이윤 추구를 위해 공학에 보다 많은 투자를 하는 것으로 알려져 있다. 공학 역시 중요하지만 그보다 우선시 되어야 하는 것은 순수한 과학 그 자체가 아닐까 싶다. 순수과학의 발전에 있어서 노벨상은 단지 여러 가지

방안 중 하나인 것이다. 인류의 발전을 위해 노벨상이 보다 객관화되고 대
중의 순수과학에 대한 관심이 높아지기를 기원한다.

The ruler

1961년 캘리포니아 공과대학교 칼텍에서는 당대 최고의 물리학자로 손꼽히던 리처드 파인만이 물리학 강의를 하고 있었다. 파인만은 칼텍에서의 강의에서 이와 같이 말했다.

'수학적 정의는 모든 논리가 완벽하게 정리되어 있는 수학 자체에 도움이 될 수도 있지만 물리학은 천만의 말씀이다. 물리적 세계는 앞에서 다루었던 바다의 물결이나 잔속에 담긴 와인처럼 복잡하기 그지없기 때문에, 완벽한 정의나 완벽한 논리를 바라는 것은 애초부터 무리이다.'

그리고 2011년, 한국에서 유위라는 이름의 한 물리학자는 이와 같은 말을 남겼다.

'저는 어렸을 때 리처드 파인만의 강의록을 매우 좋아하였고, 자주 읽었습니다. 그 강의에서 파인만은 완벽한 것은 없다고 하였습니다. 하지만 저는 그렇지 않을 것이라고 생각합니다. 무언가를 완벽히 이해할 수 있다면, 그것을 지배하는 것과 같다고 상상하곤 하였습니다. 물론 지금의 이론으로는 말도 안 된다고 하지만 언젠가는 그런 때가 올 것이라고 믿습니다.'

그로부터 60년 후, 파인만을 동경하던 한 물리학자의 상상이 현실이 되었다.

2071년, 물리학계에는 혁명이 일어났다. 2071년 노벨상 수상자는 단 한 명으로, 그는 최초로 '노벨과학상'을 수상하게 되었다. 노벨과학상은 2071년에만 수여하게 되는 특별상으로 수상 이유는 단 하나, '물리, 그 진정한 의미를 알게 되었다'였다.

"엄마! 오늘 9시에 노벨상 시상식을 TV에서 방송한대!"

한국의 한 아이가 텔레비전을 보면서 크게 외쳤다. 아이의 엄마는 관심 없다는 표정이었지만, 모든 채널에서 노벨상 시상을 하고 있었다. 그 해의 노벨상 시상은 생방송으로 세계 전체에 전해지고 있었다.

"음…… 요즘은 번역기가 보급화 되었으니, 그냥 편하게 한국말로 하겠습니다."

긴장을 한 기색이 역력하였다. 조심스럽게 말을 하는 그의 얼굴에는 텔레비전을 통해 보고 있는 시청자들에도 보일 정도로 식은땀을 흘리고 있었다. 대학을 다니고 있는 그는 정장이 어색한지 넥타이를 만진 후 계속 말을 하였다.

"이번 노벨과학상을 받게 되어서 영광입니다. 많은 분들이 알고 계시겠지만, 이번 노벨과학상을 받게 된 이유는 '물리'라는 의미를 알렸기 때문이 아닐까 합니다. 물리는 말 그대로 모든 사물의 이치를 이해하고 서술하는 학문입니다. 과연 이치를 이해한다는 것이 무엇일까요? 과거의 이론은 완벽히 서술하는 것조차 불가능하다는 것을 정설로 받아들이고 있었습니다."

많은 사람들이 그의 말에 귀를 기울이고 있었다. 숨소리조차 들리지 않는 정적 속에서 그는 말을 이어나갔다.

"2011년, 저의 할아버지이신 유위 물리학자는 무언가를 완벽히 이해할 수 있다면 그것을 지배하는 것과 같다고 상상하곤 하였다고 합니다. 그 당시의 이론으로도 불가능하다고 믿어진 것을, 그는 언제나 꿈꿔왔다고 합니다. 혹시 끌어당김의 법칙을 아시나요? 과학적으로 증명된 법칙은 아니지만, 뭔가를 간절히 바라면 이루어진다는 내용의 법칙입니다. 그래서 저도 간절히 상상을 해보았습니다. 과연 '이해를 통해 지배를 할 수 있을까?' 하고 말이죠"

그는 입이 바짝 말랐는지 자꾸만 입술을 달싹였다.

"그리고 그것은 가능함을 깨달았습니다. '무언가를 이해하면 그 무언가를 지배할 수 있다는 것'을 말이죠. 이론적으로도 완벽히 서술하였고, 실제로 그것을 실증할 수 있습니다. 저는 이것을 '이해를 통한 지배'라고……."

시상식에 모여 있던 사람들은 웅성이기 시작하였다. 이론적으로만 밝혀졌다고 알려져 있었는데, 실증할 수 있다니 놀랄 수밖에 없었다. 무관심하던 아이의 엄마도 텔레비전에 귀를 기울였다.

"조용히 해주십시오. 여기서 처음으로 실험을 보여드리겠습니다. 사실 공개하려 하지는 않았는데, 노벨상을 일반인이 이해하는 것이 어렵다는 것을 알기에 지배라는 의미를 정확히 전달하고자 준비하였습니다."

웅성이던 소리가 잦아들었고, 이내 다시 정적이 흘렀다.

"여기 공이 있습니다."

그는 공을 하나 꺼내서 손에 쥐고 있었다.

"이렇게 하면……."

그는 높이 공을 던졌다. 그리고 믿기지 않는 일이 벌어졌다. 공이 공중에서 자유자재로 움직이는 것이었다! 시상식은 매우 시끄러워졌고, 아이의 엄마는 어느새 텔레비전을 보고 있었다. 몇몇 사람들은 마술, 사기라고 말하였다. 하지만 마술이라기엔 너무나 자연스러웠다. 공이 공중에서 움직이는 것을 보며 사람들은 감탄과 놀라움, 당황, 정말 말로 표현할 수 없는 감정을 느꼈다.

"마지막으로 짧게 말하겠습니다. 저는 이해를 통한 지배가 가능한 것은 밝혔습니다. 하지만, 이해를 하는 방법까지는 아직 설명을 하지 못하고 있습니다. 저 말고도 다른 사람들이 이해를 통한 지배를 하게 되길 바라며,

저는 이만 가보겠습니다."

"엄마! 나도 저거 할래!"

아이가 어리광을 부리지만 아이의 엄마는 놀라움에 텔레비전에서 눈을 떼지 못했다. 시상식의 사람들도 마찬가지였다. 믿기지 않는 장면들을 보여주는 그는 흡사 신으로 보이기까지 하였다. 갑자기 말을 마친 그는 혼잡해진 사이에 어디론가 사라졌다. 믿기지 않는 그 상황 속에서 그는 종적을 감추었고, 그가 숨어서 지구 정복을 준비한다는 등 여러 소문만 남게 되었다. 2071년 12월 6일 노벨상 수상자는 유레카, 한국의 물리학자이자 유일한 노벨과학상 수상자였다.

노벨상 시상식이 있고 한 달 후.

한국과학기술원인 KAIST는 한국 과학 기술의 발달로 뛰어난 연구 실력을 가지고 있었다. 특히 KAIST에서는 전기생리학에 대한 연구가 활발하였다.

"여기, 이 과정을 알게 된다면 우린 성공이네. 이 분야를 이해할 수 있을지도 몰라!"

"드디어 하나 남았군요, 허몽룡 교수님!"

허몽룡은 어렸을 때부터 신체에서 일어나는 생체 전기 신호 전달의 과정을 알아내고 싶어 하였다. 열심히 공부한 끝에 젊은 나이에 교수를 하게 되었고, 벌써 생체 전기 신호 전달의 대부분을 이해하고 있었다. 허몽룡은 KAIST에서 연구를 하여 알아낸 결과를 통해 현재 남은 단 한 과정만이 미해결이라고 생각하였다.

"그럼 이 경로는 어떤가요, 교수님? 이 방법이라면 남은 한 과정의 생체 전기 신호 전달이 가능하지 않을까요?"

"아니, 이 경로는 불가능해. 이 부분에서 에너지가 보존되지 않는군."

"아, 그렇군요. 다시 한 번 생각해보겠습니다."

세상은 이해를 통한 지배에 열광하고 있었지만 그는 이해를 통한 지배에는 관심이 없었다. 그저 학문적인 호기심으로 이 연구에 참여하였다. 처음에 많은 사람들이 불가능이라 하며 무시했지만 그는 벌써 한 과정만 불분명할 뿐, 나머지 과정을 설명할 수 있게 되었다.

"그럼, 이 과정은 내일 다시 생각해보지."

"네, 안녕히 가십시오, 교수님. 아, 그런데 올해 노벨상 수상하는 거 보셨어요? 장안의 화제던데……."

"음, 그 장면을 잊을 수가 없지. 나도 정말 놀라면서 봤다네. 하지만, 그건 마술이 아닐까? 내가 보기엔 그건 연극에 불과하다고 생각하네. 그렇지 않으면 왜 숨어있겠나? 그럼 내일 보도록 하세."

"네, 안녕히 가십시오."

그는 흰색 실험복을 입은 채 연구실을 나갔다. 그의 머릿속에는 항상 우리 몸의 정보를 어떻게 전달하는지에 대한 생각으로 가득했다.

'남은 한 경로는 혹시 중간에 다리 역할을 하는 게 있는 건 아닐까? 아니면 전기장의 변화가 자극을 줄지도 몰라. 내일 연구실에서 실험해봐야겠군.'

그는 집에 돌아와 옷도 벗지 않은 채 누워버렸다. 이렇게 힘든 일을 매일같이 하는 이유는 그저 이 과정을 알아가는 것이 즐거울 뿐이다. 하지만 아무도 하지 않는 분야를 개척하는 역할이라 생계가 안정한 편은 아니어서, 가족들에게 잘 해주지 못해 미안할 때가 많았다. 귀여운 딸과 사랑하는 아내에게 모든 것을 주고 싶었지만, 내 사정에 말이나 되는가?라는 생각이 들었다. 그는 다시 남은 한 과정을 고민하였다. 갑자기 연구원의 말이 떠올랐다. '올해 노벨상 수상하는 거 보셨어요?' 암, 물론 기억나고말고 그날 세상이 발칵 뒤집혔지. 그건 말도 안 되는 사기이다. 이미 능력자가 몇 명 나왔다고 하는데, 지금 능력자라고 하는 사람들은 다 사이비 종교의 광신도겠지. 어떻게 이해하는 것만으로 그것을 지배한단 말이지? 이건 인체의 전기 신호 전달 방식으로는 이해할 수 없는 부분이야. 그는 유레카의 말을 부정하였다. 문득 그는 이 연구를 하기 전 사람들의 비난과 가족들의 슬픈 눈빛이 떠올랐다. 안정적이지 못한 성과와 수입, 가족들의 불안은 늘어만 갔었다.

여러 생각에 잠이 오지 않던 그는 다시 일어나서 고민을 하기 시작하였다. '이 전기적 흐름은…… 음…… 그렇군…….' 불현듯 그는 무언가를 떠올렸다. 혹시, 유레카의 말이 맞지 않을까? 아니, 그게 왜 갑자기 떠오르는 거지? 그는 궁금해졌다. 정말 유레카의 말이 맞을까? 만약 맞다면…… 이 과정이 이렇게 돼야 하겠지. 음……? 그는 갑자기 할 말을 잃었다. 유레카의 말이 맞다면 남은 과정이 자연스럽게 설명될 수 있는 것이었다. 자신이 생각하고도 상당히 간단하면서도 깔끔하게 설명할 수 있다는 것이 놀라웠다. 그는 떠올린 것을 빠르게 종이에 적고 잠에 들었다.

아침 일찍 일어나서 전날 밤 고민한 방법을 검증해보려고 하였다. 짐도 챙기지 않은 채 빠르게 연구실로 갔다.

급한 마음에 허몽룡은 달리기만 하였다. 횡단보도를 건너려는데, 달려가는 허몽룡 앞에 차가 한 대 보였다. 크기도 엄청 큰데 안전선을 넘어도 한참을 넘어서, 신호조차 보이지 않을 정도였다.

'정말 예의가 없군. 좀 뒤로 가면 안 되나?'

허몽룡은 앞으로 나온 차의 운전사를 노려보며 생각했다. 그때, 생각을 들어주기라도 한 듯이 큰 차는 뒤로 가기 시작했다.

'진작 가지, 이상한 사람이네.'

그런데 갑자기 무언가 찌그러지는 소리가 들렸다. 큰 차의 뒤에 있는 차가 깔리고 있었다. 허몽룡은 어찌나 당황했는지, 그 자리에서 멈춰버렸다.

'저 사람 미친 거야? 뭐하는 짓이야! 어서 앞으로 가지 않고!'

말도 못하고 발만 구르고 있는데, 갑자기 큰 차는 앞으로 빠르게 나아가더니 전봇대에 그대로 부딪혀버렸다. 브레이크가 말을 안 듣나? 아니, 저렇게 세게 부딪혔는데도 앞만 보고 있잖아?

그는 갑자기 이상한 느낌이 들었다. 뒤로 갔으면 좋겠다고 생각하니 뒤로 가고, 앞으로 가라니 앞으로 가고 우연이겠지 생각하면서도 자기도 모르게 운전자를 보고 있었다.

'멈춰!'

헛바퀴를 돌던 차가 갑자기 멈추었고, 갑자기 운전사가 정신을 차린 듯이 문을 열고 나왔다.

"이게 뭐야! 내가 이랬다고?"

운전사는 믿기지 않는다는 표정이었다.

"설마…… 유레카의……? 그렇다면 사람을 지배할 수 있다는 건가……?"

허몽룡의 이상한 느낌이 사실이 되어가는 것 같았다. 그는 밖으로 나온 운전사를 보며 한 번 더 정신을 지배해보기로 하였다. 그가 논문에 올리려 하였던 생체 전기 신호 전달 방식을 생각하니 쉽게 제어할 수 있었다. 정말인지 알아보려고 이상한 동작을 생각해도 정확히 일치하는 것을 보고 허몽룡은 소름이 끼쳤다.

'그리고 그것은 가능함을 깨달았습니다. '무언가를 이해하면 그 무언가를 지배할 수 있다는 것'을 말이죠. 이론적으로도 완벽히 서술!'

유레카의 노벨상 시상식 연설이 떠올랐다. '무언가를 이해하면, 그 무언가를 지배한다.'라는…… 허몽룡은 손을 펼쳤다.

"그래, 이 능력이라면…… 원하는 모든 걸 할 수 있어! 세상을 지배하는 일도……."

다시 주먹을 쥔 그는 거리로 나섰다.

허몽룡은 강한 능력이 필요하다고 생각했다. 전에 같이 연구를 했던 괴짜 연구원 제갈륜을 찾아가기로 결심하고 택시를 잡았다.

"어디로 가시……."

택시기사는 인사말을 건네자마자 의식을 잃더니, 누가 알려주기라도 한 것처럼 제갈륜의 집으로 갔다.

딩동― 딩동―

"이렇게 기분 나쁜 자기장은 허몽룡인가보구만?"

한 남자가 문을 열며 말했다. 하지만 그는 더 이상 말을 할 수가 없었다.

'한 명 확보했군.'

허몽룡이 돌아가려 하는데 집 안에서 제갈륜의 쌍둥이 형 제갈현이 나왔다.

"너는 누구지? 어떻게 내 동생을 지배하는 거지?"

허몽룡은 말없이 제갈현을 지배하려했다. 제갈현은 갑자기 당황한 표정을 지었다. 그러나 이상하게도 제갈현은 멀쩡하였다.

'뭐지? 지배가 안 걸린다?'

그는 당황하여 그 자리에서 도망치려하였다.

"멍청한 녀석…… 전기장 형성!"

제갈현은 수많은 하전 입자를 모으기 시작하였다. 전리된 입자들은 플라즈마 상태에 도달하였다.

"공기중이라 충전이 힘들군. 전기장 변형!"

고온의 플라즈마 덩어리가 빠르게 가속되어 허몽룡에게 날아갔다. 허몽룡은 침착하게 제갈륜을 조종하였다.

"자……기장…… 발생……."

이온 상태의 하전 입자는 구심력 형태로 로렌츠 힘을 받고 크게 원을 그린 후 제갈현에게 되돌아갔다.

"이런! 전기장 형성!"

강한 전기장으로 플라즈마 상태의 입자들이 궤도를 살짝 틀었고, 제갈현 옆을 지나쳐 뒤로 날아갔다. 고에너지 입자가 충돌하며 엄청난 양의 에너지가 방출되었고, 그 틈을 타서 허몽룡은 제갈륜과 함께 도망을 쳤다.

"뭐야? 내 동생을……!"

허몽룡의 얼굴에는 엷은 미소가 띠었다. 하지만 한편으로는 걱정도 하였다.

'대체 제갈륜은 지배가 되는데 제갈현은 왜 안 되는 거지?'

그는 지배의 첫 실패에 적잖이 당황하였다. 제갈현처럼 강한 자를 적으로 둘 수밖에 없다면, 더 많은 사람이 필요하였다.

'다음은 누구를 지배할까……'

그는 또다시 택시를 타고 어딘가를 향해 갔다.

한편, 제갈현은 동생을 잃고 나서 허몽룡의 목표를 직감하였다. 게다가 그는 허몽룡의 능력을 간파하였다.

'그 전기장 변화는 내 생체 전기 신호의 교란이 목적이었던 것 같았어. 나와 내 동생의 강한 능력을 모으는 것이라면 뭔가 큰일을 벌이려나보군. 아~ 내 동생 강한데……'

제갈현은 이를 해결하기 위해서는 그에 대항할 강한 팀을 구성해야 한다고 생각하였다.

저녁 즈음 백운산 앞에 두 남자가 서성였다. 그들은 심각한 목소리로 말하고 있었다.

"그래서 널 찾아왔어, 레카야."

레카라고 불려진 남자는 고민하는 듯하였다.

"그게 사실이라면 매우 위험한 걸? 사람을 지배한다니, 강한 자들을 어서 모아야겠네."

제갈현은 유레카와 친한 고등학교 친구로, 잠적한 유레카의 위치를 알고 있는 몇 안 되는 사람 중 한 명이었다.

"그럼, 우리 고등학교 시절 동아리 멤버를 다 모으는 거야?"

유레카는 고개를 끄덕였다.

"그럼 내가 파동 능력자를 데려올게."

"서강원을 말하는 건가? 그렇다면 내가 무기 합성 능력자인 조훈을 데려오지. 많아봤자 미행만 당하니까, 각각 한 명씩만 데리고 오자."

유레카는 조용한 목소리로 말하였다.

"그럼, 친구들 데리고 내일 이곳에 3시에 와."

유레카는 이렇게 말한 뒤, 산의 나무를 조종하여 산 입구를 가린 후 그곳으로 들어갔다.

"알았어! 그때 봐!"

제갈현은 혹여나 들리지 않을까 크게 외쳤다.

12월 초의 겨울은 낮에도 여전히 더웠다. 햇볕이 쨍쨍 내리쬐는 오후. 백운산 앞에 몇 사람이 모여 있었다.

"다들 서로 기억하지?"

유레카가 둘러보며 말했다.

"당연하지. 이 능력을 얻기 위해 우리가 얼마나 노력했는데."

조훈이 말했다.

"고등학교 시절이 정말 즐거웠지. 학교 바로 뒤에 이런 좋은 산을 두고도 자주 올라와 보지도 못하고 실험실에서 밤샘 했었는데…… 학교 축제나 수행평가로 UCC 제작한다고 산 중턱까지 뛰어다닌 16기 선배들, 18기 친구들도 있긴 했지만…… 네가 논문만 발표하지 않으면 우리의 발견은 평생 비밀이 되었을 텐데 말이야."

서강원이 옛일을 회상하며 말했다.

"다들 얘기는 들었지?"

제갈현이 말했다. 모두 고개를 끄덕였다.

"지금 상황을 보면, 허몽룡이 이상한 일을 꾸미고 있는 게 분명해. 내 동생도 데려갔으니까."

"현의 말이 맞아. 하지만 언제인지도 모르고, 백날 기다릴 수도 없겠지. 내가 허몽룡의 활동이 시작되면, 모두에게 연락할게."

유레카가 진지한 표정으로 말하였다. 다들 알았다는 듯 고개를 끄덕였다.

"그런데, 어떻게 연락할거야? 암호라도 만들어두지?"

조훈이 말했다.

“PSJSP.”

제갈현이 서강원을 보며 즉시 대답했다.

“뭐? PSJSP? 그거 지진파 아니야?”

“맞아, 강원이의 능력을 보면 고등학생 때 그 문제 틀린 게 아직도 기억나.”

제갈현의 말에 조훈도 왠지 수긍하는 눈치였다. 서강원의 얼굴이 굳어졌다.

“그래, 암호는 PSJSP로 하자. 그 말, 확실히 아무도 모를걸? 내가 PSJSP라고 말하면, 그 말을 한 날 오후. 2시에 여기서 보자.”

“뭐야, 이대로 벌써 헤어지는 거야? 오랜만인데?”

제갈현은 아쉬운 눈치였고, 서강원은 회사일이 바빠 일찍 가야한다고 하였다.

“아쉽게 됐네. 그럼, 나중에 보자.”

서강원의 말을 마지막으로 모두들 다음을 기약하며 발걸음을 옮기기 시작했다.

한적한 여름의 오후, 한 남자가 길을 걷고 있었다. 남자는 지도를 살펴보더니, 한 집 앞에서 걸음을 멈추었다. 집 앞에는 ‘홍요식’이라는 이름이 새겨져있었다.

“여기인가, 홍요식의 집이.”

이해를 통한 지배를 하는 것은 상당히 어려운 일이다. 그래서 대부분의 사람들은 하나의 능력을 가지고 있는데, 세계적으로 유명한 물리학자이자 능력자인 홍요식은 두 가지의 물리량을 전환할 수 있는 특별한 사람이었다. 그는 질량과 운동에너지가 같은 의미임을 깨닫고, 그 둘을 전환할 수 있었다.

남자는 초인종을 눌렀지만, 인기척은 느껴지지 않았다. 모자를 푹 눌러쓴 모습이 범죄자로 오해받기 쉬워보였다. 서서 기다리기를 10분쯤 하자,

한 사람이 남자를 향해 외쳤다.

"제 집 앞에서 뭐하시는 거죠?"

"이제 온 건가…… 기다린 보람이 있군."

남자는 웃으며 말했다. 남자는 홍요식을 향해 천천히 돌아섰다.

"아…… 아니! 뭐지……?"

홍요식이 도망치기 위해 항상 들고 다니는 고밀도의 추의 질량을 운동 에너지로 바꾸려 하였다. 하지만 이미 홍요식은 의식을 잃은 지 오래였다.

'가장 힘들 것이라 생각했는데 다행이군. 다음은 박현정이다.'

남자는 홍요식의 능력을 이용하여 엄청난 속도로 박현정의 집에 도착하였다.

박현정은 특정 구간의 거리와 세기에서 보다 체계적이고 명확히 중력을 서술하는 이론을 세워 아인슈타인의 중력 이론을 올바르게 수정한 것으로 알려진 물리학자이다. 그녀는 집 근처의 가게에서 물건을 사고 있었다.

"저 혹시, 박현정이십니까?"

"네, 맞습니다만, 무슨 일이시죠?"

박현정은 한 치의 의심도 없이 말하였다. 남자는 말없이 서 있었고, 그녀의 눈에 초점이 사라졌다. 남자는 여전히 말없이 길을 걸었다.

어느덧 1년이라는 시간이 지나, 2072년 12월 5일이 되었다. 꽤 많은 물리학자들이 이해를 통한 지배를 하게 되었고, 일반인들도 고도의 물리실력을 갖추게 되면서 하나 둘 이해를 통한 지배를 하게 되었다. 놀라운 능력들이 알려지고 많은 사람들이 이해를 통한 지배를 하게 되자 너나 할 것 없이 다들 물리를 공부하였고, 다양한 능력들이 나타났다. 사람이 개성이 있듯이 그 능력에도 종류가 다양하였는데, 이해한 것과 그 정도에 따라 능력이 달랐다. 사람들은 이를 이용하여 외부 행성을 통해 자원을 무한히 공급받고, 에너지 걱정을 하지 않게 되는 평화를 누리게 되었다. 학교에서도

‘이해’라는 과목을 가르치기 시작하였다. 이해는 과거의 물리라는 과목과 이해를 통한 지배를 합친 융합과목을 말하는 것이었다. 그리하여 고작 1년이라는 시간 동안 많은 사람들이 능력을 발휘할 수 있게 되었다.

길거리에는 모자를 눌러쓴 남자가 눈에 띄었다. 그의 옆에는 1년 전부터 이해를 통한 지배 능력을 얻어 유명하였던 사람이 셋이나 있었다. 자기장을 지배하는 제갈륜, 질량에너지와 운동에너지를 전환하는 홍요식, 그리고 제한된 조건에서 중력을 지배하는 박현정이었다.

“모자는 역시 갑갑하군. 오늘 같은 날은 모자를 벗을까.”

남자는 모자를 벗고는 하늘을 쳐다보았다. 꽤 늦은 시간이었는지 하늘이 어두웠다. 남자는 천천히 하늘을 올려다보았다. 어두운 밤하늘에 반짝이는 별 하나가 눈에 띄었다. 그는 고개를 내린 후, 주머니에 손을 넣은 채 길을 걸었다.

“12월 6일, 내일 시작이다.”

시내의 한 레스토랑.

서강원이 제갈현에게 눈짓을 했다.

“알았어, 잠시만. 근데 확실해? 그, 네 능력 뭐더라, 지진파인가?”

“파동이라고!”

“아, 알았어. 어쨌든 허몽룡이 움직이는 걸 감지한 거 맞지?”

서강원은 대답하지 않았다.

“P···S···J···S···P··· 맞나? 문자 보낸다?”

제갈현은 물어봄과 동시에 전송 버튼을 눌렀다.

“그럴 거면 왜 물어봤냐?”

서강원은 찝찝한 표정을 지었다.

“오, 오늘 5일이지? 음······ 맞아 5일이야. 그래, 6일 날 백운산으로 와. 아, 오후 2시였나? 그럴걸?”

제갈현은 쉴 새 없이 말하였다.

'누가 보면 전화하는 줄 알겠다.'

서강원은 진심으로 신기하다고 생각했다. 저 녀석은 누구랑 떠드는 거지. 문자를 말로 하나?

"어쨌든, 너를 만나서 다행이다. 이 사실을 빨리 전해야 내일 제대로 모일 것 같았거든."

서강원이 안도하며 말하자, 제갈현이 어깨를 토닥이며 말했다.

"잘했다, 강원. 그럼, 내일 보자!"

제갈현이 말을 하고 자리를 떴다. 서강원은 오랜만에 본 친구에 웃음을 짓다가, 갑자기 얼굴이 굳어졌다. 그는 카운터로 가더니, 조심스럽게 물었다.

"저…… 저기 식사 얼마죠?"

12월 초의 겨울은 작년처럼 낮에도 더웠다. 6일 오후 2시, 사람들이 하나둘 보이기 시작했다. 유레카, 제갈현, 서강원, 조훈이 순서대로 나타났다.

"정말 허몽룡이 움직이기 시작했어? 지금 어디 있는지 확인할 수 있는 거야?"

유레카가 서강원에게 물어보았다. 서강원은 대답 대신 눈을 감고 특유의 진동수를 가진 파동을 사방으로 보냈다. 눈을 감은 그의 얼굴에는 장난기라고는 찾아볼 수가 없었다.

"난 저거 보면 고등학교 때 배운 지진파 떠오르더라. 막 PSJSP 이런 거 있지 않았나?"

제갈현이 옛날 생각을 하며 말했다.

"아 나 그거 시험문제 틀렸었어. 진짜 어려워. 아직도 왜 틀린지도 몰라. 문자로 PSJSP 왔을 때 뭔가 쓰라린 거 있지."

조훈도 아픈 기억을 되살리고 있었다.

"근데 저 기술, 자신의 위치를 세상에 알리는 거 아냐? 나 여기 있소~

하고 말……."

"아, 좀 조용히 해 봐. 누가 인곽 18기 아니랄까 봐 말 많기는……."

서강원은 눈살을 찌푸린 채 말했다.

그리고 잠시 후 긴장한 표정으로 눈을 떴다.

"왜 그래? 어디쯤 있어?"

유레카가 다급히 물어보았다.

"꽤 가까운데."

"어디?"

서강원은 고민을 하더니, 이내 말하였다.

"이 산 건너. 우리랑 반대편에 있어. 너희들 말대로 이런 망할 기술 때문에 그쪽도 우리 위치를 알 것 같은데? 적어도 감지당한 건 알거야."

"거 봐. 내가 뭐랬냐. 저거 이상한 기술이랬지?"

제갈현은 자신에 찬 목소리로 말했다. 하지만 이내 서강원의 눈초리에 조용히 있었다.

"거기까지. 언제 무슨 짓을 할 지 몰라. 어서 가기나 하자."

유레카는 답답하다는 듯이 말하더니, 조훈에게 눈짓을 하였고, 그새 산을 관통하는 터널과 다리가 만들어졌다.

다들 재미있던 분위기에서 갑자기 진지해지더니 다리를 건너기 시작하였다.

다리를 반 쯤 건널 때였다.

"잠깐. 숫자는 적은데……."

서강원이 갑자기 멈춰 서서 말했다.

"왜? 적으면 좋은거 아냐?"

"음, 총 4명 있는 거 같은데? 그런데 다들 작년에 이해를 통한 지배를 시작한 고수들인 것 같아. 아주 익숙한 느낌이야."

다들 달리던 것을 멈추고 제자리에 얼어붙었다.

“지금, 우리가 고수 4명을 이겨야 하는 거야?”

조훈은 어이없다는 듯이 말하였다.

유레카는 고민에 빠진 표정이었다. 그러나 다시 다리를 건너기 시작했다.

“우선 가자. 지체할 수가 없어. 우리에게 운이 따르길 바랄 수밖에…….”

유레카의 말에 모두들 주춤하더니, 결심을 한 표정을 짓고는 다시 달리기 시작하였다.

“이 산에 유레카가 있다는 게 확실해?”

허몽룡은 의심스런 눈빛으로 제갈륜을 쳐다보았다.

“여기…… 확실하다. 방금…… 서강원의… 파동이…… 느껴졌다…….”

제갈륜의 의식 없는 말투에 허몽룡은 답답함을 느낀 것 같았다.

“저런 머저리를 내가 왜 데리고 온 건지…… 후…….”

답답해진 허몽룡은 산을 둘러보기로 하였다. 그때, 산과 어울리지 않는 철로 된 다리가 보였다.

“응……? 저건 뭐지? 물질을 변형시킨 것 같은데…… 저 능력 들어본 적이 있어.”

허몽룡은 잘 기억이 안 난다는 듯이 말했다.

“아마 이름이 ‘조훈’이었다고 했던 것 같은데. 조훈은…….”

그는 기억이 잘 나지 않는지 고개를 기웃거렸다.

“물질을 합성하는 능력자이지!”

조훈이 달려오며 외쳤다.

“각자 무기는 그대로 쓰지?”

조훈이 말했다.

“물론이지.”

조훈은 유레카에게 가볍지만 매우 단단하고 문양이 새겨진 긴 검을, 서강원에게는 진동발생기(제너레이터)를, 제갈현에게는 큰 금속구를 던졌다.

그리고 자신은 수많은 폭탄을 들었다.

"아, 물질을 합성하는 능력자였군."

허몽룡은 그제야 기억이 난 듯이 말하였다.

'그때 제갈현이 지배가 걸리지 않던 이유는 전기장 지배 능력 때문에 전기 신호를 감지할 수 있었기 때문이라 지배할 수도 없고…… 하는 수 없군…….'

갑자기 제갈륜과 홍요식, 박현정의 초점 잃은 눈이 정상으로 돌아왔다.

"응? 왜 갑자기 지배가 풀린 거지?"

제갈현은 멈춰서며 말했다.

하지만 3명의 능력자들은 여전히 유레카 일행을 향해 빠르게 달려왔다.

"잠깐 아직 지배를 당하고 있는 것 같은데? 속도만 훨씬 빠르고…… 혹시 모르니까 방심하지 마."

서강원이 의심하며 말했다. 3명의 능력자들은 겉보기에는 멀쩡하였지만 능력을 이용하여 유레카 일행을 공격하기 시작했다.

'제 아무리 능력자 초기 멤버라지만, 이런 고수들 3명은 무리겠지.'

허몽룡은 여유롭게 싸우는 모습을 구경하였다.

"진동…… 공명!"

서강원이 진동발생기를 땅에 꽂은 후 강한 진동을 일으켰고, 능력자들은 그새 균형을 잃으며 쓰러졌다.

"전기장 형성! 충전!"

제갈현이 크게 외치더니, 앞을 향해 금속구를 던지며 말했다.

"가속!"

엄청난 전기력에 의해 급속도로 빨라진 금속구는 3명의 무리에 들어갔고, 갑자기 금속구는 되돌아 나왔다.

"또, 내 동생 제갈륜의 능력인가! 이길 수가 없구만!"

제갈현이 울부짖었다.

"폭탄 투척!"

조훈은 수많은 폭탄을 던졌고 갑자기 공중에서 금속구가 폭발하였다.

"정말 놀랍군."

허몽룡은 진심으로 감탄하였다. 확실히 능력자 초기멤버는 그들의 이름이 아깝지 않았다.

"그렇다면 본격적으로 가도록 하지. 가라!"

허몽룡이 말하자, 제갈륜과 홍요식, 박현정은 모두 달려가기 시작했다.

"형! 미워하지 말라고 나도 지배당하고 있어!"

제갈륜이 빠르게 달려오며 말했다.

홍요식은 말없이 추의 질량을 이용하여 엄청난 속도로 달려갔다.

"너무 빠르잖아."

제갈현은 홍요식을 막기 위해 금속구를 날렸지만, 홍요식은 손쉽게 금속구를 피했다.

"이쪽을 잊으면 곤란한 걸?"

박현정이 중력을 이용하여 서강원의 진동 발생기를 멀리 날려버렸다.

"이런 사기꾼! 중력 능력자를 어떻게 이겨?"

서강원이 당황하며 도망치기 시작했다.

제갈현은 다시 금속구를 이용하여 제갈륜을 향해 날렸다. 하지만 제갈륜은 또다시 자기장을 이용해 금속구의 방향을 되돌렸다.

'이래서 동생을 이길 수가 없다니까.'

제갈현은 전기장을 이용해 금속구의 궤도를 살짝 틀었다.

어느새 홍요식은 유레카의 앞에 도착했고, 너클을 낀 손으로 주먹을 날렸다.

캉—

유레카는 매우 빠르게 검으로 홍요식의 공격을 막았다.

"오? 설마 이 속도를 따라잡은 건가?"

홍요식은 놀라움을 금치 못하며 계속해서 공격하였다.

캉— 캉—

정말 놀라운 일이었다. 유레카는 하나하나 홍요식의 공격을 막았다.

유레카도 빠르게 검을 내리쳤으나, 홍요식의 속도를 따라잡을 순 없었다.

'이 정도 속도면 공격을 피할 수도 있을 텐데 방어를 하다니…… 예측하는 건가?'

홍요식은 뒤로 물러서더니, 고민하였다.

"레카야, 뒤야!"

유레카는 깜짝 놀라 돌아섰고, 큰 바위가 유레카를 향해 떨어졌다.

"공명!"

뒤에서 큰 목소리가 들렸고, 바위는 격렬하게 진동하더니 큰 소리를 내며 터졌다.

"중력을 다스리는 게 이 정도로 강한 능력인가!?"

유레카는 놀라움을 감출 수 없었다. 곧이어 하늘을 뒤덮은 돌들이 운석처럼 떨어졌고, 피할 수 있는 곳은 없었다. 유레카는 날아오는 바위를 보고만 있을 수밖에 없었다.

그때, 세상이 반시계방향으로 돌더니 갑자기 모든 것이 느려졌다. 운석도, 서강원이 외치는 소리도, 달리는 모습도, 심지어 바람에 흔들리는 나무마저. 죽을 때가 된다면 모든 게 느려진다더니, 정말인가? 아니면 내가 검술을 이해했기에 이 경지에 이른 것인가? 하지만 너무 오랜 시간 동안 멈춰진 느낌이었다. 유레카는 이 상황을 이해하지 못하였다. 옆을 보니 알 수 없는 한 소년이 있었다.

"넌 누구지? 갑자기 여긴 어떻게?"

하지만 소년은 여유롭게 걸었다. 모두가 느릴 때, 그 만은 걸을 수 있었다. 그의 손목에 있는 반짝이는 시계가 눈에 띠었다. 보통 시계와는 달리,

연월일 모두 시계바늘이 있었다.

‘그러고 보니 나도 말을 할 수 있군.’

"내 이름은 TIME. 시간을 지배하는 능력자. 지금 너와 나만 시간이 느리지 않게 했지."

소년은 질문에 답하지 않고 말을 했다.

시간을 지배하는 능력자? 그런 것은 듣도 보도 못한 능력이었다.

"넌 어느 편이지?"

"난 그 누구의 편도 아냐. 도움이 필요해 보여서 온 것일 뿐. 한 15초 정도만 더 시간을 주지."

TIME은 할 말만 하는 것 같았다. 유레카는 이 상황에서 어떻게 해야 할지 고민했다.

"그럼, 그 15초를 서강원에게 줘."

소년은 의아해하였다.

"그게 누구지?"

"저기, 얌전해 보이는 녀석."

유레카는 서강원을 가리켰다.

"알았어. 설명하는 시간은 포함하지 않고 15초를 서강원에게 주지."

누군지도 모르는 소년이 갑자기 나타나서 도와준다니. 꿈만 같은 현실이었다. 서강원이라면 이 상황을 극복하는 방법이 있겠지. 유레카는 고맙다는 말을 해야겠다고 생각했다.

"고마……어? 뭐지?"

유레카가 갑자기 말을 멈추고, 서강원이 움직였다.

‘이 상황은? 시간이 멈춰진 건가?’

서강원은 주변 상황을 빠르게 파악하였다. 유레카의 옆을 보니 한 소년이 있었고, 그 소년 또한 자유롭게 움직이고 있었다.

"내 이름은 TIME. 시간을 지배하는 능력자. 지금 너와 나만 시간이 느리지 않게 했지. 유레카의 부탁으로 너에게 15초의 시간을 주기로 하였다.”

TIME이 말하자, 서강원은 15초라는 짧은 시간을 듣고 당황하였다.

“고작 15초라니, 겨우?”

TIME은 서강원의 말은 신경 쓰지도 않았다.

“시~작.”

서강원은 급히 친구들이 있는 곳의 중앙으로 달려갔다.

“10, 9, 8……”

시간은 흘러가고 있었고, 서강원은 무릎을 꿇고 집중하기 시작했다.

“5, 4, 3……”

“양자우리 형성!”

“……2, 1…… 오 가버렸군.”

갑자기 세상이 시계방향으로 돌더니, 시간이 제대로 흐르기 시작하였다.

“뭐지? 갑자기 사라졌어!”

허몽룡이 큰 소리로 따지듯이 말했다. 제갈륜은 자기도 모른다는 표정을 지었다.

“저 꼬마는 누구야?”

잔뜩 화가 난 허몽룡은 TIME을 보고 말했다.

“나? 나 말인가? 내 이름은 TIME. 시간을 지배하는 능력자.”

“TIME? 시간? 잠깐, 시간을 지배하는 능력자라고?”

허몽룡은 소스라치게 놀라며 TIME을 바라보았다.

“네가 저 녀석들, 아니 아까 그 녀석들을 어디로 보낸 건가?”

TIME은 고개를 저은 후, 휘파람을 불며 땅에 앉았다.

“금방 오려나.”

“왜 내 일을 방해하려는 거지?”

허몽룡이 물었다.

“당신은 뭘 하고 있었는데?”

TIME이 다시 물었다. 순간 허몽룡은 멈칫했다.

"나는…… 내가…… 내가 연구하고 실험한 이론을 보여 주고 싶어. 내 모든 것을 다 바쳐서 이뤄낸 성과들을 말이야. 이 힘으로 세상의 모든 것을 지배할 수 있어."

"그 방법이 이런 것인가?"

TIME이 물었다.

"당신의 과거를 돌아봐. 처음 연구를 시작한 때를 생각해 보란 말이야. 그때도 지금과 같은 마음으로 연구를 했었던가? 세상 모든 것을 지배하기 위해서? 당신은 지금 헛된 꿈을 꾸고 있는 건지도 몰라."

"헛소리 집어치워. 내가 이 힘을 갖기 위해 얼마나 피땀 흘렸는지 너는 몰라."

허몽룡이 소리쳤다.

"내가 모른다고? 과연 그럴까? 난 항상 너와 함께 있었어. 너의 과거에도, 현재에도, 미래에도 내가 있어. 다만 현재의 당신이 과거의 당신을 망각하고 있을 뿐이야. 미래의 당신도 현재의 당신을 망각하겠지."

TIME이 말했다.

"꺼져버려! 항상 나와 함께 있었다고? 난 내 연구를 위해 24시간을 48시간처럼 단 일 분, 일 초를 다투며 살았어. 하루 4시간 이상 잠을 잔 일도 없다고! 이제 모든 것을 지배할 수 있는 순간을 눈앞에 두고 있는데 당신이 날 가로막고 있어!"

분노를 삭이지 못하는 허몽룡이 TIME을 향해 소리쳤다.

"TIME, 항상 세상 모든 사람들과 함께 있지. 모든 사람이 가질 수 있지만 아무도 가질 수 없기도 해. 당신에게 과거와 망각을 선물하지. 지금 당신에게 제일 필요한 선물일 테니까."

"헉헉…… 양자우리를 오래 쓸 수 없어. 어떻게 하지?"

서강원이 매우 지친 채 말했다.

"지금은 방법이 없어. TIME만이 유일한 길이다."

유레카는 진지하게 말했다.

"TIME? 영화 이름이냐?"

"아니, 방금 시간을 지배하는 능력자가 우리를 구해주었어."

서강원이 말했고, 조훈이 놀라며 물어보았다.

"뭐? 시간을 지배하는 능력자? 그런 능력은 보고된 적이 없는데?"

조훈이 의아해하였다.

"어쨌든, TIME만이 우리가 살 길인가."

서강원은 더 이상은 무리인지 계속 숨을 헐떡였다.

"이제 가자. TIME에게 하나라도 부탁을 하려고"

유레카가 일어서며 말했다.

"우리말을 들어줄까?"

서강원은 걱정스런 눈빛으로 말했다.

"애초에 우리 편이 아니었다면, 구하지도 않았겠지."

유레카는 말은 그렇게 해도 걱정하는 기색이 역력했다. 더 이상 양자우리를 유지할 수 없는지, 서서히 유레카 일행이 드러나기 시작했다.

"오, 저기 있군."

허몽룡이 유레카 일행을 보고 회심의 미소를 지었다. 유레카는 허몽룡의 말을 무시하고 TIME에게 말했다.

"TIME, 우리에게 방법을 알려줘. 우리가 이길 수 있는 방법."

TIME은 고민을 하더니, 고개를 저었다.

"그건 싫어."

TIME이 딱 잘라 말하자, 서강원은 절망하였다. TIME은 이어서 말했다.

"하지만 도와줄 수는 있어. 딱 한 명, 과거를 보여주지."

TIME은 눈 깜짝할 사이에 유레카의 옆에 다가와서 유레카의 어깨에 손을 올렸다.

"네가 '이해를 통한 지배'를 알아낸 그 순간으로……."

주변이 어두워지더니, 유레카는 유레카 자신을 볼 수 있었다.

'여긴, 내 논문을 쓰던 곳?'

책상에는 책이 어질러져 있었고, 여기저기 구상을 하던 메모가 보였다. 유난히 이상하게 생긴 그림이 눈에 띄었다.

'이런 것도 있었나?'

유레카는 손을 뻗어 그림을 잡았다. 그림에는 여러 수식과 함께 '이해를 통한 지배'라는 말이 적혀 있었다. 유레카는 그 그림을 뚫어져라 보고는 갑자기 고개를 끄덕였다.

'EUREKA! TIME, 정말 고맙다.'

다시 주변이 어두워지더니, 유레카는 다시 백운산에 있었다.

"드디어 이길 수 있어."

유레카는 확신에 찬 표정으로 말했다.

"무슨 말이야?"

제갈현이 물었다.

"내 이름이 뭐지?"

"유레카지. 근데 그건 왜?"

제갈현이 이상하다는 듯이 유레카를 바라보았다.

"그 뜻이 뭐지?"

"음…… '알았다'의 그리스어지?"

유레카는 숨을 크게 들이쉬더니, 크게 말했다.

"내가 '이해를 통한 지배'를 증명하고 실증할 수 있었던 이유는 내가 '물리', 즉 사물의 이치 자체를 이해했기 때문이야. 그리고……."

유레카는 결심을 하더니 말을 하였다.

“이 싸움을 멈출, 다시는 일어나지 않을 방법을 알았어.”

“영화는 거기까지 찍고, 어서 싸우자!”

제갈륜이 말을 하였으나 허몽룡도 유레카의 말에 집중하고 있었다.

“세상을 지배하는 ‘물리 법칙을 바꿀 순 없지만’, 물리를 지배하면 ‘세상을 바꿀 순 있지.’”

유레카는 천천히, 큰 목소리로 외쳤다.

“이 세상에 있는 ‘이해를 통한 지배’에 대한 모든 기억, 정보를 지운다. 그 본질은 어쩔 수 없이 남아있겠지만, 앞으로 누구도 쓰지 못하는 것, 그것이 오히려 낫겠지.”

순간, 전 우주에 정적이 흘렀다.

갑자기 모두 왜 싸우는지조차 기억을 하지 못했고, 이해를 통한 지배는 기억조차 하지 못했다. 모든 것은 그대로였다. 이해도, 서술도 과거의 2071년 유레카가 물리를 이해하기 전 그대로.

“음~ 어찌된 게 하루 종일 하늘에 별이 하나지?”

TIME은 하늘을 보았다. 그러더니 손목에 있는 특이한 모양의 반짝이는 시계를 뚫어져라 쳐다보았다.

2072년 12월 6일 20 : 51

그리고 시계가 거꾸로 돌아가기 시작하더니, 아무 일도 없었다는 듯이 제대로 돌아갔다.

2071년 12월 6일 20 : 51.

노벨상 시상식이 시작되기 채 10분도 남지 않았다. 책상 위에는 여기저기 수식이 쓰여 있는 종이가 있었고, 마지막으로 검토를 하고 있었다.

정리를 하다 보니 뭔가 이상한 종이가 있었다. 유난히 이상하게 생긴 그림에 '이해를 통한 지배'라고 쓰여 있었고, 볼펜으로 마구 지운 흔적이 있었다. 내가 이런 것도 썼었나? 왜 지워놨지? 고민을 하다가 긴장된 마음을 추스르고자 창밖을 보았다.

"와~ 별 되게 많다."

어느새 9시가 다 되었고, 유레카는 노벨상 수상을 위해 무대로 향했다.

모연욱_과천고등학교 2학년

인류의 위기와 plan B

　태풍 볼라벤, 그리고 연이어 덴빈이 대한민국을 강타했다. 루사, 매미, 곤파스에 이어 태풍은 대한민국 늦여름의 연례행사가 되었다. 뉴스에서는 계속되는 태풍의 위협과 대책에 대해 잠깐 논의하고, 이 '잠깐'의 퍼포먼스는 단순히 하나의 기억으로만 남게 된다. 사실 매년 강력한 태풍이 오게 되는 이유는 바로 지구 온난화 때문이다. 적도 부근에 열이 집중되면서 강력한 저기압이 발생하게 되고 한반도까지 와서 많은 피해를 안겨준다. 하지만 우리들은 이러한 태풍을 잠깐 지나가는 소동으로 여길 뿐 더 깊은 고민은 하지 않은 채 평범한 일상으로 돌아간다. 이렇듯 지구온난화로 인해 생기는 문제점들은 모두 다 우리에게 너무나도 먼 미래로밖에 여겨지지 않는다.

　고등학생인 나의 삶은 지극히 평범하다. 매일 학교를 다니면서 수업을 듣고, 쉬는 시간에 나의 취미 생활을 즐기거나 친구들과 함께 이야기를 나눈다. 잠시 깊은 생각에 잠기기도 하지만 그 생각은 단순히 나의 고민거리에서 그친다. 과연 이 삶이 누군가에게는 동경의 대상이며, 다가올 미래에는 어떤 위험한 일이 생길지는 내 머릿속에서 오래 머물만한 소재는 아니다. 하지만 문득 드는 불안감이 나를 사로잡는다. 모두가 이러한 무관심 속에서 산다면 과연 지구는 어떻게 될까? 그런 불길한 생각이 나를 이 책으로 이끌지 않았나 싶다. 지구 온난화라는 단어가 언제부터 우리에게 일상적이고 자연스러운 소재로 등장했는지 모르겠다. 한 때는 너무나도 파격적이어서 아무도 믿지 않았지만 이제는 어디에서나 쉽게 찾아 볼 수 있고 그 누구도 지구 온난화라는 말의 사용을 꺼리지 않는다. 그 꺼리지 않는 우리의 주변 인식이 운명의 수레바퀴를 어느 방향으로 이끌지는 아무도 모르는 일이다.

사람들이 지구 온난화를 어떻게 여기던 벌써부터 기후변화나 인간의 지나친 발전으로 인한 위협은 시작되었다. 인류가 생존하기 위해 해결해야 하는 여러 가지 과제는 상호 연관적이다. 식량 문제와 같은 아주 기초적인 것부터 에너지 자원에 대한 고려까지 모두가 연결되어있기에 함부로 건드릴 수가 없다. 물론 인류의 놀라운 발전은 우리에게 살짝 작은 기대를 품게 한다. 과학의 발전이 마치 지구 온난화로 생겨나는 여러 문제들을 해결할 능력을 줄 것만 같다. 그러나 이 책은 우리 사회의 발전을 폰지 경제에 빗대면서 기대를 허물어뜨린다. 수많은 인구를 충당할 만큼의 식량 증산과 자원들을 이용한 발전들 모두가 자연이 과도하게 이용되어 산출된 결과이다. 이전까지만 해도 자연 생태계가 버틸 수 있도록 지속가능한 자원의 활용을 했지만 관개 농업 및 지하수의 지나친 사용이나 물고기를 남획하여 단순히 표면상 식량을 늘린 것처럼 보이게 하는 행위들은 이 책 제목과 마찬가지로 미래를 훔쳐 쓰고 있는 것과도 다름없다. 다시 말해서 빌린 돈을 돌려막으면서 한계에 도달했을 때 붕괴하는 폰지 경제처럼 겉보기에는 증산된 식량들도 줄어들거나 혹은 우리를 더 심각한 위기에 봉착하게 할 수 있다. 이는 우리가 자연을 대하는 태도부터 바꾸어야 한다는 것을 의미한다.

폰지 경제에 빠져 안심하고 있는 우리의 모습도 문제지만 근본적으로 토지와 물과 같은 기본적인 자원들이나 다양한 에너지 자원들의 희소성이 우리를 파멸로 이끌어가고 있다는 것도 무척 우울한 소식이다. 요즘 들어

다양한 지역에서는 토양이 빠르게 침식되고 농업 생산량은 크게 줄고 있다. 이는 산림의 벌목이나 유목으로 인해 초지가 황폐해졌기 때문이다. 많은 나라는 이 같은 현상으로 인해 파탄국가에 순위를 올리고 있으며 더불어 일어나는 사막화 현상으로 삶의 터전을 잃고 있다. 물도 우리 인류를 곤란에 넣었다. 가면 갈수록 지하수면이 낮아지고 있고 아라비아 반도의 국가들은 곡물 농사를 몇 년 내에 포기해야 하는 상황까지 이르렀다. 이러한 토지와 물의 결핍은 사람들 간의 분쟁을 야기한다. 그러기에 식량의 부족이나 수원을 차지하기 위한 노력들은 안보에 큰 문제가 되기도 한다.

많은 사람들이 가장 잘 알고 있는 기후변화와 온도 상승의 문제점도 우리의 상상을 초월한다. 양극의 빙하가 녹아 해수면이 상승하는 결과적인 문제들도 있지만 가장 심각한 것은 바로 지구가 따뜻해지는 것이 양성 피드백처럼 작용하여 지구 온난화를 가속한다는 것이다. 영구 동토층에 있는 다량의 메탄이 공기 중으로 빠져나오거나 빙하가 녹게 되면서 지구 밖으로 반사하는 햇빛의 양이 줄게 되는 예시로 보았을 때 우리가 자연을 훼손할수록 기후변화는 더 빨리 우리 앞에 나타날 것이다.

여러 가지 경황을 고려해 보았을 때 인류는 직면하고 있는 환경, 식량, 물, 에너지 문제 등을 근본적인 차원부터 재조명할 필요가 있다. 그러기에 "우리는 미래를 훔쳐 쓰고 있다"에서는 기존의 우리가 살아 왔던 방식인 Plan A 대신 Plan B를 적극 권장한다. 정치적, 경제적, 재정적, 자원적인 모든 부분에서 협심하여 기후변화 및 인간에 닥친 위기를 이겨내야 한다는 것이다. 하지만 Plan B에 대한 내용을 표면상으로만 접했을 때는 조금 걱정되어 보인다. 돈의 액수가 천문학적으로 크고 그에 대해 우리가 실천하기에는 변화해야 하는 것들이 너무나 많아 보였기 때문이다. 아무리 대대적으로 Plan B를 강행하게 될지라도 세부적인 사항이나 사람 개개인에게 가서는 Plan B의 의미를 세기면서 실천하는 하는 것보다는 그저 우리 앞에 놓인 것만 열중할 것이 너무 뻔해 보였다. 하지만, 사례와 체계적인 전략은 Plan B에 성공가능성을 보여주었다.

　Plan B에서 가장 강조하는 것 중 하나가 바로 에너지이다. 기하급수적으로 사용이 늘어만 가는 에너지 자원이 고갈되면 지금까지 이루었던 모든 것들이 단숨에 무너질 수 있다. 따라서 에너지 체계는 사용하는 방법과 얻는 방법 두 가지 면에서 반드시 개선되어야만 한다. 우선적으로 사용하는 방법, 즉 효율성 부분에서는 기술의 발달이나 제도의 변화로 개선을 이룰 수 있었다. 조명의 발달로 전력의 낭비가 줄인다던지 아니면 대중교통의 활용도를 높일 수 있는 방법이 효과적인 에너지 사용의 예이다. 좀 더 희망적인 사례로 유럽의 대표적인 대도시 파리나 런던에서는 교통에 관련된 제도를 정비하여 도시 내의 공기를 정화하고, 교통 혼잡을 줄여서 시민들에게 많은 호응을 얻고 있다고 한다. 또한 에너지를 얻는 방법은 기존의 화석연료에 대한 의존도를 빨리 낮추고 재생 가능한 에너지를 활용하는 방법을 늘리는 것이다. 책의 통계자료에 의하면 2020년까지 Plan B에 맞추어 에너지 시스템을 변화시키면 화석연료의 비중을 10%까지 낮출 수 있다고 한다. 지구의 환경변화를 막고 우리는 지속적인 에너지 수급책을 얻으니 일석이조라고 부를 수 있겠다. 물론 거시적인 차원으로는 해결될 일들이 아니다. 미시적으로 에너지 낭비를 줄이려는 개인들이 필요하다. 정수기 설치가 사다먹는 생수보다 비용이나 자원적인 측면에서 효율적이라는 것을 알았을 때 plan B를 인지하고 있는 개인이 택해야 하는 것은 분명하다.

　환경을 원래대로 다시 복구하는 것도 Plan B의 중요한 목표이다. 지하수층이 마르거나 토지의 표토가 침식되어 인간의 삶을 위협할 수 있다는 점을 고려했을 때 환경이 원상복귀 되어야 함은 분명하다. 토지나 기후변화의 문제를 동시에 해결할 수 있는 방법은 바로 나무 심기이다. 많은 환경 문제들은 벌목에서 시작되었다. 따라서 국가가 선도적으로 토지에 나무를 심어 복구를 해나가야 한다. 성공 사례로 Plan B에서는 아주 흥미로운 사실을 제공했는데, 대한민국이 재조림의 가장 모범적인 모델이라는 것이다. 6·25전쟁 이후 새마을운동은 황폐화된 우리나라를 초록빛으로 덮게 하는데 크게 일조했다. 한 때는 폐허였다가 국토에 65%까지 나무들로 채워졌다는 것은 무척 흐뭇했으나, 최근 들어 식목일이 공휴일로부터 제외된 것에 대해서는 좀 더 정부 측에서 고려해 볼 필요성이 느껴진다. 나무심기 외에도 토양보존을 위해 경작하는 방식을 바꾼다던지 망가진 생태계를 되돌리기 위해 생물다양성을 보호하는 등 환경을 지키기 위해서는 정말 많은 노력들이 필요해 보인다.

Plan B가 계획된 이유는 바로 인간들의 안정적이고 행복한 삶 때문이다. 그러기에 기초적인 사회 목표에 관한 부분이 위의 2가지 목표보다 더 중요해 보이기도 한다. UN에서는 인간의 기본 인권 보장을 위해 많은 파탄 국가에서 최소한의 삶을 위한 노력을 진행하고 있다. Plan B도 이와 같은 맥락에서 인구조절, 전염병 예방, 초등 교육의 달성, 빈곤 해결의 4가지를 사회적 문제로 주되게 다루고 있으며 반드시 이 모든 것들이 통합적으로 이루어져야 효과를 볼 수 있다고 주장하고 있다. 예를 들자면 이산화탄소 감소를 위해 환경 정책이나 에너지 기술이 아무리 발달할지라도 인구의 증가를 제어할 방법이 없다면 무용지물이 될 가능성이 크다. 그리고 계획의 실행 여부를 떠나서 지구 전체를 되살리기 위한 Plan B가 가장 힘들고 가난한 그들을 뒤로해서는 아니 될 것이다. 지구촌이라는 공동체에서 모두가 공존하여 살아갈 방법을 모색하는 것이 Plan B가 가지는 진정한 목적이다.

폰지 경제 속에서 단지 눈앞에 보이는 환상만 보는 것은 옳지 못하다. 환경으로부터의 경고가 여러 형태로 다가오고 있지만 아직까지 인간은 깨어나지 못한 것 같다. Plan B가 제시하기도 했지만 무엇보다 가장 중요한 것은 모든 것의 통합이다. 기후변화 및 사회 문제는 인류에게 있어서 가장 크고 위협적인 존재이다. 그러므로 해결을 위해 우리의 모든 노력을 총동

원해야 한다. 사회나 개인의 통합부터 인문학과 과학의 융합까지 다양한 것들이 오직 인류와 환경의 공존과 행복이라는 한 목표를 위해 합쳐져야 할 것이다. "우리는 미래를 훔쳐 쓰고 있다"가 이야기하듯이 모두가 이제 사명감을 가지고 먼 미래를 바라보았으면 한다. 지구가 주는 경고를 감각적으로만 느끼지 말고 능동적으로 우리가 어떻게 해야 하는지 생각했으면 좋겠다. 그것이 우리가 환경으로부터 받는 마지막 경고가 되지 않도록 말이다.

유토피아

1

웅얼거리는 소리가 자꾸만 귀에 들어와 잠을 깨운다. 부드럽고 듣기 좋은 목소리…… 아나운서의 목소리다. 단지 다른 점이 있다면 울먹거리고 있다는 점이다. 연구결과를 정리하느라 밤을 새운 나로서는 짜증나는 상황이었기에 리모컨을 찾아 손을 더듬고 있었다. 그때 들리는 한마디 문장이 리모컨을 찾던 손을 멈추게 만들었다.

"……유토피아 프로젝트는 실패입니다. 확인된 바로는…… 현재까지 생존자는 2십만여 명입니다. 다시 한 번 말씀드립니다…….""

유토피아 프로젝트는 인류 역사상 가장 큰 프로젝트였다고 해도 과언이 아니다. 내가 그 프로젝터 중 하나였기 때문에 여기에 들어간 돈과 시간이 얼마 만큼인지 잘 알고 있었다.

유토피아 프로젝트란 MPP(Mankind Preservation Project)라 하는 인류 보존 프로젝트의 일환으로 탈렌 컴퍼니라는 회사에서 주최하고 있다. 간단히 말하면 타행성 이주 프로젝트로, 케플러-22b라고 하는 슈퍼지구에 인류가 살 수 있는 터전을 마련하여 후에 지구가 살 수 없는 환경되거나, 인구수가 너무 많아 생기는 지금 당장의 문제를 해결하고, 인류가 지속적으로 번영하도록 생활환경을 만드는 것이 그 목표이다. 10광년에 가까운 거리를 이동하는 것을 떠나 수면 캡슐에 들어가 수면 상태에 빠진 5백만의 사람들과 그보다 많은 가축, 식물들까지 태우려다 보니 함체 크기가 어마어마하다. 우주선 하나가 서울만하다면 믿겠는가? 게다가 이를 우주로 쏘아 올릴 발사대, 토지 이 모든 것들에 대한 비용은 상상을 초월한다. 특히 반물질을 이용한 연료에 예산의 절반 이상이 투자되었다. 거의 무한한 에너지 동력원을 얻기 위해 반물질을 사용하게 된 것이다. 이 프로젝트를 위해 각국은 치열한 경쟁과 기술적 지원을 보내왔다. 아마도 이주 행성에서 자신들의 입지를 굳히기 위함이었겠지만 결과는 성공적이었다. 함선은 이상적으로 제작되었고, 인류의 도약을 위한 첫 발사가 이루어졌다. 이 완벽한 성공을 각국 지도자에게 알리기 위한 문서를 정리하다 잠이 들었는데 깨어보니 이런 상황이었다. 아무 생각도 들지 않았다. 그러다 문득 내가 머물고 있는 방에서 나왔다. 나를 비롯한 프로젝터들은 프로젝터들을 위한 거주지에서 살고 있다. 1인 1실이기 때문에 다른 사람을 만나기 위해 반사적으로 뛰쳐나갔다. 아무도 없었다. 불안한 마음에 나는 식당으로 내려갔다. 식당에는 수많은 프로젝터들이 커다란 화면을 보면서 미동도 없이 앉아있었다. 다들 넋이 나간 듯 했다. 화면에서는 유토피아 함선의 추락장면을 보여주고 있었다. 그런데 뭔가 이상했다. 함선은 성공적으로 궤도에 올랐다. 확실하다. 그 보고서를 내가 썼으니 말이다. 그러나 몇 시간 뒤 함선은 궤도를 벗어나 다시 지구로 향했고 지구에 안전히 그리고 완벽하게 착륙했다. 문제는 착륙지점이 우리나라 동해 바다 위라는 점이다. 그리고 천천히 바다 속으로 가라앉기 시작했다. 가라앉으면서 함선은 뭔가를 게이트를 통해 방출하기 시작했는데 그건 유토피아 프로젝트에 참가한 사람들이었다.

2

이후에 벌어질 일들은 굳이 예측하지 않아도 정해져 있었다. 인류의 희망이 박살나버린 이 상황에서 전 세계 언론들은 비탄과 탄식을 표함과 동시에 유토피아 프로젝트에 대한 비판으로 신문 1면을 장식했다. '진실, 해명'이라는 팻말을 들고 전 세계 600억 사람들은 거리에 쏟아져 나오거나 정부를 비판하거나 유토피아 프로젝트에 대한 회의를 시작했지만 이 세상 그 누구도 이 상황에 대해서 설명할 수는 없었고, 정부 또한 마찬가지였다. 이러한 대중의 분노는 탈렌 컴퍼니로 집중되었고, 막대한 손해와 더불어 폭탄테러에 의해 잇따라 간부들이 사망함에 따라 사건 발생 1주일 만에 탈렌 컴퍼니는 붕괴되고 말았다. 그와 동시에, 유토피아 프로젝트에 참가했던 프로젝터들은 실직자가 되었다. 물론, 나도 마찬가지다.

이 사건이 있은 후 세 달 동안 집에서 나오지 못했다. 나는 내가 프로젝터란 사실을 알리지 않았다. 왜냐고 묻는다면 군대에 가지 않는 대신 유토피아 프로젝트에 참가하기로 했고, 그 사실을 함구하기로 계약했기 때문이다. 그래서 주변사람들은 내가 군대에 갔다 온 줄 안다. 그러나 왜인지 모든 사람들이 내가 프로젝터라는 사실을 알 것만 같았다. 사건 발생 이후 여론은 날이 갈수록 악화되었고, 마침내 그 칼날은 프로젝터들을 향하기 시작했다. 일부 과격 단체들은 프로젝터를 습격했고, 다수의 사상자가 발생했다. 두려웠다. 집 문을 벗어나는 순간 누군가 내 머리에 총구를 대고 방아쇠를 당길 것 같았다. 이미 이성적인 판단은 우리에게 적용되지 않은 지 오래다. 정부는 통제 되지 않는 이 상황을 그저 방관하고 있을 뿐이다. 그보다 큰 충격은 부모님이 뉴스를 보며 프로젝터들을 다 잡아 들여야 한다는 대화를 했을 때이다. 그 순간 정말로 이 세상에서 기댈 곳이 없어졌다. 이 상황이 너무도 싫었다. 모든 것이 내 탓인 것만 같았다. 아니, 내 탓이었다. 발사된 우주선이 항로를 바꿔 지구로 착륙, 항법 시스템 오류라고밖에 볼 수가 없는 상황인데다가, 항법 시스템 부서에 있던 내 책임이었던 것이다. 그런 식으로 며칠을 더 보냈다. 아무런 의미도 목적도 없이 하루하루를 보냈다. 그러나 그러한 와중에서도 내 두려움은 날이 갈수록 의구심으로 변해갔다. 내 직감이 그렇게 말하고 있었다. 뭔가 꺼림칙한 느낌을 버리지 못하고 속에서 앓고 있었다. 그러던 어느 날 한 통의 전화가 왔다. 거주지에 있을 무렵 친하게 지내던 프로젝터였다.

"지금 시간 되냐? 술이나 한잔하자."

3

"……이번 일 어떻게 생각해? 뭔가 이상하다고 생각하지 않아?"

빈 술잔을 내려놓으며 그가 말했다. 그는 테 없이 동그란 안경에 호리호리한 몸매를 가진 대머리였다. 유토피아 프로젝트의 여러 부서 중 생존 시스템 부서에서 일을 했던 그에 비해, 나는 항법 및 이착륙 시스템 부서에서 일했었다.

"뭐가? 당연히 이상한 일인거 아니야?"

"그래, 그렇지 당연히 그래. 하지만 단순한 일은 아니야."

"무슨 소리를 하는 거야?"

"음, 요점만 말하면 이번일은 고의적이란 소리지. 언론에서 떠드는 항법 시스템 오류 따위가 아냐"

갑자기 울컥했다. 이게 무슨 헛소린가 하고 모두 내 탓인데. 아니라는 말을 듣자 화가 났다.

"기껏 사람 불러내서 한다는 소리가 그런 정신 나간 소리야? 고의라고? 누가? 왜? 무슨 이유로 그런 짓을 하냐고 말이 되는 소리라고 생각해?"

"잠깐 진정해봐. 그렇게 생각하는 이유를 설명해 줄 테니까."

내 술잔에 술을 따르며 능숙하게 말하기 시작했다.

"일단 두 가지 이유가 있어. 첫 번째는 유토피아 호의 착륙이야. 유토피아 호는 판게아의 바다에 착륙할 예정이었어. 자동 항법 시스템도 그렇게 짜여있지. 그런데 판게아는 지구보다 중력이 낮아. 절반 수준이지. 그런데 유토피아 호는 동해에 완벽하게 착륙했어. 오차 없이 정말 완벽하게. 항법 시스템이 오류라서 항로가 바뀐 건 그렇다 치더라도 착륙할 때 지구 중력에 딱 맞게 오류가 일어나서 완벽하게 착륙했다? 그건 말이 안 되지. 두 번째는 너는 잘 모를 수도 있는데, 참가자들이 수면 캡슐 없이 수면으로 떠오른 일이야. 우리가 생존 시스템을 짤 때 착륙 이후에, 생존자들은 수면 캡슐과 함께 바다 위로 떠오를 예정이었어. 그리고 한 달 동안의 기상 과정을 거쳐 쇼크사 할 일 없이 깨어나는 게 정상이야. 말이 수면 캡슐이지 사실은 배야. 바다에서 육지로 이동하기 위해 만들어진 거란 말이야. 정말 기적적인 확률을 뚫고 지구에 착륙했다 치면 참가자들은 수면캡슐과 함께 수면으로 떠올라 지금은 기상과정을 거치고 있어야 하지만 참가자들은 맨몸으로 배출됐어. 사망자 대부분은 쇼크사로 사망한 거지.”

머리가 아팠다. 이게 사실이라 쳐도 믿고 싶지 않았다. 머리로는 이해했고 수긍했지만 마음은 이것이 거짓이기를 간절히 바라고 있었다.

“말도 안 되는 소리 하지 마…… 그냥 시스템 오류라고 하고 이 사건을 끝내, 괜히 어설픈 추측으로 일을 더 복잡하게 하지 말라고!”

“정말 그래? 그걸로 괜찮아? 그냥 그렇게 끝낼 거야? 수많은 수수께끼를 남겨두고 지금처럼 밖에 나오지도 못한 채로 영원히 살 거야? 네가 그리고도 과학자라고 할 수 있어?”

그의 마지막 말이 내 자존심을 긁게 만들었다.

“그래 그렇다 쳐! 그럼 대체 범인이 누군데? 동기는 뭐고!”

“누구긴 누구겠어. 보정 시스템 없이 완벽한 착륙, 수면캡슐로부터의 강제 사출, 그런 능력과 권한을 가진 사람은 함선 내에 단 한 명 뿐이라고”

“그렇다는 건 이번 일이 유토피아 호 함장이 벌인 일이란 거야? 고의로?”

“그래. 동기는 아직은 잘 모르겠어…… 그걸 조사하는 게 우리들의 일 아니겠어?”

“우리? 너랑 나? 단 둘이?”

"아니, 유토피아 프로젝터들이지. 지금 프로젝터 중 몇 명이 내 의견에 동의했어. 우리는 한 달 내로 잠수함을 타고 유토피아 호로 갈 생각이야. 세계 정부에서는 아무런 움직임도 없는 유토피아 호를 방치하기로 결정한 모양이야. 우리한테는 잘 된 일이지."

그는 핸드폰 번호가 적혀있는 종이를 내밀며 갈 준비를 했다.

"먼저 갈게. 혹시 생각 있으면 그 번호로 전화 줘."

짤막한 마지막 말과 함께 그는 술집을 나갔다.

4

고아원, 과거에는 여러 단체나 개인이 설립했다고 전해지지만, 인류 보존 프로젝트가 시행된 이후로 전 세계의 고아원은 세계 정부에 의해 관리되고 있다. 그래서 일반적으로 고아원이라 하면 세계 정부가 운영하는 고아원을 의미한다. 세계 정부란 세계 3차 대전 이후에 생겨난 단체로, 각 국가의 대통령, 수상, 총리가 주축을 이루어 인류 보존 프로젝트 및 세계 발전의 균형을 맞추는 역할을 하고 있는 존재하지 않는 허상의 정부이다. 그러한 세계 정부는 독자적으로 고아원을 설립하여 원치 않은 임신이나 부모가 버린 아이들을 받아들이고 그들을 양육하고 있다. 그러자 이상하게도 이 고아원이 생기고 나서 맡겨지게 된 아이들이 고아원 설립 이전보다 훨씬 많아졌다는 점이다. 전문가들이 분석하기에 부담이 줄고, 사회적 인식이 변함에 따라 버려지는 아이들의 수가 늘어났다는 것이다. 그런 이유로 매년 수천만에 이르는 아이들이 그곳에 맡겨진다. 그런데 오늘 뉴스는 또 그 고아원이 습격당했다는 내용이었다.

"2689년 8월 19일 새벽 3시경에 미국 7곳, 중국 23곳, 호주 13곳, 일본 15곳, 프랑스 9곳 등으로 지난 3일간 전 세계적으로 총 300여 곳의 고아원이 습격당했고, 그곳에 데리고 있던 2살 미만의 영아들이 납치되는 사건이 벌어졌습니다. 실종된 아이들의 수는 현재까지 대략 4백만여 명으로…… 현재 수사를 진행 중이지만 초록색 섬광이 비췄다는 진술 밖에 없어 수사 및 고아원 보호에 난항을 겪고 있습니다……."

충격적인 또 다른 뉴스였다. 그렇지만 내 생각은 뉴스에 집중하고 있지 않았다. 유토피아 호와 관련된 뉴스가 아니기 때문에…… 그저 5일 전에 친구와 나눴던 대화를 천천히 곱씹고 있었다. 무엇보다 친구의 마지막 말이 아직도 거슬린다.

'네가 그러고도 과학자야?' 전화번호가 적힌 종이를 만지면서 다시 한 번 고민을 해본다.

'만약에…… 사실이라면…… 해야 되겠지. 그렇지만…….'

그렇지만 두려웠다. 진실을 아는 것이.

내가 과연 그 진실을 감당할 수 있을까? 그리고 그 진실이 사람들이 알아도 좋은 것인가?

그렇다. 너무 두려웠다. 한 사람의 인격을 바꿔버릴 정도의 잔인한 진실…… 한 사람을 '살인자'로 만들어 버린 그것을 알게 되면, 더 이상 내가 아니게 될 것 같았다. 항상 지적 호기심이 충만했던 나도 이번엔 머뭇거리고 말았던 것이다. 전화번호가 적힌 종이를 다시 펴본다.

010-2012-0826…… 그리고 한 문장이, 마치 잊혀지지 않는 죄책감처럼 떠오른다.

'네가 그러고도 과학자야?'

세 번의 전화벨이 울린 뒤 한 여자가 전화를 받는다.

"누구시죠?"

"유토피아 프로젝터 한하길이라고 합니다."

5

나는 전화로 모임장소를 안내받았다. 동해에 있는 한 해안가였는데, 약속 장소에는 허름한 등대 한 채만이 덩그러니 남겨져 있을 뿐이었다. 한 5분 정도 바닷가에서 바다를 구경하고 있으니 등대에서 사람이 나왔다. 바닷가에서 일한다고는 안 믿기는 새하얀 얼굴에 약간 마른 듯한 몸, 키는 나보다 약간 큰 서양인이 나왔다.

"어떻게 오셨습니까? 손님."

유창한 한국말로 먼저 말을 걸었다.

"아, 제 친구가 여기로 오라고 하더군요."

"친구 분 성함이?"

"이유승이라고 합니다."

"아, 팀장님 친구 분이시군요. 이쪽으로 오시죠."

남자는 나를 등대 안으로 데리고 들어갔다. 평범한 등대인 듯싶었으나, 지하로 내려가자 손잡이가 달린 녹슨 철문이 하나 있었다. 남자는 목에 건 카드를 문 옆에다 댔다. 그러자 문이 스르륵 열렸다.

문안은 어둡고 이끼 낀 문 밖과 달리 길고 흰 복도였다. 한눈에 봐도 상당한 설비를 갖춘 연구시설이었다. 굳이 이런 등대 밑에 지어야 했나 싶을 정도로 훌륭했다. 그리고 조금 걸어가니 큰 방이 나왔다. 방에는 내 친구를 비롯하여 9명의 사람이 있었다. 모두들 지쳐 보였다.

"오 그래 왔군. 역시 너는 올 줄 알았어."

그 방안에 있던 사람들과 짤막하게 인사를 하자 친구 녀석이 나를 다른 방으로 불러냈다.

"여긴 도대체 어디야?" 내가 먼저 입을 열었다.

"탈렌 컴퍼니의 비밀 연구 시설. 주로 불법으로 지정된 연구를 하는 곳이지. 여기 말고도 많아. 회사 망하는 날 회사 컴퓨터를 해킹했거든 이것저것 많았지만, 이제 와서는 별로 중요하지 않지."

신나는 말투로 자랑스럽게 늘어놓는다.

"어쨌거나…… 잘 왔어! 안 그래도 자네 도움이 절실하게 필요하던 참이었거든."

"무슨 도움? 다른 사람들 보니까 전부 대단한 사람들뿐이던데?"

"그래! 그렇지 역시 우수한 인재들은 다르다니까. 물론 너도 마찬가지고 말이야. 다들 모두정말 우수한 친구들이야 근데 안타깝게도 항법 시스템 설계자는 없지만 말야."

"항법 시스템 설계? 보통 잠수함 항법 시스템은 보통 잠수함에 탑재되어 있지 않나?"

"일반적으로는 그렇지만 이 연구시설은 탈렌 컴퍼니 소유야. 물론 잠수함도 탈렌 컴퍼니 자체 작품이고 말이야. 그런데 최근 에너지 파장으로 연구시설의 모든 데이터가 다 날아갔고, 탈렌 컴퍼니가 망해버려서 시스템을 다시 복구할 수도 없는 상황이야."

"에너지 파장? 그건 또 무슨……."

"최근 며칠간 유토피아 호에서 강한 에너지 파장이 관찰됐어. 우리가 지금까지 에너지 파장을 분석해 봤는데, 함선에 탑재된 반물질에너지 파장과 비슷해. 그런데 최근 들어서 파장이 조금씩 약해지고 있어. 뭔지는 모르지만 무슨 짓을 하고 있다는 소리지…… 서두르지 않으면 이번기회 놓칠지도 몰라. 그러니까 힘들더라도 오늘부터 만들어 줬으면 좋겠어."

"그래 알았어. 잠수함 크기랑 설계도를 받을 수 있을까?"

"그래 네가 머물 방은 조수가 안내해 줄 거야. 방안에 웬만한 건 다 있지만 혹시 필요한 거 있으면 불러."

내가 배정 받은 방은 유토피아 프로젝트를 진행할 당시의 거주지 방과 똑같았다. 똑같은 방, 유토피아 프로젝트를 진행할 당시의 추억과 악몽이 동시에 떠오른다. 아직 지난 과거일이 아닌 현재 진행형인 사건, 내가 원인이라고 생각했던 사건, 그리고 그 사건을 해결하기 위해서 또다시 같은 장소에서 같은 일을 반복하고 있다는 게 참 오묘하게 다가오고 있다.

그러나 이 절망적인 상황에서 내가 할 수 있는 일은 오직 단 한가지뿐이었다.

이내 손에 든 설계도를 펼쳤다.

6

"벌써 다 된 거야?"

조금은 놀랐다는 듯이 눈을 치켜뜨며 말한다.

"그래, 어차피 다른 일 할 것도 없으니까."

"음…… 좋아 훌륭해. 사실 일주일은 생각하고 있었는데 말이지. 그럼 내일 당장 出發할 수 있겠는걸!"

항법 시스템을 메인 서버에 옮기면서 들뜬 듯이 그의 대머리를 만지작거린다.

"옮기려면 시간 좀 걸리겠는걸? 야, 따라와 봐 내일 우리가 타게 될 잠수함을 보여주지."

그와 나는 통로를 따라 잠수함이 있는 곳으로 걸어갔다. 이윽고 해저 동굴의 벽면이 나타나고 항구처럼 생긴 곳이 나타났다.

"자, 이게 우리 운명을 짊어질 잠수함님이시다!"

정확히 어떤 목적으로 이 연구시설이 세워졌는지는 몰라도 한 가지 확실한 것은, 이 잠수함은 해저 1만 미터 이상의 장소를 탐사하기 위해 만들어졌다는 것이다.

"설계도에는 정확한 길이가 없었지? 그럼 내가 설명해주마. 선체 길이만 120m에 달하고 좀 구식이긴 하지만 핵연료를 원료로 하고 있지 들리는 애기로는 해저 2만 리에 나오는 노틸러스 호를 베꼈다고 하더라. 이걸 타고 유토피아호로 갈 거야."

"정말 큰데? 겨우 열 명 남짓이 타기에는 좀 아까워."

"그 정도 인원이면 충분해. 먼저 가 있을 테니까 마음껏 보고와. 4시까지는 중앙 사무실로 와, 애들 모아놓고 마지막 프레젠테이션할 거니까."

“그래, 먼저가.”

그 말을 하고 나서 잠수함에 다가섰다. 멀리서 봤을 때보다 훨씬 크게 다가왔다. 그리고 손을 대 보았다. 단단했다. 수압에 견디기 위해서이지만 마치 나를 지켜주기 위해 단단하게 만들어진 것 같은 느낌이다. 그러나 이런 생각과는 정 반대로 내 마음은 이 계획의 끝이 좋지 않음을 직감적으로 느끼고 있었다.

7

“……전에도 말했지만, 우리의 목적은 세 가지야. 첫 번째로 우선시되어야 할 것은 함선 내에서 도대체 무슨 일이 벌어졌고, 지금은 어떤 상황인지를 조사하는 거야. 두 번째는 우리 모두의 원수이자 죽은 동료들의 원수인 함장을 찾아내는 거야. 물론 이건 추측이지 확실하지는 않아. 그러나 이번일의 원인은 반드시 잡아야 해. 그리고 마지막은 우리 모두의 생환이다. 경우에 따라서 함선 내에서 전투를 하게 되는 상황이 벌어질 수도 있다. 몸조심하라는 소리야.

그리고 마지막으로 내가 하고 싶은 말은…… 수고했고 고생했다. 이번 일만 끝나면 어떤 형태로든지 너희들은 자유다! 그리고 지식을 탐구하는 진정한 과학자적 모습을 모여준 것에 경의를 표한다. 이상! 잠수함에 전원 탑승한다!”

친구 녀석의 말이 끝나자 우리 모두는 잠수함에 올라탔다. 나는 처음에 나를 인도해줬던 남자와 같이 애기를 하면서 탑승했다.

“여기 와서는 정식으로 애기해 보긴 처음이네요. 온종일 방안에 박혀서 나오질 않으셨으니…….”

“저는 물리학자 스티브 유라고 합니다. 유토피아 프로젝트에서는 팀장님과 마찬가지로 생존시스템 부서에서 일했었죠.”

“아 나는 한하길이고 항법 시스템 부서에서 일했었어. 잘 부탁해.”

"네, 잘 부탁드립니다."

모든 사람이 잠수함에 타자 이윽고 항법 시스템에 따라 잠수함이 출발하기 시작했다.

"……스티브라고 했나? 속이 좀 안 좋아 보이는데?"

안 좋은 정도가 아니라 얼굴이 창백했다. 마치 끌려가는 사형수처럼.

"……조금요. 솔직히 지금 너무 무섭습니다."

"왜? 항법 시스템에 문제가 있을까봐?"

그는 입가에 미소를 띠며 말했다.

"아뇨, 그럴 리가요. 그냥…… 진실을 마주하는 게 좀, 두렵다고 해야 하나요? 이유승 팀장님이야 그렇다 쳐도 다른 사람들은, 막연히 두려워하고 있는 게 많아요. 아까도 말했지만, 싸우게 될 지도 모르는 일이고, 설령 진실을 알게 되더라도 우리가 할 수 있는 일이 없을까 봐…… 다들 절박해요. 다른 것보다 얼른 원래 상태로 그러니까, 유토피아 사건이 터지기 전으로 돌아가고 싶은 마음이…… 아닌 척하지만 서로가 다 알고 있죠 왜 그런 거 있잖아요 자기가 틀린 걸 어렴풋이 느끼는데 그걸 확실하게 하는 게 두려워서 아무것도 하지 않는 거 말이에요…… 하길 형은 그런 거 없어요?"

그는 횡설수설하면서 그의 속을 여지없이 드러냈다. 그리고 불안한 듯 내 쪽을 쳐다봤다.

"그런 게 왜 없어…… 당연히 있는데…… 그런 경우가 있으면 빨리 일을 해결할 생각을 해야지 그걸 덮을 생각만 하고 있으면 안 되지 안 그래? 내가 너보다 많이 산 건 아니지만 내가 인생 살면서 느낀 건 그거 하나밖에……."

쿵! 하는 소리가 잠수함 전체에 울려 퍼진다. 그와 동시에 관성 때문에 몸이 앞으로 밀리고, 다른 물건들도 떨어지는 소리가 들린다. 일순간 소란이 일더니 이내 침묵이 흐른다. 그리고 큰소리가 쩌렁쩌렁 울린다.

"뭐야! 뭔 일이야?"

“어, 어? 팀장님 잠수함이 멈춘 것 같은데요?”

레이더 앞에 있는 선원이 말한다.

“뭐? 암초에라도 부딪혔어? 왜 갑자기 턱하고 멈춘 거야?”

“아뇨, 그냥 멈췄어요. 레이더를 보니 근처에 아무것도 없습니다. 그냥 갑자기⋯⋯.”

“그게 말이 돼? 레이더 다시 껐다 켜 봐.”

“정말 없다니까요? 정 못 믿겠으면 직접 하시던가요!”

“뭐? 이 자식이 오냐오냐 해주니까 말하는 거 봐라?”

극도의 긴장상태에서 두 사람의 언성이 높아지고 나머지 사람들은 두 사람을 말리느라 정신이 없었다. 오직 나만이 자리에 앉아 창밖에서 쏟아져 들어오기 시작하는 녹색의 빛을 응시하고 있었다.

8

초록색 빛이 순간 내 시야를 뒤덮었다. 이윽고 느껴지는 느낌은 몸이 길게 늘어나는 듯한 이상한 느낌, 그리고 길게 늘어진 내 몸이 회오리처럼 빨려 들어가는 것처럼 느껴졌다. 그러고 나서는 머리를 잠수함의 천장에 들이 박았다. 어지러웠다. 갑작스러운 충격에 눈은 초점을 잃어버렸고, 온몸은 후들후들 떨렸디. 무슨 일이 일이닌 건지 알 길이 없었다. 희미하게 보이는 눈으로 잠수함의 내부를 살펴보았다. 필사적으로 상황파악을 하고 있었다. 그러나 이윽고 잠수함의 문이 열리고 빛이 쏟아져 들어왔다. 두 사람의 형체가 보였다. 누군가 명령하는 소리가 들렸다.

“살아있는 사람이 있으면 데리고 오도록.”

“한 명뿐입니다. 함장님.”

함장? 함장이라고? 여긴 어디지? 무슨 일이 일어난 거지? 끊임없는 물음과 함께 나는 두 남자에 의해 잠수함 밖으로 나오게 되었다. 그리고 그들이 함장이라고 부르는 사람 앞에 가게 되었다. 때마침 시야가 돌아오고 있었다.

"하하, 자네는 안전벨트 덕에 산 것 같구만. 그래, 언제나 안전벨트는 중요한 법이지. 아, 이제 그만 이 친구를 놔주도록 하세."

나를 잡고 있던 두 남자가 손을 놓자 그 자리에 털썩 쓰러져 버렸다. 아직 몸을 제대로 가눌 수 없었지만 시야는 완전히 돌아왔다. 바닥의 재질이나 분수 소리로 봤을 때 아마도 큰 광장인 것 같았다. 필사적으로 고개를 들어 함장이라는 사람의 얼굴을 확인했다. 순간 그 자리에서 얼어버렸다.

"인사하지, 유토피아 호의 함장 잭 크리스라고 하네."

9

나는 내 눈앞에 있는 상황을 믿을 수가 없었다. 뒤를 돌아보니 잠수함은 공원 바닥에 거꾸로 박혀 있었고, 함장이 내 앞에 서 있었다. 친구 녀석의 가설이 옳았다. 내가 두려워했던 진실이 바로 내 눈앞에 있었다.

"그래 젊은 친구 유토피아 호에는 무슨 일인가?"

능글맞은 웃음을 지으며 상냥하게 나에게 물었다.

"유토피아 호에서 무슨 일이 있었는지 조사하러 왔다. 당신이 잭 크리스 함장이지?"

"그래 아까도 그렇게 말했잖는가."

"좋아, 그럼 묻겠어. 지금까지 한 일은 당신이 한 짓이야? 잠수함이 저 꼬락서니가 된 것도?"

"어떤 짓? 궤도 이탈? 수면캡슐 강제 개방? 아니면 둘 다? 어떤 걸 묻는 건가?"

"묻는 말에 대답이나 해! 그 두 사건 다 당신 짓이지?"

"말버릇이 없군, 아무래도 상황파악이 안 되나 본데 지금 자넨 내게 큰소리칠 입장이 아닐세."

그는 뚜벅뚜벅 걸어오며 간신히 고개를 들고 있는 나와 눈을 맞췄다.

"그래도 말해주자면…… 답은 예스야! 그리고 자네가 모르는 것도 더 있고 말이야……."

머리로 피가 쏠리는 게 느껴진다. 지금까지의 설움이, 두려움이 머리로 몰려든다.

"이 망할 살인마 자식! 왜! 어째서! 당신이 무슨 짓을 했는지 알아? 우리가 어떤 두려움에서 살았는지 알아? 당신이 저지른 죗값은 알고 있냐고! 이 빌어먹을 자식아!"

나는 한동안 욕을 날려주었지만 그는 눈썹하나 까딱이지 않고 가만히 듣고만 있었다.

"……그러면 자네는 우리가 무슨 일을 했는지는 알고 있나?"

"잘 알다마다. 수없이 많은 사람을 죽이고 인류의 희망을 박살냈지. 인류 역사상 최악의 범죄야. 인류 역사의 한 비극으로 남을 일을 네가 만들어 낸 거야!"

"인류 역사라……."

그는 몸을 돌려 공원 벤치에 앉으면서 말을 이어 나갔다.

"그래, 내가 한 일이 비극은 맞지 하지만 그것이 남지는 않을걸세……. 이곳에서 일어난 일을 알고 싶다고 했지? 알려주지. 안 될 이유가 없거든. 우선…… 우리 유토피아 프로젝트는 대 실패였어. 무사히 슈퍼지구 케플러-22b에 도착했지만, 그곳에는 이미 생명체가 있었다. 정확히 말하자면 우리보다 훨씬 진화된 그런 존재들…… 하긴 그런 곳에 지적 생물체가 없다는 게 이상하겠지? 아무튼 궤도 진입에는 성공했지만 그들의 공격을 받고 유토피아 호는 추락했다네. 추락의 잔해물 속에서 살아남은 사람들을 건 나를 포함해서 이 자리에 있는 7명 남짓의 승무원들일세. 그래, 그 많은 사람들 중 오직 우리들만이 살아남았지. 그들은 살아남은 우리에게 진실을 알려줬지. 다시는 똑같은 실수를 번복하지 말라고 하면서 말이야. 상대성 이론은 알고 있겠지? 우리가 그곳까지 가는 데에는 10년 밖에 걸리지 않을 거라 생각했지만, 변수가 있었어. 우리가 케플러-22b에 도착했을 당시는 이미 수백 년이 지난 뒤였다네. 그리고 그들이 보여준 지구는……이미 생명이라곤 찾아볼 수 없는 죽은 별이었어. 그들이 말하길 인간에 의해서 지구는 죽었다고 했다. 당연한 일이지. 그걸 염두에 두고 시작한 게 유토피아 프로젝트이니까 말이야. 그리고 그들은 우리에게 한 번 더 기회를 준다고 했지. 바로 시간을 거슬러 올라가서 유토피아 프로젝트 자체의 목적을 바꾸는 거야."

"불가능해! 시간 역행은 말도 안 되는 일이야 엔트로피의 법칙을 무시하는 일이 있다고? 웃기는 헛소리 하지 마. 너는 그냥 미친놈일 뿐이야!"

"일반적으로는 그렇게 생각하지만…… 그래 물질적인 시간 역행은 불가능하지만, 정신은 가능하지. 반물질이 그 해답이었어…… 우리가 모르는 그 기술이 바로 해답이었지. 아무튼, 그들은 그들의 기술을 이용해서 우리를 유토피아 호 발사 이전으로 우리의 정신을 보냈다네. 그리고 그 결과가 바로 이거야! 간단하지? 그리고 우리는 우리의 최초 목적인 인류보전을 실현하기로 했어. 바로 케플러-22b로 가는 것이 아닌 지구로 다시 돌아오는 거야. 그리고 지금 일어나고 있는 사건들…… 고아원에서 사라지는 아이들 사건은 우리가 한 일이라네. 반물질 에너지를 개발해서 텔레포트 장치를 개발했어…… 자네의 잠수함도 그 기술로 데려온 것이지. 그리고 그 아이들로 새로운 지구를 만드는 거야. 유토피아는 먼 곳에 있지 않아…… 바로 이 지구가 유토피아지!"

"미쳤군…… 도대체 어떻게 한다는 건데?"

"일단은 아까 말했듯이, 지금은 아이들을 모으고 있지. 이미 거의 다 모았다네. 그 다음은…… 지구가 죽은 별이 되기 전에 지금 살고 있는 인류를 없애야 하겠지. 하지만 걱정 말게. 전쟁이나 무력으로 죽일 생각은 없으니…… 그저 자연스럽게 천천히 현재 인류는 절멸할 걸세. 가장 간단한 방법이라네. 출산율을 낮출 거야. 우리가 개발한 바이러스로…… 아마 50년

이내에 출산율을 0%를 기록할걸세.”

“정말 미쳤군. 정말 미쳤어! 고작 그런 이유로 전 인류를 절멸시키겠다고? 타협책은 생각도 안 해봤지? 이 망할 자식아!”

“타협책? 그걸 궁리하기 전에 지구는 죽는다. 이게 우리가 생각할 수 있는 한 최선의 방법이었어! 그리고 이미 되돌리기엔 늦었지. 애당초 이런 결말이 싫었다면 유토피아 프로젝트를 하지 말았어야지! 다른 곳으로 눈을 돌리기 전에 지금 이곳에 만족했어야지! 그런 생각은 안 해봤나? 결국 이 사건은 인류의 욕심 때문에 벌어진 일이라고! 이제 욕심 많은 인류는…… 더 이상 없게 될 거야 이제 유토피아에서 새로운 인간이 살아갈 거야. 이제 할 수 있는 일은… 없다. 지금부터 우리는 자네를 다시 돌려보낼 걸세. 나가서 무얼 하든, 자네 자유야. 이 일을 발설해도 된다. 하지만 믿을 사람이 없으리라는 건 자네도 알고 있겠지? 그럼, 잘 가게.”

10

“……현재 출산율은 0%로, 그 원인이 바이러스로 인한 것으로 밝혀졌지만, 현재는 그 대책을 찾고 있지 못하고 있습니다. 현재까지 정부는 역학 조사를 하고 있었지만, 근원지 판별이 어렵다는 이유로 조사를 중지하였습니다. 바이러스는 공기 중, 수중으로 전염되며 수정란만을 공격하고 있으며, 그런 까닭에 체외 수정 기술도 현재는 무용지물인 것으로…… 이 추세라면 아마 70년 이내로 모든 인간이 노사 할 것으로 예측됩니다.”

내가 누워 있는 병원 침대, 그 옆에 있는 TV에서 전하는 뉴스는 나로 하여금 60년 전의 악몽을 떠오르게 만들었다.

‘……조금 오래 걸린 것 같군…… 그래…… 이 방법이 맞는 방법일수도 있겠군…… 만약…… 만족했더라면……’

삐이이이이이.

“12 : 31분 심박 정지. 한하길 87세. 운명하셨습니다.”

독을 품은 사과, 조력발전

　작년 가을부터 우리나라에 조력발전 붐이 일고 있다. 정부는 녹색 성장이라는 슬로건 아래 새로운 에너지의 시대가 열리는 상황에서 우리나라가 그 주역이 되도록 할 것임을 밝혔다. 신재생 에너지의 사용 비율을 현재의 2%에서 2030년에는 11% 이상, 2050년에는 20% 이상으로 높이겠다며 구체적인 수치까지 제시했다. 그 일환으로 조력발전을 적극적으로 밀고 있다. 이미 완공돼 전력을 생산하고 있는 시화호 조력발전소뿐만 아니라 강화, 인천만, 아산만, 가로림만 등 여러 지역에서 조력발전소 공사를 추진하고 있다. 하지만 이러한 조력발전을 둘러싼 논쟁은 끊이지 않고 있다.

　조력발전을 찬성하는 측의 주력하는 점은 조력이 화석연료를 사용하지 않는 친환경적인 에너지원이라는 것이다. 태양광 에너지나 풍력 등의 여타 신재생 에너지는 날씨에 영향을 받는다. 하지만 조력발전소는 이들과는 달리 날씨에 영향을 받지 않고 하루에 두 차례 안정적으로 전력을 생산할 수 있다는 장점이 있다. 그뿐만 아니라 여타 친환경 에너지보다 발전 규모도 압도적으로 크다. 태양광 1단지의 발전 규모는 10mW, 풍력은 10~30mW이지만 조력발전소 1기는 최소 250mW다. 한국수력원자력은 인천만 조력의 연간 전력 생산량은 2414GWh로 전국 가정용 소비 전력의 4.5%를 공급할 수 있을 것이라고 내다보기도 했다.

찬성 측의 또 다른 근거는 경제적 이득이다. 조력이 우리나라의 에너지원에서 비율을 늘려감에 따라 화석연료의 비중을 줄일 수 있다. 이렇게 원유 수입이 절감되면 국가적으로 약 2000억 원을 줄일 수 있을 것이라고 한국수력원자력은 예상했다.

조력발전은 국가적 차원뿐만 아니라 지역 경제에도 활기를 불어 넣을 것이라고 예상된다. 조력발전소를 건설함으로써 지역 개발의 효과를 누릴 수 있다는 것이다. 가로림만에는 연간 약 500만 명의 관광객이 올 것으로 예측하고 있다. 즉, 관광휴양도시로 발돋움 할 수 있다는 것이다. 실제로 프랑스 랑스는 조력발전소를 기반으로 세계적인 도시로 성장했다. 가로림만은 이러한 랑스를 롤 모델로 삼아 해양 종합 관광도시로 나아가겠다는 계획을 가지고 있다.

하지만 조력발전에 대한 반발도 만만치 않다. 온실 가스는 적게 배출할지 몰라도 갯벌 생태계는 크게 훼손된다는 것이 가장 큰 이유다. 바닷물을 가두었다가 빼내는 형식이기 때문에 물의 흐름이 정체돼 갯벌의 파괴가 불가피해진다는 것이다. 실제로 전승수 전남대 지구환경과학부 교수는 한 인터뷰에서 "조류가 들고 나는 힘이 약해져 퇴적률이 10배 이상 늘어날 것으로 예상된다"며 "모래갯벌이 펄갯벌로 바뀌는 등 생태계가 전혀 다른 모습으로 바뀔 것"이라고 말했다. 조력발전소가 들어서면 파도에 실려 오던 영양물질이 끊기고, 저서생물―조개류―물고기가 연쇄적으로 영향을 받게 돼 결국 60~70%의 갯벌이 기능을 잃게 된다는 것이다. 가로림만은 낙지나 굴, 강화는 새우와 꽃게로 전국적으로 유명한 곳들인데 생태계가 바뀌면 어장이 형성되지 않을 것이라는 우려가 빗발치고 있다. 어장이 사라지는 것 외에도 조력발전 예정지에 서식하고 있는 멸종위기종들은 생사의 문제가 달렸다. 가로림만 환경영향평가서에 대해 환경부가 물범, 표범장지뱀, 맹꽁이 등 보호종 감소에 대한 조사가 제대로 이루어지지 않았다는 점 등을 들어 반려했다는 사실이 이를 뒷받침한다. 갯벌은 풍부한 생산력을 지닌 생태계의 보고이며 조력은 재생 가능한 에너지임에도 불구하고 갯벌 생태계를 훼손한다는 그림자가 분명히 존재한다. 이 때문에 외국에서는 조력발전이 중단된 지 오래라고 한다. 전 세계에서 상업 발전을 실시하는 조력발전소는 1966년 건설된 프랑스 랑스가 유일하다고 할 정도이니 말이다.

뿐만 아니다. 조력발전소가 건립되고 난 후 생기는 경제적 이득이 특정 계층에 집중될 것은 명약관화다. 현재 가로림만에서 맨손어업으로 살아가는 사람들은 5000명이 넘는다. 조력발전소가 들어서서 어장이 사라지면 5000명의 생계가 위협받게 된다. 그런데 현재 가로림만 개발 계획에 따르면 요트와 펜션 단지 건설이 관광객 유치의 핵이다. 이러한 시설들에서 얻어지는 이익이 그 지역 주민들에게 얼마나 돌아갈지가 의문이다. 주민들은 그 이익의 대부분이 펜션 단지 소유 회사의 계좌로 넘어갈 가능성이 높다고 점치고 있다. 또, 가로림 조력 주식회사가 관광객을 연간 500만 명으로 추산한 것도 환경부는 신뢰성이 없다고 보았다. 지금은 전국적으로 새만금 방조제가 유일하기 때문에 유명세를 타서 하루 2만 명가량의 관광객이 새만금 방조제를 찾는다고 하지만 정부의 계획대로 5개나 되는 조력발전소가 완공된다면 관광객이 분산될 것이라는 것이다.

그렇다면 이렇게 팽팽하게 대립하는 의견을 종합하기 위해 우리 정부는 무엇을 해야 할까하는 의문이 생긴다. 현재 조력발전소 건설 승인을 내준 곳에서는 주민들과 환경단체를 설득하는 일이 시급하다. 가로림만 등 조력발전소 건설 예정 지역에는 갯벌 생태계 덕분에 맨손어업으로 살아가는 사람들이 많고 이 때문에 생계의 위협을 느끼는 사람들도 많다. 우선적으로는 이들에게 조력발전소의 필요성을 설명하고 이성적으로 설득하는 일이 선행되어야 한다. 이후에 주민 대표, 지방자치단체 대표, 건설사 대표들이 모두 모여 모두가, 특히 생계에 위협을 직면한 주민들이 만족할 수 있는 보상금의 액수를 정해야 한다. 주민들이 요구하는 보상금의 액수가 지나치게 높아서 타협할 수 없는 상황에서는 그 지방에 들어서게 될 관광 시설의 채용을 약속해주는 것도 방법이라 할 수 있다.

이렇게 해결할 수 있는 경제적 문제뿐만 아니라 조력발전소 건설로 인해 우려되는 환경파괴에 대한 대책을 세워야 한다. 주민 대표, 환경 단체 대표, 지자체 대표, 전문가 등으로 이루어진 자문단을 꾸려서 이들에게 정기적으로 갯벌의 상태를 시찰 받는 것도 방법이다. 이 자문단은 정기적으로 시찰을 돌 때 갯벌의 상태를 점검하고 그에 따른 대책을 제시해야 한다. 조력발전소에서는 그 대책을 수용해서 갯벌의 상태 악화를 막을 책임이 있다. 이 의무를 저버릴 시에는 벌금 부과 등의 불이익을 감수하게끔 해야 한다.

이렇듯 정부는 이미 조력발전소 건설을 승인한 곳에서는 민주적 절차를 통해 최대한 많은 사람의 의견을 수용하고 발전소 건설로 인한 환경파괴를 막기 위한 방법을 모색해야 한다. 하지만 가장 좋은 방법은 세계적 추세를 좇아 또 다른 환경오염을 야기하는 조력발전소 건설을 더 이상 허용하지 않는 것이다. 조력발전은 우선 먹기엔 곶감이 달다는 말처럼 매력적이고 먹음직스러운 사과일지 모르지만 그 사과는 치명적인 독을 품고 있기 때문이다. 게다가 우리나라의 갯벌은 세계 각국의 환경단체들이 앞 다투어 보호하고 싶어 하는 천혜의 갯벌이다. 아프가니스탄의 독재정권이었던 탈레반에 의해 거대석불이 훼손될 때 전 인류는 그 가치를 모르는 무지한 사람들의 만행에 가슴 아파했다. 오랜 세월 동안 자연이 만들어 준 최상의 갯벌을 지금 당장 더 편하고 넉넉하게 쓰기 위하여 훼손하는 것을 보고 다른 사람들 역시 그런 생각을 가질 것이다.

올해 초에 영화 <화차>가 흥행 가도를 달렸다. 이 영화의 여주인공인 차경선은 아버지의 신용불량으로 불행해진 삶에서 탈출하고자 살인을 저지르면서까지 강선영으로 탈바꿈했다. 하지만 강선영도 신용카드 대금 36만 원을 연체하여 돌려막다가 순식간에 몇 천만 원의 빚더미에 올라앉아 파산선고까지 받게 된다. 이를 환경에 적용해 보면 산업혁명 후 수세기 동안 인간들이 빠른 성장만을 목표로 화석 연료를 사용하면서 지나치게 온실가스를 많이 배출했다. 그 결과는 지구 온난화 등 생태계 파괴로 이어졌고 우리 인류는 위기에 직면했다. 이 위기를 극복하고자 인류는 온실가스를 적게 배출하는 조력발전이라는 카드를 내밀었다. 하지만 이 조력발전은 갯벌 생태계 파괴를 희생양으로 삼는다. 전 세계의 갯벌이 다 사라질 위기에 처하면 그제야 우리 인류는 갯벌을 파괴하지는 않는 또 다른 해결책을 모색할 것이다. 그 해결책도 부작용을 안고 있으면 그에 대한 대책을 수립할 것이고, 이 악순환은 계속 이어질 것이다. 이러한 인류의 행태와 강선영을 파멸로 이끈 카드빚 돌려막기는 별로 다를 점이 없어 보인다. 인류가 환경 파괴로 인해 파멸하기 전에 이제는 하석상대하지 말고 근본적인 해결책을 찾았으면 하는 바람이다.

서기영_하나고등학교 2학년

현실과 동떨어진 과학

- 과학의 미래는?

　나는 과학에 관심도 없고, 과학을 썩 잘하는 편도 아니다. 과학에 별 흥미를 느끼지 못하는 이유는 수업시간에 배우는 내용이 우리 일상생활에서 흔히 볼 수 있는 현상들을 설명하는데 도움이 된다고 생각하지 않기 때문이다. 한 예로, 고등학교 생물 1 과정에서 가장 먼저 생명현상의 특징에 대해서 배우는데, 적응을 하는 생물의 특징으로 선인장이 나온다. 그런데 우리나라 교육 현실에 비추어보면 우리는 선인장의 생김새, 생존 조건과 같은 정보보다는 '선인장은 적응을 하므로 생물이다.'라는 사실만 그대로 받아들인다. 집에 선인장을 키우는 대부분의 학생들 역시 '선인장은 왜 가시가 뾰족뾰족 났을까?'라는 물음보다는 교과서적인 정보만 쌓는데 더 중대함을 둘 것이다.

　과학은 분명 일상생활의 현상과 관련이 있다고 하는데, 앞에서 보았듯이 수업시간에 배우는 내용은 이런 현상들에 대한 구체적이고 명료한 설명이 아닌, 수식에 기반한 설명을 할 때가 많다. 일예로 뉴턴이 증명한 $F=ma$. 우리의 관심사는 물체를 다른 장소로 옮기는 것이지 물체의 질량과 가속도가 얼마인지가 아니다. 이렇듯이 한국의 교육현실에서 문제를 찾아볼 수 있는데, 이 글을 통해 우리의 교육방식이 어떤 방향으로 나아가야 할지에 대한 내 생각을 정리해보고자 한다.

먼저, 가장 큰 문제는 많은 학생들은 수업시간에 쌓았던 과학적 지식들을 금방 잊어버린다는 것이다. 일상생활의 어떤 상황에서 중요하게 사용될 수 있는 과학 정보들을 시험 대비를 위해서만 암기하기 때문에 시험을 마친 후 한순간 잊혀져버린다. 나의 경험에서 예를 들자면, 물리 1에서 우주에 대한 단원에서 케플러의 법칙 3가지를 배운 기억이 있는데, 당시에는 달달 외웠던 법칙 3가지가 1년이 지난 지금에 와서는 가물가물하다. 이는 내가 단지 시험을 목적으로 케플러의 법칙에 대해서 개인적으로 관심을 가지고 찾아보지 않았기 때문일 수도 있지만, 내가 생활하는데 있어서 행성의 운동이 아무런 연관성이 없다는 것 또한 하나의 이유이다.

두 번째는, 대부분의 학생들이 교과서에 있는 내용을 그대로 받아들인다는 것이다. 물론, 나 또래의 친구들 혹은 더 어린 아이들은 과학 전문가가 아니기 때문에 우리들은 어떠한 정리에 의심을 가질 만큼의 지식수준에 미치지 못한다. 하지만 아무런 비판의식 없이 수많은 정보들을 수용한다면 완전히 그 내용을 정확하게 이해할 수 없을뿐더러 완전히 자신의 정보로 소화할 수 없으므로 이를 문제 삼을 필요가 있다. 덧붙여 말하자면, 자신이 과학 내용을 정확히 파악하고 있다고 본인은 생각하는데, 사실은 그렇지 않을 경우도 심각한 문제가 될 수 있다. 여기서 '정확하게'가 뜻하는 것은 대학수준 이상의 범위가 아닌 나이에 맞춘 눈높이인데, 처음 과학을 배우기 시작했을 때 기초를 탄탄하게 하지 않은 학생들은 배운 내용을 정확하게 이해할 수 없을 것이다.

마지막으로 세 번째 문제는 우리가 배운 과학적 사실을 가지고 오랜 시간 동안 고민할 시간이 주어지지 않는다는 점이다. 이는, 지난 시간에 배운 내용들을 정리하려고 할 때쯤이면 바로 다음 수업에서 엄청난 정보량이 들어오는 것이 원인이다. 또한, 배운 과학정보들을 현실에 적용시킬 기회가 수업시간에 마련되지 않기 때문에 어떤 학생들은 현실과 과학이 동떨어졌다고 느낄 것이고, 따라서 과학에 흥미를 잃게 된다.

그렇다면 이러한 문제점을 해결할 수 있는 방법으로는 무엇이 있을까? 위의 세 가지 문제에 대해서 다음의 해결책을 생각해보았다.

우선, 교육시스템의 변화가 시급하다. 많은 양의 정보전달이란 목적에서 벗어나, 몇 가지 과학 개념에 대해 충분한 시간 동안 실험도 하고, 배운 내용을 친구들과 토의하는 수업방식으로 변화되어야 한다.

예를 들어, 꽃에 대해서 배운다면 직접 자연에 나가서 꽃을 수집하여, 학생 스스로 암술, 수술 등의 기관을 살펴봄으로써 그 꽃의 특징을 파악할 수 있다. 그리고 수집한 자료를 가지고 정리한 생각들을 모아 수업시간에 자유롭게 공유하는 시간을 가진다면 기억에도 더 오래 남을 것이므로 모든 사람이 과학에 보다 가까이 다가갈 수 있을 것이라고 생각한다.

다음으로, 정보를 가려서 수용하는 비판의식을 기를 필요가 있다. 과학은 증명되지 않은 정리들이 많기 때문에 그 정리들이 사실이라고 받아들이면 올바른 과학 지식을 쌓을 수 없다. 따라서 다양한 책을 통해 습득한 지식을 친구들과 가족끼리 토론하고, 일상생활의 과학 현상에 대해서 깊게 고민해보는 시간을 가지면 이 비판의식을 기를 수 있을 것이라고 생각된다.

정리해서 말하자면, 우리나라 과학이 나아가야 할 방향은 '실용적 과학'이다. 극소수만이 이해하는 과학이 아닌, 모든 사람이 과학의 발전에 기여할 수 있는 그날이 하루 빨리 오길 기대해본다.

과학의 대행자

"이런 말도 안 되는……!"

도저히 이해할 수 없는 논문이다. 내 옆에서 같이 논문을 보고 있는 친구여, 도대체 내 앞에서 이를 발표하는 자는 상식조차 없는 물리학자에 대해서 어떻게 생각하는가? 그대가 들어도 정말 황당하지 않은가? 갈수록 그의 생각을 들을수록 어이가 없어진다. 뭐? 광속 불변의 원리? 빛의 속도는 항상 일정하고 변하지 않는다고?

자, 그의 이름을 똑똑히 외워두도록 하자. 알버트 아인슈타인이다. 바로 저기 콧수염을 기른 사람 말이다. 내가 지칭하고 있는 세상에서 가장 멍청할 물리학자이다. 그는 거의 완벽하게 구축해놓은 물리학이라는 거대한 도시를 무너뜨릴 거대한 대포를 가지고 오는 것이다. 내가 30여 년의 시간을 두고 검토해본 결과, 나는 토머스 영의 생각을 인정할 수밖에 없었고, 빛이 파동이라는 것에 대해 의심하지 않았다. 호이겐스가 옳았던 것이다. 그로써, 나는 그때 처음으로 스스로가 발견한 과학적인 사실에 대해 오류를 인정한 것이다(물론 내가 죽어서 그대를 만난 이후이니 잘 알겠지). 그런데 이 자는 광전 효과를 광양자설이라는 이론을 통해 다시 빛을 입자라고 주장하여 나를 혼란에 빠뜨리더니, 마침내 '운동하는 물체의 전기역학에 대하여(Zur elektrodynamik bewegter Körper)'라는 것으로 나를 완전히 카오스(Chaos)로 몰아넣는 것이다.

하지만 이런 말도 안 되는 이론이 성립할 리가 없다.

친구여, 일단 돌아가자. 돌아가서 생각하자. 돌아가서 이 이론을 멋지게 반박할 수 있는 방법을 찾아보자. 그 무엇보다 과학적으로.

이미 나는 당신과 함께 내 실험실에 와있다. 영혼이 자신의 집인 저승으로 돌아오는데, 굳이 시간이 필요하겠는가? 공간 이동(Teleport)이라고 생각된다면, 그렇게 말해도 좋다. 어차피 용어가 중요한 것은 아니니깐 말이다.

이제 잠시만 나가달라. 이 문제는 쉽게 끝날 문제가 아닌 것 같다.

아무래도 혼자서 이 이론에 대해 며칠 동안 끙끙 싸매야 할지도 모르겠다.

아니, 아니, 자네 역시 훌륭한 과학자였지? 그럼 나와 같이 그 무지몽매한 아인슈타인이라는 과학자의 이론에 대해 같이 고찰해보지 않겠나?

좋다. 역시 그대라면 그렇게 말할 줄 알았다. 자, 운동하는 물체의 전기역학, 음, 그러니깐 특수 상대성 이론이라고 하는 것이 좋겠군. 등속도라는 특수한 환경에서만 적용되니깐. 그것의 핵심부터 짚어보도록 하자. 일단 이론에서의 전제를 짚어보도록 할까? 전제가 틀리면 이론의 모든 것이 틀리는 것이니깐 말이다. 일단 이론의 전제는, 모든 관성계는 동일한 물리 법칙이 적용된다는 것이다. 이건, 딱히 지적하고 싶지 않다. 그 이유는 굳이 설명할 필요가 없겠지? 자, 이제 문제는 이 두 번째 전제이다. '광속 불변의 원리.' 갈릴레이의 상대론과 완전히 상반되는 내용이다. 자, 이게 틀렸음을 증명해야 하는데, 좋은 생각 있나?'

정확히 2년 전의 이야기이다. 기억나는가? 자네를 만나고 얼마 안 돼서 말이야.

나는 정말 어리석었던 것이지. 아인슈타인이 맞았어. 특수 상대성 이론은 전혀 오류가 없는 이론이었다고 나는 그때, 좀 더 냉철하게 그 이론을 받아들였어야 했었어. 어떻게 이렇게 어리석을 수가! 나는 내 앞의, 특수

상대성 이론을 가장 멋지게 설명하는 내부 관찰자, 외부 관찰자에 대해 서술해놓은 양피지를 치워버린다. 이제 모든 이가 특수 상대성 이론에 대해 이의를 제기하지 않고 받아들인다. 그들 역시, 나와 같은 생각으로, 그 이론에 특수 상대성 이론이라는 이름을 붙였다.

이미 토머스 영이 내가 잘못된 생각을 가졌다는 것을 입증했었음에도 불구하고, 나는 여전히 내가 모두 옳다는 태도를 취했던 것이다. 살아생전의 성격을 아직도 고치지 못한 것이고, 무려 300여 년의 세월 동안 전혀 고치지 못한 내 결점이며, 이렇게 편협한 사고를 가졌을 때부터 나는 물리학자로써 탈락을 증명했다는 말이다.

그래. 난 애초에 물리학자로서의 자격이 없었던 거야. 그때 냉철하게 이론을 바라보던 자네와는 완전히 다르게.

"……요?"

…… 뭐……라고? 그, 그건…….

후우, 솔직히 그렇다네. 하지만 나라는 것이 그럴 자격이 있을까…….

생각할 시간이 필요할 것 같네. 한 시간, 딱 한 시간 뒤에 다시 찾아와 주었으면 하네.

나는 마음을 굳혔네. 겸허한 마음으로, 겸손한 자세로 다시 물리학을 접할 생각이네.

용기를 가지고, 우주의 거대한 비밀을 파헤칠 것이네. 그대의 얼굴에 띤 미소를 보니, 내 결정이 옳았음이 느껴지는군. 나는 마법을 믿지는 않지만, 당신의 방금 그 말만큼 정말 마력(魔力)을 담은 듯한 마법 같은 주문이로군. 정말 행복한 마법일 뿐이야.

난 자네를 '과학의 마법사'라고 부르고 싶네. 아니, 대행자(代行者)가 더 적합할지도

'과학의 대행자.' 마음에 드는가?

홋. 역시 자네라면 마음에 들어 할 줄 알았네.

그렇다면 무엇을 어떻게 할 것인가. 어떤 부분을 더 알아내야 하는 걸까.

자꾸 머릿속에서 무엇인가가 떠오르려고 한다.

과학이라는 학문이 내게 다시 돌아온 것에 대한 보답으로 무엇인가, 내게 탐구할 수 있는 주제를 주려는 듯한 기분이 든다. 그리고 떠오르려고 했던 생각은 계속 나의 사고를 앞에 두고, 간격차를 두고 도망가다가……. 마침내 붙잡힌다!

"특수 상대성 이론."

자네의 얼굴을 보니, 자네도 알아챈 것 같군.

아인슈타인의 특수 상대성 이론은 어디까지나 등속도 운동을 하는 관성계에서만 성립한다는 것에서 그 한계를 가진다. 이런 상대성 이론을 가속하는 관성계까지 이끌어낼 수 있다면……!

그건 과학계의, 어떻게 보면, 특수 상대성 이론보다 더더욱 물리학계를 뒤엎을 수 있는 중요한 발견이 될 수 있을 것이다. 충분히 가능성이 있는 것이다.

그런데, 문제는 이를 어떻게 할 것이냐. 어려운 문제이다. 정말로.

아인슈타인은 이 문제에 대해서 전혀 생각하지 않고 있을까? 그럴 리가 없다.

그라면 분명히 우리와 같은 생각으로 그의 이론을 어떻게든 보완하려고 할 것이다. 그는 과학을 사랑하는 자이니깐, 자신의 과학 이론을 좀 더 발전시키고 싶어 할 것이다. 그가 그럴 것임은 의심의 여지가 없다. 그렇지. 아인슈타인을 찾아가 보자. 그가 무슨 생각을 하고 있는지 들춰보자. 우리가 그에게 도움을 줄 수 있을지도 모르며, 우리가 그에게 도움을 받을 수 있을지도 모른다.

아니, 아니, 잠깐. 그냥 갈수는 없지.

우리끼리 며칠 동안 이에 대해 생각을 해보는 것이 어떠한가?

"험프리 교수님의 말에 동조합니다. 특수 상대성 이론이 설명할 수 없는, 가속계에서도 성립할 수 있는 이론이 분명 존재할 것입니다. 하지만 그 해답의 열쇠는 광속이 가지고 있을 것이라는 생각이 들지는 않습니다. 빛의 속도만큼이나 물리적으로 절대적인 무엇인가가 존재할 것이라고 생각하고 있다네."

"선생님께서는 그걸로 무엇을 생각하고 계십니까?"

"아직 그것에 대해 잘 확신이 안 섭니다."

"그래도 확신이 서지 않으시다는 것은 무엇인가를 생각해놓으신 것이 있으시다는 것 같습니다. 그에 대해서 듣고 싶습니다."

아인슈타인은 한동안 망설였다. 자신을 거의 추종하는 것으로 보이는 교수에게 아직 제대로 생각도 해보지 못한 내용을 말하자니, 없잖아 거부감이 든 것이리라. 거기까지 보인다.

"뭘 걱정하시는지는 알고 있습니다. 저는 당신의 이론에 대해 열광하는 과학자이기도 합니다만, 그와 동시에 확실하지 않은 것에 대해 생각을 할 줄도 아는 과학자입니다."

"아, 으흠, 그런 뜻이 아니었습니다."

아니라고 해도 분명히 그의 얼굴에서는 속마음을 들켰다는 듯한 표정이 드러나 있었다.

의외로 재미있는 사람이기도 한 것 같다. 자네도 그렇게 생각하지?

"저는 중력이라는 힘이 수상합니다."

"중력이요? 중력이라고 한다면……."

정확히 자네가 며칠 동안 고민하며 직관적으로 결정내린 그것과 일치하지 않은가?

나는 제자로 변장한 그대에게 경탄의 눈빛을 보낸다.

정말로 자네는 또 하나의 천재였군. 요절한 것이 아쉬운 정도야.

아닐 수도 있고……. 아, 신경 쓰지 말게. 그것보다 우리끼리 극초단파의 파장으로 텔레파시(Telepathy)하는 동안, 아인슈타인이 무슨 말을 하는군.

"……것이라고 생각합니다. 중력이라는 것은, 아이작 뉴턴이라는 위대한 과학자가 정량적이고 수학적으로 설명해낸 경이로운 힘이며, $F = G\dfrac{Mm}{r^2}$ 이라는 아름다운 식이지만 이와 관련이 없어 보이긴 합니다만."

내가 할 말을 잃은 것은 순식간이다. 나의 예전 행동이 떠오른 탓이랄까.

나는 그를 뒤에서 모욕하며, 그를 무시했지만, 그는 다른 과학자를 존중할 줄 알았던 것이다. 새삼 내가 했던 행동이 부끄러웠다.

"그런데 중력이 어떻게……."

"그건 저도 잘 모르겠습니다. 일단 물리학적 직관이라고 해두도록 하겠습니다."

나는 그의 말이 끝나자마자, 즉시 번뜩이는 무엇인가가 내 눈 앞을 스쳐지나가는 것을 느꼈다. 이것 역시 물리학적 직관인걸까? 아니면, 과학이라는 학문이 다시 나에게 주는 두 번째 선물인가? 나는 커피를 입에 가져다댄 아인슈타인으로부터 내 관심을 잠시 떼어내며, 마치 벼락이 내리치듯이 순식간에 떠오른 하나의 아이디어를 빠르게 검토한다. 그대 역시 같은 생각이 온 것 같군. 표정을 보아하니 나보다 먼저 떠올린 것 같아. 그래, 같이 생각해 보세.

물론 바로 앞의 아인슈타인이라는 훌륭한 과학자가 커피를 입에서 내려올 때까지만.

결과는 상당히 긍정적이었다. 그래. 이거라면?

"저와 여기 같이 앉아있는 저의 제자 역시, 중력이라는 힘에 대해서 생각해보았습니다. 전기력은 이미 많은 것들이 밝혀졌지만 중력은 아직 신비에 싸여있는 힘이지요. 저희의 경우는 이러한 질량을 상대론적인 현실로 끌어들여서, 이러한 결론을 내렸는데 들어주실 수 있겠습니까?"

"어떤……겁니까?"

"중력 질량과 관성 질량이 동등하다는 것입니다."

아인슈타인은 잠깐 당황한 표정이 되더니, 곧 반박했다.

"네, 이 두 가지 질량이 같다고 나오는 것은 사실입니다. 하지만 이 둘이 같아야 할 이유는 어디에도……."

나는 아인슈타인의 말을 잘랐다.

그의 반박을 듣다가, 갑자기 떠오른 이 중대한 가설을 놓칠 것만 같았다.

"제 생각에는 선생님, 이렇게 생각하시면 어떨까요? 거대한 공간, 아주 거대한 공간이 있습니다. 그래요, 우주라고 하면 좋겠네요. 그리고 이곳에서 여행하는 거대한 비행기가 있다고 생각해 보자는 겁니다. 앞으로 가속하는 비행기가요. 그럼 당연히 비행기 안의 사람들은 뒤쪽으로 힘을 받겠지요."

아인슈타인은 순간 놀란 표정으로 나를 바라보았다. 그 역시 무엇인가를 깨달은 것 같았다. 나와, 아니 우리와 같은 무엇인가를.

"그, 그렇다면!"

나는 그에게 계속 해보라는 듯이 고개를 주억거렸다.

"그럼 비행기 안에서는 무슨 일이 있다고 해도, 사람들은 뒤쪽으로 받는 힘을 구별할 수 없게 됩니다! 그게 중력이던지, 비행기의 가속으로 인한 로켓이든지요! 그렇게 구별할 수 없다는 것은, 중력과 관성력을 같게 생각할 수 있다는 것입니다. 그렇다면 관성 질량과 중력 질량이 같다는 것은 충분히 설명할 수 있어요! 그렇다면……."

"네, 다른 가속도로 운동하는 계를 중력장에서 운동하는 계로 표현이 가능하며, 그에 따라 모든 관성력을 중력장 형태로 표현할 수 있다는 것이 저희의 생각의 중점입니다. 당연히 모두 중력장 형태로 표현했기에, 계 내의 물체는 작용하는 중력장의 세기만 달라지고, 나머지는 같은 형태로 성립하게 된다는 것입니다."

"그렇다면 남은 것은 가속계가 받는 중력장을 어떻게 해결할 것인가, 그 외의 모든 전제에 대한 문제는 말끔하게 사라지는 거로군요! 정말 놀라운 발상이십니다! 교수님께서는 물리학의 새로운 지평을 여신 생각을 하신 것입니다!"

"이런 생각을 처음으로 시행한 것은 제가 아니라 여기 있는 제 제자, 에이전트(Agent)입니다. 정말 똑똑한 친구이죠"

당황하지 말게. 사실이지 않은가?

그대가 나보다 더 먼저 생각해내었으니.

보아라, 20세기의 위대한 후배 과학자가 그대를 경탄스럽고, 일말의 존경심까지 비치며 그대를 쳐다보고 있지 않은가? 그냥 이 순간을 만끽하며 자랑스러워하게.

아마, 자네가 아인슈타인을 다시 볼 일이 없을 것 같으니깐.

무슨 소리냐고? 아직은 몰라도 될 것 같네. 아니면 이미 자네는 알고 있거나.

또 다시, 실험실.

우리는 이번 대화를 통해 정말 많은 것을 배운 것 같네.

그렇지 않은가? 우리는 그에게 등가원리(等價原理)의 아이디어를 알려주었고, 그는 곧 그것을 확장시켜, 멋지게 곡률을 가진 중력장을 만들어 냈으니깐.

물론 우리는 죽은 자이기 때문에, 그는 곧 우리와 대화한 내용을 모두 잊겠지. 하지만, 우리는 그의 잠재의식 속에 아주 중요한 생각을 심어놓고 가는 데 성공했네.

이제 그의 기억 속에는 사라졌지만 우리와의 대화를 통해 잠재의식 속에 남겨진 또 하나의 상대론, 흠, 일반 상대성 이론이라는 이름이 어떨지 모르겠지만 이게 좋겠군. 일반 상대성 이론을 그가 얼마나 빨리 깨우치느냐에 따라 인간의 물리학이 얼마나 발전될 수 있을지가 여부가 되겠지. 그래도, 그가 인간이라면 최소한 20년을 걸릴 것 같고…….

뭐, 이제 남은 문제는 자네만 남았군.

무슨 소리냐고? 자네, 이제 솔직히 밝힐 때가 되지 않았나, 내 친우, 과학의 대행자여?

음, 정말로 모르는 척할 것인가? 그럼 내가 직접 밝혀주지.

자네는 죽지 않았다네. 저승에 있을 존재가 아니라는 거지.

그렇게 당황해 할 필요 없네. 맞는 말 아닌가?

흠, 언제부터 알았냐고 물어본다면, 아인슈타인과 토론했을 때라고 해두지.

그대는 이제 막 20살 정도 되어 보이는, 과학도(科學徒)이긴 하지만 어린 새싹이라네.

그런데 그런 학생이 막 나온, 특수 상대성 이론의 논점을 보자마자 바로 이해하고, 그에 대해 나와 같이 연구했다고? 아, 물론 자네를 무시하는 것은 아니지만, 솔직히 그건 힘들다고 봐야지. 그렇다면 뭐가 남을까? 그대가 이미 다 알고 있었다면, 특수 상대성 이론은 물론이고, 일반 상대성 이론에 대해 우리에게 힌트를 준 것이라고 생각하면 정확히 이치에 들어맞지. 거 봐, 이미 자네의 표정이 모든 것을 말해주네. 그대는 도대체 누구인가? 왜 이곳에 존재하는가? 정말 과학이라는 학문이 내려준, 과학의 대행자인가?

그냥 미소뿐이로군. 나를 만나기 전은 아무것도 기억하지 못하는 건가?

그리고 마침내, 입이 열린다.

"저는…… 그냥 과학이라는 학문에 관심을 가진 한 명의 과학도일 뿐입니다. 그것 외에는 어떠한 사실도 중요하지 않습니다."

"아니, 이제 현실을 직시할 시간이 된 것 같군. 그대와 이별할 시간이 된 것 같아. 뭐, 갑자기 이런 통보를 하니 좀 의아하겠지만 내 직감이 그렇게 말해주고 있네. 미래에서 온 과학의 대행자여."

"돌아갈 시간…… 미래……."

그래, 이제 돌아갈 시간이야. 이별을 할 시간인 것이다, 젊은 친구.

만남이 있으면 당연히 헤어짐도 있는 법이겠지.

갑자기 환한 빛이 그대의 뒤로 보인다. 무엇보다 찬란한 빛이.

빛이 하나의 원 형태를 띠우며, 공간을 일그러뜨리는 것 같군. 또 하나의 마법(魔法)이야.

아니, 그 전에 나와 자네가 만났다는 것 자체가 하나의 마법이자 기적(奇蹟)이 되겠군.

그대와 내가 만난 교차점에서 시작하여 우리는 잠시 같은 길을 걸어왔지. 이제 이 빛이 그대와 내가 헤어질 분기점이 될 것이고, 그대와 내가 함께 했다는 것을 내게 결정적으로 보여주는 빛이 될 것 같네.

나는 주머니에서 뭔가를 뒤적거린다. 영혼의 호주머니에서 털면 내가 가진 전생의 모든 것들이 나오겠지. 그리고…… 내가 찾아낸 것 같군.

푸른 빛깔의 열쇠 모양이 달려있는 목걸이.

자, 받게. 이 열쇠가 시간(時間)과 공간(空間), 그리고 생사(生死)를 초월한 우리의 만남을 기념하는 증표가 될 걸세. 자네는 꿈에서 깨든, 환상에서 깨든, 최면에서 깨든, 다시 그대의 세상으로 돌아가겠지. 그때, 이 목걸이를 보며, 이 시간을 잊지 말아주게. 정말 꿈이라서 목걸이가 사라진다고 해도, 그대의 마음속에 지녀주게. 이제 시간이 얼마 남은 것 같지 않아. 돌아갈 세상은 어떠한 세상일지 모르겠지만, 자네 마음속의 열쇠로 과학의 잠긴 문들을 열어주길 바라네.

"그리고……."

빛은 서서히 밝아진다. 이제 어느 샌가, 공간을 일그러뜨리는 빛은 내 앞의 사라지는 존재를 감싸기 시작한다.

"……자네가 말했듯이, 어떠한 일이 있어도 과학을 포기하지 말고 끝까지 도전하게! 자네가 과학을 사랑하듯이, 과학이라는 학문도 자네를 진심으로 사랑하니깐!"

빛이 걷혀간다. 내 앞에 존재하던 형체도 사라졌다.

이제 내 앞에서 "자네" 혹은 "그대"라는 존재는 완전히 지워졌다.

잘 가게, 내 어린 친구.

내 이름은…… 아이작 뉴턴이라네.

언젠가 다시 볼 수 있겠지.

아인슈타인은 20년 안에는 발견할 수 없다는 예상과 달리 1916년, 그러니깐 '그 일'이 있었던지 8여 년 만에 일반 상대성 이론을 발표했다. 그로 인해, 순수하게 뉴턴, 그러니까 나의 역학으로 설명할 수 없었던 수성의 근일점 외의 수많은 것들이 설명이 가능하게 되었다.

하지만 나의 역학은 여전히 거시적 세계에서 많이 쓰였고, 과학은 그 이후로도 계속 발전되었고, 그 사이에 원자폭탄, 원자력 발전소 사고, 전쟁 등의 많은 일들이 있었다.

나의 조국 영국은 약해졌고, 미국은 강대해졌다.

그리고 현재는 2012년. '그 일'이 있은 지, 104여 년이 지났다.

아시아의 나라들 역시 급속도로 과학을 발전시켰고, 그 사실은 나의 관심을 이끌기 충분했다. 나는 아시아 과학의 중심지라는 일본이라는 곳에서, 그 옆 나라. 남과 북이 갈라져 있는 대한민국이라는 나라로 이동했다. 이 나라는 다른 강대국들에 비해 과학의 발전도가 그렇게까지 높은 편은 아니다. 하지만 과학자들은 열정이 있고, 재능이 있었고, 그에 따라 과학 기술의 발전 속도는 경이로울 정도로 빨랐다.

나는 어느 샌가, 나와 함께 하는 또 다른 파트너, 아인슈타인과 함께 그

나라의 과학 기술 연구소이자, 학생들을 가르치는 대학 한 곳을 둘러보며, 그에 대해 이야기하고 있었다.

"이 나라는 과학도들의 열정이 뛰어나지만, 국가가 적극적으로 과학이라는 학문을 장려하지 못하는 것 같아 아쉽군."

"그래도 대단해. 한정된 환경에서도 이 나라의 과학 기술은 상당한 발전을 거뒀어."

"아쉬운 점이 하나 더 있긴 하지."

"기초 과학에 대한 투자가 부족하다는 점?"

"그런 것 같아. 바로 그 과학 발전에 투자한다는 예산이나, 과학을 연구한다는 과학도들은 기초 과학보다는 기술의 발전에 치중…… 응?"

뉴턴은 일순간 말을 멈추고 길가를 지나가며 이야기를 하는 학생들의 무리를 바라보았다.

아인슈타인이 듣자하니, 양자역학에 대한 이론에 대해 토론을 하는 것 같았다.

"뉴턴, 왜 그래?"

하지만 뉴턴은 아인슈타인의 물음에 답하지 않고, 서로 의견을 주고받는 학생들, 정확히 말하면 그들 중 한 남학생에게만 눈길이 계속 가 있었다.

그의 목에는 푸른빛의 열쇠 모양의 목걸이가 걸려있었다.

"오랜만이네, 과학의 대행자."

이공계의 길을 걸어가는 과학고 학생의
진솔한 자기 성찰 이야기

엄마의 잔소리와 감시가 있는 집에서 지내는 방학보다 내 자신이 자유롭고 자율적일 수 있는 기숙학교가 더 좋은, 내 나이 낭랑 18세, 과고생이다. 내가 공부를 하는지 안 하는지 슬쩍 살피시는 엄마의 눈빛은 자발적으로 동기 부여되어 공부를 하려는 나의 즐거운 마음을 흐려버린다. 물론 대입이라는 중요한 시기도 점점 다가오고 그에 따라 내가 예민해질 수 있다고 판단하셨는지 엄마의 잔소리가 예전보다는 직선적이지 않고 빙 둘러가시지만 내가 명문대에 입학하기 바라는 그 암묵적인 압력만큼은 여전하시다.

공부는 왜 해야 하는가? 예전에는 좋은 학교에 가기 위해서라고 생각했었다. 사실은 아직도 그게 제일 1순위이긴 하다. 성적순으로 학생을 뽑는 체제 안에서 내가 원하는 학교에 가기 위해서는 공부를 해야 한다. 하지만 지금의 나는 예전만큼 마냥 대학교 이름에만 초점을 맞추고 있지는 않은 것 같다. 나는 그곳에서의 즐거울 생활을 꿈꾸고 꿈을 향해 나아가는 동안 원하는 대학에서 원하는 것들을 하고 나와 같은 꿈을 가진 사람들 또는 다양한 사람들을 만나며 배우고 싶기 때문이다. 지난번에 카이스트에서 박사과정을 밟으시며 동시에 레코드 회사의 대표를 맡고 있는 분의 강의를 들은 적이 있다. 그분은 고등학교 때 공부를 열심히 해서 서울대에 가셨는데 그곳에서 음악에 빠지신 분이시다. 하지만 그분이 또 마냥 음악에만 빠지신 것도 아니다. 그분께서는 이렇게 말씀하셨다. 자신이 즐거운 일을 하되 항상 지속가능한 일을 하라고 즉, 어느 한쪽에 치우치지 않고 때에 따라서는 공부를 하나의 도구로 이용하는 전략이다. 나도 공부를 위한 공부가 아니라 내 자신을 위한 공부를 하고 싶고, 또 그렇게 하고 있다.

그럼 나의 꿈은 무엇인가? 이 대답에 곧바로 주저 없이 대답할 수 있는 사람이 몇이나 될까? 내 친구 중에는 이러한 이야기가 나오면 주저 없이 '가상현실에 대해 연구하는 연구원이요!' 말하는 친구가 있다. 나는 주저 없이 저런 구체적인 꿈을 말할 수 있는 친구가 부럽기만 하다. 그럼, 성공했다고 여겨지는 사람들은 모두 꿈이 있었을까? 예전에 서울대 기계항공과 교수님께 교수님의 원래 꿈이 뭐였는지, 왜 기계항공을 하게 되셨는지 여쭤본 적이 있다. 그랬더니 딱히 꿈이라기 보단 대학 학부 때 기계항공과를 선택하게 되어서 계속 쭉 하게 되셨다고 한다. 사실 대부분의 사람이 그런 것 같다. 나와 같은 경우도 어린 시절부터 과학에 대한 호기심과 흥미가 있었고 그러한 사소한 느낌으로 과학고에 들어오게 되었다. 하지만 그런 사소한 느낌이 가장 중요한 것이고 그것이 곧 꿈이라고 생각한다. 나 자신은 하나고 세상은 넓기 때문에 우린 하나하나의 것을 모두 경험해 볼 수 없다. 그러므로 많은 것들 중에 단 한 가지의 꿈은 꿀 수 없는 것이라고 생각한다. 꿈이란 결국 무엇이 되어 살고 싶은지가 아니라 어떠한 모습으로 어떤 자세로 살고 어떤 것을 느끼며 싶은지를 말하는 것이 아닐까.

나는 재미있는 삶을 살고 싶은 것이 꿈이다. 물리학자가 되더라도 제대로 노는 물리학자가 되고 싶고 공학자가 되더라도 신나는 공학자가 되고 싶다. 이 세상에 호기심을 가지고 호기심을 해결하는 재미를 느끼고 내 일을 즐기며 살고 싶다. 그리고 특히 다양한 경험을 하면서 살고 싶다. 얼마 전에 예술가 낸시 랭의 강연을 들은 적이 있다. 그녀는 자유분방한 행위 예술가로서 자기가 하고 싶은 것들을 하며 다채로운 삶을 살아가는 듯 보였다. 나는 '아, 내가 과학자가 되어도 저런 흥미로운 삶을 살 수 있을까?' 라고 생각했다. 하지만 그녀의 입에서는 의외로 뜻밖의 말이 나왔다. 예술가와 과학자는 서로 대조적으로 보이지만 사실은 둘 다 무엇인가 새로운 것을 만들어 낸다는 점에서 닮은 부분이 많다는 말이다. 즉, 새로운 것을 만들어 내는 과학자의 삶은 마치 예술가처럼 다채로울 수 있다는 것을 그녀가 가르쳐 주었다. 또한 모든 새로운 것은 기존의 것에서 나오기 마련이고 그렇기 때문에 과학자가 되려는 사람은 다양한 경험을 해야 한다.

현재 나는 이공계의 길을 걸어가고 있다. 이 길을 확신할 수 있는가? 의대를 나오면 의사가 되지만 이공계에서는 확실히 정해진 직업이 없다. 그래서 조금은 불안해 할 수밖에 없다. 하지만 아까 말했듯이 내가 살아가고자 하는 삶이자 꿈이 있는 이상 미래가 불확실 하지만은 않다. 적성에 대해 고민해 볼만한 필요는 있지만 걱정을 달고 살 필요는 없다고 생각한다. 한 스님은 적성과 관련된 고민을 늘어놓는 학생에게 이런 말씀을 하셨다.

"내가 스님이 적성에 맞아서 이러고 있는 줄 알아? 목탁을 계속 쳐서 목탁 치는 속력이 붙게 되면 적성에 맞는 거야? 일단 해봐."

세계적으로 과학 연구 환경이 좋아짐에 따라 연구의 질도 점점 올라가고 있는 추세이고 그에 따라 경쟁과 견제는 치열해질 수밖에 없다. 그런 경쟁들을 생각하면 두려움이 앞서기도 한다. 하지만 연구라는 것이 개인의 역량도 중요하지만 결국 여러 사람들의 도움과 조언으로 이뤄낼 수 있는 것이다. 그 점에서 나는 내가 이공계의 길을 걸어가고 있다는 것을 다행으로 생각을 한다. 과학고에 들어와서 다양한 활동을 하며 겪어 보았지만 정말 이공계에 종사하시는 분들은 다 좋으신 분들인 것 같다. 생각과는 다르게 딱딱하지 않고 위트 있는 지도력으로 이끌어 주시는 교수님들부터, '아…… 이런 것들은 나 때에는 말해주는 사람도 없었는데……' 하시면서도 항상 조언을 아끼지 않으시는 박사 형, 누나들, 그리고 옆에서 항상 도움이 되어주는 친구들까지 이공계의 길은 나만의 홀로 경쟁이 아니다.

　이 길에서의 나의 레벨은 아직 이른바 '초보자 레벨'이라고 할 수 있다. 이제야 겨우 과학을 하는 세상이 어떤 세상인지를 알아가는 중이다. 내 앞에는 수많은 길들이 펼쳐져 있고 수많은 선택의 기회가 주어지게 될 것이다. 그리고 선택의 순간마다 고민이 되겠지만 나의 꿈을 잣대로 선택을 할 것이다. 그 선택이 좋은 선택일수도 있지만 어쩌다보면 그 선택이 위기가 될지도 모른다. 하지만 내게는 그 위기를 함께 견뎌주고 그 위기 뒤에는 또 다른 길들이 있다는 것을 알려줄 많은 조력자들이 있다. 그렇기에 이 길에 들어선 것은 나에게 있어서 또 하나의 행운이다.

뇌, 과학에게 전하는 인문학의 선물

중학교 때 가장 친한 친구가 문득 이렇게 물어온 적이 있었다.

"심리학은 이과야, 문과야? 왠지 문과일 것 같긴 한데 어떻게 보면 이과여야 할 것 같기도 해."

그 당시엔 나도 같은 물음을 가지고 있었기에 만족할 만한 답을 주지 못하였다. 인간의 심리, 곧 감정은 독립적인 것이 아니다. 감정의 근원지가 될 수 있는 곳은 바로 뇌이다. 뇌에 있는 약 1000억 개의 뉴런들은 복잡한 상호작용을 통해 어떤 상황에 대한 판단을 내린다. 그 판단에 따른 행동에 인간의 감정이 담겨있다. 따라서 감정은 뇌에서 비롯된다고 할 수 있다.

대학 전형을 포함한 일반적인 분류에 따르면 심리학은 인문학 계열에 속한다. 하지만 자연계열에서도 뇌 과학의 일부로써 심리학을 전공하는 것이 가능하고, 자연계에서의 심리학 전공이 연구하는데 있어서 더 유리하게 작용하는 경우도 있다고 한다. 뇌 과학과 심리학이 실제로 유사한 부분을 연구하기 때문에 정확히 어디에 속하는지 구분하는 것이 쉽지 않다는 것이다.

심경심리학, 인지 뇌 과학 등 뇌를 연구하는 과학은 자연과학계에서 하위로 취급받는 과목이라고 한다. 자연 과학계에서는 뇌 과학이 마음과 정신이라는 주관적인 대상을 연구하므로 진정한 과학이 아니라고 주장한다.

그리고 인문학계에서는 '뇌 과학이 인간의 정신활동을 단순한 화학작용으로 환원시킨다'며 비판한다. 그렇다면 뇌 과학이 자연과학과 인문학, 그 가운데에서 당당한 자리에 설 수는 없을까?

뇌 과학은 1차적으로 뇌를 신경세포의 집합체로 보고 그 신경세포들이 어떤 작용을 통하여 작용하는지 분석한다. 예를 들면 뉴런간의 신호전달이 일어나는 방식을 전기화학적으로 분석하거나, 신경 전달 물질을 화학적으로 연구하는 것이 있다. 과학자들이 말하는 진정한 과학에 속하기 위한 뇌 과학은 여기까지이다. 여기서 인문학을 전혀 개입시키지 않고 끝내버리면 과연 뇌를 연구하는 진정한 의미를 찾을 수 있는가?

뇌 과학의 하나인 신경심리학은 중추신경에서 특정 뇌 영역이 다른 영역보다 특정 인지 상태와 더 관련되어 있음을 밝혀냈다. 이를테면, 언어정보는 우반구보다 좌반구, 뒤쪽보다 앞쪽과 더 관련되어 있다는 것이다. 마음과의 상호작용을 잘 보여주는 뇌 영역인 시상하부, 편도체, 해마, 전두엽 일부를 묶어서 변연계라고 하는데, 변연계는 뇌의 기억 작용도 하지만 동시에 감정을 조절하는 작용도 한다. 이러한 뇌의 총체적인 작용을 이해하기 위해서는 어느 한 부분도 빼놓을 수 없다. 만약 주관적인 감정이 개입된 마음과 감정, 심리작용은 완전히 배재한 채로 연구를 진행한다면 어떨까? 연구의 흐름에 있어 한계적인 장벽을 넘어서기 어려워질 것이다.

그러면 반대로 인문학자의 관점에서 보자. 인문학계에서는 신경심리학과 인지과학을 포함한 뇌 과학을 배척하는 경향이 있다. 인문학자들은 자연과학자들과는 눈에 띄게 다른 성향을 보인다. 우리나라 정규 교육과정에 따라 고등학교 2학년부터 인문계와 자연계가 구분되고, 다른 교육을 받으면서 각자의 성향에 맞는 계열로 진학하여 대학 학과를 선택하게 되므로 둘의 차이는 클 수밖에 없다. 따라서 인문학자에게는 과학적 개념을 도입하는 것에 대한 거부감이 드는 것이 당연할지도 모른다.

하지만 인문학에서 뇌 인지과학이 쓰일 수밖에 없는 사례들이 있다. 당신이 사는 동네의 뒷골목에서 연쇄살인사건이 일어났다고 하자. 체포된 연쇄살인범의 뇌 영상을 자기공명영상장치(MRI)로 촬영하여 판독한 결과 치명적인 뇌 손상이 발견되었다. 법정에 선 그는 과연 유죄일까, 무죄일까? 그에게는 아무런 책임을 물을 수 없는 것일까?

이러한 경우에는 과학적인 접근이 필요하다. 그의 책임을 논하기 위해서 뇌의 신경작용에 대한 검토가 필요한 것이다. 이 상황을 설명하기 위해 인문학계의 철학자들은 자유의지 개념을 도입한다. 여기서 두 가지 견해가 있다. 피고인의 행위에 자유의지가 발현되었는지의 유무를 판단하기 위해서는 과학적 사고가 동반되어야 한다. 여기서 두 가지 견해가 있다. 피고의 범죄에 자유의지가 발현된 것이라고 주장하는 유죄측과, 피고의 뇌의 과거 경험이 필연적으로 야기한 결과라는 무죄 측이다. 자유의지론을 주장하는 철학자들은 우리가 하고 싶은 것을 우리 자신이 뇌에 명령을 해서 하는 것이라고 설명한다.

이러한 자유의지에 대하여 한때 뇌 과학자들은 '인간의 선택 결정은 이미 뇌에서 미리 배선된 행위를 수행한 것인데, 뇌는 이를 자유롭게 선택했다'는 식으로 역추론하여 그러한 자신을 정당화하려 한다는 연구결과를 발표했었다. 우리가 우리 스스로의 정신을 의식적으로 통제한다는 느낌은 언어중추를 담당하는 좌반구 뇌가 만들어 낸 착각에 가깝고, 자유의지는 이미 짜여져 있는 무의식적 수행을 설명하기 위해 뇌 의식 속에 심은 환상이라는 것이었다. 그러나 최근 신경과학자 벤저민 리벳은 준비전위의 시간부터 실제로 손이 움직이기까지의 시간이 약 500밀리초이고, 뇌로부터 실제로 손을 움직이게 만들기까지의 신경신호는 50~100밀리초 정도 걸리므로 100밀리초는 의식적 자아가 무의식적 결정을 내리거나 그런 결정을 뒤집을 수 있는 시간으로 남는다고 주장했다. 리벳은 이 결과를 통해 사고와 행위 과정에는 100밀리초간의 짧지만 거부권을 발휘할 수 있는 자유의지가 개입된다고 말했다. 이렇게 지속적으로 밝혀지고 있는 뇌 과학적 연구결과는 실제 사건에 대한 법정에서의 판결에 참고자료로 쓰일 가능성이 충분하다고 생각한다.

지금까지 한창 앞서 나가고 있던 국부적인 분야의 과학은 서서히 지고 있는 추세이다. 요즘에는 단편적 과학이 아닌 융합 인재 교육이 각광받고 있다. 다양성을 추구하는 현대사회에서 인류는 과학을 기반으로 하여 인문학적 교양을 덧붙인 복합적인 산물을 더 높은 가치로 보고 있다. 올해부터 교육과학기술부가 추진하는 STEAM 교육 또한 융합의 대표적인 예이다. 과학적인 마인드에 공학적인 기술을 합치고, 여기에 인문학적, 예술적 감성이 어우러진 인재를 만드는 것이 바로 STEAM 교육이 추구하는 목표이다. 궁극적으로 과학과 인문학이 조화롭게 어우러진 인재야말로 앞으로 세계적인 인재상이라고 보는 것이다. 내가 과학고에 입학한 올해부터 우리 학교에서도 전공별 실험동아리를 대상으로 STEAM 연구 활동이 시작되었다. 처음에 STEAM 교육 실시 계획이 발표 되었을 때는 선생님들과 선배들, 그리고 친구들도 굉장히 당혹스러워 했었다. 모두들 어떻게 해야 할지 갈피를 잡지 못하고 있었는데, 외국에서 미리 실시되고 있는 STEAM 교육 사례들을 찾아보고 참고하면서 화학 골드버그로 예술을 표현하는 프로젝트를 계획하여 정기적으로 실험과정을 거치고 있다. 공학적 골드버그과정을 경유하여 DNA 나선 구조의 미학을 PH에 따라 변하는 지시약으로 표현한다는 우리 조의 주제가 참신해서 마음에 들었다. 특정 부분에만 국한된 것보다는 여러 가지가 더해진 것이 알찬 매력이 있고 세련되어 보이지 않을까?

이 시대의 경향을 따라가기 위해서는 과학자들의 사상에도 변화가 필요하다. 과학은 진보한다. 그것은 학문뿐만 아니라 관념에서도 마찬가지여야 한다. 과학은 오로지 객관적이어야 한다는 편파적 사고의 틀을 깨고, 관대하게 인문학적 요소를 받아들일 필요가 있다고 본다.

뇌 과학은 왜 양쪽에서 천대받고 무시되어야 하는가? 어떤 면에서 보면 인간을 인간답게 해주는 가장 중요한 장기를 연구하는 뇌 과학은 가장 극찬 받아야 하는 과목이다. 앞에서 봤듯이 우리는 중립적 위치의 뇌 과학을 인정하지 않는 흑백논리의 모순점을 너무 많이 발견했다. 물론 객관성을 추구하는 자연과학과 주관성을 추구하는 인문학이 대립하는 관계인 것은 사실이지만, 이미 인간의 뇌는 객관성과 주관성을 총괄한다. 무한한 능력을 가진 뇌를 연구하기 위해서는 다양한 방향에서의 폭넓은 접근이 필요하다고 생각한다. 뇌 과학이라는 특이적인 학문에서의 허점을 메우기 위해서는 인문학이 필요하다는 것을 인정한다면, 훗날 뇌 과학은 충분히 진취적인 학문으로 발전할 수 있을 것이다.

2500년, 발전된 과학 기술
아저씨 지금 행복해요?

2500년 9월 5일 서울대학교병원 오늘은 내가 의사가 된지 딱 100년이 되는 해이다. 약 500년 전인 2000년도에 비해 2500년은 생명과학이 발달해 평균 수명이 약 20배 정도가 올랐다. 또한 많은 사람들이 오랫동안 젊음 유지를 원하였고 우리는 유전자에 대한 기술도 발전시켜 500살 정도부터 흰머리가 나도록 하였고 600살부터 주름살이 나도록 유전자 조작을 하였다. 이렇게 과학이 발전하기까지에는 많은 과정이 있다. 2020년도에는 우리가 살고 있던 지구에 운석이 떨어져 지구의 일부분이 사라졌다. 정치인들과 과학자들은 지구의 일부분을 복구시키기 위해 애를 썼으나 실패하였다. 그러자 많은 국민들은 운석이 또 떨어질지도 모른다는 불안감에 시달리며 살았으며 사라져버린 대륙이 자신들의 집이었던 국민들이 굶주려 죽기까지 했다. 많은 국민들의 사망률이 급속히 증가하자 정부는 국민들은 안정시키는 목적을 갖고 과학을 발전시키기는 것에 힘을 쏟았다. 그 결과 사람들의 기본 수명은 크게 늘었고 대지가 없더라도 우주에서 살 수 있게 되었다. 지금 우리 연도의 어린이들은 지구에서 사는 사람들을 그냥 사람들이라 부르고 우주에 사는 사람들을 부유한 사람이라고 부른다. 과학의 발전은 이게 끝이 아니다. 정부는 과학의 발전을 의료 쪽으로 더 많은 투자를 하기 시작하였고 마침내 2000년도의 사망률 1위였던 암이 지금은 흔한 감기 증상처럼 쉽게 치료가 가능해졌다. 그리고 암에 인한 사망률도 급속히 줄어들기 시작했다. 이밖에도 많은 병들을 쉽게 치료가 가능해졌다. 하지만 사망률은 변함이 없었다. 그 이유는……

"이 선생님 여기서 뭐하시는 거예요! 자살환자가 왔는데!"

자살 때문이다.

흰색 간호사복을 입은 장 간호사가 커피를 마시며 생각에 잠겨있던 나를 째려보며 말한다.

"아아. 그놈의 자살 지겹다 지겨워."

나는 늘 있었던 일인지라 고개를 저으며 자리에서 일어났다.

지금 2500년의 사망률 1위는 바로 자살이다. 외과의사인 나도 왜 이런 사태가 일어나는지 알 수가 없다. 나는 자살환자에게 다가갔다. 익숙한 환자의 얼굴이다.

"환자분 정신이 드십니까?"

고개를 끄덕거리는 환자. 다행히 별다른 증세는 없는 거 같다.

"다행입니다. 별다른 증세는 없는 거 같으니 하루만 입원하고 퇴원하셔도 될 거 같네요."

"……"

내말에 어떠한 대답도 없는 환자.

나는 환자를 두고 나만의 방으로 들어갔다. 나를 따라 같이 들어오는 장 간호사.

"이 선생님 저 환자분 자살 횟수만 해도 10번이 넘어요."

"누구 말하는 거지? 아 아까 실려 왔던 김진하 환자 말인가?"

"네. 늘 똑같은 자살법도 아니고 이번에는 전기충격기로 했다고 하더라고요. 구조대원님들이 말씀해주셨어요. 저번에는 뭐였더라……"

기억이 나지 않는지 머리카락을 만지작거리며 없음이라는 소리만 반복

하는 장 간호사. 나는 그런 소리가 듣기 싫어,

"펜 잉크를 미친 듯이 마셨지."

라고 대답해 주었다. 그러나 장 간호사가 이제 생각이 났다는 듯이 손을 주먹으로 '딱!' 하며 치더니 말한다.

"맞아요! 근데 김진하 환자 뭔가 이상하지 않아요? 남자가 자살만하고 나이도 보니까 고등학생이던데……"

"고등학생이든 어른이든 다 똑같아 자살을 하는 건 나이로 구별하는 게 아니야."

"그래도…… 어린 나이에 벌써부터 자살을 하고 막 그러면 불쌍하잖아요……"

늘 생각하는 거지만 장 간호사는 말이 너무 길다. 나는 대답하기 귀찮은 것을 티라도 내듯이 펜 뚜껑을 닫았다 열었다를 반복했다. 내 습관의 의미를 잘 알고 있는 장 간호사는 입을 삐쭉 내밀며

"그럼 전 일하러 가볼게요. 수고하세요."

라며 방을 나갔다.

나는 아까 마시던 커피의 맛을 생각하며 입을 다시고 있었다. 그러나 문득 김진하 환자가 떠올랐다.

"도대체 이유가 뭘까……"

나는 혼잣말을 중얼거리며 내 머릿속에서 한말을 입 밖으로 내뱉고 있었다. 나는 습관적으로 흰 종이를 꺼내 검은 글자로 자살이라는 글자를 쓰고 깊은 생각에 잠겼다.

그러나 아무리 생각해도 그 이유는 떠오르지 않았다. 2500년인 지금 많은 과학과 기술들이 발전해 더 살기 편해졌다는 점은 인정할 수 있다. 그러나 많은 사람들은 이런 세계와 단절되고 싶어 한다. 그렇다고 2000년도에 비해 이혼율이 증가를 했다던가. 행복감이 급히 떨어졌다던가 하는 변화는 일어나지 않았다 오히려 이혼율이 급격히 감소했으며 행복감은 2배

이상이 증가했다. 이런 사회에서 도대체 뭐가 불만이기에 그 어린 고등학생이 자살을 택할 수밖에 없었을까? 나는 내가 생각하며 끼적이던 종이를 쳐다보았다. 검은 글씨로 짧은 단어들만 쓰여 있다. 궁금한 건 꼭 알아내는 내 성격 탓인지 궁금증이 극히 덧달자 짜증이 나기 시작했다.

"김진하 환자를 만나봐야 되나……."

나는 허공에 손을 대었고 손을 대는 순간 내 방은 컴퓨터 그 자체가 되어 키보드와 스피커 조절 장치가 나타났고 허공에는 많은 파일이름들이 날아다니고 있다. 그 많은 파일들 중에 나는 환자 목록파일을 건드렸다. 그 순간 파일이 열리며 많은 환자들의 이름과 병세, 병의 원인, 입원날짜, 퇴원 날짜 등이 나타났다.

"김진하…… 김진하…… 이거야 원 환자들이 하도 많아서 보이지도 않네……."

수많은 환자들 사이에서 김진하 환자를 찾고 있던 나는 답답함이 느껴졌고 다시 허공을 건드리자 날아다니던 수많은 파일들이 접히면서 모니터가 꺼지듯이 원래의 방으로 돌아왔다. 가끔은 과학이 너무 발달해서 답답함을 느낄 때가 많다. 과거의 컴퓨터 모니터를 통해 파일을 찾아보았다면 쉽게 알아볼 수 있을 거 같기 때문이다.

"역시 직접 가서 물어보는 게 좋을 거 같군."

나는 자리에서 일어나 김진하 환자가 있는 병실을 향해 갔다.

306호 이 병실은 김진하 환자를 위한 병실이라고 할 수 있다. 그 이유는 일주일에 한 번꼴은 꼭 입원을 하기 때문이다.

"김진하 환자 불편한 곳은 없습니까?"

병실의 문이 자동적으로 열리자마자 내가 김진하 환자에게 내뱉은 한마디였다.

그때 김진하 환자는 자연이라도 느끼고 싶다는 듯이 창문을 활짝 열어놓고 창문가에 손으로 글씨를 쓰고 있었다. 내가 들어오자 창문에서 떨어지지 않았던 두 눈을 옮겨 나를 쳐다본다. 이때가 처음으로 김진하 환자를 가까이에서 자세히 보았던 것 같다.

검은 두 눈동자에 흰색 피부 잡티 하나 없는 통통하지도 마르지도 않은 체형에 175cm정도의 키를 갖고 있는 김진하 환자는 언제나 여자 간호사들에게 인기가 많았다. 그걸 보여주듯이 많은 과일 바구니와 게임기 등이 침대 옆에 놓여 있었다.

"아저씨."

김진하 환자가 처음으로 말문을 열었다.

"아저씨가 아니라 웬만하면 의사선생님이라 불러줬으면 좋겠는데?"

나는 골 반쪽에 손을 얹어 김진하 환자를 쳐다보면서 말을 하였다. 그러나 내 말을 무시한다는 듯이 자신의 말을 이어간다.

"아저씨는 여기가 답답하지 않아요?"

답답하지 않냐는 김진하 환자의 물음에 나는 문득 '도대체 뭐가?'라는 생각밖에 들지 않았다.

내 대답을 기다리고 있는 듯이 나한테 시선을 거두지 않는 김진하 환자. 그러나 이내,

"아저씨도 모르는구나. 이미 익숙해져버려서 그런가."

혼잣말을 하듯이 중얼거렸던 김진하 환자는 두 눈을 다시 창가로 옮기며 손으로 다시 열심히 무언가를 창문에 쓰기 시작했다. 그러면서 다시 말을 이어간다.

"근데 왜 오신 거요? 평소에는 오지도 않더니?"

말에 가시가 느껴졌지만 할 말은 없었다. 왜냐하면 내가 담당하고 있는 환자들의 상태는 내 컴퓨터가 자동적으로 조사를 하고 상태 보고를 해주기 때문에 이 환자가 점심에 뭘 먹고 뭘 했는지까지 알 수가 있다 그래서 환자들에게 직접 찾아갈 필요가 없었다. 또한 응급환자로 실려 오거나 진찰을 할 때 외에는 환자와의 의사소통은 거의 없었다.

“뭐가 궁금하신 건데요? 여자 간호사님들한테 아저씨에 대해 물어본 적이 한 번 있었는데 궁금증은 절대 못 참고 답답한 거 또한 엄청 싫어하신다고 들었어요”

나는 그 여자 간호사가 장 간호사라고 확신한다. 나를 정확하게 파악을 한 간호사들은 없을 뿐만 아니라 간호사들과 의사들도 대화는 별로 하지 않기 때문에 말을 많이 주고받았던 간호사는 장 간호사밖에 없다.

“그래서 궁금한 게 뭐예요?”

창문에 글씨를 쓰던 김진하 환자가 손을 멈추고 나를 쳐다본다.

“아. 그게.”

나는 말을 어떻게 시작해야 될지 몰라 머리를 긁적이며 김진하 환자를 쳐다보았다.

“많이 뻘쭘한 질문인가 보네요. 그렇게 머리 긁으시는 거 보니?”

내 심리를 다 파악하고 있다는 듯이 맞는 소리만 하는 김진하 환자를 어느 누가 자살을 여러 번 시도한 사람이라고 생각하겠는가.

“음…… 그니까 김진하 환자 내말에 오해 없이 들었으면 좋겠어, 그니까…….”

내 말투에 어색함이 내 스스로가 느끼게 된다. 내가 이래서 나는 환자들과의 거리를 멀리하고 대화를 시도하지 않는 것이다. 환자들에게 대하는 태도는 너무 어렵다. 환자뿐만 아니라 여러 이웃 간에 의사소통 또한 어색하고 조심스러워 너무 어렵다. 그러나 이러한 증상은 나뿐만 아니라 많은 사람들이 겪고 있다. 그래서 요즘의 사회 문제는 대화 단절이 첫 번째로 손꼽힌다.

“아저씨 저도 답답한 거 진짜 싫어하거든요?”

“네가 자살을 그렇게 많이 하는 이유를 알고 싶어.”

나는 애써 당당하고 아무렇지 않다는 듯이 말을 했다. 나의 말에 코웃음을 치는 김진하 학생.

"뭐가 그렇게 웃겨?"

라고 묻자 김진하 학생은

"어이가 없어서요."

라며 당당하게 나의 말을 되받아쳤다. 순간 기분이 나빠진 나는 무표정이 되어 차가운 말투로 다시 물어보았다.

"뭐가 어이가 없다는 건지 모르겠지만 다시 한 번 묻겠어. 왜 계속 자살을 선택하려고 하는 거지?"

내가 차갑게 말을 하자 나를 빤히 쳐다보는 김진하 환자. 몇 분이 흐르자 입을 열어 말했다.

"전 이곳이 너무 답답하거든요."

라고. 그래서 나는 "뭐가 그렇게 답답한 건데?"라고 말하기 위해 입을 열었으나 수술시간이 다 됐다는 알림소리가 들리자 다시 입을 닫을 수밖에 없었다.

"나중에 다시 올게. 뭐가 답답한 건지 정확히 설명을 해줬으면 좋겠어."

나는 이 한 마디만 김진하 환자에게 남기고 병실을 나왔다. 나는 내 전용 수술실로 가 자리에 앉았다. 2000년도에 비해 지금은 수술방이 개인 수술방에서 컴퓨터로 수술하는 방법으로 바뀌었으며, 더 위생적이로 변하였다. 수술기계는 게임기와 비슷한 키보드를 이용하여 움직인다. 나는 수술을 무사히 끝내고 다시 김진하 환자의 병실로 들어갔다.

"또 오셨네요?"

내가 나가기 전에부터 앉았던 자리 그대로 그 자세로 있는 김진하 환자.

"내가 마지막에 남긴 말에 대해 생각해 보았나?"

"예 뭐. 근데 제가 자살한 거에 대해 많이 궁금하신가 봐요?"

"너도 이미 알고 있겠지만 나는 성격이 많이 급해. 그니까 웬만하면 알려줬으면 좋겠어."

"제가 한 고등학생 갓 입학했을 때 제가 전생 카페를 갔거든요 친구들이랑."

전생카페란 전생에 자신이 뭐였는지를 떠올리며 1시간 동안 그 전생의 세계에서 가상적으로 살게 해주는 카페이다.

"근데 그때 제가 전생을 본 거예요."

"전생에 뭐였는데?"

"전 그때도 학생이었어요. 고등학생. 카페 주인아줌마가 그러더라고요. 가장 행복했을 때가 보일 거라고. 아마 전생에 저는 고등학생 때가 제일 행복했었나 봐요."

얘기가 길어질 것 같자, 의자를 끌고 와 다시 이야기에 집중을 했다.

"과거에서 1시간 동안 살았는데 살고 온 느낌이 너무 생생한 거예요. 막 두근두근거렸다고 해야 하나? 숲도 엄청 많았고요. 나무들도 많았고 냄새가 너무 좋았어요. 그런데 다시 돌아오니까 너무 답답하고 쾌쾌한 냄새만 나고 아…… 이게 변해버린 우리 현실이라는 게 느껴졌어요."

나는 김진하 환자의 말에 반박을 하였다.

"솔직히 지금의 세대는 너희들이 더 좋아야 하는 거 아닌가? 과거의 학생들은 우리와 같은 생활을 늘 꿈꿨을 거야. 젊음을 오랫동안 지속하고 얼마나 좋았겠어."

라고 하자 김진하 환자의 동그랗던 두 눈이 찌푸려졌다.

"과거의 냄새는 잊을 수가 없어요."

"과거의 냄새란 무얼 말하는 거지?"

"과거의 냄새는 아저씨가 직접 느껴봐야 알 거예요. 정말 잊을 수가 없죠."

"그럼 네 말은 과거의 냄새가 그리워서 자살을 한다는 거야?"

"네."

내 질문에 당연하다는 듯이 말하는 김진하 환자.

나는 그 당당한 대답에 할 말을 잃었다. 그런 나를 보며 말하는 김진하 환자.

"근데 원래는 이러고 싶지 않았어요. 하나의 꿈이 생겼거든요. 근데 그 꿈을 아무도 알아주지 않았어요. 친구들에게 말해도 바보 취급을 받았죠."

"무슨 꿈인지 말해줄 수 있나?"

"과거로 돌려놓는 거요."

"과거로 돌려놔?"

"네, 제가 그리워하던 그 냄새를 찾고 싶었어요. 근데 지금의 현실 속에서는 도저히 찾을 수가 없더라고요"

"뭐가 그리 그리운 거지? 여기엔 많은 사람들이 적어도 몇 백 년씩은 살 수 있어. 네가 소중히 아끼는 사람이 오랫동안 너 옆에 있을 수 있고 변함없는 얼굴로 널 지켜보고 있을 텐데 그게 더 좋지 않나?"

나의 말에 고민을 하고 있다는 듯이 입을 닫는 김진하 환자

몇 분이 흐르자 다시 입을 열어 나에게 말을 했다.

"과연 그게 행복할까요? 물론 저희 엄마, 아빠가 오랫동안 제 곁에 있어 주시는 건 정말 좋아요. 하지만 엄마 아빠는 행복하실까요? 과연 오래 사신다고 해서 행복하실까요? 저희 할머니는 지겹다고 하셨어요. 그만 쉬고 싶다는 말도 하셨고 아저씨, 사람은 언젠간 죽잖아요. 저는 그게 모든 것을 내려놓을 수 있는 유일한 순간이라고 전 생각해요. 그리고 그 순간을 우리의 인류과학이 발전시켜 막는다면 분명 사람의 몸과 마음은 지쳐갈 거예요. 무거운 짐을 계속 들고 있으면 너무 힘들잖아요. 잠시라도 내려놓을 수 있다고 하더라도 언젠간 다시 힘들어질 거예요. 그건 변함이 없이 되풀이될 거예요."

김진하 환자의 말에 다시 할 말이 없어진 나는 입을 닫고 환자가 기대에 있는 창문으로 눈길이 갔다.

"저는 말이에요. 남들한테 바보 취급 받는 것도 좋으니까 다시 돌아가고 싶어요. 여기 생활에 불만이 있었던 적은 없어요. 집에서 학교수업을

듣고 학원도 집에서 듣고 그 외에도 집에서 모든 생활이 가능하잖아요 근데 뭔가 답답하다는 생각이 들었어요. 그리고 생각했어요. 과거에는 좀 더 좀 더 자유롭지 않을까라고 말이에요.”

자유…….

내가 여태껏 당연하듯이 생활해왔던 것들은 모두 방안에서 다 이루어져 있었다. 그래서 의사소통이 단절되었고 인맥 하나 좋다고 생각해본 적은 없었다. 인맥이 없으니 연락을 할 사람이 없어 사용하지 않는 휴대폰도 사람들의 머릿속에 잊혀져가는 전자기기들 중 하나이다. 이런 생활에 익숙해져 버린 나는 김진하 환자처럼 현실을 답답하다고 생각해본 적이 없었다. 오히려 과학이 발전했다는 뉴스를 볼 때마다 “오 대단한데? 이렇게만 지속하면 우리 인류가 멸망할 일은 절대 없을 거야. 인류는 절대 죽지 않아! 오히려 더 살아나고 있는 걸?”이라며 좋아라 했다. 평균수명을 늘렸던 시대에는 정말 좋은 기술을 발전했다고 생각했다. 남들도 다 그렇게 생각할 거라고 확신했다. 그러나 그렇지 않았다 대표적인 예로 내 눈앞에 있는 어린 친구가 있지 않은가.

생각에 잠겨있는 나를 빤히 쳐다보며 입을 다시 여는 김진하 환자

“아저씨는 단 한 번도 이런 감정 느껴보지 않았을 거 같았어요 아마 아저씨 말고도 다른 어른들은 모를 거예요 저는 말이에요 과학이 발전하면 발전할수록 무서워요 앞으로 어떤 것들이 달라지고 변해야 되는 걸까라는 생각을 많이 해요 그러면서 자연스레 과거가 그리워지죠…… 아 저때는 저렇게 했었는데 이렇게 안 변해도 됐었는데…… 라면서. 그래서 저는 자살을 선택하는 거예요 과거로 돌아갈 수 없다면 죽어서 과거에서 살아갈 거예요 그래서 자유로워질 거예요.”

나는 병실에서 나가기 위해 자리에서 일어났다. 머리가 너무 어지러웠다.

지금까지 내가 과학 발전만이 인류를 좋게 만들 수 있는 방법이라고 생

각해 왔는데 이 어린친구의 말을 들으니 꼭 그런 것만은 아닌 거 같고 지나친 과학발전이 이 친구처럼 생각하는 사람들이 급증하게 만든 것이고 그래서 사망률 1위가 자살인 거 같다.

내가 문을 열자 김진하 환자는 나에게 마지막 한 마디를 건넸다

"아저씨는 지금 행복하신건가요?"

행복…… 과학발전만이 나를 행복하게 만들어주었다. 내가 의사가 된 지 얼마 안 됐을 무렵 많은 환자들이 울고 웃는 모습을 봤다. 병 치료가 힘들어 우는 환자와 환자 보호자들, 병의 원인을 찾고 그 병을 치료할 수 있다는 나의 말에 웃으며 행복해하는 환자와 보호자들…… 나는 그런 모습에서 의사가 된 것을 후회하지 않았다. 그래서 생명과학이 발전하면 할수록 더 행복해하는 환자들 모습에 나는 기뻐하였다. 그러나 지금은 상황이 다르다 그렇게 좋아하던 환자들 모습을 지금은 모니터로 밖에 볼 수 없으며 수술방도 기계로 치료하니 정확한 환자의 상태는 알 수가 없다. 과연 나는 행복한 것인가……? 김진하 환자와의 대화는 평생 기억에 남을 것이며 나를 평생 고민하게 만들 것이다

105 후 306호.

나는 국화꽃 한 송이를 손에 들고 병실에 들어갔다.

"자네와의 대화는 아직도 기억에 남아…… 그렇게 자살 시도를 많이 하더니 결국 가버렸구나…… 그래서 지금 거기는 행복한가? 과거로 돌아갔니?"

나의 질문에 아무도 대답을 할 수 없었다. 그 병실 안에는 검은색 액자에 김진하 환자의 사진만 있기 때문이다.

"우리는 아직도 과학을 발전하고 있다네. 우리가 대화를 좀 더 일찍 했었다면 조금이나마 막을 수 있었을지도 모를 텐데. 내가 어리석었어…… 나는 의사를 관두고 다시 연구원으로 취직했어. 연구원으로 취직해서 많은 사람들이 적실히 필요하다는 과학들만 연구하고 있어 지금이라도 변할 수 있는 게 있다면 바꾸고 싶었거든."

나는 액자 앞에 무릎을 꿇고 국화꽃을 내려놓았다.

"자네의 마지막 말이 나를 이렇게 변하게 만들었어. 고마워 정말. 과거에서 잘 살았음 좋겠네. 그럼 이만 가봐야겠어. 요새 자살 사망률이 감소하고 있거든. 이건 아마 좋은 신호이겠지? 지금이라도 지나친 과학 발전이 아닌 필요한 과학들만을 발전시키겠어. 그럼 잘 있게나."

나는 등을 돌려 병실을 나가기 위해 발을 옮겼다.

"아, 그리고 나는 지금 정말 행복해. 너와 똑같은 생각을 갖고 있는 사람들이 지금의 현실에서 조금이나마 행복해지려고 하고 있으니까."

마지막으로 하고 싶은 말을 하고 나온 나는 발걸음이 무척 가벼웠다 마치 우주를 날아다는 것 같았다. 허공에서 들릴 리 없는 김진하 환자의 목소리가 들리는 것 같았다.

"다행이에요, 아저씨. 저는 잘 살고 있어요 아저씨 감사해요"

가이아(Gaia)

01.

여러 명의 발자국소리가 좁은 골목길에 울려 퍼졌다. 한 무리의 사내들은 무엇인가 찾고 있는 듯 보였다. 그 중 우두머리처럼 보이는 남자가 말했다.

"너흰 저쪽으로 가봐. 반항한다면 마음대로 처리해도 상관없다."

사내들로부터 얼마 떨어지지 않은 곳, 건물 틈새에 끼어있는 한 남자가 있었다. 한 사람 들어가기에도 빠듯한 곳인 데다가 덩치까지 컸기 때문에 남자는 가쁘게 숨을 몰아쉬고 있었다. 그는 장소를 옮길 필요성을 느꼈다. 발각되기도 전에 호흡곤란으로 먼저 쓰러질 것 같았으니까 말이다. 사람들이 많은 큰 도로 쪽으로 갈수만 있다면……

그러나 쉽게 움직일 만한 상황이 아니었다.

'와지끈'

밑을 살피지 못한 것이 실수였다. 발을 살짝 들어보니 찌그러진 커피 캔이 눈에 띄었다. 사람들은 틈새만 있으면 쓰레기를 밀어 넣었다. 그것이 차도 옆의 작은 수풀이든 담장에 뚫린 배수 구멍이든 간에. 그는 눈살을 찌푸렸다.

"저쪽에서 소리가 들렸습니다!"

"그놈이다! 될 수 있으면 내 앞으로 끌고 오도록!"

화가 났을 때 쓰는 험한 욕설 몇 마디를 중얼거리며 그는 좁은 틈새를 벗어나기 위해 필사적으로 몸을 비틀었다. 반쯤 빠져나온 상태였지만 그 전에 붙잡힐 가능성이 컸다.

불규칙적인 뜀박질 소리가 사방에서 들려왔다. 그는 비틀거리며 반대편 골목으로 빠져나왔다. 일당 중 한 명이 그를 발견하고는 총을 쏴댔다. 그는 총알을 피하기 위해 코너가 보이는 족족 방향을 틀었다. 하지만 대로변과는 점점 멀어진다는 것이 문제였다.

그때, 빈 건물 한 채가 그의 눈에 띄었다. 급한 대로 안에 들어가긴 했지만 그의 덩치를 숨길만한 장소는 어디에도 없었다. 낡아서 약간 무너져 내린 시멘트벽과 그 파편들뿐이었다. 그는 한숨을 내쉬고 벽에 등을 밀착시켰다. 깨진 창문을 통해 추격자들의 모습이 보였다. 그의 이마에서 식은땀이 한줄기 흘러내려 옷깃을 적셨다.

일당은 그가 이곳에 없다는 결론을 내린 것 같았다. 우두머리는 부하들에게 다시 명령을 내렸다. 분주한 발자국 소리들은 점점 멀어져갔다. 그들이 시야에서 사라진 뒤에야 그는 비로소 안도했다. 그의 와이셔츠는 땀으로 흥건했다. 예상 못했던 것은 아니었지만 너무 방심했다는 게 문제였다. 무슨 정신으로 지갑만 달랑 들고 나온 것인지 자신이 너무 한심하게 느껴졌다.

'오늘 외출은 여기서 끝인가.'

그는 건물 밖으로 나와 고개를 들었다. 태양이 있던 서쪽 하늘에는 금성이 떡하니 자리 잡고 있었다. 그는 머리를 내저으며 사거리 쪽으로 걸어갔다.

02.

"그래서 빈손으로 오셨다, 이건가?"

"그럼 어떻게 하나. 또 들키기라도 하면 그땐 끝장인데."

“오늘 저녁 없어. 이번 주 당번은 아저씨잖아.”

“…….”

‘역시 한쪽 어깨가 뚫리는 한이 있더라도 장은 보고 왔어야 했는데.’

그는 슬며시 고개를 돌렸다. 그를 단숨에 침묵으로 빠뜨려버린 대화의 주인공은 20대 중후반쯤 되어 보이는 아가씨였다. 그녀는 어깨뼈까지 내려오는 검은 머리를 귀 옆으로 넘기며 찬장 문을 열었다. 그리고는 빨간 바탕의 라면봉지 2개를 꺼냈다.

“이젠 말해줄 때가 됐다고 생각 안 해?”

그녀가 말했다.

“뭘.”

“아저씰 가만 안 놔두는 그 사람들에 대해.”

그는 고개를 수그렸다. 아직은 아니었다. 그녀는 그의 과거행적을 이해하지도, 아무 일 없었다는 듯이 대해주지도 않을 것이다. 그러나 아이러니하게도 그녀는 그를 이해해줄 단 한 사람이었다. 그걸 알고 있음에도 불구하고 그는 조개처럼 입을 꽉 다물기만 했다. 진실을 밝히는 게 두려운 것이었다. 그는 무의식적으로 왼쪽 손등의 흉터를 어루만졌다.

“미안. 그래도 언젠가는 꼭 털어놓을게. 맹세해.”

“흠…… 뭐, 좋아.”

그는 그녀의 말이 고마웠다. 그녀는 결코 꼬치꼬치 캐묻는 법이 없었다. 그가 먼저 털어놓을 때까지 기다려줄 뿐이었다. 면발이 혼탁한 거품을 내며 끓는 동안 그는 생각에 잠겼다.

03.

그가 아직 솜털이 보송보송한 소년의 모습이었을 때, 호기심으로 어느 단체에 가입한 적이 있었다(사실 조직에 더 가까웠다). ‘서펀트(Serpent)’라고 불리는 이 단체는 폭행, 절도, 마약밀매, 청부 살인 등 온갖 반인륜적인 행위를 저질러 왔다. 그러나 부당한 방법으로 모은 엄청난 돈은 언론에 그런 사실들이 퍼지는 것을 막았고, 구금되어있던 회원들을 빼내는 것에 기여했다. 몇몇 사람들은 진실을 알고 있었지만 함부로 말을 꺼내지 못했다. 입을 함부로 놀렸다간 쥐도 새도 모르게 피투성이로 깊은 산속에 파묻힐 테니까 말이다. 처음엔 그도 단체의 본모습에 대해선 전혀 알지 못했었다. 그러나 시간이 차차 흐르고 첫 임무란 것이 주어졌을 땐 그게 그저 유머감각 제로인 회장의 헛소리인줄만 알았다.

한밤중에 불려 나왔을 때도 그는 깨닫지 못하고 있었다. 그저 친목단체의 흔한 소모임 중 하나일 것이라고 생각했다. 그와 함께 약속장소에 불려 온 이들은 사나운 눈매의 중년 남성과 비쩍 마르고 차가운 조소를 머금은 청년이었다. 그리고 검은 캡 모자를 푹 눌러쓰고 있어 나이를 짐작할 수 없는 한 사내도 있었다.

그들은 나이가 가장 어린 그에게 망을 보게 시켰다. 잠시 뒤에 한 중늙은이가 아파트 단지 앞에 나타났다. 마트에서 필요한 물건들을 사오는 길이었는데 그의 손에는 불투명하고 하얀 빛깔의 비닐봉지가 들려있었다. 사내들이 중로의 앞을 가로막은 것은 순식간의 일이었다. 그리고는 무차별적으로 구타를 가하기 시작했다. 어리둥절해하며 멀리서 지켜보던 소년시절의 그는 눈을 크게 떴다. 곧이어 우당탕거리는 소리와 함께 허둥지둥 내닫는 소리가 들렸다. 하지만 그 중로는 금세 잡히고 말았다. 타원형의 안경이 마른 청년의 발치에 떨어졌다. 퍽 하고 아스팔트 위에 쓰러지는 소리, 신음소리가 들려왔다. 고꾸라진 몸을 두 세 개의 발이 연달아 걷어찼다. 뼈와 힘줄이 불거진 팔다리가 꿈틀거렸다. 사내들은 마침내 무자비한 발길질을 멈췄지만 희끗희끗한 남자의 머리에선 피가 스며 나오고 있었다.

캡 모자를 눌러쓴 사내는 악마 같은 웃음을 머금고 떨어져있던 나무막대기를 주워들었다. 사내가 쓰러진 이의 머리를 겨냥하고 가격하려는 순간이었다. 사내를 밀쳐내는 한 사람이 있었다.

“그러다 사람 죽이겠어요! 내려놔요!”

소년은 경악을 금치 못했다. 사내는 송곳니를 드러내며 그를 쳐다보았다.

“뭐? 이자식이!”

사내는 소리쳤다.

“애송이 주제에 감히 이래라저래라 명령이야? 꺼져!”

막대기가 그의 방향으로 향했다.

“제가 들었을 땐 분명히 죽이라는 지시는 없었어요.”

그가 침착하게 말했다. 역시 회장의 말은 저속한 농담이 아니었던 것이다. 너무나도 사실적이었다.

‘그 신문사 늙은이가 거슬리는군. 손 좀 봐줘.’

『녹색일보』가 서펀트에 대해 지나치게 노골적인 발언을 한 듯 싶었다. 예전부터 그 신문사는 부풀리지도, 빼지도 않은 있는 사실만을 그대로 늘어놓는 기사로 유명했다.

“이 녀석 말이 맞아. 그만둬.”

사나운 눈매를 한 중년의 사내가 말했다.

“사람들이 몰려오고 있어요!”

그때까지 침묵을 지키고 있던 깡마른 청년이 외쳤다. 웅성거리는 소리와 함께 아파트 창문 몇 군데에 불이 켜졌다. 기절한 것 같은 남자를 버려두고 일당은 흩어져서 재빨리 거리로 달아났다. 집에 들어설 때까지도 소년은 공포에 휩싸여 있었다. 다리가 후들거리는 게 느껴졌다.

‘이건 아니야.’

문득 커다란 구렁이가 떠올랐다. 먹잇감을 향해 천천히 다가가는 구렁이. 그러나 그 구렁이는 이제 그의 몸을 소리 없이 조여 오고 있었다.

04.

서펀트의 창시자이자 우두머리는 '회장'이라는 단어보다 '보스'로 불리는 경우가 더 많았다. 그는 자신의 단체를 철저하게 위장했다. 그래서 겉으로 보기엔 여느 친목단체와 다를 바 없었다. 아무것도 모르고 가입한 사람들은 그의 범죄도구로 전락해갔다.

부르르륵—

쿠션 위에 놓여있던 휴대전화가 몸을 떨었다. 그는 발신자의 번호를 확인하고는 희미하게 미소 지었다.

'돈이 나에게 전화를 거는군.'

그는 통화버튼을 밀어올린 후 휴대전화를 귀 옆에 가져갔다.

05.

"아저씨."

그는 멍하니 마룻바닥을 응시했다. 작은 불개미가 자기보다 큰 빵조각을 끌고 가고 있었다. 그가 아무 말이 없자 그녀는 한쪽 눈을 치켜뜨고 소리쳤다.

"유상혁!"

자신의 이름을 부르는 소리에 그는 화들짝 놀랐다. 그리고 고개를 들어 그녀를 바라보았다.

"라면 다 불잖아. 안 먹고 뭐해?"

"어, 음. 먹을 거야."

그가 더듬거리며 말했다. 그리고는 뭔가 생각난 듯이 장난 반, 화남 반 같은 표정을 지었다.

"근데 너 요즘 대담해졌어. 내 이름도 함부로 부르고 말이야. 내가 너보다 일곱 살이나 더 많다는 거 알아, 몰라?"

"아, 그러세요? 정말 죄송스럽네요, 아저씨."

그녀는 마지막 세 음절을 강조하며 말했다.

"아직 아저씨라고 불릴 나이는 아니야. 서른넷밖에 안 됐는데 뭘."

"하, 아저씨가 대학교에서 노닥거리는 동안 난 초등학생이었어. 엄청난 차이 아니야?"

상혁은 더 이상 반박할 수 없었다. 그의 얼굴은 누가 보기에도 청년보단 아저씨에 더 가까웠다. 갑자기 씁쓸함이 밀려왔다.

상혁은 묵묵히 라면을 먹기 시작했다. 건더기와 약간의 면발조각이 남았을 때쯤이었다. 문득 고개를 들어보니 그녀가 파일철을 뒤적이고 있었다.

"어이, 박하연. 벌써 다 먹은 거야? 그리고 검토는 이제 그만해도 되잖아."

하연은 그를 보는 둥 마는 둥 했다.

"알면서 그러네. 타당한 근거를 제시 못하거나 미흡하면 지원 대상에서 가차 없이 잘린다는 거."

그들은 간단하면서도 규모가 큰 계획을 세우는 중이었다. 초기의 '가이아(Gaia)'였다면 감당하지 못했을 그런 거대한 사업이었다.

상혁은 다 먹은 라면그릇을 싱크대에 담가놓고 재빨리 하연의 곁으로 갔다. 그리고는 같이 파일철을 뒤적이기 시작했다. 그들은 몇 개월째 이 아지트에서 생활해왔다. 가이아에서 마련해준 널찍한 반지하의 공간은 주로 토론을 하기 위해 사용되었다. 하지만 필요시엔 숙식을 해결할 수도 있었고 일정기간 대여하는 것도 가능했다. 수많은 아이디어들이 이곳에서 탄생했다. 그리고 그들의 계획도 바로 이곳에서 시작되었다.

06.

인간은 자신들의 무지를 여지없이 증명해 왔다. 교토의정서는 연장되었지만 그것은 이미 휴지조각이 된 지 오래였다. 선진국들이 자신의 이익을 위해 하나둘 탈퇴하기 시작하면서부터 모든 약조는 수포로 돌아갔다. 그 후 인간들은 화석 연료를 무지막지하게 소비했다.

열대우림은 하루가 다르게 황무지로 변해갔고 사막화는 급속도로 진행되었다. 몇 십 년 전의 세계지도와 지금 2030년 경의 세계지도를 비교해보면 확연한 차이를 발견할 수 있을 것이다. 믿을 수 없을 정도로 거대해진 고비 사막은 많은 양의 모래먼지들을 편서풍에 실어 보냈다. 덕분에 한국은 봄은 물론이고 늦겨울이나 초여름에도 황사에 시달려야 했다. 심지어 외출 금지 기간까지 법안으로 정해 놓았을 정도로 사태는 심각했다.

외출 금지기간은 지난 상태였지만 공기는 여전히 탁했다. 이런 지독한 황사에도 불구하고 바깥으로 나서는 한 사람이 있었다. 남자인지 여자인지 구별 못할 정도로 그 사람은 천 같은 것을 칭칭 두르고 있었다. 보호안경과 황사마스크, 중동지방을 연상케 하는 특유의 의상까지 정말 완벽한 채비였다.

잠시 후, 은색의 아우디가 그 사람 앞에 멈춰 섰다. 운전사는 마스크를 끌어올리며 차에서 내렸다. 그리고 걱정스러운 표정을 지으며 말했다.

"강 회장님, 정말 괜찮으시겠습니까?"

"괜찮고말고 이런 지독한 공기 속에서 운전해 보는 것도 좋은 경험 아니겠나."

강 회장이라고 불린 사람은 너털웃음을 터뜨렸다. 마치 친절한 이웃집 할아버지 같은 목소리였다. 운전사는 그에게 살짝 목례를 올리고 떠났다.

자동차 문이 열려있던 것은 잠깐이었지만 차안의 공기는 순식간에 탁해져있었다. 강 회장은 에어컨 버튼 아래에 있는 청정 버튼을 살짝 눌렀다. 그리고 마스크와 특수 코팅된 보호안경을 벗어 조수석에 내려놓았다.

강 회장은 고개를 좌우로 돌리며 운전사가 떠난 것을 확인했다. 그가 강 회장의 목적지를 알 필요는 없었다. 가이아와 관련된 용무였기 때문이다. 그리고 회장 자신을 위한 일이기도 했다. 아우디는 매연을 확 뿜어내며 출발했다.

'옛날엔 석유의 질이라도 좋았는데 말이지.'

백미러에 회색 연기가 비치는 것을 지켜보며 그는 생각했다.

최근 들어 석유의 질은 급격하게 떨어졌다. 고품질의 석유는 이미 고갈된 지 오래였다. 이를 대비한 여러 종류의 친환경 자동차들이 나타났지만 인기를 끌지는 못했다.

블랙아웃을 신물 나게 겪은 국민들은 가뜩이나 부족한 전기를 축내는 전기 자동차에 대해 강한 회의감을 느꼈다. 물을 동력원으로 쓰는 차도 마찬가지였다. 물 기근 국가로 전락할지도 모르는데 차에다 쓸 물이 어디 있겠는가. 또한 전 세계에 스모그 현상이 빈번해지면서 태양열 자동차도 시장에서 슬며시 모습을 감추었다.

가장 심각한 비난을 받았던 것은 수소 자동차였다. 그 이유인즉슨, 2024년 미국의 한 고속도로에서 일어났던 3중 추돌사고가 그 원인이었다. 그리 심각한 사고는 아니었지만 문제는 갑작스런 충격으로 인해 수소를 저장하고 있던 연료탱크에 균열이 생기면서부터 시작되었다. 3대 중 맨 뒤쪽에 있던 차의 엔진에서 시작된 불은 새어나온 수소기체와 반응하여 대폭발을 일으켰다. 이 폭발로 3명의 운전자와 그들과 함께 타고 있었던 사람들은 모두 즉사했다. 소방차가 도착할 때까지 불길은 지옥의 화염같이 끝없이 타올랐다. 이것이 바로 그 유명한 사건인 '데몬 파이어 사건'이다.

결국 인간은 울며 겨자 먹기로 석유 자동차를 사용해야만 했다. 그러나 유가의 급증으로 자가용을 이용하는 사람들은 점점 줄어들었다. 돈 있는 사람들과 몇몇 하이브리드 자동차만이 도로를 활보했다. 강 회장은 그런 소수의 특혜자들 중 하나였다.

도로는 텅 비어있었지만 그렇다고 해서 그의 기분이 좋은 것은 아니었다. 가시거리는 안개가 끼었을 때보다 더 짧았고, 그에게 고도의 집중력을 요구했다. 노년에 접어든 그에게 그것은 곤욕이었다.

이윽고 강 회장이 탄 차는 어느 고풍스러운 저택 앞에 멈춰 섰다. 문 뒤로 긴 진입로가 이어져 있었다. 그는 창문을 살짝 내렸다. 팔이 겨우 빠져나올 만큼의 틈새였다. 그리고는 보안 문 옆에 있는 초인종을 눌렀다. 인터폰에서 지지직 소리가 나더니, 집사인 듯한 사람의 목소리가 튀어나왔다.

"누구십니까? 주인님을 뵈러 오신 거라면 신원을 미리 밝혀주시기 바랍니다."

"강석진이네. 선약을 했던 것으로 기억하네만."

"잠시만 기다려 주십시오."

멀리서 웅얼대는 소리에 이어 철문이 기기긱대며 열렸다. 강 회장은 너도밤나무가 양쪽에 늘어서 있는 진입로를 향해 액셀러레이터를 밟았다.

이 저택의 주인은 보기완 다르게 상당히 예민한 사람이었다. 그래서 사소한 것으로 기분을 돋위줄 필요가 있었다. 강 회장이 이런 지독한 황사에도 불구하고 직접 그를 찾아간 것도 그런 이유에서였다. 그만큼 배려해 줄 가치가 있는 사람이라고 강 회장은 생각했다.

'이 사업을 성공시킬 수만 있어도……'

그는 은행나무들 옆에 마련된 주차장소로 차를 끌고 가며 슬며시 미소 지었다.

07.

'가이아'는 환경을 보호하는 사람들이 모인 일종의 지방단체였다. 일반인이든 환경공학자든 지구를 아끼고 지키려는 사람이라면 누구든지 가입이 가능했다. 점점 회원들이 많아짐에 따라 곳곳에선 기부금과 지원금이 잇달아 들어왔다. 단체는 기하급수적으로 성장했고 마침내 한 대기업에선 정기적으로 후원금을 보내주겠다는 제안까지 해왔다.

그 돈은 살 터전을 만들어 민가를 습격한 멸종위기의 야생 동물들을 살기 좋은 다른 지역으로 보내주는데 쓰였다. 그리고 회원들의 아이디어를 모아 참신한 계획이 나오면 이를 추진하는 비용으로 쓰이기도 했다.

최근에는 가이아의 외국 지부도 우후죽순으로 생겨났다. 단체가 전성기를 맞은 지금, 상혁과 하연은 '기회는 이때다!'라고 생각했다. 그들 사이에 있는 탁자에는 A4용지들이 어지럽게 널브러져 있었다. 하연은 그들 중 하나를 집어 상혁에게 건네주었다.

"밑줄 친 거 읽어봐."

"쌍끌이 어선의 원리를 활용…… 플라스틱 아일랜드를 효과적으로 제거. 그리고……."

상혁은 읽던 것을 멈추었다. 그는 의아해 하며 말했다.

"쌍끌이 어선은 대체 어디서 구하려고?"

하연은 의미심장하게 웃으며 대답했다.

"그린피스 어선은 아니지만 꽤 쓸 만한 선박이야."

"그린…… 뭐? 그 사람들이 순순히 내어줬단 말이야? 너 그렇게 돈이 많았어?"

상혁이 깜짝 놀라며 되물었다.

"이럴 땐 인맥이 편하긴 편해. 성민이 알지? 걔가 그린피스 간부급은 되는 애잖아. 힘 좀 써달라고 부탁했거든. 게다가 같은 환경단체인데 뭘. 대여비는 별로 안들 테니까 걱정 마."

상혁은 벌린 입을 다물지 못했다.

"또 궁금한 거 있어?"

"어…… 그래. 지금 지구 전체 바다의 부유 쓰레기양은 한반도의 몇 십 배가 넘는다고. 그걸 다 끌어 모았다 쳐. 그다음엔 어쩔 건데?"

하연은 다른 종이 한 장을 건네주었다.

"자세한 건 거기 쓰여 있어. 일단 조금씩 긁어모을 생각이야. 일본 지부나 캐나다, 미국 지부도 협력하기로 했으니 제거속도는 좀 더 빨라지겠지. 본국으로 가져와서 재활용 가능한건 재활용하고 골라내는데 시간은 걸리겠지만 요즘 같은 자원고갈 시대에 큰 도움이 될 거라는 건 확실해. 뭘 가리고 자시고 할 상황도 아니고 말이야. 미세한 조각들은 제거하기 힘들겠지. 그래도 일단 부피있는 것들만 제거하면 바닷새나 해양생물들한테는 큰 도움이 될 거야. 게다가 플라스틱이나 비닐류는 표면에 둥둥 떠 있으니 해수면 위만 걷어내면 별로 힘든 일은 없을 테고, 애꿎은 해저 생물들이 딸려오는 것도 줄일 수 있겠지."

상혁은 고개를 끄덕거렸다. 문득 석봉이에 대한 기억이 그의 뇌리를 스쳤다. 석봉이는 사실 그가 지어준 바다거북의 이름이었다. 상혁이 북태평양 바다거북의 활동 반경을 조사하기 위해 마이크로칩을 달아놓은 특별한 거북이였다. 해양 생태를 살펴보기 위해 바다로 나왔을 때는 가끔 석봉이를 만나기도 했다. 그러나 몇 개월도 채 지나지 않아 석봉이는 그만 죽고 말았다. 쓰레기 섬에서 떨어져 나온 비닐을 해파리로 착각하고 먹어버린 것이다. 소화가 되지 않는 비닐은 거북이의 기도를 막았고, 석봉이는 안타깝게도 질식사 했다.

해양생태 학자로서 이런 일을 많이 겪어본 그였지만 특별히 애착을 가진 녀석이었기에 아쉬움은 더 컸다. 상혁은 주먹을 꽉 쥐었다.

'이번 지원 대상에 반드시 들어야만 한다. 인간들이 지구에 저지른 만행을 조금이나마 보답하기 위해서라도 반드시.'

08.

키르스텐 크루프는 의자에 앉아서 꾸벅꾸벅 졸고 있었다. 이번 주 야간 근무는 그의 몫이었다. 몸의 중심을 잘못 잡았는지 크루프는 화들짝 놀라며 깨어났다. 그는 눈을 비비며 자리에서 천천히 일어섰다. 퇴근하기 전, 마지막 순찰을 돌기 위해서였다.

스위스에 있는 가이아 지부는 본사만큼이나 큰 규모의 건물을 소유하고 있었다. 이곳의 회원들은 한 주씩 돌아가며 야간 순찰을 하곤 했다. 크루프도 그들 중 하나였기 때문에 순찰의 의무에서 벗어날 수는 없었다. 그는 투덜거리며 손전등을 들고 건물의 지하로 향하는 나선형 계단을 내려갔다.

지하 3층에 도착했을 즈음이었다. 어디선가 희미하게 웅웅거리는 소리가 들려왔다. 그는 고개를 갸웃거리며 소리의 근원지를 찾아 헤맸다. 소리가 들려온 곳은 분명히 그의 발밑이었다.

'이 건물은 지하 3층까지밖에 없는데.'

그는 다른 통로가 있는지 샅샅이 훑어보았다. 복도 끝에 다다르니 작은 초록색 문이 눈에 띄었다. 그 문에는 이렇게 적혀있었다.

<관계자 외 출입 엄금>

지문 인식기와 홍채 인식기가 달려있긴 했지만 문은 잠겨 있지 않았다. 크루프는 문을 살짝 밀어보았다. 그러자 아래로 내려가는 좁은 계단이 나타났다. 그는 손전등을 꽉 쥐었다.

'도대체 이 아래에 뭐가 있는 거지?'

조심스레 계단을 내려가자 커다란 철문이 나타났다. 그가 다가가자 철문은 요란한 소리를 내며 열렸다. 방금 크루프가 통과한 문은 겉문인 듯했다. 그 방의 끝에는 또 다른 철문이 자리 잡고 있었다. 문의 겉면에는 큰 초록글씨로 '1'이라고 씌어져 있었다. 살짝 벌어진 틈새에서는 냉기가 하얗게 뿜어져 나왔다. 그는 심호흡을 한 후 철문의 틈새에 손을 밀어 넣고 힘을 주었다. 하지만 철문은 꿈쩍도 하지 않았다. 그는 철문 가까이에 손전등을 갖다 대고 한쪽 눈으로 그 안을 살폈다. 손전등 빛이 커다란 유리에 닿는 순간, 그는 무엇인가 안에 있다는 것을 깨달았다.

그것은 지구상에 있는 어떤 생물의 모습과도 닮지 않았다. 크루프는 놀란 마음을 진정시키고 유리 안에 있는 걸 자세히 살펴보기 위해 손전등의 각도를 조절했다. 그 순간, 둔탁한 소리가 나더니 그의 몸이 앞으로 고꾸라졌다. 의식이 사라지는 순간에도 그는 생각했다.

'이 일을 반드시 회원들에게 알려야만 해! 우리가 믿는 가이아는 진짜

가이아가 아니었어!'

09.

상혁은 『녹색일보』 1면에 실려 있는 톱기사를 읽는 중이었다. 굵고 큰 글씨로 '동물게놈 대대적인 분석 시작'이라는 제목 아래에는 생명 공학자들의 사진이 실려 있었다. 그들은 매우 기뻐하는 표정이었다. 그러나 그와 반대로 상혁의 표정은 매우 어두웠다.

하연은 상혁의 얼굴을 쓱 보더니 그의 손에서 신문을 낚아채갔다. 그녀는 기사를 훑어본 후 말했다.

"이제 인간 게놈만 분석하면 천년만년 그렇게 사는 건가? 병도 안 걸릴 테고 근데 아저씬 영생이 마음에 안 드나 보네?"

그는 고개를 저었다.

"영원히 살고 싶은 건 거의 모든 사람의 소망이잖아. 나도 그래. 하지만 마음에 안 드는 점이 있어서 말이야."

"뭔데?"

그녀가 물었다.

"오래 살 수 있다는 시술법이 개발되었다고 가정해봐. 초기의 시술비용은 정말 비싸겠지. 부자들만이 그 비용을 감당할 수 있을 거야. 가난한 나라의 독재자는 국민들에게서 뽑아낸 세금으로 수술비용을 대겠지. 그리고 죽지도 않고 계속 자신의 나라를 지배하면서 평생 국민들이나 착취할지도 몰라. 정말 가치 있는 사람들은 죽음을 두려워하지 않고 영생에 집착하는 떨거지들만 넘쳐날 거야. 세상은 인간 쓰레기장이 되겠지. 게다가 인구는 자꾸 늘어만 가는데 죽는 사람은 정작 없으면 어떻게 되겠어? 산을 깎고 갯벌을 메워서 우리가 살 땅을 만들어 내는 수밖에 없잖아. 최종 포식자인 인간의 증가로 먹이사슬의 균형은 흔들리고 동물 게놈 분석을 마친 과학자들은 각양각색의 돌연변이 생물을 마음대로 생산할 거야. 우리가 감당

못할 괴물이 탄생할지도 모르지."

상혁은 잠시 말을 멈추었다. 그리고 웃음기를 머금은 얼굴로 말을 마무리 지었다.

"땅이랑 바다는 물론이고 하늘까지 점령한 쓰레기들한테 둘러싸여서 살고 싶진 않아. 못생긴 돌연변이 괴물들은 더더욱 사양이고"

하연은 그의 말에 싱긋 웃으며 대답했다.

"사실은 나도 그래."

그러나 그들의 말 중 일부가 사실이 되리라고는 아무도 예상하지 못했다.

10.

무뚝뚝해 보이는 집사는 포도주병을 냅킨에 받쳐 들고 나타났다. 적갈색의 액체가 빈 잔들을 채웠다. 강 회장은 포도주병에 붙어있는 스티커의 글씨를 보고 놀랐다.

"샤또 구르메 아닙니까? 게다가 2012년산이라니."

강 회장의 맞은편에 앉아있던 남자는 입 꼬리를 살짝 올렸다. 남자의 나이는 중년쯤 되어 보였고 머리카락은 희끗희끗했다. 하지만 옆머리와 목부분의 머리는 아직 검었다. 그의 눈동자는 게르만족을 연상케 하는 푸른빛을 띠고 있었다. 이국적인 분위기가 물씬 풍기는 남자는 강 회장에게 유창한 한국어로 말했다.

"잘 아시는군요. 토양이 심하게 오염되기 전에 자라는 포도를 가지고 만든 겁니다. 요즘 나오는 적포도주 보단 훨씬 좋은 품질이죠. 마음에 드실 겁니다."

"감사합니다, 슈미트 씨. 이렇게 후한 대접을 받게 되다니."

슈미트는 다시 빙그레 웃고는 장승처럼 서 있던 무뚝뚝한 집사에게 말했다.

"강 회장님께 소소한 선물이라도 드리고 싶군. 지하실 저장고에서 하나 더 꺼내와 주겠나? 임페리얼 토케이로."

"알겠습니다."

집사는 목례를 올리고 기계적인 걸음으로 방을 나갔다. 강 회장은 송구스러워하는 표정을 지어보였다.

"선물은 오히려 제가 드려야 할 판인데……."

"괜찮습니다. 아직 포도주는 지하실에 충분하니까요."

슈미트는 대수롭지 않다는 듯 말했다.

"그나저나 저 집사, 저희 회원 중 하나와 꽤나 닮았습니다."

"그렇습니까? 회장님께서 기억하실 정도라면 꽤나 유명한 사람임이 분명하군요."

여태까지 일관된 반응을 보이던 슈미트는 강 회장의 다음 말을 듣고 눈빛이 달라졌다. 하지만 강 회장은 그걸 눈치 채지 못했다.

"신문에도 몇 번 나온 적이 있는 사람입니다. 유상혁이라는 해양 생물학자인데 저 집사를 보니 문득 그 사람이 생각나더군요."

"아, 저도 잘 아는 분입니다. 재능이 아주 뛰어난 젊은이죠."

그리고서 슈미트는 싱긋 웃었다. 그러나 그 웃음은 마치 짐승처럼 잔혹해 보였다.

11.

아침 햇살이 흩날리는 커튼 사이로 쏟아져 들어왔다. 반지하이기 때문에 빛은 약간밖에 들어오지 않았지만 상혁은 눈이 부시다고 생각했다. 그는 소파에서 부스스 일어났다. 깜빡 잠이 든 모양인지 소파 밑에는 파일철들이 어지럽게 뒤섞여 있었다.

삐리리릭―

그의 휴대전화가 울어대기 시작했다. 상혁은 반쯤 뜬 눈으로 소파 여기저기를 더듬다가 마침내 그것을 집어 들었다. 그가 '여보세요'라는 말을 내뱉기도 전에 전화너머 상대방이 다짜고짜 외쳤다.

"뉴스 봤냐?"

상혁은 단박에 그 목소리의 주인을 알아보았다. 같은 대학교를 나온 친구, 김태평이었다. 태평은 지금 한국 생명공학 연구원에서 일하고 있는 중이다.

상혁은 리모컨을 집어 들고 초록색 버튼을 눌렀다. 아나운서의 목소리가 TV에서 흘러나왔다.

"……이 연구는 암 치료는 물론 인간이 영원히 살 수 있게 될지도 모른다는 희망을 불어넣음으로써……."

상혁은 심드렁하게 대답했다.

"보고 있어."

"굉장하지 않아? 이제 개인별로 게놈을 해독해서 상용화시키는 작업에 들어갈 거야. 영생까진 아직 무리더라도 몇 백 년 더 장수하는 건 문제없어."

영생, 장수. 인간이 아주 오랜 시절부터 꿈꾸어온 것이다. 그 옛날의 진시황도 불로불사의 삶을 위해 얼마나 노력을 해왔던가.

이제 기자들은 한 생명 공학자를 인터뷰하는 중이었다. 나이 지긋해 보이는 학자는 웃으며 말했다.

"약 50년 뒤에는 암을 완전히 정복할 날이 올 것입니다. 그리고 인간의 수명은 몇 백 년 정도가 아니라 몇 천 년을 살 수 있을 만큼 늘어날 거라고 확신합니다. 또한……."

상혁은 TV를 껐다. 그 뒤로는 뻔한 이야기니까. 태평은 신이 나서 계속 떠벌렸다.

"일단 동물 게놈부터 분석을 마치면 우유라든가 달걀 같은 식품들을 더 많이 생산할 수 있을 거야. 외국에서는 식물들 게놈을 분석 중이라고 해. 그러면 전 세계의 굶주리는 사람들을 구제할 수 있을 거……."

“부작용은.”

상혁이 태평의 말을 끊었다.

“……뭐라고?”

“부작용이 없는 게 확실하냐고. 전에도 그런 일이 있었지. 참치의 살코기양을 늘리기 위해 실험을 하다가 실패한 거 말이야. 그때 쓰인 여러 가지 화학 약품 때문에 태어난 참치새끼들은 눈 없는 커다란 괴물이 되어버렸어. 이 일이 알려지는 게 두려웠던 나머지 과학자들은 참치들을 모두 폐사시키고 비밀에 부쳤지. 너희가 옛날 영화 속의 괴물을 만든 거야.”

상혁의 목소리는 만년설에서 불어오는 바람 같았다. 태평은 갑자기 더듬거렸다.

“그…… 그건 극비사항이었…… 네가 어떻게……?”

“잊고 있었냐. 나도 너처럼 학자라고. 참치 같은 바다 동물들을 연구하는 해양 생물학자. 어쨌거나 내 말 잘 들어.”

상혁은 긴 말을 하려는 사람처럼 잠시 숨을 들이켠 다음 침착하게 말했다.

“너희가 우리들이 더 나은 삶을 살도록 하기 위해서 노력한다는 건 안다. 암 치료도, 영생에 대한 연구도 다들 인간에게 희망을 주지. 하지만 그 후의 사태에 대해서도 생각은 해봐야 하는 거 아닌가? 유전자 조작 식품은 자연에 없는 걸 인간이 억지로 만들어 낸 거야. 그게 과연 생태계에 아무런 영향도 끼치지 않겠냐고. 동물은 그것보다 더하겠지. 기술의 발전을 위해 사소한 희생은 불가피하다는 건 입에 발린 헛소리에 지나지 않아. 그 사소하다는 것들이 모여서 지금의 지구를 만들었어. 바다는 기름과 쓰레기들로 넘쳐나고 땅은 산성화 되어버려서 식물들이 더 이상 자라지도 못해. 우리가 사는 이 행성이 죽어버리면 기술이 발전하든 영생을 얻든 우리도 같이 결딴난다고. 난 너희가 게놈을 갖고 뭘 하든 신경 안 쓸 거야. 하지만 이것만은 알아둬라. 네 녀석들이 만들어 낸 인공 괴물들이 지구를 다 뒤덮기 전에 내가 막을 거라는 걸.”

태평은 아무 말도 하지 않았다. 상혁은 한숨을 내쉬며 휴대폰의 종료버튼을 눌렀다. 그는 신랄한 말을 늘어놓는 성격이 아니었지만 이런 부분에 대해서는 민감했다.

다음번에 태평이를 만날 때는 사과해야겠다고 생각하며 그는 바닥에 있는 파일철을 집어 들었다.

12.

키르스텐 크루프는 힘들게 눈꺼풀을 들어올렸다. 머리를 가격당해서 그런지 정수리가 지끈거렸다. 그는 몸을 움직여 보려고 했지만 손과 발이 꽉 묶여있었기 때문에 꿈쩍도 할 수 없었다. 크루프는 주위를 두리번거렸다. 녹슨 기계들이 여기저기 널려있는 것으로 보아 버려진 공장인 듯싶었다. 천장에는 거미줄들이 어지럽게 흩어져 있었고 창문은 너무 높은 곳에 있었다. 크루프가 밧줄을 풀기 위해 헛되이 움직이는 동안, 공장 옆문이 삐걱 소리를 내며 열렸다. 곧이어 한 사내가 뚜벅거리며 들어왔다. 그는 넥타이를 매만질 뿐, 침묵을 고수했다. 보다 못한 크루프가 따졌다.

"날 어떻게 할 작정이지?"

사내는 크루프를 흘끗 보더니 트위드 재킷 안주머니에서 콜트 식 자동권총을 꺼냈다.

"좀 있으면 하늘나라로 가는 티켓을 끊어줄 테니 걱정 말라고."

크루프는 입을 다물고 고개를 숙였다. 결국 진실은 묻혀야만 하는 걸까.

잠시 후, 사내의 휴대전화가 울렸다. 사내는 '잠시 후에 보지'라는 말을 중얼거리며 밖으로 나갔다. 문이 철컥하고 잠기는 소리가 나자 크루프는 곧바로 고개를 들었다. 그리고는 여기저기 살펴보기 시작했다. 그가 뒤쪽으로 고개를 돌렸을 때, 녹슨 대못이 눈에 띄었다.

온갖 우스꽝스런 행동과 노력 끝에 크루프는 못이 있는 곳까지 도달할 수 있었다. 하지만 양손이 묶인 채 밧줄을 끊는 것 역시 쉽진 않았다. 식은

땀 때문에 못이 몇 번이나 미끄러졌지만 그는 마침내 줄을 끊어내는데 성공했다.

갑자기 손목에 피가 통하자 아릿함이 전해져왔다. 그는 발목에 남아있는 밧줄들마저 끊어내고 다른 출구를 찾아 헤매었다. 사내가 언제 들이닥칠지 몰라 전전긍긍하던 크루프는 커다란 기계 뒤쪽에 있는 개구멍을 찾아냈다. 마른 몸집 덕분에 몸을 빼내는 것은 쉬웠다. 그의 예상대로 공장은 시내와 멀리 떨어진 곳에 있었다. 자신의 휴대전화는 그 사내가 가져갔기 때문에 크루프는 위치를 파악할 수 없었다. 그는 자신이 선택한 방향이 맞기를 바라며 아스팔트 도로위로 달려갔다.

13.

가이아의 사무실에는 싸늘한 기운만이 감돌았다. 이윽고 강 회장이 말을 꺼냈다.

"이 계획은 시행되기가 힘들 것 같네."

하연은 눈을 크게 뜨고 되물었다.

"어째서죠? 내용이 미흡한건가요?"

"그건 아니네. 자네들의 프로젝트는 극찬해주고 싶을 정도로 완벽하네만, 예산이 버텨내질 못할 것 같아서 말일세. 미안하게 됐군."

상혁과 하연은 어이없다는 표정을 지었다.

"예산이 부족하다니 그게 무슨 말씀이십니까? 가이아가 그렇게 재정이 없는 단체도 아닌데……."

"요즘 들어 꽤 힘들어졌다네. 다른 회원들도 똑같은 상황이니 다음 지원 대상 선발 때 와주게나."

강 회장이 너무 단호하게 말했기 때문에 상혁과 하연은 그대로 사무실을 나오는 수밖에 없었다. 상혁은 아지트에 도착할 때까지 쉴 새 없이 욕을 해댔고 하연은 침묵을 지켰다.

"그 망할 영감탱이가 다 자기 주머니로 떼어먹고서 이러는 걸 거야. 6개월을 또 어떻게 기다리라고……."

"이상해."

하연이 무엇인가 생각하는 표정으로 말했다.

"뭐가?"

"1개월 전만 해도 재정이 충분하단 이야길 들었어. 그 사이 무슨 일이 일어났기에 그 많던 예산이 부족해진 거지? 만약 자신의 통장 같은 곳으로 빼돌렸다면 흔적이 남았어야 하는데 그건 아닌 거 같아. 혹시라도 우리가 모르는 비밀 사업에 투자한 거라면 또 모를까……."

"그럴 가능성이 커. 하지만…… 도대체 왜 숨기려는 거지? 그렇게 떳떳하지 못한 사업인가?"

"글쎄……."

하연은 말끝을 흐리며 소파에 주저앉았다. 그들이 자신만의 생각에 잠겨 있을 즈음이었다. 정적을 깨고 초인종소리가 울려 퍼졌다. 상혁은 생각을 방해받은 것에 대해 불쾌해하며 현관으로 어슬렁어슬렁 걸어갔다. 그가 인터폰에 뜬 화면을 확인하지 않고 현관문을 연 것은 크나큰 실수였다. 계단 앞에 서 있는 한 무리의 사내들을 본 순간, 상혁은 뭔가 잘못되었다고 직감했다.

맨 앞쪽에 서 있던 남자는 중키에 턱시도를 입고 있었고 상혁과 약간 비슷한 외모의 소유자였다. 상혁은 그의 얼굴을 단숨에 알아보았다. 상혁은 그 남자의 턱에 빠른 속도로 어퍼컷을 날렸다. 상혁이 덩치도 크고 힘도 만만치 않은 편이었기 때문에 남자는 몇 걸음 뒤로 밀려나서 다른 사내와 부딪혔다. 밖이 시끄러워지자 하연은 어리둥절해하며 자리에서 일어섰다.

"아저씨, 밖에 누구야?"

상혁은 퍼뜩 하연이 안에 있다는 것을 깨달았다.

"하연아, 뛰어!"

"응? 그게 무슨…… 엄마야!"

상혁은 달려드는 2명의 사내들을 재빠른 업어치기로 내동댕이쳤다. 그리고 신발도 제대로 못 신은 하연의 손목을 붙잡고 무작정 내달렸다. 한참을 그렇게 달린 뒤에 그들은 헉헉대며 멈춰 섰다. 하연이 영문을 모르겠다는 표정으로 물었다.

"이게…… 대체…… 어떻게 된 거야? 그 이상한 사람들은 누구고?"

"전에…… 그놈들이야. 젠장, 아지트를 어떻게 알아낸 거지?"

"아저씰 공격했던 그 사람들? 갑자기 이제 와서 왜?"

"모르겠어…… 지금까진 이렇게 열을 내면서 쫓아다니진 않았다고"

상혁은 하연을 바라보았다. 그의 표정은 무척이나 어두웠다. 이제는 하연까지 위험에 몰아넣은 것은 아닌지 걱정이 밀려왔다. 결국은 그녀에게 진실을 말해야 할 때가 온 것이다.

'두렵다.'

마음속의 무엇인가가 그를 무섭게 짓눌렀다. 서펀트와 상혁의 정체를 알게 된 사람들은 모두 그를 기피했다. 무서워하고, 뒤에서 손가락질을 해댔다. 상혁 자신과는 전혀 상관없는 사건도 마치 그의 탓인 양 수군거렸다. 서펀트에 속해 있다는 것, 그것 하나 때문에 그는 많은 것을 잃어야만 했다. 가족과 친구들도 예외는 아니었다. 십여 년이 지난 지금도 그때 받았던 온갖 상처들은 지워지지 않는 흉터로 남아 그를 괴롭혔다. 하지만 그는 현실을 직시해야만 했다.

'이젠 선택의 여지가 없어.'

상혁은 결심한 듯한 표정으로 하연에게 한 발짝 다가섰다.

14.

갈색 가죽소파에 앉아있던 슈미트의 표정은 일그러져 있었다. 그는 그의 앞에 서 있던 사내들을 훑어보았다. 가엾게도 사내들은 늑대를 만난 토끼처럼 벌벌 떨고 있었다. 그러나 그들의 맨 앞에 서 있던 턱시도 차림의 남자는 미동도 하지 않고 고개만 숙이고 있을 뿐이었다. 슈미트는 그의 태도가 흥미롭다는 듯 냉혹한 푸른색 눈동자로 한동안 그를 응시했다. 이윽고 턱시도 차림의 남자가 말했다.

"죄송합니다."

슈미트는 냉소를 머금은 채 왼쪽 손을 들어 턱을 괴었다.

"한국엔 이런 말이 있지. 죄송하면 다냐고."

턱시도 차림의 남자는 몸을 살짝 움찔했다.

"고개를 들게, 집사."

집사라고 불린 남자는 고개를 들어 슈미트를 쳐다보았다. 그의 검은색 눈동자가 슈미트의 날카로운 푸른 눈과 마주쳤다. 집사 주변에 서 있던 사내들은 어쩔 줄 몰라 하며 그 둘을 번갈아 바라보았다. 슈미트는 간이 탁자 위에 있는 작은 과도를 집어 들었다. 그리고는 집게손가락으로 칼의 매끄러운 부분을 쓸어내리며 혼잣말을 하듯이 말했다.

"문병권, 그 녀석을 잃은 건 크나큰 손실이었어. 유상혁…… 그놈이 어떻게 접근할 수 있었는지는 몰라도 그럴 배짱이 있는 녀석일 것이라곤 상상도 못했어. 하지만 모든 정황들이 놈을 가리키고 있단 말이지. 목격자들이 말한 인상착의도 그렇고 확실한 증거가 없다는 게 흠이긴 하지만. 처단할 가치도 없는 배신자 녀석이 쓸모없는 자칼에서 호랑이로 변해버렸어."

슈미트는 소파에서 천천히 일어났다. 그리고 오른손으로 과도의 검은 손잡이를 바투 쥐었다. 그의 주름진 손에는 푸른 정맥이 불거져 나왔다.

"새끼 호랑이가 다 자라서 물어뜯기 전에 처리하게."

슈미트는 그렇게 말하고는 과도를 냅다 집어던졌다. 그것은 집사의 귀 옆을 아슬아슬하게 스쳐지나가서 맞은편 벽에 깊숙이 박혔다. 사내들은 슈미트의 갑작스러운 돌변에 옆으로 약간 물러서거나 털썩 주저앉았다. 그와는 반대로 집사는 망부석처럼 묵묵히 슈미트를 응시했다. 슈미트는 뒤돌아서며 말했다.

"자네의 특기처럼 다음번엔 깔끔하게 해결해 주기를 바라네. 만약 실패하고 돌아올 시엔…… 저 칼은 빗나가지 않을 걸세."

여전히 꼼짝 않는 집사와 부들부들 떠는 사내들을 놔둔 채, 슈미트는 응접실을 나왔다. 그에게 있어서 문병권은 소위 오른팔에 버금가는 실력 있는 조직원이었다. 그러나 슈미트는 문병권의 죽음에 대한 사사로운 복수 따위를 하려는 것은 절대 아니었다. 다만 조직에 해가 되는 암 덩어리를 쳐내려는 것일 뿐, 복수라는 빛 좋은 개살구는 결국 자신의 힘만 낭비하게 되는 꼴이었다.

유상혁이라는 존재는 이제 그의 신경을 점점 건드리기 시작했다. 그러나 그의 집사가 사소한 실수만 하지 않는다면 문제될 건 없었다. 게다가 슈미트에게는 골치 아픈 문젯거리보다 더 중요한 사업이 기다리고 있었다. 스위스에서의 사업이 어떻게 돌아가고 있는지 확인하기 위해 그는 집무실로 들어가서 수화기를 집어 들었다. 이미 그의 머릿속에는 '문제'에 대한 걱정조차 남아있지 않았다.

15.

크루프는 택시 안에서 안절부절 못하고 있었다. 그런 크루프가 이상하다는 듯, 택시기사는 차 앞 유리쪽의 거울로 그를 힐끔힐끔 쳐다보았다. 택시는 어느덧 아담한 흰색 건물 앞에 멈추어 섰다.

다행히도 트위드 재킷의 사내가 지갑은 그대로 놓아두었기에 크루프는 택시비를 지불하고 나올 수 있었다. 그가 도착한 곳은 바로 가이아 제3 스위스 지부였다. 그가 있었던 제1지부보다는 규모가 덜했지만 그렇다고 해서 다른 건물들보다 초라해 보이지는 않았다. 크루프는 자동문 앞에 서서 문이 열리기를 기다렸다. 이윽고 옆에 부착되어있던 스피커폰에서 익숙한 목소리가 들려왔다.

"가이아 제3지부입니다. 용건을 말씀해주세요."

"로미? 나야, 키르스텐."

곧장 문이 열리고 크루프는 건물 안으로 들어갔다. 안내소에는 그의 오랜 친구인 로미 슈마허가 앉아있었다. 크루프는 로미에게 간단한 인사를 하고 물었다.

"원래 이 일은 경비원이 하는 거 아니었나?"

"안 그래도 1지부가 3지부에 있어야 할 경비원들을 다 납치해 간 게 아닌지 의심하고 있었어."

그는 로미의 농담에 킬킬댔다. 곧이어 로미가 의아해하며 그에게 물었다.

"근데 갑자기 여긴 무슨 일이야? 어젠 전화해도 안 받더니."

순간적으로 크루프는 머뭇거렸다. 그의 머릿속엔 이런 생각들이 맴돌았다.

'설마 로미까지 그 일과 연루되어 있는 거라면……? 이번엔 살아남을 길이 영영 없어지는 거 아냐? 수많은 가이아 회원들 중 몇 명이나 그 일에 동조했는지 짐작하기도 힘들고. 내 발밑에서조차 이런 일들이 벌어지는데 로미는……'

그는 머리를 살짝 흔들어 불안한 생각들을 떨쳐버렸다. 로미는 그런 파렴치한이 절대 아니었다. 설령 '일'에 연루되어 있더라도 크루프의 목숨을 위협하는 짓은 목에 칼이 들어오는 한이 있어도 하지 않을 녀석이었다.

그는 잠시라도 로미를 의심한 것에 대해 죄책감을 느꼈다. 크루프는 생각을 가다듬고 로미의 길다란 속눈썹을 바라보며 자초지종을 다 털어놓았다. 크루프의 말을 다 듣고 난 후 로미는 생각에 잠겼다. 그녀가 예상했던 것보다 훨씬 심각한 사안이었다.

잠시 후, 로미는 다짜고짜 크루프의 손을 붙잡고는 1층 구석의 어느 어두컴컴한 방으로 이끌었다. 그녀는 크루프가 들어서자마자 문을 닫고 디지털 자물쇠를 단단히 채워 놓았다.

"로…… 로미…… 난 아직 마음의 준비가……."

"헛소리 집어치우고 잘 보기나 하셔."

로미는 그렇게 말하고는 전등 스위치를 켰다. 허옇게 빛을 발하는 형광등 아래로 3미터 높이의 커다란 기계장치들이 번들거렸다. 중아에 있는 대형 모니터에는 '명령을 입력해 주십시오.'라는 붉은색 글씨가 깜빡이고 있었고, 하얀 대리석 바닥에는 여러 색깔의 전선들이 거미줄처럼 널려있었다. 기상청에도 거대한 슈퍼컴퓨터가 있기는 했지만 이런 모습은 절대 아닐 것이라는 게 크루프의 생각이었다.

여기저기 흩어져있는 전선들을 밟지 않게 조심하며 그가 물었다.

"이게 다 뭐지? 3지부에 이런 것도 있었단 말이야?"

로미는 크루프에게 의미심장한 웃음을 날렸다.

"하마터면 제 3지부가 지어지지 못했을 거라는 거 알고 있었어? 3지부는 바로 이것 때문에 지어진 것이라고 해도 과언이 아니야. 이 녀석 안에는 가이아 전 회원명단, 간단한 신상정보, 지금까지 추진되어 온 프로젝트, 예산 지출목록까지 별게 다 들어있다고"

그녀가 여러 개의 버튼들 중 하나를 누르자 가이아—스위스 지부 소속 회원들의 명단이 좌르륵 뜨며 화면을 가득 채웠다. 로미는 잠시 멈추었던 말을 계속 이어갔다.

"몇 명 골라잡아봐. 그렇게 심각한 사건이라면 우리 둘만으로 해결하는 건 무리야. 다른 회원들한테 도움을 요청하는 거지."

그제야 크루프는 로미가 자신을 이곳까지 끌고 온 이유를 깨닫게 되었다. 그는 고개를 저으며 대답했다.

"아무래도 여기 회원들은 안 되겠어. 위험요소가 너무 커."

로미는 그의 말에 수긍했다.

"그렇긴 하겠네. 스위스 지부 회원들이 제일 많이 가담했을 가능성이 크니까. 그럼 독일은 어때? 가깝기도 하고 말이야."

"독일도 무리야. 날 끌고 갔던 남자의 말투를 보아하니 외국인인 것 같았어. 슈비처뒤치로 말하기는 했지만 억양은 분명히 독일 쪽에 가까웠어. 더군다나 독일은 지부가 하나밖에 없잖아. 그 남자도 거기 소속이었을지도 몰라."

이쯤 되니 크루프는 차라리 경찰에게 연락하는 것이 낫겠다는 생각이 들었다. 하지만 그것은 크루프가 일찌감치 떨쳐버린 생각이었다. 그를 납치했던 사내를 체포할 수는 있을 테지만, 그러기 위해선 일단 자초지종을 다 설명해야만 했다. 지하실을 조사하기 위해 경찰 인력이 투입되는 것 또한 문제가 있었다. 가이아는 공공기관이 아니었고 가이아의 건물들은 사유재산으로 취급되어 다짜고짜 밀고 들어가는 것은 불가능했다. 따라서 복잡한 절차가 필요했다. 게다가 지역 경찰 따위가 감당할 만한 사안도 아니었다. 경찰들이 상부에 연락하고, 그에 맞는 조사 단원들을 꾸릴 동안 시간이 얼마나 낭비될지는 아무도 몰랐다. 게다가 공권력이 가담하는 즉시 그들이 이것을 알아채고 잠적해 버릴 가능성도 컸다. 차라리 가이아 회원들 중 사건에 가담하지 않은 몇몇 간부급 회원을 찾는 게 더 빠를 것이다.

로미는 잠시 고민하더니 다시 버튼을 조작했다.

"이제부터 잘 봐줘. 휙휙 지나갈 테니까."

이제 모니터 상에는 나라별 가이아 회원들의 모습과 신상정보들이 빠른 속도로 나타났다가 사라졌다. 러시아, 영국, 노르웨이를 지나 한국 회원들에 다다랐을 즈음, 크루프가 갑자기 소리쳤다.

"잠깐만! 약간 앞으로 넘겨봐."

로미가 버튼들을 누르자 동양인 남성과 여성의 얼굴이 나타났다. 그녀도 무엇인가 깨닫는 게 있었다.

"저 사람들……? 전에 제네바에서 열렸던 가이아 정기모임에 오지 않았었나?"

"그래, 맞아. 우리랑 대화한 적도 있었고 그 사람들 하는 이야기를 들어 보니 일에 관련되었을 확률은 거의 없을 거야."

크루프는 로미에게 윙크해 보이고는 물었다.

"근데 말이야, 여기에도 통신기능이 있어?"

로미는 씩 웃어보였다.

"물론이지. 얼마를 들인 건데."

그녀가 국제 통화용 번호를 입력하고 보라색 버튼을 누르자 모니터에는 '연결 중'이라는 글씨가 깜빡거리기 시작했다. 크루프와 로미는 긴장되니 표정으로 모니터를 응시했다.

16.

서펀트의 '신고식'을 호되게 치른 이후로 상혁은 밤마다 악몽에 시달려 왔다. 자신이 믿고 있었던 모든 것들이 이빨달린 끔찍한 괴물로 변해버린 듯 했다. 서펀트에서 가장 나이가 어렸던 상혁에게 조직원들은 여러 가지를 가르쳐주었다. 호신술이며 싸움기술, 심지어 무기 쓰는 방법까지도 아마 아들, 막내 동생뻘 되는 상혁이 귀여워서였을지도 모르겠지만 아직 어린 그에게는 작은 호의마저도 무섭게 느껴졌다. 하지만 보스는 그런 상혁의 태도가 못마땅했다. 나약함이란 서펀트에서 결코 용납될 수 없는 것이었다. 보스는 상혁에게 본보기를 보여줘야겠다고 생각했다.

경쟁조직과의 결전이 있던 날, 보스는 직접 그 자리에 참석했다. 물론 상혁도 그곳에 있었다. 그날 모스가 보여줬던 것은 혈투 그 자체였다. 영화에서처럼 화려한 기술은 필요하지 않았다. 승리와 패배만이 기억될 뿐, 화려한 퍼포먼스는 오히려 거추장스러운 일이었다.

결국 경쟁조직은 서펀트에게 흡수합병 당했고, 상혁은 그 현장을 고스란히 지켜봐야했다. 서펀트의 보스란 그렇게 냉혹한 사내였다. 몸에서 필요 없는 세포를 파괴하는 것처럼 단체의 아폽토시스는 끊임없이 계속되었다.

점차 시간이 지날수록 상혁도 그런 일들에 대해 감각이 무뎌지게 되었다. 그러나 그는 점차 변해가는 자신이 혐오스러웠다.

그렇게 몇 년이 지나고 상혁은 먼 곳으로 이사를 가게 되었다. 그것은 상혁이 서펀트를 벗어날 수 있는 절호의 기회였다. 거리를 핑계로 그는 두 번 다시 단체를 방문하지 않았고 아무 일도 없이 몇 년이 흘렀다. 대학교를 졸업하고 한국 해양생물 연구원에 취직되어 하루하루를 걱정 없이 생활했다.

그러던 어느 날, 상혁은 일이 있어서 서울로 올라간 적이 있었다. 길을 가던 도중에 서펀트 회원 중 한 명과 마주쳤지만 그는 대수롭지 않게 지나쳤었다. 그 후로 상혁은 지금까지 미약하지만 무시하기는 힘든 끈질긴 추격에 시달려 온 것이다.

긴 이야기를 마치고 나서 그는 하연에게 사과했다.

"미안해. 더 일찍 말하지 못해서."

하연은 고개를 저었다.

"지금이라도 말해줘서 고마운걸. 적어도 누구한테 쫓기고 있는지는 확실히 알겠네."

하연은 상혁이 지금까지 얼마나 힘들게 살아왔는지 표정만으로도 알 수 있었다. 그만큼 서펀트는 벗어나고 싶어도 벗어나지 못하는 굴레였다.

그때, 정적을 깨고 하연의 주머니에서 전화벨 소리가 들려오기 시작했다, 그들은 화들짝 놀랐다.

"어……? 국제전화?"

상혁이 고개를 갸웃거렸다.

"보이스 피싱 아닐까? 아니, 잠깐, 저 번호 어디선가……."

"아! 전에 제네바에서 번호 교환했던 사람들 중 하나인거 같은데…….

어째서?”

“일단 받아보는 게 좋겠어.”

하연은 통화버튼을 밀어올리고 말했다.

“……Hello?”

휴대전화 너머에서는 외국 억양이 섞인 영어가 흘러나왔다.

“저기…… 박하연 씨?”

“네…… 로미 씨신가요? 무슨 용건으로……?”

상대편은 차근차근하게 지난 일들을 설명했다. 들으면 들을수록 말도 안 되는 사실이었다. 가이아가 오히려 생태계를 파괴하려 한다니? 하연은 어이가 없었다.

“로미 씨, 저는 납득을 못 하겠어요. 가이아가 지금까지 그런 비밀을 숨겨왔다는 건 말이……:”

“저도 그렇게 생각했었어요. 하지만, 크루프는 직접 목격했다고 하니까요. 그러니 제발 스위스로 와주세요. 우린 당신들의 도움이 필요합니다.”

하연은 잠시 동안 아무 말도 없었다. 하지만 곧 결론을 내리고는 말했다.

“……알겠습니다, 로미 씨. 너무 걱정하고 계시진 말아요.”

하연은 휴대전화를 주머니에 넣고 상혁을 바라보았다. 옆에서 통화내용을 열심히 듣고 있던 상혁도 그녀를 쳐다보았다.

“정말 믿는 거야?”

“그럼 아저씬 이게 정신 나간 소리라고 생각해?”

상혁의 눈빛은 누가 봐도 불신에 가득 차 있었다. 그가 서펀트에 들어간 이후로 남을 잘 믿지 않는 경향은 더 두드러져 나타났다.

“밑도 끝도 없이 그쪽으로 가라니, 무슨 근거로?”

하연은 말없이 상혁의 손을 쥐었다. 그는 잠시 몸을 움찔했다.

“어차피 한국에 있어봤자 마음 놓고 돌아다니기는 힘들어. 게다가 여자의 직감이랄까, 꼭 가야 할 것 같은 느낌이 들어. 응? 아저씨.”

그녀의 말은 반박할 여지가 없었다. 한국은 이제 그들에게 결코 안전하지 않았다. 차라리 외국에 잠시 동안 피신해 있는 것이 더 나았다.

“알았어. 그럼 최대한 빨리 출국하는 걸로 하자고”

상혁은 그렇게 말한 뒤 하연과 헤어져 원래 각자의 집으로 돌아갔다. 그들이 머물렀던 자리에 한차례 미풍이 휩쓸고 지나갔다.

17.

상혁은 비행기 안내방송에 깜짝 놀라 잠에서 깨어났다. 그의 모습을 보고 킥킥대는 하연을 무시한 채, 그는 짐칸에서 가방들을 끌어내렸다.

비행기에서 내리니, 이곳이 외국이라는 것이 확실히 실감났다. 전에도 한번 와본 적이 있었던 제네바였지만, 한국과는 무엇인가 다른 분위기가 그들의 눈길을 사로잡았다.

정신이 팔려있어서 그런지 상혁과 하연은 자신들을 응시하고 있는 수상한 눈길을 미처 눈치 채지 못했다. 택시를 잡기 위해 걸어가고 있을 무렵, 몇 명의 남자들이 그들을 향해 슬며시 다가왔다. 갑자기 꺼림칙함을 느낀 상혁은 그 수상한 사내들의 동향을 눈치 채고는 몸을 홱 돌렸다, 하지만 그들이 어떤 행동을 취하기도 전에 평범한 옷차림의 사내들은 순식간에 상혁과 하연을 제압하여 끌고 갔다. 너무도 순식간에 일어난 일이라 주변에 있던 시민들도 아무런 의심을 품지 않았다.

강제로 차에 태워지면서 상혁과 하연은 정신이 몽롱해짐을 느꼈다.

18.

상혁과 하연은 동시에 눈을 번쩍 떴다. 상혁은 어리둥절해서 주위를 둘러보았다. 몇 평 남짓한 방은 단 한 개의 전등에 의지하고 있어서 어두침

침했다. 그들의 앞에는 목재로 된 탁자와 두 명의 남자가 서 있었다. 약간 왼쪽에 서 있는 사내는 녹색 줄무늬 넥타이를 매었고 트렌치코트를 헐렁하게 걸치고 있었다. 의자에 앉아있는 상혁의 바로 맞은편 벽에는 검은 양복에 연갈색 머리카락을 멋들어지게 빗어 넘긴 사내가 비스듬하게 등을 기대고 있었다.

상혁과 하연이 깨어난 것을 확인하자 트렌치코트의 사내는 그들에게 설명했다.

"갑작스러운 실례에 죄송하다는 말씀을 드리고 싶군요. 저는 국제 첩보기구인 'W.I.O.' 소속 제이콥 폴터라고 합니다."

하연이 의아해하며 물었다.

"그쪽이 저희를 데려온 이유는 뭐죠?"

이때까지 침묵을 고수하던 검은 양복을 입은 사내가 그녀의 말에 대답했다.

"상부의 지시입니다. 두 분은 혐의가 없는 것으로 판명되었지만 일단 예외 없이 모두 감시를 받아야 한다고 명령이 떨어졌습니다."

'혐의……? 우리가 무엇을 잘못한 거지?'

상혁은 고개를 갸웃거렸다. 검은 양복의 사내는 계속 말을 이어나갔다.

"몇 년 전부터 야생에 방사되어야 할 동물들이 자꾸만 사라지더군요. 처음엔 그 사실을 전혀 몰랐을 만큼 철저하게 빼돌렸습니다. 의심이 드는 건 당연했지만 당최 범인은 드러나지 않았습니다. 결국 이 사건은 W.I.O.의 귀에까지 들어가게 됐고 저희는 본격적인 조사를 시작하게 되었죠. W.I.O.의 요원 중 하나가 오랜 기간 스파이로 활약한 덕분에 오랫동안 감추어져왔던 연결고리를 찾아냈습니다. 폭력단체 서펀트와 환경단체 가이아의 비밀스런 결탁을 말이죠."

상혁과 하연은 눈을 크게 떴다. 성격이 전혀 다른 두 단체가 손을 잡다니? 상혁이 당황해 하며 말을 꺼냈다.

"서펀트가……. 가이아까지 영향을 미쳤다고요? 그럼 그 야생동물들은……."

폴터는 싱긋 웃으며 대답했다.

"이미 예상하고 계신 것 같은데요."

상혁은 그만 입을 다물었다. 검은 양복의 사내는 폴터의 눈짓을 알아채고는 방문을 살짝 열며 말했다.

"이왕구 요원, 밖에 있는 두 명을 이리로 데려와주게나."

문 앞에 서 있던 요원은 두 명의 스위스인을 이끌고 돌아왔다. 그들이 안으로 들어오자 사내는 문을 다시 닫았다. 하연이 먼저 그들을 알아보곤 소리쳤다.

"로미 씨, 크루프 씨? 왜 여기에……."

크루프는 뒷머리를 긁적이며 말했다.

"하연 씨랑 통화를 끝낸 직후에 뒤에서 붙잡히고 말았지 뭐예요. 아마도 이 사람들에게 통화 내용이 도청당했던 것 같아요. 다행히도 아무 혐의는 없다고 하니 약간 안심이기는 하지만요."

폴터는 고개를 끄덕이며 수긍했다.

"조사를 하다 보니 스위스 지부들이 제일 의심스러웠습니다. 그러던 차에 우연히 도청장치를 통해 듣게 되었지요."

"그럼 당신들은 제1지부 지하실에 있는 빌어먹을 것들에 대해 아시겠군요."

폴터는 중요한 말을 하려는 사람처럼 자세를 고쳐 잡았다.

"예. 크루프 씨가 우연히 발견한 곳은 돌연변이 대 실험장입니다. 가이아는 민가로 내려온 야생 동물들을 포획하여 다시 자연으로 되돌려 보내기는커녕, 교묘한 방식으로 빼돌려 그 실험장으로 보낸 것이죠."

그들은 모두 경악에 휩싸였다. 예상치 못한 것은 아니었지만 실제 현실로 드러나게 되니 더욱 충격적이었다.

폴터는 단호한 어투로 계속 말을 이어나갔다.

"나머지 요원들은 지금 한국에 가있습니다. 한꺼번에 일망타진할 계획이죠. 확실한 증거도 있으니 이젠 빠져나오기 힘들 겁니다. 그리고 여러분과 저희는 제1지부의 지하실로 향하게 될 거고요."

상혁과 하연은 강 회장이 그토록 자신들의 프로젝트를 반대했었던 이유를 알게 되었다. 그가 자신들과 회원들을 속이고 엄청난 지원금들을 연구 비용에 쏟아 부었을 줄 누가 알았겠는가. 그것도 단체를 위한 일이 아닌 그 반대의 일에 말이다.

그들이 각자의 침묵을 지키고 있을 무렵, 정적을 깨고 전화벨 소리가 울려 퍼졌다. 폴터는 탁자 위에 놓여있던 전화기의 확성기능이 있는 버튼을 눌렀다.

"폴터 요원입니다."

"폴터 씨, 한국에서의 일은 잘 해결된 것 같습니다."

상혁은 전화 너머에서 들려오는 목소리를 듣는 순간 깜짝 놀랐다.

"자네인가? 아주 잘 해주었네. 이제 복귀해도 될 것 같……."

폴터는 다음 말을 잇지 못했다. 왜냐하면 상혁이 다짜고짜 큰 소리로 소리쳤기 때문이었다.

"너 이 자식!"

"…누구신지……. 아, 그동안 잘 지내셨습니까, 박상혁 씨?"

무뚝뚝하고 약간 당황한 목소리가 상혁에게 답했다.

"슈미트의 집사 똘마니자식이 이젠 W.I.O.까지 기어들어왔냐? 이번엔 무슨 속셈이지!"

"……폴터 씨가 상혁 씨께 아직 말씀을 안 드린 것 같군요. 저도 W.I.O. 소속이고 이번 장기 임무 땐 서펀트에 침투하라는 지시를 받았습니다. 가급적이면 상혁 씨와 마찰이 없도록 노력했지만 저번 일은 불가피했습니다. 그리고 제가 문병권을 암살한 것 때문에 이렇게 누명을 뒤집어쓰시고 쫓기게 된 것에 대해선 정말 죄송하다는 말씀밖에 드릴 길이 없군요.”

상혁은 입을 떡 벌렸다. 자신을 쫓던 집사 녀석이 사실 스파이였었다니, 참으로 기가 막히고 코가 막힐 노릇이었다.

“죄송하다고 하면 다냐고! 진작에 이야기 했으면 이 고생은 안했잖아!”

“저는 정말 최선을 다한 것이었습니다. 슈미트, 그 작자를 생각해보십시오. 조금이라도 의심되는 부분이 있었다면 저는 그대로 황천길이었을 겁니다.”

상혁은 씩씩대며 분을 삼키지 못했다. 보다 못한 폴터가 둘을 제지시켰다.

“둘 다 진정하시고요. 자네는 재판이 열리기 전까진 잠시 집에 가있게나.”

그가 전화를 끊자 검은 양복을 입은 요원이 속삭였다.

“폴터 씨, 이제 1지부로 가시죠. 시간이 약간 지체되었습니다.”

폴터는 고개를 끄덕이고는 모두에게 말했다.

“여러분, 이제 결말을 향해 출발할 시간입니다.”

19.

일행들은 지하실 계단을 조심스레 내려가고 있었다. 이윽고 크루프가 목격했다던 철문이 그 모습을 드러냈다. 그들이 다가가자 겉 문은 웅장한 소리를 내며 열렸다. 초록색으로 ‘1’이라고 쓰여 있는 또 다른 철문이 그들을 가로막자 요원들 중 한 명이 엄호 해독기를 문에 부착하고 여기저기를 조작하며 복잡한 작업을 수행했다.

약 5분 후에 철문은 또다시 요란하게 열렸고 일행들은 냉기가 쏟아져 나오는 내부로 향했다. 폴터가 스위치 레버를 잡아끌자 환한 불빛이 갑자기 그들에게 쏟아졌다. 가장 먼저 빛에 적응한 하연은 헉 소리를 내며 뒤로 몇 발자국 물러섰다. 내부를 둘러본 다른 사람들도 경악을 금치 못하는 것 같았다.

수없이 많은 유리관들이 방 내부를 꽉 채우고 있었다. 각자의 안에는 해괴한 동물들이 미동도 하지 않은 채 갇혀있었다. 중간 중간에는 아주 이상하게 생긴 것들도 섞여있었다. 마치 서로 다른 동물들을 섞어 놓은 듯한 모습이었다. 머리가 두 개인 망아지, 눈이 3개인 두꺼비도 간간히 보였다. 얼핏 봐도 아주 끔찍한 광경이었다.

폴터는 일행들에게 말했다.

"전에도 이런 상황은 많이 봐왔지만 이렇게 거대한 두 단체가 결탁한 것은 처음이군요. 순수한 연구가 목적인지 아니면 정말 괴물들을 만들어 내려는 목적인지는 더 조사를 해봐야 알겠지만 결코 좋은 의도는 아닐 거라고 생각합니다. 유전자 연구처럼 과학 기술들은 인간의 삶을 윤택하게 합니다. 하지만 빛이 밝을수록 그림자도 더욱 짙어지게 마련이니까요. 과학 기술이 발전할수록 이런 일들은 더욱 빈번해질지도 모르죠. 저는 그게 두렵습니다."

폴터는 뒤로 돌아서서 철문 밖으로 뚜벅뚜벅 걸어 나갔다. 상혁과 하연은 여전히 공황상태에서 벗어나지 못한 채 가만히 서 있었다. 유리에 의해 사방으로 반사된 하얀 빛들은 말없이 그들의 얼굴을 비출 뿐이었다.

에필로그

3년 후, 겨울.

상혁은 나른하게 소파에서 뒹굴고 있었다. 그 모습을 본 하연이 빽 소리 질렀다.

"아저씨! 이것 좀 도와달라니까!"

"어허. 아저씨가 아니라 '여보'라고 불러야지."

하연은 손에 들고 있던 서류뭉치들을 상혁에게 쏟아 부었다. 상혁은 바둥거리며 벌떡 일어났다.

"하여튼 성깔은. 알았어. 하면 되잖아."

가이아와 서펀트의 불미스런 사건 이후로 역사상 최대의 재판이 열렸다. 강 회장과 슈미트가 체포된 것은 물론 사건에 연루된 모든 회원들이 형량을 선고받았다. 결국 가이아와 서펀트는 완전히 해체되었고 나머지 회원들은 뿔뿔이 흩어졌다.

할 일이 사라지게 된 상혁과 하연은 새로운 단체를 만들기로 결심했다. 로마 곡물의 여신의 이름을 딴 '케레스(Ceres)'라고 하는 이 단체는 가이아의 뒤를 이었다고도 할 수 있는 새로운 환경단체였다. 그들은 회장으로써 맡은 일들을 열심히 해냈고 이제 케레스는 나름 인지도 있는 단체로 성장했다.

서류들을 주워 모으며 상혁은 슬며시 미소 지었다. 자연과 과학 기술이 발전한 인간사회가 서로 공존하는 미래를 상상하면서.

우리 주변에 관심을 가지는 만큼
우리 주변이 살아난다

   요즘 사람들은 하늘이 어떻게 생긴 지도 모르고 살아간다. 하늘을 쳐다볼 시간이 없어서일까? 아니면 요즘 하늘은 볼 게 없어서일까?

   나는 어릴 적부터 하늘을 쳐다보는 것을 좋아했다. 새파랗고 높다란 끝이 보이지 않는 하늘에 몽실몽실 떠가는 구름을 보는 것이 정말 신기했다. 게다가 구름들이 내가 원하는 모양대로 갈라지기도 하고 사라지기도 하고 움직이기도 하는 것이 매우 신기했다. 게다가 검은 구름과 흰 구름이 같이 떠 있기라도 하는 날이면 검은 구름의 속도가 훨씬 빠른 것에 놀라기도 한 적도 많았다.

   하지만 그중에서도 가장 좋아하는 건 밤하늘이다. 중학교 1학년 때 할머니 집에 갔을 때 하늘을 쳐다보았는데 대구에서는 많이 볼 수 없었던 별들이 꽤나 많이 떠 있었다. 신기하기도 하면서 책에서 본 '북두칠성'을 한번 찾아볼까 하고 생각했는데, 찾는데 고생을 좀 했다. 북두칠성이 내가 생각한 크기보다 훨씬 컸기 때문이었다. 그렇게 찾아본 북두칠성은 내가 처음으로 찾아 본 별자리였다.(물론 북두칠성 자체는 큰곰자리의 일부이지만) 북두칠성을 찾았던 그날 밤 11시까지 옥상에 누워서 별을 봤다.

   그날 이후로 밤하늘의 아름다움에 매료된 나는 천체관측이라는 취미를 가지게 되었다. 경제적 여건이 좋지 않아 갖고 싶었던 망원경은 사지 못했지만 공부하고 즐겨보자는 심정으로 쌍안경을 샀다. 그 쌍안경으로 기회가 될 때마다 달도 보고 쌍안경으로 볼 수 있는 여러 가지 성단, 성운 등을 보았는데 그 감격이 정말 대단했다. 관측대상을 찾기 위해서 열심히 공부를 하고 오랫동안 관측할 수 있는 날을 기다리고 드넓은 밤하늘에서 내가 찾으려는 것을 찾아냈는데 눈앞에 정말 아름다운 풍경이 펼쳐졌다. 이러한 경험들이 중학교 1학년 때의 경험을 계속 이어나갈 수 있었기 때문에 여전히 천체관측을 취미로 가지고 있다.

내가 이 이야기를 꺼낸 이유가 뭘까? 처음 도입 부분에서도 말했듯이 요즈음 사람들은 가끔이라도 하늘을 보지 않는다. 아니, 하늘뿐만 아니라 주위에 별다른 관심을 가지지 않는 사람들이 많다. 학교생활, 직장생활, 집안일 등으로 다른 데 눈 돌릴 겨를 없다는 건 정말 아쉬운 일이라고 생각한다.

우리 주위에는 정말 아름다우면서도 과학적인 일들이 수없이 많이 일어나고 있다. 학교 가는 길, 회사 가는 길에는 길거리에 은행나무, 느티나무, 단풍나무, 버드나무, 벚꽃나무 등 다양한 종류의 수많은 나무들이 심어져 있고 계절마다 꽃을 피우는 모습들이 정말로 아름답다. 학교, 회사에서는 푸른 하늘과 하얀 구름들을 보면 일상생활을 하면서 답답해졌던 마음이 탁 풀리면서 후련한 기분이 든다. 저녁에는 도시의 먼지들이 만들어 낸 불타는 저녁놀을 볼 수 있고 밤에는(내가 가장 좋아하는) 아름다운 밤하늘을 볼 수도 있다. 어쩌면 내가 걷는 길 밑에는 거대한 개미왕국이 건설되어 있을 수도 있다.

결국 내가 이 수필을 통해 보여주고 싶은 것은 어쩌면 사람들이 주위에 관심을 쏟을 시간이 없기 때문에, 아니 관심을 가지려 않기 때문에 주위의 것들이 소외되고 사라져 가고 손상돼 가며 멸종되어 가고 있는 걸지도 모른다는 것이다.

　불과 십 수 년 전만 하더라도 도시에서도 많은 별들이 총총 떠 있는 밤하늘, 이리저리 뛰어다니는 다람쥐, 마을마다 하나씩은 있었던 사람들의 쉼터가 되어 주던 느티나무를 볼 수 있었다. 하지만 우리나라의 산업화와 경제발전, 그리고 고도성장을 이루어내면서 사람들의 관심은 점점 경제, 먹고 사는 쪽으로 이동해갔다. 자연스레 주위에 대한 관심은 줄어들어갔고 현재는 도시에서는 별이 떠 있는 밤하늘을 기대하기도 힘들고 다람쥐는 대부분의 사람들은 본 적도 없다. 거대한 느티나무들은 재개발 때문에 이제 남아있는 큰 느티나무들은 천연기념물로 지정될 정도다.

　만약 사람들이 다시 한 번 하늘, 동물, 식물, 환경 등에 관심을 쏟고 애정을 가진다면 현재 가장 심각한 문제인 지구온난화, 환경파괴 등의 문제도 자연스레 사라질 수 있을 것이고 우리 다음 세대의 아이들은 아름답고 신기한 자연의 모습을 경험할 수 있을 것이다. 절대 어려운 일이 아니다. 자신의 일상생활 틈틈이라도 신경 써서 바라만 본다면 애정이 생길 것이고 그만큼 주위가 살아날 것이라고 나는 생각한다.

아들을 위한 물리학

깊은 밤. 적막함이 감도는 가운데 그러한 고요함을 깨고 승용차 한 대가 소음을 일으키며 주차장 안으로 들어왔다. 승용차는 거칠게 빈자리에 주차했고 곧 헤드라이트가 꺼지며 운전석에서 한 남자가 나왔다. 남자는 거칠게 문을 닫고 빌라 안으로 향했다. 발을 세게 구르며 걷는 남자의 입에서 끓는 듯한 목소리가 흘러나왔다.

"아무것도 모르는 아집에 사로잡힌 오만한 놈들 같으니라고……. 감히 내 이론을 비웃다니. 그래, 어디 두고 보자. 과연 누가 맞는지 두고 보자."

중얼거리며 걷는 남자. 그의 이름은 김성현이었다. 그가 이렇게 분노하는 이유는 몇 시간 전 그가 참여했던 과학 학회에 있었다. 성현은 방금 학회에서 빛도 물리적으로 힘을 빌휘힐 수 있다는 이론을 발표했고 학회의 모든 과학자들의 반응은 싸늘했다. 빛의 질량은 모두 열에너지로 변하기 때문이었다. 하지만 결국 반대로 말하면 빛의 질량이 열에너지로 변하지 않게 잡아둔다면 질량이 유지될 수 있다는 뜻이 될 수 있었다.

성현은 그러한 이론을 제시했으나 무시당했을 뿐이었다. 성현은 결국 과학 협회를 뛰쳐나왔고 다른 과학자들에게 분노했다. 성현은 이를 악물고 집 안으로 들어갔다. 컴컴한 집을 불을 켜 밝힌 후 자신의 서재로 들어선 성현의 눈은 의지로 일렁였다.

"나를 비웃은 것을 꼭 후회하게 해 주마……."

성현은 책상 위의 컴퓨터의 전원 스위치를 눌렀다. 그리고 켜진 컴퓨터에서 시뮬레이션 프로그램을 실행했다. 그리고 저장된 목록을 열고 위에서부터 아래로 죽 훑어나가다가 어떤 한 파일에서 멈추고 그 파일을 실행했다. 그러자 화면에 파동의 형태가 생겨났다. 그 파동은 기묘했다. 종파와 횡파가 절묘하게 조합된 이상하다고 표현할 수밖에 없는 모양의 파동이었다. 성현은 입술을 깨물었다.

"빛을 이 파동으로만 전환시킬 수 있다면…… 내 예상이 맞는다면 빛은 질량을 보존할 수 있을 거다."

성현은 한숨을 푹 내쉰 후 컴퓨터를 종료하고 자리에서 있어났다. 그리고 자신의 침실로 향했다.

다음 날 아침. 자리에서 일어난 성현은 바로 전화기를 들었다. 전화기를 든 성현은 즉시 주문전화를 걸기 시작했다 그리고 막대한 양의 전선, 나사 등 기계 조립에 필요한 재료들을 주문했다. 주문을 마친 후에야 성현은 화장실로 들어가 가볍게 씻은 후 아침식사를 하고 다시 서재로 향했다. 그리고 그는 책장에서 여러 권의 기계에 관한 전문서적들을 꺼내들었다. 성현은 사실 물리학자이면서 뛰어난 엔지니어이기도 했다. 성현은 벌써 이 이론에 대해 7년이 넘는 세월 동안 준비해 왔다. 그리고 드디어 이 이론을 증명할 시간이 온 것이다. 성현은 이미 빛의 파동을 변화시킬 수 있는 기계를 제작할 설계도까지 이미 완성해 두었었다.

성현은 자신의 금고로 다가가 비밀번호를 입력한 후 문을 열었다. 금고 안에는 둥글게 말려 고무줄로 고정되어 있는 종이 두루마리와 낡았지만 깨끗해 보이는 책 한 권이 놓여있었다. 성현은 손을 뻗어 두루마리를 꺼내다가 멈칫했다. 그리고 옆에 있던 책도 함께 꺼냈다. 두루마리를 책상 위에 놓은 성현은 책을 들고 의자 위에 털썩 앉았다. 그런 후 책의 겉표지를 조심스럽게 쓰다듬었다. 투박한 겉표지에는 '아들을 위한 물리학'이라는 제목이 크고 선명하게 찍혀 있었고 그 밑으로 작게 저자 김영훈이라고 쓰여 있었다. 성현은 책을 열고 첫 페이지를 펼쳤다. 말머리가 있어야 할 부분에는 저자가 자신의 아들, 성현에게 보내는 메시지가 날렵한 펜글씨로 적혀있었다.

'네가 나와 같지만, 못난 아버지와는 다른, 세상에 인정받고 또 인류에 큰 도움이 되는 물리학자가 되길 바라며. 아들 성현이에게.'

짧지만 아들에 대한 아버지의 사랑이 절절히 담긴 메시지에 성현은 새삼 울컥함이 치밀어 올랐다. 흘러내릴 듯한 눈물을 참으며 성현은 가장 많이 읽었던 페이지를 펼쳤다. 그곳에는 이렇게 적혀 있었다.

'……빛은 열에너지와 같이 많은 에너지들로 변환될 수 있다. 하지만 빛 그 자체로서는 무언가 물리적인 영향을 끼치지 못한단다. 그 이유는 바로 빛을 구성하는 광자의 아주 적은 질량이 열에너지로 변환되어 방출되기 때문이란다. 그래서 나는 이렇게 생각했었다. 만약, 아주 만약 광자의 질량을 유지시킬 수 있다면 빛 자체는 물리적인 힘을 발휘할 수 없다는 고정관념을 깰 수 있지 않을까 생각한단다. 사담이 너무 길었구나. 그럼 다음으로는 아인슈타인의 일반 상대성 이론을 보자꾸나……'

이 내용에서 태어난 것이 바로 성현의 이론이었다. 성현은 광자의 질량이 열에너지로 변환되는 것을 막기 위해 빛의 파장을 바꾸기로 하였다. 하지만 쉽지 않았다. 빛의 파장을 조금씩 바꾸어 보았지만 빛의 색만 변할 뿐이었다. 그러나 성현은 포기하지 않고 수년간 끊임없이 도전했다. 그리고 어느 날 생각해 낸 것이 바로 이중나선 구조였다. 성현은 광자의 움직임을 비틀어 나선형 파장을 유도해 내었다. 그리고 광자들이 꼬인 구조로 진행되도록 만들었다. 미약하게나마 성공이었다. 이중나선 구조는 여전히 대부분의 질량이 열에너지로 전환되었지만 일부는 그대로 질량으로 남아 있었다. 성현은 크게 고무되었다. 그러나 아직은 많이 부족했다. 더 많은 질량이 남아있어야 했다. 그래서 성현이 도전한 것은 바로 삼중나선 구조였다. 하지만 광자들이 이동하며 번번이 서로 충돌하며 구조 자체를 무너뜨려 버렸다. 성현은 이를 악물고 계속 도전하였다. 주기와 진폭을 변화시키고 또 변화시켰다. 하지만 그 모든 도전에서 충돌이 일어나며 구조가 무너졌고 성현은 절망했다. 성현은 충돌을 해결하기 위해 수개월 동안 노력했지만 모두 수포로 돌아가 버렸다. 결국 포기하려 할 때 성현의 머리에 한 가지 생각이 떠올랐다. 바로 종파의 성질이었다. 성현은 즉시 컴퓨터 앞에 앉았다. 지금까지 시도해 왔던 삼중나선 파장에 종파의 성질을 추가한 뒤 주기와 진폭을 적절히 맞추자 나선들이 정확하게 끼워 맞춰졌다. 충돌이 더 이상 일어나지 않았고 변환되는 열에너지마저 미미한 양으로 대부분이 질량으로 유지되었다. 결국 성현은 완벽한 파장을 만들어 낸 것이었다.

성현은 자신의 만들어 낸 파장에 대한 생각을 마치고 책을 덮었다.

"아버지. 제가 아버지의 생각을 증명해보이겠습니다. 그리고 아버지가 결코 그렇게 무시당할 만한 물리학자가 아니었다는 사실을 증명하겠습니다. 믿어주세요."

그렇게 한동안 성현은 눈을 감고 자신의 아버지를 회상했다.

딩동. 갑자기 초인종이 울렸고 회상에서 깨어난 성현은 현관으로 향했다. 현관에서는 택배 배달원이 여러 개의 커다란 상자들을 들고 서 있었다.

"어, 김성현 씨? 여기 사인해 주시면 됩니다."

택배 배달원의 말에 성현은 사인을 한 후 상자들을 차곡차곡 거실로 옮겼다. 그리고 서재로 들어가 설계도와 공구 세트를 가져와 박스들 사이에 놓았다. 성현은 상자들을 모두 열었다. 상자들 안에는 아침에 그가 주문했던 재료들이 가득 담겨있었다. 성현은 공구 세트를 열고 중얼거렸다.

"그럼 시작해 보자."

그때부터 성현은 기계 제작에 몰두했다. 심지어 잠조차 하루에 네 시간으로 줄인 후 밥 먹고 용변을 해결하는 시간을 제외한 모든 시간을 제작에 쏟아 부었다. 해가 뜨고 지기를 계속 반복했고 셀 수 없이 많은 기계

부품들이 성현의 손에서 조립되어져 갔다. 성현의 머리는 점점 산발이 되어져 갔고 붉게 충혈된 눈은 흡사 괴물이라고 여길 만큼 엉망이 되었다. 입술은 계속 깨물어 너덜너덜해졌고 코피는 수시로 흘러내려 주위에 피 묻은 화장지가 굴러다녔다. 하지만 성현의 손은 결코 지치지 않았다. 그렇다고 해서 성현이 포기하고 싶은 마음이 들만큼 지치지 않은 건 아니었다. 극심한 피로와 부르튼 손에서 느껴지는 통증에 포기하고 싶은 마음이 들기도 했지만 성현은 아버지의 유일한 저서이자 유품인 '아들을 위한 물리학'을 보며 힘을 내었다. 그러기를 열흘쯤이나 하였을까, 성현은 드디어 장치를 완성했다. 성현은 완성된 장치를 바라보며 미친 듯이 웃었다. 그리고 서재로 달려가 노트북 컴퓨터를 꺼내 그 장치에 연결했다. 장치를 활성화시키자 노트북 화면에 두개의 파동 그래프가 생겨났다. 하지만 결과는 또 실패였다. 나오는 빛의 파동은 분명 변화해 있었지만 자신이 완성했던 그 파동이 생성되지 않은 것이었다. 성현의 낯빛이 창백해졌고 털썩 주저앉았다. 그리고 그대로 허탈감을 이기지 못하고 뒤로 벌렁 누워버렸다.

"하…… 내가 만든 파동은 실현 불가능했던 파동이었단 말인가……."

힘겹게 일어난 성현은 비틀거리며 서재로 향했다. 그리고 다시 컴퓨터를 켰다. 시뮬레이션에 나타난 파동은 완벽했다. 그가 수년 동안 수만 번 파동들을 조합하여 만들어 낸 질량을 유지시키기 위한 가장 이상적인 파동이었다. 하지만 그러면 무엇 하겠는가. 아무리해도 그 파동을 실현시키지 못 하는데. 성현은 고개를 푹 숙였다. 눈물이 뚝뚝 떨어졌다. 짙은 허탈감과 실망감을 이기지 못하고 절망한 것이었다. 그러다가 성현은 순간 번뜩이는 생각에 고개를 번쩍 들었다. 지금까지 자신은 틀에 박힌 생각만을 하고 있지 않은가 문득 깨달았다. 틀을 벗어난 일을 성공시키기 위해서는 틀에서 벗어난 방법을 시도해야 하는 법. 성현은 즉시 장치로 달려갔다. 그리고 즉시 덮개를 들어내고 내부 구조를 바꾸기 시작했다.

성현이 선택한 방법은 바로 직류 전원과 교류 전원을 동시에 주입하는 방법이었다. 두 전류로 종파와 횡파를 생성시켜 조합하는 방법이었다. 폭발할 가능성도 적잖이 있는 위험한 방법이었지만 성현은 시도는 거침이 없었다. 어차피 밑져야 본전이라는 생각으로 성현은 교류 전원을 새로 추가했고 다시 조립한 후 전원을 연결했다. 우우우웅…… 장치가 불안하게 진동했다. 그런데 놀랍게도 그의 생각은 맞아 떨어졌다. 강력하지만 끊기는 교류 전류를 상대적으로 약하지만 끊어지지 않는 직류 전류가 보완하고 파동들을 조합시켰다. 성현은 천천히 장치가 빛을 쏘아내는 부분으로 손을 가져다 대었다. 그러자 손이 거칠게 흔들렸다. 게다가 빛과 접하면으레 느껴지는 열기도 느껴지지 않았다. 성현의 입 꼬리가 위로 휘어졌다.

성공. 성공이었다. 성현이 환희의 고함을 지르려는 순간 빛과 접하던 손에 상처가 죽죽 그어졌다. 성현은 재빨리 손을 빼내었지만 손은 찢어져 피가 뚝뚝 떨어지고 있었다. 성현은 피가 흐르는 손을 움켜쥐었다. 양손이 모두 피범벅이 되었지만 성현은 개의치 않았다. 성현은 장치의 전원을 끈 후 손을 두루마리 휴지로 대충 감았다. 그리고 벽장을 뒤져 붕대와 연고를 꺼냈다. 성현은 피로 젖은 휴지를 버리고 연고를 바른 후 붕대를 감았다. 그리고 나서야 바닥에 쓰러지듯이 누워 잠들었다. 지금까지 쌓인 피곤을 다 풀기 위해서인지 성현은 오랜 시간 동안 잠들어 있었다. 성현이 다시 일어났을 때에는 벌써 이틀이나 지난 후였다. 성현은 검붉게 굳어버린 붕대를 풀고 식사를 했다. 그리고 자리에서 일어나 자신의 핸드폰을 집어 들고 학회장에게로 전화를 걸었다.

"여보세요?"

"저 김성현입니다. 학회를 다시 소집해 주셨으면 합니다."

성현의 요구에 학회장은 어이가 없다는 목소리로 말했다.

"김성현 박사. 지금 학회가 장난으로 보이나? 그냥 자네가 요구하면 쉽게 이루어질 수 있는 것이라고 생각하나?"

학회장의 말에 성현은 피식 웃었다.

"그럼 회원들에게 이렇게 전해주십시오. 전 제 목표를 달성했으며 전 그들 앞에서 당당히 증명해 보일 생각이라고요."

"뭐라고? 자네……."

뚝. 성현은 학회장의 말을 다 듣지 않고 전화를 끊어버렸다. 그리고 학회에서 할 행동들을 준비했다. 다음 날, 아침. 성현의 핸드폰에 한 통의 문자메시지가 왔다. 그 내용은 바로 학회로 와 자신이 주장한 이론을 증명해 보라는 이야기였다. 그 문자메시지를 보고 성현은 피는 멈췄지만 다친 손이 걱정되어서 붕대로 감은 후 정장을 갖춰 입었다. 장치를 들고 차에 올라탔다. 얼마 후 성현을 학회가 시작되기 한 시간 전에 학회 건물에 도착하였다. 학회에 있는 주차장은 주차한 수많은 차들로 이미 만원 상태였다. 성현은 적당히 주위에 자리를 찾아 주차를 한 후 장치를 들고 내렸다. 주위에 서성이던 기자 한 명이 그에게 다가와 질문했다.

"김성현 박사님이십니까?"

성현이 그의 질문에 묵묵히 끄덕이자 기자는 즉시 카메라를 꺼내 그를 찍기 시작했다. 그런 그의 모습에 다른 기자들도 다가와 성현의 사진을 찍었다. 성현은 사진을 찍는 기자들을 뒤로하고 학회로 들어갔다. 무대로 향하는 성현은 거리낌이 없었다. 성현은 무대 위에 덩그러니 놓여있는 탁자 위에 장치를 올려놓은 후 숨을 크게 내쉬면서 주위를 둘러보았다. 모두 수많은 과학자들로 가득 차 있었다. 그들은 무대 위로 올라선 성현을 바라보고 있었다. 약 40분 동안 성현은 발상을 전환해서 성공한 실험 장치를 무대 위에 설치했다.

드디어 학회를 시작할 시간이 되었다. 학회장이 단상으로 올라와 성현을 소개했고 성현은 마이크를 넘겨받았다.

"그럼 이제부터 광자가 질량을 가질 수 있다는 사실을 증명하겠습니다."

성현은 짧게 말한 후 장치의 전원을 켰다. 장치는 조용한 가운데 소음을 내며 작동하기 시작했다. 성현은 직원에게 부탁하여 유리잔 하나를 달라고 부탁했다. 그리고 직원이 유리잔을 가져다주자 드디어 전구에 불을 켰다. 성현은 유리잔을 장치의 빛이 나오는 곳에 가져다 두었다. 그 후 5분 정도나 지났을까, 과학자들은 조금씩 웅성대기 시작했다. 그렇게 불평의 소리가 나오려는 순간 다시 조용해졌다. 쩌적 쩍. 쩌저적. 유리잔은 조용한 가운데 조그마한 소리를 내며 금이 가기 시작했다. 그러다가 어느 순간, 우수수 부서져 내렸다. 그와 동시에 학회 안의 모든 과학자들이 경악한 표정으로 자리에서 일어섰다. 그들이 생각에 절대 일어날 수가 없는 일이 일어났기 때문이다. 누군가가 유리잔에 속임수가 있던 게 아니냐고 외치자 학회장은 굳어진 얼굴로 절대 그렇지 않다고 답했다. 그가 직접 평범한 유리잔을 가져와 올려 두었기 때문이었다.

성현은 그들의 우스꽝스러운 표정을 보며 만족스러운 표정으로 장치의 전원을 끈 후 단상으로 나섰다. 그리고 단상에 손을 짚었을 때 오른손에 축축함을 느끼고 손을 들어 바라보았다. 오른손에 묶어둔 붕대가 붉게 물들어 있었다. 순간, 성현은 급격한 어지럼증을 느끼고 비틀거렸다. 다치지 않은 왼손으로 난간을 짚고 기댔지만 급기야 단상이 넘어지며 성현의 몸도 같이 넘어졌다. 넘어진 성현은 어지럼증으로 인해 흐려지는 시야로 자신의 손에서 흐르는 피가 바닥을 적시는 것을 보며 정신을 잃었다. 그런 성현의 모습에 과학자들은 놀라 비명을 질렀다. 어떤 이들은 고함을 질렀고 또 어떤 이들은 급히 119에 전화하기도 하였다. 곧 구급차가 도착하였고 성현은 즉시 병원으로 이송되어 치료를 받게 되었다.

성현이 다시 깨어났을 때 본 것은 하얀 천장이었다. 푹신하지만은 않은 침대와 자신의 팔에 꽂혀있는 링거와 자신의 주위에 쳐진 가림막을 보며 자신이 병원에 있다는 것을 깨달았다. 주위를 둘러보던 성현은 충격적인 광경을 보게 되었다. 그것은 바로 자신의 오른팔이었다. 자신의 오른팔에는 있어야 할 부분이 더 이상 존재하지 않았던 것이었다. 그것은 바로 오른손이었다. 손목 부근에서 그 밑으로는 텅 비어있을 뿐이었다. 성현은 충격에 비명을 질렀다. 그 소리에 허겁지겁 간호사 한 명이 달려왔다.

"……내 손이, 내 손이!"

성현의 비명에 간호사는 얼른 그에게 진정제를 주사했다. 그리고 잠시 후 멍하게 허공을 바라보는 성현의 앞에 흰 가운을 입은 의사 한 명이 나타났다.

"음…… 김성현 환자분? 저…… 손에 있는 세포들이 급격하게 괴사하는 바람에 어쩔 수 없이 절단하게 되었습니다. 음…… 그런데 이상한 점은 말이죠, 손을 썩게 만들 수 있는 어떠한 원인도 손에서 찾을 수가 없었던 것입니다. 자기 혼자서 이렇게 되었다는 것밖에 다른 이유를 찾지 못했는데요……."

의사의 말에 성현은 그 상처가 어디서 생겼는지를 기억하고 얼어붙었다. 그 상처는 바로 자신이 개발해낸 장치에 의해서 입은 상처였다. 의사는 손의 세포가 괴사해버린 이유를 아느냐는 몇 가지 질문을 했지만 성현은 대충 얼버무렸다. 의사가 다시 나가자 성현은 그대로 침대 위로 쓰러졌다. 그의 머릿속은 온갖 생각들로 엉망이 되고 있었다. 성현은 몇날 며칠을 그저 천장만 바라보며 보냈다.

그런 그에게 며칠 후 학회장이 찾아왔다. 학회장은 먼저 성현의 손에 대해서 유감을 표시한 후 그의 장치가 아무런 속임수도 없었으며 그 사실이 전 세계적으로 퍼져 곧 서울에서 광자도 질량을 지닐 수 있다는 사실을 정식으로 발표하게 되었으며 이번엔 세계 각국의 기자들이 참여한 곳에서 다시 한 번 실험을 해 주었으면 좋겠다고 말했다. 학회장의 말을 듣는 성현은 무표정했지만 그의 눈은 뭐라 설명할 수 없는 기묘한 빛으로 번들거리고 있었다. 일주일 후 발표식이 열리는 날에 성현은 병원에서 나왔다. 그는 즉시 병원에서 가까운 철물점으로 향했다. 그리고 그곳에서 망치를 하나 구입하여 자신의 품속에 꼭꼭 숨겼다. 성현의 눈에서는 여전히 광기와도 같은 빛이 맴돌고 있었다. 성현은 택시를 잡아타고 발표식이 열리는 장소로 향했다. 그곳에는 많은 경비원들이 주위를 감싸고 있었다. 하지만 성현은 이틀 전 다시 병원에 찾아온 학회장이 건네준 신분증을 보여주자 내부로 즉시 들여보내 주었다. 성현은 즉시 학회장이 알려준 층으로 향했다. 그곳에는 학회장이 기다리고 있었다. 학회장은 성현을 웃으며 반겨주었다. 성현은 그에게서 식이 어떻게 진행될 것인지에 대해 들으며 준비했다. 간간히 자신의 품에 숨겨진 망치를 만지작거리며.

시간은 흘렀고 발표식이 시작되었다. 성현은 전과 마찬가지로 장치를 작동시켰고 결과 또한 같았다. 외국에서 온 많은 저명한 과학자들은 놀랍다는 표정을 지으며 서로와 대화를 주고받았다. 그 순간 성현은 자신의 품에서 망치를 꺼내들었다. 모든 과학자들의 시선이 성현에게로 쏠렸지만 성현은 개의치 않으며 망치로 장치를 후려쳤다. 콰작! 단숨에 장치의 덮개를 부숴버린 성현은 내부마저 마구 망치로 두들겨 부숴버렸다. 발표식에 있던 모든 과학자들은 성현의 행동에 경악했다. 그들이 목격한 것은 바로 빛에 질량을 담은 위대한 과학자가 스스로 자신의 역작을 부수는 행동이었다. 학회장이 급하게 뛰어나와 성현을 말렸지만 이미 장치는 다시 수리가 불가능할 정도로 처참히 파괴되어 있었다. 학회장이 망연자실하게 바라보는 가운데 성현은 장치의 잔해마저 짓이겨 버렸다. 그 후 마이크를 들어 입을 열었다.

"저는…… 방금 우리 지구에 끔찍한 참상을 불러일으킬 수도 있는 무기가 될 가능성을 크게 지닌 이 장치를 파괴하였습니다. 여러분…… 제 말을 잘 들어주십시오."

성현의 말에 세계의 과학자들은 의아함을 가지고 바라보았다. 성현은 그들 앞에 자신의 오른팔을 치켜들고 말했다.

"여러분. 저는 얼마 전 오른손을 잃었습니다. 그리고 그 이유는 바로 이 장치 때문이었습니다. 이 장치는 빛에 질량을 담았지만 그로 인해 그 빛은 끔찍한 위력을 지니게 되었습니다. 빛은 겨우 십여 초밖에 접촉하지 않았던 제 손의 세포를 괴사시켰습니다. 제 손은 썩기 시작했고 결국 저는 이 손을 절단할 수밖에 없게 되었습니다.”

성현의 말에 과학자들이 놀라며 시끄럽게 무언가를 외쳤다. 그러한 모습에 성현은 팔을 휘저어 조용히 해달라는 제스처를 취했다.

“이 장치는 비록 제가 개발했지만…… 만약 더욱 발전한다면 핵보다 더 더욱 위험한 무기가 될 수도 있었습니다. 이 빛의 광자와 충돌한 모든 분자들은 붕괴하여 무너질 것이며 핵과는 달리 단순히 빛만 비추면 사용할 수 있을 뿐만 아니라 핵과는 달리 그리 오랫동안 방사능과 같은 지속적인 피해를 가하지도 않을 것입니다. 만약 제가 이 행동으로 인해 인류의 과학 기술의 발전이 수십 년 늦춰졌다 하여도 저는 결코 후회하지 않을 것입니다.”

성현의 말이 끝나자 과학자들은 다시 웅성이기 시작했다. 성현은 그런 그들을 뒤로하고 집으로 향했다. 그 후로 성현은 며칠 간 집에만 틀어박혀 있었다. 성현은 과연 자신이 한 선택이 옳은 것이었는지 생각하고 또 생각했다. 그런데 어느 날, 성현에게 학회장에게서의 연락이 오게 되었다.

“김성현 박사. 축하하네. 비록 자네가 직접 그 장치를 부수어버렸지만 최초로 광자가 질량을 가질 수 있다는 것을 증명한 것을 세계가 인정하였다네. 자네는 몇 되지 않는 세계적인 한국인 과학자 중 하나가 되었네.”

성현은 몇 마디 더 이야기를 나눈 후 학회장과의 통화를 끊고 금고를 열어 아버지의 책을 꺼내들었다.

“드디어…… 아버지…… 아버지의 한을 풀었습니다…….”

평생을 인정받지 못하고 살다가 돌아가신 아버지의 염원을 자신이 풀어드린 성현. 왼손으로 책을 쓰다듬는 그의 눈에서 한 줄기 눈물이 주르륵 흘러내렸다.

과학의 의미와 과학자의 역할

어린 시절 부모님께서 맞벌이를 하셨기에 유치원에서 돌아오면 항상 텅 빈 집만이 나를 맞아주었다. 아무도 없는 집에서 내가 할 수 있던 일은 정말 손에 꼽을 정도였다. 그중 하나가 TV 시청이다. 그러다 보니 자연스럽게 만화영화를 접하게 되었고, 만화 영화와 나의 인연은 중학교 3학년 때까지 계속되었다.

중학교 때 내가 가장 감명 깊게 본 만화는 '강철의 연금술사'이다. 이 만화는 첫 시작을 피범벅으로 끊는다. 첫 시작부터 '피'칠갑이 되어 등장하는 두 주인공. 이 둘에게는 어떤 일이 있었던 걸까?

작은 마을에 사는 에드워드 엘릭과 알폰스 엘릭은 토닥거리지만 우애 깊은 형제이다. 그리고 이 형제들이 사는 세계는 우리와 다르게 연금술이 무척이나 발달해 있다. 이 형제들의 아버지 역시 연금술이었는데, 연구를 위해 형제들이 어릴 적 집을 나갔다. 아버지가 없는 두 형제에게 있어 어머니는 정말 소중하고 소중한 존재였다. 그런 어머니가 전염병에 의해 죽었다. 형제는 어머니를 되살릴 인체연성을 실시한다. 인체연성은 연금술사들 사이에서 금지된 연금술이었고, 금지된 연금술을 실시한 대가는 끔찍했다. 에드워드는 한쪽 다리를 잃어버렸고 알폰스는 육체를 잃어버렸다. 그리고 에드워드는 몸을 잃어버려 떠도는 동생의 영혼이라도 되찾기 위해 한쪽 팔을 희생한다. 형제는 죽은 사람을 되살리는 것이 불가능한 일임을 깨닫고, 에드워드는 동생의 몸과 자신의 팔, 다리를 되찾기 위해 세상에서 가장 완전한 물질인 현자의 돌을 찾아 나선다.

언뜻 보면 유치한 소년들의 여행담으로만 다가올지도 모른다. 하지만 나는 이 책이 우리에게 시사해 주고 있는 바가 무척 크다고 봤다. 난 이 만화가 '인간성을 잃어버린 과학과 세상'에 대한 비판을 담고 있다고 생각했다. 현실 세계에 있어서 연금술이 가지는 의미는 '과학 실험 기법과 기구들을 많이 만들어준 과거의 틀린 학문' 정도이다. 하지만 이 형제들의 세계에서는 의미가 다르다. 그들에게 있어서는 연금술은 최고의 과학기술인 것이다.

현자의 돌을 찾아나가는 도중 비인간적인 연금술사의 모습이 종종 등장한다. 키메라 합성의 권위자인 한 연금술사는 인간의 말을 할 줄 아는 키메라를 만들기 위해 자기 아내와 딸을 각각 다른 동물들과 합성한다. 그리고 어떤 연금술사들은 사형 시켜야 하는 범죄자들을 실험실로 빼돌려 온갖 생체실험을 하기도 한다. 그리고 일부러 전쟁을 일으키는 지도자의 모습 또한 등장한다. 전쟁의 목적은 표면상으로는 이념 간의 대립이나 실제로는 현자의 돌을 합성하기 위해서이다. 두 형제가 그토록 찾아다니던 현자의 돌은 오직 살아있는 사람의 생명으로만 합성할 수 있다. 즉, 정부는 현자의 돌이 사람의 생명에서 오는 것임을 알고 실험에 필요한 살아있는 사람들을 얻기 위해 전쟁을 일으킨 것이다. 게다가 이 전쟁에서 연금술사들이 참전하는데 이들은 그들의 연금술로 적을 죽인다.

만약 당신이 이 만화의 이런 장면을 본다면 만화니까 가능한 일이고 허무맹랑한 이야기라고 자신 있게 말할 수 있을까? 연금술을 현재의 과학으로, 연금술사들을 현재의 과학자로, 그리고 현자의 돌을 많은 것을 이루어 낼 수 있는 문명의 이기로 빗대어 보면 어떨까? 과거를 살펴보면 일제 강점기 당시 많은 사람들이 '마루타'란 이름의 실험체가 되었다. 현재 일본의 의학 수준은 생체 실험을 통한 수많은 데이터 덕분이라고 해도 과언이 아니다. 중학교 때 배우는 뇌의 각 부분의 역할 또한 나치가 유대인들의 뇌의 각 부분을 파괴한 뒤 그 사람들의 행동 양상을 연구해 얻어낸 결과이다. 생체 실험이 아니더라도 치졸한 특허권 싸움, 논문 표절, 자신의 이론과 반대되는 이론을 내놓는 학자에게 퍼붓는 인신공격 등 내가 아는 과학계는 정치판에 뒤지지 않을 만큼 지저분하다.

어쩌다가 과학이 이렇게 지저분해졌을까? 아마 과학이 지저분해진 게 아니라 과학을 배우고 가르치고 이끌어 나가는 과학자들이 이상해진 것이 아닐까? 과정이 이상해도 결과만 좋으면 뭐든 다 좋다고 말하는 사회가 이상한 과학자들을 만든 것은 아닐까? 아니면 과학 기술이 엄청난 부가가치를 만들어 내기 시작하면서 돈에 눈이 먼 과학자들이 많아져서 이런 것일까? 솔직히 말하면 난 잘 모르겠다, 어쩌다가 과학이 이런 길을 걷게 되었는지 잘 모르겠다. 하지만 분명한 건 지금 내가 이 글을 쓰고 있는 와중에도 '인류의 진보'와 '지식의 추구'라는 대의 아래 쓰러져가는 많은 목숨들이 있다는 사실이다. 그리고 이러한 사실이 무척 슬픈 일이란 것도 안다. 더욱 슬픈 일은 이 목숨들을 위해 내가 해줄 수 있는 일이 거의 없다는 사실이다.

나는 현재 문명의 이기를 누리며 비교적 행복하게 살고 있다. 부산 과학 고등학교에서 좋은 선생님들에게서 수준 높은 수업을 받고 있다. 그리고 나는 생명과학을 좋아하는 평범한 여학생이다. 하지만 이런 내가 절대 잊으면 안 되는 사실이 분명히 존재한다. 내가 누리고 있는 이 모든 것들이 뚝딱 만들어지지 않았다는 것을 절대 잊으면 안 된다. 많은 이들이 희생하고 눈물 흘리고 고통 받아 만들어진 결과라는 것을 잊으면 안 된다. 이러한 자세는 특히 과학자를 지망하는 학생들에게 요구된다고 생각한다.

과학의 진정한 의미는 '인간을 위한 지식의 추구'라고 생각한다. 그리고 과학자라면 반드시 자신의 연구물이 인류에게 미칠 영향을 고려해야 한다.

만약 자신의 연구결과가 반인도적인 결과를 이끌어낼 것이란 걸 뻔히 알면서도 자신의 명예를 위해 결과를 발표한다면 그 과학자는 진정한 과학자가 아닐 것이다.

이 만화는 행복하게 끝난다. 이때 에드워드(형)가 훌륭한 말을 남긴다. 등가교환의 법칙은 연금술의 기본 중의 기본이 되는 원리로 '하나를 얻기 위해서는 무조건 한 가지를 잃어야 한다.'라는 뜻이다. 에드워드(형)는 잔인한 지배자에 의해 조종당하는 연금술사들과 무고한 시민들을 구하고, 자신의 연금술 그 자체와 동생의 몸을 교환하여 동생의 몸을 되찾아준다. 이 만화의 끝에서 에드워드는 이렇게 말한다.

'나는 어렸을 때부터 등가교환의 법칙이 세상의 진리라고 여겼어. 인간은 희생 없이는 어떠한 것도 얻을 수 없는 존재라고 생각했으니깐. 그런데 이젠 아니야. 나는 등가교환의 법칙을 뛰어넘을 수 있는 더 대단한 법칙을 알고 있어.'

그 대단한 법칙이 무엇일까요? 알면 어이없을 정도로 당연한, 하지만 우리 모두 잊고 사는 그 가벼운 진리. 똑같은 양을 교환하는 것이 아니라 내가 더 많이 주는 것이다.

등가교환의 법칙과 나눔의 법칙. 어느 것이 더 좋다고 말하기 어렵다. 하지만 위에서도 계속 말했듯이 과학자기에, 과학에 근간이 되는 것이 자연이고 그 속에 인간이 있음을 알기에, 나눔의 법칙이 등가교환의 법칙보다 더 가치 있는 것이라고 감히 말해 본다.

현재 과학자라고 자신 있게 말할 수 있는 사람이 세상에 몇 명이나 될까? 그리고 과학자의 역할을 이해하는 과학자는 세상에 몇 명이나 될까? 또 과학의 의미를 이해하며 공부하는 대한민국의 이과생들은 몇 명이나 될까? 아니다. 질문을 바꾸어보자. 당신은 과학이 무엇이라고 생각하는가? 골치 아픈 시험 과목? 아니면 청춘을 바칠 학문? 아니면 돈 벌기 좋은 분야? 아니면 우수한 사람만이 배우고 가르칠 수 있는 엄청난 학문이라고 생각하는가? 당신의 과학은 어떤 의미인가? 당신의 과학이 세상에 미칠 영향을 생각해 본 적이 있는가?

만약 당신이 이러한 문제에 대해 단 한 번도 생각해 보지 못한 과학자 또는 과학도라면 어쩌면 당신은 이 만화에서 그저 지도자의 명령에 따라 전쟁에 나가 싸우던 연금술사와 같은 사람일 수도 있다. 당신이 누리는 과학 기술들이 어디서 나왔는지 진심으로 생각해 보았으면 한다.

세렌디피티

등장인물 : 뉴턴, 남편, 연구원1, 연구원2, 조교, 박사, 기자

S# 1. 바닷가 모래사장

뉴턴 : (스포트라이트를 받으며 등장) 안녕? 난 과학자 아이작 뉴턴! (객석을 둘러본다) 핫…… 내가 누군지 알고 나면 다 그렇게 놀란 눈으로 쳐다보지. (양팔을 벌리며 의기양양하게) 위대한 발견을 해낸 세기의 과학자라면서 말이야. 하지만 난 그럴 때마다 이렇게 말했지. "나는 겨우 꼬맹이에 지나지 않고, 내가 한 업적이라는 건 그 꼬마가 바다에서 주운 조개껍질 한 줌에 지나지 않는다네. 바다에는 더 많고 더 엄청난 업적이라는 게 많으니 자네들도 그 꼬마의 조개껍질을 덮는 엄청난 발견을 할지 누구도 모르는 일 아닌가?"라고

어린 소년 : (뛰어나와 모래사장을 뒤진다. 조개껍질, 조약돌을 주워들어 올리며 매우 기뻐한다)

뉴턴 : (흐뭇한 표정을 지으며 소년을 쳐다보다 갑자기 어떤 생각이 떠오른 듯 눈을 크게 뜬다. 깊게 생각하는 듯한 표정을 지으며 무대 위를 천천히 걸어 다니며 독백) 세상 사람들은 나를 어떻게 여길지 모른다. 그러나 나는 내가 백사장에서 장난치면서 아름다운 조개와 조약돌을 찾는 작은 소년이라 생각한다. 진리의 바다가 내 앞에 끝없

이 펼쳐져 있다. 나는 이제 겨우 진리의 바다에 발을 담그고 놀
뿐이지만 훗날의 과학자들은 진리의 바다에서 엄청난 비밀을 찾
아내겠지. (배경의 바다를 바라보며 팔을 벌림) 그리고 내 앞에는
충분히 알아내지 못한 진리라는 큰 바다가 그대로 놓여있다.

S# 2. 미래의 가정집

(부부가 TV를 보고 있던 중 뉴스특보가 나온다.)

아나운서 : 특보입니다. (TV모양으로 자른 우드락 보드에 얼굴을 내민다) 전
　　세계적으로 계속되는 원전사고로 인해 UN에서는 원전들을 모두
　　폐쇄하기로 결정해 비상정전사태가 발생하였습니다. 정전 해제 시
　　기는 아직까지 알 수 없…… 지직 지지직 지지지직(TV가 꺼진다.
　　우드락으로 만든 화면 틀에 검은 하드보드지를 내려 표현한다)

남편 : (벌떡 일어나며) 뭐? 우린 어떻게 되는 거야 여보?

연구원 2 : 글쎄요…… 내일 일단 연구소가서 상황파악 좀 해봐야겠어
　　요(조명이 모두 꺼진다)

내레이션 : 정전사태 한 달째…… 화석자원의 고갈로 지구는 오랜 시간
　　전부터 주로 원자력 발전에 의존해왔다. 하지만 원전들이 모두 폐
　　쇄되고 이제 우리들의 마지막 희망은 신기술의 개발 뿐. 국가는
　　신기술개발을 위하여 남은 비상전력을 한국과학기술원에 쏟아 붓
　　는다.

S# 3.

(배경은 그대로다. 조명이 꺼진 후 신속히 움직여 현미경모형을 설치한 후
연구원들은 모두 자리에 앉는다.)

내레이션 : (희망찬 배경음악이 나온다) 여기는 한국 과학 기술원. 대한민
　　국은 독자적 기술로 로켓을 발사하여 세계 최초로 금성의 고온,

고밀도의 대기를 뚫고 시료를 채취해 무사귀환에 성공하였습니다!

(모두들 초조한 모습이다.)

연구원 1 : 아…… 금성토양표본은 언제 도착하는 거지?

(딩동)

로봇 : 배달입니다~ 택배는! 오렌지 캡!

연구원 2 : 어머! 왔나봐!

연구원 1 : (박스를 풀어 거울을 꺼내며) 어라 이 거울은 뭐야?

연구원 2 : (가수 포미닛의 '거울아 거울아' 춤을 춘다) 내 거야.

연구원 1 : 하아. 난 또 금성 토양 표본인 줄 알았잖아.

박사 : 그 소중한 걸 택배로 붙일 수 있나. 하하 내가 갖고 왔다네.

연구원들 : 우와 박사님! 어서 보고 싶어요!

박사 : 흐음. (특수 가방을 해체하여 토양을 꺼낸 후 현미경에 일부를 꺼내 어 넣는다. TV화면에 분자모형을 띄운다. 미래의 현미경은 분자까지 볼 수 있다. → 전자는 입체적으로 스티로폼구를 이용해 만든다. 자석 을 뒤에 붙여놓고 하드보드지 앞에 대고, 하드보드지 뒷면에는 자석 을 한 개 더 갖다 대어 고정한다)

연구원 1 : 이런 건 정말이지. 처음 보는데.

박사 : 난 잠시 일이 있어서. 일단 관찰하고들 있게. (나간다)

연구원들 : 네~ (모두들 자리에 앉아 현미경으로 물질을 관찰한다)

조교 : 아 맞다! 자네들 뉴스 들었어?

연구원 1 : 아. 정전사태요? 연구소에만 계속 있으니 바깥일을 알 수가 있어야죠. 저희 연구소 말고는 모두 전기 공급이 끊겼다면서요?

연구원 2 : 저도 들었어요! 주 전력공급원인 원자로들을 폐쇄했는데 신재 생에너지는 발전효율이 낮아서 문제라죠

조교 : 그러게. 아 근데 내일부터 특별 휴가 날이네? 오! 일찍 퇴근이다!

(기뻐하며 벌떡 일어선다.)

연구원 2 : 왜요? 일이 좋은데.

조교 : 적당히 쉬어줘야 일도 잘되는 거야.

연구원 1 : 젊을 때야 그렇죠.

조교 : 아무튼. 난 가야겠다! (발랄하게 뛰어 나간다)

연구원 1 : 나도 집에 가서 쉬어야겠다. (가방을 챙기며 일어난다)

연구원 2 : 난 궁금해서 못 참겠어. 더 관찰해 볼래.

(조명이 꺼졌다 켜진다.)

(연구원들은 모두 가고 연구원 2만이 남아 하품하고 눈을 비비며 피곤한 얼굴로 현미경으로 시료를 관찰하고 있다.)

(쫄쫄이가 오후 5시, 오후 11시, 오전 3시라고 적혀있는 판을 차례로 내민다. 연구원 2는 판이 지나갈 때 마다 자세를 바꾼다.)

(벨소리가 들린다.)

연구원 2 : 여보! 응. 아. 연구소 앞이야? 일하고 있는데. 응. 잠깐만!

(전화를 끊은 후 큰 거울을 꺼내 화장을 고친다. 창문에서부터 폭죽으로 된 선이 쭉 이어져 불꽃이 발생해 거울에 닿은 후 현미경으로 들어간다. -빛의 경로 표현. TV화면에 갑자기 표본이 붉은빛을 내며 열이 나는 것이 감지되고 (빨간불이 들어온다), 표본의 전자가 급속도로 활성화된 것이 보인다. 전자의 활성화는 TV자석을 움직이면 앞에서도 움직이는 것처럼 표현될 것이다. 또한 팝콘을 통통 던지든가. 팝콘 통 밑에 구멍을 뚫어 풍선이나 펌프를 이용하여 바람을 주입하면 팝콘이 통통 튀어오를 것이다. 이건 에너지를 표현하는 것이다.)

연구원 2 : 박사님! (거울을 내려놓는다. 현미경에서 흰색 리본이 떨어진다. 물론 창문과 거울에는 그대로 붙어있다)

박사 : (무대 바로 옆에 서 있다) 왜? (무대에 밍기적거리며 들어온다)

연구원 2 : 이것보세요! 시료가 열이 나고 전자가 활성화됩니다!

박사 : (화면의 활성화된 표본아 점점 원상태로 돌아오는 것을 본다. TV에 들러붙으며) 자네 어떻게 한 건가?

연구원 2 : 네? 저는 그냥. 잠깐 전화 받고 거울 본 것밖에는…… 혹시 전파 때문일까요?

박사 : 내가 전화를 걸어보지. 여보세요? 조교? 연구원들 모두 소집하게.
뭐 졸려? 5일째 잠 한숨도 못잔 연구원 2랑 나도 있어! 시끄럽고!
빨리! 이상반응이 나타났다고! (전화를 끊는다)

연구원 2 : 그대로인데요.

박사 : 흠. 그럼 변인은 거울? 햇빛이 비친 건가?

연구원 2 : 다시 해 보겠습니다. (거울을 들고서 햇빛을 현미경에 들어가게
끔 한다)

박사 : 태양빛이었군! '금성의 표면물질이 태양빛을 받으면 전자의 움직
임이 활발해진다'라…… 오늘이 동지니까. 태양의 남중고도가 가
장 높을 때기도 하겠군. 가장 강한 에너지를 받았겠어.

연구원 2 : 금성의 뜨거운 온도… 아무리 태양에서 가깝다지만 실질 이상
이라는 미스터리가 있었는데. 태양에너지를 받아 이 물질의 전자
가 활성화되어 열을 발생시켰던 것인가 보군요! 온실효과 때문에
더욱 뜨거워졌고요

박사 : 그렇군! 자네 정말 대단한 발견을 한 거야! 이 물질과 같은 분자
구조를 만들어 낸다면 아주 효율적인 태양에너지 발전 소자를 만
들 수 있을 거야! (조교, 연구원 1이 들어오고 박사와 연구원 2가 무
언의 설명을 하고, 모두들 매우 기뻐한다)

연구원 2 : 드디어! 드디어 완성했어! (분자구조모형을 들어올린다)

박사 : 우리 이 물질을 'Sola Tron'이라 이름 붙이지!

S# 4. 발표회장

(현미경을 치운다. 스크린을 내리는 것처럼 표현하되, 가운데에는 TV 화면
만 한 구멍이 뚫려 있고 그 상태로 고정한다. 프레젠테이션은 TV 화면을 이용
해 진행한다.)

(찰칵찰칵 소리가 들리며 조명이 깜박인다. 연구원 1, 2, 교수는 TV 옆에 서 있다.)

기자 1 : 전기비상사태를 해결할 신소재를 개발하셨다는데 사실입니까?

연구원 2 : 몇 달간의 연구 끝에 금성의 토양물질이 지금까지 개발된 어느 물질보다 광기전력효과의 효율이 높은 것으로 밝혀냈습니다. 또한 분자구조를 규명하여 같은 물질을 경제적으로 합성해 내는 데 성공하였습니다. (분자구조식이 프레젠테이션 화면에 뜬다)

기자 : 광기전력효과가 뭐죠?

박사 : 쉽게 말하면, 빛을 받으면 전자가 활성화되어 에너지가 발생한다는 것입니다.

※ 광기전력효과(光起電力效果)
<물리> 반도체나 전해질 용액에 빛을 비출 때 빛이 닿는 바깥 면에 전위차나 기전력이 생기는 현상.

연구원 1 : 저희는 이 물질을 'Sola Tron'이라 이름 붙였습니다. Sola는 태양, Tron은 전자. 태양빛을 받으면 전자가 활성화된다는 물질의 특성을 반영한 이름이죠.

조교 : 이 신소재는 지금까지 개발된 물질들의 최대 광기전력 효율이 20%였던 데 반하여 80%라는 놀라운 효율을 자랑합니다.

〈SOLA TORN의 자랑〉
광기전력효율 : 이때까지 개발된 소재의 최대효율 : 20%
SOLA TORN의 효율 : 80%

↑ 프레젠테이션 화면에 띄운다.

S# 5. 시뮬레이션 시설

(배경을 바꾼다. 하늘이 보이는 배경이다. 이곳은 가상 시뮬레이션 시스템으로 발전소와 건물외벽의 발전시설을 설명하기 위함이다.)

기자 2 : (마이크를 들고 나오며 보도하듯이) 아령하쎄요? 저는 일본에서 왔스므니다. 한구근 미국의 나싸도 못한 금성탐사선의 성공, 이번에는 전기비상을 해결할 엄청난 신소재를 개발했군녀. '솔라트론'은 놀라운 효율을 발휘하여 신에너지 생산방도로 급부상하고 있씀니타. 발전방법을 설명해 주실 쑤 있습니카?

교수 : 물론입니다. 아, 전 교대시간이 돼서. 연구진들에게 설명을 맡기죠 (조명 스태프에게 뛰어간다)

조교 : 태양에너지를 받으면 전자가 활성화되어 열과 전기가 발생하는 솔라트론을 이용하여 세 가지의 태양에너지를 모아 이용하는 방법을 선보일 것입니다.

1. 신물질을 건물표면에 도배하여 난방에너지와 건물 내 전력공급원으로 이용한다. (신물질을 건물표면에 도배한 태양에너지 원형은 건물모형표면에 크리스마스트리 전구를 둘러 해가 떴을 때 빛과 열을 내며 발전되는 모습을 표현할 것이다)

2. 거대한 Sola Tron 덩어리를 반반으로 나눈 후 한 부분은 파라볼라 모형(포물선)으로 태양광을 집약시키고 다른 부분은 태양광이 닿지 않도록 가린다. 즉, 파라볼라 모형 측에서는 전자가 활성화되고 태양광을 가린 쪽은 전위가 0이 되므로 파라볼라 모형 측에서 가린 부분을 향하여 전자는 이동하게 되고 따라서 전류가 흐르게 될 것이다. 아인슈타인의 광전회로를 참고하여 구성한다(이건 모형을 보여줘야 함. 공들여 만들 것. Sola Tron 덩어리를 두 부분으로 나누어 한 부분은 파라볼라 모형을 설치해 태양광을 집약시키고 다른 부분은 태양광이 닿지 않도록 가린다. 연구원이 발전기모형에 돋보기모형을 댄 후 광기전력효과가 나타나는 과정을 설명하는데, 전자가 활성화되는 모습을 뒷면에서 자석을 이용해 앞의 전자모형이 움직이는 것처럼 보이도록 하여 표현한다. 계기판이 있다면 더 이해하기 편할 것이다).

기자 : 와우. 놀랍군요! 한국 과학 정말 대단합니다! 근데 저건 혹시…….

연구원1 : 네. 인공위성입니다. 저건 마지막 세 번째 발전방법입니다.

3. Sola Tron을 이용한 태양에너지 발전 인공위성을 띄운다. 대기권을 통과하기 전의 더욱 강력한 태양에너지를 흡수해 발전할 수 있을 것이며 발전한 전기는 마이크로파를 이용해 지구로 전송한다.

↖ (Sola Tron을 이용한 태양에너지 발전 인공위성은 은박테이프를 두른 후 조명을 비추어 태양빛을 받아 빛이 나며 발전되는 것을 표현하고, 인공위성을 발사하는 장면은 낚싯줄을 대각선으로 위를 향하도록 연결한 후 도르래를 이용하여 줄을 잡아당기면 인공위성이 위로 올라가는 장면이 연출되도록 표현한다.)

1

2

3

발사!

(인공위성이 발사되고 서서히 조명이 꺼진다.)

S# 6. 바닷가 모래사장

연구원2 : 그 후로. 어떻게 되었냐고요?

조교 : 지구는 이제 더 이상의 에너지 고갈걱정 없이 풍부한 청정에너지로 풍요롭게 살게 되었습니다.

(아이작 뉴턴. 무대 위로 올라온다.)

뉴턴 : 거봐 내가 뭐랬어? 매우 많은 열정과 노력이 몰입을 가져와 비밀의 열쇠를 가져다주는 것이 세상의 법칙이지. (고독한 포즈 취하면

서 독백. 녹음해놓은 음성 재생) 나는 내가 백사장에서 장난치면서 아름다운 조개껍질이나 조약돌을 찾는 작은 소년이라 생각한다. (소품 갖고 모션 취할 것) 훗날의 과학자들은 진리의 바다에서 엄청난 비밀을 찾아낼 것…….

연구원2 : 저기…….

뉴턴 : 하하하. 내 후배과학자군.

연구원2 : 저기 촬영에 방해되니 나가주시겠어요?

뉴턴 : 나 몰라? 나 뉴턴이라고

(조명이 완전히 켜진다.)

기자 : (무대 위로 올라오며) 누구 시므니까?

뉴턴 : 나 뉴턴이라니까?

쫄쫄이 : 여기 어떻게 외부인이.

감독 : 일단. 촬영부터 마치자고 (셔터내리며) 컷!

일동 : 수고하셨습니다~!

serendipity(우연히 발견하기)
―세계의 과학기술의 발견과 발명이 우연에 의해 이루어지는 것.
　ex) 푸른곰팡이, 유레카

다 과학

버스가 달린다.

앞만 보고 버스가 달린다.

이번 정류장은 연신내역입니다.

버스가 잠시 숨을 고르자

서 있던 사람들은

우와아아 하며

앞으로 달려가 환호한다.

버스가 다시 달리기 시작하자

서 있던 사람들이

우와아아 하며

뒤로 달려가 환호한다.

이것이 뉴턴의 '관성의 법칙'

새로운 드라마가 시작했다.

주인공은 강동원

내 마음에 꼭 드는 드라마이다.

첫 방송 때에도 TV 앞에 앉았고

두 번째 방송 때에도 TV 앞에 앉았고
다섯 번째 방송 때에도 TV 앞에 앉았고
마지막 방송 때에도 TV 앞에 앉았고
방송이 끝나고도 TV 앞에 앉아있다.
이것이 세상의 '관성의 법칙'

동생이 내 말을 듣지 않는다.
엄마를 믿고 나에게 계속 덤빈다.
계속 말대꾸를 한다.
내 말을 듣지 않는 태도에
등을 짝 소리 나게 한 번
흘깃 나를 쳐다보는 눈에
등을 짝 소리 나게 두 번
내 동생은 등짝이 아프고
나는 내 손바닥이 아프다
이것이 뉴턴의 '작용 반작용의 법칙'

친구가 내게 말했다.
누군가 내 욕을 하고 있다고 말했다.
태연한 척 했지만 기분이 좋지 않다.
그 아이의 단점이 하나 둘
내 눈으로 쏙 쏙
그 아이에 대한 험담이 하나 둘
다른 사람에게 소곤소곤
이것이 세상의 '작용 반작용의 법칙'

와, 체육시간이다

농구 경기가 한창인 체육시간이다

공을 던진다 휘익

공이 날아간다 슈웅

공이 들어간다 쏘옥

공이 떨어진다 데구르르

아래로 아래로 공이 떨어진다

이것이 뉴턴의 '만유인력의 법칙'

똑똑

시험기간이 왔습니다

다시 시험기간이 왔습니다

에이 이제 개학했는걸

에이 아직 한 달이나 남았는걸

에이 아직 일주일이나 남았는걸

에이 내일하면 되겠지

이렇게 시험장에 들어간다

성적이 떨어진다

성적이 뚝뚝 떨어진다

이것이 세상의 '만유인력의 법칙'

다다다다다다다

소리가 들린다

세상이 지나가는 소리가 들린다

헉 헉 숨이 차서

철퍼덕 주저앉아도

무심한 세상은 빠르게 지나간다
다다다다다다다다 세상은 지나간다

이런 세상은
다다다다다다다다
과학
다 과학

A의 뇌는 꿈을 꾼다

요즘 잠에 들면 꿈을 꾸는 일이 매우 잦아졌다.

어렸을 때부터 꿈을 자주 꾸지 않았던 나로서는 굉장히 불쾌한 일이었다. 그러한 꿈을 꾸고 나서는 아무리 오랜 시간 잠을 자도 잠을 잔 것 같은 느낌이 들지 않았기 때문이다. 아니, 오히려 꿈을 꾼 날에는 잠에서 깨어나면 마라톤이라도 뛴 것처럼 온몸이 근육통에 시달렸다.

하지만 이러한 사실에 대해서 크게 문제를 삼거나, 의문을 가지지는 않았다. 근육통 따위에 신경을 쏟을 만큼 한가한 사람이 아니라고 생각하고 있었더라는 것도 있었고, 그저 나도 모르는 사이에 근육을 많이 사용했나 보다 하는 흐지부지한 생각만을 가지고 있었을 뿐이다. 물론 꿈을 꾼 날에만 근육통이 생긴다는 사실에 대한, 그 둘의 연관성에 대한 의구심이 마음 한 켠에 자리 잡긴 하였으나, 앞서 말했듯이, 그러한 것에 신경을 쏟을 수 있을 만큼 나는 한가로운 사람이 되지 못했다고 생각했다.

꿈의 내용은 기억나지 않았다. 잠에서 깨고 나면 바로 깨달을 뿐이었다. 아 또 내가 꿈을 꾸었구나 하고 몽롱하고, 어두운 꿈. 흑백에 귀에서 윙ー 소리가 들리는, 썩 기분이 좋지 않은 꿈. 이 정도의 대강의 묘사만이 가능한 꿈이었다. 앞서 말했듯이, 꿈의 내용은 정확하게 기억나지 않는다.

이러한 증상은 1년 전부터인가 나타나기 시작했는데, 정확히 언제부터

였는지는 기억하지 못한다. 이러한 증상에 대해 생각하면서, 금방 없어질 줄 알았던 증상이 지금까지도 꽤나 오랜 시간 동안 지속되었다는 것을 새삼 깨달았다.

꿈에 대한 생각을 하면 할수록, 새로운 사실을 깨달았다. 꿈을 꾸기 시작하기 전에 비해 건강이 매우 나빠졌다는 것이다. 이는, 증상―꿈을 꾸면 근육통을 겪는 것―에 따라 근육통에 의한 당연한 결과라는 생각이 들기도 했지만, 근육통으로는 설명할 수 없는, 신체적인 변화가 느껴지는 것이었다. 예를 들면 감각이 둔해지거나―손가락이 잘릴 정도의 사고를 당한 적이 있는데, 그때 아픔을 거의 느끼지 못하였다―, 다리 한 쪽을 움직이는 것이 생각대로 되지 않는 등의 신체적인 변화였다. 이는 어느 순간 갑자기 나타난 변화가 아닌, 오랜 시간에 걸쳐 서서히 나타난 것이었다. 아주 약간의 위화감이 어느새 큰 불편함으로 다가오게 된 것이었다.

……점점 걱정이 되기 시작했다.

……내 몸에 무슨 변화가 일어나고 있는 것인가.

……꿈은 계속되었고 증상은 더더욱 심해졌다.

……이제는 근육통의 문제가 아니었다.

……정상적인 사고조차 되지 않았다.

……어느 정도의 시간이 흘렀는지조차 짐작이 되지 않았다.

.

.

치직―칙―

"안녕하십니까, 2327년 3월 27일, 아침 8시 뉴스 아나운서 Z입니다. 첫 번째 소식입니다. 인류 최초로 편도로 몸을 우주로 보낸 전 세계의 영웅, A가 큰 위험에 처했다고 합니다. 그의 몸을 태운 우주선 Beyond호는 현재 태양계의 경계를 벗어나고 있으며 태양계 경계에서 형성된 강력한 전자기장에 의해 Beyond호가 영향을 받아 불안정해져 해체 직전에 이르렀다고 합니다. 우주 전문가들은 이러한 상황에 대하여 Beyond호가 해체될 경우 A의 몸은 우주 전체를 빛의 속도로 떠돌아다니는 우주 부유물로 전락할 것이며 강력한 전자기장과 다양한 요인들에 의해 수분 이내에 A의 몸은 붕괴될 것이라는 추측을 내놓고 있습니다.

2323년에 만들어져 첫 시범 운행하고 2324년에 다양한 테스트를 거쳐 선발된 A의 몸을 태운 후 우주로 발사된 Beyond호는 빛의 속도로 움직이는 신기술을 적용시킨 최초의 우주선으로…….

A의 경우 뇌를 분리시켜 보관하는 기술을 이용하여 몸만을 Beyond호에 태운 후 우주로 보낸 상태며, 이는 우주에서 낮은 확률로 발생할 위험에 대비하여 혹시라도 문제가 발생되어 Beyond호와 A의 몸의 안전을 확신할 수 없는 상황에서 뇌를 보관함으로써 후에…….

이는 아직은 불확실한 기술이지만 협회의 승인과 A 본인의 서약을 바탕으로 진행된 것으로…….

A의 뇌는 현재 비활성화 된 상태이며 수면을 취하면서 꿈을 꾸고 있다고 할 수 있습니다. 비활성화 된 상태에서도 그의 뇌는 깸과 잠듦을 반복하고 있으며…… 사고 없이 이번 프로젝트가 원래대로 진행되었더라면 목표로 설정한 태양계 밖의 행성, LSY0327에 도착하여 A의 뇌를 각성 상태에 이르게 하고 활성화시켜 지구의 뇌와 Beyond호의 몸의 연결을 이용하여 지구에서 몸을 조종하여 정보를 수집하고 프로젝트를 수행할……."

칙—

.

.

.

점점 더 감각이 둔해지는 것을 느낀다. 이제는 손가락조차도 제대로 움직일 수가 없다. 몽롱한 기분……. 그저 식물인간처럼 의자에 앉아서 생각만 할 뿐이다. 아니, 생각이 제대로 되고 있는지도 확신하지 못한다.

퍼뜩 깨닫는다.

‘어? 내 직업이 뭐지? 내가 밥을 먹었던가? 내 가족은? 친구들은? 내가 무엇을 하고 있었지?’

혼란스럽다. 지금까지 존재했던 나는 무엇인가. 내가 존재하는 것이 맞기는 한 것인가.

.

.

.

치직—칙—

“안녕하십니까, 2327년 4월 2일, 아침 8시 뉴스 아나운서 Z입니다. 전자 기장의 영향으로 큰 위험에 처했던 Beyond호가 결국 붕괴되어 A의 몸이 우주에서 떠돌아다니게 됨에 따라 관련 과학자들은 신속하게 A의 몸과 뇌의 원격 연결을 끊는 작업을 진행 중이라고 합니다. 본 작업에 대하여 관련 과학자들은 A의 생존과 뇌의 정상적인 활동을 확신할 수는 없다고 …….”

칙—

.

.

.

눈을 뜨려고 노력해도 눈이 뜨이지 않는다. 사실, 눈은 뜨이지만 너무 어두워서 아무 것도 보이지 않아 눈을 뜬 것이나 감은 것이나 차이가 나지 않는 것일 수도 있다. 몽롱한 상태에서 가끔씩 빛이 보이고…… 위급한 듯한 사람들의 목소리가 귓속에서 울린다. 하지만 정신을 차리고 보면 모두 저 뒤편으로 희미하게 사라질 뿐이다. 아무리 기억하려고 해도 기억나지 않는 꿈. 그런데…… 오늘이 며칠이지?

.

치직—칙—

"안녕하십니까, 2327년 4월 3일, 아침 8시 뉴스 아나운서 Z입니다. 연일 화제가 되고 있는 A의 향후 상태에 대하여 TRANS협회가 공식 발표를 하였습니다. 공식발표 현장, 지금 만나보시겠습니다."

"현재 A의 상태는 매우 위험한 것으로 파악되었으며, 그에 따라 신속히 A의 몸과 뇌의 원격 연결을 끊기 위한 시도를 계속 진행하였습니다. 결과, 아직 완전히 몸과 뇌를 분리하지는 못했으며…… 완전히 분리가 가능할 것인지에 대한 확신도 매우 낮은 수준이라고 합니다. A의 몸과 뇌를 완전히 분리하지 못할 경우 몸이 상처를 입음에 따라 뇌의 관련 부위의 활성이 낮아지며 세포 괴사에 이르러 뇌 자체가 사망하게 됩니다. 이번 작업, 뇌와 몸의 연결 절단이 성공한다면, 협회에서 설정하여 생성한 신경과 A의 뇌를 연결하여 A의 뇌가 수명이 다할 때까지 계속 활발히 활동하게 될 것으로……."

칙—

인간으로서의 기능이 점점 상실되는 것 같다. 꿈에서 벗어나지 못하고 정신을 차리지 못하고 있는 비율이 확실히 깨어있는 비율보다 훨씬 많아졌다. 그나마 깨어있는 경우에도, 내 의지대로 내 몸을 가누지 못하였다. 이제는 사지는 물론 입을 움직이는 것마저도 힘들어졌다.

"A의 몸과 뇌의 연결을 끊는 작업이 결국 실패로…… 하지만 A의 뇌가 괴사에 이르지 않는 것에 대해 과학자들은 의문을 품고……."

    ·

    ·

    ·

시계를 확인했다. 3327년 3월 27일. …….

    ·

    ·

    ·

치직—칙—

"3327년 3월 28일, 아침 8시 뉴스입니다. 현지 시각으로 3월 27일, 붕괴된 건물의 최하층에서 한 뇌가 발견되었습니다. 조사 결과, 이 뇌는 약 1000년 전, 2327년에 우주로 보내진 A의 뇌인 것으로 확인되었으며, 프로젝트가 실패하여 TRANS 협회가 파산함에 따라…….

본 뇌는 괴사가 30%정도 진행되었으며 이 경이로운 괴사 속도는 천 년 전의 당대 과학자들이 의문을 가졌던 것으로, 현대 과학자들의 연구에 따라 이는 몸의 운동과 관계된 것으로 보입니다. 몸은 이미 붕괴되었지만…… 우주선이 붕괴되면서 몸이 더욱 가속도를 받음에 따라 빛의 속도보다 빠른 속도로 운동하게 되고 몸의 시간이 지구에서의 시간보다 훨씬 느리게…… 따라서 뇌로 전달되는 신호가 매우 느리게 감에 따라…… 뇌와 몸의 속도의 불합치성이 시간의 차이를 일으키고…… 빛의 속도보다 빠르게 움직이는 몸에서 전달된 신호는 매우 느리게 가기 때문에…… 결국 몸은 이미 붕괴되었지만 뇌로 전달되는 몸의 신호에 의한 뇌의 붕괴는 매우 느린 속도로 진행……. 이는 빠른 속도에서 시간이 느리게 간다는 것의 산 증인으로서의 가치…….

본 발견은 과학자들 사이에서 큰 충격과 발견이 되고 있으며, 과학계의 큰 발전을 이룩할 것으로 보입니다.”

        ·

        ·

        ·

    이 지루한 시간은 언제쯤 끝나는 것일까……

        ·

        ·

        ·

인간보다 우월한 Big Brain, 보스콥인을 찾아서

아인슈타인의 뇌 용량은 1230cc로 일반인보다 그 크기가 작다. 어린 시절부터 세계 최고 물리학자로서의 연구 활동까지 그의 일생을 자세히 전시해 놓은 아인슈타인 특별전에 갔었던 초등학교 시절의 나는 그때 본 아인슈타인의 뇌 모형을 여전히 잊지 못한다. 세기의 천재인 그의 뇌가 일반인보다 오히려 작다는 것을 알게 된 순간 내 머릿속에서는 이제껏 당연시 여겨왔던 '뇌가 크면 머리가 좋다'는 생각이 폭발해버렸고 나는 적지 않은 충격을 받았다. 뇌의 크기와 지능은 아무런 관계가 없는 것일까? 그렇다면 아인슈타인의 두뇌가 똑똑한 이유는 뭘까? 나의 모든 궁금증들은 책 "BIG BRAIN"을 통해 해답을 얻었다. 큰 뇌를 가졌던 호모이드 '보스콥인'이 누비고 다녔던 아프리카 평원으로 돌아가 보자. 지금부터 보스콥인의 역사, 큰 뇌의 기원과 유용성, 그리고 뇌에 대한 신비를 하나하나 풀어나가 볼 것이다.

1913년 아프리카 내륙의 작은 마을 보스콥에서는 유난히 크기가 큰 두 개의 두개골 화석이 발견되었다. 이것들은 곧 포트엘리자베스 박물관으로 옮겨졌고 세계 학자들은 거대한 두개골을 보며 놀라움을 금치 못하였다. 새로운 원인류 보스콥인이 발견된 것이다! 인간의 두개골과 같은 모양을 가졌으며 신장 150~180cm에 직립보행을 했던 보스콥인의 뇌 용량은 1800~1900cc로 인간보다 무려 30%이상이 크다.

유인원에서 인간으로 진화하면서 인류의 뇌는 전전두엽이 늘어났고 그 용량이 커졌다. 이에 따라 큰 뇌는 작은 뇌보다 피질이 많아졌고 감각영역보다 연합영역이 차지하는 영역이 커졌다. 연합영역이란 연합뉴런들이 모여 구성하는 뇌의 중추적 영역으로서 자극에 대한 반응과 명령을 내리는 곳으로 이것이 늘어날수록 빠르고 고차원적인 사고가 가능하게 하기 때문에 인지에도 뛰어난 능력을 발휘할 수 있다. 보스콥인이 현 인류보다 더 높은 지능을 가진 호모이드로 추정되고 있는 이유가 바로 전전두엽의 크기이다. 전두엽 연합영역에서 생성하는 표상의 수준이 연합영역의 확대에 따라 보다 풍부한 에피소드들을 만들어 낼 수 있게 되었기 때문이다.

200만 년 전 호모하빌리스와 호모에렉투스의 출현, 50만 년 전 호모사피엔스로의 이동에서 인류의 뇌는 두 번 증가한다. 왜 뇌는 갑자기 커지게 되었을까? 우리는 가장 먼저 우연적 유전자 변이에 의한 진화를 생각해 볼 수 있다. 뇌 피질의 신경 전달 방식에는 임의접근방식과 지점연결방식이 있다. 포유류의 뇌는 임의접근방식을 바탕으로 이루어져 있는데 이 방식은 실제 이미지를 그대로 복제하는 지점연결방식과는 달리 변환된 암호를 풀어야만 이미지를 복제할 수 있다. 임의접근방식은 작은 후각계로부터 새로 생성된 뇌 피질들까지 존재하며 다양한 지적기능, 인지기능을 담당하는데 원시포유류는 온혈동물로서 대사에너지가 발생하고 뇌가 큰 돌연변이가 나타나도 대사비용을 감당할 수 있었다. 그래서 큰 뇌는 생존에 전혀 해가 되지 않았고 이로 인해 큰 뇌의 유전자가 표현형으로 남게 되었다.

두 번째는 행동의 효율성 때문이다. 직립보행은 인류의 진화에 있어서 매우 큰 역할을 했다. 직립보행으로 인해 척추의 개수가 늘어나면서 길어진 허리에는 임신 중 자궁이 커질 수 있는 영역이 넓어졌고 태아는 작을 필요가 없어졌다. 태아의 뇌도 함께 말이다. 또한 손이 자유로워졌기 때문에 도구를 사용할 수 있게 되었고 도구사용영역의 뇌가 큰 사람이 높은 경쟁적 우월성을 얻었다. 도구사용, 지적능력 향상, 원활한 사회적 상호작용 등에 바로 이 '큰 뇌'가 영향을 미친 것이다.

뇌의 크기변화는 뇌의 지속적인 팽창에 의한 결과로도 설명할 수 있다. 약 200만 년 전 갑자기 커진 인류의 뇌는 집단 내에서 발생하는 경쟁적 압력에 의해 큰 뇌를 계속적으로 선호하게 되었다. 일단 신체에 대한 뇌의 크기가 엄청나게 커졌기 때문에 인간의 지능은 높아졌고 행동이 발달하였다. 큰 뇌의 이점 중 하나가 바로 정보저장을 위한 넓은 공간을 가질 수 있는 것이다. 공간이 넓어질수록 뇌 영역을 연결하는 신경다발의 수가 늘어났고 기억용량이 대폭 늘어났다. 방대해진 기억력 덕분에 우리는 보다 긴 배열의 정보를 저장할 수 있게 되었고 그 배열을 다시 불러내어 상상할 수 있는 능력도 가지게 되었다. 이를 연상영역이라고 칭하는데 연상영역의 발달 정도에 따라 문화를 창조할 수 있는 가능성이 커질 수 있다고 한다. 인간 지능의 가장 놀라운 기능은 바로 이 연상영역이라고 생각한다. 과거에 머릿속에 입력되었던 긴 배열의 정보를 다시 불러내고 이를 통해 학습을 하고 계획을 세우며 미래의 결과를 예측할 수 있는 것, 이것이 곧 인간의 찬란한 문화의 기반이자 세계를 지배하게 된 큰 원인 중 하나가 아닐까.

보스콥인의 생김새는 영화에 자주 나오는 외계인, 우리가 상상하는 E.T.의 모습에 가깝다고 한다. 유난히 큰 두개골과 어린아이의 외모를 가진 보스콥인은 우리에게 또 다른 인류의 존재를 알려줌과 동시에 큰 뇌가 반드시 살아남지 않았음을 입증해주었다. 지적능력이 뛰어나고 튼튼한 육체를 가진 그들이 어째서 지구상에서 영원히 사라지게 되었을까. 책『빅 브레인』의 저자 게리 린치와 리처드 그레인저는 그 원인을 미흡했던 문명의 발달로 설명한다. 보스콥인은 1만 년 전 출현한 호모이드이다. 남다른 언어능력을 가졌을 것으로 추정되지만 당시에는 문자를 만들어 사용할 정도의 문명이 발전하지 못하였고, 작은 인구 때문에 사회적 소통능력도 높지 않았을 것이다. 오늘날 그들이 존재했다면 지도자 혹은 현자로 추앙받았을 것이다. 그러나 보스콥인은 시대의 혜택은 받지 못하였고 그로 인해 우리 인간이 현생인류로 남을 수 있었다.

앞서 말했듯이 인간은 가장 우월한 종이 아니다. 그렇지만 인류의 진화에 대한 모든 가능성은 항상 열려있다. 아인슈타인처럼 똑똑한 두뇌를 가진 돌연변이가 많아질 수도 있고 새로운 환경에 적응하기 위해 신체의 진화가 일어날 지도 모른다. 뇌 역시 용량이 커질 수도 있고 연합영역이나 기억방식에 대한 진화가 일어날 수도 있다. 만약 인간이 보스콥인만큼 큰 뇌와 높은 지능을 가지게 된다면 야만의 세계가 아닌 첨단 세계에 사는 "지혜로운 사람"으로서 그에 상응하는 겸손한 태도로 인류의 무한한 발전을 이룩해야 한다.

좋은 날

　"좋아요, 뭘 털어놓고 싶은 거죠?"

　테이블 위에 든 머그잔을 내려놓으며 우유거품을 살짝 묻힌 입으로 그녀가 처음 내뱉은 말이었다. 40~50대의 중년 남성이 버스 안에서 잠깐 시간을 내 줄 수 없겠냐고 다짜고짜 물었을 때도 태연하게 아무렇지 않은 듯 승낙하더니 택시를 타고 낯선 커피숍 앞에 내렸을 때도 당연한 일상인 듯한 표정이었다. 그런 20대 초반으로 보이는 여성의 첫마디를 듣고 흠칫 놀랐다.

　"그냥 찍어봤어요. 버스에서 아무나 잡더니 입이 근질거리는 표정으로 시간을 내달라 하길래. 왜, 그런 동화 있잖아요? 대나무 숲에다가 비밀을 털어놓는다거나 거지를 붙잡고 하고 싶은 말을 하는……."

　"눈치가 빠르군요."

　"그냥 뭐, 그럴 것 같았어요 왠지."

　그녀는 살짝 웃었다.

　"음, 그리고 보니 아저씨 팔에 주삿바늘 자국에 쫌 많네요. 요즘 세상에 당뇨는 아닐 것 같고, 헌혈……?"

　오늘 처음 보는 아버지뻘 되는 나한테 자연스레 말을 걸어왔다.

　"아, 이게 내가 하는 일과 관련이 좀 있다네."

"어떤 일을 하시는 지 물어봐도 돼요?"

그 물음에 나는 명함 한 장을 꺼내 보였다. '맞춤형 인공장기 연구소장.' 그러면서 나는 말을 꺼냈다.

"환자의 줄기세포로 필요한 부분을 키워 만든 인공장기지. 리스크가 없다는 게 큰 장점이라네."

잠깐 침묵이 흐른 후 나는 입을 뗐다.

"사실, 난 이런 식으로 150년 가까이 살고 있다네."

"150년! 아플 때 마다 계속 장기를 갈아 끼우면서……."

"아니, 아니야."

나는 그녀의 말을 잘랐다.

"그것보단 스케일이 약간 더 크지. 장기만 바꿔서는 신체의 다른 구조들이 버텨내기 힘들어. 신경, 뼈, 근육 등등 말이야. 아예 통째로 바꾸는 것이지. 새로운 몸을 만드는 거야. 그리고 기억을 옮겨 다시 깨어나는 거지. 그렇게 150년을 산 것이라네."

"150년을 살았다…… 아니, 아닌 것 같아요. 아저씬 단지 150년 전의 기억을 가지고 있는 것 밖에 없는 거예요. 150년을 사신 게 아니라."

그녀는 의아한 표정에 살짝 얼굴을 찡그렸다.

'재밌는 대화가 되겠군.'

난 속으로 생각했다. 그리고 말했다.

"왜 그런가, 왜 그렇게 생각하지? 기억을 다른 몸으로 옮겨서? 영혼? 영혼을 믿나? 기억을 옮겨준 컴퓨터는 영혼을 옮길 수 없어서 그런가?"

"영혼……. 영혼이라. 사람들은 무의식적으로 사물에 혼을 담죠. 그림, 도자기, 조각 어느 곳이든 가능하죠. 사람은 혼을 담은 것과 그렇지 않은 걸 구분할 수 있죠. 그럼 된 거 아닌가요. 하드디스크라고 못 담을게 뭐가 있겠어요? 단지, 좀 다른 것뿐이죠."

"뭐가 말인가?"

"……사람의 머리엔 이성이 있고 심장엔 양심과 열정이, 간에는 배짱이, 장에는 불안이, 손에는 재주가, 발에는 굳은살이 있죠"

"새로 만든 건 원래 내가 아니란 말인가, 그래서 그런가? 그럼, 자네 말대로라면 팔이 하나 없는 사람은 사람이 아닌가? 수혈을 받으면, 때를 벗기고 손톱을 깎고 머리카락을 자르면, 그는 더 이상 그 사람이 아닌 것일까."

"……"

"사람이 태어나 어른이 되면서 태어날 때와 같은 건 하나도 없어. 지금도 몸에선 새로운 몸이 만들어지고 있지. 그럼, 그게 그 사람, 바로 그 자신이 맞을까, 조금 전에 내 앞에 앉아있던 자네는 지금 이 순간 내가 보는 자네와 다른 인물인가?"

"……믿음…… 믿음의 문제에요, 그건. 뭘 믿느냐. 그럼 아저씨, 스스로 생각하는 컴퓨터가 있어요. 거기엔 카메라도 마이크도 각종 센서도 있어요. 그럼 이 컴퓨터는 지금 자신이 살아 있다고 생각할까요? 그냥 우린 그 컴퓨터가 그렇거나 아니면 그렇지 않다고 믿을 뿐이죠. 그럴 수밖에 없죠. 컴퓨터는 자기가 살아있다는 걸 증명할 수 없으니까. 우린 늘 그래왔어요. 식물이 무생물로 취급되던 적도 있었고 피부색만으로 인간이 되지 못한 때가 있었고요. 인디언들은 바위, 흙, 대지에도 생명이 있다고 말하죠. 다들, 그렇게 믿는 거예요. 믿음은 사회적 울타리 속에서 길러지는 것이죠. 믿음이란 건 플라세보 효과처럼 강하게 작용할 수 있지만 한계가 있죠. 사후세계를 믿는 사람들이 천국에 가기 위해 스스로 목숨을 끊고 싶어 하지 않는 것처럼, 결국엔 선이 있다는 거죠. 믿음을 믿지 못하는 경계선."

난 갑자기 멍해졌다. 약간의 불쾌감도 들었다. 나는 자리를 뜨려했다. 그러자 그녀가 말했다.

"가시게요? 그럼 저 좀 태워주세요. 초대한 사람 바래다줘야죠"

우린 차가 세워져있는 뒷문 쪽으로 걸어가기 시작했다. 뒷문을 열고 걸어가서 차가 보이기 시작하자 그녀가 대뜸 말했다.

"차 비밀번호 안 바꾸셨죠? 알아요. 271328맞죠? 제가 운전해 드릴게요."

나는 깜짝 놀라 멈춰 섰다.

"당신 누구야?! 형사? 탐정? 그럴 리가 없는데! 나는 우연히 탄 버스에서 우연히 한 사람을 잡았는데!"

"뭐, 쌍둥이끼린 끌리나 보죠."

"뭐라고?!"

나는 흥분해서 소리 질렀다. 나는 애써 흥분을 눌렀다. 진정이 좀 되자 그녀가 말을 꺼냈다.

"……지난번 기억을 옮겼을 때요 ……원래의 몸이 죽지 않았어요 죽을 것 같아서 몸을 바꿨는데 원래 몸이 멀쩡하더라고요 이유는 모르겠어요 기억을 복사하는 과정에 오류가 있었는지 원래의 몸은 날 알아보지 못하더라고요. 그래서 그냥 아저씨 곁을 떠났어요."

"그럼, 네가 내 복제품이라고? 넌 여자잖아."

"그것도 문제가 있었나 봐요 복제과정에서 아내의 마지막 X염색체가 Y와 치환되어 버렸죠 Y의 정보가 작아서 X에 덮어쓴 것이죠 원래 아내 것도 만들 생각이었거든요 근데 아내는 믿는 게 달랐죠 그래서 나와는 다른 선택을 했어요……."

"이 몸으로 살려니 여간 힘든 게 아니더라고요 이제까지 한평생을 남자로 살다가 다시 태어나보니 여자가 되어있다니. 어색하고 혼란스러웠죠 거울 속의 나는 나와 달라도 너무 달랐죠 그런데 그 몸으로 움직이고 느낄 수 있는데 내가 아닌 것 같았어요. 세상에서 가장 완벽한 탈을 쓰고 있는 듯 했어요 몸과 마음이 따로 노는 불편한 느낌이에요 고통스러웠는데 그 속에서 뭔가 떠올랐어요."

그러자 내 머릿속에도 뭔가 떠올랐다. 그녀와 같은 사람들.

'혹시……?'

"……네, 아마 맞을 것 같네요. 트랜스젠더……. 전엔 안 그랬는데 이제 이해가 되요. 참 아이러니 하죠. 한평생 그들을 향했던 나의 손가락질이 도리어 나를 무너뜨린다니. 반성도 좀 했고 그들을 위해서 이 기술을 써야겠다는 생각도 들었어요."

그녀는 말을 멈췄다. 그리고 이내 말을 이었다.

"엄청난 경험이었어요. 내 믿음의 계기가 되었어요."

정적이 흘렀다. 사방이 고요하고 바람만 스산하게 불었다. 바람이 풀과 나뭇잎을 스치고 식은땀에 젖은 등을 지나자 등골이 오싹해졌다. 입이 덜덜 떨리는 것 같았다. 잠시 후 그녀가 입을 뗐다.

"똑같은 사람…… 그건 결국 나와 아저씨처럼 서로의 모든 걸 아는 서로 다른 사람일 뿐이겠지요. 아저씬 날 보고 서 있고 나는 아저씰 보고 서 있듯이 다른 걸 보고, 듣고, 느끼기에 다른 사람인 거죠. 이게 내가 믿는 거예요. 이렇게 말한다고 아저씨한테 옮겨가는 걸 포기하란 말은 아니에요. 믿음을 강요하진 않겠다고요. 사람마다 다른 믿음을 행하는 게 중요한 거죠. '나'를 '나'로 만들어 주는 건 결국 믿음밖에 없으니까요. 자기 자신만의 믿음!"

그녀는 그렇게 말하더니 나만 아는 자동차 비밀번호를 입력하고 지문, 홍채인식까지 통과하더니 차에 올랐다. 창문을 열어 윙크를 찡긋하고 엄지를 들어 올려보이고는 금세 시야에서 사라졌다. 나는 한동안 그곳에 가만히 서 있었다.

소리 없는 전쟁, 씨앗을 지켜라

봄은 생명의 계절이다. 긴 겨울잠에서 깨어나 봄이 술렁거리는 기지개를 쭈욱 펴며 마른 가지 사이 틈으로 불쑥불쑥 고개를 드민다. 마치 기적처럼 꽃을 피우고 연둣빛 어린잎을 싹 틔우며 봄은 속삭인다. 이 얼마나 아름다운 광경인가! 마치 생명이 다 끝난 것처럼 낙엽이 지고 가지는 앙상한 몸만 남기고 생명이 다 한 듯 보였으나 새색시 수줍은 뺨처럼 싹을 틔우고 꽃이 피고 열매가 익는다. 이 모든 이어짐 속에는 씨앗이라는 경이로운 비밀이 숨겨져 있다. 씨앗이 있어야만 모든 생명이 시작될 수 있다. 씨앗이 만들어질 때마다 그 씨앗에는 우주가 담겨져 있다. 우주가 거대한 폭발인 빅뱅처럼 혼돈에서 새로운 생명 조직을 이끌어 내듯이 원식물인 생명은 자신과 같은 성질을 이미 씨앗에 새겼다가 다시 생명을 잉태할 때 사과 씨앗은 사과를, 포도 씨앗은 포도를 품을 수가 있게 한다. 씨앗 하나하나에 새겨진 그 자신의 이름표를 그렇게 하나씩 달고 나오는 셈이다.

90년대 중반까지 이러한 씨앗을 연구하던 종묘사업이 IMF를 맞아 위기를 맞고 다국적 기업으로 넘어갔다. 연간 1500억대 우리 종묘 시장의 90%가 이미 다국적 기업으로 넘어간 상태이다. 세계는 심각한 식량난을 겪고 있는데 50년 후에는 지금보다 인구가 50% 정도 늘어나 무려 90억 명이나 될 전망이다. 미래에는 식량난이 해결되기는커녕 더욱 심각해질 거라는 걸

짐작하고도 남는다. 현재 우리나라는 쌀만 빼고 대부분의 식량을 수입에 의존하고 있는 상황이니 미래를 낙관해도 괜찮을까? 전 세계의 식량 유통을 맡고 있는 미국은 식량 공급과 가격을 결정짓고 있는데 우리의 선택권은 얼마나 남아 있을지 궁금하지 않을 수 없다. 다국적 기업은 씨앗의 판매량을 높이기 위해 '터미네이터 기술'로 유전자 조작을 해놓는다. '터미네이터 기술'이란 씨앗들이 스스로 독소를 분비해서 자살하도록 하는 것이다. 씨앗을 판매할 경우 씨앗이 우선적으로 제거되기 때문에 씨앗은 계속적인 판매량을 유지할 수 있다. 씨앗을 다시 사지 않고서는 그 어떤 열매도 기대할 수 없기 때문이다. 이미 잠식되어진 종묘 산업의 의존도가 점점 커지고 있기 때문에 울며 겨자 먹기로 씨앗을 구매할 수밖에 없다. 또한 우리의 토종 정향나무가 해방직후 어수선한 때를 틈타 미국으로 건너가서 '미스 라일락 킴'으로 바뀌었다. 이 '미스 라일락 킴'은 미국 라일락 시장의 30%를 차지할 정도로 인기지만 우리에게 그 어떤 혜택도 가져다주지 않는다. 씨앗의 소유권 특허와 연구가 얼마나 필요한지를 여실히 보여주는 예이다.

미래에 가장 두려운 것이 무엇이냐고 묻는다면 바로 이 씨앗이야말로 미래의 존재 유무를 가리는 열쇠라고 대답할 것이다. 로봇이니 우주여행이니 하더라도 식량이 없다면 미래는 종속되고 지배되어지는 관계에 놓이게 될 것이다. 세계가 평등 관계가 아닌 주종 관계가 되어서 우리는 미래에 어쩌면 식량을 구걸해야 할지도 모를 일이다. 우리는 첨단 산업을 꿈꾸기 전에 후손을 위해 씨앗의 지킴과 연구가 얼마나 절실한지를 깨달아야 한다. 오늘 씨앗을 뿌리지 않으면 내일 열매를 거둘 수 없다. 씨앗을 지키는 일은 시작과 동시에 원천적인 생명의 작업이다. 삶의 진실은 바로 거기에 있다. 다국적 기업에 종속되어 의존하는 종묘 산업을 육성하고 발전시켜야 우리의 미래를 안심할 수 있기 때문이다.

큰 것이어서 기쁨이 큰 것도 아니고 작은 것이어서 아픔이 작은 것도 아니다. 그동안 우리는 너무 큰 것에만 우선시하며 살아왔다. 그러다보니 작은 것은 형편없는 것이라 여기며 관심에서 멀어져 갔다. 그래서 그동안 사라졌던 토종 종자가 너무 많다. 작은 한 부분도 소중하고, 작은 것을 소중히 여겨야 큰 것도 소중히 여길 수 있다.

며칠 전 눈꽃처럼 총총 박혔던 벚꽃들이 비가 오는 새에 우수수 떨어지고 흔적만 남았다. 꽃잎들이 사선을 그으며 흩날리는 모습을 보면서 나는 살아있다는 것이, 숨 쉬고 웃고 떠드는 지금이 얼마나 소중한지를 깨닫는다. 내일도 모레도 그 먼 미래도 우리가 우리일 수 있도록 홀로 당당히 서일 수 있는 곳이길 바란다.

이지용_하나고등학교 1학년

사회의 패러다임을 선도하는 과학과
우리가 해야 할 노력들

외람된 말이지만, 휴대폰이 발명된 해가 언제인지 아는가? 1985년? 80년? 답은 1972년이다. 필자가 손에 휴대폰을 가지고 다니게 된 것이 초등학교 5학년 때 일이었으므로, 2007년의 일인데, 초등학생들에게 휴대폰이 본격적으로 보급된 것이 그때보다 1, 2년 전의 일이었던 것으로 기억한다.

2012년 현재 대한민국 국민 약 95%가 휴대폰을 사용한다. 거의 모든 사람들이 손에 휴대폰을 쥐기까지 40년이 걸린 것이다. 사실 휴대폰이 상용화되어 본격적으로 보급된 것은 90년대 말의 이야기였으니, 최초의 휴대폰이 개발된 후 상용화되기까지만 해도 25년이 걸렸다.

가끔 삼성전자의 신제품이 나오면, 인터넷 뉴스 댓글에는 "과연 삼성의 기술력은 어디까지인가." "우리가 상상하는 것들은 이미 만들어져 있을 듯." 하는 댓글들이 있곤 한다. 뭐, 삼성의 기술력을 칭찬하는 댓글이긴 하지만, 다른 측면에서 보자면, 우리가 알지 못할 뿐이지 과학은 우리가 인식하는 것보다 이미 저 멀리까지 진보해 있다.

새로운 과학 이론이 실제 적용되어 사람들에게 영향을 미치는 데에는 얼마나 걸릴까? 얼마 전 인터넷에서 신소재 그래핀을 이용한 휴대폰에 대한 기사를 보았는데, 우리가 꿈에 그리던 휘어지는 휴대폰이 눈앞에서 시

연되고 있는 모습이었다. 그래핀이 최초 추출된 것은 2004년이니깐, 약 10년이 걸려서야 그래핀을 이용한 휴대폰이 모습을 드러내었고, 상용화되기까지는 아직도 갈 길이 멀다. 좀 더 오래된 예를 들어 보자면, 1905년 아인슈타인은 특수 상대성 이론을 발표하였고, 1945년 이 이론을 적용한 가장 유명한 예인 히로시마 원폭 투하까지 정확히 40년이 걸렸다. 인류가 인식하는 과학의 범위가 실제 적용되기까지는 짧게는 10년, 길게는 수십, 수백 년이 걸린다.

코페르니쿠스의 지동설, 슈뢰딩거의 고양이, 하이젠베르크의 불확정성의 원리, 아인슈타인의 광양자설. 모두 인간이 지금까지 굳게 믿어왔던 통념들을 깨버린 강력한 파급력을 가졌던 이론들이다. 새로운 과학 이론은 크던 작던 사람들의 인식에 영향을 미치는데, 다만 이것이 적용되는 데는 시간이 상당히 걸린다. 코페르니쿠스의 지동설이 받아들여지기까지는 수많은 종교재판이 있었고, 정설로 받아들여진 것은 훨씬 뒷이야기다. 지동설은 그때까지 인류가 믿어왔던 온갖 세계관을 하나로 묶는 이론이었다는 점에서 큰 의의를 가진다. 당시까지의 사람들의 가치관을 송두리째 뒤흔드는 이론이었던 것이다. 더불어 지동설은 유럽에서 신학과 과학의 분리를 세상에 완전히 선언하는 선언문의 역할을 수행했다. 선진의 과학이론 하나가 세상을 뒤흔들 수 있는 것이다.

다른 예를 들어 보자면 앞서 제시한 슈뢰딩거의 고양이, 하이젠베르크의 불확정성의 원리는 사람들에게 자연조차도 불확실한 미래와 알 수 없는 결과로 인한 현재의 불확실성으로 가득 차 있다는 것을 공고하는 이론이었다. 당시까지의 사람들의 생각은 자연 법칙에 의해 세상 모든 것은 확실하게 알 수 있다는 것이었지만, 이 이론들로 인해 그런 생각들은 무참히 깨져버리게 되었다. 전자의 위치를 확률로 계산하듯이, 세상은 일어날 수도 있고 일어나지 않을 수도 있는 확률론의 세계로 바뀌어 버렸다.

또한 아인슈타인의 광양자설이 미친 영향은 어떤 것인가. 광양자설이 발표되기 이전까지 상황을 보자면 빛이 파동이냐 입자냐를 가지고 무수히 많은 논쟁이 있었다가 맥스웰과 헤르츠의 실험으로 파동인 것으로 매듭짓게 되는 듯했다. 하지만 광전효과라는 알 수 없는 현상이 빛에 대한 논란의 여지를 남겼는데, 이를 설명한 것이 아인슈타인의 광양자설이었다. 이로써 빛은 질량이 존재하지도 않으면서 파동과 입자의 성질을 동시에 가지는 파동이자 입자가 되었다. 이는 사람들이 지금까지 흔히 이분법에 의해 논쟁을 거듭하는 사람들에게 둘 다 맞을 수 있다는 것을 자연의 원리로 설명한 사례이기도 하다. '빛'이라는 사람들이 오랫동안 신성시 여겼던 대상의 원리를 밝혀낸 것은 사람들의 인식에 큰 영향을 미쳤을 법하다. 뭐, 아직까지도 이분법에 의해 불필요한 논쟁을 하는 사람들이 있지만, 인류의 인식은 이미 '둘 다 맞을 수 있다.'의 영역까지 걸쳐 있다.

지금까지 인간의 인식에 큰 영향을 미친 이론들의 굵직한 사례 몇 가지 살펴보았다. 어떤 이론은 당시까지의 우주론을 뒤흔들었고, 어떤 이론은 물리학의 한 획을 그은 이론이다. 이 이론들은 과학계에서도 엄청난 변화를 몰고 온 이론이었음에 더불어 인류의 세계관과 가치관을 인문학적인 관점에서도 뒤흔드는 이론이다.

자연의 법칙, 즉 과학의 진보로 알 수 있는 우주의 진리는 우주에 속해 있는 인간 사회에 적용될 수밖에 없는 것이다. 역사적으로도, 과학적 증명은 인문학, 사회학, 철학의 새로운 이론의 밑받침이 되어 왔다. 물론 그중에는 다윈의 적자생존 등 악용되는 사례들도 없지 않아 있다. 하지만 이런 사례는 악용한 사람들 또는 시대적 착오의 결과물이지 근본적으로 과학의 발전이 인간 사회에 부정적인 영향을 미쳤다고는 하기 어렵다.

그럼에도 안타까운 점이 있다면, 천장이 높아질수록 바닥과의 간격은 점점 넓어다는 것이다. 우선적으로, 점점 빨라지는 과학의 진보와는 달리 인간 사회는 극도로 빠른 변화에 쉽게 적응하기 쉽지 않다. 근 50년만 보더라도 수많은 전자 제품, 교통수단에서 엄청난 진보를 이루었지만, 그것이 낳은 결과가 심각할 정도로 심한 세대격차이다. 당신은 당신의 어머니가 새로 산 스마트폰 때문에 당신에게 무수히 많은 전화를 걸었던 경험을 해 보지 않았는가? 젊은 세대들은 새로 생긴 전자기기 등을 빠르고 쉽게 능숙하게 다룰 수 있지만, 좀 나이가 있으신 분들은 쉬이 그렇지 못한다. 이것이 비단 첨단기술의 사용능력 여부의 문제에서 끝난다면 좋겠지만, 이것이 나아가 머릿속의 사고방식, 사상적 배경 등의 심한 차이를 낳을 수도 있다. 기성세대와 신세대가 세상을 둘로 갈라 완전히 등지고 살지 않는 이상, 적절한 융화를 이뤄야 하는데, 세대 간의 패러다임의 격차가 클수록 갈등양상 또한 심화될 것이다. 하루가 멀다 하고 추가되는 새로운 이론들로 인해 사회의 패러다임은 급격하게 변화할 것인데, 그러기엔 인간의 세대교체의 주기는 너무나도 길다. 여기서 인간의 사고방식이 과학의 진보를 따라가는데 수십 년이 걸리는 현상이 나타나는 것이다. 새롭게 진보한 과학을 배우고 자란 세대와 그 전 세대가 적절한 융화를 이루기 위해서는 생각보다 많은 시간이 필요하고, 이러는 동안 과학은 또다시 진보한다. 비단 신기술을 적용한 발명품의 양산에 걸리는 시간의 문제뿐만이 아니라, 그것이 사회에 적용되어 완전히 받아들여져 녹아들기까지 꽤나 오랜 시간이 걸린다.

물론 이러한 세대격차 문제는 모든 사람들이 꾸준히 과학의 발전에 관심을 기울이고, 시대의 패러다임을 읽어 내어 적용하고 적응할 수 있는 능력을 갖춘다면 해결될 수 있는 문제이다. 하지만 알다시피 이것은 현실적으로 상당히 어려운 문제이다. 패러다임을 읽어 낼 수 있다고 하더라도 기성세대에게 기존의 가치관을 끊임없이 변화시키는 것은 상당히 어려운 작업이다. 나이가 들수록 생기는 보수성은 인간이라면 자연스러운 것으로, 이것이 과학의 진보와는 상충되는 부분이 생기는 것은 어쩔 수가 없다. 그렇지만, 다른 방식으로 접근한다면 해결할 방법이 있다. 바로 이해의 관점이다. 빠른 속도로 변화하는 세계 속에서 세대 간의 서로 다른 가치관을 서로 이해하는 능력은 앞으로 인간 사회에서 필수적으로 요구된다.

지금까지 과학의 발달이 세계에 미친 영향을 기술 진보적, 인문학적으로 살펴보고, 그에 따른 효과와 발생하는 문제점을 살펴보았다. 짧게 요약하자면, 과학의 발달은 인간 사회에 영향을 미친다는 것과, 인간의 긴 세대교체 시기는 과학의 진보를 따라잡기엔 과학의 진보 속도에 비교적 길고, 이런 과정에서 생기는 갈등으로 인해 소모되는 에너지와 시간이 아깝지 않은가 하는 내용이다. 진보된 과학이 인간 사회에 바로바로 적용되는 건 사실 현실적인 부분에서 좋은 것이기만 하지는 않는다. 너무 빠르게 적용되어도 충분히 익히지 않고 적용된 이론은 부정적인 영향을 미칠 뿐이기 때문이다. 다만 인간 사회가 진보하는 과정에서 겪는 불필요한 갈등으로 빚어지는 정체는 상당히 안타까운 점이다. 이런 문제를 해결하기 위해 사회 전체적으로 서로 다른 세계관 속에서 자란 세대 사이에서 서로에 대한 이해는 필수적으로 요구되고, 나아가 개인적으로도 사회의 진보 현상을 정확하게 이해하고, 새롭게 변화하는 세계를 긍정적인 방향으로 이끌어 나가는 능력과 노력이 필요하다.

이중의 뇌

1.

늦은 밤, 한 남자가 차 문을 열고 내린다. 비틀대며 어디론가 걸어간다. 입으론 끊임없이 무언가를 말하고 있다. 지나가는 사람들은 그를 불쾌하게 쳐다보며 비켜 간다. 그는 아랑곳하지 않고 초점 없는 눈으로 계속 걸어간다. 한참을 걷다가 문득 멈춘 그는 불이 환하게 켜져 있는 서울 ○○병원으로 들어간다.

2.

"……그래서?"

"재미있을 것 같지 않아? '나를 검사해 달라. 나는 살인자다.' 근데 정작 살인 미수 혐의밖에 없는 사람이 그러다니."

한솔이 대답한다. 어젯밤 병원에 들어가 자신을 검사해 달라고 한 남자 이야기가 뉴스에 나왔다. 심리학자가 꿈인 한솔은 단번에 마음을 빼앗겨 버렸고, 그에 흥미를 느낄만한(정신과 의사가 꿈인) 창권에게 연락을 해 같이 알아보자는 결론을 내린 것이다.

"아무래도 우리 둘만은 힘들 것 같아서. 네가 좀 도와줘."

"뭘 도와달라는 거야?"

종혁이 슬쩍 와서 묻는다. 됐다, 이종혁이라면 1등을 놓치지 않는 과학 천재에다 의대를 꿈꾸고 있는 영재니 충분하겠지.

"한나야! 너도 하자니까!"

아까부터 한솔이 전화로 성화다.

"이종혁이 같이 한다며. 셋이면 충분하잖아."

"잠시 기다려봐 내가 널 설득시. 응?"

"왜?"

"그게 이상해. 뉴스가 없어졌어."

"뉴스가 없어지다니. 그게 무슨 소리야?"

"관련 기사 다 없어졌어. 심지어 뉴스 다시보기에도 그 기사만 편집된 것처럼 안 나와, 싹 다. 그냥 그런 일이 없었던 것 같이."

"설마, 그럴 리가 있어?"

"진짜야. 이상해. 뭔가 있어."

3.

학교 도서실에 한솔, 창권, 한나, 종혁 네 사람이 모여 있다.

"어제 보니까 관련 뉴스, 기사 다 없어졌어. 뭔가 확실히 있어. 방학이라 도서실은 아무도 안 들어올 기야. 선생님께는 방학 내내 빌린다고 했으니까 우리가 자유롭게 쓰면 돼."

한솔의 말을 창권이 받는다.

"어제 집에 가서 나름대로 알아봤어. 우리가 아는 건 뉴스 내용밖에 없었는데 그마저도 없어졌잖아. 일단 남자가 정신적으로 문제가 있다고 보면 크게 다중인격, 과대망상증, 강박증으로 나눠볼 수 있어. 다중인격은 알지? 지킬과 하이드처럼 내면의 분리된 인격을 제어할 수 없는 거야. 내가 보는 드라마 중에 케이블에서 하는 〈신의 퀴즈〉라는 메디컬 수사극이 있거든. 거기서 한진우 박사가 인격이 분리되는데, 그 경우라고 생각하면 돼. 과대

망상증은 말 그대로 상상이 과해서 자신의 존재와 기억까지 조작해 버리는 거야. 근데 보통 과대망상증 환자들은 정말 태연하게 자신이 진짜 겪은 일인 양 구체적으로 말하거든. 근데 이 남자는 정신이 나간 사람처럼 중얼거렸다니까 좀 문제가 있지. 그리고 강박증. 개인적으로는 이 확률이 가장 높다고 생각하는데, 그 남자는 살인 미수 혐의가 있었어. 보통 사람들이라면 고의였든 아니었든 일단 살인과 연관이 되면 두려움을 느껴. 비슷한 공간이나 상황만 주어져도 벌벌 떨어. 어쩌면 악몽에 시달리다 병원에 찾아갔는지도 모르지."

"오. 조사 많이 했네. 내 생각만큼 간단하지가 않다. 근데 너 방금 <신의 퀴즈> 한진우 얘기했잖아. 그걸 다중인격이라고 볼 수 있는 건가?"

"물론 드라마에서는 약품 때문에 부작용으로 나타난 희귀병이었지만, 결과는 이중인격으로 나타났으니까."

쉽지가 않다. 고등학생인 우리가 뭘 알아낼 수 있을 거란 생각은 애초부터 하지 않았지만, 그래도 막상 시작하니 승부욕은 생기는데 머리나 정보가 따라주질 않는다.

"아무래도, 가봐야 할 것 같아."

종혁이 말을 꺼낸다. 창권이 수많은 정보를 쏟아낸 후에 의학 쪽으로 생각해 보면 어떻겠냐고 겨우 말했건만, 화제는 정신병에서 넘어올 줄을 몰랐다. 게다가 친구들은 '넌 1등이니까' 하는 눈빛으로 그를 바라보고 있었다. 편협한 정보들로 부족해서 이렇게 네 명이 모인 만큼, 각자 자기가 자신 있는 분야에서 조사를 하고 싶은 마음이 간절했다.

"그럼, 나랑 한나는 내일 서울 ○○병원으로 가볼게. 너희는 어디서 좀 더 전문적인 정보나 사례 구할 수 없을까? 지금 정보로는 말하기가 어려울 것 같아."

"알았어."

4.

한나와 종혁이 병원 입구에서 서성대고 있다.

"거봐, 괜히 왔다니깐."

"괜히는 아니지. 뭘 숨기고 있다는 게 확실해졌잖아."

"숨기긴 뭘 숨겨! 바쁜데 학생들이 와서 여쭤볼 게 있다 하면 나 같아도 안 받아주겠다."

"아니야, 봐. 기자들도 하나 없이 너무 평화롭잖아."

"병원에서 의료사고 낸 것도 아니고 기자들이 있을 이유가 없지! 으, 바보. 덥잖아! 여긴 뭐. 아! 저 편의점에서 아이스크림이나 사줘."

아이스크림을 물고 나오며 종혁이 물었다.

"근데 궁금하지 않아? 병원에서 그 남자 어떻게 했을까?"

"그야 당연히 내쫓았겠지."

"다시 생각해봐. 나라면 최소한 정신과라도 소개해주겠어."

"정신과가 있었어?"

"응, 아까 프런트 안내표지에서 봤어."

아차 싶었다. 뭐야, 그 짧은 순간에 그런 것까지 봤다는 거야? 애초부터 병원에 들어갈 목적으로 온 게 아니었어. 저런 거나 보려고 온 거지. 난 혼자오기 심심하니까 데려온 들러리였고 에이, 재수 없는 자식. 지 혼자 탐정노릇은 다 해요 됐다, 너 혼자 다 해먹어라. 흥!

"왜 그래?"

"뭐."

"그렇게 혼자 앞서 가면 어떡해."

"혼자 갈 거야. 저리가!"

"혼자 못 갈걸. 너 길치잖아. 대전에서도 길 잃어버리는 애가 여긴 서울에서도 부자동네라 길 찾기 어려울 텐데 알아서 갈 수 있으려나?"

아니 애가 끝까지…… 응?

"바보야! 환자 차트를 봤어야지!"

"갑자기 그건 또 무슨 소리야?"

"너 대답해봐. 그 남자 ○○병원 다닌 기록 있어?"

"……글쎄, 그거야."

"그 남자 부자야? 이 동네 살만큼?"

"정보가 아무리 없다지만 그건 아닌 것 같은데."

"마지막. 그럼 그 남자는 왜 굳이 그 새벽에 여기까지 걸어왔을까?"

꽤나 예리한데, 하고 종혁은 생각했다.

"또 이 동네 특징이, 높은 고층아파트나 명품관밖에 없어. 식당가도 다 저 건물 하나 안에 빽빽이 들어차 있잖아. 저런 곳은 일찍 문을 닫는다구. 즉, 자정 넘은 새벽에, 그 남자를 목격한 곳은, 우리가 방금 아이스크림 사 먹은 저기 24시 편의점밖에 없다는 거지."

괜찮은 접근이다. 꽤나 그럴듯하다.

"그러니까 우리 새벽까지 여기서 기다리자."

그럼 그렇지. 공부만 잘하고 푼수 끼가 넘쳐흐르던 애가 간만에 똑똑하게 말 좀 잘한다 했더니 역시나. 말도 안 되는 소리를 하면서 눈빛이 저렇게 진지할 수가 없다.

"말이 되는 소리를 해. 꼭 이 길로 지나갔다는 보장 있어? 또, 지나가는 사람 얼굴을 일일이 어떻게 기억해. 그리고 그 시간대 편의점 알바는 거의 다 졸거든? 포기해, 그냥."

"그래도 여기까지 왔는데."

"돌아가자. 인터넷으로 알아보는 게 더 빨라."

속상하다. 꿈이 유전자감식수사연구원이라서 범죄수사에도 관심이 많았다. 메디컬 범죄 수사 드라마에서 사건을 척척 해결하는 모습을 보면 나도 충분히 할 수 있겠다 싶었는데…….

"한 시간도 넘게 남았네. 여기서 기다리자."

“나 잠깐 화장실 좀.”

학생이라 안 될 건 알고 있었지만 내심 기대했는데 이건 진짜 너무해. 기분이 좀 나아질까 싶어서 좀 걷기로 했다. 서울역 뒤쪽 변두리 공터 쪽으로 가고 있는데,

‘퍽, 퍽.’

5.

뭐, 뭐지? 주위를 둘러보니 멀리서 노숙자 무리 가운데 한 사람이 맞는 듯 보였다. 집단폭행? 난 어떡하지? 뭘 해야 하지? 주위를 둘러봐도 도와줄 만한 사람도 없고 지나가는 몇몇 사람들도 슥 지나쳐버린다. 한참을 안절부절못하다가 휴대폰을 꺼내 문자를 보낸다.

잠시 후, 검은 비닐을 들고 종혁이 뛰어온다.

“이한나! 무슨 일이야?”

“일단 저 아저씨 갖다드리자.”

비닐봉지 속 김밥과 우유를 드리자, 아저씨는 고개를 돌리고 빠르게 드신다.

“저…… 죄송한데요. 무슨 일인지 여쭈어도 될까요?”

“……모르겠어. 저 사람들이 내가 아는 사람들이 맞는지.”

“네? 그게 무슨 말씀.”

“나는 15년 동안 노숙생활을 했어. 바로 여기서. 방금 저 사람들은 내 친구들이고 비록 갈 곳 없는 처지들이지만 그래도 서로 의지하며 살아왔어. 그런데 갑자기 저러는 거야.”

“어제까진 안 그러셨어요?”

“사실 최근 기억이 잘 나지 않아. 내가 말하는 기억은 다 옛날처럼 느껴져. 아무튼, 그래도 난 저들의 이름, 얼굴 다 기억하는데 날 모르는 것처럼 대해. 내 이름을 아무리 말해도 안 믿어. 난 내 자리로 간 것뿐인데 왜 자

기들 자리를 침범했냐고 맞았어. 정말 억울하고 슬퍼서 살 수가 없어⋯⋯."

"저 아저씨 불쌍하다."

돌아오는 버스 안에서 한나가 말했다.

"그래, 불쌍한 건 맞는데, 저럴 수가 있다고 생각해?"

"그게 바로 각박한 현실 아닐까?"

"아니, 이렇게 생각해 보자. <신의 퀴즈> 봤지? 10화 <시냅스>편에 보면 고주파를 통해 신경 전달물질인 아세틸콜린의 작용에 장애를 일으켜서 두려움을 없애잖아. 마찬가지로 12화에서도 인물에 맞춘 고주파로 뇌 구조를 변화시켜서 죽이기까지 하고. 비슷한 맥락에서 보면, 누군가의 고의나 실수로 뇌에 기억을 담당하는 부분이 조작되거나 손상되어서 그럴 수도 있다는 거 아닐까? 아무래도 이상해. 난 이 일도 같이 조사해 보고 싶어. 어떻게 생각해?"

"좋아! 근데 네 말까지는 안 해 봤어. 신빙성은 있다. 집에 가서 나도 조사해 볼게."

"솔직히 나도 확신은 못 해. 그 내용이 픽션도 어느 정도 가미되어 있다고 생각하거든. 그럼 각자 알아보고 내일 다 같이 얘기하자."

6.

한솔이 먼저 말을 꺼낸다.

"우린 정신과 의사 만나고 왔어. 알고 보니까 우리 오빠 친구가 실습 나가 있더라고. 어떻게 부탁했더니 한 분이 시간 잠깐 내 주셨어."

"잘됐다, 뭐 얻은 거 있어?"

"글쎄, 이게 뭐 얻은 거라고 말하기는 그런데, 그분이 보시기에는 정신병은 아닌 것 같대. 다행이도 뉴스에 나온 걸 기억하고 계셨어. 꽤 유명하신 분이라 믿을 만하다고 생각하는데, 우리가 여러 가지 질문했는데도 끝까지 정신병은 아니라고 하셨어. 그분 소견으로는 어떤 약품이나 약물의 영향인 것 같다고 하시더라고.”

“그런 것까지 어떻게 알아?”

“사실. 서울 ○○병원에 아는 후배가 그 남자 직접 보셨대. 그분도 정신과 의사이신데, 딱 봤을 때 느낌이 그랬나봐.”

“그래도 완전히 믿을 만한 정보는 아니야. 원래 정신 분야가 다 그렇게 광범위하고 애매하잖아. 너희는 뭐 알아낸 거 있어?”

창권의 물음에 한나와 종혁은 그들이 겪은 이야기들을 들려준다. 서로 저 혼자 겪은 일인 듯 앞 다투어 얘기하려고 횡설수설 하다가 갑자기 한나가 표정을 굳히며 말한다.

“알았다.”

“응?”

“그 노숙자 남자. 실험대상이었던 거야. 어제 종혁이 네 말 듣고 뭔가 이상해서 생물 선생님께 여쭤봤어. 인간 뇌 속에 저장된 기억이 사고를 통한 상실증이 아닌 다른 경로로 조작되거나 다른 사람이랑 바뀔 수 있냐고 선생님이랑 한참 얘기하다가 선생님이 논문 한번 읽어 보라고 보내주셨는데, 지금 생각났어.”

“뭔데?”

“되게 최근에 나온 논문이었어. 영국에서 한 사람의 기억 조작에 성공했다고 ‘샐리’라는 여자가 자기 인생을 비관해 자살시도를 했대. 근데 가까스로 살아나 혼수상태가 되었고 그 상태에서 기억 조작 수술을 진행했대. 원래 여자 인생은 고아, 도박, 매춘, 사기 아주 화려했는데 혼수상태에서 깨어난 여자는 자기 이름을 ‘멜리사’라고 소개하며 어렸을 때 부유한 가정에서 살아온 이야기를 구체적이고 거침없이 말했다는 거야. 실제 행동도 그랬고. 그런데 이론상으로의 결과와는 좀 달랐나 봐. 잘 기억은 나지 않는데, 아무튼 그것 때문에 중간에 다른 작용이 있었다는 의문점은 있지만, 그래도 반 성공이잖아.”

"말도 안 돼!"

"들어봐. 그런데 문제는, 이 수술을 위해서는 뇌신경부터 우리 발끝신경, 심지어 근육에 붙어있는 신경까지 다 뜯어내고 인공 부착을 해야 한다는 거야."

"잠깐, 너 노숙자 아저씨가 저 실험을 당했을 거라고 생각하는 거 아니야? 저게 우리나라에서 가능할 거라고 생각해?"

"모르지. 그래도 가능성이 젤 크잖아!"

그때 가만히 듣고 있던 한솔이 입을 연다.

"그래, 가장 비슷해. 근데 이상한 점이 너무 많아. 창권이 말대로 우리나라에 저 기술과 돈이 있는지도 의문이고, 두 번째로 노숙자 아저씨의 기억이 조작된 것이라면, 다른 누군가를 데려다 실험을 했을 텐데, 대체 누구를 데려다 한 것일까? 셋째, 왜 조작된 기억이 하필 노숙인으로서의 힘든 삶일까? 그리고 마지막, 왜 실험대상을 서울역에 방치해 놓았을까?"

"미친 그, 그러니까 이를테면 사이코패스가 수술했을 수도 있잖아?"

"그래, 그럴 수도 있지. 그런데 사람들 눈에 안 띄게 실험대상을 데려오고, 또 실험에 필요한 장소, 돈, 장비들은? 결국 이 실험 주도한 사람들은 최고의 과학자나 의사들이야."

한솔이 물을 한 모금 마시고 한 마디 덧붙인다.

"그것도 정부기관의 보호 하에."

7.

그들은 허무한 표정으로 입을 다문다. 더 이상 그들이 할 말도, 할 수 있는 일도 없다. 사실인지 아닌지는 모르지만 그들이 힘을 모아 벌인 조사의 끝에서 어떻게 해야 할지 모르는 한나는 그냥 충격적인 표정으로 앉아 있다. 다른 세 명도 마찬가지이다. 잠시 뒤 창권이 "가자." 하고 말하고, 그들은 간단한 인사만 나누고 각자의 집으로 향한다.

　머칠이 흐른다. 남은 방학기간 동안 각자의 학업에 열중하고 있고, 모두들 그 일은 방학 중 해프닝으로 접어두려 하는 것 같다. 종혁은 에릭 시절의 『닥터스』를 읽고 있다. 흥미롭게 책을 읽던 그는 돌연 놀란 표정을 짓더니 책을 덮고는 인터넷을 켜서 무언가를 검색한다. 제발 나와라, 제발……. 딸깍, 딸깍. 젠장, 한참 컴퓨터 앞에 앉아 있던 그는 욕을 하며 책꽂이로 간다. 몇 권의 책과 과학 잡지들을 빼놓고 빠르게 무언가를 찾는다. 이윽고 그의 손과 눈이 멈추고 작은 글씨를 읽기 시작한다. 그리고 그는 전화를 건다.

8.

　“우선 이거 읽어봐.”

　어리둥절한 표정으로 앉아있는 한나, 창권, 한솔에게 종혁은 책 한 권을 내밀고, 그들은 형광펜 표시가 되어있는 부분을 읽는다.

　“……연구팀은 이미 원숭이의 두개골을 들어내 두 원숭이의 뇌를 바꾸는 실험에 성공했다. 이제 인간의 앞날에 과학을 사용해 불가능한 것은 아무것도 없다. 이게 뭐야?”

　“이것도 읽어봐.”

　“……사실상 인공 뇌, 더 나아가 뇌 이식 수술까지 이론적으로는 가능하다. 임상실험을 하지 않았을 뿐이다. 그 결과는 어떻게 될까? 둘 중 하나이다. 첫째는 완전히 다른 사람이 되는 경우다. 그것은 마치 다른 사람의 휴대폰에 내 USIM칩을 끼워 넣는 것과 같다. 두 번째 경우는, 원인을 알 수 없는 희귀정신병에 걸려 평생을 사는 것이다. 이 부작용은 언제 일어날지 모른다. 봉합수술이 잘 끝난 뒤에도 뇌신경에서 염증을 일으킬 수도 있다. 바로 이러한 이유로 임상실험이 이루어지지 않는 것이다…….”

　“알겠어?”

　“설마. 그럴 리가…….”

"맞아, 노숙자 아저씨와 뉴스 속 그 남자 모두 이 실험대상이었던 거야. 그리고 두 사람은 같은 날 같은 수술을 받았어."

"뭐? 그걸 어떻게."

"거의 확신해. 한나랑 나랑 노숙자 아저씨 만난 날, 아저씨는 자기 이름과 생년월일 다 기억하고 계셨어. 근데 주변 다른 노숙자분들께 여쭤보니 처음 듣는 이름이라고 하셨어. 그리고 그 이름이랑 생년월일은 전국 수배 중인 살인자 정보였어. 그 남자는 실종상태였고"

"그게 무슨 말이야?"

"내 생각은 이래. 그 살인자는 여러 정황으로 비춰볼 때 사이코패스나 소시오패스의 전형이었던 거야. 그 남자는 체포되었지만 그의 뇌를 연구해 보고 싶었던 국가 기관으로 넘어간 거지. 예를 들면…… 뭐, 사이코패스 경향이 나타나는 나이가 다르면 뇌구조에서도 차이를 보이는가 하는 등의. 그래서 그 사람이 실험대상이 되었을 가능성이 커. 그리고 또 다른 실험자 는 아마 우리가 아는 바로는 첫 임상실험이고 위험이 크기 때문에 일가친척, 가족 아무도 없는 노숙자가 대상이 된 거고"

실험은 나름 성공적이었다. 아니, 정확히 말하면 반만 성공인 셈이다. 과거 살인자였던 자는 노숙자의 뇌를 가져 그의 기억을 완벽히 받았지만, 과거 노숙자였던 사람은 우려대로 부작용이 나타났고, 희귀정신질환에 걸 렸을 것이다. 그런데…….

"기억이 바뀌면 모든 게 다 바뀌어야 하는 것 아냐? 그 노숙자 아저씨, 자기 원래 이름은 어떻게 기억했지?"

"잘은 모르지만 신경의 접합에 이상이 있었을 거야. 너무 오랜 기억이 라 잊지 않았을 수도 있나? 그건 모르겠어."

"……누군가에게 알리고 싶었을 수도 있지."

말을 마치고는 쓸쓸하게 웃는다.

오랜 시간 동안 인류와 과학은 함께 발전해왔다. 원시시대 불의 발견은 화학의 시초가 되었고, 근대 이전에는 천지신명으로 받들어지던 자연현상이 지구 과학의 발달로, 저 넓은 우주에 대한 관심으로, 또 우리 눈에 보이지도 않는 인체의 비밀로. 최근에는 뇌 과학에 대한 관심이 높아지고 있다. '인간의 뇌'를 갖고 '인간의 뇌'를 연구한다는 것은, 한편으로는 신의 영역에 도전하고 싶은 인간의 욕망을 드러내 보인다. 어느 책에 쓰인 것처럼, 인류는 과학의 발달로 불가능이 사라지고 있다. 하지만, 과학은 언제까지나 인간을 위해 존재해야 한다. '언젠가 수많은 사람들에게 큰 도움이 된다.'는 명목하에 과학의 숨겨진 이면 아래서 존엄성을 빼앗긴 사람들, 타인의 존경에 눈이 멀어 양심을 팔고 인간윤리를 잊어버린 사람들.

이것이 과연 옳은 일일까……

마지막 작전

"박필근."

"네."

"김진형."

"여기요."

"강성규. 강성규? 성규 여기 없니?"

"네, 자리에 없는데요."

"휴…… 오늘도 결석이구나. 더 이상 수업을 빠지면 곤란한데…… 성규가 빠졌으면 당연히 승민이하고 마이클도 빠졌겠지?"

"그런 것 같아요."

어느 학교의 출석을 부르는 시간. 모두들 수업을 듣고 있지만 단 3명만이 수업을 빠지고 운동장에 나와 앉아있다. 운동장에는 초록빛 잔디가 넓게 깔려 있고 푸른 하늘과 조화를 이루어 멋진 경관을 연출해내고 있었다. 그들은 햇빛이 살결에 따사롭게 비춰지는 것을 느낀다. 바람도 선선하게 불어와 기분을 좋게 만들어주는 날씨였다.

천재, 영재, 수재, 엘리트, 엄친아…… 이 단어들로 이곳에 있는 학생들을 수식하기에는 부족하다고 해도 과언이 아닐 것이다. 여기는 전 세계의 최고의 천재, 영재들, 말 그대로 천재 중의 천재들이 모이는 학교이다.

1984년, 국제기구 UN과 미국항공우주국(NASA)가 공동으로 협력하여 이 학교를 설립하였다. 이 학교는 비밀리에 운영되기 때문에 일반인들은 이 학교의 존재 자체를 모를뿐더러 설사 안다고 하더라도 그 위치를 절대 알 수 없다. 놀랍게도 이 학교는 대한민국 서울 한적한 동네에 위치하고 있으며 표면상으로는 평범한 외국인학교로 보이지만 사실은 전 세계에서 내로라하는 엘리트들이 모여 있는 곳이다. 전 세계의 나라들은 각각 그들의 국가대표를 선발하여 이 학교에서 교육을 받게 한다. 언어, 수학, 과학, 미술, 음악, 체육 등 모든 분야를 학생들의 전문분야에 맞춰 가르치고 있고 각 분야에서 최고의 경지에 다다른 전문가들이 영재들을 가르치고 있으며 그에 따른 최고의 시설을 갖추고 있다. 운동에 재능 있는 아이들을 위해 넓은 운동장과 체육관, 수영장 등을 갖추고 있고 음악에 재능 있는 아이들을 위해 각자의 레슨실이 있고, 과학에 재능 있는 학생들을 위하여 최신장비를 갖춘 과학실이 8층 건물 전체를 차지하고 있다. 재있는 사실은 해외의 유명한 사람들의 방한소식이 종종 들려오는데 이들의 실질적인 목적은 바로 이 학교에서 아이들을 가르치기 위해 한국에 온다는 점이다. 예를 들어, 국제적으로 유명한 오케스트라는 내한 공연 뒤 이곳에서 음악 영재들에게 1 : 1 수업을 하였고 호킹 박사는 이 학교의 과학 영재들에게 강연을 하기 위해 한국을 방문한 것이다.

보통 8세 정도의 어린 나이에 이 학교에 입학하여 15세까지 교육을 받은 뒤 대학교로 바로 진학할 수 있는 시스템으로 운영되고 있다. 하지만 이것은 형식적인 것으로 실제로는 대학교에서 12세, 13세 정도의 학생을 미리 스카우트해가는 경우가 대부분이다. 언뜻 생각해 보면 이렇게 천재들만이 모여 있는 학교에서 학생들의 경쟁 때문에 서로 스트레스를 받을 것 같지만, 학교에서는 각자의 적성과 능력에 맞춘 교육을 실시하고 있다. 특이한 점은, 이곳의 학생들은 시험을 보지 않아 자유로운 생활이 가능하다는 것이다. 초등학생 정도의 어린 나이이다 보니 시험을 통해 지식을 습득하는 것보다 스스로 연구하고 자신만의 신선하고 창의적인 아이디어를 발산하는 것이 훨씬 더 효과적이라는 것은 이미 많은 학생들의 사례로 검증이 되어 있다. 따라서 학생들은 이렇게 매일 매일을 즐거운 생활로 보내고 있기 때문에 우리가 우려하는 그런 문제들은 여기서는 꿈같은 이야기일 뿐이다.

이렇게 '최고'라는 수식어를 항상 달고 다니는 이 학교에 '최고'이면서도 '최고'와는 거리가 조금 멀어 보이는 세 학생이 있다. 강성규, 한승민, 그리고 마이클. 우선 마이클에 대해 알아보자. 마이클은 큰 키, 하얀 피부에 곱슬곱슬한 금발머리를 가지고 있는 전형적인 백인 미국인으로 본명은 Michael Haker. 어릴 적부터, 물론 지금도 어리지만, 뛰어난 해킹실력을 가지고 있는 천재 해커이다. 한 때 FBI가 해킹당하여 한동안 떠들썩했던 사건이 있었는데 나중에 이 사건의 범인을 잡고 보니 초등학생도 되지 않은 꼬마였다는 사실이 밝혀져 사람들을 경악케 하였던 적이 있었다. 바로 그 사건의 주인공이 마이클인 것이다. 그 후, 미국 정부에서는 그를 미국의 인재로 기르기 위해 미국의 대표로 선발하여 최상의 교육을 받게 하기로 결정하였다. 그러나 그들과의 예상과는 다르게 마이클은 장난치는 것을 매우 좋아하고 자신의 해킹실력을 뽐내고 싶어 학교에 다니면서도 학교 홈페이지에 우스운 사진을 띄워놓거나 일시적으로 서버를 다운시키는 등, 영악한 장난을 쳐 선생님들을 자주 곤란하게 만들었다. 한 때, 성규와 승민이가 마이클을 처음 봤을 때, 성규가 마이클의 성이 '해커'와 비슷하여 태어날 때부터 해커가 될 운명이라고 말했더니 승민이가 그럼 Haker의 성을 가지는 사람은 모두 해커가 되는 거냐며 웃은 적이 있었다.

한승민은 수학과 과학, 이공계 분야의 천재적인 재능을 보이는 아이로 어릴 적 아버지가 운영하는 기업의 주가 변동을 확률밀도함수에 따른 정규분포를 이용하여 정확하게 예측한 놀라운 일화를 자랑한다. 마치 전설적인 독일의 수학자 '가우스'가 5살배기 꼬마였을 때, 자신의 아버지의 틀린 계산을 고쳐주었던 일화처럼 말이다. 어린 나이에 그런 대학과정에서 배울 만한 수학지식을 어떻게 가지고 있었는지는 아직도 이 학교의 7대 불가사의로 남아있다. 본인은 단순히 직감적으로 그렇게 주가가 변할 것이라고 생각해봤는데 정말 그렇게 되었더라고 하며 자신도 그 일에 대해 지금도 이상하게 생각한다고 말한다. 하지만 그 뒤에 물론 지금 와서 보면 내가 과거에 예측했던 명제는 너무나도 자명한 사실이었다고 하는 엄친아다운 말을 덧붙여 모두의 주먹을 움켜쥐게 만든 적이 있었다. 그만큼 승민이는 이 학교에서도 최상위의 위치에 있으며 그에 따른 빼어난 실력을 겸비하고 있다.

강성규는 이 학교에서 가장 특이하고 신기한 학생으로 손꼽힌다. 그는 이례적으로 한 나라의 국가대표로서가 아닌 학교의 장학생으로 특별히 입학하였다. 이러한 절차로 학교에 입학한 학생은 성규가 최초였으며 그 후로도 성규처럼 입학한 학생은 존재하지 않았다. 강성규의 입학과정은 학교에 성규와 교장선생님을 제외한 그 누구도 자세히 알지 못한다. 단지 교장선생님이 특별히 발굴해내어 입학하였다는 소문만이 돌 뿐이었다. 사실 성규가 학교에 들어와서 저지른 여러 사건들을 보면 그의 입학과정은 별로 중요한 문제가 아니라는 것을 알 수 있다. 그는 학교에서 누구보다도 뛰어난 지능을 갖고 있지만 동시에 학교의 가장 유명한 문제아이다. 칠판에 자신이 개발한 특수왁스를 발라 선생님이 분필을 들어 글씨를 쓰려는 순간 분필이 미끄러져 선생님을 자빠뜨리게 해서 반 전체를 웃음바다로 만든다든가, 화학 실험시간에 선생님 몰래 다른 화학약품으로 바꿔쳐서 시약을 넣는 순간 매캐한 연기와 함께 폭발하게 한다든가, 자신과 똑같이 생긴 로봇을 만들어 수업을 대신 듣게 하는 등, 기상천외한 장난을 저지르고 다니는 아이가 바로 성규이다. 성규는 같이 과학수업을 듣는 승민이와 친해져 같이 장난을 치다 정보를 자유자재로 다룰 수 있는 마이클을 영입해 무적의 3인조를 만들었다. 당연히 선생님들은 이들을 제지해 보려고 갖은 노력을 다하였지만 그들의 영악함에 모두 두 손을 들고 말았다.

오늘도 성규와 승민, 그리고 마이클은 운동장에 나란히 앉아 시원한 바람을 맞으며 여유를 즐기고 있었다.

"아, 심심하다."

갑자기 성규가 바닥에 드러누우며 양팔을 위로 쭉 뻗는다. 승민이와 마이클도 성규와 같이 바닥에 드러눕는다.

"뭔가 재밌는 일 없을까? 수업은 너무 지루해. 왜 다 아는 것만 계속 가르치는 거야? 분명 다른 애들도 다 아는 걸 텐데. 그렇지 않아?"

성규가 한숨을 쉬며 동의를 구한다.

"음…… 물론 나도 다 알고 있긴 하지만. 그래도 분자 오비탈의 비대칭성에 관한 내용이 지루하다고 하면 너무 앞서나간 거 아냐?"

승민이가 미소를 띠우며 말한다.

"그 정도도 몰라서 어떻게 세계 최고의 영재라고 말할 수 있어? 그건 정말 기초 중의 기초밖에 되지 않는다고 나중에 더 어려운 걸 배울 걸 생각해 보면 지금 것은 아무것도 아니란 말이야."

"야, 우린 아직 12살밖에 안 됐거든. 아직 시간은 많잖아? 뭐가 그리 급해?"

"맞아, 너 저번에 도서관에서 몰래 새벽까지 공부하다가 사서 선생님께 들켰다며? 적당히 좀 해라."

마이클도 승민이의 말에 맞장구를 치면서 물어본다.

"헉, 그건 또 어떻게 알고서…… 선생님들밖에 모를 텐데."

"이 형님이 모르는 게 어디 있겠냐? 그런 재밌는 정보를 내가 모를까봐?"

"그리고 그거 공부하려고 간 거 아냐. 그냥 뭐 좀 찾아보고 싶은 게 있어서 그랬어. 나 궁금한 거 바로 해결 못하면 가만히 있지 못하는 거 알잖아?"

성규가 살짝 투덜대며 답한다. 그리고 승민이가 의심스런 눈초리로 성규를 바라보며 말한다.

"흐음…… 우리의 위대한 대장 성규님께서 또 뭐가 그렇게 궁금하실까?
아무리 그래도 그렇지 새벽에 도서관까지 무단출입하고? 내 빛나는 예측
에 의하면……."

"아, 그만해, 또 시작이야. 그놈의 예측 좀 그만 해. 수학이나 과학에만
들어맞지, 이런 거엔 한 번도 제대로 맞춘 적도 없으면서."

"그래도 저번에 한 번은 맞췄다, 뭐. 네가 일주일 연속 결석에 실패한다
는 거."

"야, 그 수업 마지막 시간인데 그날도 결석하면 그 수업 다시 처음부터
들어야 한다고. 수업 들어야 되는 건 당연한 거잖아. 그건 맞춘 거 무효."

"어, 치사하게 이러기야? 에잇."

승민이가 일어나 기습적으로 성규의 머리를 가볍게 한 대 툭 친다. 성규
가 벌떡 일어나 잡으려 했지만 승민이는 미꾸라지처럼 성규의 손아귀에서
잽싸게 달아난다. 흥분한 성규가 승민이를 잡으려고 하지만 승민이는 성규
를 약 올리며 엎드려 있는 마이클 주위를 크게 빙빙 돈다. 쫓고 쫓기는 이
상한 추격전을 보면서 마이클은 한바탕 크게 웃는다.

"어떻게 되던 간에 항상 이렇게 끝난다니까. 참 재밌어."

길고 긴 추격전 끝에 결국 체력이 바닥난 승민이가 성규에게 붙잡히고
말았다. 운동장에는 승민이의 비명소리가 크게 울려 퍼지고 마이클은 웃음
을 멈출 줄 모른다. 그러다가 성규도 지쳤는지 결국 둘 다 운동장 잔디밭
에 다시 드러눕고 만다.

"하아. 벌써 저녁 시간이 다 됐네. 노을이 지고 있어."

푸른 하늘이 점점 색이 노란빛으로 변하더니 어느새 불그스름한 노을빛
이 되어 있었다. 반대 쪽 하늘에는 푸른색의 보름달이 멀리 보인다. 세 명
은 한동안 그 노을을 멍하니 바라보며 아무 말 없이 누워 있었다.

"수업은 이미 끝났겠지?"

마이클이 졸린 목소리로 묻는다.

"그렇겠지. 처음엔 선생님들도 찾다가 이젠 관둔 것 같더라."

승민이가 피곤한 목소리로 대답한다. 그렇게 한동안 또 말없이 하늘만 쳐다보다 성규가 천천히 입을 연다.

"……애들아, 좋은 생각이 났어."

갑자기 성규가 벌떡 일어나면서 둘을 반짝거리는 눈빛으로 바라본다. 살짝 흥분돼 보이는 커진 눈으로 입가에 미소를 활짝 띤 성규를 본 승민이와 마이클은 뭔가 또 성규가 말도 안 되는 일을 벌일 거라는 직감이 들었다.

"얘 또 시작이네. 이번엔 또 무슨 일을 벌일지 내가 다 불안하다, 야."

승민이와 마이클은 성규가 일을 저지르기 전에 항상 이런 상태였다는 것을 아주 잘 알고 있었다. 솔직히 말하자면 승민이와 마이클은 성규가 벌이는 일에 대해 반대를 하지는 않지만 내심 불안해하고 걱정하고 있었다. 그러나 성규는 둘의 속마음 같은 것은 안중에도 없는 듯이 자신의 계획을 설명한다.

"3일 뒤에 선생님의 실험을 망치고 내가 그 실험을 성공시켜 보일거야."

비가 주룩주룩 내리는 밤 12시 경, 침대에 누워 있던 성규는 서서히 눈을 뜬다. 그리고 입을 굳게 다물고 다시금 작전을 머릿속으로 되새겨 본다. 3일 전에 성규는 승민이와 마이클 앞에서 당당하게 선생님의 실험을 망쳐 놓겠다고 대뜸 선포했다. 물론 둘은 처음엔 자신이 잘못들은 것 같다며 되물었고 자신이 들은 것이 정말이었다는 것을 깨닫고 황당하고 어이없어하는 반응을 보였다. 성규도 자신이 그런 말을 갑자기 들었다면 같은 반응을 보였을 것이라 생각했다. 그러나 성규의 작전은 승민이나 마이클이 생각하는 것과는 조금 달랐다. 선생님의 실험 자료를 빼돌린 뒤 가짜 실험 자료를 놓고 선생님이 자신의 실험이 망쳐진 것을 깨달은 뒤 자신이 영웅처럼 등장하여 자신이 직접 연구한 자료를 보여주고 그 자료를 선생님께 드려 인정받는다는 내용이었다. 자세한 설명을 들은 승민이와 마이클은 역시 처음 보였던 반응과 비슷한 반응을 보였다.

"그게 대체 뭐야? 그건 실험 조작이야! 만약 진짜 이 일을 성공한다고 쳐도 선생님이 네가 연구한 성과를 순순히 받을 것 같아? 그게 선생님의 연구보다 더 뛰어난 것이라고 해도 말이야."

"그래, 이번 건 너무 위험하고 여러 문제들이 많아. 이번 건 좀 무리이지 않을까?"

성규에게는 이러한 반박은 귀에 들어오지 않았다. 성규에게는 이 학교에 다니면서 목표가 단 한 가지 있었다. 바로 선생님께 자신의 천재성을 인정받는 것. 그 때문에 여태까지 여러 일들을 벌여왔지만 선생님들은 성규에게 걱정스러운 눈빛을 보내고 혼내려고만 할 뿐 자신의 장난이 얼마나 기발하고 창의적인 아이디어를 통해 나온 것인지 알아주지 않았다. 선생님들에게 인정을 받지 못하자 결국 성규는 과학을 연구하는 사람으로서 용납할 수 없는 극단적인 일을 하기로 마음먹게 된 것이다. 물론 성규도 마음속으로 이번 일은 큰 잘못을 저지르는 것임을 잘 알고 있었다. 하지만, 성규에게는 더 이상의 방법이 없었다. 성규는 연구 자료를 빼돌렸다가 선생님께서 자신의 연구를 받지 않으면 다시 돌려놓으면 될 거라고 합리화시키면서 아무 문제가 없을 거라고 승민이와 마이클을 설득했다. 승민이와 마이클은 내심 마음에 들지 않으면서도 결국 성규의 설득에 넘어가 작전을 진행하기로 했다.

침대에서 조용히 일어난 성규는 모두들 잠든 것을 확인하고 창문을 연다. 비가 내리고 있어 계획이 조금 지연될 것 같았지만 큰 문제는 되지 않을 것 같다. 미리 준비해둔 묶어놓은 밧줄을 창밖으로 늘어뜨리고 우비를 쓴 채 밧줄을 타고 내려간다. 취미로 클라이밍을 즐기는 성규는 이 정도 밧줄 타기는 문제도 아니었다. 승민이나 마이클도 자기 방에서 몰래 빠져나오는데 별문제가 되지 않을 것이다. 순식간에 밧줄을 빠르게 타고 내려와 바닥에 안정적으로 도착한 성규는 재빨리 과학관으로 달려갔다.

　4층에는 생물실험실들이 모여 있었다. 그 중 제1생물실험실은 선생님의 독자적인 연구가 진행되고 있는 곳이다. 실험에 참가하는 학생들은 보통 제3, 4생물실험실을 이용하기 마련이라 제1생물실험실에는 접근을 잘하지 않는다. 그러나 우리는 오늘 밤, 바로 이 제1생물실험실에 무단으로 침입하려는 것이다. 마이클의 도움으로 제1생물실험실의 내부 구조도는 미리 파악하고 있었다. 물론 선생님의 실험 자료가 있는 곳도.

　4층에 도착하자 갑자기 등골이 싸늘해진다. 비를 맞아서 으슬으슬하게 느껴지는 것도 있지만 원래 이 생물실험실이 모여 있는 4층은 낮에도 음산한 분위기를 풍겼다. 쥐, 토끼, 개구리의 해부된 모형들이 유리관 안에 전시되어 있고, 눈이 뻥 뚫린 뼈만 남은 해골 모형도 밖에 걸려 있다. 이 때문에 여기 4층에 오기 싫어하는 학생들을 심심치 않게 찾아볼 수 있다. 복도를 걸어가며 되도록 보지 않으려고 했지만 눈에 자꾸 밟혔다.

　"여긴 언제와도 섬뜩하단 말이야…… 낮에는 그나마 괜찮은데 이렇게 밤에 혼자 오는 건 처음이네."

　성규가 혼잣말을 중얼거리며 불이 꺼진 어두운 복도를 계속 걸어간다. 제1실험실은 하필 계단 쪽과 가장 멀리 떨어진 곳에 위치하여 꽤 오랫동안 걸어가야 한다. 갑자기 이 작전을 포기할까라는 생각도 들었지만 여기까지 왔는데 포기할 수는 없다고 마음먹으며 고개를 젓는다. 길고 긴 걸음 끝에 제1생물실험실에 도착하자 문 앞에는 마이클이 먼저 와 있었다.

　"오는데 들키진 않았지?"

　성규가 마이클에게 조심스럽게 묻는다.

　"우리가 이런 일 한두 번 해 보냐? 말이 되는 걸 물어봐라. 아니, 우리가 하고 있는 짓 자체가 말이 안 되는 일이지."

　마이클이 킥킥대며 웃는다.

　"조용히 해. 절대 소란스럽게 굴면 안 돼. 아니면 우린 끝장이야. 그런데 승민이는 왜 안 오는 거야?"

성규와 마이클이 초조하게 기다리고 있는 사이, 3분 정도 뒤에 승민이가 헐레벌떡 달려온다.

"왜 이렇게 늦었어? 설마 들키기라도 한 거 아니지?"

"헤헤, 이걸 준비하느라고 조금 늦었지."

승민이 손에는 무언가 들려 있었다. 어두워서 잘 보이지 않아 가까이 다가간다. 자세히 보니 승민이 손가락 사이에 엄지손가락 하나가 더 달려있었다. 순간 비명을 지를 뻔 했지만 가까스로 자신의 입을 틀어막고 놀란 눈으로 승민이를 쳐다본다.

"놀랐어? 하긴 이 정도의 퀄리티로 준비할 수 있는 사람은 나밖에 없지."

승민이가 만들어 온 것은 바로 선생님의 엄지손가락 모형이었다. 속은 텅 비어 있어 마치 골무처럼 손가락에 끼울 수 있게 되어 있다. 재질은 합성 고무와 같은 느낌이 든다. 승민이는 그 모형을 자신의 엄지손가락에 끼워 손가락을 까딱거리며 말한다.

"내가 이거 만드느라 얼마나 고생했는지 알아? 수업시간에 선생님 안 보는 사이에 몰래 만드는 틀에 손가락 끼웠다 빼고 그거 보존하고 모형 만드는 거 무진장 어려웠어. 게다가 내가 개발한 전기가 통하는 말랑말랑한 신소재 고무두 마음대로 만들 수 있는 것도 아니야. 이번 작전에 사용하기 위해 특별하게 준비한 거지."

왜 이런 선생님의 손가락 모형이 필요했는지 생각해 보면 답은 간단하다. 실험실은 생체인식의 방법 중 가장 널리 쓰이는 지문인식으로 잠겨 있다. 단, 특별하게도 이 지문인식은 단순히 지문의 패턴만 인식하는 것이 아니라 패턴 인식과 동시에 생체신호, 즉 심장박동이나 체온, 전도성을 만족해야만 작동하는 방식으로 실제 지문을 등록한 본인이 아니면 문을 열 수 없다. 그러나 마이클이 이 정보를 승민이에게 전달한 후 승민이는 잠시 고민을 하더니 단번에 해결책을 생각해냈다.

“난 그냥 단순히 영화에서 본 것처럼 테이프에다가 선생님 지문 묻히고 나서 그걸로 열 수 있을 거라고 생각했는데…….”

“헤, 그 정도로 단순하면 누구나 다 열겠다. 하긴, 나도 마이클한테 그런 정보 받기 전까지는 너처럼 생각했으니까. 동시에 생체신호를 주어야 한다니……. 요샌 잠금도 점점 스마트해진다니까. 그럼 이제 문 연다?”

선생님의 지문과 똑같이 새겨진 손가락 모형을 엄지손가락에 끼운 승민이는 그대로 지문인식 센서에 가져다 댄다. 그리고 잠시 후, 경쾌한 음과 함께 문이 열렸다는 소리가 들린다. 셋은 환한 미소로 서로의 손뼉을 마주치며 기뻐한다. 처음엔 불안했지만 일이 잘 풀리자 모든 걱정이 깔끔하게 사라졌다.

“그럼 먼저 들어간다?”

승민이가 문고리를 돌려 문을 천천히 앞으로 민다. 끼이익 하는 소리와 함께 어두운 실험실 안으로 승민이가 들어가고 그 뒤를 따라 마이클이 들어간다. 성규는 맨 마지막으로 들어가며 복도에 다른 누군가가 없는지 확인한 뒤에 문을 닫았다.

실험실 안은 말 그대로 칠흑 같은 어둠이 드리워져 있었다. 창문은 있었지만 아마 커튼이 쳐져 있어 외부로 빛이 들어오지 않는 것 같다. 뭐, 커튼이 쳐져 있지 않았어도 밖에 비가 오기 때문에 빛이 제대로 들어오지는 않을 것이라고 성규는 생각한다.

“여기 어딘가 스위치가 있을 텐데…….”

마이클이 벽을 더듬으며 스위치를 찾는 목소리가 들렸다. 승민이는 조심조심 앞으로 걸어 나가고 있다. 그러다가 무언가 발에 걸리적거리는 느낌을 받았다. 승민이는 의문과 동시에 막연한 불안감을 직감적으로 느꼈다. 실험실은 언제나 청결한 상태를 유지하기 때문에 바닥에 쓰레기 같은 것이 버려져 있을 리가 없기 때문이다. 그때 마이클의 목소리가 귓가에 닿았다.

"찾았다!"

그 순간 실험실 안이 갑자기 밝아지고 셋은 눈이 부셔 눈을 뜰 수 없었다. 잠시 후 눈을 가늘게 뜨자 바닥에 놓인 그 형체가 뚜렷하게 눈에 들어왔다. 마이클은 기겁을 하고 그 자리에 주저앉았다. 나머지 둘도 할 말을 잃은 채 뒷걸음질 친다. 승민이의 발에 닿았던 그 형체는 다름 아닌 사람, 아니 바닥에 검붉은 피가 흥건하게 고인 채로 그 위에 엎드려 고개를 옆으로 돌린 채 쓰러져있는 시체였다.

"히이이이이이이히……!"

승민이가 겁에 질린 목소리를 내뱉는다. 겁에 질린 표정이 안쓰러울 정도로 일그러져 있다. 쓰러져 있는 사람은 다른 사람이 아닌 바로 자신의 반 친구 소희였다. 그녀는 프랑스 출신이지만 소희라는 한국 이름을 가지고 있어 그 이름으로 불리고 있었다. 노란색의 찰랑거리는 웨이브가 섞인 긴 머리를 가지고 있는 그녀는 학교 내에서도 인기가 많았다. 그런데 지금은 그녀가 입고 있는 우아한 원피스가 피로 얼룩져있었고 눈은 멍하니 초점을 잃은 채로 그 자리에 있었다.

"이…… 이, 이거. 대체…… 어, 어떻게 된 거야? 왜, 왜 소희가 여기서. 죽어있는 거야?"

마이클은 이해할 수 없다는 듯이 머리를 움켜쥐며 말을 더듬는다.

성규는 그 자리에 서서 아무 말도 할 수 없었고 아무 동작도 할 수 없었다. 단지 그 자리에서 입을 다물지 못하고 바라볼 뿐. 지금 자신에게 무슨 일이 벌어진 것인지 머릿속에서 이해해 보려 하지만 죽어있는 사람을 처음으로 본 성규에게는 아무리 지능이 좋다고 하더라도 큰 충격으로 다가올 수밖에 없었다.

"겨, 경찰에…… 신고해야……."

가까스로 정신을 차린 승민이가 주머니에서 핸드폰을 덜덜거리며 떠는 손으로 간신히 집어 들었다. 아직도 창백한 얼굴을 한 채로 핸드폰을 귀에

가져간다. 그때,

"잠깐만."

성규가 승민이에게 황급히 다가와 핸드폰을 뺏어 닫는다. 마이클과 승민이는 의아한 표정으로 성규를 바라본다.

"왜…… 왜 뺏는 거야?"

"잠깐만…… 기다려봐. 이럴 때일수록 침착해야 해. 좀 생각할 시간을 줘."

한동안 시간이 흐른 뒤 성규가 겨우 입을 열었다.

"……우선 경찰이나 선생님께 알리면 안 돼."

예상치 못한 성규의 말을 마이클과 승민이 모두 이해할 수 없었다.

"안 된다니. 대체 무슨 말이야? 왜 안 된다는 건데!"

마이클이 격분한 목소리로 소리친다. 성규는 마이클을 막아서며 떨리는 목소리로, 하지만 차분하게 말한다.

"……모두들 이제부터 내 말 잘 들어. 일단 우리의 상황을 다시 한 번 생각해 보자. 우리는 지금 기숙사에서 무단으로 밖으로 나와 여기 과학관 4층, 제1생물실험실의 문을 따고 몰래 들어왔어. 지금 여기에 우리가 있다는 사실은 아무도 몰라. 그리고 우리는 여기에 있어서도 안 되지. 그런데 여기에 갑자기…… 말하기는 정말 싫지만…… 죽은 소희가 놓여 있어. 만약 우리가 여기서 신고를 한다고 치자. 그럼 우리가 최초 발견자가 되는 건데…… 그렇게 되면…… 너희들 생각에 범인으로 의심받는 사람은 누가 되겠어?"

승민이와 마이클은 순간 움찔하고 반응했다. 신고를 하게 된 후의 상황이 머릿속에서 빛의 속도로 그려진 것이다.

"그래, 맞아. 지금 상황에서 가장 유력한 용의자는. 바로 우리들이야."

"말도 안 돼. 대체 누가 12살밖에 되지 않은 우리가 소희를 살해했다고 생각하겠어? 설사 우리가 여기 있다고 하더라도 그렇게 의심하는 사람은 아무도 없……."

"우린 다르다고! 남들과는 입장이 달라! 우리가 누구야? 세계 최고의 학교에 모인 세계 최고의 학생들이라고 그들은 충분히 우리를 의심하고도 남아. 그리고 우리가 여기 와 있는 이유를 어른들에게 설명을 하면 과연 믿을 것 같아? '선생님의 실험을 망치려고 들어왔는데 소희가 죽어있었어요'라고 하면 퍽이나 믿어주겠다."

성규가 마이클의 말을 끊으면서 소리를 버럭 지른다. 마이클은 이에 대해 다시 반박해 보려 했으나 다시 주저앉으며 한숨을 내뱉는다. 마이클의 동그란 눈에는 눈물이 그렁그렁 맺혀있었다. 승민이는 잠시 고민하더니 입을 조심스럽게 연다.

"그래, 신고하는 것은 잠시 보류하자. 그런데 이제 여기서 드는 의문점이 두 가지가 있어. 잘 들어 봐. 하나, 자세히 보니까 바닥에 고인 피가 굳어있어. 응고 상태로 볼 때 적어도 1주일 이상은 지난 거 같아. 둘, 그렇다면 그 일주일 동안 이 실험실에 아무도 들어오지 않았다는 걸까? 이 실험실을 그 긴 기간 동안에 한 번도 사용 안 했을까? 누구든 이 광경을 보고 놀라지 않을 사람은 없을 거야. 그리고 바로 신고를 했겠지. 그런데 소희는 1주일 이상 여기에 방치되어 있었어. 불쌍하게도 그 누구도 알지 못한 상태로. 이건 너무 이상한 것 같지 않아?"

성규는 잠시 당황하며 고민에 빠진다.

'일주일 이상 지났다고? 일주일? 과연 그 긴 기간 동안 아무도 보지 못한 걸까? 아니, 잠시만. 아무도 보지 못한 것이 아니라…… 보고도 신고를 하지 않았다? 여기에 들어올 수 있는 사람은 생물선생님 단 한 분. 그럼 설마……? 아냐, 아냐. 정말 만약이지만 선생님이 범인이라고 가정한다면 그 누구도 선생님의 입장이 되었다면 시체를 떡하니 바닥에 놓아두지는 않을 것이다. 그래, 선생님이 절대 범인일 리가 없지. 그러면 외부 사람의 소행? 아냐, 그것도 말이 안 돼. 아, 정리가 안 돼.'

그때 옆에 있던 마이클이 얘기를 꺼낸다.

"애들아, 승민이 얘기를 듣고 보니 기억나는 게 하나 있어서 말인데, 전에 제1생물실험실이 공사 때문에 2주 동안 폐쇄될 예정이라는 정보를 내가 들었거든. 그게 이제야 생각이 나네."

그러자 승민이가 마이클에게 달려들어 어깨 양옆을 두 손으로 붙잡으며 내려 본다.

"그런 중요한 사실을 왜 지금 말해!"

"아니. 나도 이제야 생각이 났어. 그때는 여기로 올 생각을 하지도 않았는데 내가 모든 것을 다 기억할 수는 없잖아? 그래서 그냥 별로 중요하지 않을 거라 생각했어."

마이클이 당황하며 간신히 대답을 한다. 승민이는 붙잡았던 두 어깨를 놓고 두 손으로 얼굴을 감싼다.

"하아…… 그럼 모든 게 맞아 떨어져. 소희는 1주일 전 여기서 누군가에게 살해를 당했어. 아마 90%의 확률정도로. 외부에서 살해되어 여기로 옮겨졌다는 경우도 있지만 바닥에 고인 피를 봤을 때 그렇게 됐을 확률은 매우 희박해. 그리고 굳이 여기로 옮길 이유도 없을 것 같고 또 한 가지 경우는 소희가. 여기서……. 흠."

승민이는 말을 흐리다가 헛기침을 하고 말을 다시 계속한다.

"소희가 여기서 자살을 했을 경우인데, 이건 솔직히 말해서 너무 말도 안 되는 일이잖아? 그 인기 많고 실력도 최고를 자랑하는 소희가 무슨 이유로 자살을 해? 따라서 내가 내린 결론은 소희의 죽음은 타살이야."

승민이가 한숨을 쉬고 입을 다시 연다.

"아, 그리고 이상한 거 하나 더. 죽은 지 1주 정도 지난 것치고는 너무 상태가 깨끗해. 자세히 살펴보지는 않았지만. 보통 죽은 지 20일 정도 경과되면 형태를 알아보지 못할 정도로 부패되는데, 일주일 정도면 어느 정도 부패가 일어나고도 남아. 그런데 내가 보기에는 살아있다고 해도 믿을 정도야. 냄새 하나 나지 않고 말이야. 확인을 해봐야겠어."

마이클과 성규가 말리기도 전에 승민이는 쓰러져있는 소희 앞에 쭈그리고 앉아 귀 뒷부분에 검지와 중지를 지그시 대본다. 그리고 자리에서 일어나며 고개를 좌우로 흔들었다.

"예측한대로 확실하게 심장이 멎었어. 죽은 건 확실하단 말이야. 끙……."

승민이는 바닥을 내려다보며 얼굴을 찡그리고 뒤통수를 박박 긁었다. 언제나 모든 상황에서 완벽한 논리를 펼쳐내던 승민이가 이번에는 자신도 도무지 이해할 수 없다는 표정을 지었다.

어느 정도 상황을 정리해서 머리로 이해한 세 사람은 한동안 입을 열지 못하고 서로를 쳐다보기만 할 뿐이었다.

"그래서? 이제 어떻게 할 거야? 이대로만 있을 수는 없잖아."

마이클이 침묵을 깨고 질문을 해온다. 승민이가 시계를 보니 벌써 시곗바늘이 새벽 1시를 가리키고 있었다. 마냥 계속 여기서 이러고 있을 수는 없다.

"……그래…… 그렇게 하면 돼, 그렇게 하면 될 거야."

성규가 오른손을 자신의 턱에 가져다 대면서 혼잣말을 중얼거린다. 승민이와 마이클은 영문을 모르겠다는 듯이 성규를 의아하게 바라본다.

"……우리가 범인을 찾아낼 수 있어."

승민이와 마이클은 이런 상황에서 그런 초등학생도 하지 않을 만한 발상을 얘기하는 성규를 어이없다고 생각하며 반박하려 한다. 그러나 성규는 둘을 막으며 말을 계속한다.

"정말이야. 이건 그냥 생각 없이 얘기하는 게 아니라고. 내 말 잘 들어봐. 너희들 DNA검사를 통해서 용의자를 잡는다는 이야기는 많이 들어봐서 알겠지? 지금 바로 그걸 해 볼 거야. 너희들은 DNA검사가 뭔지 알아도 직접 실험해 보지 않는다면 아무리 우리가 천재라 해도 자세한 과정은 모를 거야. 그런데 내가 누구야? 바로 선생님 실험보다 더 뛰어난 연구 성과를 제공하려는 사람이라고! 선생님 실험이 뭔지는 내가 전에 설명해줬지? 제목만 다시 말하자면 C. elegans의 DNA 시퀀싱을 통한 유전자의 형질 발현 연구인데, 선생님은 거기서 단편적인 것만을 보고 그것보다 더 중요한 사실은 놓치고 있단 말이야. 아, 지금 이게 중요한 게 아니고 어쨌든 내 말은 난 DNA검사를 하기 위한 과정은 이미 꿰뚫고 있고, DNA검사를 하기 위한 장비도 다 있단 말이야. 멀리 있는 것도 아니고 바로 여기에! 이 생각을 하고 나서 이렇게 모든 것이 딱 떨어지는 경우도 다 있구나 하고 놀랐다니까? 게다가 DNA검사하려면 효소로 DNA분해해서 전기영동을 시켜야 하는데, 원래 DNA검사라는 게 결과 나오기까지 며칠이 걸려서 지금 DNA검사를 한다고 해도 무용지물이야. 근데, 내가 전에 내 모든 힘을 쏟아 부어 약 4개월에 걸쳐 만든 게 뭔지 알아? 이름 하여 '전기영동 촉진제' 되시겠다 이 말이야. 이거 쓰면 한 30초안에 전기영동을 끝내주는 아주 획기적인 물건이지. 초기 테스트만 간단히 해봐서 100%의 품질은 보장 못하지만 그래도 제대로 작동할 거야. 지금 복도에 있는 내 락커룸 안에 있거든? 지금 바로 가져올게."

성규가 문을 박차고 나간 뒤 20초 만에 쏜살같이 다시 들어온다. 손에는 스포이트가 끼워져 있는 작은 유리병이 들려 있었다. 성규는 그것을 둘 앞에 불쑥 내밀며 말한다.

"자 봐, 여기 있지? 이제 바로 DNA검사를 시행할 수 있을 거야. 어때?"

유리병 안에 찰랑거리는 액체와 흥분한 성규의 표정을 바라보고 있는 승민이는 어째 탐탁스럽지 않은 표정을 짓고 있었다. 성규는 둘이 같이 동조할 줄 알았지만 예상치 못한 반응에 올라가 있던 입 꼬리가 점점 쳐졌다.

"어때라니…… 하아. 성규야 지금 장난칠 때 아니란 거 알잖아. 일단 내가 DNA검사에 대해 잘 알지 못해도 지금 문제점 2가지를 알려 줄게. 하나, DNA검사는 현장에서 범인이 남긴 흔적을 이용해야 하지? 둘, DNA검사는 단순히 범인의 DNA만 확보해서 되는 것이 아니야. 범인으로 의심되는 용의자의 DNA와 비교해서 같은지 확인해야 한단 말이야. 지금이 이 두 가지 조건을 다 만족할 수 있는 상황이야?"

그러자 갑자기 성규는 갑자기 크게 웃음을 터뜨린다. 승민이는 깜짝 놀라 그대로 뒤로 넘어질 뻔하다 겨우 중심을 다시 잡았다.

"뭐야, 왜 웃는 거야. 내 말이 틀렸어?"

"아하하하하하하, 웃길 수밖에 없지. 너 날 너무 과소평가하고 있는 거 아냐? DNA검사한다는데 내가 그것도 모를 것 같아?"

승민이는 성규가 자신을 무시하고 있다고 생각하여 대뜸 소리친다.

"치…… 그럼 대체 어떻게 한다는 거야?"

"그대로 대답해 줄게. 일단 범인의 DNA는 바로 저것에서 구할 수 있을 거야."

성규가 한쪽 바닥을 가리키자 과도만한 크기의 칼이 떨어져 있었다. 날카로운 칼날에는 붉은 빛이 감돌고 있었고 칼자루는 일반 칼보다 살짝 짧고 칼날부분이 훨씬 더 길었다.

"어, 어? 저런 게 있었어? 아깐 분명 없었는데…… 저런 게 있었다면 내가 못 봤을 리 없어."

"아까는 정신없는 상황이었잖아. 못 봤나 보지. 난 이미 알고 있는 줄 알았는데. 하긴 그거에 대해서 말이 없더라."

"그런데 저게 정말 범행에 쓰인 흉기라 쳐도, 단순히 그것만 가지고 DNA를 얻을 수는 없을 텐데?"

"내가 말하고 싶은 건 칼이 아니야. 바로 저 칼 주위에 있는 머리카락이지. 범인이 뭔 짓을 한지는 내가 알 수 없지만 저게 범인의 머리카락 같아. 아마 범행을 저지르고 몸싸움을 하다가 떨어진 거겠지. 머리카락 색도 소희 것과는 달라. 이걸로 DNA를 얻을 수 있을 거야. 그리고 두 번째, DNA를 확보한 후에 비교할 데이터는 지금 우리가 가지고 있어. 안 그래, 마이클?"

성규는 고개를 돌려 마이클을 쳐다본다. 조용히 둘의 이야기를 듣고 있던 마이클이 갑자기 자신의 이름이 불리자 깜짝 놀란다.

“으응? 나 불렀어?”

“그래, 마이클 너 저번에 우리 학교 데이터베이스에 있던 학생 자료 해킹한 적 있지?”

“아, 그렇긴 한데. 왜?”

“지금 가지고 있어?”

“아, 말하기 좀 곤란한데…… 에잇, 그냥 말할게. 난 중요 자료들은 항상 USB에 백업해 둬. 그리고 그 USB는 몸에 달고 다니지. 말하자면 지금 있어.”

“좋아, 그럼 모든 조건은 다 만족된 거지?”

성규가 다시 승민이를 바라본다. 승민이는 못마땅하다는 표정으로 눈을 찡그리면서 팔짱을 끼고 오른다리를 탁탁거리며 떤다. 그러더니 결국 포기했다는 듯이,

“아, 몰라. 모르겠어. 그렇게 자신 있으면 네 맘대로 어디 한 번 해봐. 대신 결과가 엉망이면 그 땐 내 손에 죽을 줄 알아.”

승민이가 주먹을 들어 보이며 으름장을 놓는다. 성규는 갑자기 표정이 밝아지면서 실험준비실 안으로 뛰어 들어간다. 승민이가 한 손으로 자신의 얼굴을 감싸며 자신도 이젠 어떻게 될지 모르겠다는 표정을 지으면서 성규를 뒤따라 들어간다.

실험준비실은 그렇게 넓은 공간은 아니었다. 수많은 약품들이 찬장에 진열되어 있었고 실험장비들이 곳곳에 놓여 있었다. 성규는 실험탁자 앞에 서서 실험에 필요한 장비를 분주하게 준비한다. 그리고 아까 조심스럽게 가져온 머리카락으로 DNA검사를 시작하려 한다.

“자, 이제 준비가 끝났어. 바로 DNA 검사를 진행할게, 흐흐”

성규는 기분 나쁜 웃음소리를 흘렸다. 성규가 자신이 개발한 ‘전기영동 촉진제’를 사용하는 것을 보면서 승민이는 성규가 눈치 채지 못하게 조용히 마이클을 불러 속삭인다.

"마이클, 쟤 오늘 좀 이상하지 않아?"

"음…… 평소보다 막 나가는 거 같지만. 뭐 문제라도 있어?"

"당연히 있고말고! 내 말 잘 들어봐. 지금 성규는 의심스러운 점이 너무나도 많아. 어느 날 갑자기 우리보고 같이 여기 실험실로 오자는 것부터 시작해서, 그 끔찍한 광경을 보고도 신고하지 말라고 했고, 또 보지도 못했던 칼이 갑자기 눈앞에 떡하니 나타났어. 그리고 범인의 머리카락을 발견하다니…… 이상하지 않아? 그게 다가 아니야. 저 전기영동 촉진제니 뭐니 하는 걸 들고 나타나서 갑자기 범인을 밝히자고 하고 있다고 아무리 생각해 봐도 도저히 상식에 어긋나는 행동이야. 성규에겐 지금 뭔가 있는 것 같아."

"뭔가 있는 것 같다……니? 설마 지금 성규가 범인이라고 말하고 싶은 거……."

"쉿! 조용히 해. 성규가 이 말을 들으……."

승민이가 급하게 뒤를 돌아보았지만 성규는 검사를 진행하느라 여념이 없었다.

"물론 성규가 꼭 범인이라고 단정해버릴 수는 없지만, 난 그럴 거라 생각해. 저 DNA검사가 끝나면 결과와 데이터를 비교해 볼 거야. 그리고 만약 결과가 나온다면…… 아마 성규가 범인으로 지목되겠지. 뭐 당연하겠지만."

마이클이 놀라서 숨을 크게 들이마시려는 순간 승민이가 마이클의 입을 틀어막았다. 승민이의 손을 뿌리친 마이클은 이해할 수 없다는 듯이 말한다.

"무슨 소리야, 성규가 범인으로 지목되다니. 만약 자기가 진짜 범인이라면 왜 굳이 자기를 범인으로 지목하려 하겠어?"

"성규의 성격상 이게 재밌을 거라 생각한 거겠지. 이렇게까지 해서 우리에게 범인이 밝혀진다는 기대를 하게 만든 뒤에 사실은 성규가 범인이라는 사실을 우리에게 공개하는 거야. 그러면 우리는 패닉 상태에 빠지고 그 사이에 성규가 우릴 해칠 계획이겠지. 내 빛나는 예측에 의하면……."

"그런 말도 안 되는 상상을 믿으라는 거야? 너무 허무맹랑한 얘기일 뿐이라고."

"지금 이 상황 자체가 허무맹랑한 거야! 정신 차려, 마이클. 우린 곧 죽게 될지도 모른다고!"

승민이가 마이클의 어깨를 흔들며 성규에게 들리지 않을 만큼의 소리로 윽박지른다. 그러자 갑자기 마이클의 눈가에 눈물이 그렁그렁 맺히더니 멈출 수 없을 것 같이 흘러내린다.

"흐윽…… 끄윽…… 으윽……."

마이클이 공포에 질려 소리 없이 우는 것을 보고 있는 승민이도 울컥한 마음에 같이 울고 싶어졌다. 그러나 일단 살아야 한다는 생각이 터져 나오려는 울음을 저 깊은 곳으로 밀어 넣고 머리를 빠르게 회전시켜 주었다.

"마이클, 울지 마. 나도 지금 상황이 매우 힘든 거 알아. 하지만 우린 살아 나가야 하잖아? 그치? 그래, 안 그래?"

옷소매로 눈물을 훔치며 마이클은 어린아이같이 고개를 끄덕인다.

"좋아, 그러면 내게 좋은 생각이 있어. 곧 있으면 이제 성규가 네게 DNA검사 결과와 비교할 DNA데이터베이스를 요구할 거야. 일단은 그 작업을 순순히 도와줘. 그러고 나면 최종 결과인. 그 머리카락의 DNA의 주인이 나오겠지. 성규라고 밝혀지는 순간 내가 이…… 약품 병으로 성규의 머리를 내려칠 거야."

"그러다 혹시 실패라도 하면……."

"그럴 일은 없어. 아니, 반드시 성공시켜야만 해. 아니면 우리 둘 다 죽고 끝나는 거야. 알겠어?"

마이클은 울먹이며 마지못해 고개를 끄덕였고, 그때 성규가 자신들을 부르는 소리가 들렸다. 승민이가 마이클에게 재빠르게 입을 귀에 가져다 조그맣게 속삭인다.

“절대 성규에게 우리의 작전을 들키면 안 돼. 울었던 티도 내지 말고 자, 가자.”

승민이와 마이클이 자리로 돌아오자 실험을 끝마친 성규가 퉁명스럽게 말한다.

“대체 둘이서 어디 갔던 거야? 이런 위험한 상황에서. 자, 이제 범인을 밝힐 시간이 왔다고? 마이클, USB로 데이터 전송 좀 해 줘.”

마이클은 처음엔 쭈뼛거리다 성규가 재촉하자 마지못해 주머니에서 USB를 꺼내서 컴퓨터에 연결한다. 그리고 능숙한 솜씨로 키보드와 마우스를 조작하면서 프로그램 세팅을 해나간다.

“어? 마이클, 코가 빨개. 울었어?”

성규가 가까이 다가와 얼굴을 빤히 쳐다보며 말한다. 마이클은 순간 당황하여 양팔을 젓는다.

“아, 아냐. 그냥 갑자기 좀 슬픈 생각이 들어서…….”

“치. 그게 운거지. 하긴, 지금 정말 울고 싶어. 이해해. 부끄러워하지 마.”

성규는 괜스레 싱글벙글 웃고 있었다. 그 표정을 본 승민이는 성규가 범인이라고 더 강하게 의심하였다.

“자, 프로그램 세팅 완료! 이제 시작 버튼만 누르면 비교작업을 시작할 거고 몇 초 뒤에 비교결과가 나타날 거야. 후우…….”

마이클이 키보드에 손을 떼고 눈을 감으면서 말한다. 성규는 마우스를 잡아들고 시작버튼에 커서를 올려놓는다. 그리고서는 뒤를 돌아 둘을 바라보며 말한다.

“준비 됐지? 그럼 이제 시작한다?”

둘은 말없이 고개를 끄덕였고 성규는 시작버튼을 누르고 모니터 앞에 앉는다. 모니터에는 학교에 있는 모든 선생님들과 학생들, 직원들까지 학교의 모든 관계자들의 DNA 데이터가 빠르게 지나가고 있었다. 학교에 관계되지 않은 외부인이 학교에 침입하여 범행을 저지르고 달아난다는 경우는 사실상 힘들다고 판단한 이들은 DNA 검사를 진행하면 범인이 나타날 것이라고 생각했다. 그리고 곧, 그 결과가 모니터에 표시될 것이다. 승민이는 침을 꿀꺽 삼키며 들고 있는 무거운 약품 병을 등 뒤로 숨긴다. 그리고 선 조심스레 한 발, 한 발 소리 나지 않게 움직이며 성규에게 다가간다. 마이클이 승민이를 걱정스러운 표정으로 보지만 승민이는 등 돌린 성규를 뚫어지게 쳐다보고 있다. 등 뒤에 숨긴 병을 잡은 손에는 점점 힘이 들어가는 것을 느낀다.

'범인은 성규가 확실해. 100%야. 내 예감이 이렇게 강한 적이 없었어. 틀림없어. 범인은 성규야. 성규라고 다른 경우는 존재하지 않아, 아니 절대 존재할 수 없어. 모든 사실들이 성규를 범인이라고 지목하고 있어. 그럼 이젠 내가 범인을 잡을 때야. 너의 계획을 내가 모두 무너뜨려 주겠어.'

그 순간, 경쾌한 음이 울리고 모니터에는 비교작업이 완료되었다는 메시지와 함께 DNA와 일치하는 사람을 표시하고 있었다. 때가 왔어. 이제 더 이상 돌이킬 수 없는 거야. 그렇게 생각한 승민이는 손에 쥐고 있던 약품 병을 있는 힘껏 성규에게 내려치려는 찰나, 그 손을 멈출 수밖에 없었다. 성규는 자리에서 천천히 일어나 얼굴을 모니터 가까이에 댄다. 그리고는 믿을 수 없다는 말을 계속해서 중얼거린다.

DNA 유전자 비교 분석 결과
일치한 데이터 수 : 1개
<일치한 사람>
이름 : Sophie Marceau
한국 예명 : 김소희

'쨍그랑!'
승민이가 손에 들고 있던 약품병을 놓치는 바람에 바닥에 내부딪혀져 산산조각이 나버렸다. 뒤에 서 있던 마이클은 입을 다물 줄 몰랐고 성규는 모니터에서 얼굴을 뗄 줄 몰랐다. 승민이는 성규에게 달려가 멱살을 붙잡으며 소리친다.

"이…… 이게 대체 어떻게 된 거야?! 왜 결과가 저 따위로 나오는 건데! 네가 범인이 아니었던 거야? 어서 대답해!"

성규가 승민이의 손을 붙잡고 켁켁거리며 간신히 대답을 한다.

"켁…… 내가 왜 범인이라고 생각하는데. 말도 안 되는 소리 마. 내가 범인이면 이런 일을 했겠어? 것보다 이것 좀 놔……."

승민이가 멱살 잡은 두 손을 뿌리친다. 성규는 그대로 바닥에 쓰러져 기침을 토해낸다. 자신의 예측이 빗나갔다는 충격과 함께 믿을 수 없는 비교 결과 때문에 아무 생각도 할 수 없었다. 승민이는 성규를 내려다보며 흥분한 목소리로 다시 한 번 소리친다.

"왜 결과가 이렇게 나오는 거야? 너 실험하다가 뭐 실수했지? 아니고서야 저런 결과가 나올 리가 없어."

"그럴 리가. 내 실험은 언제나 완벽하게 성공했단 말이야. 물론 이번에도 잘못된 건 없어. 결과가 저렇게 나왔다면 저게 정답인 거야."

"그래, 머리카락이 소희 것이었으니까 당연히 소희로 나왔겠지. 저 머리카락은 소희 것이었던 거야."

"아냐, 그럴 리 없어. 확실히 확인했다고 길이도 훨씬 짧고 색도 달랐단 말……."

"아 그렇게 잘났으면 네가 한 번 설명을 해 보던가!"

승민이가 더 이상 참지 못하고 감정이 폭발하고 말았다. 마이클이 승민이에게 달려와 팔을 붙잡으며 진정하라고 애원하듯 말해보지만 승민이에게는 더 이상 아무것도 보이지 않았다. 금방이라도 눈에 불을 켜고 성규에게 달려가 자신의 분노를 풀어버릴 것만 같았다.

그 순간, 출입문 쪽에서 문이 쾅하고 닫히는 소리가 났다. 모두들 그 소리에 그 자리에서 그대로 얼어붙었다. 실험 때문에 불을 꺼놓아 모니터의 하얀 불빛만이 전부였기 때문에 실험준비실의 입구 쪽은 아무것도 보이지 않는다. 누군가가 실험준비실 안으로 들어온 것이다. 지금 이 순간 세 명의 머릿속은 혼돈 그 자체였다. 수만 가지 생각이 교차하고 있었다. 들어온 사람이 범인일까? 아니면 시체를 발견하고 여기로 들어온 선생님인가? 아니면 다른 학생? 셋은 털 끝 하나 움직이지 못했다. 그때, 발을 질질 끄는 소리와 함께 천천히 다가온다. 한 걸음, 한 걸음 다가오는 것이 보이자 세 명의 심장은 점점 더 거세게 방망이질하며 식은땀이 비 오듯 쏟아졌다. 성규는 눈을 질끈 감아버린다. 그리고 걸음소리가 멈추자 성규는 눈을 가까스로 희미하게 떠본다. 고개를 들어보니 모니터 불빛이 자신들의 앞에 서 있는 형체에 간신히 닿아 비춰진다. 초록색 원피스에 긴 노란 머리…… 앞머리로 얼굴이 가려진 모습.

"소, 소…… 소희……?"

바로 앞에 있는 그 모습을 보고도 도저히 자신들의 눈을 믿을 수 없었다. 분명 숨을 쉬지 않는 것을 확인했다. 죽은 지 적어도 일주일 이상은 지났다. 그런데 대체 어떻게 우리 앞에 이렇게 멀쩡히 살아 움직이고 서 있을 수 있는 거야? 귀신이 되어 살아난 건가? 아냐, 아냐, 세상에 귀신이 어디 있다고 그러면 내 눈 앞에 서 있는 건 대체 뭐야? 그때, 앞에 서 있던 소희가 고개를 들어 여길 바라본다. 창백하다 못해 푸른빛을 띠는 얼굴이 서서히 오른쪽으로 기울어진다. 피를 뚝뚝 흘리며 죽은 눈으로 여길 빤히 쳐다보며 잔인하게 웃는다. 씨익 하고 엄청난 공포와 두려움이 머릿속을 덮친다. 미친 듯이 비명을 지르며 뒷문으로 달려 나간다. 누가 먼저라고 할 것도 없이 미친 듯이 달린다. 달아나다 바닥에 크게 넘어져 무릎에서 피가 나는데도 아랑곳하지 않고 달린다. 복도로 빠져나와 엘리베이터로 순식간에 달려가 버튼을 누른다. 그러나 엘리베이터의 전원이 꺼져있다. 옆에 계단으로 통하는 문도 열어보지만 역시 잠겨 있다. 그때, 발소리가 다시 들리기 시작한다. 쓰윽 쓰윽…… 하고 바닥을 끄는 것 같은 소리. 아까 들었던 소리와 똑같다. 성규는 승민이와 마이클의 손을 잡고 반대쪽 복도로 달리기 시작한다. 그러고선 복도에 길게 늘어진 라커룸 안에 숨고 문을 닫는다. 숨이 턱 끝까지 차 헉헉대며 비좁은 라커룸 안에서 숨을 고른다.

그때, 복도에서 발을 질질 끄는 소리가 다시 들린다. 성규는 황급히 승민이와 마이클의 입을 막으면서 조용히 하라는 신호를 보낸다. 둘은 눈물을 흘리며 고개를 끄덕인다. 침을 꿀꺽 삼키며 제발 그냥 지나치길 기도한다. 소리는 점점 더 크게 들리고 두려움으로 정신이 아득해져 간다. 그 소리가 바로 앞을 지나가는 순간 마이클이 기겁을 하여 '헉' 하는 소리가 났다. 그때, 발소리가 멈추고 말았다. 모든 희망이 날아가고 무너져 내린다. 다 끝났어. 우린 귀신에게 홀려 죽는 거야. 다 끝났다고 모든 것을 포기하려는 순간, 발소리가 다시 나고 점점 작아지면서 멀어진다. 정신차려보니 얼굴과 몸이 땀에 흥건하게 젖어 있었다. 이마의 땀을 훔치며 안도의 숨을 내쉬어 본다. 정말 이대로 끝날 줄 알았는데. 신이 아직 우릴 버리지 않았구나.

갑자기 이상한 소리가 다시 들린다. 아까와 똑같은 발소리. 다시 돌아오고 있다. 소리가 점점 커지며 점점 빨라진다. 죽을 것만 같다. 마이클이 결국 참지 못하고 울음을 터뜨린다. 우리가 있는 곳을 알고 달려온다. 그렇게 확신한다. 그 순간, 라커룸의 문이 벌컥 열린다. 소희의 얼굴이 눈에 들어온다. 눈을 질끈 감고 소리가 목구멍에서 터져 나온다.

"제발 목숨만 살려주세요!"

"다시는 나쁜 짓 안 할게요…… 엉엉…….."

"풉…… 푸하하하하하하하하하하하하하하하. 아하하하하하하하하하."

난데없는 웃음소리에 두 손을 모으고 빌던 셋은 눈물을 쏟아내던 눈을 가늘게 뜬다. 이게 대체 어떻게 된 일이지?

"아하하하하하하하. 하, 배아파. 크크크큭. 애들아 불 좀 켜봐 하하."

그 순간 복도에 불이 켜지며 환해지고 아이들의 웃음소리 섞인 목소리가 들린다. 라커룸 앞에 서 있던 소희는 손을 내밀어 비좁은 공간에 숨어 있던 세 명을 밖으로 끌어낸다. 영문을 모르는 세 명은 아직도 울면서 복도로 끌려 나와 그대로 주저앉아 버린다. 그때, 성규 눈에 들어온 것은 복도 가운데에 서 있는 선생님. 선생님이 틀림없다. 질끈 묶은 머리에 긴 치마와 실험실 가운을 입고 있는 생물선생님. 아, 이렇게 선생님이 천사같이 보인 적이 없다. 선생님 주위로도 몇 명의 친구들이 웃음을 참으며 우리를 바라보고 있었다.

"너희 셋! 지금 바로 무릎 꿇고 손들어!"

머리보다 몸이 먼저 반사적으로 움직여 자신도 모르게 무릎을 꿇고 양팔을 번쩍 든다. 선생님이 성큼성큼 다가와 각자 꿀밤을 한 대씩 먹인다.

"너희들, 이게 얼마나 위험한 행동인지 알고 하는 거니? 세상에나, 새벽에 실험실에 무단침입하다니. 게다가 맘대로 실험 장비를 건드려? 아무튼 이번 건 두고두고 혼날 거니까 기대해."

선생님은 우리를 꾸짖으면서도 미소를 잃지 않는다. 어떤 상황에서도 우리에게 미소를 잃지 않는 모습을 보여준다. 그게 바로 성규가 생물선생님을 좋아하는 이유이다. 하필 생물실험을 망치려 한 이유는 생물선생님께 인정받고 싶었기 때문이다.

"이번에 역으로 당해본 기분이 어때? 응? 이 선생님이 열심히 준비했단 말이야. 감히 하늘같은 선생님의 연구에 손을 대려고 해? 괘씸해서 이번엔 그냥 넘어갈 수가 없었지. 그래서 이렇게 서프라이즈~ 이벤트를 준비해 봤는데 잘 먹혀 들어갔지?"

선생님은 뒤에 있는 애들에게 동의를 구하자 모두들 웃으면서 "네!" 하고 큰소리로 대답했다.

"어, 어떻게 다 알고 계신 거예요? 저희들이 여기 올 거라는 걸……."

"너희 같은 천재들을 가르치는 선생님인데 그런 것도 모를까 봐? 그런데 지금 그런 걸 걱정할 때가 아닌 거 같은데~?"

선생님 뒤에 한 아이가 우리들이 벌서고 있는 장면을 카메라로 찍어대기 바빴다.

"어, 어? 쟤를 그냥."

"어딜!"

성규가 일어나서 말리려 하자 선생님이 손으로 머리를 누르면서 저지한다.

"내가 언제 자세 풀라 그랬어? 벌서기 20분 추가!"

성규와 승민, 그리고 마이클은 울상을 지으며 저릿저릿한 팔을 계속 들고 있다.

"아직도 뭐가 뭔지 잘 모르겠지? 소희야, 나와 보렴."

소희가 선생님 앞으로 걸어 나왔다. 선생님은 무릎을 굽히고 두 손을 소희의 어깨 위에 올렸다.

"이번 이벤트의 일등 공신은 바로 소희지. 기겁할 정도로 놀랐지? 준비할 때 분장이 어찌나 섬뜩하던지 진짜라고 해도 믿을 것 같다니까? 이 분장은 저기 메이크업 전문가인 유림이가 도와줬지."

선생님 뒤에 있던 한 여자아이가 싱긋 웃으며 손을 흔들어 보인다.

"원래는 너희가 소희 쓰러져 있는 모습 보고 무서워 달아날 줄 알았는데 요것들 은근 강심장인데? 뭐, 범인으로 의심받아? 그리고 범인을 DNA 검사로 잡아? 내가 지켜보는데 정말 가지가지 하더라. 그 자리에서 바로 DNA 검사를 할 줄은 꿈에도 예상 못했다, 이놈들아. 그리고 거기 있는 머리카락이 대체 누구 건줄 알고 함부로 써? 소피 머리카락이긴 했지만, 제대로 확인도 안하고 사용하니? 그런 쓸데없는 일 벌여서 소희만 힘들게 했잖니."

"아까 엎드려서 조용히 듣고만 있는데 애들이 갑자기 범인을 찾겠다는 거 아니겠어요? 진짜 깜짝 놀랐어요. 어떻게 그런 상황에서 범인을 잡을 생각을 하지? 아무튼 재밌는 거 구경 잘했어. 두고두고 놀려먹어야지. 최고의 말썽꾸러기들이 톡톡히 당하다! 하하하하”

셋은 부끄러워 고개를 들지 못한다. 얼굴은 귀 끝까지 새빨개져 있었다.

“이번 사건은 다른 애들한테는 얘기 안 할 테니까 걱정 마. 사실 이렇게 학생들 데리고 늦게까지 학교에 남아있었다는 얘기 퍼지면 곤란하니까. 대신 이거 하나만 명심해. 앞으로 선생님을 이기려 들지 말 것! 남의 실험을 건드리는 행위는 과학도의 자격을 땅바닥에 내팽개치는 것과 같으니 다시는 그런 생각을 하지 말 것! 알았니?”

셋은 모기만한 목소리로 겨우 대답을 한다.

“어, 안 들리네? 1시간은 더 벌서야 목소리가 나오려나?”

“아, 아니요 다시는 그런 생각 안 할게요!”

“저, 저도요!”

승민이와 마이클이 허겁지겁 대답을 한다.

“자, 그럼 ‘다시는 학교에서 장난을 치지 않겠습니다!’ 3번만 크게 외치면 용서해 주겠다. 시작!”

“다시는 학교에서 장난을 치지 않겠습니다! 다시는 학교에서 장난을 치지 않겠습니다! 다시는 학교에서 장난을 치지 않겠습니다!”

“어허, 목소리가 작다. 3번 더!”

세 명의 힘찬 목소리와 함께 아이들의 웃음소리가 학교의 깊은 밤에 울려 퍼진다. 이때, 성규는 마음속으로 남다른 결심을 하게 된다. 큰 꿈을 가지게 된 때가 바로 이때부터이다.

“여어, 나 왔어.”

성규가 손을 흔들며 술집 안으로 들어온다. 미리 자리에 앉아 있는 승민이와 마이클이 성규를 맞아준다. 성규는 장난으로 승민이와 마이클의 어깨를 한 대 툭 치면서 자리에 앉는다.

"야, 진짜 오랜만이다. 우리 몇 년 만에 만나는 거냐?"

"너하고 마이클이 미국 간 지 한 5년 정도 됐으니까 거의 그쯤 됐겠네. 그동안 별 탈 없었지?"

"승민이, 너는 무슨 제약회사 들어갔다며? 네가 만든 그 신약 이름이 뭐더라."

"아니, 그것도 모른단 말이야? 자랑인 거 같지만 무려 천만 개나 팔렸는데 이름 정도는 알아둬라. '프로작 2'인데 세로토닌 재흡수 억제제를 이용한 기존 우울증 치료제보다 효과가 3배나 좋아. 게다가 꼭 우울증 환자만 먹는 게 아니라 기분이 안 좋을 때 편하게 해주는 효과로 수많은 사람들이 찾는 약이지."

"아, 내 주위에 그거 먹는 애들 많은데, 그거 네가 만들었던 거야? 와, 대단하다."

마이클이 손뼉을 치며 대단하다는 듯 승민이를 바라본다. 승민이는 팔짱을 끼며 자랑스럽다는 듯이 콧대를 높이 든다.

"그러는 마이클 넌 요즘 뭐해? 네 소식은 통 들을 수가 없던데?"

"아, 그게 공개되면 조금은 곤란한 일이라서 말이야. 너희들한테만 말해두는 건데 지금 백악관 직속기관에서 비밀요원으로 활동하고 있어. Anonymous라는 단체인데 세계적으로 뛰어난 해커들이 모여 있는 집단이지. 여태껏 해킹실력 하나는 지지 않을 거라 생각하고 있었는데 웬걸, 나보다 몇 배는 뛰어난 사람이 몇 명이나 있는지 몰라. 정말 깜짝 놀랐다니까? 그래서 그 사람들 뛰어 넘으려고 아직도 공부 계속하고 있잖아. 아무튼 사이버 세계의 경찰 역할을 하고 있지."

"해킹실력은 여전하겠지? 네가 해킹하는 거 보면 언제 봐도 진짜 신기하단 말이야."

"성규 넌 CSI에 있다며? 어떻게 그런 좋은 곳에 들어갔냐?"

"헷, 노력 많이 했다고? 이래봬도 팀장급의 직위까지 올라간 몸이야. 내가 여태 해결해온 사건이 얼마나 많은데……."

"자 자, 이제 자기 자랑은 그만하고 어서 먹자고."

음식이 나오자 승민이와 마이클이 성규의 말을 끊고 웃으며 먹기 시작한다.

셋은 한강의 어느 길가에 앉아 하늘을 바라보고 있다. 밤하늘에는 서울의 밤하늘답지 않게 별이 꽤 많이 빛나고 있었다. 아마 그저께 비가 와서 하늘이 조금 맑아졌기 때문인 것 같다. 바람이 선선하게 불자 셋은 마치 어릴 적으로 돌아간 것 같은 느낌을 받았다.

"……그거 기억나? 예전에 우리 선생님께 호되게 혼난 거."

"그걸 잊을 수가 있냐. 호되게 정도가 아니지. 정말로 정신이 안드로메다로 날아가는 줄 알았다니까?"

"만약 그 사건 없었으면 난 이 자리에 없었다. 아직도 정신 못 차리고 나쁜 해킹 짓만 하고 있겠지."

"그러고 보니 승민이 너, 그때 날 범인으로 의심했지? 나 그때 정말로 상처 받은 거 알아 몰라?"

"윽…… 그건… 내 인생 최대의 실수였어. 전에도 한 번 사과했을 텐데 좀 봐줘라. 그래서 지금은 무서워서 어디 함부로 넘겨보지도 못한다니까? 이게 다 너 때문이야."

"하여튼 그때는 정말 충격이었지. 아직도 그때만 생각하면 오금이 저릴 정도야."

"선생님 아직도 학교에 계시나?"

"음…… 저번에 무슨 세계적인 과학학술지에 연구논문이 실려서 지금은 어디 연구소에 계신다는데? 성규 넌 알지 않나?"

"…글쎄… 난 잘 모르겠는데?"

"뭐야, 너 그 선생님 많이 좋아했잖아? 우리가 모를 줄 알고?"

"됐어, 옛날 얘기일 뿐이야. 이제 와서 무슨 낯짝으로 찾아뵙겠다고."

성규가 추억에 잠긴 듯 눈을 감으며 숨을 깊게 쉰다.

"어, 잠깐. 뭐가 발에 밟히는데?"

승민이가 발끝을 가리키자 성규와 마이클은 얼굴이 갑자기 사색이 되며 벌떡 일어선다.

"하하하하하, 농담이야 농담. 너희들 트라우마 제대로 생겼구나."

"이…… 자식. 너 잡히기만 해봐, 오늘 진짜 내손에 죽을 줄 알아."

"일단 날 잡고 난 다음에나 떠들어 보지? 하하하."

승민이가 성규를 약 올리며 잽싸게 달아나고 성규는 승민이를 쫓아가며 필사적으로 잡으려 든다. 그 모습을 지켜보는 마이클은 웃음을 참지 못한다.

"하하하하하, 진짜 옛날이랑 똑같다니까. 옛날이나 지금이나 변한 게 없어."

마이클은 고개를 들어 밤하늘을 빤히 바라본다. 그리고서는 그대로 바닥에 누우며 눈을 감는다. 멀리서 승민이가 성규에게 열심히 맞는 소리가 아련히 들려온다.

20세기 과학의 다크 레이디

*제 글에서 다루어질 인물 다크 레이디는 자신의 이름을 '로지, 로즈'라고 줄여 부르는 것을 싫어하였다고 전해지지만 작품상 인물들 간의 친밀감을 표현하기위해 이 호칭을 사용하도록 하겠습니다.

1. 로지

"이봐요, 카스파. 일어나요. 아침이에요……."

난 부스스 눈을 뜨며 기지개를 한껏 켰다. 하지만 이내 옷 속을 누비려는 찬바람을 느끼고는 다시 몸을 웅크렸다.

여긴 스위스의 마터호른 봉. 무슨 영문에서인지 모르겠지만 어제 눈을 떠보니 일행들과 함께 이 험준한 알프스 산을 오르고 있었다. 난 분명 21세기의 한국의 고등학생. 이곳으로 오기 전, 그러니까 이틀 전날 밤에, 나는 한 권의 책읽기를 마치고 책속 주인공을 만나 이야기를 듣고 싶다는 간절한 소망을 지니고 눈물을 훔치며 잠에 들었던 기억이 난다. 그 인물은 바로…….

"로지, 나도 증발접시에 커피 좀 담아서 주시겠어요?"

추운 산등성이의 아침을 따듯한 액체로 맞이하려는 내 친구 리처드의 부탁을 들어주는 저 아름다운 여성 '로지'다. 그녀는 나를 향해

"카스파 씨, 며칠 전부터 커피를 드시지 않네요? 이런 추운 곳에서 아침

에는 따듯한 것을 마시는 게 좋아요."

하며 증발접시에 따른 밀크커피를 건넨다.

"고마워요 로지, 오랜만의 등산에 어색해서 그런 것 같아요. 오늘은 마터호른 봉을 볼 수 있겠군요."

"날씨가 허락한다면요. 저도 꼭 보고 싶어요 카스파 씨."

라고 말하곤 총총히 걸어가는 로지는 읽었던 대로 너무나 아름다운 여성이었다. 로지의 뒷모습을 넋을 읽고 바라보는 동안 증발접시의 커피가 식은 줄도 모르고 입에 대었다가 정신을 차렸다. 그동안 내 뒤편에서 한 할머니가 내게 넌지시 다가왔다. 지금 내가 잠시 몸을 빌리고 있는 이 사람, 돈 카스파의 기억도 어렴풋 남아 있어서, 그 할머니가 나의 어머니란 것은 알고 있었다.

"어떠냐, 아직도 너의 로지 공주님이 그렇게 좋으냐?"

물론 카스파 이 사람이 로지를 좋아한다는 것도

"네. 뭐…… 어머니! 어서 움직일 채비를 하죠!"

챙기는 소품들 중 달력은 1957년 7월을 가리키고 있었다. 어제 대부분의 산행을 해 놓은 터라 오늘은 정상봉을 보고 하산까지 할 수 있었다. 남자인 나와 리처드가 짐을 메고 가겠다고 했지만, 로지는 한사코 자기도 짐을 들겠다고 하여, 어서 우리에게 맡기라는 심정으로 우리는 꽤 무거운 카메라를 그녀에게 맡겼다. 하지만 오히려 리처드와 내가 나가떨어지고 여자 둘이서 우리를 격려하며 산을 올라갔다. 그러며 걷기를 잠시, 이내 산 중턱 평원에 도착한 우리들에게 만년설을 품은 채 우리를 내려다보는 마터호른 봉이 보였다. 역시 굉장했고, 기쁘긴 했지만 나의 그것은 로지와는 비교도 되지 않았다.

"정말 아름다워요 카스파 씨, 역시 전 산이 정말 좋아요."

'전 당신이 너무 좋아요'라는 말은 내 허파 속에서만 맴돌 뿐이었다. 하지만 나는 기뻐하는 그녀를 보는 것만으로도 가슴이 벅찼다. 리처드와 어머니는 날 위해 눈치껏 비켜주는 듯, 사진을 찍으러 봉우리 근처로 가고, 이 평지에는 나와 로지만이 짧게 자라난 들풀들 속에 누워있었다. 아마 지금이 궁금한 것을 물어볼 차례라고 나는 생각했다.

2. 노을빛

"로지, 우린 지금껏 많은 연구를 함께 해 왔는데, 나는 아직 당신에 대해 모르는 게 너무 많은 것 같아요."

"그래서요? 뭐 궁금한 거라도 있나요?"

로지는 나를 돌아보지 않은 채 하늘로 대답했다.

"궁금한 것도 산더미처럼 많지만, 그냥 당신에 대해 알고 싶어요. 음, 그럼 어릴 때 애기를 해 주겠어요?"

"어릴 적이라…… 그래요. 그땐 아무것도 걱정하지 않고 행복했었죠. 영국…… 그곳이 제가 태어난 곳, 고향이죠. 제 생일이 1920년 7월 25일이라는 건 알고 계세요? 제 바로 위의 오빠인 데이비드와 연년생으로 태어났어요. 유모차도 둘이서 같이 타고, 가까운 학교를 다녔죠. 데이비드가 잘생기긴 했답니다. 후훗.

우린 유대인 가정이에요. 아버지의 성함은 엘리스고, 어머니는 뮤리엘이에요. 카스파 씨는 어떨지 모르지만, 저희는 유복한 환경에서 자랐어요. 그래서 어릴 적부터 파티에 갔던 기억도 있고, 야영을 했던 기억도 있답니다. 아참, 세 살 때 기억이 난다고 하면 믿으시려나요? 그땐 아버지께서 자선학교를 운영하셨어요. 은행업이나 출판업이 본업이긴 하시지만, 지신의 기준이 확고하신 분이라, 상류층과 서민층간의 교육의 차이를 최소화하여야 한다고 늘 생각하고 계셨죠."

"훌륭하신 아버지를 두셨네요"

"네. 정말 존경스러운 분이에요. 하지만 유대인의 전통이 깊이 남아계신 분이라, 어머니가 직장 일을 가지고 작업하시는 것은 상상도 하지 못하셨답니다. 오죽하면 어머니께서 학교 도서관의 먼지를 털겠다고 자원 봉사한 것까지 가로막으셨겠어요. 하지만 우리 형제자매들이 무언가를 배우는 것은 정말 좋아하셨어요. 그래서 아까 말했던 대로, 제가 세 살 때 아버지께서 종사하시는 근로자 학교를 치하하러 오신 공작부인께 제가 꽃다발을 증정해 드리게 하셨답니다.”

‘공작부인이라면 지금 엘리자베스여왕의 어머니가 아닌가!’

나는 속으로 뜨악했지만 이내 다시 로지의 이야기에 빠져들었다.

“하지만 유대교에 엄격하신 아버지께서도 집안에서는 인자하였어요. 우리의 집엔 내니라는 유모가 있었어요. 데이비드가 태어날 때부터 우리 형제들을 보살피기 시작해서, 저. 콜린, 롤랜드, 제니퍼가 다 클 때까지 우리와 함께 지냈어요. 내니는 제게 뜨개질을 가르쳐 주었는데, 요즘도 시간 보내기용으로는 그만이랍니다.”

내가 읽었던 책의 마지막 부분에서 로지의 어머니 뮤리엘 여사가 로지의 죽음 이후 로지를 회상하며 ‘로지는 뜨개질을 참 좋아했죠’라고 말하던 게 생각이 나 코끝이 찡해져왔다.

“그래도 형제들과 내니가 어우러져 엎치락뒤치락하며 지낸 시절은 제가 아홉 살 때 끝이 났어요. 지금 생각하면 아쉽고 그립기도 하지만, 저를 해안가의 기숙학교로 보내신 아버지와 어머니의 판단이 잘못된 거라곤 생각하지 않아요. 우리가 살던 마을에선, 저나 데이비드나 모두 심하게 앓은 적이 몇 번 있었고, 때마침 제니퍼가 태어나는 바람에 저에게 신경을 잘 써주지 못하실 것 같아서 절 기숙학교로 보내셨다고 해요. 그때는 집에 돌아갈 날만을 꿈꾸며 내니에게 배운 대로 제니퍼에게 줄 옷을 만들거나 공부를 하며 지냈어요. 집에 가게 되면 정말 행복했죠”

나는 말했다.

“정말 행복했겠어요. 그때가 아마 로지 인생에서 가장 기쁜 날이 아니었을까요?”

로지는 그리운 웃음을 지어보이며 다시 이야기를 시작했다.

"그때도 행복하긴 했지만, 제가 살아오며 가장 기뻤던 하루는 따로 있어요. 열두 살에 세인트폴 여학교에 입학한 뒤로 이전과 같은 일상을 반복하다가, 1937년에 에드워드 8세의 대관식이 있던 날, 바로 그날이었어요. 온 가족이 모두 나와서 왕국에서 갖춘 거대한 행렬을 황홀경에 바라보았어요. 마차에 탄 백작, 남작, 자작이나 그 부인들, 왕자님과 그 부인도 보았지요. 다시 한 번 그런 광경을 볼 수 있다면…… 언젠가 제가 눈을 감는 날에 기쁘게 떠날 수 있을 텐데 말이에요"
라고 말하며 로지의 얼굴엔 그리운 노을빛 미소에서 잿빛 쓴웃음이 교차되어 사라졌다.

나는 그녀가 38세의 나이에 난소암의 합병증으로 인해 사망한다는 사실을 알고 있었다. 지금의 그녀는 37세, 1년 후면 이 세상에 없을 사람이 저렇듯 꿈꾸는 듯한 희망을 토로하다니, 눈물이 나왔다. 다행히 그녀의 반대편 눈에서 눈물이 흘러 고막까지 적셨다. 얼마 남지 않은 그녀의 목소리를 더욱 청아하게 들으라는 배려일까? 나는 겨우 마음을 추스르고 다시 이야기로 들어갔다.

3. 성장

"로지 씨, 그럼 로지 씨는 언제부터 과학을 좋아하게 되었나요? 부모님께서 은행업과 출판업에 종사하셨다는데, 어찌된 영문인지 궁금하네요"

"사실 두 분께서 과학과 벽을 쌓고 지내시던 분들은 아니셨어요. 특히 아버지가 그랬죠. 아버지는 본래 과학을 배우려던 걸 친지와 가족들의 권유로 은행업에 종사하신 거거든요. 근로자학교에서도 기초과학과 역사를 가르치셨어요"

"그럼 아버지의 영향을 받았겠군요"

"부정할 수 없죠. 여성의 순종을 미덕으로 보시던 아버지께서 과학을 배우겠다는 절 막으신 적은 없으니까요. 아버지의 누이. 그러니까 고모께서, 우리들 형제들이 아기였을 때, 저는 벌써 산수를 즐거워했다고 하셨어요. 신기하죠? 그때부터 과학과 뗄 수 없는 관계가 된 것 같기도 해요. 세인트폴 여학교에서도 과학과 수학을 전공해서 케임브리지 대학 입학시험도 물리와 화학으로 들어간 것이거든요. 그리고 그 대학을 간 걸 정말 다행으로 여겨요. 그곳에서 정말 많은 것을 배우고 이전과는 다른 진짜 과학을 접했거든요."

"어떻게 공부했는데 그렇죠?"

"뉴넘 칼리지에서 광물학, 결정학, 물리학 등등을 배웠어요. 이때 배운 결정학으로 제 연구의 방향도 잡게 되었고요. 대학에 오니 모든 게 신비로웠어요. 여학생들이 강의를 듣기에는 편한 대학은 결코 아니었지만, 디크리 팃이라는 명예학위도 주고, 캐번디시 연구소도 있었으니까요. 정말, 이곳에선 공부밖엔 하지 않았던 것 같아요. 그래도 공부 때문에 우울하진 않았어요. 전쟁 때문에 기분이 죽어있을 때가 많았으니까요. 핑계일진 모르지만, 그것들 때문에 시간이 너무 모자라서 졸업시험을 잘 보지 못했지요."

그때를 기쁜 듯 회상하는 그녀의 추억에 어둡게 자리 잡고 있는 X선 결정학을 나는 볼 수 있었다.

"점심때가 되려면 멀었지만 요기라도 하실래요? 전 슬슬 배고파지려는 참인데."

이야기로 에너지를 쓴 로지는 재충전하길 원했다.

"아침에 커피는 로지 씨가 준비했으니까, 간식은 제가 준비할게요. 샌드위치에 푸딩 어때요?"

나는 웃으며 일어났다.

"최고예요."

"가방에 정상에서 먹으려고 만들어온 바나나 푸딩이 있어요. 그럼 카스파 씨께 부탁 한번 할게요."

그녀는 빛나는 미소를 지으며 얘기했다. 그녀를 위한 일이라면 지구를 받치는 것도 서슴지 않을 나였다. 캠핑 장소에서 뒤적뒤적 거리며 요기를 준비하던 내가 로지의 이야기를 듣고 싶어 하자 그녀는 다시 시선을 하늘로 돌리고 회상으로의 여행을 떠났다. 시험까지 이야기했던가요, 수학과 물리덕분에 시험은 망쳤어도 2등으로 장학금을 받을 수 있었어요. 하지만 그때부터 케임브리지에서 생활하는 게 순탄하지만은 않았어요, 세계대전 때문에 학교가 뒤숭숭했기 때문이에요. 마침 케임브리지가 공군기지들 상에 자리하고 있어서 공습의 위험이 컸다고 해요. 하지만 거의 매일 같은 대비훈련은 정말 지긋지긋했죠. 그것 때문에 기숙사 지배인이랑 크게 다툰 적도 있다니까요, 후회는 하지 않지만 말이에요.”

부당한 대우를 당한 것에 대해 언쟁을 즐겼다는 그녀의 소소한 취미가 드러나는 것 같아 난 조금 실소를 띠었다.

“3학년까지 공부하고 나서 졸업시험을 볼 때가 되니 고민이 되었어요. 졸업을 하고 군수공장에서 연구자로 일할지, 아니면 대학에서 더 공부할지를요. 아버지는 저보다 동생인 콜린까지 나라를 위해 목숨 바쳐 애국하는데 저는 그러지 않는 것 같다고 하시며 종종 나무라셨지만, 저는 제 갈 길을 갔어요. 갈등은 3년 졸업시험에서 장학금을 타며 4학년을 다니는 것으로 종결되었어요. 그 선택은 아주 잘 한 것이라고 생각해요. 왜냐하면 4학년으로 남은 덕에 대학에 새로 오신 바일 여사를 만날 수 있었으니까요. 퀴리 부인의 제자이신 바일 씨는 정말 제 인생에서 요술쟁이 천사셨어요.”

“그만, 그만, 로지 씨 목이 남아나지 않겠어요. 여기 와서 좀 들어요. 다 되었으니까 먹고 다시 한바탕 이야기를 듣자고요.”

로지는 겸연쩍은 듯 입맛을 다시며 일어나 내게 왔다. 빵에 버터를 발라 주는 그녀에게서 영국풍의 동작이 보이는 듯했다. 그녀가 만들어왔다는 바나나 푸딩은 마트에서 포장해 팔던 그것과는 차원이 다른 맛이었다. 내가 음식에 감탄하자 요리를 하는 데 큰 즐거움을 두던 로지는 눈을 빛냈다.

4. 휴식

그녀의 마술같이 호화롭지만 소박한 식사를 하는 동안, 우리는 대화를 나누었다. 로지가 일방적으로 이야기하고 나는 입의 즐거움에 더불어 귀마저 즐거워지는 소박한 이기심을 부려볼 뿐이었다. 우리 둘이 즐거움에 싸여서일까, 이야기도 비교적 가벼운 주제로 자연스레 넘어가게 되었다.

"로지 씨는 요리도 정말 잘하시네요. 감탄밖에 나오지 않는 맛이에요. 새참을 너무 많이 먹게 돼서 점심식사를 제대로 하지 못해도 나무라진 말아주세요."

나는 간신히 음식을 삼키고 이야기했다. 로지는 함뿍 웃음을 머금고 내 말에 기쁜 듯 답해주었다. 바일의 딸 마리안에 의하면 로지는 평소 잘 웃지 않았다더니, 그것만은 아닌 것 같다.

"과학 다음으로 좋아한 것이 요리와 여행이랍니다. 아무리 신나고 만족스런 연구를 해도 이 두 가지만 막히면 견딜 수가 없었어요."

"그럼 로지 씨는 어떤 요리를 제일 잘하시는데요?"

"제 입맛은 아무래도 영국식이지만, 뭐 요리는 이것저것 많이 하는 편이에요. 기숙생활을 할 때 누가 방문하면 거의 꼭 제가 식사를 대접했어요. 대학생 때는 신선한 계란만으로도 만족스런 요리를 만들었었는데 그때도 참 즐거웠어요. 파리에서 연구를 하고 런던에 돌아와 지낼 땐 디너파티를 자주 열어서 제 요리를 뽐냈었죠. 그럴 땐 영국 친구들에게 프랑스 요리를 알려주곤 했어요. 특히 아버지가 방문하셨을 때 아버지께서 싫어하시는 마늘을 요리에 몰래 넣어서 드리는 게 어찌나 보람차던지 후훗."

로지는 그때를 기억하며 재미있다는 듯 웃음을 터뜨렸다.

"그렇지만 아무래도 로지 씨 하면 요리보다는 여행을 더 즐겼을 것 같은데, 제 말이 맞나요?"

그녀의 입에서 나올 대답은 알고 있었다. 나는 그녀가 여행, 특히 산악여행을 좋아한다는 사실을 알고 있었기 때문이다. 역시나 나의 예상대로 그녀는 눈을 빛내며 이야기를 계속했다.

"네 맞아요. 정말 여행을 더 좋아해요. 오직 여행만이 제 삶의 활력소인 것 같기도 해요. 여행도 산, 국외로 떠나는 것을 더 좋아한답니다. 이곳 체르마트도 그래서 온 것이고요. 적어도 1년에 한 번씩은 챙겨서 여행을 가왔어요. 저렴한 경로를 찾고, 물품과 가이드, 일정을 꼼꼼히 챙기고 정리하는 즐거움은 연구에서 얻는 것과는 색다른 즐거움이지요."

조금은 상기된 듯 말하는 그녀는 쉴 새 없이 이야기했다.

"그렇다면 어떤 여행들이 있었나요? 알려주지 않을래요?"

내가 넌지시 물었다.

"물론 알려드리고 말구요. 여태껏 제 여행담은 편지로 아버지 어머니나 동생, 친구들에게 부쳐졌는데, 이렇게 말하기는 참 오랜만이네요. 그러니까…… 제 첫 여행이라고 할 수 있는 게. 그래요 여섯 살 무렵에 메이미 고모와 함께 가족끼리 갔던 콘월의 해변이 떠올라요. 어려서 흐릿하긴 하지만 난생 첫 여행이어서 기억에 남아있네요. 그때는 제니퍼도 태어나지 않았고, 롤랜드는…… 아마 갓난아기였을 거예요. 데이비드와 저, 콜린이 갔는데 물장구를 치고 며칠을 보낸 기억이 나네요. 그 후로 한동안은 가족여행을 다녔어요. 아버지께서 먼저 계획을 짜고 가자고 하셨거든요. 제가 케임브리지에서 연말시험을 치러야 했을 때도 여행을 다녀온 뒤 치렀어요 그때는 부모님이 같이 가진 않았지만 데이비드와 사촌 셋이서 간 가족여행이었죠. 그 이듬해엔 대가족 전부가 노르웨이로 여행을 떠났지만 여행을 즐길 틈도 없이 독소 불가침조약이 체결되는 바람에 마지막, 아니 두 번째 남은 배편을 타고 집으로 돌아왔어요. 아버지가 어서 가자고 하지 않았으면 배가 끊겨서 오도가도 못 하는 아찔한 상황이 되었을 여행이었죠 세계대전은 이 여행도 중도하차하게 했지만, 제 대학여행을 국내로 한정시켰어요 영국이 재미없다는 것은 아니지만, 그래도 저는 국외로 좀 더 가고 싶었던 것 같아요. 대학생 때 가장 기억에 남았던 여행은 친구 앤과 노스웨일스의 스노우 도니아로 여행한 것이었어요. 그게 너무 기억에 남아서, 그해가 가기 전에 한 번 더 노스웨일스로 여행을 했답니다.”

나는 하마터면 ‘쿡’ 하고 웃을 뻔 했다. 노스웨일스로의 여행에서 로지는 친구 앤과 함께, 여행하던 두 명의 남자와 만났는데, 그날 저녁 ‘그저 땀에 젖어 수영을 하고 싶은데 수영복이 없어서’라는 이유로 오늘 처음 만난 남녀들이 알몸으로 수영을 했다는 재미있는 일화도 읽었기 때문이다. 내 생각을 읽을 리 없는 로지는 유쾌하게 이야기를 계속했다.

“그리고 정말 제 인생에서 결코 잊을 수 없는 황홀경을 목격한 때가 있어요. 제가 파리에서 연구하던 20대 후반에 오트사부아 지역으로 도보여행을 간 적이 있어요. 그곳에서 16시간의 강행군 끝에 휴식을 취한 뒤 맞는 새벽, 기억에서 지울 수가 없답니다. 동이 트면서 제 발밑으로 보이는 핑크빛 산봉우리들과 부드러운 구름들, 주위가 환하게 저를 비추는 것 같아 그 자리에서 주저앉아 눈물을 흘렸답니다. 조금 애 같죠?”

그녀의 이야기에 한참 열중하고 있던 나는 갑자기 날아든 질문에 조금 당황했다. 하지만 어려 보인다는, 특히 아이 같아 보인다는 말을 그리 좋아하지 않았다는 그녀의 성격을 알고 있었기에 침착하게 대답했다.

“아니요, 아이 같다뇨. 저는 그런 광경을 보았다면 아마 울고 있던 로지가 무안하게 통곡을 했을지도 몰라요. 저도 여행을 많이 해 보고 많이 울었으면 좋겠어요.”

로지는 나의 말을 웃음으로 받아주었다. 그리곤 다시 이야기를 시작했다.

“제가 서른 살 되던 해에 친하게 지내던 루자티 부부와도 1년에 세 번씩이나 여행을 떠났어요. 이탈리아로 떠났을 땐 피렌체의 풍경이 너무 아름다워서 로마로 가는 것을 포기했을 정도죠. 그 뒤엔 노르망디와 알프스로 갔어요. 제 여행 중에 실망한 것은 없듯이, 이번 여행도 매우 만족스러운 것이었어요. 런던에 돌아와 동굴 같은 일상을 보낼 때에도 여행은 잊지 않았어요. 친구 마거릿과 웨일스 북부로 떠났던 여행은 아마 부활절 때였을 거예요. 그래도 그해 가장 기억에 남았던 건 역시 외국이었죠. 그때는 그리울 법도 한 석탄과 코크스의 다공성에 대한 강연을 하러 유고슬로비아로 떠났어요. 그곳 사람들은 제 강연에 몹시 만족했고 저도 기분이 좋았지요. 그런데 그것으로 끝이 아니라 돌아오는 길에 달마시아 해변에서 일주일간을 보냈는데 그해 최고의 순간이었어요. 그때부터의 여행 공백 기간은 1년밖에 되지 않았어요. 킹스 칼리지에서 버크벡으로 연구소를 옮기고 DNA연구에서 RNA로 연구 주제를 전환한 다음 주문한 실험자재들이 도착할 때까지, 그 즈음 생겨난 지 5, 6년 되었던 신생국 이스라엘로 여행을 떠났어요. 유대인들의 나라란 어떤 것일까 하는 호기심에 말이죠. 전 솔직히 그 여행에선 실망했답니다. 여러 나라의 유대인들이 제각각 차이점을 가진 채 살아가고 있었어요. 그래도 생각보다 연구시설은 잘 마련되어 있어서 놀랐답니다. 여행에서 돌아와 버크벡에서 여행담을 들려주니 동료들은 많은 관심을 보였어요. 버널은 제 애기를 듣자마자 이스라엘 비자를 끊으러 간 거 있죠, 후훗. 그리고 그 다음해에, 꿈같은 미국 여행을 떠나게 되었어요. 세계대전의 여파가 남아있던 터라 미국에서 석탄관련 강연으로 절 초청했음에도 미국으로 가는 데 어려움이 많았어요. 이때 발 바쁘게 뛰어다녀 준 왓슨과 크릭, 버널 씨에겐 아직도 감사하고 있답니다. 그때는 비행기가 지금보다 문제가 잦더군요. 공항에 11시간이나 연착한 거 있죠. 미국여행을 하기 전까지만 해도 미국에 관해 이런저런 편견들을 가지고 있었는데, 4800Km를 날아가 직접 겪어보니 그들만의 신선한 문화가 받아들여졌어요. 미국은 모든 게 풍족하고, 모자람이 없었죠. 물론 요리도요." 라며 그녀는 내게 눈을 찡긋했다. 무슨 의미심장한 사인인지 몰라 기우뚱했지만 이내 그녀의 이야기는 다시 시작되었다.

"먼저 보스턴 공항에서 내려 제일 먼저 간 곳은 MIT였어요. 그리고 그곳에서 바다로 툭 튀어나온 우즈홀, 뉴욕, 피츠버그, 시카고, 클리블랜드,

워싱턴까지 강연과 여행을 해가면서 꿈같은 시간을 보냈어요. 뉴욕의 스카이라인은 휘황찬란했고, 우즈홀의 허리케인은 강력했죠. 하지만 여행 막바지의 여정은 조금 실망스러웠어요. 인디언을 관광자원으로 쓰는 것이나, 할리우드, 로스엔젤레스에는 실망이 컸답니다. 오죽했으면 마지막 여행지인 워싱턴으로 돌아오는 게 기뻤을 정도라니까요. 그곳에서 세인트루이스 박사를 만나 연구에 흥미를 느껴 이듬해에 공동논문을 발표하기도 했답니다. 아…… 런던으로 돌아오는데 어찌나 미국이 인상적이던지. 2년 정도 뒤에 다시 방문하긴 했지만 만약 그렇지 못했다면 평생 한이 되었을 거예요. 그 다음해는 미국여행의 황홀감에도 견디지 못하고 이전에 갔던 유고슬로비아도 방문했어요. 노르망디로 앤과 자전거로 여행을 가기도 했구요. 그 자전거는 지금 어디에 있는지 모르겠네요. 후후. 1956년엔 두 번의 여행이 있었어요. 하나는 국제 결정학회의 심포지엄이 끝난 뒤에 크릭 부부와 스페인으로 여행을 간 것인데, 스페인의 태양이 뜨겁긴 하더라고요. 또 하나는 두 번째 미국 방문이랍니다. 이번엔 석탄연구가 아닌 핵산에 관해 초청을 받았는데 시간덕택인지 저번보단 입출국 압력이 덜했답니다. 자금은 록펠러 재단에서 지원해 주었죠. 이번엔 보스턴에서 볼티모어로 바로 향했어요. 그곳에서 토론회에 참석했는데 저화 함께하는 사람들이 많아서 너무너무 행복했답니다. 아참, 그곳에 카스파 씨도 계셨었죠?"

"네, '유전현상의 화학적 근거'라는 토론회였어요. 1955년에 로지와 처음 만나고 오랜만에 겪는 즐거운 시간이었을 거예요."

이제부터의 이야기는 카스파도 알고 있는 내용이 많았다.

"맞아요, 그런 토론회도 다시 가져보았으면 해요. 후훗. 그 다음엔 우즈홀을 다시 방문했어요. 옛 친구들을 만난 반가움이 밀려왔지만 그리운 허리케인은 오지 않더군요? 리틀 가족의 아이들이 이젠 리틀하지 않았으니 전 깜짝 놀랐답니다. 그다음 방문한 UCLA에선 오직 기쁨뿐이었어요. 게다가 패서디나에서 등산하는 해운까지 잡게 되었죠. 위트니봉의 중턱 기슭까지 등반하는데 그때 절 남부 캘리포니아에 완전히 매료시켜버린 아름다운 절경을 보았지요.”

이즈음 나의 아버지가 심장마비로 사망하셔서 나는 로지와 함께하지 못했다. 로지는 잠시 뒤 그것을 깨닫곤 신나게 이야기하던 것을 조금 미안해했다.

“어쨌든. 그때 카스파를 만나기 위해 달려간 1600Km의 여행도 기억에 남아요 카스파 씨의 일은 유감이에요. 전 아버지께서 건재하셔서 잘 공감해 드릴 수가 없네요.”

“아니에요, 미안해 할 것 없어요 벌써 일 년이나 지난 일인걸요 그 뒤론 우즈홀에서 보냈죠?”

“네. 그러곤 런던으로 돌아갔죠 제겐 좋은 휴식이 되었어요 그리고는 한동안 연구실과, 네. 연구실에 박혀 지내다 이제야 카스파 씨와 숨 좀 돌리게 되네요.”

사실 유감이라는 말은 내가 그녀에게 했어야 했다. 그해 런던으로 돌아가자마자 그녀는 몸 상태가 심상치 않음을 알고 병원을 방문했고, 의사가 ‘최악의 발견’이라고까지 한탄한 난소암 판정을 받게 되었다. 지금 내 눈앞에 있는 그녀는 자궁을 적출당한 상태이고, 시한부 인생을 선고받은 사람이다. 의사로부터 종교적 안식을 찾으라는 말까지 들었으니 더 말할 필요는 없다. 이렇게 밝은 미소의 그녀를 보는 것도 이번이 마지막일 것이리라. 그렇게 생각하니 눈물을 걷잡을 수 없었지만, 내 눈앞에서 환히 웃고 있는 그녀를 보며 내가 먼저 좌절할 수는 없었다. 그녀는 자신의 병을 주변인들에게 감추었고 이 사람 카스파 역시 이를 알진 못했을 것이다. 나는 겨우 힘을 내어 그녀에게 활기찬 질문을 했다. 너무 활기찼지만 말이다.

5. 일

우리의 간단한 식사는 끝난 지 오래였다. 오히려 로즈의 성대를 위해 다시 에너지를 공급해주어야 하진 않을까 하고 걱정할 만큼. 하지만 나는 아직 궁금한 것이 더 있었다. 무례가 되겠지만 그녀도 이야기를 해 줄 거라 생각한다. 바로 그녀의 일에 관해서. 어머니와 리처드는 점심때가 지나서 온다고 했으니 아직 시간은 한참 남았다. 로즈는 증발접시에 커피를 따라주며 내게 건넸다. 우리는 캠핑장 근처에 앉아 다시 이야기꽃을 피웠다.

"로즈 씨, 그럼 그렇게 여행만 다니시면 연구소에서 쫓겨나는 거 아닙니까?"

나는 장난어린 말을 로즈에게 건네면서 그루터기에 앉았다. 그러면서 나는 조금 움찔했는데, 입에 갖다 댄 커피가 너무 뜨거워서가 아니라 그녀의 반응이 냉담해서였다.

"그렇지 않아요. 저는 여행도, 요리도 좋아하지만 그런 것들은 모두 제가 열심히 연구 활동을 하며 얻는 것이기에 보람찬 거라구요. 제 인생에서 일과 업무를 빼면 남는 건 껍데기뿐이예요. 제가 얼마나 열심히 하는데요"

로지는 격앙된 나머지 자리에 앉지도 않고 내게 말했다. 이것은 분명 일에 대한 그녀의 보람을 간과한 나의 실수였다. 그녀는 프랑스에서 즐겨하던 말다툼에서나 보일 듯한 시선으로 나를 응시했다. 나는 당황하며 그녀에게 용서를 구했고, 그녀도 누그려져 건너편 바위등치에 적은 체중을 실었다. 커피를 한 모금 홀짝인 그녀는 쿡 하고 웃음을 터트렸다.

"왜 그러세요?"

내가 조심스레 물었다.

"아니, 아니에요, 지금까지 제가 누구에게 윽박질렀다가 용서를 받은 적이 없는 것 같아서요. 아버지와도, 어머니와도, 메링, 윌킨스…… 참, 그러고 보니 제가 승리를 거두었을 때가 있었네요. 대학생 때 지도교수 노리시에게요. 방금 카스파 씨에게 받은 것은 제외하고요"

라며 안심시키는 듯한 넓은 미소를 보여주었고, 내가 안심했음은 지당했다.

"그럼 그때의 일부터 차근차근 들려주시겠어요?"

라고 말하며 로즈의 커피를 들이켰다.

"좋아요. 정말 그때의 노리시는 앞뒤가 꽉 막혀있었어요. 제 앞선 지도 교수셨는데 인턴 교수님이 말씀하시길, '노리시가 그 누구와 만났어도 모든 것이 엉망이 되었을 때' 그때 제가 노리시 밑에서 연구를 하게 된 것을 매우 애석하게 생각하신다고요. 그때는 아직 세계전쟁이 끝나기 전이었어요. 그때 노리시가 제게 내린 것은 정말 따분하고 지루한 것이었어요. 그리고는 제가 도저히 견딜 수가 없어서 항의할 때에도 들은 척도 하지 않았지요. 옆 실험실에선 추락한 독일군 비행기의 연료를 원소분석하고 있는데, 저는 그 옆에서 포름산의 반응에서의 양적 관계에 대한 논문이나 써야 했죠. 훗날 노리시가 그때의 일에 대해서 제게 용서를 구하긴 했어요. 하지만 그때만 기억하면 몸서리가 쳐져서 저는 노리시의 밑으로는 다신 가지 않았어요. 제가 노리시 휘하에서 힘든 시간을 보낼 때 힘이 돼 주신 것은 바일 여사였어요. 전 밀로드에서 셋집을 얻어 살고 있었는데, 프랑스인들과 바일 여사가 머무는 호스텔로 이사까지 했다니까요. 뭐 이사한 지 두 달 만에 노리시와의 연구를 청산하고 킹스턴으로 가긴 했지만 말이예요. 저는 스물 두 살 되던 해에 킹스턴으로 가 석탄연구에 매진했어요. 바로 제 일을 찾은 거죠. 그때 같이 지내던 셋 중 제가 가장 시간이 많았기 때문에 제가 집안일을 도맡아 했었어요. 그러면서 하는 일이었지만 참된 일을 찾은 느낌이었죠. 마침 뱅햄 박사가 코크스를 연구하는 연구원을 뽑는데 제가 뽑히기도 했고요. 전 그곳에서 석탄과 무연탄을 가지고 물과 기체의 투과성을 실험했어요. 전쟁 통에 방독면에 숯을 넣었던 게 효과적이어서 그쪽을 연구하도록 내려진 지시였나 봐요. 하지만 그 덕에 저는 석탄의 다공성에 대해 더 잘 알게 되었답니다. 1년 뒤에 셋이 지내던 생활은 끝이 났지만 전 연구를 계속 했어요. 세계대전이 끝나던 1945년에 전 제 첫 논문을 발표했어요. 유체 콜로이드와 석탄에 관한 것이었는데, 그 덕에 같은 해 물리학 박사학위를 받을 수 있었어요."

그녀가 이때 알아낸 것은 그녀의 미소만큼의 가치가 있는 것이었다. 석탄의 다공성과 열팽창을 연구하여 새로운 석탄 산업의 신작로를 열었으니 말이다.

"그 이듬해엔 진과 함께 왕립연구소 탄소학회에서 프랑스계 유대인 메링을 만났어요. 그게 인연이 되었는지, 바일 여사의 도움이 컸는지, 1947년 초에 메링이 일하던 파리 왕립 연구소로 자리를 옮기게 되었어요. 함께 일하게 된 연구원들은 모두가 좋았어요. 우리들은 '라보'라고 부르는 연구실에서 각자 연구 활동을 했는데, 전 메링 씨의 지도를 받아 흑연성 탄소와 유리질 탄소에 대해 연구했죠. 우리들은 매일 점심을 센 강 건너편의 쉐솔랑쥬라는 식당에서 해결했어요. 그리곤 퀴리 부인이 라듐을 발견한 시립 물리학 대학으로 내려가 열띤 토론을 벌이는 걸 즐겼지요. 증발접시에 커피를 담아 마시게 된 것도 거기에서의 습관 때문에 그런 것이랍니다. 이곳 연구생활 4년은 하루하루가 즐겁고 활기찬 나날이었어요. 콜린, 제니퍼, 어머니, 아버지가 각각 방문하셔서 색다른 하루도 만들어 주시기도 했답니다. 그곳에서 또 X선을 사용한 실험을 자주 진행했는데, 그때가 좀 후회가 되긴 해요. 안전장비라도 갖추고 했어야 했어요. 그땐 방사능 위험지수가 위험치를 초과했으니 몇 주간 출근하지 말라고 하면 그저 짜증이 났을 뿐이니까요."

로즈도 자신의 병이 열렬한 연구 활동 결과 얻게 된 것임을 잘 알고 있었다. 그녀는 실험할 당시에는 X선과 방사선에 노출 되는걸 아무렇지 않게 생각했으며 심지어 기구의 세척은 발암물질인 벤젠으로 이루어졌었다. 이때가 그녀에겐 가장 찬란한 4년이었겠지만 앞으로의 그녀의 수명을 갉아먹었으니 아이러니할 따름이다. 거기다 한 가지 더. 나는 그녀가 '메링'을 이야기 할 때마다 눈동자가 흔들리는 것을 볼 수 있었다. 책에 의하면 로즈는 질투나게도 파리에서 메링을 좋아했었다. 메링은 매너 있고 키도 크고 성격도 좋으며 지성까지 갖춘 데다가 로즈와 같은 유대인이었지만 여러 여자를 마음에 두었다. 로지의 그에 대한 남다른 집착을 그도 무시할 순 없었지만 그는 연구소의 아그네스, 레이첼을 더 선호했던 것으로 보인다. 로즈가 고민 끝에 4년 만에 파리에서 런던으로 돌아가 연구 활동을 하겠노라고 하자 메링은 그녀를 배신자 취급하며 그녀를 더욱 절망시킬 뿐인 사람이었다. 하지만 지금 그녀는 내 앞에서 그를 회상할 생각은 없는 듯하다. 무엇보다 빛났던 그녀 인생의 4년을 깎아내리고 싶지 않은 모양이다.

"그렇게 파리에서 쌓은 경험으로 리옹학회에서 방청객으로 참가했었다가 발표자의 문제점을 지적하면서 조금 돋보이기 시작했던 것 같아요"

나의 안타까운 심정을 알 리 없는 그녀는 다시 활기차게 이야기를 시작했다.

"그리고 제가 서른 살이 되던 즈음에, 탄소의 유리질 형태가 주목을 받았어요. 유리질 탄소는 고온이 되어도 성분이 변하지 않는 탄소를 말해요. 높은 온도를 구성하고 그 속에서 실험을 진행해야 했던 연구자들의 관심을 받았지요. 고온을 견디는 기구를 만들어야 했으니까요. 어쨌든 그 덕택인지 런던에서 펠로십(연구자금) 제의가 들어왔어요. 전 심각하게 고민했답니다. 지금의 행복한 파리의 연구생활이냐, 고국 런던에서의 새로운 생활이냐. 아버지가 들으셨으면 화를 내실 얘기지만, 전 영국, 특히 영국 과학자들을 혐오했던 기질이 있어요. 제가 영국 과학자면서 말이죠. 프랑스의 과학자들은 모두 지성이 넘치고, 재미있고, 일에 열정을 지니고, 문화적으로도 많이 함양된 사람들이었어요. 그리고 무엇보다 남녀를 평등하게 대우해 주었어요. 하지만 영국은 그러지 못했죠. 부모님의 재촉에 런던으로 돌아오게 된 것은 아니지만, 어쨌든 전 제 앞날을 위해 영국으로 돌아오는 게 옳다고 결정을 내리게 되었어요. 1951년에 저는 랜들의 여럿 꼭두각시들 중 하나가 되기로 하고 파리를 떠났어요. 프랑스의 직원들은 모두 진심으로 저의 무운을 빌어 주었답니다. 이후에 제가 런던 킹스칼리지를 떠날 때엔 모두가 축제 분위기였던 것과는 정 반대로 말이죠"

나는 지금부터 듣게 될 어두운 이야기에 심호흡을 하지 않을 수 없었다.
아무리 그녀가 밝게 말한다고 해도 그녀가 미국으로 가기 전에 영국에서,
킹스칼리지에서 지내던 시간들은 프랑스에서와는 너무도 대조적으로 암울
했음을 알고 있었기 때문이다. 1950년대, 전쟁 이후의 과학은 생명과 물리
의 합작이었고 그중 단연 최고의 수수께끼로는 '유전자란 무엇이며 어떻
게 복제되고 어떤 구조인가'였다. 에이버리가 DNA가 유전물질이라고 추
측한 이래 여전히 단백질을 맹신하는 과학자들도 적진 않았지만 런던 킹
스칼리지는 DNA연구에 박차를 가했다. 그러기 위한 인재들을 모으던 랜
들은 X선 결정학에서 단연 우수한 인재인 로즈를 부르게 되자만 교묘했던
랜들은 자신의 학자들의 일상은 별로 고려하지 않은 듯했다.

"킹스칼리지 DNA연구 분야는 매년 750파운드의 연구자금을 받았어요.
핵산의 구조를 밝히는 데 연구의 초점이 맞춰져 있었죠. X선 사진 부분에
는 저 말고도 고즐링이라는 학사학위의 연구원이 있었는데 X선 결정학에
상당히 숙달되어 있었어요."

그녀는 누가 들을 사람도 없건만 내 쪽으로 고개를 비죽이 내밀곤

"그래도 저보단 아니지만요."

라고 말하며 웃었다.

"어쨌든 저의 전문적인 일을 고즐링과 함께해서 다행이라고 생각해요.
윌킨스나 시즈와 함께했다면 그들을 두들겨 팼을지도 몰라요. 윌킨스는 자
신이 저의 상관이라고 생각하며 저의 자료를 사용하는 데 아무런 거리낌
이 없었죠. 아주 화나게 할 때도 많았어요. 그 중 절 정말 참지 못하게 한
건, 제가 DNA의 A, B형을 고즐링과 독자적으로 연구해서 괄목할만한 성
과들을 이루었는데, 어느 날 저의 연구 자료들을 보고는 윌킨스는 자신이
알아낸 것과 비슷하다며 공동연구를 하자고 했지 뭐예요. 전 정말 참을 수
없이 화가 나서 저녁때 있던 콜린과의 식사 약속에도 울면서 들어갔어요.
그래서 윌킨스에게 '당신의 현미경으로 돌아가세요.'라고 말했던 것을 한

뻠도 후회하지 않아요. 또 윌킨스는 캐번디시의 젊은 학자들인 왓슨과 크릭과도 절친했어요. 물론 그것을 나무라는 것은 아니에요. 하지만 그들은 화학적 지식의 깊이가 충분하지 못한 상태에서 공방에서 구한 파이프와 공, 톱니 등으로 모델을 만들기 바빴지요. 전 1951년에 들었던 버널의 '우리가 찾은 것은 맞는 답인가? 맞을 가능성이 있는 답인가?'라는 말에 영감을 얻어 모델 구축은 모든 이론을 거치고 나서 논리적으로 행해져야 한다고 생각했기 때문에 신중하려고 했어요. 하지만 그들은 제가 당연한 것을 의심하고 있다며 절 고지식한 취급했다니까요. 그땐 정말 불쾌했어요

식식거리며 얘기하는 로지의 이야기 속에, 왜 '이중 나선'에서 로지가 동료와 타협할 줄 모르고 자신의 연구결과를 알리길 꺼려하는 '못된 로지'로 그려졌는지 알 것 같았다. 왓슨이 쓴 책 '이중 나선'에서는 그들이 로지에게 저질렀던 무례함과, 킹스칼리지에서의 로지의 처지는 하나도 싣지 않고 로지가 인내 끝에 그들에게 한 과격한 행동들만 싣고 있으며 그녀가 DNA의 나선형에 대해 극구 부인했다고 쓰여 있다. 하지만 클루그와 고즐링은 그녀의 곁에서 그녀를 보조하면서 그녀가 DNA가 나선형이라는 것에 결코 부정적인 게 아니었으며 그저 '아직 확실히 검증되어지지 못한 괜찮은 이론들 중 하나'로 보았다는 것을 변호해 준다. 더욱이 시간이 좀 더 흐른 뒤에는 그녀 또한 독자적으로 DNA의 이중나선 구조에 근접했음을 알 수 있다. 그녀는 그저 신중하려고 했을 뿐이다. 중합수나 물의 기억력 같은 실패한 패러다임 붕괴를 피하기 위해서. 그녀처럼 신중하지 못했던 덕택에 크릭, 왓슨은 DNA의 상보적 염기쌍을 발견한 샤가프에게 '나선을 쫓는 약장수'라고 불렸으며, 폴링과 코리는 근본적으로 모순이 있는 DNA 모델을 자랑스레 논문에 싣기도 했다.

"어쨌든 전 그래도 고즐링과 함께 오렌지 껍질로 패터슨 함수를 분석해 가면서 결국 선명한 X선 사진을 얻는 데 성공했죠 51번 사진이라고 이름 붙이고 A형 DNA에 관해서 더 연구한 다음 B형을 찍은 51번 사진을 분석

하기 시작했어요."

51번 X선 회절사진. 그녀의 경험과 실력이 응집된 이 한 장의 사진은 당시로서는 그녀밖에는 찍을 수 없는 아주 선명한 사진이었다. 너무나도 선명한 나머지 나선의 기울기와 주기, 두께 등을 모조리 알아낼 수 있을 정도였다.

"그때는 A형 DNA가 나선이 아닐 것 같다는 의견이었어요. 나중에 물론 믿게 되었지만…… 그 즈음부터 버크벡으로 일자리를 옮길 계획을 하고 있었어요. 버크벡은 실험 기주가 연구 조건이 킹스칼리지에 비해 터무니없이 열악했지만, 현자라고 불리는 버널 박사도 있었고 무엇보다 킹스칼리지에서 벗어나고 싶었거든요. 제가 버크벡으로 가면서 졸지에 지도교수를 잃게 된 고즐링만 불쌍한 뿐이죠."

아니었다. 가장 불쌍한 것은 누가 뭐래도 그녀 자신이었다. 그녀 말대로 지도교수를 잃게 된 고즐링은 당연히 윌킨스에게 도움을 구했고 극도로 선명한 51번 사진도 넘어가게 되었다. 윌킨스는 이것은 친하게 지내던 왓슨과 크릭에게 별생각 없이 보여주었지만 그들은 거기서 '나선'을 보았다. 게다가 캐번디시와의 경쟁으로 연구원들의 논문을 강요했던 랜들에 의해 로즈는 자신의 발견에 관한 논문, 그러니까 패터슨 함수를 분석한 것과 51번 사진 등 여태까지 그녀가 킹스칼리지에서 이룩한 모든 것을 집대성한 논문을 랜들에게 건넸고 랜들은 킹스 칼리지를 감찰하던 MRC에 로지를 비롯한 여러 연구원들의 논문을 건네주게 되었다. 하지만 이 논문들은 출간되기도 전에 당사자들도 모르게 캐번디시에게 읽혀졌다. 캐번디시가 경쟁을 의식하고 악의적으로 그런 것은 아니었으며 그런 행위가 법적으로 규제되었던 것 또한 아니었지만 킹스 칼리지 입장에선 상당히 억울한 일이 일어난 것이었다. 그 중에서도 특히 로지의 논문에서 얻은 DNA 구조에 필요한 '필수 요소들의 측정값'들은 왓슨과 크릭에게는 적지 않은 수확이었다. 물론 이것이 그들의 '이중 나선'구조에 지대하고 막대한 영향을 주었다는 것은 과장이지만 또 그 영향이 적었다는 것은 과한 축약이다. 로즈는 그것을 알고 있을까, DNA경쟁이 끝난 후, (사실 로즈는 경쟁이라고 생각해 보지도 않았지만) 그들은 모두 친구가 된다. 함께 여행을 다닐 정도로. 로즈는 별로 졌다는 생각이나 위기의식은 느끼지 않았다. 단지 그들의 모델을 보고 '아주 예쁘다'는 평을 했을 뿐이었다. 증명 방법도 조금은 궁금해 하면서 말이다.

"그리고 그 해에 캐번디시의 왓슨과 크릭이 이중나선 구조를 밝혔어요. 이것은 현재까지 나온 모델들 중에 가장 완벽한 것이죠. 그들의 논문에 들어간 측정값이 제가 측정했던 것과 너무도 같아서 논문 유출도 의심했었지만 킹스칼리지 사람들은 제 편이 아니었더군요. 떠날 거면 빨리 떠나라는 눈치였어요. 1953년엔 저도 A형과 B형 모두 두 개의 사슬을 가진 나선임을 의미하는 논문을 발표했지만 결국 이 분야는 왓슨과 크릭의 완주로 끝이 났지요. 하지만 억울하다거나 보람이 없다거나 하지는 않아요. 그저 윌킨스처럼 기쁘기 그지없을 정도는 아니었죠. 어쨌든 그런 것에 상관없이 전 버크벡에 왔어요. 이곳에서의 연구가 킹스칼리지보다 수십 배는 더 보람찼었죠. 고즐링은 제가 버크벡으로 간 뒤로도 한두 달 왔다 갔다 했어요. 제가 그렇게 그에게 도움을 많이 주었던가요, 그는 박사논문에서 오직 제게만 깊은 감사를 표하더군요. 그도 그리워지네요."

확실히 고즐링은 킹스칼리지에서 몇 안 되는 그녀의 편이었다. 나머지 한 명은 사진사 티체허스트였다. 고즐링은 윌킨스와 로즈의 날카로운 관계 사이에서 불쌍한 박쥐 신세였지만 결국 그는 로즈의 편이었던 것이다. 우울한 킹스 칼리지의 로즈에겐 그것은 심심한 기쁨이었으리라.

"버크벡은 천장이 샜어요. 실험기구를 만질 때도 우산을 쓰고 진행할 정도였으니까요. 그래도 이곳에서 제 일상은 안정을 찾아 갔어요. DNA말고 또 다른 핵산인 RNA와 그것을 핵심 부품으로 사용하는 TMV(담배모자이크 바이러스)를 연구했어요. 현자 버널은 그 분야에선 저를 높이 평가

했었는데 그것은 많은 고초를 겪는 동안 제게 큰 힘이 되었죠. 킹스칼리지와는 달랐어요. 1953년은 그렇게 끝났어요. 연말에 내니를 오랜만에 만났었는데 눈물이 나더라고요.”

이제 그녀의 인생의 한 고비는 넘어갔다. 나는 깊게 들이쉬었던 숨을 내쉬고 다시 이야기를 들을 준비를 마쳤다. 증발접시에 따라서 그런가, 바닥에 깔려있던 커피는 물기 없이 바짝 마른 A형 DNA처럼 증발접시에 남아있을 뿐이었다.

6. 죽기에는 너무 바쁜

로지와 나는 우리가 사용한 식기들을 대충 정리한 뒤 빙하 녹은 물이 흐르는 물줄기에 발을 살짝 담그고 개울가에 앉았다. 이곳은 수영을 하고 싶을 정도로 덥지 않았으므로 나는 쓸데없는 기대를 접고 로즈의 이야기를 다시 듣게 되었다.

“베크벡에 간 것까지 얘기했던가요, 그곳에서 새로운 동료들을 만나게 되었어요. 책임자이신 버널 경은 말할 것도 없고 이제 막 입문한 클루그와 윌슨, 핀치가 그들이었죠. 55년부턴 카스파 씨도 함께 했었죠, 아마?”

“네. 제가 함께 연구하고 싶다며 로즈를 찾아갔었죠. 후후. 클루그와 윌슨, 핀치와 환상적인 호흡을 맞추며 속사포로 진행되는 섬세한 연구에 저는 놀라지 않을 수 없었답니다.”

사실 나는 그해 처음으로 로즈를 만났었다. 나는 여성 과학자의 밑에서 연구를 하게 될 생각에 얼룩이 번진 연구복과 부스스한 머리칼, 그리고 깊은 주름의 여인을 생각했었는데 ‘너무나도 매력적인’ 그녀의 모습에 깜짝 놀랐다. 클루그와 호흡이 척척 맞는 그녀를 보며 내심 불안하기도 했지만 클루그는 이미 결혼을 해서 나는 안심할 수 있었다. 이번엔 내가 먼저 말을 꺼냈다.

“제가 오기 전에 피리와 마찰이 있었다면서요, 그것에 대해 자세히 들려주시겠어요?"

"그래요, 조금 어이없긴 해요. 버크벡에서의 저희 팀의 연구는 피리가 공급하는 식물 바이러스로 행해졌어요. 그런데 우리 연구팀의 연구 결과가 피리의 심경을 거스르게 했죠. 피리와 저는 편지로 소통하면서 서로의 의견을 주장했어요. 저는 우리 연구팀의 결과에 확신을 갖고 있었기 때문에 저희가 옳다는 것을 주장할 수 있었어요. 그런데 가장 바라지 않던 상황이 일어났죠. 피리가 식물 바이러스의 공급을 중단한 거예요. 그래서 어쩔 수 없이 우리들은 직접 식물 바이러스를 배양하며 연구를 진행해 나갔어요. 이전만큼 매끄럽고 신속하진 못했지만 낙심할 정도는 아니었기에 그 상황도 즐기며 일을 계속했지요. 그런데 이번엔 피리가 영향력을 행사해서 우리들에게 연구자금을 대주던 ARC가 우리를 자금으로 압박하기에 이르렀어요. 저는 새로운 자재들과 시료들, 연구 대상이 될 자료들을 요청했지만 그들은 단 한 가지도 들어 주지 않았어요. 심지어 1년 후면 공식 채용기간이 만료되어 일자리가 없어지는 클루그의 미래를 보장해 달라는 아주 기본적인 요구도 말이죠. 저희의 연구 성과가 아주 우수해서 1956, 1957년에 수많은 논문들이 쏟아져 나왔어도 말이에요."

"그래요. 우리들의 성과는 대단했지만 지원은 형편없었죠. 지금도 그것이 계속되고 있군요. 그래서 로즈가 지원을 해 줄 외국 기관을 알아보고 있는 거군요."

"네 그래요. 치열하게 분투 중이죠. 저는 몰라도 제 연구원들만큼은…… 꼭 잘되었으면 좋겠어요……. 그러게, 생각해 보니 근년에는 연구다, 지원금이다, 논문이다, 너무 너무 바쁜 일과들이었네요. 미국에서 다녀온 이후 정신이 하나도 없었어요. 후훗. 그래서 카스파 씨와 함께하는 이번 여행이 더 좋은 활력소가 될 것 같아요."

"네. 다행이네요. 걱정 마요. 모든 게 잘 될 거예요. 모든 것이."

나는 연구원들을 걱정하는 로지를 바라보며 나도 모르는 새 그녀의 손을 불끈 쥐고 있었다. 지금 그녀에 대한 만감이 교차하고 있다. 이렇게 생생한 그녀의 이야기를 모두 전해 들었으니 나는 이젠 그녀를 결코 잊지 못할 듯하다. 아무런 신호도, 알림도 없었지만 나는 오늘이 지나면 원래대로 내가 살던 21세기로 돌아갈 것임을 느낄 수 있었다. 지금 그녀는 자신의 병세를 인지하고 어쩌면 나와 결혼식을 올렸을지도 모르는 올해, 그런 계획을 접고 오로지 연구에만 일념하고 있다. 나는 가슴 한 구석이 뜨거워지는 것을 느끼며 그녀를 향한 애타는 동정과 동경이 불타고 있음을 알 수 있었다. 그녀를 잡은 나의 손은 점점 부르르 떨리고 있었지만, 그녀는 그것을 알아채지 못한 듯, 생각에 깊게 잠긴 얼굴이었다.

그때, 우리들을 부르는 소리가 멀리서 들려왔다.

"로즈 씨~ 카스파~ 우리들 돌아왔어~ 이제 사진 한 번 찍고 내려가자~"

리처드의 부름이었다. 나는 황급히 마음을 있는 대로 추스르고 아직도 깊게 생각에 잠겨 있는 로즈 씨를 불러 자리에서 일어나 리처드에게로 향했다. 우리들은 마터호른 봉이 보이는 언덕에 자리 잡고 일렬로 앉았다. 어머니께서 우리들의 사진을 찍어 주시기로 하셨다.

"자~ 젊은이들 이쪽을 보시고요~ 하나, 둘 셋~!"

"그런데 그거 아세요, 카스파 씨?"

"네? 뭐를요?"

로지가 사진을 찍는 어머니의 신호가 끝나기 전, 나에게 재빠르게 물어보았다.

"저는 이번 여행을…… 카스파 씨와의 '영광스런 주말'로 이름붙이기로 정한 거요. 후후."

"찰칵!"

체르마트의 영광스러운 주말에서.

사진을 찍고 우리는 서둘러 하산했다. 전문 산악인이 되어버린 로즈의 충고를 따랐기 때문이다. 마을엔 저녁때쯤 도착해 주변 산장에 머물면서 우리는 잠자리를 갖게 되었다. 어머니가 지나가는 말로 내게

"다 큰 남녀가 자리를 비켜줬더니 한다는 짓이 겨우 손잡기냐?"

라고 장난기로 물어본 것 외엔 아무 일도 없었다. 지금 로즈는 글을 쓰고 있는 나의 옆 침대에서 웅크려 잠에 빠져 있다. 어머니도 그 옆에서 주무시고 계시고, 옆방에선 리처드도 꿈나라로 여행을 떠났다. 나는 오늘 로즈와의 대화를 통해 과학사가 무언가 단단히 잘못을 저지르고 있다는 것을 실감할 수 있었다.

지금 우리에게 "DNA의 이중나선 구조를 밝힌 사람이 누구게~요?"라고 묻는다면 대다수의 사람들은 '왓슨과 크릭' 그 둘의 이름을 떠올릴 것이다. 과학에 조금 관심이 있는 사람이라면 공동 노벨상을 수상한 윌킨스까지 떠올리는 것은 어렵지 않다. 하지만 이 셋의 풀네임까지 다 외는 사람도, 정작 로지는 떠올리지 못할 때가 많다. 20세기 과학사에서, 수많은 여성 과학자들이 '여성'이라는 이유로 그들이 몸 바쳐 헌신한 과학에게 철저히 배신당했다. 그리고 그 중 로지라는 이 여성은 조금 더 많은 상처를 입었다. 우라늄과 방사능을 40년간 연구했던 리제 마이트너는 유력한 노벨상 수상자 후보였음에도 결국 수상하지 못했다. 그러나 그녀는 원자번호 109번에 이름이 실리는 영광을 얻게 되었다. 세페이드 변광성을 연구했던 리비트는 그 분야에선 독자적인 인물로 알려져 있다. 하지만 우리의 다크 레이디, 로지는 어떠한가? 그녀가 과학계에 몸 바쳐 헌신한 대가로 얻은 것은 과연 '왓슨과 크릭의 발견에 기여'라는 한 줄로 끝나야 하는 것일까? 그녀는 연구의 대가로 어떠한 부와 명예

도 얻지 못했다. 왓슨과 크릭, 윌킨스가 노벨상을 수상할 때에도 그녀는 이미 사망하여 노벨상 수상대에 오를 수도 없었으며 설령 살아 있었다 할지라도 한 부문에서 최다 3명밖에 수상하지 못하는 노벨상에서 세상의 과학자들이 윌킨스를 제치고 로지를 선택했을 리 만무하다. 하지만 그녀에겐 수상을 하지 못했다는 기록만 남은 것이 아니다. 그녀가 잃게 된 것은 그녀의 생명 그 자체였다. 반복되는 실험들로 다량의 방사선에 노출된, 아이들을 너무 너무 좋아했던 그녀는 자신이 아이를 가질 기회조차 박탈되는 난소암 판정을 받게 된다. 그러나 그녀는 죽는 그 순간까지 희망을 놓지 않았다고 한다. 언젠가 다시 연구할 수 있을 거란 희망, 그리고 다시 즐겁게 일상으로 돌아가 친구들과 여행도 다니고, 사랑하는 남자도 만나고, 행복한 나날을 보낼 그런 희망을 말이다. 그러나 그녀는 병에 무너졌고, 이미 오래전에 고인이 되었다. 하지만 그것으로 끝나지 않았다. 고인이 된 그녀를 왓슨은 '이중 나선'에서 한 번 더 비꼬고 있다. 그 책에서 그녀는 심술궂고 까다롭게 지 화합을 할 줄 모르는, 독자적인 세계에 빠져있는 인물로 그려진다. 그러나 그녀의 말년에 그녀의 연구 활동을 왓슨과 크릭이 도왔다는 점을 생각해 볼 때 이것은 도무지 이해가 가지 않는 행동이다. 이 책을 접하고 로즈의 부모님은 눈물을 흘렸다고 한다. 딸은 잃은 것도 슬픈데 그런 딸이 히스테릭한 못된 로지로 남게 되었으니 말이다. 로즈가 유언으로 자신의 소유금 3000파운드와 회색 자동차를 남겨 주어 안정된 생활을 할 수 있게 된 그녀의 후배 클루그는 격분하여 왓슨에게 항의하기까지 했다. 하지만 이는 고쳐지지 않았고, 클루그는 로즈의 부모님께 로즈는 그래도 이 책을 통해서 사람들에게 기억될 거라며 위로를 했다고 한다. 로즈의 부모님은 그럴 거라면 차라리 기억되지 않는 편이 낫다고 했다는 가슴 아픈 일화가 전해진다. 클루그는 또 1982년 자신의 노벨상 수상대에서 사망한지 30년이 되어가는 로지에게 깊은 감사를 표했다. 왓슨이 '이중 나선'에 남긴 로지는 킹스칼리지에서의 무시와 박대에 지칠 대로 지친 불쌍한 여성이었다. 그녀가 아주 긍정적이고 밝으며 붙임성 좋은 성격의 소유자라는 것은 파리에서의 화합성 좋았던 연구생활, 그녀가 죽자 통곡을 하였다는 버크벡의 연구원들, 미국에서의 도무지 슬픔이라곤 찾아볼 수 없었던 그녀의 기록을 통해서 알 수 있다. 그렇다면 왓슨은 도대체 왜 그런 것일까? 내가 읽었던 책에서처럼, 나도 왓슨이 일종의 비양심적인 행동의 탈출구로 로지를 그런 인물로 묘사했다고 생각한다. 왓슨과 크릭은 로지의 정보를 인용하여 자신들의 세기의 발견을 빛내었다. 그러나 그 과정은 공식으로 이루어진 것이 아니며 떳떳하지 못했다. 그녀는 자신의 데이터가 사용된 것을 죽을 때까지 알지 못했다. 오죽했으면 그들은 로지의 논문이 발표되기 이전에 자신들이 이중나선 모델을 구축하자 그 필수정보를 어디에서 얻었는지 해명할 길을 찾았다고 한다. 따라서 왓슨은 그녀를 '의도하진 않았지만 몰래 정보를 취하는 것 외엔 교류할 방법이 없었던, 어쩔 수 없는 앞뒤가 꽉 막힌 여성'으로 그려 자신들의 행위를 변호하려는 속셈이었을지도 모른다.

우리는 이 로지라는 인물을 너무 모르고 있다. 아니, 잘못 알고 있다. 세계적인 베스트셀러 '이중나선'에 묻혀버린 그 안타까운 여성을 이제는 제대로 알아야 한다. 위대한 발견이 있기까지는 수많은 과학자들의 땀과 희생이 있었다. 최후의 발견을 이룩한 과학자도 물론 훌륭하지만 그때까지 피땀 흘려가며, 혹은 로즈처럼 생명을 바쳐가며 연구하고, 논문을 쓰고, 끊임없이 고뇌하고 쉬지 않던 과학자들 역시 결코 잊혀 져서는 안 되는 소중한 한 사람 한 사람이다……

머릿속에서 생각나는 대로 한동안 글을 쓰고 기지개를 켜며 자리에서 일어났다. 시간은 어느덧 새벽. 장작불은 여전히 활활 타고 있다. 그리고 그 옆에 자신의 몸속에 자신을 죽일 병을 지니고 있다고는 생각지도 못할 편안한 얼굴로 그녀가 잠들어 있었다. 이제 나는 그녀를 위해 눈물을 흘려도 뭐라 나무랄 사람이 없었다. 나는 벅차오르는 뜨거운 눈물을 그대로 흘리며 잠든 그녀 옆에 앉아 행운과 축복과 무운을 빌어주며 부디 그녀가 행복하길 소원했다.

"잘 있어요, 나의 영원한 멘토. 20세기 과학에 배신당했지만 결코 희망을 놓지 않았던 한 사람, 로잘린드 엘지 프랭클링 씨……"

남기는 말

저는 서인천고등학교에 다니는 2학년 학생입니다. 브란다 매독스의 '로잘린드 프랭클린과 DNA'라는 책을 읽고 프랭클린 박사의 연구정신과 인생관을 존경하게 되었고, 과학계의 모순을 보게 되었습니다. 그래서 이번 카이스트 과학 글쓰기 대회에서 비록 오랜 시간이 걸려 마감은 빡빡하게 맞추게 되었지만, 로잘린드 박사를 기리는 글을 한번 써 보고 싶다고 생각해서, 그녀가 37세일 때, 돈 카스파와 함께 스위스의 마터호른으로 여행을 갔을 때로 제기 이동히어 그녀의 일생을 전히는, 일종의 긴략한 일대기를 쓰게 되었습니다. 표지에는 소설이라고 적어 놓았지만 쓰다 보니 소설이면서 마지막엔 약간 논설문의 형태를 띠게 되었지만 열심히 글을 써 보면서 로잘린드 박사에 대해 더욱 자세히 알아볼 수 있는 좋은 시간이 되었습니다. 두서없이 내용만 많고 요점 전달은 약했을 수 있고, 페미니스트적이기까지 했을 수 있었지만 끝까지 읽어주셔서 감사합니다.

신의 직업에 대한 간단한 고찰

생물학자는 자기가 화학자라고 생각한다. 화학자는 자기가 물리학자라고 생각한다. 물리학자는 자기가 수학자라고 생각하고 수학자는 자기가 신이라고 생각한다. 그렇다면 신은? 여기 신의 경지에서는 의견이 갈린다. 신은 수학자인가 아니면 신은 예술가인가? 만일 신이 수학자라면 자연과학자들이 환호할 것이고, 예술가이면 인문과학자들이 환호할 것이고, 신의 무엇을 하는 존재이건 간에 철학자들은 토론을 시작할 것이다.

이 농담은 많은 과학자들의 공감을 불러일으킨다. 예를 들어, 생물은 수많은 화학물질들의 복잡한 결합으로 이루어졌기 때문에 미시적인 생물의 메커니즘을 이해하기 위해서는 화학의 이해가 필요하다. 생물학에서는 생물체의 더 자세한 이해를 위하여 화학적 지식을 생물학으로 이끌어 오며, 그 과정에서 화학에서의 공식들도 사용한다. 고등학교 교육과정에서도 광합성, 호흡 등의 물질대사 과정에서 수많은 화학물질이 이용되고 대단한 화학적 변화와 에너지의 출입이 수반됨을 보여준다. 큰 공통분모가 있는 셈이다. 하지만 화학자는 자신을 생물학자라고 생각하지 않는다. 화학은 시각을 좀 더 미시적인 부분으로 완전히 돌려버린다. 화학의 최종적인 목표는 원자와 분자의 이해이다. 따라서 생물을 깊게 이해하기 위해서 필요한 것은 순수화학이 아니라 생화학이 된다. 생물체내에서의 화학을 다루는 화학이 따로 필요하게 되는 것이다. 같은 분야인 생물학 내에서도 마찬가지이다. 생물은 너무나 다양하고 그 체계는 복잡하게 나뉜다. 따라서 생물의 종류나 기관, 화학반응에 따라 새로운 분야가 하나씩 생성되게 되었다. 각 분야들은 분야별로 분화와 분화를 거듭해나갔고, 지금에 이르러서는 과도하게 독립적인 학문으로 자리매김하게 되었다. 따라서 같은 생물학이라는 포괄적인 학문을 하는 학자들조차 각 분야에 벽을 느끼는 상황까지 이르게 되었다. 화학자는 생물학자가 될 수 없다. 마찬가지로 생물학자는 화학자가 될 수 없다. 같은 현상을 바라보는 시각이 서로 다르다.

하지만 두 분야는 서로 상호보완적이다. 생물학의 더 넓고 깊은 이해를 위해서 화학은 꼭 필요하다. 20세기 당시 DNA가 유전물질이라는 사실이 알려지고 DNA의 구조를 알아내는 것이 당대 과학자들의 가장 큰 과제였다. 화학자인 왓슨도 그랬다. 왓슨과 크릭은 염기, 인산, 당으로 이루어진 DNA의 경이로운 이중나선 구조를 밝혀내는 데에 성공했다. 이들의 화학적인 발견은 생명과학과 연관된 전 분야엣 혁신을 가져왔다. 모든 것을 결정하는 DNA, 생명체의 중앙제어장치를 조작할 수 있게 된 것이다. 모든 분야에서 이러한 상호보완적인 관계는 성립한다. 원자구조의 해명으로 화학자들은 모든 화학반응의 근본적 원리를 이해할 수 있게 되었고, 물리학자들에게는 양자역학이라는 새로운 지평이 열렸다. 현대에 와서는 주요한 수학적 난제들 중 많은 수가 물리학에서 비롯된다. 그 수학적 난제의 해결은 물리학을 발전시킨다. 그 과정에서 수학 또한 발전함은 물론이다. 이러한 방식으로 자연과학의 각 분야들은 서로 긴밀하게 연관되어 상호간에 큰 영향을 미치며 그 존재를 확실히 다지고 있다.

그렇다면 우리는 여기서 수학자가 물리학자이고 물리학자가 화학자이고 화학자가 생물학자라고 말할 수 있을 것이다. 그들은 분명 차이가 존재한다. 초점을 맞추는 영역이 다르다. 하지만 바라보고 있는 대상은 같다. 자연과 그 원리에 대해, 진리에 대해서 탐구한다. 따라서 한 분야에서 혁신이 일어나면 그 혁신은 모든 자연과학의 모든 분야에 영향을 준다. 그것은 방향성이 없이 산발적으로 일어나고 학문과 그것을 넘어서서 사회 전반까지 그 힘을 펼친다. 따라서 우리는 생물학자도 수학자라고 할 수 있을 것이다.

그렇다면 신은 무엇일까? 신은 자신이 무엇이라고 생각할까? 수학자가 자신을 신이라고 생각했으니 신은 자신을 수학자라고 생각할까? 앞에서 말했듯이 자연과학의 각 분야들은 긴밀하게 연결되어 있다. 그렇다면 세상은 곧 자연이며 눈에 보이는 세계이고 실재적이며 논리적이다. 언어로써 완벽히 표현될 수 있는 것이다. 하지만 세상에는 말로써 표현되지 않는 것들도 충분히 많이 존재한다. 우리가 느끼는 감정, 생각 등 형이상적인 개념들이 그것이다. 감정의 근원은 사람의 뇌이고, 그것은 각종 화학물질로 조절된다. '분노'라는 감정을 정의할 수 있는가? 맥박수의 증가와 얼굴로 흐르는 혈류량의 증가는 '분노'가 아니다. 그 감정상태의 놓인 사람의 겉모습이다. 그렇다면 신은 도대체 무엇인가? 나는 이렇게 말하고 싶다. 신은 정의될 수 없다.

모든 학문의 갈래는 암흑물질 같은 한 덩어리의 세상을 알기 위해서 세상을, 진리를 자세히 들여다보는 과정이다. 그 과정에서 학자들은 자신이 자신 있는 분야를 자세히 살펴보고 있는 중이다. 따라서 학자들은 넓게 보는 눈을 길러야 한다. 작은 진리의 한 조각을 너무나 자세히 바라봐서는 찾고자 하는 진리에서 오히려 멀어질 수 있다. 자신의 좌표를 잊고, 그 목적성을 잃을 채 아무렇게나 떠다닐 수 있기 때문이다. 그러므로 학자들 간의 소통은 꼭 필요하다. 퍼즐을 맞출 때 조각들의 모양만 알아서는 의미가 없다. 그것은 무늬와 색깔의 반복이다. 하지만 퍼즐이 맞춰지고, 각 조각들이 어떻게 옆의 조각과 연결되어있는지 알아야 된다. 그 과정이 완결되어야 보고자 하는 아름다운 그림이 나온다. 진리도 마찬가지이다. 새로이 밝혀낸 사실은 사실 그 이상도 이하도 아니다. 하지만 그것이 세상을 어떤 방식으로 이뤄내는지 알게 될 때, 그 사실은 진정한 의미를 지니게 된다. 그것은 모든 생물학자, 화학자, 물리학자와 수학자, 철학자들, 인문과학자들 그리고 모든 학자들의 목적지이며, 그리고 그 과정은 예술적으로 아름답다.

세상은, 세상의 진리는 연결되어 있다. 홀로 동떨어져서 존재하는 것은 없다. 모두가 모두의 영향을 받고 모두와 이어진다. 신은 한쪽 눈만 게슴츠레 뜬 채로 세상을 좌뇌와 논리로 만들지 않았다. 신은 양쪽 눈을 똑바로 뜨고 양손과 온 뇌를 이용해서 세상을 만들었다. 그러므로 그 세상을 공부하는 학자들도 신의 정신을 본받아야 한다. 자신이 보고 있는 세상만이 모두라고 생각해서는 안 될 일이다. 나는 수학자이자 예술가고 자연 그 자체인 신을 이렇게 말하고 싶다.

'신은 자기가 백수라고 생각한다.'

시간여행의 끝

프롤로그

한 별장이 보였다. 그리고 그 앞에는 어느 노부부가 앉아있었다. 신은 인사를 했다.

"안녕하세요. 실례지만, 혹시 오늘이 몇 년인지 알 수 있나요?"

노부부는 별 이상한 사람을 보겠다는 표정으로 2220년이라고 말해줬다. 신은 자신들의 이야기를 노부부에게 얘기해주고 서울로 갈 수 있도록 도움을 청했다. 노부부는 흥미롭게 그들의 이야기를 듣고 흔쾌히 도와줬다.

2014년 1월 3일

대한민국 서울. 예원은 가쁜 숨을 고르면서 SEOK(Space Exploration Organization by Korea) 문을 열고, 다시 긴 복도를 뛰어 우주개발 제2팀 사무실 문을 열었다. 각기 다른 표정을 하고선 컴퓨터 주변에 앉아 있는 팀원들에게 다가갔다. 예원은 늦어서 미안하다며 눈치를 보면서 앉았다. 예원이 앉기 무섭게 아까부터 그녀를 째려보던 희진이 짜증 가득한 목소리로 이렇게 큰 프로젝트에 책임감 없이 늦는 건 기본이 안 되어 있다며 핀잔을 주기 시작했다. 예원은 자기가 늦은 일에 희진이 너무 차갑게 말을 하자 섭섭하단 듯이 정색하며 말을 받아쳤다. 옆에서 둘의 심각한 분위기를 일찍 눈치 채고, 레옹이 서툰 한국어로 분위기를 전환시키려고 하자 둘은 신경전을 멈췄다. 한편, 그 옆에서 심각한 표정으로 가영과 함께 컴퓨터를 보던 신은 노트북을 닫고 어색한 분위기를 눈치 채지 못한 채, 흥분에 가득 찬 목소리로 팀원들에게 이번 새로운 프로젝트를 설명하기 시작했다. 예원과 희진도 눈을 신과 가영에게 돌렸다.

"정부로부터 '특수우주과학 개발팀'이라는 직위와 함께 승인을 받은 이번 프로젝트 이름은 일명 타임머신. 즉 시간여행입니다. 우리에게 주어진 시간이 그렇게 많은 시간이 아니기 때문에 서둘러야 합니다."

레옹은 실소를 터트렸다.

"팀장님, 정부에서 그런 말도 안 되는 프로젝트를 승인했다고요?"

예원이 황당하다는 표정을 지으며 신에게 물어봤다. 가영은 나머지 팀원들에게 계획서를 나눠줬다. 레옹은 호기심에 가득 찬 눈으로 보고서를 읽기 시작했다.

"절대 불가능한 이야기가 아닙니다. 그리고 생각보다 어렵지도 않고요. 모든 물리적 사물은 폭과 높이, 길이를 갖고 있지만, 시간의 길이는 다른 성질을 띠고 있어요. 인간의 평균 수명이 80년인데 반해 태양계는 수십억 년 간 유지되었고 이론적으로 앞으로도 그럴 거라는 거죠."

중간에 예원이가 투덜거리면서 빨리 본론만 말하라고 재촉했다. 신이 말을 이어갔다.

"우주를 비롯한 모든 것에 시간적 길이가 있습니다. 그러니까 시간여행은 4차원을 여행하는 거죠. 자연 법칙상에서도 가능할까 고민했었고, 결과적으로 가능하다고 보고 있습니다. 바로 웜홀입니다. 웜홀은 우리 주변 시공간 구석구석에 존재하지만 너무 미세해서 보이지 않지만, 시간을 양자 거품 공간까지 도달해서 보면 웜홀이 존재한다는 거죠. 웜홀은 각기 다른 두 개의 시공간을 연결하는데, 불행히도 현실의 시간 터널은 10의 36승 분의 1cm라고 하네요. 하지만 충분한 동력과 진보된 기술이 있다면 거대한 웜홀이 우주에 생성될 가능성이 충분히 있다고 봅니다."

그의 말이 끝나자마자 가영은 가장 현실적이고 미래로 갈 수 있는 가능
성이 높은 다른 방법이 있다고 했다며 계획서를 보라고 했다.

계획서

SEOK소속 우주개발 제2팀은 2014년 1월 1일부로 특별임무를 받
아, 특수우주과학 개발팀이라는 직위와 동시에 외부의 어떤 간섭과
사법권의 영향을 받지 않고 특별임무를 수행할 수 있다. …우리가
시간을 거슬러 미래로 갈 수 있는 방법은 속도다. 지구를 공전하는
31개의 위성 네트워크(GPS)들을 살펴본 결과, 인공위성 항법을 가
능하게 한 위성을 통해 우주의 시간이 지구보다 빠르다는 증거를
입증했다. 우주선 내부마다 정밀한 시계는 매우 정확하지만 지구의
질량 때문에 매일 약 10억 분의 3초씩 빨라지고 그 차이를 매우지
못하면 그 작은 차이가 시스템 전체를 망가뜨리면서 지구상의 GPS
장비는 매일 약 10Km씩 벗어난다. 아인슈타인은 유속이 느려지는
것처럼 대상이 무거울수록 시간이 더 많이 지연된다는 걸 깨달은
사실을 통해 미래 여행의 가능성을 열어 주었다. 하지만 여기서 가
장 중요한 것은 상상조차 할 수 없이 무거운 것이 있어야 한다는
것이다. 지구에서 26,000광년 떨어진 우리 은하 한가운데에 거대한
가스 구름과 별들에 가려져 있는, 우주에서 가장 무거운 대상이 있
다. 질량이 태양의 4백만 배인 초대질량 블랙홀로써 자체 중량 때
문에 한 지점에서 뭉개지고 있다. 블랙홀에 다가갈수록 중력은 커
지고, 근접하면 빛조차 빠져나갈 수 없다. 이런 블랙홀은 시간에 엄
청난 영향을 줘서 우주의 그 어떤 것보다도 시간을 지연시킨다. 자
연적인 타임머신이 되는 것이다. 그래서 우리는 우주선이 이 극적
인 현상을 활용할 수 있길 기대한다.

순간 정적이 흘렀다. 그리고 레옹, 희진, 예원은 설레는 눈빛으로 고개를 *끄*덕였다.

2017년 9월 25일.

어떤 상황이든 똑 부러지고 당당하던 희진도 아까부터 목소리가 떨리기 시작했다. 이유는 중간평가 때문이었다. 지금까지 나온 연구결과 가능성을 보고 계획이 충분히 수정될 수도 있고, 이 프로젝트가 불가능할 것 같다는 의견이 많이 나오게 되면 한 순간에 프로젝트가 무산되기 때문이었다.

"지구나 블랙홀에서 멀리 떨어진 어딘가에서 우주 기관이 우주 비행을 관측한다면 한 번 공전하는 데 16분이 소요됩니다. 하지만 블랙홀에 접근하면 시간 지연 효과가 훨씬 심해 시간은 50%나 지연되고, 16분씩 공전할 때마다 체감 시간은 8분일 것입니다. 멀리 떨어진 곳에서 느끼는 시간의 50%만 경험하는 겁니다. 음… 저희가 블랙홀을 5년 동안 공전할 때, 다른 곳에서의 시간은 10년인 셈이죠. 우주선이 귀환하면 남들은 저희보다 5살 이상 나이를 더 먹었을 겁니다."

레옹은 손을 들고 서툰 한국어로 희진에게 물어봤다.

"역설을 야기하지 않아서 웜홀보다 유리하긴 하지만 실용적이지 않고, and it too dangerous. 게다가 그리 먼 미래로 데려다 주지도 못해요. Have we any other way?"

예원이 잠시 생각을 하듯 하더니 자신 있는 목소리로 다른 방법이 있다고 했다.

"4차원을 통과하는 여행이 공원 산책 같진 않겠지만 놀라운 간단한 방법이 존재하는 걸로 알고 있어요. 매우 빠른 속도로 여행하면 됩니다. 하지만 초대질량 블랙홀을 벗어나는 속도보다도 빨라야 해요. 다들 알다시피 우주에는 우주 제한 속도라는 기묘한 법칙이 하나 있죠. 초당 30만 Km를 이동하는 일명 빛의 속도란 거죠. 그 어떤 것도 그 속도를 넘을 수 없습니

다. 이상하게 들리겠지만 장담하건대 최고의 과학 원리 중 하나라고 생각
합니다. 빛의 속도 가까이 여행하면 미래로 향할 수 있습니다. SF영화 속
의 이동 수단을 상상해 보죠. 지구를 둘러 싼 초고속 열차의 트랙을요. 빛
의 속도에 근접 가능한 이 상상의 열차를 타고 어떻게 타임머신이 되는지
설명해 드리겠습니다. 열차는 속도를 높이며 점점 빨라집니다. 곧 지구를
반복해서 회전하죠. 빛의 속도에 도달하려면 빠르게 초당 7번을 회전해야
합니다. 열차가 얼마나 많은 동력을 공급받든 물리학 법칙이 빛의 속도에
도달하는 것을 막아, 최종 속도에 가까워지면 뒷걸음치게 되죠. 그때, 기이
한 현상이 발생합니다. 블랙홀 근처에 있는 것처럼 열차 안에서의 시간이
비교적 느리게 흐르기 시작하죠. 제한 속도를 지키려는 것으로 그 원리는
간단하죠. 한 아이가 앞쪽으로 뛰어간다고 칩시다. 그 아이의 뛰는 속도가
열차 속도에 더해지면 실수로 제한 속도를 어길 수 있을까요? 그렇지 않습
니다. 자연 법칙의 시간 지연이 그런 가능성을 배제시킵니다. 제한 속도를
벗어나도록 뛸 수는 없죠. 그렇기 때문에 제한 속도를 지키기 위해 시간
지연이 발생합니다. 먼 미래로 여행할 수 있는 가능성을 제시하는 거죠.
열차가 2030년 1월 1일에 출발해서 2130년 새해 첫날을 맞을 때까지 100
년간 지구를 반복해서 회전했다고 해도 고작 1주를 보낸 겁니다. 열차 내
부의 시간이 대폭 지연됐기 때문이죠. 1주 만에 100년 후의 미래로 가죠.”

　희진은 예원의 말이 길어지자 퉁명스럽게 우주 제한 속도를 인공적으로
만들어 내는 것은 불가능하다고 반박하지만 예원은 다시 말을 이어갔다.

　“물론 그렇게 빠른 열차를 만드는 건 불가능합니다. 하지만 인간들은
이 상상의 열차와 비슷한 뭔가를 만들었습니다. 유럽 원자핵 공동 연구소
의 세계 최대 입자 가속기죠. 길이 26Km의 터널 내부 지하 깊은 곳에 수
조 개의 미세 입자들이 흐르는데, 입자는 0에서 시속 96,000Km로 순식간
에 가속됩니다. 동력을 높이면 입자들이 더 빨라져서 터널 주변을 초당
11,000번 회전합니다. 빛의 속도에 가까워지죠. 하지만 열차처럼 최종 속

도엔 도달하지 못하고 제한 속도의 99.99%까지 도달할 수 있죠. 그러면 미세 입자들도 시간여행을 합니다. 수명이 극히 짧은 입자인 파이 중간자가 그 증거입니다. 보통 25억 분의 1초 만에 분해되는데 빛의 속도 가까이 가속화되면 수명이 30배로 연장됩니다. 이 입자들이 실질적인 시간여행자들입니다. 이렇듯 간단한 거죠. 속도만 높이면 미래 여행이 가능합니다. 그 정도의 속도를 얻으려면 우주로 가야 합니다. 역대 초고속 유인 비행체는 시속 40,000Km를 자랑하는 아폴로 10이 있었습니다. 이 정도면 시간적인 면에서 더 실용적이지 않을까요?"

"하지만 시간여행을 하려면 그보다 2천 배 이상 빠른 빛의 속도 가까이 가속화할 수 있는 엄청난 연료를 실을 만큼 훨씬 큰 우주선이 필요하죠. 게다가 우주 제한 속도 가까이 도달하려면 전속력으로 6년을 비행해야 해요. 제 생각엔……."

예원이 희진의 말을 끊고 자리에 일어서서 흥분된 목소리로 말했다.

"우주선은 처음에는 완만하게 속도를 높여가겠지만 점차적으로 속력을 올리면서 곧 엄청난 거리를 이동합니다. 해왕성과 같은 외행성에 도달하기까지 불과 1주일이 걸리죠. 2년 후면 빛의 속도의 50%에 도달해서 태양계를 멀리 벗어날 겁니다. 2년이 더 지나면 우주선은 빛의 속도의 90%에 도달해서 가장 가까운 은하계인 알파 센타우리를 지날 거라고요. 지구를 떠나서 4년이 흘러 약 48조 Km를 이동하면 우주선은 그 순간부터 시간여행을 하기 시작할 것입니다. 이뿐만이 아닙니다. 전속력으로 2년을 더 가면 최고 속도에 도달합니다. 빛의 속도의 99%가 되죠. 즉, 우주선에서의 하루가 지구상에서의 1년이란 거죠. 이렇게 엄청난 방법이 있는데, 블랙홀 중심까지 들어가야 하는 그런 무모한 모험을 왜 해야만 하는지 모르겠어요"

예원은 말을 마치고 이 팀장의 말을 기다렸다. 이윽고, 신이 입을 열었다.

"희진 씨가 설명한 방법이 시간적인 면에서나 위험성에서나 합리적이지도 못한다는 것을 잘 알고 있습니다. 하지만, 예원 씨의 말처럼 그런 열차를 만든다고 해 보죠. 그 열차가 달릴 수 있는 레일을 전 세계에 만들어야 하고 그러면 이 프로젝트를 전 세계에게 허락을 맡아야 해요. 좋아요, 승인을 했다 치죠 지금의 기술로 빛의 속도를 만드는 것은 아직 불가능하고, 그 방법은 아직 과학적으로 입증하기에는 증거가 많이 부족해요. 그렇기 때문에 저희는 미래로 갈 수 있는 방법 중 가장 가능성이 있고, 많은 과학자들이 증명한 사실을 토대로 더 적은 시간으로 엄청난 미래로 가기 위해 연구하고 있는 겁니다. 그러니까 예원 씨를 비롯해 이 프로젝트에 참여하는 모든 팀원들은 저를 믿고 적극적으로 참여했으면 좋겠습니다.”

예원은 떨떠름한 얼굴로 다시 자리에 앉았다.

2018년 5월 6일.

가영과 신이 SEOK가 설립된 이래 중 가장 거대하게 만들어지고 있는 우주선을 유리창을 통해 보고 있다.

“일단 빨려 들어가지 않는 게 급선무이긴 하지만 블랙홀 측면으로 향하면 비껴나갈 수 있어요. 궤도난 속도가 조금만 틀려도 벗어날 수 없어요 물론 조건에만 부합하면 궤도에 진입할 거예요.”

그녀는 가능하다고는 하지만, 표정에는 걱정과 불안이 가득하다. 만약 운이 없게 블랙홀로 빨려 들어갈 경우 우주 미아가 되는 최악의 상황이 벌어질 수 있기에 신의 얼굴에는 그늘이 졌다. 그때, 예원이 환한 표정을 지으며 가까이 왔다.

“성공했어요! 1주까지는 아니어도 4주면 100년 후의 미래로 갈 수 있어요.”

속도에 대한 미련이 계속 남아있었던 예원은 끈질긴 노력으로 신기술을 만들어 낸 것이었다. 다들 부푼 꿈을 안고 다시 일에 가속도를 내기 시작했다.

2019년 11월 30일.

이젠 특수우주과학 개발팀 사무실 안에는 팀원들의 자판을 두드리는 소리와, 숨소리만 가득했다. 눈치 없이 매일 썰렁한 유머와 장난을 치던 레옹도 꿀 먹은 벙어리처럼 묵묵히 자기 할 일을 했다. 신과 희진은 세종호이라는 이름이 붙여진 완성된 우주선 내부를 돌아다니며 꼼꼼하게 장비들을 체크했다. 이젠 한 달도 남지 않았다.

2030년 1월 1일.

오늘 역사에 한 줄을 그을 일이 일어나는 날이다. 어제, 이 프로젝트를 국민을 비롯해 전 세계 사람들에게 알리는 기자회견을 열었다. 예상외로 반응은 뜨거웠다. 국민들은 성공의 여부를 떠나 이런 프로젝트를 다른 나라의 도움 없이 진행한 그들을 자랑스러워했다. 그렇게 특수우주과학 개발 팀원들은 국민들의 든든한 지지와 응원을 받고 외딴 섬에 위치한 우주선에 올랐다. 카운트다운이 시작됐다.

10초. 연료분사 9초. 7초. 5초. 3초. 마지막 단계인 우주선 발사 대기완료 프로그램 가동으로 우주선은 발사되었다.

우주선은 그렇게 지구를 떠나 목성, 천왕성, 태양계를 지나 블랙홀에 가까워졌다. 이젠 몇 분 후면 블랙홀 궤도에 진입하게 되었다. 우주선 안에 있는 사람들이 분주해졌다. 갑자기 우주선 내부가 흔들리고, 비상벨이 울렸다. 우주선 조종사 출신인 레옹은 우주선 본체로 뛰어가, 우주선 상태를 살펴봤다. 나머지 팀원들도 뛰어와 레옹에게 무슨 일이 일어난 거냐고 물어봤다.

"우리가 예상했던 것보다 블랙홀의 중력이 너무 세서, 궤도로부터 조금씩 어긋나고 있어요. 지금 당장 궤도에 맞추지 않으면 나중에는 걷잡을 수도 없이 일이 커질 거예요. Hurry up!"

사람들은 다시 바쁘게 움직였다. 그리고 희진은 혹시 모를 위험에 본부에 연락을 취하고 있지만 쉽지 않은 듯했다.

"…치지직… 으…응… 치지직… 답해라! …칙칙 …여기는 …치지직……
칙. 이런! 본부랑 연결이 끊겼어. 레옹 씨, 예비신호는 작동해요?"

"아니요. 일단, 지금보다 속력을 올리고 벌어진 만큼 블랙홀 궤도에 맞
추도록 해주세요."

"팀장님, 여기 시간작동 시스템이 고장 난 것 같아요 아까 한국에서 맞
췄던 시간과 달라졌어요."

미래로 가기위해서는 치밀하고 세세한 시간계산이 필요했기에, 프로젝
트기간 중 가장 많은 시간이 걸렸던 일 중 하나였던 시간작동 시스템이
블랙홀의 궤도를 벗어나면서 중력의 힘을 받아 고장 난 것이었다. 레옹의
손은 바빠졌다. 몇 분 후, 다행히 정상적인 궤도로 돌아왔지만 시간작동
시스템은 이미 망가져있었다. 고장 난 시간작동 시스템을 보고 순간 절망
에 빠졌다. 팀장은 팀원들의 사기를 떨어트리지 않기 위해서 애써 밝은 표
정으로 분위기를 띄우려고 했다.

"너무들 실망하지 맙시다. 블랙홀에 빨려 들어가지 않은 게 어딥니까?
다들 제자리로 돌아가서 어떤 모습을 하고 있는 미래인지는 잘 모르겠지
만 우리가 착륙할 미래를 위해서 최선을 다합시다. 어서요!"

팀장이 재촉하자 어쩔 수 없이 다시 제자리로 돌아갔다.

약 4주후.

세종호는 또 다시 분주해졌다. 오늘이 드디어 그들이 그토록 손꼽아 기
다리던 착륙하는 날이었다. 예원과 레옹은 다소 걱정스러운 눈으로 가까워
진 지구를 바라봤다.

그들이 우주시간으로 약 4주전에 이륙했던 그 장소에서 멀지 않은 곳에
착륙을 했다. 그리고 설렘 반, 두려움 반, 우주선에서 땅으로 첫 발을 내밀
었다. 경계태세를 늦추지 않고 혹시 이 섬에 사람이 있나 둘러봤다. 한 별
장이 보였다. 그리고 그 앞에는 어느 노부부가 앉아있었다. 신은 인사를

했다.

"안녕하세요. 실례지만, 혹시 오늘이 몇 년인지 알려주실 수 있나요?"

노부부는 별 이상한 사람을 보겠다는 표정으로 2220년이라고 말해줬다. 팀원들은 환호성을 질렀다. 다행인지 불행인지 예상했던 시간보다 더 먼 미래를 왔다는 것을 제외하면 이번 프로젝트는 대성공이었다. 신은 자신들의 이야기를 노부부에게 얘기해주고 서울로 갈 수 있도록 도움을 청했다. 노부부는 흥미롭게 그들의 이야기를 듣고 흔쾌히 도와줬다. 그들은 서울에 도착하자마자 SEOK본부로 갔다.

D-2255

지구시간으로 약 190년 전에 우주에서 실종된 줄만 알았던 세종호에 탔던 특수우주과학 개발팀원들이 지구로 돌아오자 전 세계의 스포트라이트가 그들에게 쏠렸다. 우주에서 있었던 지난 4주가 각종 방송과 인터넷을 통해 전 세계 사람들에게 퍼지자, 많은 사람들이 자신도 시간의 여행자가 되고 싶은 꿈을 갖게 되었다. 그리고 특수우주과학 개발팀원들은 다시 정상복귀하고, 이번 시간여행에서 부족했던 점을 보완하여 대중화하기 위해 다시 연구를 했다.

D-2250

우주에서 너무 무리를 했던 건지 가영은 감기 몸살에 걸린 것 같다며 사무실에 있는 건강의자에 앉았다. 그러자, 옆에 있는 모니터에 가영의 몸무게, 키, 혈압, 열 등을 체크해 의사한테 보냈다. 그리고 모니터에 의사가 나와 바로 처방해줬다.

가영은 아픈 몸을 이끌고 연구실에 들어가 더 짧은 시간 동안 미래를 갈 수 있는 방법을 다시 연구했다.

D-2000

복귀한 지 많은 시간이 지나자, 어색하기만 하던 미래에 점점 적응해갔다. 과거에서 타고 다니던 버스나 지하철 등의 대중교통이 하늘 허공에 관을 세우고 그 안에 작은 캡슐들이 지나가는 일명 '캡슐택시'로 바뀌었다. 역시 희진도 아침에 캡슐택시를 타고 SEOK본부에 도착했다.

"좋은 아침입니다. 아침에 혼자서 캡슐택시를 타고 왔는데, 최고급 승용차 못지않게 완전 빠르고, 편안했어요 아~ 미래로 오니까 너무 편안하네요"

희진은 아침부터 콧노래를 부르며 하루를 시작했다.

그렇게 신과 레옹, 예원 그리고 희진은 회의실에 앉아서 세종호보다 더 크고, 많은 사람들이 여행할 수 있도록 복합적인 기능과 시설을 가진 우주선을 만들기 위해 오늘도 시간가는 줄 모르고 밤늦게까지 고민을 했다.

D-1160

그렇게 미래로 온지 봄, 여름, 가을, 겨울이 3번이나 지나고서야, 전 세계인이 기다린 시간여행의 이론을 비롯해 시간여행이 대중화 될 수 있는 방법이 완벽하게 완성했다. 각종 매체로 이 사실이 퍼져나가자, 각종 여행 회사에 문의 전화가 몰려들어왔다.

"뉴스를 보니까 미래로 갈 수 있다던데, 돈은 원하는 만큼 드릴 테니까 보내주세요."

"제가 앞으로 1년밖에 못 사는데, 남은 1년, 제가 없을 미래 좀 보고 가고 싶습니다. 부탁입니다."

"약 55명이 단체로 미래로 가려고 하는데, 교통편 좀 알 수 있을까요?"

여행 회사가 감당할 수 없을 만큼 문의 전화가 몰려오자, 특수우주과학 개발팀은 사람들에게 더 자세한 설명을 해주기 위해 긴급기자회견을 열었다.

"여러분, 미래로 갈 수 있다는 건 물론 생명의 연장과 같은 효과를 낼 수도 있고, 미래에 대한 환상을 갖고 있는 여러분들의 욕구도 만족 시킬 수 있습니다. 하지만, 중요한 것은 미래로 한 번 가면 다시 과거로 돌아갈 수 있는 방법은 아직 존재하지 않습니다. 그렇기 때문에 아직 이 시간여행이 대중화가 되었어도 다소 위험이 따를 수밖에 없습니다."

하지만 자신들이 현재에 불만족스러워하며, 좀 더 향상된 기술로 쾌적한 생활을 즐기기 위해 미래로 가고자 하는 사람들의 수는 줄지 않았기 때문에 특수우주과학 개발팀을 비롯해, SEOK, 그리고 전 세계의 정부들은 골머리를 앓을 수밖에 없었다.

D-1030

어떤 사람들은 미래에서 별탈 없이 살기 위해서 현재 가지고 있는 모든 현금을 금, 다이아몬드 등 각종 보석으로 바꿔, 세계의 금융시장에 마비가 왔다. 그리고 어차피 미래에 가면 이런 고생을 하지 않아도 된다면서 대기업, 중소기업 가리지 않고 직장인의 대부분이 잘 다니고 있는 직장을 그만둘 뿐만 아니라, 세계의 많은 인재들이 현실에서 필요로 하는 공부를 멈추고 미래에서 유용하게 쓸 수 있는 기술을 공부하기 시작했다. 더 심각한 것은 시한부 판정이나 희귀병에 걸린 환자들이 어차피 죽을 목숨이라면서 남은 인생 마음껏 살자며, 병원을 뛰쳐나오는 등 많은 사람들이 미래에 집착하고 구질구질한 현실세계를 버리고 미래로 도망치려 하는 사회가 혼란스러운 상황을 틈타 물 만난 물고기처럼 각종 범죄자들이 더 활발하게 범죄를 저지르는 것은 물론이고 우주선 탑승권을 구하기까지의 까다로운 과정과 높은 가격 때문에 공정성에 위법하는 돈을 주고받는 사람들도 나타나기 시작했다. 이 뿐만이 아니었다. 만약 많은 사람들이 블랙홀을 이용해 시간여행을 하게 된다면, 시간의 균형이 깨져버리게 될 것이고, 그 의미는 붕괴된 현재 탓에 미래도 붕괴된다는 것이었다. 그렇게 되면, 시간여행도 불가능하게 될 뿐만 아니라, 우리들의 일상생활은 꿈조차 꿀 수 없게 된다.

현재 지구는 시간여행 때문에 병들어 가고 있었다.

D-1000

세상이 하루아침에 변하자, 특수우주과학 개발팀에 비상이 걸렸다. 하루 종일 사무실에는 돈이 있는데도 왜 시간여행을 갈 수 없냐는 항의 전화로 특수우주과학 개발팀은 어리석게 미래만 생각하고 현재를 생각하지 못하는 사람들을 보며 경멸감을 느꼈다. 뿐만 아니라,그들에게는 SEOK의 간부들의 따가운 눈치도 쏟아졌다.

"쯧, 쯧, 왜 그런 시간여행 프로젝트를 시작해가지고 이런 사태까지 일어나게 하는지…… 이젠 어떻게 할 셈이야?"

예원은 이 프로젝트를 처음에 시작한다고 할 때 가장 발 벗고 도와주던 SEOK간부들이 자신들에게 그런 말과 눈치를 주고 사무실을 떠나자, 황당한 얼굴로 팀원들을 둘러봤다.

"정말 다들 너무한 것 같아요. 저희는 이 시간여행을 위해 밥도 제대로 챙겨먹지도 못하고 잠도 줄여가면서 밤낮으로 얼마나 열심히 고민하고 연구했는데 그 결과가 고작 이런 것인가요? 사람들한테는 매일 탑승권 안 준다고 욕먹고, 윗분들한테도 이 프로젝트를 성공했다고 칭찬 받기는커녕 찬밥신세나 되고… 저 정말 억울해서 이 일 못하겠어요."

가만히 듣던 희진도 말을 거들었다.

"예원 씨 말이 맞아요. 저희는 팀 이름 그대로 특수우주과학 개발팀이에요. 저희가 아무도 개발하지 못한 획기적인 기술을 개발하면 정부에서 그에 관련한 법이나 제도를 마련해야죠. 이 기술을 저희가 만들었다고 이에 관련한 모든 책임을 저희가 져야한다는 건 있을 수 없는 일이예요."

가만히 앉아 두 사람의 말을 듣고 있던 레용과 가영도 어느 정도 일리가 있는 말이라는 듯 고개를 끄덕였다. 잠시 생각을 하던 신은 팀원들에게 말을 꺼냈다.

"물론, 예원 씨랑 희진 씨가 한 말도 틀린 말은 아니에요. 우리는 우리들의 일에 최선을 다해 이 엄청난 프로젝트를 성공시켰지만, 돌아오는 건 아무 것도 모르는 사람들의 항의 전화와 SEOK사람들을 비롯해 정부의 차가운 눈치뿐이죠. 충분히 이 상황이 억울하고 황당한 여러분의 마음을 이해합니다. 하지만, 이 기술을 성공했다는 이유로도 저희가 어느 정도의 책임을 져야 있다는 것이 제 의견입니다. 우주선을 쏘기 전에 만약 이 프로젝트가 성공하면 사람들의 반응이 어떠할 것이며, 이로 인한 문제점들에는 어떤 것들이 있을까 우리는 충분히 고민을 하고 그에 대한 대책을 세워놓고 가야했어요. 그것이 우리가 이 프로젝트를 하면서 놓친 가장 중요한 실수죠. 그렇기 때문에 우리는 이번 사태에 책임을 갖고 해결책을 생각해내야합니다.”

신의 말이 끝나자 사무실 안에는 무거운 침묵이 흘렀다. 침묵을 깨고 가영은 의자에서 일어섰다.

“그럼, 저는 과거로 다시 돌아갈 수 있는 혹시 모를 방법을 한번 연구해봐야겠네요. 희진 씨, 저 좀 도와주실래요?”

희진은 잠시 주춤하더니 곧 가영을 따라갔다. 레옹도 아직 떨떠름한 예원을 데리고 자료실에 가서 시간여행 관련 자료를 찾아봤다.

D-800

특수우주과학 개발팀은 다양한 각도에서 여러 가지 방법을 찾아보았으나, 역시 시간의 역설 때문에 다시 과거로 돌아갈 수 있는 방법을 찾지 못했다. 과거로 돌아갈 수 있는 희망이 점점 사라지고 있을 때, 가영이 조심스럽게 말을 꺼냈다.

“음…… 과거로 돌아갈 수 없다면 미래로 못 가게 할 수 있는 방법이 있긴 해요.”

“그럼, 이미 모든 사람들이 알고 있는 이 시간여행 이론을 없애자는 건가요?”

예원은 가영의 말이 너무 터무니없다는 듯 비웃었다. 가영은 자기 말을 다 듣지도 않고 벌써 판단하는 예원을 조금 불쾌하다는 듯 쳐다보고 다른 팀원들에게 고개를 돌려 말을 이어갔다.

"아직 시간여행을 가능하게 할 수 있는 블랙홀은 한 개 밖에 발견되지 않았고, 앞으로도 이런 블랙홀을 발견할 수 있는 확률도 거의 없어요. 쉽게 말하면 우리가 이용했던 그 블랙홀만 없어지면 시간여행은 거의 불가능하죠. 그래서 제 생각에는 호킹 박사가 발표했던 이론 중, '블랙홀의 증발이론'을 잘 활용한다면 블랙홀을 없앨 수 있다고 봐요."

레옹은 가영의 말이 끝나자마자, 자료실에서 '블랙홀의 증발이론'을 갖고 온다. 블랙홀의 증발이론을 읽어보던 레옹은 경악을 금치 못했다.

"Oh my god! 박사님, 우리가 돌았던 블랙홀의 질량은 엄청 크다고요. 그런데 그 블랙홀이 증발될 때까지 기다리자고요? 물론, 정말 운이 좋아서 생각보다 짧은 시간에 블랙홀의 질량만큼 입자를 흡수할 수도 있겠지만 그렇지 않을 수도 있잖아요."

그 순간 가영은 무언가 번뜩 떠올린 듯 보였다.

"맞아요. 블랙홀의 질량만큼 입자를 흡수하려면 엄청나게 많은 시간이 필요할 수도 있어요. 그렇다면 인위적으로 빛도 탈출할 수 없는 블랙홀의 사건의 지평선에서 입자를 만들어 흡수시키면 한 번에 블랙홀을 증발시킬 수 있어요."

"인위적으로 입자를 만든다는 것은 무슨 뜻이죠?"

신은 날카롭게 가영에게 질문을 했다.

"좀 더 자료도 찾아보고 연구도 해봐야 알기 때문에 지금 확실히 말해줄 수 없어요."

가영은 조금 당황해하면서 연구실로 재빠르게 들어갔다. 회의실에 남은 나머지 사람들은 깊은 한숨을 내쉴 뿐이었다.

D-700

대책 회의를 하던 중 가영이 그렇게 나가버리고 며칠 후에도 가영은 계속 팀원들을 피해 다녔다. 그런 가영의 이상한 낌새를 눈치 챈 희진은 가영의 연구실에 조심스럽게 들어가 가영에게 말을 걸었다.

"박사님, 블랙홀의 증발 이론에 대해서는 좀 연구해 보셨어요? 결과 나왔죠?"

희진은 가영이 계속 답을 하지 않자 계속 질문을 했다. 가영은 희진의 질문을 계속 피하지만 희진의 끈질긴 질문으로 내가 졌다는 듯한 표정으로 밖에 있는 모든 팀원들을 연구실로 불렀다. 팀원들은 드디어 해결책이 나왔다는 부푼 생각에 환한 얼굴로 연구실로 들어왔다. 반면 가영의 표정은 어둡기만 했다.

"휴, 이젠 24시간 울리는 항의 전화 안 받아도 되는 거 맞죠? 그동안 얼마나 많은 욕을 들었는지, 진짜 오래 살 거예요. 최 박사님, 이젠 저희가 뭘 하면 되나요?"

예원은 그동안 있었던 일을 생각하면 끔찍하다며 가영이 말할 해결책에 아직 듣지도 않았으면서 의욕적으로 나섰다. 레옹, 희진, 신 역시 가영이 연구한 결과를 말해 줄때까지 조용히 기다렸다. 가영이 꾹 다물고 있던 입을 열었다.

"다들 너무 놀라지 말고 제 말 잘 들어요. 제가 연구진들과 열심히 자료를 찾아보면서 수많은 연구를 해 보았지만, 이런 결과를 여러분들에게 내놓게 되어서 정말 유감이에요. 그러니까…… 음…… 인위적으로 입자를 만들 수는 있지만 블랙홀 안에 넣을 수 있는 건 사람이 직접 해야 하죠. 그런데 문제는 이 일을 하는 사람의 목숨은 보장할 수 없다는 거예요."

가영의 말은 팀원들에게 큰 혼란을 가져다주었다. 처음에는 특수우주과학 개발팀원들 모두 적극적으로 이 일을 해결하려고 하였으나, 순식간에 목숨이 달린 일이 되자 망설여지는 것이었다. 가영은 예상했다는 듯이 착잡한 마음으로 다시 연구에 몰입했다. 그리고 팀원들은 연구실을 나와 다들 사무실로 가서 제자리에 멍하니 앉아 생각에 잠겼다. 몇 시간이 흐르는

지도 모르고 가만히 앉아 있다가 그들의 정적을 깨는 건 다름 아닌 예원이었다.

"왜 다들 가만히 앉아 있는 거죠? 또 다시 우주선 만들어야죠. 한시가 급하다고요. 전 지구에서 사람들의 욕설이 섞인 항의 전화를 받는 것보다는 우주로 가는 것이 훨씬 편할 것 같은데요? 저만 그런가요?"

"예원 씨만 그렇게 지구를 떠나면, 제가 예원 씨 몫까지 다 받으라고요? 전 그렇게 못해요. 저도 그냥 예원 씨 따라 갈래요."

희진이 장난스럽게 웃으면서 그녀도 떠나겠다며 자리에서 일어섰다.

"에이~ 둘만 가면 우주에서도 매일 싸울 걸요? 제가 같이 가서 온몸으로 막아야 안 싸워요."

레옹은 어쩔 수 없겠다며 한숨을 내쉬었다. 인기척 없이 들어온 가영이 희진의 옆에 살며시 앉으며 레옹에게 물어봤다.

"레옹 씨 저는 안 필요해요? 아무리 뛰어난 우주선 조종사라고 해도 제가 있어야 좀 든든하지 않나?"

"그럼, 우주로 가야하는 사람이 5명 있다고 다시 보고서 올리러 가야겠네요. 여러분, 지금 한가하게 앉아 있을 때가 아닐 텐데요."

신은 먼저 우주로 가겠다고 말해준 팀원들에게 고마움을 느끼며 사무실을 나갔다.

블랙홀을 없애기 위한 인공 입자를 만드는 것에 성공하고 그들의 마지막이 될 수도 있는 이 프로젝트를 위해 박차를 가했다.

D-Day

또 다시 그들에게 결전의 날이 왔다. 대부분의 사람들 몰래 블랙홀을 없애자는 쪽으로 결정이 났기 때문에 그들은 사람들의 환호를 받았던 약 200년 전과는 달리 쓸쓸히 우주선에 오를 준비를 한다.

호수, 별자리를 삼키다

무수히 하늘의 문자를 삼키는 곳
아름다운 것들은 가질 수 없다는데
문자에 눈이 먼 호수는
매일 밤 천문을 기다린다.
하늘의 문자를 바라보는 호수는
침이 가득 고인 줄도 모르고
벌린 입을 다물지 않는다
이따금 떠오르는 잡념처럼
호수에는 가끔씩 보름달이 차올라
글자들이 잊혀지곤 했다
가까이 있기에 잡을 수 없는 것들
아무리 손을 뻗어봐도
근처조차 가 닿지 못한다
침울한 저녁의 일거수일투족을 감시하는 듯
가만히, 미동도 없이, 제자리에서
천문에 평생을 건 호수 따라
뭉뚱그린 손가락을 펜 삼고

하늘의 문자를 그려보는 것도 잠깐

구름이 문자를 가리고

그렇게 하늘이 닫혔다

읽는 것조차 허락되지 않는 것들

한없이 금기를 어겨온 호수가

지금, 끝없이 깨어지고 있다

천사의 칩

"그가 모든 자 곧 작은 자나 큰 자나 부자나 가난한 자나 자유인
이나 종들에게 그 오른손에나 이마에 표를 받게 하고 누구든지 이
표를 가진 자 외에는 매매를 못하게 하니 이 표는 곧 짐승의 이름
이니 그 이름의 수라."

루시피아 감옥 출구, 무거운 철문이 열리더니 한 남자가 걸어 나왔다.
그의 눈에 강렬한 햇빛이 닿자 그는 괴로운 듯 고개를 숙였다.
'십이 년 만에 보는 햇빛이니 적응이 안 될 수밖에.'
나는 그 남자를 안타깝게 쳐다보다가, 한 걸음씩 조심스럽게 다가갔다.
"배리 린도 씨? 린도 씨 맞으신가요?"
그는 나를 보기 위해 고개를 들려다가 다시 괴로운지 숙였다.
"누구신지."
그는 거칠고 지친 목소리로 물었다.
"만나서 반갑습니다, 저는 밀턴 페이슨이라고 합니다. 이반 씨의 부탁으
로 린도 씨를 데리러 왔습니다."
린도 씨는 고개를 들었다. 그는 50대 중반쯤 되어 보이는 단단한 몸의
남자였다. 그의 눈은 퀭했지만 그 안에 작게나마 반짝이는 불꽃을 볼 수
있었다.

"이반이라…… 하하. 갑자기 옛 기억들이 나는구려."

그는 가자는 손짓을 하며 나의 앞을 성큼성큼 걸어갔다.

"자동차는 가져왔소?"

10분간의 침묵이 차 안에서 우리를 맴돌았다. 이반 씨의 집에 도착하려면 50분이나 더 걸렸다. 나는 이 어색함을 깨기 위해 10분간 생각해 놓은 질문거리를 꺼냈다.

"란도 씨는 이반 선생님이랑 어떤 사이입니까?"

"어떤 사이라……. 그냥 오래된 친구라고 할 수 있지. 자네는 이반과 무슨 관계인가? 선생님이라고 부른 것을 보니 이반의 제자인가?"

"네, 대학에서 제가 전공하는 기계 과학 분야의 최고 거장이십니다."

아무 대답도 없었다. 나는 신호등이 빨간색으로 바뀐 틈을 이용해 그를 쳐다보았다. 그의 얼굴은 백지장처럼 하얬다.

"란……도씨?"

"자네는."

쿨럭. 그는 말을 잇기가 힘든 표정이었다.

"자네는, 내가 왜 감옥에 갇혔었는지 아나?"

아니, 몰랐다. 하지만 알고 싶지도 않았다. 만약 전직 살인범이나 강도였다면 50분간 우리 둘만의 시간이 그리 편할 것 같지 않았기 때문이었다. 그러나 공손하기 위해 나는 물었다.

"왜 갇히셨는데요?"

갑자기 그는 한 손으로 창문 바깥을 가리켰다. 바깥에는 파란색 버스 위로 사람들이 하나 둘씩 올라타는 모습이 보였다.

"대략 한 사람당 버스요금을 내고 올라타는 데 걸리는 시간 2초 지금 20명의 사람들이 줄에 서 있으니 40초의 시간이 소모되겠군."

40초라. 놀라웠다.

"칩의 도입으로 버스를 빨리 탈 수 있게 된 것은 알았지만, 그렇게나 빠를 줄은 몰랐습니다."

이번엔 그는 다른 쪽 창을 가리켰다. 대형 에비디 마켓이 보였다.

"한 사람당 한 번 계산하는데 소모되는 평균 시간 10초 아무리 많은 물품이 있어도 한 번 리더기에 손만 대면 10초 안에 모든 것을 계산하고 지불하는게 가능해졌지."

나는 웃었다. 도대체 우리는 왜 이런 얘기를 하고 있는 것인가.

"참, 빠른 세월 동안 기술이 많이 진보했지요?"

그는 피식 웃었다. 그러나 그 웃음에선 어딘가 냉소적인 부분이 흘렀다.

"너무 많이 진보했다는 게 문제지. 벌써 신의 영역을 넘어버렸는걸."

빵! 뒤에 경적이 울렸다. 평소 과학의 힘을 찬양하던 나로서 그의 말에 약간 화가 났다.

"전직 과학자로서 너무 냉소적인 발언이군요. 그래서 무슨 말을 하시고 싶으신 건가요?"

"젊은이, 내가 보기에는 자네가 곧 공학자나 과학자가 될 인물 같아서 하는 말인데, 이거 하나는 명심해 두게. 너무 과학의 힘에 기대려 하지 마시게나. 과학은 어떻게 쓰이느냐에 따라 선이 될 수도 있고 지독한 독이 될 수도 있으니까……"

다시 정적. 그 다음에 들리는 그의 목소리는 짓눌리듯이 힘겨웠다.

"저 생체칩, 내가 만든 걸세."

현재 거의 대부분의 사람들이 투입 받은 생체칩. 정확한 명칭은 VER6660, 모든 사람들이 부르는 이름, 천사의 날개.

인류 발전에 가장 큰 공헌을 한 톱5 발명품 중 하나에 속하는 이 칩은 내가 가장 존경하는 로 팔레 박사님이 만든 것이었다. 그것만큼은 확실히 알았다. 그런데 감옥에 썩고 온 이 남자가 갑자기 VER6660을 자신이 만든 것이라고 주장하고 있다니! 사기꾼 또는 미치광이인 게 확실했다.

그는 나의 불편함을 눈치 챈 듯 했다.

"물론 로 팔레가 발명한 것이라고 다들 알고 있지. 그러나 그것은 오직 표면적인 이야기일 뿐이야. 자, 이제 내 말을 들어보세."

그의 말이 빨라지기 시작했다.

"이 VER6660이라고 불리는 생체칩에는 RFID란 기술이 적용된다네. 공대생이니까 RFID가 무엇인가 정도는 알겠지?"

"단어 뜻 그대로 radio frequency, 즉 무선 주파수를 이용한 Identification, 즉 신원 확인을 가능하게 하는 기술로, 초소형 칩을 내장시켜 이를 무선 주파수로 추적할 수 있도록 한 기술을 뜻하는 거죠."

아, 그의 권위적인 말투에 홀린 나머지 대학 강의를 들을 때의 말투가 나와 버렸다.

"잘 알고 있군. 예전 생체칩이 주입되기 전에 이 RFID칩은 유통 분야에서 물품 관리 바코드를 대체하는 용도로 대체로 쓰였으나, 기술이 발전할수록 교통 카드, 환자 관리, 아파트 보안 등 광범위하게 적용됐었지. RF 판독기가 1초에 수백 개까지 RF 태그가 부착된 제품의 데이터를 읽을 수 있어, 시간도 대폭 절약할 수 있게 되고 활용범위도 무궁무진했기에 가능한 일이었지. 이러한 기술 덕분에 우리의 삶은 더 간편하고 편리해질 수 있었어."

"……그렇기에 나와 내 동료 과학자들은 모두 믿고 있었어. 이 RFID 기술이 우리의 삶을 파라다이스로 바꾸어 줄 것을."

"잠시만요."

난 놀란 눈으로 그를 바라보았다.

"과학자라고요? 란도 씨가요?"

"전직 과학자였지. 왜, 수십 년 간 감옥에 썩은 사람이 과학자라는 게 그리 놀라운가?"

믿기지가 않는다. 그냥 하나의 헛소리로 들렸다.

"전 아직 란도 씨가 칩을 개발했다고는 못 믿겠는데요?"

그는 이해한다는 듯, 그러나 답답하다는 듯이 고개를 휘저었다.

"조용히 하고 내 말을 듣기만 한다면, 곧 믿을 수 있을 걸세. 우리는 바로 이 칩을 생체에 주입시킬 수 있게 수년간 연구를 했지. 실리콘 메모리와 무선 장치로 이 만약 생체칩이 발명이 된다면 과학계에 새로운 역사가 시작할 테니 말이야. 나랑 이반이랑 로 팔레와 다른 NWS 과학자들이 말이야."

전기신호가 내 몸을 통과하여 마비시키는 느낌이 들었다. NWS, 즉 New World Scientist는 세계정부를 위해 일하는 탑 엘리트 과학자 집단이 아닌가! 내가 감히 상상할 수도 없는 경지에 있는, 세계정부에서 특별 선출한 그 과학자들 중 한 명이 자기 자신이라고?

"결국 2004년 생체칩은 미국 FDA에 의해 승인이 됐어. 비록 어느 정도의 반발이 있었지만, 결국 통과가 된 거지. 우리의 꿈이 실현되는 첫 순간이었어."

그의 표정은 회상에 잠긴 채 점점 멀어지고 있었다.

"2009년부터 반려동물등록제란 제도를 통해 애완견에 소유자 정보가 담긴 RFID칩을 주입하거나, 전자 목걸이를 하는 것이 의무화되었고, 이민자들과 외국인 노동자들의 신원을 더 정확히 확보하기 위해 그들에게 생체칩을 주입시키자는 주장도 나왔지. 물론, 그땐 사람들의 인식이 그리 혁명적이지 않았기에 큰 논란만 불러일으키고 다시 가라앉았지만 말이야."

"그러나 현재는 거의 대부분의 사람들이 생체칩을 투여받았지. 자신의 개인 정보가 담겨있는 칩을 몸에 투입함으로써 모든 거래를 매우 빠른 시간 내에 하는 것이 가능해졌기 때문이지. 물건을 사든 병원 진료를 받든, 칩을 읽는 리더기에다가 손을 대기만 하면 바로 필요한 정보가 나타나므로 더 이상 지연되거나 기다려야 하는 시간이 없어진 거지."

그러다 그는 갑자기 중요한 생각이 스쳤다는 듯이 다시 현실로 돌아왔다.

"그런데 자네는 왜 생체칩을 주입하지 않은 거지?"

그는 나의 오른손을 빤히 쳐다보며 물었다. 나는 황급히 걷어 올린 소매를 내려서 보호적으로 오른손을 가렸다.

"혹시 레지스탕스인가?"

"그런 더러운 이름으로 절 부르지 마세요."

난 그를 노려보았다.

"누구는 주입 안 하고 싶어서 안 한 줄 아세요? 저희 어머니가 목숨 걸고 반대하시는데, 어떻게 주입해요? 크리스천이란 이유로 반대하는데, 요즘 시대가 어떤 시대인데……."

나도 주입하고 싶었다. 아이들에겐 천사의 칩이 하나의 패션도구가 되었다. 빨간색, 하늘색, 야광색 등, 각자의 개성을 드러내는 칩들이 내 또래들의 오른손에서 투명하게 빛나고 있었다. 정말 예뻐 보였다. 또한 버스를 탈 때도 모든 사람들은 리더기에 손만 스치고 지나가는 동안 나는 혼자서 교통카드를 꺼내서 찍고 다녀야 했다. 교통카드를 꺼내는 순간 집중되는 버스에 탄 온 사람들의 시선들. 마치 내가 큰 범죄자라도 되는 듯이……. 그런 느낌이 너무나도 싫고 괴로웠다.

"너희 어머니가 옳으신 일을 하신 거야. 정말 대단하신 분이다."

이 말 한마디는 내게 결정타를 날렸다.

"란도 씨! 제가 정말 참으면서 예의 바르게 행동하려고 하는데, 정말 못 해먹겠네요. 우리 엄마가 대단하다고요? 그건 과학의 힘을 믿지 않는 보수적인 레지스탕스 파에서나 하는 말이에요! 우리 엄만 걱정에 앞서 시대 흐름에 뒤쳐지는 것뿐이라고요! 정말, 모두가 주입하는 칩을 혼자서 주입하기 싫다고 한 달에 벌금을 소득의 20%나 물으시고……."

"20%라…… 벌써 그만큼이나 오른 건가……."

그의 얼굴은 점점 심각해졌다.

"자네는 생체칩이 어느새 의무화 된 것이 자연스러운 현상이라고 생각하는가? 생체칩을 거부하는 소수의 사람들을 레지스탕스라고 부르면서 범죄자 취급하는 것이 옳은 일이라고 생각하느냔 말일세. 왜 세계정부가 생체칩을 강력히 도입했는지에 대해 깊게 생각해 보게. 자네 어머니께서 현명하신 거라네."

나는 그의 말을 일부러 무시했다. 그는 미치광이였다.

란도 씨는 계속해서 얘기하였다.

"내가 왜 감옥에 갔는지 아직 말하지 않았군. 세계 정부에서 나에게 소송을 걸었기 때문이지. 명목상 범죄 이름은 세국 애국법 위반죄. 즉, 국가의 기밀을 유출하려한 죄지. 그러나 나를 소송한 진짜 이유는 나의 입을 막기 위해서야. 내가 그들에게 있어서는 봐서는 안 되는 장면을 목격했거든……."

"어떤 장면이었는데요?"

"VER6660칩을 동료 과학자들과 완성시키고 시중에 출품하려고 할 시점에, 나는 그가 칩을 변형시키는 것을 봤어……. 그가 VER6660의 주요 선 중 하나를 바꾸는 모습을……. 그리고 그 광경이 밖으로 새나가지 않게, 세계정부에선 그 다음날 바로 나를 스파이 취급하며 밖으로 내몰았지."

나는 그의 얼굴을 쳐다보았다. 그의 얼굴을 보고 나는 그가 사실을 말하고 있다는 것을 알았다.

"그가 누군데요?"

"나의 동료 과학자인 로 펠러……."

"로 펠러…… 교수님이요?"

"응. 그리고 난 알게 되었지. 나는 한낱 세계정부에 속아 조종당했던 꼭두각시였다는 것을."

그는 잠시 심호흡을 하였다. 그에게 있어서는 추억하기 힘든 과거임이 분명했다.

"도대체 칩의 주요 선을 바꾼 게 무엇을 뜻하는데요?"

나는 물었다.

"원래 VER6660은 필요한 정보를 빼내는 것 외에는 다른 일을 할 수 없게 송신만 가능하게 해놓았었어. 그런데 그가 수신까지 가능하도록 칩을 재 조작했어. 이게 무엇을 뜻하는지 아직도 이해 못하겠나?"

그는 나를 바라보았다.

"바로 조그마한 전기 신호로도 사람을 조종할 수도 있다는 거야."

우리는 붉은 벽돌로 뒤덮인 한 고풍스러운 집 앞에 주차했다. 이반 선생님의 집이었다. 머릿속을 정리할 시간이 필요했다. 이 자가 하는 말은 거의 미친 소리나 다름없었으나, 그의 눈은 나에게 진실이라고 말하고 있었다. 혼란스러웠다.

"란도 씨. 이반 선생님의 집에 다 도착했습니다. 내리시죠"

우선 이반선생님과 란도 씨의 만남을 보면서 머리를 생각해야겠다.

이반 선생님은 흰색 코트를 입고 거실에서 기다리고 있었다. 그는 그의 옛 친구라는 란도 씨를 보고 달려가 두 손으로 그의 손을 꼭 잡았다.

"베리! 드디어 다시 보는구나!"

란도 씨도 그의 누런 이가 다 드러나도록 환히 웃었다. 그러나 갑자기 그의 얼굴에서 핏기가 사라졌다.

"이반…… 자네 오른손에 그건…….."

란도 씨는 호흡에 지장이 있는 것처럼 보였다. 무겁게 거친 숨을 내쉬는 소리와 숨을 다시 들이키려는 소리가 헐떡거리며 들려왔다.

이반 선생님의 오른손에는 푸른빛의 VER6660이 은은하게 빛나고 있었다.

"베리…….."

이반 선생님은 흔들리는 눈빛으로 그를 바라보았다.

"베리, 이해해줘……. 나는 어쩔 수 없었어. 생체칩이 의무화가 된 이후부터 모든 것이 너무 힘들어졌어. 이제 바코드를 이용하는 마트는 거의 사라져서 연구에 필요한 물품조차 구입할 수 없었어. 대부분의 식료품은 암시장을 통해 사면 됐는데 연구 관련 물품은 암시장에서 못 찾는 것 알잖아. 그들은 심지어 내 박사직위까지 빼앗으려고 했어!"

"그럼 그대로 내뒀어야지! 그 생체칩이 얼마나 위험한 건지 내가 끌려가기 전에 충분히 설명해 줬잖아. 자네 목숨이 달린 문제라고!"

"그렇다고 연구를 그만 둘 순 없지 않는가! 교수와 과학자로서의 삶이 나에게 전부인걸."

"이 칩의 문제는 단순히 GPS기능만이 아니야!"

"칩에 GPS의 기능이 있다고요?"

너무 놀란 나는 나머지 두 분의 대화를 방해해 버렸다.

"공과생이라면서 아직 이것을 몰라? 디지털 엔젤 16-Code라는 번호가 은색 실리콘에 포함되어 있는데, 이 번호가 바로 칩을 받는 사람의 번호가 되지. 위치 추적 위성으로 어디에 있든 추적이 가능한 거야. 그런데 이것만이 문제가 아니라는 거지! 내가 차 안에서 말해준 것 생각나는가? 이 칩은 쌍방향 송수신이 가능하다네. 즉, 데이터 센터에서 위성을 통해 인체에 보내는 전기 신호가 고스란히 전달이 된단 말일세. 128개 DNA-Code가 포함된 칩을 통해, 중앙 데이터 센터의 간단한 조작으로 유전자 변형을 비롯해 마인드 컨트롤까지 가능하다는 말이야!"

이때 이반 선생님이…… 아니, 거의 괴물처럼 변한 이반 선생님이 란도 씨의 목덜미를 잡고 목을 조르기 시작했다. 그의 입에서는 기계적인 음성이 나왔다.

"이미 널 지켜보고 있었다. 이미 마인드 컨트롤은 시작되고 있었다."

란도 씨는 그 손아귀에서 벗어나지 못한 채 괴로운 듯이 매달리고 있었다. 이 상황을 어떻게 받아들여야 할지 몰랐다.

그래서 나는 집을 뛰쳐나왔다.

"버스!"

나는 출발하려고 하는 버스를 향해 전속력으로 달렸다. 그리고 버스 위로 후다닥 올라탄 뒤 버스 값을 내려고 주머니에 교통카드를 꺼냈다. 순간 아차 싶어서 뒤를 돌아보니 역시 버스 좌석에 앉은 손님들이 모두 나를 쳐다보고 있었다. 그러나 이번엔 느낌이 달랐다. 그들은 내가 구닥다리 교통카드를 사용해서가 아닌, 다른 무언가에 집중하고 있었다. 내가 상황을 이해하기도 전에, 그들은 동시에 모두 공허한 목소리로 말했다.

"이미 널 지켜보고 있었다. 이미 마인드 컨트롤은 시작되고 있었다. 네가 갈 곳은 아무 곳도 없다."

그리고 버스 문은 굳게 닫혔다.

지구를 위기로 이끈 우리들의 착각

　"환경을 지키자"라는 구호가 나온 지 수십 년이 다 되어 가는 지금, 우리가 지구의 위험성을 수백 번 인지했음에도 불구하고 지속 가능한 미래를 유지시키려는 노력은 거의 없다. 단지 위험성을 인식하는 단계에만 머물렀을 뿐 그 위기를 기회로 바꾸려는 절실한 노력이 없는 것이다. 벼락치기한 중간고사가 끝이 나고 "다음 기말고사 준비는 오늘부터 해야겠다."라는 마음은 "아직 한 달이라는 어마어마한 시간이 남았다."라는 잘못된 착각으로 하루 이틀 보내다가 결국 기말고사에서도 중간고사에서 저질렀던 똑같은 실수를 하고 말게 된다. 이와 같이 우리도 이 위험성을 인식하는 단계에서 잘못된 인식 즉, 착각을 하여, 위험한 상태에 놓여 있음에도 불구하고 생존의 발버둥을 치지 않고 있다. 그렇다면 이제부터 우리가 처한 상황을 인식할 때 오해를 불러일으킨 우리들의 당연한 착각들에 대해서 알아보겠다.

　우리들은 대체로 지금 바로 이 순간 환경의 파괴에 대한 불안감을 가지고 살아가지는 않는다. 비록 우리 지구가 멸망할 것이라고 해도, 그 순간이 우리의 생을 넘어선 시점이라면 그 멸망에 대한 불안감과 그것을 떨치려는 절실함은 크게 줄어들게 된다. 이때 우리는 크나큰 착각을 하고 있다. 우리는 지구라는 마을에 잠깐 들른 나그네일 뿐 그 마을의 식량을 모조리

먹어서는 안 된다는 것이다. "내 생애 동안은 안전하겠지."라는 우리들의
이기적인 태도들은 지금까지 조상들이 우리에게 안전한 지구를 물려주었
던 전통에 어긋나게 된다. 따라서 우리는 우리의 조상이 그랬던 것처럼,
우리들의 후손들을 위해 물려받은 그대로의 지구를 유지시키도록 노력하
여 과거로부터 미래를 통틀어 볼 수 있는 안목을 길러야만 한다.

우리는 "자연 vs 인간"이라는 표현과 같이 인간과 자연이 대립되는 즉,
서로 독립적인 의미를 가진 표현들을 많이 봐왔다. 이러한 표현들이 별 탈
이 없다고 우리가 인식하게 된 이유 중 하나는 시중에 인류와 자연간의
대결구조 영화나 다큐멘터리가 아무런 주의 없이 방영되기 때문이다. 보통
영화와 같은 대중매체에서는 기후변화로 인해 갑자기 들이닥친 자연재해
를 공격적이고 위협적인 요소로 설정하고 스토리를 이어간다. 그리고 극중
에서는 마치 자연과 인간의 대결인 양 그럴듯하게 스토리를 풀어나간다.
실질적으로 봤을 때 그 자연재해는 자연에 대한 우리들의 부주의성에서
기인한다. 즉, 인간과 자연의 대결이 아닌 인간과 인간 스스로와의 대결인
셈이다. 또 인류의 기원 측면에서 보면 인간도 자연으로부터 탄생했기에
인간도 자연의 일부라 볼 수 있다. 하지만 위와 같은 착각들로 자연을 소
중히 여기는 마음을 가지지 않고, 자연이 골프장과 같은 건물 건설을 막는
한 걸림돌로만 여겨지고 있는 불편한 진실이 늘고 있다. 인간과 자연의 관
계는 산소원자와 수소원자 사이의 관계와 같다. 아무런 성질이 없던 산소
원자와 수소원자가 모여 고유의 성질을 가지는 물이 되는 것과 같이, 이
지구에 자연과 인간이 서로 공존하여 하나의 생태계가 구성된다. 따라서
우리는 자연이 우리의 삶의 터전을 당연하게 제공해주는 것처럼 당연하게
자연을 존중하고 사랑하는 자세를 가져야한다.

"경제가 발전할 것이다."라는 말을 들어보면 언뜻 우리에게 이익이 올
것만 같다. 하지만 이는 발전을 '인간'적인 측면에서 단기적으로만 보아
생긴 트릭일 뿐이다. 우리의 시야를 장기적이고 '자연'까지 포함하도록 넓

히게 된다면 우리가 봐왔던 감언들이 때때로 우리들에게 손해를 준다는 것을 알 수 있다. 이 나라의 발전을 위해 깎은 산, 메운 갯벌들은 지역 경제를 살려주고 나라의 경제수준을 높여줄 것 같지만, 자연의 일부분을 파괴함으로써 오게 되는 환경적 손실을 생각하면 그 마을은 더욱 퇴보했다고 볼 수 있다. 그뿐만이 아니다. 한 어촌 마을의 갯벌을 간척한다고 하면 사람들은 그 마을에서 생산되는 해산물로 인한 수입은 줄게 되겠지만, 간척지 개발로 인한 지역 경제가 활성화 될 것이어서 별문제가 없을 것이라고 이야기한다. 과연 아무 문제도 없을까? 갯벌이 간척되면 매일 아침 물이 빠질 때를 기다려 꼬막을 캐던 어머니의 아침이 사라지고, 학교가 끝나면 친구들과 놀던 아이들의 놀이터가 사라진다. 다른 말로 하자면 그 마을 사람들의 한 문화, 삶이 사라져 버리는 것이다. 단지 경제 발전을 위한 약간의 자연 훼손은 생계를 위해서 이해할 수 있다. 하지만 무분별한 자연 훼손은 우리들의 문화와 삶의 터전, 추억을 지울 수도 있다는 것에 한 번 더 주목해야 한다.

지금까지 우리의 환경 보호를 방해하는 착각들에 대해서 알아보았다. 많은 사람들이 이 착각들 속에 갇혀 살고 있지만 아직 크게 겁낼 필요는 없다. 지금까지 우리가 무엇을 잘못 이해했는지, 또한 앞으로는 어떻게 행동해야 하는지 한 번 더 고민해 보고 잘못한 점을 바로 고친다면 자연과 인간사이의 지속가능한 지구는 계속될 것이다.

마지막 인사

"예?"

휴대폰 너머로 들려오는 말소리에 나는 머리가 하얘지는 것을 느꼈다. 내 귓속을 파고드는 중저음의 목소리에 지금 이 자리가 11년 만의 재회의 자리라는 생각은 이미 멀리 날아가 버리고 없었다. 동창들은 난데없이 큰 목소리를 낸 나를 향해 시선을 집중했다. 시끌벅적하면서도 아늑한 식당 안에서, 그들의 사이에는 나를 중심으로 잠시간의 정적이 흘렀다. 대체 무슨 일이기에 전화를 받자마자 저런 반응을 보이는 것인지 굉장히 궁금하리라.

휴대폰 뒤편에서는 내가 방금 들은 말이 진실이라는 것을 확인이라도 시켜주듯 아까와 같은 내용의 말이 다시금 들려왔다.

"한서우 씨 되시죠? 천재희 씨가 입원해 계십니다. 한서우 씨를 불러달라고 하셨습니다."

재희와 나는 초·중고등학교를 같은 곳을 다녔다. 우리가 사귄다거나 미래를 약속한 사이라거나 하는 소문이 돌 정도로 오래 붙어 있었다. 그만큼 우리는 12년간 같은 학교를 다닌 절친한 사이였다. 오랫동안 알고 지낸 사이인 만큼, 우리는 서로에 대해 너무 잘 알았다. 무엇을 좋아하는지, 무엇을 싫어하는지.

재희는 수학을 좋아했다. 지금은 희미해져 버린 옛 기억 속에 재희는 열정적인 예비 수학자로 존재했다. '여자는 수학을 못한다'는 편견을 깨버릴 정도로 잘했고, 의욕마저 넘쳐났다. 내가 보기에 그녀는 나무랄 데 없는 훌륭한 '예비 수학자'였다. 또한 나는 그녀가 졸업 후에 분명 위대한 '수학자'가 될 것이라 믿어 의심치 않았다. 하지만 내 기대와는 달리, 그녀가 어떤 굉장한 정리를 발견했다거나, 엄청난 수학의 난제 중 하나를 증명했다든가 하는 그런 소식은 들려오지 않았다. 하다못해 자신이 유명한 교수님의 학생이 되었다거나 어떤 프로젝트에 참여하게 되었다는 둥의 의례적인 안부 인사조차 없었다.

나는 자연스럽게 기억 속에서 그녀를 지워가고 있었다.

병원은 그리 먼 곳에 있지 않았다.

예기치 못한 소식을 듣고, 재빨리 택시를 잡아 K병원으로 가달라고 했더니 기본요금밖에 나오지 않았다. 나중에는 '걸어갈걸.' 하고 후회할 정도로 가까운 거리. 그럼에도 불구하고 사안이 사안이었기에 택시라는 수단을 택했다. 나는 급한 마음으로 택시에 몸을 실은 채, 그 거리를 지나가면서도 곳곳에 새겨지는 선명한 풍경에 눈을 뗄 수가 없었다.

어쩐지, 어디선가 본 듯한 풍경.

멀리 떠 있는 하늘 아래 울긋불긋한 낙엽이 시나브로 쌓여가고, 사람들은 그것들을 '사브작' 하며 밟고 지나간다. 이웃집 형이 학원에 늦었는지 급하게 페달을 밟으며 지나가고, 나는 가을길 휘날리는 단풍 하나 책갈피로 쓸 양으로 주워든다. 그리고 그 옆에는……

누구였지.

가을이라는 계절이 찾아오고, 단풍이 피는 나무가 있다면 어디서든 볼 수 있는 풍경이다. 나에겐 아무래도 그 풍경에 대한 어떤 특별한 추억이 있는 듯한 느낌이 들었다. 지금은 가물가물하여 너무나 희미한 기억이지만.

나는 한두 차례 심호흡을 하고는 새하얀 바탕에 녹색의 십자가가 그려져 있는 건물로 들어갔다.

"8 나누기 2는?"

"4."

예쁜 단풍이 떨어지는 어느 놀이터.

갈색 빛이 살짝 감도는 검은 머리와 하얀 편이면서도 발그레한 피부를 가진, 예쁘장하게 생긴 소녀. 순수한 검은 빛깔의 머리와 빨려 들어갈 듯한 순진무구한 눈망울의 소년. 소녀는 얼굴에서 머리카락으로 미끄럼틀을 타며 빠져나가는 부드러운 바람을 느끼며 신나게 그네를 타고 있다. 소년은 그런 소녀를 그 옆의 그네에 앉아 어서 다음 질문을 하라고 말하는 것처럼 소녀를 지켜본다.

"4 나누기 2는?"

그네를 타느라 발을 놀리기 바쁜 소녀가 말한다.

"2."

소년은 그저 그네에 앉아만 있는 채로 소녀의 질문에 대답한다.

소녀는 열심히 발을 놀리다가 무슨 생각엔지 갑자기 그네를 멈춰 세운다. 급히 멈추는 바람에 분홍구두가 흙으로 더럽혀진다. 소녀는 더럽혀진 구두는 안중에도 없다는 듯이 소년의 눈동자를 바라본다. 소년은 진지해 보이는 소녀의 모습에, 그만 침을 꿀꺽 삼키고 만다. 이윽고, 소녀의 입이 열린다.

"5 나누기 2는?"

나는 새하얀 복도를 걸어갔다.

하얀 문, 하얀 환자복, 하얀 가운……. 거의 모든 것이 하얀 곳.

나는 병의 향기가 느껴지는 복도를 빠른 걸음으로 걸어갔다. 7층, 719호. 천. 재. 희.

하얀 문에 적힌 '천재희'라는 이름을 또박또박 읽고는 굳게 닫혀져 있는 그 문을 뚫어져라 바라보았다. 11년 만의 만남이 이런 곳일 줄은 전혀 예상치 못했다. 그것은 재희 역시 마찬가지일 것이다. 졸업식 날에는 그저 언젠가 동창회에서 한번쯤은 만나겠지, 라는 막연한 생각을 품고 있었던 것으로 기억한다.

나는 한차례 크게 심호흡을 한 후 문을 열었다.

문은 생각보다 훨씬 부드럽게 열렸다. 문 안쪽으로 드러난 입원실의 모습은 하얀색 일색이었다. 그것이 환자의 심리적인 안정감을 주기 위해서인지는 모르겠지만, 이 정도로 깨끗한 순백색들이 넘쳐난다면 안정감은커녕 내일이면 하늘나라로 갈수도 있다는 생각이 들지 않을까. 아니, 다음날 눈을 뜨면 이곳은 병실이 아니라 하늘나라라고 착각할지도 모른다.

침대에는 재희가 누워 있었다. 어떻게 바로 알아보았는지는 나도 알 수 없다. 그저 가만히 누워만 있는 이 사람이 주는 느낌이 그냥 재희 같았다.

'비단 같은 머릿결'을 자랑하던 옛날과 달리 푸석푸석하고 윤기가 없는 갈색 빛이 살짝 곁들어진 머리카락. 하얀 편이면서도 거의 항상 발그레해 마치 '봄의 소녀'같은 느낌을 주었지만 지금은 그저 창백하고 거칠기만 한 피부. 파랗게 초췌해 보이는 얼굴. 순간 이 사람이 정말 고등학교 때 아름다운 외모와 좋은 머리로 여러 학생들의 동경의 대상이었던 그 '천재희'가 맞는가, 하는 의심마저 들 정도로 많이 변해 있었다.

재희는 눈을 감고 있었다. 한쪽 팔에 링거를 꽂고는 있었지만 내가 전화로 들었던 것만큼 위급한 환자로는 보이지 않았다. 드라마나 영화에서 흔히 나오는 심전도계나 인공호흡기 같은 것들은 눈에 띄지 않았다. 사실은 별로 위급하지 않았던 것이 아닐까, 하는 생각마저 들 정도였다. 거기다가 재희의 표정마저 평온했으니 할 말 다 한 셈이다.

나는 허무함을 느끼며 검은색의 작은 의자를 끌어다가 걸터앉았다. 1분, 2분, 3분……. 그 상태로 시간은 조금씩 흘러갔다.

"오랜만이야."

약 7분 후, 정적의 한가운데서.

11년 전의 추억을 불러일으키는 듯한 목소리가 귓가에 울려 퍼졌다.

"어떻게 5를 2로 나눠?"

소년이 소녀에게 물었다.

"왜? 안 돼?"

소녀는 입가에 장난스런 웃음을 띠며 대답했다.

"사과 5개를 2명에게 정확히 나누어 줄 순 없잖아. 사과 1개가 남아."

"남는 사과 1개를 반으로 가르면 되잖아."

"……응?"

소녀의 명쾌한 해답에 소년은 그만, 말문이 막혀버린다.

"다 죽어간다는 사람치고는 쌩쌩한데."

"그래 보여?"

나의 장난스런 말투에 재희는 입가에 희미한 웃음을 띤 채 대답했다.

"응. 그런데 독실이네?"

내가 말한 것처럼, 재희는 침대가 단 하나뿐인, 바꿔 말하면 '독실'에 입원해있었다.

"중요하게 할 이야기가 있어."

재희는 여전히 눈을 감은 채 말했다. 눈을 감은 채 말하는 그 모습이, 하얀 환자복을 입은 그 모습이 창백한 피부와 어우러져 꼭 죽은 시체 같은 인상을 주었다. 금방이라도 관에 들어가야 할 것만 같은 모습이었다.

"뭔데?"

재희는 잠시 침묵했다. 계속 눈을 감은 채, 그녀는 잠시 동안 조용히 있었다. 우리 둘이 아무 얘기도 꺼내지 않자 이내 병실은 하얀색의 기묘한 정적으로 가득 찼다. 병자와 그를 방문하는 자. 우리는 가타부타 말이 없었다.

"8 나누기 2는?"

한참 만에 정적을 깬 것은 재희였다. 그녀는 눈을 뜨지 않고, 조용히 중얼거리듯이 말했다.

"……? 갑자기 무슨 소리야?"

"대답이나 해."

재희는 단호한 어조로 재차 답을 요구했다.

"어? 어…… 4."

"4 나누기 2는?"

"2. 그런데 난데없이 웬 나누기? 이유부터 설명해 주면 안 될까?"

나는 재희가 이런 질문을 던지는 까닭이 너무도 궁금했다. 일부러 부르기까지 해 놓고 이런 쓸데없는 질문은 대체 왜 하는 걸까.

"5 나누기 2는?"

"천재희."

세 번째 질문에는 대답하지 않고 나지막이 그녀의 이름을 불렀다.

"궁금한 것이 있으면 대답부터 하고 물어."

재희는 전혀 기가 죽지 않은 채, 오히려 '환자 주제에' 나를 압도하며 말했다.

"……2.5."

나는 한참을 망설이다 대답했다.

"5나누기 2는 2.5야."

소녀가 말했다.

“……?”

소년은 무슨 말인지 몰라 잠자코만 있었다.

“5를 나머지 없이 나눌 수 있는 수가 있을까?”

소녀는 멈췄던 그네를 다시 흔들거리기 시작했다.

“있어.”

소년은 당연하다는 듯이 대답한다.

“좋아, 네 생각을 맞혀 볼게.”

소녀는 일어서서 그네를 타기 시작했다.

“응?”

소년은 어리둥절해했다.

“네가 생각한 수는 1이랑 5지?”

“그럼 다음 질문. 5를 나머지 없이 나눌 수 있는 실수가 있을까?”

재희는 계속해서 뜻 모를 질문들을 해댔다.

“아, 여기서 내가 말하는 5를 나머지 없이 나눌 수 있는 실수 ‘x’는 x 가 자연수 집합 N의 원소라는 거야.”

“그러니까, 자연수 중에서 5를 나머지 없이 나눌 수 있는 수말이지?”

일단은 재희의 장단에 맞춰주자는 생각이 들었다. 그녀가 따로 부탁까지 해가며 이리로 부른 이유는 분명 있을 터. 그것이 무엇인지는 그녀 스스로가 말해줄 때까지 기다리는 수밖에 없었다.

“응.”

“두 개 있지. 1과 5.”

“좋아, 그 외에는?”

“없어.”

“훌륭해.”

재희는 내 대답을 듣고는 잠시 침묵하더니 이내 만족한 표정으로 감탄사를 터뜨렸다. 내가 보기에 지금의 재희는 많이 이상했다. 병원에 부탁해 일부러 와 달라는 전화를 하게 하지 않나, 사람을 불러놓고는 난데없이 나누기를 시키질 않나……. 거기에 이젠 초·중생이면 다 알 내용을 맞췄다는 데에 대해 찬사를 보내고 있었다. 내 앞에 있는 이 하얀 옷을 입은 병자가 정말 내가 알던 그 천재희가 맞을까, 하는 의심마저 들었다. 그 정도로 재희는 이상했다. 정신에 이상이 생긴 것이 아닐까, 하는 생각도 했지만 여기는 정신병동이 아니다. 정확히 어느 병동인지는 모르겠지만 그것만은 확실했다.

"결국 하고 싶은 말이 뭐야? 빙빙 돌려 말하지 마."

고민 끝에 재희가 장난을 치거나 돌려 말하고 있다는 생각이 들었다.

"5는 어떤 수일까?"

재희는 그런 나의 반응과는 아랑곳없이 하던 얘기를 이어서 했다.

"중·고등학교 때 배우는 수체계에 따르면, 5는 실수 집합에 속해있어. 다음으로는 유리수 집합에 속해있고, 정수 집합에 속해있어."

갑자기 재희는 수체계에 대해 간단히 설명을 하기 시작했다. 어느 샌가 그녀는 감았던 눈을 뜨고 있었다. 그녀의 눈은 옛날과 달라진 것이 하나도 없었다. 아니, 오히려 더욱 더 빛나고 있었다.

"또 5는 정수 집합 중에서도 양의 정수 집합에 속해 있어. 양의 정수 집합은 자연수 집합과 같은 집합이야. 옛날에 배웠던 수체계, 기억하지?"

"응."

"수에서 가장 큰 집합은 복소수. 복소수 집합은 실수와 허수로 나뉘지. 실수는 다시 유리수와 무리수로 나뉘고, 유리수는 정수와 정수가 아닌 유리수로 나뉘지. 정수는 양의 정수와 0, 음의 정수로 나눌 수 있어. 물론 그 이전에 실수부분에서 양수, 0, 음수로 나눌 수 있지만. 아무튼, 여기서 양의 정수는 자연수라고 해도 무방해. 마지막으로…… 자연수도 세 가지로 나눌 수 있어."

"어떻게?"

"옛날엔 그렇게 열심히 공부하던 것을 다 잊었구나. 이건 중학교 때 배웠던 것인데. 1과 소수(素數)와 합성수. 기억나지 않아?"

재희는 다그치듯이 말했다.

"……어, 대충은 기억나."

"5는 이 세 집합 중에서 어디에 속할까?"

"소수."

"정답. 그럼 소수의 정의를 말해봐."

"……."

소수(素數)의 정의라. 지금 재학 중인 것도 아니고, 하다못해 수학을 전공했던 것도 아니고 그저 평범한 직장인일 뿐인 내가 그것을 어떻게 말한단 말인가?

"몰라?"

재희는 내가 대답하지 않는다는 사실에 황당하다는 듯이 물었다.

"네가 말하는 소수가 뭔지는 알아. 하지만 그것이 '무엇'이라고 정확한 정의는 말하지 못하겠어. 그리고…… 지금 네가 이런 질문을 던지는 이유조차 짐작이 안가."

"소수는 1과 자기 자신만으로 나누어 떨어지는 1보다 큰 양의 정수야. 내가 이런 질문을 던지는 이유는……."

재희는 말끝을 흐렸다. 저렇게 말을 늘이는 것을 보아하니 왠지 불길한 예감이 든다. 옛날부터 그랬다. 그녀가 말끝을 늘인다 치면 항상 엉뚱한 질문이나 행동이 뒤에 이어지고는 했다.

"……'소수는 무한하다'라는 명제를 증명해오면 알려줄게."

바로 이렇게.

"2.5는 소수(小數)야. 1과 5, 즉 1과 자기 자신으로만 나누어 떨어지는 5

는 소수(素數)고.”

소녀는 일어서서 그네를 타며 크게 소리쳤다.

“무슨 소린지 모르겠어!”

반면, 소년은 소녀가 무슨 말을 하는지 전혀 이해하지 못했다. 소년은 소수(小數)와 소수(素數)의 차이를 구분해내지 못했다. 아직 두 소수에 대해 배운 일이 없기에 소녀의 말이 헷갈릴 수밖에 없었다.

“그럼 그냥 듣고만 있어. 수에는 두 가지 소수가 있어. 하나는 2.5같은 녀석이고, 다른 하나는 5같은 녀석이야. 둘 다 무한하게 많댔어. 왜 그런지는 모르겠지만, 어떤 책에 쓰여 있었어. 나는 아직 아는 것이 별로 없어서 이해가 가지는 않지만, 그 책에는 소수(素數)가 무한하다는 것을 증명하는 방법이 적혀 있었어. 유클리드라는 사람이 처음으로 증명해냈대. 약 2300년 전에 말이야! 다른 증명들도 있었지만 그게 제일 쉬워보였어!”

소년은 소녀의 말을 하나도 알아듣지 못했다.

집에 돌아와 재희가 말한 것에 대해 곰곰이 생각해 보기 시작했다. 그녀가 나에게 그런 질문들을 던진 이유가 뭘까, ‘소수는 무한하다’는 것을 증명해오라고 한 것은 무슨 관련이 있을까.

재희는 어렸을 때부터 수학을 좋아했다. 수학자가 되겠다는 꿈은 그 도중에 생긴 것이었다. 당연히 전공은 수학이었고, 다른 과목은 몰라도 수학만큼은 전교 1등을 놓치지 않던 그녀였다. 반면에 나는 별달리 무언가 하고 싶다는 아주 열렬한 욕망이 없는, 그저 좋은 직장 가는 것 외엔 미래를 생각해 본 적이 없는 평범한 사람이었다. 수학이야 고등학교 때 중요하다, 중요하다 하니까 열심히 했던 것 뿐이다. 사실 수학이 시수도 높고 비중도 큰 과목이 아니었다면 머리만 지끈거리게 만들뿐이라 당장에 때려치웠을 것이다.

재희는 그런 나에 대해서 상당한 불만을 가지고 있었다. 자신은 그토록 사랑하는 수학을, 절친한 친구라는 놈이 싫다고 하니 말이다. 때문에 수학 관련 애기가 나올 때 마다 '수학은 재미있다'며 나를 설득시키려 들었다. 결국 포기하고 말았지만 말이다. 덕분에 그녀는 내가 얼마나 수학을 싫어 하는지 잘 알고 있었다.

수학이라면 얼굴이 새파래질 정도로 꺼려하는 나에게 재희는 이런 문제 를 냈다. '소수가 무한함을 증명해 보이시오.' 그녀 본인이라면 즐겁게 임 할 수 있는 문제겠지만, 수학과 필사적으로 멀어지려 애썼던 나로서는 그 리 달갑지만은 않다. 하지만 동시에 의문점이 든다.

왜.

재희는 나에게 '왜' 이런 문제를 냈을까. 정말로 정신이 어떻게 되기라 도 한 것일까, 아니면 무언가 정말 중요한 이유라도 있는 것일까.

10년 후, 소녀와 소년은 같은 고등학교에 입학하게 된다. 소녀는 과학고 에 입학하겠노라, 하며 소년과 자주 놀지 못함을 무릅쓰고 여러 가지 준비 를 했었으나 결국 떨어지고 만다. 소년은 그 속사정은 전혀 모른 채, 중학 교 때 자꾸 자신을 멀리하기만 했던 소녀가 원망스러울 뿐이었다.

소수는 무한하다.

내가 그런 것을 증명할 수 있을 리 없잖은가.

너무도 답답한 마음에 고등학생 시절에 사용했던 수학 공책들을 이리저 리 들춰보았다. 혹시 뭔가 단서가 될 만한 것이 있을까, 하는 심정으로 말 이다. 재희는 '소수는 무한하다'라는 명제를 내가 증명해내기 전까지는 결 코 이런 질문들을 한 이유를 가르쳐 주지 않을 것 같았다.

"……어?"

학창시절 때 사용했던 공책을 버리지 않길 정말 잘했다는 생각이 들 무 렵, 나는 어떤 구절을 발견했다.

"한 10년쯤 전이었던가, 내가 소수는 무한하다는 것을 유클리드가 처음으로 증명해냈다고 말했지?"

소녀가 반짝이는 눈으로 말했다.

"……그랬던가? 기억력도 좋네."

소년은 소녀가 정말로 그런 말을 했다는 진실 여부에 대해서는 관심이 없는지, 조금은 시큰둥하게 대꾸했다.

"뭐야, 왜 그렇게 시큰둥한 거야. 내가 그때 그네를 타면서 일장연설을 늘어놨었는데."

"글쎄…… 소수는 무한하다느니 유클리드라느니 그런 얘기를 10년 전에 했다면, 나는 못 알아듣지 않았을까."

"그런가? 아무튼 나, 그걸 완전히 이해했어."

"축하해."

"사실은 7년 전에 다 이해했었지만……. 그땐 내가 너무 바빴잖아."

"어. 그래서? 그런 얘기가 나와 무슨 상관이 있는데?"

소년은 소녀의 이야기를 듣다 보니 울컥, 하는 것이 느껴졌다. 누구는 연락해도 자꾸 바쁘다는 말만 늘어놔서 적잖이 서운했는데, 누구는 간만에 길게 나눈다는 대화가 '나 잘났다'라는 식이다. 화가 나지 않을 리가 없다.

"……화났어?"

소녀는 조심스럽게 소년의 안색을 살폈다.

<유클리드 : 기원전 3세기경의 그리스 수학자>
유클리드 굉장히 유명한 사람이다. 그런데 고등학교 과정 중에 이 이름이 중요하게 등장한 적이 있었던가? 내 기억으로는 분명, 1학년 때 잠깐 등장했던 유클리드 호제법 외에는 없었다. 그나마도 그렇게까지 중요한 것은 아니었던 것으로 기억한다. 그런데 그렇지 않은 것 치고, 나는 굉장히 중요한 내용인 것처럼 이 이름을 적어 놓았다.

나는 이것이 재희가 이상한 질문들을 한 이유를 알아 낼 수 있는 단서라는 생각에 서둘러 자세히 살펴보았다.

소녀는 소년이 화가 났다는 사실을 쉽게 알 수 있었다. 소녀는 옛날처럼 소년과 친하게 지내고 싶었다. 그러나 그녀는 친구의 화를 달래는 방법은 알지 못했다. 몇 년 살지도 않았지만 인생의 방향을 잘못 잡았던 것은 아닐까, 하는 생각도 들었다. 소녀가 잘할 수 있는 것은 오직 '수학'뿐이었다.
소녀에게서 수학을 뺀다면 남는 것은 하나도 없었다.

'약 2300년 전에 유클리드는 최초로 소수(素數)가 무한하다는 것을 증명했다.'
이 짧은 문장 밑에는 누런 종이가 꾸깃꾸깃 접혀져 공책 사이에 끼워져 있었다. 옛날에는 하얀색이었을 종이가 가장자리 부분이 누렇게 변색된 채 말이다.

소녀는 하얗고 깨끗한 A4용지를 한 장 준비했다.
종이 위에 한 자, 한 자, 예쁘게 써내려가기 시작했다.
'지금부터 소수(素數)가 무한하다는 것을 증명해 볼게.'
'$p_1, p_2, \cdots, p_n$ 이 소수일 때, $p_1, p_2, \cdots, p_n$ 의 공배수를 하나 골라 N 이라고 하자. 예를 들어 $N = p_1 \times p_2 \times \cdots \times p_n$ 이라 하면 무난해. 이때 $N+1$ 은 $p_1, p_2, \cdots, p_n$ 중 어떤 것으로 나누어도 나머지가 1이야. 따라서 $N+1$ 의 소인수는 $p_1, p_2, \cdots, p_n$ 과는 다르지. 이 소인수가 바로 새로운 소수야.]
나는 꾸깃꾸깃 접혀진 A4용지를 간신히 펼쳐 그 위에 적힌 글자를 하나 하나 읽어 내려갔다. 처음에는 그것이 무슨 뜻인지 몰랐지만, 결국 그 다섯 개의 문장들이 의미하는 바를 완전히 이해했다.

꾸깃한 종이의 한 구석에는 또 하나의 문장이 아주 작은 글씨로 씌어져 있었다.

"1은 외톨이야. 자연수를 세 부분으로 나눌 때, 1 혼자만 외롭게 서 있어."

재희는 작고 조용한 목소리로 말했다.

"소수(素數)는 뿌리야. 1을 제외한 모든 자연수를 소수들의 곱으로 나타낼 수 있어."

손에는 작고 까만 녹음기가 하나 들려 있었다.

"합성수(合成數)는 우리들이야. 오만가지 뿌리들이 한데 얽혀 그 수들만의 특징을 드러내지."

흰 환자복을 입고, 흰 병실 안의 흰 침대 위에 누워있는 그녀의 눈매는 촉촉하게 젖어 있었다.

"소수는 무한해."

병마에 시달리느라 푸석푸석해진 피부와 머리카락이었지만, 인생 최고로 아름다워 보였다.

"사실 소수는 뿌리이기도 하고, ……이기도 해."

재희의 안색이 파래졌다.

나는 재희가 입원해 있는 병원으로 향했다.

그녀가 왜 내게 다짜고짜 나눗셈을 시켰는지, 왜 수체계에 대해 설명했는지, 왜 소수는 무한하다는 것을 증명해 보라고 했는지.

이제는 모든 것이 명확해졌다.

재희는 이것을 나에게 보여주고 싶었던 것이다. 고등학생 시절, 언젠가. 그녀가 나에게 보냈던 이 종이 한 장을. 당시에 오직 수학만을 보고 살았던 그녀가 나에게 수학 이외의 마음을 표현할 수 있는 수단이란, 역설적이게도 수학밖에 없었다. 소수는 무한하다는 것을 증명해 보이고 재희는 내게 진심으로 하고 싶은 말을 해 보였었다.

그리고 그것은 지금도 마찬가지이다.

예전에는 수학 외에는 관심사가 없었기 때문이라 하면, 지금은 그녀 자신이 수학자이기 때문이었다. 비록 수학자다운 업적은 없었으나 그녀는 엄연한 한 사람의 수학자였다. 그토록 수학을 좋아했지만 어째서 수학자다운 업적을 만들지 못했는지는 모르겠다. 너무 젊어서 기회가 적었는지도 모른다. 어쩌면 동료 수학자들과 함께 대형 프로젝트에 참여하느라 미처 업적을 내지 못한 것 일수도 있다.

아무래도 좋다.

재희는 11년 전이나 지금이나 내 최고의 친구이자 최고의 천재이다. 남들에겐 아니더라도, 나에게 있어서는 적어도 그런 존재이다.

멀고 먼 하늘에는 노랗게 빛나는 태양이 지고, 핏빛 노을이 떠오르고 있었다.

"자네에게 전해주라 했네."

하얀 와이셔츠에 은색 정장바지를 멋들어지게 차려 입은 중년의 남자. 희끗희끗한 머리와 세월이 깃든 주름, 낡아버린 안경은 학식이 깊은 사람이라는 것을 말해주는 듯 했다. 다만 남자의 얼굴에는 슬픔에 젖어있으면서도 근엄한 표정이 떠올라 있었다. 나는 재희를 만나기 위해 간 병원에서 그를 만났다.

"……실례지만 누구시죠?"

"아아, 그냥 천…… 교수의 동료…… 정도로 생각해 주면 고맙겠네."

"네?"

"그럼 이만 실례하지. 만약 다음에 자네를 만난다면 검은 옷을 입고 있을지도 모르겠군……."

남자는 그런 말을 남긴 채 내 시야에서 멀어져 갔다. 나는 그를 쫓아가려다가 손에서 느껴지는 따뜻하면서도 낯선 감촉에 멈출 수밖에 없었다. 시선을 옮기니, 내 손 위에는 못 보던 작고 검은 녹음기 하나가 들려 있었다.

안녕, 서우. 오랜만이야.

우리가 졸업한 지 벌써 11년이나 지났네.

우리는 19살에 졸업했고, 그로부터 11년이 지났어. 그러고 보면 19와 11은 모두 소수네.

사실 내가 병원에 입원한지는 네 생각보다 오래 되었어. 1년 전에 난 박사 학위를 따냈고, 3개월 전에 병원에 입원했어. 정식으로 교수가 되려면 한참을 더 기다려야 하지만 안 교수님께서 내 소원을 이뤄주시기로 했지. 남은 3개월 동안 '천 교수'라고 불러주기로 하셨거든.

여기까진 내 근황이야. 간단하지?

그럼 지금부터 정말로 하고 싶은 이야기를 할게. 약 13년 전에 내가 네게 보냈던 편지, 기억나? 이것을 듣고 있는 넌 그 편지를 다시 본 상태일지도 모르겠네.

가장 작은 수 집합은 자연수라고 할 수 있어. 하지만 이 자연수조차도 세 부분으로 나눌 수 있지.

1은 외톨이야. 자연수를 세 부분으로 나눌 때, 1 혼자만 외롭게 서 있어.

소수(素數)는 뿌리야. 1을 제외한 모든 자연수를 소수들의 곱으로 나타낼 수 있어.

합성수(合成數)는 우리들이야. 오만가지 뿌리들이 한데 얽혀 그 수들만의 특징을 드러내지.

소수는 무한해. 그 옛날, 유클리드가 증명했듯이 소수는 무한해.

사실 소수는 뿌리이기도 하고, 우리들의 마음이기도 해.

너에게 내가 진심으로 하고 싶은 말은, 우리가…….

재희의 메시지는 그것으로 끝났다. 그 다음 부분은 그녀가 쓰러지는 소리, 여러 사람들이 다급하게 달려오는 소리들이 들렸다. 결국 그녀는 하고 싶은 말을 마저 다 하지 못했다. 아마 그녀가 그토록 걸고 넘어졌던 소수(素數)의 개수만큼 후회하고 있을지도 모른다. '뜸들이지 말고 조금만 더 빨리 말할걸'이라고.

먼 훗날에 다시 만날 일이 있다면 이런 말을 해 주고 싶다. 그녀가 후회하는 것을 멈출 이 말을 해주고 싶다.

나는 별빛이 드문, 그러나 꼭 한두 개쯤은 밝게 빛나고 있는 도시 특유의 밤하늘을 올려다보며 중얼거렸다.

"소수의 개수만큼, 그 세월만큼의 우정이 빛나기를."

멀리 떠 있는 하늘 아래 울긋불긋한 낙엽이 시나브로 쌓여가고, 사람들은 그것들을 '사브작' 하며 밟고 지나간다. 어떤 학생은 학원에 늦었는지 급하게 페달을 밟으며 지나가고, 고등학생으로 보이는 소년은 가을길 휘날리는 단풍 하나 책갈피로 쓸 량으로 주워든다. 그리고 그 옆에는…….

"$p_1, p_2, \cdots, p_n$ 이 소수일 때, $N = p_1 \times p_2 \times \cdots \times p_n$ 이라 두자. 이때 $N+1$ 은 $p_1, p_2, \cdots, p_n$ 중 어떤 것으로 나누어도 나머지가 1이야. 따라서 $N+1$ 의 소인수는 $p_1, p_2, \cdots, p_n$ 에는 속하지 않는 또 다른 소수, p_{n+1} 이지. 결국 아무리 많은 소수를 발견하더라도 반드시 그보다 더 큰 소수가 존재하게 되어있어."

"아, 예……."

소년은 억지로 소녀의 이야기를 듣고 있었다.

"내 말, 제대로 이해했어?"

참다못한 소녀는 소년의 눈동자를 뚫어져라 바라보며 말한다.

"아니, 대충 무슨 소리인지는 알 것 같은데……. 네가 뭘 말하고 싶은 것인지는 도저히 모르겠어."

소년은 소녀의 눈길을 슬금슬금 피하며 자신의 생각을 말했다.

"내가 하고 싶은 말은……."

소녀는 한참을 망설이다가 뒷말을 잇는다.

"내가 아무리 많은 잘못을 저지르더라도 반드시 그보다 더 큰 잘못이 존재하게 되어있어."

소년은 소녀가 내뱉은 기괴한 말에 의아해한다. 소녀는 말하고 나서야 자신이 앞뒤가 맞지 않는 말을 했다는 것을 깨닫고는 당황한다. 소녀가 허둥지둥하는 사이, 소년은 소녀가 정말로 하려던 말이 무엇인지를 알아채고는 웃으며 말한다.

"미안하다고?"

주기율표

쪼롱쪼로롱 새들이 속삭이는 소리 듣고 싶으면
산 속 길을 바람 따라 걸으면 되고
먼 우주 달려와 어제의 빛을 발하는 별빛 보고 싶으면
넓은 들판 위로 밤하늘과 마주 누우면 되고
푸르게 시원하게 밀려오는 바다 냄새 맡고 싶으면
모래사장에 두 팔 벌리고 파도를 느끼면 되고

우리는

벚꽃에 지기 전에
봄 지나가버리기 전에
길가 흩날리는 꽃잎
가슴에 마음속에
다음 벚꽃 필 때까지
충분히 물들일 수도 있다.

자연의 노래는 들으면 아름다워서

자연의 빛은 만나면 눈이 부셔서
자연의 냄새는 느끼면 포근해서

우리는

알록달록하여
항상 새롭고
모든 것에 설레고
이 세상에 가슴 떨릴 수 있다.

이 넓은 우주가
우리가 느끼는 자연 모두가
7주기 18족 118칸 안에 들어있다는 것은
만물이
작은 상자 안에 가지런히 정리되어질 수 있다는 것은
우주를,
세상을 낳은 씨앗은,

그로 하여금
우리 모두를 꽃망울 터뜨려 열매처럼 맺은
세상의 뿌리는
상자 속
저마다의 성질이
찰흙처럼 서로 만나 받아들이고,
합쳐지고,
새로 태어나

또 다른 우주를 빚어내어
그것이 바로 이 세상인 것이다.
그것이 바로 우리인 것이다.

만물이 어디에서부터 시작했냐함은
무엇으로 이루어져 있냐함은
서로 다름에도
그런 서로를 받아들일 줄 알아
마침내 무한한 우주를 탄생시킨
고작 120여개의 씨앗 안에서 오는 것이다.

그들이 서로 뭉치는 방법을 알지 못했다면,
너의 부족함을 나로 채우고
나의 여유를 너에게 나누어줄 수 있어,
그로 인해 일으켜진 창조의 신비와 기적은
영영 그들 사이에 감춰진 채로
그것들 그것대로 끝났다.
끝이 났을 것이다.

나와 네가 완전해지기 위해,
혹은
함께 변화하기 위해
나의 일부를 너에게 줄 수 있는
너의 일부를 나의 일부로 받아들일 수 있는 마음이 있다면
너와 나는 곧 너와 나의 우주를 눈앞에서 볼 수 있을 것이다.

결합의 가치가 진정한 우주의 열쇠임을
결국,
우리가 숨을 쉬고
자연도 우리와 함께 숨을 쉬는
이 아름다운 곳을 만든 창조주는
다름 아닌 상자 속 120여개의 씨앗인 것을
결코 같은 것 없는 제각각 씨앗인 것을

그들이
손을 잡고 뭉치고 결합하는 그 순간
그 참된 의미를 안 순간

더 이상 그들로 끝나지 않고

마침내
영원한 가능성까지
끝이 없는 저 끝까지

태어나고 또 태어나고
계속 태어나

영원히 자연을 노래할 것이다.
빛날 것이다.
향기로울 것이다.

호수의 지평선 너머,
그곳을 당신은 바라볼 수 있는가?

사람들이 있다. 주변에 작은 돌들이 가득 널린 넓은 호수가 있다. 사람들은 저마다 호숫가 여기저기서 갖가지 돌을 찾아 여러 모양의 그릇에 담는다. 돌을 담는 그릇마다 모두 모양이 다르다. 돌도 그렇고 다른 물건들도 그렇고 그릇과 대상은 서로 맞지 않는 채 각자 존재한다. 먼 옛날부터 지금까지 사람들은 여러 사물을 발견했고 그 대상을 담을 여러 그릇을 만들고 발견했다. 지금도 우리는 그릇을 찾는다. 당신이 우연히 호숫가에서 찾은 신기한 돌과 이 돌을 담을 그릇이 있는가는 또 다른 문제다. 대부분의 돌은 당신이 가진 그 어떤 그릇에도 제대로 들어가지 않는다. 완벽히 맞지는 않아도 그 중 몇 개의 그릇에 대충 담을 수는 있다. 만족하지 못한 당신은 이 이상한 돌에도 분명 완벽하게 맞는 그릇이 있다고 생각한다. 없다면 만들 수밖에. 결국 완전히 새로운 그릇을 만들어 낸다. 그리고 당신은 이 '새로운 그릇'을 다른 사람들에게 자랑할 것이다. 몇몇 관심을 가지는 사람은 있지만 대다수는 이상한 모양의 '새로운 그릇'에 잠깐 신기해하다 이내 흥미를 잃는다. 당신의 손에 놓인 새 그릇은 무관심한 채 있거나 때로는 조롱거리가 될 수도 있다. 갑자기 '새 그릇'을 든 바보가 된 채 당신이 서 있다.

앞에서 예를 든 이야기는 무엇을 말하는 것 일까? 짧은 이야기에서 '그릇'이란 우리가 현실에서 사고하는 틀, 곧 패러다임(paradigm) 또는 인식론이라고 할 수 있다. '돌'은 우리가 알고 있는, 또는 해석해 내야 할 대상이다. 그리고 그러한 돌들이 무한하게 널려있는 '호수'를 과학자들은 우주 또는 세상이라고 일컫는다. 사람들은 일생 동안 그릇들을 얻어간다. 사람들은 여러 매체를 통해 세상에 존재하는 여러 가지 지식의 그릇을 마련하고 그들 각자 머릿속의 선반에 보관하고 필요할 경우 꺼내어 쓴다. 마음의 선반에 놓인 지식의 그릇 하나하나는 대개 매우 튼튼하고 견고하다. 여러 실생활의 경험을 통해 검증되어 왔기에 많은 이들은 자기 그릇에 깊이 의지하며 애착이 크다. 이제 지금까지 말한 것을 정리하자면 이렇다, "사람들은 자신들의 사고의 틀을 강하게 믿는다." 당연히도 사람들은 문제에 마주치게 되면 지금까지의 경험, 곧 찬장의 그릇들을 되짚어서 문제를 해결하려 한다. 그리고 대부분의 경우 문제를 풀 수 있다. 이렇게 당신이 앞에 놓인 문제의 '돌'은 지식의 '그릇'들 중 하나에 맞는다. 그러나 돌이 당신 찬장 속 그릇 중 그 어떠한 것에도 맞지 않을 경우가 생긴다. 아마도 당신이 가진 그릇이 충분하지 않을 경우일 것이다. 하지만 새로운 돌에 맞는 그릇이 그 누구의 선반에도 인류 모두의 선반에서도 찾을 수 없다면?

한 가지의 예시를 살펴보자. 이번 이야기에는 두 사람이 있다. 한쪽은 천진난만한 다섯 살의 꼬마아이이고 다른 한쪽은 지금까지 많은 학식을 쌓아온 고지식한 학자이다. 두 사람은 문제에 마주쳤다. 우리는 많은 것을 알고 다방면의 경험을 한 고지식한 학자가 당연히 다섯 살의 꼬마아이보다 문제를 풀 확률이 압도적으로 높을 것이라고 예상한다. 하지만 제시된 문제는 지금까지의 어떤 이론, 가설로도 설명 할 수 없는 문제이다. 접근 방법은 하나, 지금까지 없었던 새로운 방법을 찾아야한다. 이 상황에서 둘 중 누가 문제를 이해하고 해답을 제시할 수 있을까? 필자는 아이 쪽이 더 높은 잠재적 가능성을 가지고 있다고 생각한다. 왜일까? 아이는 찬장에 있는 그릇이 매우 적을 뿐 아니라 그릇을 많이 쓰지 않았고 의존하지 않기 때문에, 즉, 그릇에 '묶여'있지 않기 때문이다. 배우고, 보고, 알고 있는 것에 막연히 기대는 것을 '그릇에 의존 한다'라고 정의하겠다. 이것은 위험한 상태라는 것을 조심스럽게 말해본다.

위의 이야기는 새로운 그릇이 필요한 시점에서 그 새로운 그릇을 만들어가는 자와 오래된 그릇에 매달리는 자의 대립으로 바라 볼 수 있다. 과학의 세계에서 보자면 '발견'의 최전방에서 미지의 대상에 대하여 지금까지 존재하지 않았던 방법을 제시하는 사람과 맹목적으로 고전과학을 통한 해석을 추구하는 사람들이다. 이어서 우리는 역사에서도 고전의 틀을 깨부수고 새로운 패러다임을 제시하여 '인류의 찬장'에 기여한 사람들을 찾을 수 있다. 천년의 역사를 가진 프톨레마이오스(Klaudios Ptolemaios)의 천동설에 반하여 완전히 다른 개념인 지동설을 제시한 코페르니쿠스(Nicolaus Copernicus)가 있었고 노벨상(1954년 노벨화학상, 1962년 노벨평화상)을 두 번 수상한 라이너스 폴링(Linus Pauling)이 "준결정은 없지만 준과학자는 있다"라고 비판하며 부정한 준결정을 발견하여 노벨상(2011년 노벨화학상)을 수상한 대니얼 셰시트먼(Daniel Shechtman)이 그러한 사람들이다. 이들은 처음에 모두 자신의 생각과 발견을 사람들에게 보였을 때 주위에서 쏟아져 들어오는 수 없이 많은 질책과 비판적인 시선을 받아왔다. 그럼에도 그들은 포기하지 않았고 자신의 직관과 길을 끝까지 믿었으며 자신의 찬장에 돌아서서 전혀 새로운 그릇을 찾아냈다.

더 나아가기 전에 틀을 깨지 않는 쪽에 대하여 생각해 보자. 사람들은 상식 속에 살아간다. 아니, 일상이기에, 세상에서 대다수를 차지하기에, 비상식보다 훨씬 많기에 그것을 '상식'이라고 정의되는 것이지 결코 '상식'은 무조건적인 진리는 아니다. 따라서 당연하다고 볼 수 있다. 사람은 자신의 평화로운 사고회로의 대부분을 잠식하는 상식의 고리에 비상식, 새로운 그릇을 끼워 넣어 큰 파장을 일으키는 것을 거부하는 것은 생존의 본능적인 것이다. 대부분의 경우, 갑작스럽고, 혼란스러운 상황에서 빠르고 단순한 해답을 제시했던 것은 '상식'이였기 때문이다. 심지어 위에서 언급한 라이너스 폴링을 비롯한 인류의 발상의 전환에 기여한 여러 위대한 과학자들도 자신이 발견한 것에 안주해버린 나머지 자신의 찬장에 감히 새로운 그릇을 얹어 놓는 행위를 인정할 수 없었을 것이다. 그만큼 그릇들의 찬장에 기대어 버린다는 것은 위험한 것이다. 하지만 여기서 오해하지 말자, 위의 이야기에서 등장하는 고전과학이 일방적으로 새로운 발견을 방해하는 것은 아니다, 다만 그것에 가로막혀 그 다음을 보지 못하는 것을 경계하자는 것이다. 오히려 새로운 대상을 볼 수 있는 시야를 가지려면 상당한 수준의 선구적인 연구와 지식의 습득은 필수적이다. 도구적, 이론적인 수단이 없다면 미지의 대상에 접근하는 것조차 불가능하기 때문이다.

다시 찬장에 기대지 않는 사람들의 측에 서 보자. 그렇다면 테두리 밖으로 나가는 것은 무엇일까? 필자는 개인적인 자유로운 사고방법을 몇 가지 소개하고 싶다. 첫째, 편견을 가지지 말라고 부탁하고 싶다. 여기서 편견이란 사회 모든 분야에서의 편견을 의미한다. 당신이 어떤 사람에 대해 가지고 있는 고정관념, 어떤 현상에 대해 "이것은 분명 이렇게 될 것이다." 같은 것들을 말한다. 편견은 당신의 눈을 가린다, 언제나 모든 것을 새롭게 바라보는 태도는 자유로운 사고에 가장 중요하다고 할 수 있다. "이것은 분명 이렇게 될 것이다."라고 생각하기 전에 "이것은 왜 저렇게 될 수 없을까?"라는 더 넓은 범위의 의문을 품어라.

두 번째는 정신적, 육체적 여유에 관한 것이다. 아인슈타인(Albert Einstein)은 성공에 관한 세 가지 요소 중 하나, "한가한 시간을 가져라."라고 말했다. 여유라는 것은 중요하다. 긴장을 품으로서 육체에게 편안함을 가져다주고 결과적으로 정신적으로는 유연한 관념을 가질 수 있게 해 준다. 반대로 사람이 초조하고 강박적인 마음을 가질 때는 본능과 과거의 경험에 의지하게 되기 때문에 오히려 아이디어에 진전이 없고 닫힌 사고의 회로에서 맴돌게 된다. 이 두 가지를 만족한다면 당신의 육체는 비록 지표 위에 묶여 있지만 정신만은 끝없는 자유를 가질 수 있을 것이라고 필자는 확고히 말할 수 있다. 지금부터라도 일상에 자연스럽게 실천할 수 있기를 바란다.

우리 모두가 언제나 용감하지만은 않다. 예전에 주변의 비난과 눈초리에 우리의 아이디어를 땅속에 무심코 묻어버린 기억이 있을 것이다. 지금 이 순간부터 당신에게 용기가 있고 의지와 힘이 있다면 그것을 버리지 말고 그것을 담을 그릇을 찾아 헤매어라. 그것을 맞출 완벽한 그릇을 찾았을 때 그것은 당신에게는 하나의 그릇일 뿐일지 모르지만 인류에게는 크나큰 선물일지 모른다. 만약 당신이 너무 약하고 작아 '돌'을 묻어 버려야한다면 적어도 그것을 묻은 장소에 더듬어 올 수 있는 흔적을 새겨라. 그리고 매일 밤 생각해라. 지금은 묻혀있는 새로운 것을 볼 수 있었던 것, 관심을 가질 수 있었던 것조차 아무나 누릴 수 없는 행운일지 모른다. 끝으로 찾아낸 것이 무가치한 것이라 판단될 때도 좌절하지 마라. 그 경험마저 앞으로 새로운 것을 발견할 때 쓰일 틀에 박힌 지식 같은 성냥과 비교할 수 없는 등불이다.

기존의 틀을 깨부수는 발견, 개념의 전환은 자유롭게 사고하는 것에서 나온다고 생각한다. 물론 먼저 호숫가에 다가갈 수 있어야 한다. 그러기 위해서는 그전에 많은 것을 인지하고 배워서 통찰력과 경험을 쌓아야 한다. 더불어 당신이 어떤 길을 걷게 될 때 누군가 옆에서 동행해 줄 것이라는 생각은 하지 말자. 그 길의 끝이 밝은 만큼 그 길은 외롭고 험한 길일 것이다. 하지만 누군가 이런 길을 걷고 있다면 당신이 먼저 다가가서 그와 공감하고 그의 생각을 들어주자. 도움을 받는 그에게는 큰 힘일 것이고 당신에게는 새로운 경험이다.

당신은 지금 어디 있는가? 호숫가를 거닐며 돌을 줍고 있나? 아니면 찬장 앞에 앉아 그저 가지런히 놓여있는 그릇들을 뚫어지게 바라보고 있는가? 이 시대에 한 가지 언제나 믿을 수 있는 것이 있다. 바로 인간의 무한한 가능성이다. 당신의 그 가능성을 믿어라. 얽매이지 않는 자유로운 생각이라는 투명한 시야를 가지고 지금까지 인류가 높게 쌓아온 '지식'이라는 등대 위에서, 바로 당신이 그 압도하는 부감(俯瞰)에서 호수의 지평선 너머 어딘가에 있을 미지를 그 누구보다 먼저 발견하길 바란다.

진정한 사랑의 속삭임

책 표지에서 느껴지는 감촉이 참 좋았다. 가슬가슬한 느낌이 마치 숲속에서 나무줄기를 쓰다듬는 것 같았다. 그런 느낌처럼 이 책은 자연의 아름다움을 그에 걸맞은 시적 표현들로 채워진 책이다. 이 책에 해설과 함께 실려 있는 글들은 '헨리 데이비드 소로'라는 자연주의 사상가의 저서에서 발췌한 글들이다. 내가 과학 고등학교 원서준비를 할 때 독후감들을 쓰려고 읽어보았던 책들 중 소로의 '월든'이 있었다. 그때는 그다지 빛나는 표현들이라고 와 닿지 않았는데, 몇 부분을 지금 다시 읽어보니 너무나 예쁜 문장들이었다.

소로의 글들과 주장이 처음부터 사랑받고 존경받았던 것은 아니다. '에머슨'이라는 철학자의 사상을 베꼈다고 주장하고, 자연을 사랑한다더니 월든 호숫가에 오두막집을 지어놓고 살다가 산불을 내기도 했다며 소로의 업적을 깎아내리려는 사람들도 있었다. 하지만 독창적이고 기분 좋은 흙내음이 느껴지는 소로의 글들은 지금까지도 사랑받으면서 소로를 향했던 비난의 화살이 부질없었음을 증명하고 있다.

책 속에서 소로는 '영혼이 복용하는 약'이고 '눈을 맑게 하는 특효약', '감각을 젊게 유지시키는 샘물'로 그가 많은 사랑을 쏟아 부었던 개똥지빠귀의 노랫소리를 상상하게 해준다. 이처럼 마치 시에나 나올 법한 표현들은 읽는 내내 붓처럼 그 모습을 머릿속에 그려주어 싱싱한 풀숲 속에 누워있는 듯한 싱그러운 기분을 선사해 주었다.

오늘날의 사람들은 조금이라도 수확량을 늘리기 위해서 화학비료를 뿌리고, 제초제를 마구 뿌린다. 소로는 항상 사람이 모든 것을 자연보다 많이 가질 필요는 없으며, 올해에 인간이 좀 더 많은 먹이를 차지했다면 이듬해에는 새들이 좀 더 많은 먹이를 차지할 뿐이라고 말한다. 올해 숲에 밤이 많이 열릴 것인지 열리지 않을 것인지 다람쥐가 걱정을 하지 않듯이 참다운 농부라면 자연이 주는 만큼 받고 감사해야 한다는 것이다. 소로가 살던 시대는 현재처럼 환경보호의 필요성이 많이 부각되지 않았던 시대이지만 장미의 가시처럼 소로의 말들은 마치 미래를 예견한 듯이 따끔한 지적을 쏟아내고 있었다. 그 지적들이 널리널리 알려져 조금이나마 사람들의 인식을 바꾸는 데 도움을 줄 수 있다면 좋겠다는 생각이 들었다.

지금까지 환경에 대한 책들을 읽으면서 환경오염의 실태나 해결책과 같은 어두침침한 이야기 말고, 자연의 참모습을 그려내면서 자연스럽게 환경오염을 느끼게 해주는 책은 보지 못했다. 그러나 우리 주위에서 책 속의 동물과 식물들을 찾아보기는 힘들다. 나는 태어나서 지금까지 한 번도 책 속의 개똥지빠귀를 실제로 본 적이 없다. 동물원에서 까치, 참새와 다르게 생긴 새들을 보는 것만으로도 나에게는 놀라운 경험이었다. 물론 소나무나 참나무들은 쉽게 만날 수 있지만 과연 현대인들 중 몇 명이나 소나무가 잘려나가는 모습을 보며 '사람에게는 장례식이 있지만 나무에게는 장례식이 없는 이유'에 대해 고민하고, 그 아이러니와 슬픔을 글로 담아내어 전해줄 수 있을까.

나는 어렸을 때부터 길바닥에서 뭔가를 줍는 것을 좋아했다. 돌멩이, 나무열매, 나뭇잎, 씨앗, 운 좋게는 곤충들의 허물까지 모두 집에 가져와서 이리저리 만져보고 뜯어보았던 기억이 아직 생생하다. 특히 씨앗에 대한 사랑은 특별해서 초등학교에 들어가면서부터 하나하나 모았던 것이 아직도 남아있고, 지금도 특이한 씨앗들을 발견하면 모으곤 한다. 그런데 어느 순간부터 내 주위를 에워싸고 신기한 씨들을 건네준 나무와 풀들이 많이 사라지고, 흔한 몇몇 식물 외에는 사진으로만 볼 수 있었다. 식물도감에는 분명 주위의 야산, 들에 서식한다고 쓰여 있는데 어디로 도망가 버렸는지 만날 수가 없다.

어쩌면 21세기의 사람들은 수없이 반복되고 있는 환경교육과 캠페인에도 불구하고 '자연은 우리에게 모든 것을 제공할 의무가 있으며, 사람은 문명의 발전을 위해서라면 얼마든지 자연을 훼손시키고 이용해도 된다'는 이기 속에서 여전히 빠져나오지 못하고 있는 것일지도 모른다. 더욱 역설적인 것은, 사람들의 자연에 대한 인식을 긍정적으로 전환시키는 근본적인 해결 없이 사람의 기준에서 녹색성장을 말하고, 서점 베스트셀러 목록에는 늘 환경에 관한 책이 있다는 점이다. 이 책만이 자연의 아름다움을 노래하고 있는 것은 아닌데 왜 사람들은 그 베스트셀러들을 읽고도 행동을 바꾸지 않는 것일까?

요즘은 환경에 조금만 관련된다고 하면 어김없이 '녹색성장', '친환경', '에코' 같은 딱지가 붙는다. 하지만 난 그 '친환경 녹색성장' 상품과 활동들이 진정으로 지구를 위하는 것이라고 생각하지 않는다. '크기를 줄여 과대 포장을 줄인 친환경 휴지'를 만들기 위해서도 나무가 베어진다. 우리가 휴지를 마음먹고 적게 쓰거나 휴지의 진짜 친환경적인 대안을 찾지 않는 이상은 지구를 위한 휴지라고 할 수 없다. 실천과 더불어 생색내기용 '사람의 친환경'이 아닌, '지구가 원하는 진짜 친환경'을 찾아가는 노력이 필요한 것이다.

자연과 인간의 관계는 이제 자연이 일방적으로 이용당하는 것이 아니라 인간과 자연이 서로를 아끼고 사랑하는 방향으로 변해가야 한다고 생각한다. 앞으로의 과학은 그동안 달려온 인간의 편의와 풍요를 위한 길에서 조금 벗어나 자연과 함께 오래오래 행복하고 건강하게 살아갈 방법을 찾는

길에 들어서야 한다. 자연에 대해 더 많이 알고, 더 많이 사랑하면서 진정
한 자연의 속삭임을 전달하는 연둣빛 과학자가 되고 싶다.

푸른 종소리

오감. 그것은 우리 인간들이 태어나면서 자연스럽게 갖게 되는 기본적인 기능이다.

기본적이라고 하나, 그 기능은 매우 복잡한, 마치 프랙털(fractal)적인 구조를 갖추고 있다.

그래서 우리들은 그 오감이라는 기능을 능력이라고도 부른다.

능력(ability), 정신적·신체적 기능의 가능성.

그 능력은 청각, 미각, 후각, 시각, 촉각의 5가지로 이루어진다.

우리는 그러한 감각으로 보고, 듣고, 맛보고, 느낀다.

눈을 통해 푸른 하늘을 보고, 귀를 통해 고요한 소리를, 혀로는 맛을, 그리고 온몸으로 무언가를 느낄 수가 있다.

그러면 그 감각들이 독립적인 관계냐고 묻는다면…….

아니다.

오감은 서로 연결되고 관계를 맺고 있어 상호보완적인 체제를 갖추고 있다. 즉, 소리를 통해 시각화, 무언가를 볼 수 있다는 것이다.

그것이 바로 '공감각'.

공감각이란 하나의 감각이 동시에 다른 영역의 감각을 불러일으키는 것이다.

감각 모달리티(modality)의 경계를 넘어선 감각현상.

내가 사는 세상에서 이런 공감각에 대해 연구하고 개발이 되고 있었다.

비밀리에.

*

나른한 봄의 어느 아침.

따스한 햇살이 찾아오고, 향기로운 꽃과 싱그러운 풀 냄새가 한데 어우러져 퍼지고 있었다. 새들은 지저귀며, 벚꽃은 흩날리며 아름다운 풍경을 내보였다.

"하아, 졸려."

나, 강미르는 오늘도 하품을 하며 평화롭게 하교를 하고 있었다.

몇 분전만 해도 말이다.

…….

지금 내 눈앞에는 불량배들이 쓰러져 있었다. 입에 거품을 물고 피를 토해낸 처참한 모습이었다. 내 돈을 갈취하려던 녀석들이었지만, 내가 저렇게 만들어 놓지는 않았다.

애초에 평범한, 지극히 평범한 고등학생이니 말이다.

하지만…… 저 녀석은 다른 모양이다.

녀석이라고 말하긴 뭐한, 은발 여자애는 드디어 끝났다는 듯이 '후우…….' 하고 한숨을 쉬고 있었다.

그렇다. 내 앞에는 불량배들을 저 은발 소녀가 물리친 것이다.

가냘픈 몸에 인형처럼 생긴 얼굴. 다른 의미로서 평범하지 않는 여자애였다.

더 놀라운 것은 그녀는…… 눈을 뜨고 있지 않았다.

눈을 감고 맞선 것이다.

그녀는 나에게 다가오더니 손을 내밀었다.

"괜찮아?"

"어, 으응."

아름다운 울림. 싸움과는 전혀 어울리지 않은 목소리였다.

'그나저나 이 무지막지한 애는 뭐야.'

"지, 지금 그거……."

"뭐가?"

"눈 감고 어떻게?"

"아, 딱히 신경 쓸 거 없어."

그녀는 눈을 뜨더니,

"나 앞이 보이거든."

그렇구나. 앞이 보이니 별일은 아……

"그게 아니잖아! 이해하기 더 힘들어!"

"뭐가 이해하기 어렵…… 아, 그렇지. 아직 모르겠구나."

'모르겠다니…… 도대체 뭐, 뭔 일이 있는 건가?'

"아, 그게…… 으음…… 좋아! 특별히 너한테는 말해 주지."

그녀는 어깨를 활짝 피며 자랑스럽다는 듯이 말을 하기 시작하였다.

"공감각이라고 알고 있어?"

공감각?

나는 수업시간 때 배운 '푸른 종소리'를 떠올리며 아는 대로 얘기를 했다.

"그거라면 국어시간에 많이 나오는 건데. 뭐였더라? 분명 청각의 시각화라 이상한 소리하면서 배웠는데."

"뭐, 대충 들어 본 적이 있는 것 같네. 정확히 말하자면 공감각이라는 건 인간의 또 다른 감감, 능력이라고 보면 돼."

"또 다른 감각…… 자, 잠깐, 능력이라니?"

"사람들은 감각이라는 걸 감지하는 수단으로서 알고 있지만 아니야. 감각이라는 건 좀 더 다른, 깊은 의미를 가지고 있어. 자극에 대한 대처 능력. 그게 감각이라는 거야. 단순히 느끼는 것이 아닌 환경 변화에 대한 감지, 그리고 반응 및 대처하는 것까지. 뭐, 그렇다고 그렇게 어려운 건 아니야. 자각하지 못하는 것뿐이야."

"자각하지 못 한다고?"

"그래. 자각하지 못 하는 것뿐. 빙수같이 차가운 거 먹으면 머리가 시릴 때 있잖아. 그것도 공감각의 예야. 하지만 사람들은 그것이 공감각이라고 생각도 못하는 거지."

"그럼 아까 너도?"

"내가 쓴 건 공감각의 일부야. 공감각 중에서도 네가 말한 청각의 시각화. 소리를 통해 본다는 거지."

"일부라니…… 그럼 얼마나 더 있다는 건데?"

"그건 아무도 몰라."

"아무도 모른다고?!"

나는 도저히 믿을 수가 없는 얼굴로 그녀를 보았다.

"공감각을 감각적 심상의 종합이라고 하는데, 그 감각적 심상이라는 건 청각, 미각, 후각, 시각, 촉각의 5가지로 되어있다고 했지? 그것들은 저마다 신경회로를 가지고 있어.

청각은 고막이 진동을 느껴 그 진동이 기저막, 코르티기관의 감각세포 중뇌, 간뇌를 순으로 거쳐 대뇌피질의 청각령에 전달되어 들리게 되지. 미각은 맛의 자극. 미각신경, 연수의 호소핵, 시상, 대뇌를 거치게 되고, 후각은 냄새의 자극. 즉, 후각상피, 후세포, 후신경, 대뇌를, 시각은 각막, 수정체, 유리체, 망막, 시신경, 대뇌, 마지막으로 촉각은 조금 특별해. 촉각은 압점, 통점, 냉점, 온점의 4개나 다른 수용기가 있어. 그것은 각기 경로를 가지지. 압점은 파치니 소체, 온점은 루피니 소체, 냉점은 크라우제종구,

그리고 통점은 우리 신체 모든 곳, 지각신경의 자유 종말이야. 이러한 수용기들을 통해 자극을 받아들여 신경을 따라 대뇌에 도달하여 느끼게 되는 거지.

그래서 독립적인 것 같지만 그런 것도 아니야. 서로 관련을 하기 때문에 공감각이라는 게 가능해지지. 그렇기 때문에 아무도 알 수가 없어. 꼭 하나의 감각을 통해 다른 하나의 감각으로 느낀다는 것이 아니니까. 동시에 여러 감각을 통해 여러 가지의 공감각이 가능하다는 소리야.”

나는 장황하게 말을 늘어놓는 그녀가 새삼 놀라기도 하고 신기하기도 하였다.

“그런데 넌 어떻게 그런 걸 알고 있어?”

흠칫하였다. 웬 어린 여자애가, 거기다 키마저 작은 여린 소녀가 이런 정보를 알고 있다니.

그녀는 약간 당황하더니.

“……나도 우연히 안 것뿐이야.”

“어, 그건 그렇다 쳐도 왜 이제 와서 그런 게 들리는 거야? 아니, 난 애초에 듣지도 못했고 , 이제 듣는 거지만.”

“못 듣는 게 정상인거야. 이건 비밀리에 진행 중이거든. ‘공감각을 통한 인류의 진화’라고 거창하게 이름은 지어놨는데…… 어떨지는.”

그랬다. ‘공감각을 통한 인류의 진화’라고 하는 이 프로젝트는 아무도 모르게, 비밀리에 연구·개발되고 있었다.

*

어느 지역의 구(舊) 연구소

이상하리만치 어두운 3층 건물의 연구소는 10년 넘게 인적이 없는, 말 그대로 폐허이다.

모두가 그렇게 생각할 것이다. 이 사람들 빼고 말이다.

"오~ wonderful! so exciting! 완벽해. 아니, 이 몸이 관여한 이상 perfect 라는 선택지밖에 없다고! 카카캬캬캬."

밖의 3층 건물은 눈속임일 뿐 실제로는 지하 깊숙이에서 행해지고 있었다.

지하의 어느 공간에서 흰색의 긴 옷을 입은 사람들이 긴 책상 앞에 앉아있었다. 한 10명 넘는 인원이었다. 그 중에서도 한 명, 아마 여기의 총책임을 맡은 것 같은 사람이 두 팔을 벌리며 아까부터 영문 모를 감탄을 하고 있었다. 검정의 긴 머리카락 사이사이에는 새치가 보였고, 얼굴은 며칠 동안이나 밥을 안 먹은 듯 핼쑥해져 있었다.

"드디어 완성된 것입니까?!"

책상에 앉아있던 한 사람이 일어나며 물었다.

"그래. 그렇다고 드디어 끝, complete란 말이지. 이것을 보라고"

그는 화면에 뭔가 띄웠다. 그 영상에는 뇌, 사람의 뇌 사진과 함께 여러 감각기관인 코, 눈, 귀, 그리고 몸의 사진 등도 있었다.

"멋지지 않나? 이건 그야말로 최고, さいこう란 말밖에 안 나온다고 누가 이런 생각을 했겠어?"

"저…… 다시 한 번 검토해 보는 것은 어떨까요?"

어느 한 사람이 조심스럽게 손을 들더니 말했다.

"뭐? 지금 내 실험에 뭐가 문제라도 있단 말인가?!"

새치의 그 사람은 따지듯이 노려보았다.

"아뇨, 아뇨 그저 신중에 신중을 가하자는 말이죠 당신의 실험이라면 믿고 있습니다만, 조심하는 것도 나쁘지는 않습니다."

"음…… 그럼 한 번 검토해 보도록 하지."

그는 프레젠테이션을 틀어놓으며 말을 하기 시작했다.

"우리 인간의 뇌는 무궁무진하지. 발전에 끝이 없다고 할까. 그만큼 아직 연구할 게 많다는 거야. 그래서 나는 그 뇌를 한번 만져 보았다. 자자, 박수~"

다른 사람들은 호응에 응해주는 듯 열심히 박수를 쳤다.

"으음, 좋아~ excellent!"

그는 프레젠테이션을 넘기며 말을 계속 이었다.

"먼저 신경계를 보죠. 신경계라는 건 크게 두 가지로 divide 할 수 있어요. 뇌와 척수의 중추신경계(CNS)와 뇌신경, 신경절, 척수신경의 말초신경계죠(PNS)죠.

CNS는 배아시기 때 비어있지만, 성체로 성숙하는 과정에서 척수의 중심관과 4개의 뇌실의 형태로 변하게, trans하게 되는 거지요.

뿐만 아니라 뇌척수액으로 채워진 공간 이외에도 뇌와 척수는 회백질과 백질이라는 것을 갖추고 있죠. 그 중 백질은 수초로 surrounding 된 축삭다발로 이루어져 있죠. 압도적으로 안쪽에 있어 학습, 감정, 감각정보의 가공, 명령정보의 생성 등을 위한 신경세포들 간의 connect에 관여합니다."

그는 숨을 돌렸다. '매드 사이언티스트'란 칭호(?)를 듣고 있는 그는 믿을 수 없는 속도로 말을 했다.

"Now, 이제부터 뇌의 구조에 대해 researching 해 보죠."

스크린에 뇌의 사진이 올라와져 있다.

"우리 뇌는 그야말로 끝이 없습니다. never ending, 무궁무진하다는 겁니다. 배아일 때는 전뇌, 중뇌, 후뇌에서 단뇌, 간뇌, 중뇌, 후뇌, 수뇌로 진화하고, 마지막으로 성인 때는 대뇌, 간뇌, 중뇌, 뇌교, 연수의 5가지 영역으로 갖추어지게 되죠.

대뇌, 즉 대뇌피질은 전두엽, 측두엽, 두정엽, 후두엽의 4개로 다시 나눌 수가 있죠. 거기다 각 엽 내에서도 특화된 기능이 각기 있으니 정말 멋지지 않습니까? 그 중 후두엽은 시각 정보를 받아들이고, 측두엽은 청각 정보를, 두정엽은 체감각 정보, 전두엽은 운동 명령, command를 하게 되죠.

이러한 감각 전달 방법으로는 전형적인 감각기관인 코, 눈, 귀 등을 통해 들어오거나, 체감각 수용체에 의존하는 2유형이죠 또 이 4개의 엽은 저마다의 연합영역이 있어, 이곳에서 복잡한, 아주 delicate한 행동과 학습을 하는 거죠

간뇌는 전뇌의 한 부위로서 시상하부, 시상, 시상하부 등으로 나누어집니다. 시상과 시상하부는 신체의 각 부위, 곳곳이 정보를 알려주는 통합센터 역할을 하게 되죠. 시상은 대뇌로 이어지는 감각 정보의 중추로 감정, 각성과 연관된 정보, information을 받아들이죠"

그는 잠시 말을 멈추더니 물을 마셨다. 그렇게나 떠들어 댔으니 목이 안 마를 리가 없다.

그때, 당연한 듯 흰색의 긴 옷을 입은 사람이 다가와 속삭였다.

"저…… 이제 준비가 다 됐습니다."

말을 들은 그 매드 사이언티스트는 실성하듯 웃기 시작하였다.

뭐, 일상생활이 실성한 것 같았지만.

"자, 여러분. 기다렸습니다. 뭐, 어차피 검토해봤자 완벽할 테니 그냥 실험을 진행하면서 계속하죠 안내하게."

매드 사이언티스트 옆에 있던 사람이 따라오라는 듯 손짓을 하였다. 그에 맞춰 흰색 무리들이 일어서더니 이동하기 시작하였다.

마찬가지로, 지하의 어느 안.

그 방, 아니 방이라고 해야 할까. 문 하나에, 한 쪽은 유리만 가득한 어느 공간 안에 흰색 무리들이 있었다. 아까 그 사람들이다.

그 무리들 중 한 사람, 새치의 매드 사이언티스트는 창문을 향해 활짝 펼치더니,

"모두들. 저쪽을 향해 보세요"

그 순간, 창문 너머의 공간에서 불빛이 들어오더니 이윽고 그 공간을 모

두 볼 수 있었다.

각종 기계가 가득한 넓은, 말로는 도저히 표현 못할 정도의 규모였다.

"자, 모두 이제 구경만 해주시면 됩니다. 그저 조용히, 가만히, 마치 없는 것처럼 말이죠. 케케."

아까부터 웃는 것이 영 거슬렸지만, 그 매드 사이언티스트는 문으로 가더니 그대로 나가버렸다.

잠시 후, 창문 너머로 나갔던 매드 사이언티스트가 보였고, 어느 한 구석에 있는, 제어실 같은 곳에 들어갔다.

"그럼 시작하죠. Start!"

우우웅—

기계가 가동하는 소리가 들리면서 한쪽에서 어떤 한 아이가 들어온다.

"저기 들어오는 아이가 오늘 실험을 하게 될 것입니다. 그야말로 행운의 주인공이죠. Hey, lucky girl!"

그는 아이를 향해 손을 흔들었지만. 아이는 다리를 떨며 양손이 붙잡힌 상태로 들어오고 있었다. 그 모습은 마치…… 도살장에 끌려가는 가축을 보는 듯했다.

아이는 어느 기계장치에 눕혀지더니 도망치지 못하게 몸을 묶는 것이었다.

"이제부터 show time입니다. 기대해주시죠

저 아이가 누워있는 기계는 전혀 해가 없는, 무해한 겁니다. 그저 조금 신경계, 특히 뇌 쪽에 영향을 주는 것뿐이죠."

"도대체 어떠한 영향을 준다는 거요?"

"……우리 신경계, 뉴런이 얼마나 복잡한 형태로 이루어져있는지 아십니까? 또한 그 수는 너무나 방대하여 그러한 복잡성, complicate는 증가할 뿐이죠 하지만 그 형태는 방사성. 뇌로부터 나와 전 신체로 퍼지게 되는 것이죠 그렇다면 왜 신경 전달 과정에서 오류가 일어나지 않을까요? 그런

question에서 전 해답을 얻은 것이죠.

바로 '인류의 진화' 방법의 해답을 말이죠.

우리 뉴런이 자극을 전달하려면 막전위가 어느 기준을 넘어서야지 됩니다. 그러한 기준을 역치라고 하고, 그 역치를 넘게 되면 활동전위가 되어 자극이 전달되는 것이죠. 일련의 규칙, 규율이라는 것에 의해 복잡한 구조에도 불구하고 이상이 발생하지 않는 거죠.

그래서 저는 모든 감각 정보의 중추인 뇌뿐만 아니라 뉴런의 경로도 약간 손을 대보려고 합니다. 살짝 경로를 틀어주는 것뿐이죠."

"미쳤어!"

"이봐! 무슨 소리하는 거야! 계획이랑 다르잖아!"

갑자기 흰색 무리들이 격분하기 시작한다.

"아뇨. 여러분. 전 미치지 않았습니다. 결과를 보면 알게 되겠죠."

매드 사이언티스트는 버튼을 꾸욱 누르더니…….

"까아아아아아아악ㅡ!!!!!"

그 아이, 은발의 소녀가 비명을 질렀다.

"멈춰! 당장 멈추라고!"

"누가 저 사람 좀 말려봐!"

"이제 조금만 더. 조금만 더 기다리면……!"

비명소리가 없어졌다. 대신 그 자리에는…….

"완성이야…… 성공했어! success라고! 크하하하!"

은발의 여자애가 서 있었다. 바로 강미르 앞에 서 있던 그 소녀가 말이다.

과학과 우리들의 행복한 만남 2012

2012

—일반부—

우수상

김건우

김우성

백승준

이우솔

장려상

김태윤 노재린 박힘찬

변지윤 이동준 이응준

임은지 임지현 장　령

정승원 정유진 조　국

공사장 아저씨가 되고 싶어요

"여러분은 커서 뭐가 되고 싶어요?"

"저는 변호사가 되고 싶어요!"

"저는 경찰이 되고 싶어요!"

초등학교에 가서 꿈을 물어보면 쉽게 들을 수 있는 대답이다. 판사, 연구원 심지어 대통령까지 누구나 되면 좋겠다고 생각하는 직업들을 자신의 꿈이라고 말한다. 하지만 한 아이는 다르게 생각을 했다. 차를 타고 지나다가 공사현장을 보았고, 그곳에서 포클레인을 타고 일하는 아저씨가 멋있어 보였던 것이다. 그 아이는 엄마에게 공사장 아저씨가 되고 싶다고 말했고 엄마는 웃음을 터뜨리며 아이의 머리를 쓰다듬어 주었다. 엄마는 왜 웃은 것일까. 아이가 순진하게 보이는 모습만 보고 좋다고 생각하는 것을 보고 웃은 것일까? 하지만 우리는 이런 아이의 생각을 다시 되돌아 볼 필요가 있다. 우리는 입시제도에 얽매여 저 아이와 같은 색다른 꿈을 가져본 적은 없지 않은지.

과학자는 새로운 논문을 적어야 하고 새로운 연구 성과를 얻어야 한다. 그러기 위해서는 아이디어가 필요하고 말랑말랑한 생각, 저 아이와 같은 색다름이 필요하다. 2010년에 수상된 노벨물리학상은 탄소 원자 단층으로 이뤄진 '그래핀'을 제작한 가임과 노브셀로프에게 돌아갔다. 이 두 사람은 기존에 탄소 원자 단층으로 분리해내기 위해 아주 단순한 방법을 사용했다. 흑연 위에 스카치테이프를 붙였다 떼어내는 방법을 이용해서 분리해낸 것이다. 노벨물리학상이라고 하면 과학적인 요소가 들어가고 어려운 물리 법칙들이 포함되어 있는 실험과정을 거쳤을 것 같은데 간단하게도 스카치테이프를 이용해 분리를 해낸 것을 보고 많은 사람들이 깜짝 놀랐었다. 두 사람은 후에 이 실험결과가 나오게 된 배경에 대해서 설명을 해주었는데, 자신들의 랩에서는 매주 한 번씩 엉뚱한 또는 색다른 실험결과나 방법을 제시하는 자리를 갖는다고 했다. 이 자리에서는 어떤 발명이나 발견에 대해서도 칭찬을 하고 존중하여 들어주는 자세를 가졌는데, 이런 특이한 모임을 가진 것이 획일적인 방법에 얽매이지 않고 계속해서 새로운 생각을 하게 하는 데 도움이 되었다고 한다. 물론 그래핀 분리방법도 그 자리를 통해 알아냈다고 한다.

과학자가 자기가 연구하는 분야만 잘 알고 연구한다고 되는 시대가 지나갔다. 새로운 것을 연구하고 알기 위해서는 다른 부분도 잘 알아야하고 새로운 접근방식에 대해서도 많이 고심해야한다. 최근 몇 년 사이에 '융합'이라는 두 글자가 대두되었듯이 과학을 하는 사람은 비켜갈 수 없는 문제이다. 그렇지만 고등학생이, 학부생이 이런 생각을 가진다고 해서 당장에 할 수 있는 일이 많지 않다. 학업에 집중해야 하는 때이기에 연구를 한다고 판을 벌렸다가는 오히려 안 하느니 못할 수 있다. 융합이라고 거창하게 생각하지 않아도 된다. 켄 윌버의 '무경계'라는 책을 읽어보면 우리는 우리가 수많은 경계들을 만들어 나 자신을 스스로 묶어버렸다고 한다. 내가 이과라서, 이공계 대학을 왔기 때문에, 과학도이기 때문에 라는 경계를 만들지 않으면 된다. 그 경계가 나를 과학만 하고 연구만 하게 만드는 것이다. 나는 과학고를 나왔지만 과학고에서 받은 과학상은 교내에서 받은 단 1개의 상밖에 없다. 그 대신 다양한 글쓰기 대회, 논술 대회를 참여해서 수상하고, 그 혜택으로 중국까지 갔다 왔다. 과학고에서 과학을 공부한 기억보다는 글쓰기 대회를 위해 읽은 책들, 글쓰기 대회를 통해 중국이라는 나라를 방문하고 견문을 넓힐 수 있는 기회들이 좋았다. 생각을 해 보아라. 과학고에서 과학상을 받은 것이 뭐 그리 놀랄 일인가. 주위에선 과학고인데 과학상을 받는 것이 당연하다고 생각할 것이다. 과학 잘하는 과학자보다는 글 잘 쓰는 과학자가 더 대두되지 않겠는가? 주위에서도 간단한 예시를 찾을 수 있는데 KAIST를 오고 싶어 하는 고등학생들에게 KAIST에 아는 교수가 있는지 물어보면 대답하는 학생의 열에 아홉은 정재승 교수님을 꼽는다. '정재승의 과학콘서트', '크로스' 등 KAIST에 들어오는 자기소개서에 단골 메뉴로 나오는 말들이다. 이 단어들의 공통점은 정재승 교수님이 쓴 책들이라는 것이다. 정재승 교수님은 과학 연구에도 힘쓰는 한편 다양한 글쓰기 활동으로 또 다른 면모를 보여주신 것이 학생들에게 가까이 와 닿아서 그런 얘기들을 자기소개서에 넣었던 것이다.

자신이 있는 환경에 맞춰서 살되 그것에만 집중할 필요는 없다. 과학을 연구하고 공부하는 환경에 있으면 그 환경에 있는 것만으로도 그것에 대한 많은 정보와 지식을 얻을 수 있다. 오히려 다른 쪽으로 눈을 돌려서 자신이 쉽게 얻지 못하는 것들에 대해 알아보는 것이 도움이 될 수 있다. 여러분도 마찬가지이다. 꼭 글쓰기가 아니라도 된다. 자신이 하는 공부 외적인 경험에서 많은 영감과 아이디어들이 나올 수 있는 것이다. '어른들에게서 삶의 지혜를 배워라.'라는 말을 많이 들어봤을 것이다. 어른들이 많이 배우고 많이 알아서 그런 것이 아니라 더 많이 사셨기에 많은 경험을 하였기 때문에 지혜를 가지고 계신 것이다. 우리는 일찍부터 더 다양한 경험을 하고 활동을 하여 더 이른 나이에 많은 지혜를 쌓는 것이 중요하다. 내가 글쓰기 대회에서 상을 받은 것도 나의 환경이 다양한 경험을 할 수 있었기 때문이다. 나는 거제도에서 태어나서 바다라는 자연을 바라보면서 자랐고 부모님과 함께 초등학교 시절 우리 가족의 밭에서 식물들을 키우고 모닥불을 피우며 고구마를 먹으면서 자라보았기에 다른 여느 초등학생과는 다른 생각을 할 수 있었다. 밭에 씨를 뿌릴 때 어느 간격으로 뿌려야 하는지, 모닥불은 어떻게 해야 잘 피울 수 있는지 책을 보아서는 잘 알 수 없는 것들을 체험했기 때문에 글을 쓸 때 도움이 많이 되었다. 사실 고등 학교 들어갈 때까지는 경험들이 내가 나중에 커서 과학자가 됐을 때 큰 도움이 될까라는 생각을 했었다. 하지만 글쓰기 대회 수상 자격으로 중국 을 방문하고 온 뒤로 생각이 바뀌었다. 그 당시 중국의 다롄지방을 갔었는 데 가서 친환경기업의 방문을 목적으로 Intel 공장을 방문한 적이 있다. 그 곳에서 친환경 공장 운영방침에 대해서도 들었지만 명색이 CPU, 반도체 등을 만드는 공장인데 그에 대한 설명을 들었다. 그 당시 고등학교에서 화 학을 전공하던 나였지만 그곳에서 들은 반도체, 웨이퍼 애기들이 신기하고 흥미가 생겼었다. 그때 생긴 호기심이 기반이 되어 KAIST 전기 및 전자공 학과를 오게 되었고, 지금 수업을 듣는 내용도 그때 설명 들었던 내용과 많이 겹쳐서 도움이 되고 있다. 이제는 경험의 힘을 믿는다. '아는 만큼 보 인다.'라는 말이 있지 않던가. 자신이 아는 분야이여야 관심이 생기고 관 심이 생겨야 발전이 있을 수 있는 것이다. 사실 고등학생, 학부생에게 과 학자라는 말을 붙이기는 힘들다. 연구 활동을 많이 하지 않기 때문이다. 이런 과학자 지망생들에게는 '융합이란 무엇인가?', '과학자로서의 올바른 자세는 무엇인가?'를 논하기보다는 자신의 내공을 쌓을 수 있는 일들을 하 는 것이 필요하다.

공사장 아저씨가 되는 것이 꿈이었던 아이를 타박하는 것이 아니라 웃 으면서 넘어간 이유를 알 것 같은가? 어릴 때는 이것저것 찔러보면서 실패 라는 아픈 맛도 보고, 재밌게 놀아도 보면서 쌓는 경험이 나중에 다 도움 이 될 것이라는 것을 아셨던 것 같다. 그 아이는 엄마가 걱정을 할까봐 친 구 집에도 잘 놀러가지 않고, PC방은 나쁜 아이들만 가는 것이라고 믿으 면서 지냈지만 엄마가 돈을 쥐어주면서 PC방을 보내고 친구 집에 간다고 말만 하면 가도 된다는 엄마의 색다른 교육을 받으면서 새로운 길을 가게 되었다. 좀 더 활발해지고 어떤 것을 시작한다는 것에 대한 두려움도 사라졌다. 기세를 몰아 초등학교 학생회장이라는 타이틀에 도전을 했지만 고배의 잔을 마시며 좌절도 해 보고 과학고를 진학하여 부모님의 둥지를 떠나 재밌는 기숙사 생활도 보냈다. 이 아이는 이제 KAIST라는 곳에서 자신의 꿈인 과학자를 바라보며 지금도 많은 경험과 생각을 하며 지내고 있다.

21세기 현대인이 갖춰야 할 바람직한 과학관

−과학이란 무엇인가에 대한 물음을 중심으로

단순하지만 발칙한 물음

'과학이란 무엇일까?'

'이 물음에 답하는 데 있어서 역사와 문화는 어떤 영향을 주는가.'

언뜻 보면 단순해 보이는 물음이지만 조금만 생각해 보면 그리 간단한 문제는 아니다. 나는 이 간단해 보이면서 동시에 심오함을 품고 있는 이 질문으로부터 글을 시작하려고 한다. 하루가 멀다 하고 급속하게 변화하고 있는 지금 21세기 과학기술사회에서, 과학도나 공학도뿐만 아니라 일반인들도 한 번쯤 반드시 생각해봄직한 주제다. 게다가 과학과 인문학의 소통이라는 기치를 내건 이 대회의 목적에 부합하는 바이기도 하고.

나는 항공우주공학을 전공하는 공학도이다. 현대의 최첨단 과학과 기술이 집약되어 있다고 해도 과언이 아닌 항공우주공학 분야에 있지만, 평소에 철학, 인문학, 심리학 등 이공계와는 거리가 다소 먼 이런 분야에 관심이 많았다. 그래서일까, 우주와 이 세상 모든 것은 어디로부터 와서 어디를 향해 가는 것인지, 존재의 근거는 어디에 있는 것인지, 세상 그 자체와 과학이론은 동일한 것인지, 바람직한 삶이란 무엇인지, 인간 사회가 나아가야 할 방향은 어떤 것인지 등등 여러 가지 물음들을 스스로에게 던지곤 했다. 어려서부터 "과학"을 좋아했지만 정작 이 "과학"이라는 게 뭘까에 대한 생각은 한참 시간이 흐른 후에야 시작됐다.

일반적으로 현대의 과학(Science)은 인간이 만들어 낸 지식체계 중에 가장 견고하고 훌륭한 것으로 평가되고 있으며 현대사회를 이끄는 하나의 커다란 중심으로 여겨진다. 그러나 지금까지 "과학"이라 일컬어진 이 대상, 과학도와 공학도는 물론이고 일반인들에게 인식되는 "과학"이란 대상은, 거의 대부분 서구의 공리주의적인 지식체계를 그 기반으로 하고 있음이 사실이다. 그것도 1600년대 이후, 데카르트의 "Cogito ergo sum"(나는 생각한다, 고로 존재한다) 선언과 함께 중세를 지배했던 신본주의가 사라지고 인간 이성의 시대가 도래한 이래 400여 년 축적의 결실이다. 나는 지금까지 살아오면서 "과학"이라는 이 엄청난 것에 대해 딱히 의심하거나 하지 못했었다. 한마디로 무감각했었다. 마치 공기와도 같이 당연하게 받아들였다. 나는 스스로에게 던진 물음을 해결하기 위해서 정말 과학이란 무엇인지, 그리고 앞으로 과학과 현대인이 나아가야 하는 방향이 어떤 것인지 진지하게 고민해 보게 되었다.

두 개의 다른 강의, 그 속의 답

나는 2011년 1학년 가을학기에 그랜트 피셔 교수님의 <Philosophy of Science> 즉 '과학철학'을 수강하면서, '과학이란 무엇인가' 질문에 답하기 위한 여러 과학철학자들의 이론들을 접하며 그 나름대로의 논리와 구조를 이해했었다. 그런데 그 내용을 들여다보면, 그것은 본질적으로 서구의 철학자들과 연구자들에 의한 서구중심의 현대과학에 관한 생각이고 탐구였다. 즉 자기들만의 틀 속에서 이루어진 자기들만의 이해가 있을 뿐이었다. 논리적이고 실증적인 방법과 구조 안에서 나름대로 잘 설명하고 있다는 인상을 받았었다. 그러나 너무도 당연하다는 듯이, 과학은 최근 400여 년의 근대 서양 과학만이라는 것처럼 전개되는 것이 안타까웠다. 인류 역사에서 본다면, 서양과학의 방법론이나 특징은 일부분에 불과하다. 고대에는 중국이 세계에서 가장 수준 높은 과학기술을 자랑하였으며, 중세에는 이슬람문명과 인도권에서 찬란한 문명을 꽃피웠다. 근대에 빠르게 발전한 서양과학이 다른 문화권과 다른 시대의 과학에 비해서 우월함이나 역사적 당위성을 가지고 있는 것은 아니었다. 현대를 살아가는 우리가 '무의식적으로' 혹은 '자연스럽게' 접하고 알던 "과학"이라는 대상은, 사실은 인류 역사와 문화를 다 아우르는 포괄적이고 종합적인 것이 아니라 근대 서양과학이라는 일부분의 체계가 현대에 퍼져 그 영향을 미치고 있는 것으로 이해되어야 한다. 이 강의는 지금까지는 '자연스럽게' 그냥 그렇다고 받아들였던 "과학"이라는 대상을, ―서구의 그것에 한정되어 있긴 했지만― 합리적이고 논리적인 방법으로 해석하고 접근하며 탐구해 볼 수 있었던 기회였다. 한마디로 "과학"에 대한 과학적 이해였다.

2012년 봄학기, 나는 신동원 교수님의 <전통과학과 사회문화>를 수강했다. 이 강의는 기존과는 전혀 다른 "과학"에 대한 새로운 이해의 기회를 제공해주었다. 이 강의에서는 우리나라를 포함한 동아시아의 전통과학을 다루었다. 이를 통해서, 전통과학이라는 또 다른 형태의 과학을 맨 처음 스스로에게 던졌던 '과학이란 무엇인가' 물음과 논의에 포함시킬 수 있었고, 더 발전된 생각을 할 수 있었다. 즉, "과학"을 '이 세상을 이해하고 해석하는 틀'이라고 나름대로 정의를 내린다면, 전통과학은 '틀린' 것이 아니라 단지 '다른' 것임을 이해할 수가 있다. 이 수업을 같이 수강한 사람들 중에서는 전통과학에서 다루는 주제를 과학이라기보다는 미신이나 문화적 요소로만 바라보는 사람도 꽤 있었다. 그 사람들의 사고 속 틀에서는 "과학"이라는 대상은 이미 부동의 상태로 굳어져 버린 것 같아 안타까웠다. 예를 들어보자. 그리스로마시대의 자연현상과 세상을 이해하는 방법이 여러 신들을 설정하고 그 신들의 의지와 감정과 행동으로 인한 결과라고 해석한 것처럼, 우리의 전통과학은 그 나름대로의 기준과 논리 안에서 이 세상을 이해하고 해석했고, 무시할 수 없는 그 자체로의 의미를 부여했다는 점에서 중요하다고 본다. 더욱이 전통과학은 과학이 과학 그자체로만 따로 떼어져서 있는 것이 아니라, 삶 전반에 걸쳐 문화와 예술과 사람들 삶 속에 함께 녹아들어있다는 점이 인상 깊게 다가왔다. 과거의 우리 삶에서는 문화가 곧 과학이었고, 과학이 곧 문화였다는 점이 매우 인상 깊었다. 세상을 이해하는 틀이 곧 삶을 살아가는 방식이었다는 점에서 그 불가분의 관계에 기초하여, 나는 과학철학의 논의가 더 발전적으로 이루어져야 한다고 본다. 물론, 전통과학에 있어 실증적이지 못하고 예측가능성이 떨어지며, 논리적이지 못한 경우가 많다. 이를 비롯해서 여러 문제점을 갖고 있지만, 위의 같이 수업 들었던 사람들처럼 "과학"이라는 게 무엇인지 알고자 했던 논의 속에 우리의 전통과학을 배제해 버릴 이유와 당위성은 어디에도 없다.

<Philosophy of Science> 강의가 나로 하여금 "과학"에 대한 "과학적"인 이해를 도왔다면, <전통과학과 사회문화> 강의는 "과학"에 대한 "비과학적"인 이해를 도와줬다. 어려서부터 품어 온 '"과학"이란 무엇일까?'란 물음에 대한 답에, 대한민국 최고의 이공계대학인 KAIST에서 들은 두 상반된(?) 강의를 통해 크게 가까워졌다.

융합, 그 속의 바람직한 과학관

20세기까지의 "과학"은 근대의 서양과학을 중심으로, 합리적이고 이성적인 구조와 체계 안에서 인류사회에 커다란 영향력을 주었다고 생각한다. 여기에서의 "과학"은 과학 그 자체로만 존재하고 있다. 그러나 현대인이 살아가는 21세기의 "과학"은 과학 혼자서만 독자적으로 존재하지 않고 인간의 삶과 밀접하게 연결되어 있다는 점에서, 문화나 역사, 예술과 같이 "과학" 외적인 것들과도 본질적으로 맞닿아 있다. 이런 점에서, 기존의 서양과학 중심의 체계에 전통과학의 문화적 / 예술적 / 인간친화적인 요소와 부분이 더해진다면 더 포괄적이고 더 완전해진 "과학"이 탄생하지 않을까.

서양 중심의 과학관과 과학체계가 자기의 방법론과 논리만이 맞다고 하며 배타적으로 구는 것도 배제되어야 하겠지만, 그보다 먼저 21세기 현대인이라면 "과학"이라는 대상에 대한 열린 자세와 폭넓은 시야를 갖춰야 하는 게 선행되어야 한다고 생각한다. 합리주의적이고 논리적인 틀이 기반인 기존의 서양과학의 과학체계에, 문화적 / 예술적인 과학 외적인 부분을 포함하고 인간을 향하는 전통과학의 과학체계가 더해진다면 더없이 좋겠다. 서양과학의 실증적이고 논리적인 방법론과 구조에, 자연과 인간은 하나라는 생각, 모든 것은 다 연결되어 있다는 생각, 덕을 쌓고 도를 따라야 한다는 전통과학의 개념들이 합쳐진다면, 21세기 현대사회에서 대두되고 있는 여러 문제들을 해결하고 나아가 바람직한 세상이 만들어질 것이라고 확신한다.

그렇다면 지금 우리가 해야 할 일은 무엇일까. 간단하다. 우리에게 필요한 것은 시대에 맞는 올바른 과학관을 정립하는 것이다. 비단 과학도나 공학도뿐만 아니라, 현대를 살아가는 현대인이라면 모두가 말이다. 옛말에 격물치지(格物致知)라 했다. 나는 과학이 과학으로서만 존재할 것이 아니라, 인간사와 인생에 대한 의미를 줄 수 있어야 한다고 본다. 동시에, 과학도를 포함한 현대인들은 과학을 과학으로만 보지 않아야 할 것이다. 과학의 발전과 과학원리가 현대인 개인 개인의 인생에 유의미하게 다가올 수 있고, 또 반대로 인생에서 깨닫는 지혜와 경험한 연륜을 과학에 적용시킬 수 있으면 좋겠다.

요즘 떠오르는 화두가 '융합'이다. 과학도 융합이 된다면, 또 그에 맞게 현대인들도 바람직한 융합된 과학관을 갖춘다면 이보다 더 좋은 '융합'이 또 있을까.

그 앞에 떨어진 벌레먹은 사과

그는 사과나무 아래에서 쉬는 것을 좋아했다. 이 사과나무는 단 한 번도 열매를 맺은 적이 없는 어린 나무였다. 하지만 열매 결실의 유무가 그에게 있어서 크게 중요한 것이 아니었다. 단지 자신의 정원에 서 있는 그 사과나무 아래에서 쉬는 것을 좋아했을 뿐이다. 하지만 그 어리기만 했던 사과나무도 슬슬 윤기 있는 열매의 싹을 보이고 있었다.

전 유럽을 휩쓸고 있는 흑사병이라는 질병 때문에 그는 케임브리지의 트리니티대학을 떠나 그의 고향인 울스소프로 돌아왔다. 하지만 대학에서도 수학과의 가장 실력 있는 교수를 부르는 루카시안 교수의 이름을 맡고 있던 그는 그의 자리 때문인지 혹은 그저 그의 넘쳐나는 지적 호기심 때문인지 모르지만 연구에 대한 그의 집착에 저택 내에서도 쉬지 않고 새로운 사실을 밝혀내기 위해 노력하고 있었다.

그렇게 저택 내에서도 쉬지 않고 연구를 진행하던 그는 왕립학회 동료 연구원인 스터클리와 저녁 약속을 가지게 되었다. 이번에 백색광을 이용한 빛의 정체를 규명하는 그의 연구에 대해 이야기 할 겸해서 자리를 마련하게 된 것이다.

"오랜만이네. 온 세상이 흑사병으로 난리인데 자네가 사는 이 저택만큼은 정말 사람 사는 거 같지 않게 조용하구만."

스터클리는 그를 가볍게 포옹하며 인사를 건넸다.

"나가는 일 없이 조용히 저택 안에서만 지내다 보니 그런가 보네. 자네도 별일 없이 건강해 보이니 다행이구만."

"허허허. 나야 항상 건강하지. 그래, 인사는 이만 됐고 그간 진행하던 연구는 어디까지 성과를 봤나?"

그들은 짧은 인사를 마치고 바로 그가 최근 연구하고 있던 백색광 연구에 대해서 이야기를 시작하였다. 그는 백색광이 프리즘을 통과하면 수많은 색으로 산란되고 그 다양한 색의 빛을 다시 프리즘으로 통과시키면 백색광으로 합쳐진다는 이야기를 하면서 빛은 각자 다른 성질을 보이는 입자들로 구성되어 있다고 설명하였다.

"감히 공감하기 쉽지 않은 이야기구만 그래. 빛이 입자라는 이야기는 지금까지의 빛에 대한 생각을 완전히 뒤집어 버리는 이야기가 아닌가?"

"그럴 수도 있지. 하지만 단순히 백색광의 산란 실험만으로는 대중이 빛이 입자라는 말을 쉽게 이해할 수 없겠지."

"하지만 자네가 빛의 입자성을 연구하는 것을 듣고 호이겐스가 빛의 파동성의 근거들을 제시하면서 자네의 연구를 반박하던데 그런 점은 어떻게 생각하나?"

"뭐 아직 내 연구도 내가 확실하게 정리한 것이 아니라 다른 사람 연구에 크게 신경 쓸 겨를이 없네."

"하긴 자네는 한번 연구에 빠지면 주위를 돌아보지 않는 성격이니……. 그건 그렇고 오면서 봤는데 자네 집 사과나무도 많이 자랐더군."

"자네가 좋은 묘목을 선물해줘서 그렇다네. 별로 신경 써서 관리하는 것도 아닌데 생각보다 잘 자라더군."

"내 근처 과수원에서 쉽게 하나 얻을 수 있었던 거라네. 거기 나무들이 사과를 실하게 잘 맺는데 글쎄 바닥에 떨어진 거 털어서 하나 먹어보니 맛이 일품이어 묘목 몇 개를 주인에게 받았다네."

그는 스터클리의 말에 문득 재미있는 생각이 떠올랐다. 갑자기 사색에 잠긴 그를 본 스터클리는 의아해하며 말했다.

"갑자기 왜 그러는가?"

"아니 별거 아니네. 그냥 사과가 땅에 떨어져있다기에……."

"뭐 떨어져 있는 걸 내가 그냥 먹었다고 그러는 건가? 하하하. 사람 참."

"그런 것이 아니고 그냥 문득 떠오른 게 있어서 말이네."

"그게 뭔가?"

그는 말하기를 잠시 주춤하더니 입을 열었다.

"굉장히 이상하게 들릴 수도 있다고 생각되지만 사과는 왜 땅에 떨어지는 거지?"

스터클리는 그의 황당무계한 말에 잠시 얼이 빠졌으나 다시 정신을 차리고 말했다.

"뭐 만물이 땅에 떨어지는 것은 당연한 것이 아닌가. 이 지구 모든 것이 땅과 붙어있지 않은 게 없다네. 새도 무한히 날 수 없고 말이야."

"그렇다면 왜 달은 땅에 떨어지지 않는다고 생각하나?"

그의 당황스런 질문에 스터클리는 고민하더니 대답했다.

"허허. 그러게 말이네. 내 그런 것까진 생각하지 못했군. 그렇다면 자네는 왜 그런다고 생각하나?"

"나도 아직 모르겠네. 갑자기 흥미진진한 연구거리가 생긴 기분이야."

"하하하. 자네 나한테 연구 소재를 얻으려고 집에 초대한 건가? 하지만 궁금하군. 자네가 꼭 알아내서 나한테 좀 알려주게."

그때 하녀가 와서 식사 준비를 마쳤다고 하여 그들은 대화를 멈추고 응접실로 향했다. 이후 그들은 연구에 대한 이야기를 잠시 미루었다. 식사가 끝난 후 스터클리와 잠시 담소를 나눈 후 그는 손님을 배웅하고 서재로 들어갔다. 사실 그는 스터클리와 식사를 하면서도, 식후 차를 마시며 담소를 나눌 때도 온통 머리에는 아까의 대화만 머리에서 맴돌고 있었다.

‘분명 나 말고도 오래 전부터 사물이 땅에 떨어지는 이유에 대해서 생각해온 사람들이 있을 거다. 그들의 생각을 먼저 찾아서 정리해봐야겠다.’

그리고 그는 서재에서 관련 서적들을 하나씩 하나씩 살펴보기 시작했고 그의 눈에 먼저 아리스토텔레스가 언급한 내용이 눈에 들어왔다.

‘무거운 돌이 가벼운 돌보다 빨리 떨어진다.’

겉보기에는 굉장히 당연한 말로 여겨졌다. 물론 그도 처음에 봤을 땐 그냥 지나칠 뻔했으나 당연한 사실에 대한 사고를 뒤집어 볼 필요가 있다는 느낌을 받게 되었다. 그는 머리로 자신만의 실험을 구현하기 시작했다.

‘아리스토텔레스가 한 말은 정말 누구나 받아들일 수 있는 이야기야. 하지만 만약 매우 큰 양피지와 작은 돌을 같이 떨어뜨린다면 어떤 결과가 나오게 될까? 그래도 과연 매우 큰 양피지가 먼저 떨어지게 될까? 공기저항과 무게에 의한 낙하 속도가 상충되어 동시에 떨어지는 양피지 크기를 알아낼 수 있을 수도 있겠군. 그렇다면 쇠공과 그만한 크기의 돌을 떨어뜨린다고 생각해 보면? 그 둘은 머리로써 생각해 보기엔 좀 무리가 있군. 내일 날이 밝으면 직접 해봐야겠어.’

그는 그렇게 내일 수행할 실험을 계획하기 시작했다. 무거운 돌과 쇠공보다는 같은 크기의 컵에 물과 수은을 넣고 그 컵을 밀봉한 다음 떨어뜨려 보기로 하였다. 아무래도 무거운 돌과 쇠공은 그 무게 차이가 생각보다 나지 않을 수도 있다고 생각하게 된 것이다. 수은의 밀도는 물의 밀도보다 13.6배나 크기 때문에 같은 크기로 큰 질량 차이를 얻을 수 있고 또한 모양이 일정한 상태에서 실험을 진행할 수 있다고 생각한 것이다.

다음날 아침이 되자 그는 서둘러서 계획했던 실험을 준비하기 시작했다. 종들을 시켜 컵에 물과 수은을 채운 뒤 밀봉한 후 근처 광장에 높은 탑으로 이동했다. 그리고 준비해 온 컵들을 낙하시켜 그 결과를 확인할 수 있었다. 수은이 담긴 컵이 물이 담긴 컵보다 빨리 떨어졌다. 재차 실험을 수행 해봐도 결과는 마찬가지였다. 당연한 일이었다. 사실 실험하지 않아도 잠정적으로 누구나 알 수 있는 사실이었지만 직접 실험을 해 본 그는 왠지 기운이 쭉 빠지는 것을 느낄 수 있었다.

'처음부터 뭔가 색다른 결과가 나오길 기대하는 건 어리석은 짓이지. 하지만 두 눈으로 보고도 뭔가 놓치고 있는 게 있다는 생각이 드는 이유는 뭘까⋯⋯.'

그는 실험으로 깨진 컵을 치우려다가 문득 뒤에서 들리는 이야기를 듣게 되었다.

"멀쩡한 사람이 탑에서 컵을 막 던져서 깨뜨리네?"

"내버려둬요. 흑사병 때문에 스트레스 받아서 정신 나간 사람이 한 둘이요? 가족을 잃어서 정신이 나갔나 보네요."

"뭐 그럴 수도 있지. 근데 저 사람을 보니까 옛날에 할아버지가 이야기해 줬던 게 생각이 나는구먼. 우리 할아버지가 이탈리아에 있을 때도 저런 짓을 하는 사람이 있어서 뭐하는 짓이냐고 물었더니 세상 모든 것은 똑같은 속도로 떨어지는데 그걸 확인하려고 했다고 하지 뭐야."

"아니 그게 뭔 헛소리래요? 당연히 무거운 게 먼저 떨어지는 거 아니에요?"

"내 말이. 당신 엉덩이가 넘어질 때 가장 먼저 떨어지는 거 보면 알 수 있지 하하하"

"남세스럽게 갑자기 그게 무슨 소리예요!"

"농담이야 농담. 뭘 정색하고 있어."

뉴턴은 뒤에서 자신을 험담하던 부부의 말을 듣고 큰 충격을 받게 되었다. 자신 말고도 이런 실험을 한 사람이 있다는 것에서 한 번 놀랐고 그 실험자의 가정에서 두 번 놀랐다. 그리고는 다시 한 번 그들의 말을 곰곰이 되새겨 보기 시작했다. 하지만 아무리 생각해도 그 실험자의 가정은 이해할 수가 없었다. 눈으로 보고도 믿을 수 없다니 그것은 자신이 수행한 실험을 부정하는 것과 다름이 없는데 어째서 가정과 다른 결과를 얻고도 그런 말을 다른 사람에게 할 수 있는지에 대해 의문을 품게 되었다.

그는 다시 저택으로 돌아왔다. 하지만 싱숭생숭한 마음이 계속 마음에 자리 잡았다. 처음에는 그냥 정신 나간 과학자 한 명이 말도 안 되는 실험을 했다고 생각했다. 그는 정원에 있는 사과나무로 갔다. 항상 자신이 생각하던 것이 꼬이거나 일이 막히면 그는 사과나무 그늘에서 휴식을 취하곤 했다. 자신이 기대고 있던 사과나무를 올려다보았다. 한 번도 맺은 적 없던 사과들이 듬성듬성 매달려 있었다. 하지만 아직 따서 먹기에는 다 자라지 않은 것 같았다. 그는 다시 생각을 정리하기 시작했다.

'그는 왜 그 실험을 하고도 자신의 주장을 꺾지 않았던 것일까? 그냥 일반인을 놀려주기 위해서 툭 던진 말일까? 아니면 어떤 확신을 가지고 그 실험 자체가 의미 있는 것이 아니라 단지 자신의 견해와 비교하기 위해서 실험을 수행했던 것일까?'

그는 이런저런 생각을 하다가 문득 그 실험을 수행한 과학자가 누구인지가 궁금해졌다. 다시 한 번 그 남자가 했던 말을 되씹어 보던 중 그는 자신이 중요한 것을 놓치고 있었음을 깨달았다.

'갈릴레오 갈릴레이!'

이탈리아 태생이며 자신이 태어난 해에 생을 마감한 과학자가 문득 떠올랐다. 그는 자기 자신의 한심함을 자책하며 왕립 도서관으로 발을 옮겼다. 그리고 그가 피사의 사탑에서 했던 실험에 대한 자세한 내용을 찾아보기 시작했다. 그는 한 자료에서 갈릴레이가 일반 공기 중이 아닌 진공상태에서 낙하 실험을 수행한 바가 있으며 만약 공기에 의한 저항이 없다면 질량에 상관없이 낙하 속도는 일정하다고 언급한 내용을 찾을 수 있었다. 그는 이 내용을 보고 자신이 놓친 부분이 바로 저항이었음을 깨닫고 다시 한 번 갈릴레이의 명석함에 감탄했다. 그래서 그는 좀 더 깊이 이 내용을 다룬 자료가 있나 찾아보려고 했지만 이 이외의 대다수의 내용은 지동설에 대한 이야기였다. 폴란드의 천문학자 코페르니쿠스가 주장한 지동설을 갈릴레오 갈릴레이가 자신의 천문 관측 사실을 토대로 주장한 내용의 이야기였다. 물론 교회와의 마찰로 인해 당시에 그 뜻을 굽혔지만 과학자들이라면 암묵적으로 인정하고 있는 사실이었다. 지동설에 대한 이야기를 보던 중 그는 다시 생각에 잠겼다.

'태양을 중심으로 지구가 돈다면 지구는 태양을 향해 낙하하고 있는 것인가? 그렇다면 지구는 수십억 년 동안 태양을 향해 다가가고 있는 건가? 그럼 왜 달은 지구를 중심으로 돌고 있는 거지? 아니 애초에 만물이 태양을 향해 떨어지고 있어야 하는 게 맞는 것 아닌가? 왜 지구에 있는 사물은 지구의 표면에 떨어지는 것일까? 아니 애초에 왜 떨어지는 거지?'

그는 이러한 의문을 풀기 위해선 천문학자들이 세운 여러 가지 법칙에 대해 좀 더 깊게 알아볼 필요가 있다고 생각이 들었다. 그리고 그는 얼마 안가서 그가 원하던 답을 얻을 수 있었다. 바로 케플러가 세운 3가지 법칙이 바로 그 해답이었다. 케플러는 티코 브라헤가 수십 년간 모은 천체 관찰 결과를 물리학적으로 정리하여 3가지 중요한 법칙을 정립한 바가 있었다. 그가 쉽게 케플러를 떠올리게 된 점은 바로 갈릴레이와 케플러가 동시대 과학자이며 바로 자신의 윗세대 과학자들이었기 때문이다. 케플러의 법칙을 통해서 그는 지구가 태양을 향해 낙하하고 있지 않다는 것을 확인할 수 있었다.

그는 다시 저택으로 돌아왔다. 그는 자신이 과거에서 얻을 수 있는 단서는 이미 다 얻었다는 생각을 가지게 되었다. 하지만 이 결과들을 어떻게 하나로 묶을 수 있는가에 대해선 아직 좋은 아이디어가 떠오르지 않았다. 그는 처음에 지구에 있는 공기가 사물을 땅으로 누른다는 생각을 하게 되었다. 지구를 이루고 있는 대기층이 지구 표면의 사물을 눌러서 땅에서 떨어지지 못하도록 하는 것이라는 개념이었다. 하지만 그것은 모순이 있었다. 바로 갈릴레이의 진공 낙하 실험이다. 그가 떠올린 생각으로는 진공에 물체는 둥둥 떠다녀야 했기 때문이다. 또한 지구가 태양을 중심으로 공전을 하기 위해선 태양을 향해 눌러주는 힘의 원천이 필요했다. 실험 자체가 아주 완벽한 진공상태를 이루지 못했을 것이며 우주가 지구와 비슷한 대기로 이루어져 있을 것이라는 추측도 해 보았으나 그냥 자신이 결론을 쉽게 내리기 위한 억측이라고 결론짓고 말았다. 그 이유인 즉, 우주는 대기가 존재하지 않아 검게 보이기 때문이다. 대기가 있을 경우 빛의 산란이 일어나 밝게 보이겠지만 태양이 없는 밤하늘이 검은 이유는 바로 우주가 검기 때문이다.

그렇게 며칠이 지났다. 하지만 이렇다 할 좋은 가설이 머리에서 떠오르지 않았다. 그는 막혀버린 자신의 생각을 뚫고 머리를 식힐 겸 점심식사를 자기가 좋아하는 사과나무 아래에서 먹기로 했다. 식사를 하던 도중에도 사실 머리가 계속 돌아가고 있었다.

'왜 땅으로 떨어지는가? 태양은 하늘에 있는데 왜 하늘로 날아가 버리지 않는가?'

이런 생각을 하며 무심코 땅을 바라봤을 때 개미들이 떨어진 빵 부스러기를 부지런히 운반하고 있었다. 그때 그의 시선을 잡은 것이 있었다. 웬 개미 두 마리가 같은 빵 부스러기를 두고 서로 잡아당기고 있던 것이었다. 다른 종으로 보이는 이 두 개미 중 덩치가 큰 한 개미가 끝내 다른 개미마저 들어 올려서 자기 집으로 돌아가 버렸다. 이 장면을 본 그는 뇌리를 스치는 기막힌 생각이 떠올랐다.

'그래! 공기가 우리를 누르고 있던 게 아니라 땅이 우리를 잡아당기고 있었던 거야!'

이렇게 생각하니 갈릴레이의 진공 실험을 설명하기 쉬워졌고 우주가 굳이 지구와 비슷하게 공기로 꽉 채워져 있을 필요도 없게 되었다. 하지만 다시 문제가 발생했다. 태양을 중심으로 지구가 돌고 있는 만큼 태양이 지구보다 당기는 힘이 강하다고 할 수 있는데 어째서 달은 지구를 중심으로 돌고 우리는 태양으로 잡아당겨지지 않는가와 도대체 우리를 당기는 힘의 근원은 무엇인가라는 점이었다.

우선 그는 다시 한 번 무거운 돌과 가벼운 돌의 상관관계에 대해서 생각해 보게 되었다. 크기가 같다면 낙하하면서 공기로부터 받는 저항력은 같다고 할 수 있는데 그렇다면 무거운 돌이 잡아당겨지는 힘이 더 강한 것이 아닌가라는 생각을 해 보게 되었다. 그는 그렇다면 물체 자체가 가지고 있는 고유의 성질인 질량이 다른 대상을 잡아당기는 인력으로서 존재하는 것은 아닌가라는 생각을 하게 되었다. 하지만 이런 생각은 갈릴레이의 진공에서 같이 떨어지는 돌과 깃털의 이야기 때문에 금세 접게 되었다. 결국 그의 연구는 깊이 들어갈수록 점점 더 난해해져가고 있었다.

그러던 어느 날, 그는 필요한 서적을 찾으러 다시 왕립 도서관로 가던 중 한 남자가 아이들에게 둘러싸여 있는 것을 보게 되었다. 무슨 일인가 하여 가까이 가보니 그 남자는 아이들에게 이상한 돌을 보여주고 있었다. 그 이상한 돌을 철에 가까이 가져가니 철이 돌에 철썩 달라붙는 것이었다. 그는 그 장면을 보고 크게 충격을 받고 그 남자에게 그 돌은 무엇이냐고 물어보았다.

"이 돌은 동방에 있는 나라에서 가져온 물건입니다요. 철로 된 물건이면 무엇이든 달라붙으려는 성질이 있지요."

"그거 참 신기하군."

"그쪽 사람들은 이걸 자석이라고 부르는데 글쎄 지구가 하나의 큰 자석이라고 합니다요. 그걸 이용해서 나침반을 만들었다는데 참 신기하지요."

그 남자와 대화를 마친 그는 머리가 띵해지는 것을 느낄 수 있었다. 그리고 큰돈을 지불하고 그에게서 자석이라는 돌을 샀다. 바로 저택으로 돌아온 그는 자석을 가지고 이것저것 붙여보기 시작했다. 그는 철 수저와 같은 철로 된 물건은 이 자석이라는 돌과 잡아당기려는 성질을 보인다는 것을 알았다. 이는 한쪽이 일방적으로 당기는 것이 아닌 양쪽에서 잡아당기는 힘이었다. 또한 어느 정도 거리가 떨어지면 그 인력이 사라진다는 것도 알 수 있었다. 혹시나 하는 마음에 진공관을 이용해서 진공에서도 인력이 작용하는가도 실험하였는데 이때도 인력이 작용하였다.

'바로 이 자석이 답이었구나!'

그는 자석이 가지는 성질을 통해서 원래 기존에 가지고 있던 의문이 다 풀린다고 생각했다. 우선 달이 지구에서 공전하는 이유는 바로 태양이 당기는 힘보다 지구가 당기는 힘이 크기 때문인데 그 이유는 바로 지구와 달이 거리가 훨씬 가깝기 때문이라는 결론을 내릴 수 있었다. 태양은 태양계의 행성들을 총괄하는 인력을 가지고 있지만 달과 지구와의 거리가 매우 가깝기 때문이라고 그 영향력이 지구의 인력을 뛰어넘을 수 없다고 생각한 것이다. 하지만 기본적으로 태양의 영향력은 매우 크기 때문에 단순하게 반비례 관계로는 설명하기 힘들고 적어도 제곱의 반비례정도 될 것으로 예상했다. 그리고 그는 기존의 태양계를 관측한 기록과 각 행성의 물리량을 추정한 결과를 토대로 그것이 사실임을 밝힐 수 있었다.

마지막으로 남은 것은 힘의 근원이었다. 그는 처음에 지구가 큰 자석이고 지구상의 모든 사물은 크거나 작거나 자성을 가지고 있어 막대한 자성을 가진 지구가 다 끌어당길 수 있으며 무겁다는 것의 정의는 자성이 강하다는 것을 의미한다고 생각할 수 있었다. 하지만 곧 그는 그것이 틀린 생각이라고 고개를 저을 수밖에 없었다. 자석은 일상에서 자성을 보일만큼 큰 자성을 가진 물체인 것에 반해 자성을 가지지 않는 다른 돌덩어리와 질량이 크게 차이가 나지 않았기 때문이다. 하지만 하나의 의문을 해결한 그는 왠지 곧 이 문제도 해결할 수 있을 것이라고 생각했다.

그의 생각과 달리 시간은 많이 흘러 날씨도 점점 쌀쌀해져서 가을의 향기가 물씬 피어오르는 계절이 되었다. 하지만 실제론 힘의 원천에 대해서 다른 어떤 생각도 나지 않았다. 그는 희망적으로 생각했던 자석의 원리가 머릿속에서 계속 맴돌면서 무엇인가 자성으로써 설명 가능한 과학적 사실이 있을 것이라고 생각했지만 논리를 펼쳐나갈 방법이 도통 떠오르지 않았다. 그는 오늘도 사과나무 그늘로 갔다. 어느새 실하게 맺힌 사과들이 주렁주렁 매달려 있었다. 그는 통통해진 사과들을 보며 저것들도 과연 자성을 가지고 있을까라는 의문을 갖게 되었다. 하지만 이내 고개를 저었다.

그는 다시 처음으로 돌아가 보기로 결정했다. 아리스토텔레스는 무거운 돌이 가벼운 돌보다 빨리 떨어진다고 했다. 그리고 이를 갈릴레이가 부정했고, 실제로 그것을 실험적으로 증명해 내었다. 진공에서 모든 사물이 같은 질량을 가지게 되는 것은 아닐까라고 생각해 보았지만 질량은 물체 고유의 성질로 변하지 않기에 터무니없는 생각이라고 일축해버렸다. 하지만 지구상의 모든 물체, 아니 우주 전체의 모든 물체가 가지고 있는 것은 바로 질량이었다.

'아리스토텔레스, 갈릴레이, 케플러를 거쳐서 이제 거의 지구라는 삶의 터전이 존재할 수 있게 된 이유를 밝히는 데 얼마 남지 않았다. 지금까지 계속 자석이 그 답이 아닐까 생각해 봤지만 선대 연구자들의 질량에 대한 관심을 가지고 있었음과 함께 자성이 질량과 큰 연관성이 없다는 것을 알게 된 지금 자석은 내가 원하던 답이 아니다. 하지만 자석이 가지는 인력의 힘은 아무래도 내가 관심을 가지고 있는 이 힘과 비슷할 거 같다. 아니 오히려 모든 사물에서 작용한다고 봤을 땐 더 광범위하다고 할 수 있지. 잠깐! 그렇다면 사실 지구나 태양만이 행성이나 사물을 당기는 것이 아니라 자석에 붙을 수도 있지만 자석을 당기기도 하는 철처럼 사물 역시 지구를 당기고 있진 않을까?!'

그는 그가 땅이 사물을 당긴다는 생각을 하게 해준 개미들의 모습을 다시 떠올려 보았다. 그때 작은 개미도 분명 빵 부스러기를 당기고 있었지만 큰 개미에게 힘에 밀렸었다. 지구와 인간의 차이는 개미끼리의 차이와는 비교도 안될 만큼 크다. 따라서 우리가 점프를 해도 지구는 끄떡도 안하고 단지 우리가 끌려가는 것이다. 그는 결국에 세상 만물은 서로를 당기고 있다는 생각을 하게 되었다. 그 힘은 한 방향으로만 진행되는 것이 아니라

양방향으로 서로 당기고 있었던 것이었다.

그는 그의 머릿속에서 그려온 내용을 하나씩 정리하였다. 우선 그가 밝히고자 하는 힘은 당기는 힘이며 공기와 같은 매개체를 필요로 하지 않고, 양방향을 당기는 힘이며 거리에 제곱의 반비례한다는 점이었다. 하지만 끝까지 풀리지 않는 미스터리가 한 가지 남았다. 바로 그 힘의 근원이다.

'이 서로를 당기는 힘은 자성이 아닌 다른 무언가다. 지구가 인간보다, 태양이 행성보다 압도적으로 큰 성질은 바로 질량이다. 지구가 인간과 달리 태양으로부터 거리를 두고 공전할 수 있는 이유도 여기에 있다. 인간은 지구에 비해 무한히 작은 질량을 가지고 있어 지구에 딱 붙어서 생활할 수밖에 없다. 아무리 인간이 방방 뛰고 하늘을 날아보려고 해도 안 되는 이유가 바로 여기에 있다. 하지만 지구는 태양에 비해 무한히 작은 질량을 가진 것은 아닐 것이다. 이에 원운동을 하며 밖으로 나가려는 힘과 이 인력이 균형을 이루어 공전을 할 수 있는 것이다. 그렇다면 질량이 바로 이 힘의 근원은 아닐까?'

그는 거의 질량이야말로 인력의 원인이라고 생각했다. 하지만 지구 내에서 인간이 다른 물체에게 인력을 느낀다는 이야기는 그 어디에도 없었다. 아마 행성급의 질량을 가지고 있어야 하므로 아주 작은 수치의 상수가 붙어 지구 내에서는 느낄 수 없다고 예상되지만 확인할 길은 없었다. 그는 질량에 비례하고 거리에 제곱의 반비례하는 세상 만물이 서로를 당기는 힘이 존재한다고 결론을 지었다. 하지만 그는 그 사실을 눈으로 확인할 수 없다는 것에 안타까움을 느끼게 되었다. 또 하나의 사실을 밝혀내었다는 기쁨도 잠시 그 밝혀낸 사실이 관측할 수도 실험할 수도 없는 거대하고 매우 일반적이지만 너무 막연하다는 답답함이 그의 마음을 짓눌렀다.

그는 답답한 마음을 참지 못하고 정원으로 산책을 나갔다. 가을바람이 서늘하게 불어오고 있었다. 그는 그를 항상 묵묵히 위로해 주던 사과나무 그늘에서 쉬고자 그 나무로 걸어갔다. 한동안 서재에서 나오지 않아 보지 못했더니 빨갛게 잘 익은 사과가 주렁주렁 매달려 있었다. 그는 한 번도 보지 못했던 그의 사과나무에서 열린 사과를 보고 쓸쓸한 미소를 지었다. 그때 마침 큼직한 사과 하나가 그의 앞에서 떨어졌다. 그가 주워보니 싱싱하지만 벌레가 먹은 자국이 있었다. 그는 그 사과를 들고 바로 저택으로 들어갔다.

미래에 대한 작은 고찰

애들아, 100년 뒤 미래에는 어떤 세상이 펼쳐질까요?

과학이 발전해서 상상 속에서만 꿈꾸던 많은 것들이 이루어질 거예요

각자 숙제로 낸 그림 그리기 다 했죠? 차례로 발표해 봐요

준수야, 네가 상상한 미래는 뭐니?

선생님, 하늘을 나는 자동차가 하늘을 덮어요!

사람도 하늘을 나는데, 자동차가 못 날까요! (웃음)

대훈아, 김대훈! 말해봐. 네가 상상한 미래는 어떤 거야?

엄청난 약이 개발돼서 할머니처럼 몸이 불편하신 분들이 막 뛰어다닐 수 있는 세상

세상……일 것 같아요

우솔아, 넌 뭘 그린 거니? 선생님이 이렇게 막 장난쳐서 그려오지 말라고 했잖아.

저는…… 모르겠어요

우솔아. 선생님이 일주일전에 내준 숙제잖아. 아무리 그래도…… 뭐 영화나 그런 거 본 건 없어?

생각나는 미래, 이루어졌으면 하는 것들?

아까…… 엄청난 약처럼요?

그래. 그런 거 말이야. 우리가 바라던 것들이 이루어지는 세상. 모두가 행복하게 웃을 수 있는 세상 같은 그런 거 생각해서 그러면, 그게 바로 너의 미래가 되는 거야.

불확실해요 분명. 모두가 날아다니고 병든 사람이 없어요 마음이 아픈 사람은 있어도요. 아마. 하지만 제 그림은 확실해요 새까만 사각형이 보여요 만능상자가 하늘에 날아다녀요 아마 미래 사람들은 이렇게 부를 거예요 분명.

블랙박스. Black Box.
【명사】

1. 비행기나 차량 등 탈 것에 비치하는 비행 또는 주행 자료 자동 기록 장치. 사고가 났을 때 그 원인을 밝히는 장치.
2. 전기 회로나 기계 또는 생물적인 계에 대하여, 그 내부 구조는 문제 삼지 않고 그 기능이나 입력과 출력의 관계만을 고찰의 대상으로 여기는 과정.
3. 지하에서 이루어지는 핵 실험을 탐지하는 데 쓰는 자동 지진계. 영어. 블랙박스(기능은 알지만 작동 원리를 이해할 수 없는 복잡한 기계 장치)

재해석

작동원리와 출처, 내부구조를 알 수도, 이해할 수도 없지만 기능을 알고 있는 것으로 만족된 장치.

그것이 블랙박스 과학의 미래이다.

2094년 한반도, 서울.

블랙박스의 궤도에 꽤 가까운 영공을 가지고 있어, 신도림 근처만 해도 신물질 연구가 한창중인 연구소 서너 개가 자리를 잡고 있다. 그래도 한반도 내에서 가장 영향력이 센 강북 연구센터는 지하 300m 지반에 자리 잡고 있으며, 연구원 400명을 고용 중에 있다. 김중필(53)은 그 연구원 중 하나이다. 젊은 나이에 과학자의 길을 걸었지만, 15년 전 블랙박스 출연 이후 구 과학인 이론 물리를 그만두고 신과학의 초월물리에 매진하게 된다. 이런저런 일들에 고생도 많았지만 오늘만큼은 기쁜 이유가 있다. 그는 오늘 그의 오래 알고 지낸 절친한 친구를 만나기로 했기 때문이다. 친구의 이름은 이라일(53), 구 과학을 꾸준히 연구하고 있는 화학자다. 15년 전 블랙박스 출연 이후로 연구 단지를 떠난 탓에 그동안 볼 핑계가 전혀 없었다. SNS 연결도 잠잠해져 소식도 무심해지다 어느 날 다시 연락이 닿아 서로 이야기하다가 약속을 잡았다. 갑작스런 탓인지 중필에게는 기대감 외에도 조마조마한 감도 느껴졌다.

친구. 오래된 친구.

그도 젊은 나날의 추억을 되새기며 감상할 나이가 된 것이다.

대전에는 아직 지하철이 한 호선밖에는 없다.

대전 시 인구는 늘었지만, 노인이 많아지기만 한 실정인 것 같았다.

한 때, 균형발전을 위해 꽤 많은 투자가 된 지역이었지만 경제의 균형을 뒷받침하진 못했다. 기존 과학이 구 과학이 되어 무너진 시점에서 무엇을 바랄까. 도시의 존속은 후세에 달렸을 뿐이다. 기술은 기술이라 세월의 흐름을 탔다. 10분 만에 대전에서 월평역이었다. 그는 자신의 모교인 KAIST를 둘러본 뒤 연구소를 찾아보았다. 신과학의 출현 이후, 기존의 연구단지는 국가의 지원을 거의 받지 못했다. 국내 방사능 유출로 한 때 시끌벅적했던 원자력 연구소는 수풀이 우거져 있었다. KAIST 역시 다른 곳으로 이전해서 역사관만이 자리 잡혀 있었다. 알맞지 못한 자연이라 기분이 내키지는 않았지만, 오랜만이라 장소가 반갑기도 하거니와, 평화로운 모습 곳곳에서 추억이 샘솟았다. 벚꽃길이 벚꽃 동산이 된지라 꽤나 좋은 때를 맞아 아름다웠다. 노인 몇몇이 자신을 닮은 동상을 보고 앉아있거나, 아이들이 적당한 경사를 찾아 구르면서 노는 모습에 그는 웃음꽃을 터트렸다. 역시 미래는 예측할 것이 못되는 것이었다. 모든 것이 바뀌어있었다.

그래도 언제까지나 추억을 팔며 느긋이 있을 수는 없었다. 그는 역사관 주변 식당 한 곳에 자리를 잡았다. 자리를 잡은 지 어느 시간이 흐르고 약속시간이 되자 그는 조마조마해졌다. 15년의 시간이라고 하지만 철면피 같은 그 녀석의 얼굴을 못 알아볼 정도는 아니었기 때문이었다. 주문한 음료수 두 잔이 나왔다. 아리따운 여자 아르바이트생이 직접 서빙 해주었다. 몇 음식점은 텔레포트나 로봇을 쓰기도 하는데, 초라한 곳이라서 그런지 아르바이트생을 쓰는 것도 이해되었다. 그것보다도 사람이 인사하는 것이 너무 반가웠다.

한 10분 후, 옷소매를 만지작거리며 왜소한 어깨를 이리저리 들썩이는 중년의 남성 하나가 음식점에 들어왔다. 그는 점원과 얘기하다가 중필을 쳐다보고는 눈이 휘둥그레졌다. 두 남자의 입가에는 미소가 돌았다. 중필도 앉아만 있을 수는 없었다. 두 사람은 서로 꼭 끌어안았다. 고달팠던 젊은 나날에 쌓아둔 한은 이렇게 옅어져갔다.

"말랐던 놈이 배만 많이 커졌어!"

두 남자가 오랜 만에 만났는데 술이 빠질 수야 없었다. 마침 둘 다 서로 술을 싫어하지는 않는 것을 알고 있기 때문에 묵묵히 술을 시키고 잔에 따랐다.

"잘 지냈냐."

"나야 뭐 바뀐 것은 없으니까. 너야말로?"

"나도 그래."

우리의 15년은 블랙박스로 가득 찼었다. 우리가 알고 있는 세상이 바뀌는 것은 순식간이라는 말을 온몸으로 체감할 수 있었다. 산업혁명이 시작된 새 10년이 이런 느낌이었을까. 아니면 컴퓨터가 개발되고 정보혁명이

온 새 10년이 이런 느낌이었으려나. 분명 인간이 이뤄낸 일들은 사회와 사람 둘 다 천천히 변해가며 어느 새 모르게 적응하기 마련이었을 것이다. 산업혁명 이전 중세시대에도 이미 태엽 기계가 있었고, 정보혁명 이전 세계전쟁 때에도 인터넷의 개념은 창시되어 있었다. 혁명이란 단어는 모두가 이해해가는 과정 속에서 탄생했다. 혁명이란 이름은 후세가 붙이는 작업일 뿐이다.

하지만 우리는 블랙박스의 출현에 적응하지 못했다. 그리고 인류는 블랙박스가 얼굴을 드러낸 지 얼마 되지 않아 '혁명'이란 단어를 쓰기 시작했다. 사회의 위아래가 뒤집히는 일이 빈번이 벌어지기 시작했다. 보수 세력은 정치계에서 침몰했으며 거대 글로벌 회사 수십 개가 파산 신고를 했다. 수많은 어른들이 직장을 잃고 거리를 떠돌아 다녔으며, 사회는 폭동과 투쟁으로 오래 시달리게 되었다. 가장이란 이름의 우리 남자들은 신세대에게 허리를 굽히고, 자식들 앞에서마저 굽힌 허리를 곧게 펴지 못하였다.

2079년 어느 날, 지구에 거대한 다면체가 도착했다. 달과 거의 비슷한 크기를 가지고 있고 아주 어두운 색을 띄고 있었다. 이 다면체는 중력을 전혀 행사하지 않았지만 달과 반대 궤도를 돌고 있었다. 인류는 각종 탐사선을 보내 이 다면체에 접근했고, 그 부근에서 엄청나게 다양한 우주 물질들을 발견했다. 그 물질들은 기존의 물리법칙을 따르지 않았으며, 과학자들은 그 물질들을 연구하기 시작했다. 다면체는 '블랙박스'로 불리기 시작했다. 과학은 블랙박스가 나타나기 이전의 뿌리를 둔 구 과학과 블랙박스의 물질로부터 시작 된 신과학으로 나뉘었다.

신과학은 마법에 가까웠다. 기존의 과학법칙을 따르지 않았으며 상식적인 논리 체계를 따르지 않았다. 신과학은 반 중력, 텔레포트, 텔레파시 등을 쉽게 구현해내었고 인류는 급속하게 미래시대를 맞이하게 된다. 급기야 인류는 블랙박스 물질을 체내에 넣어 초능력을 구현하는 단계까지 오게 되었다. 신과학은 수학으로 설명할 수 없었기 때문에 임의적인 실험을 해서 우연하게 결과를 도출하는 방법만을 필요로 했고, 전문적이지 않은 많은 수의 마니아들이 저명한 과학자가 되었다.

아직 인류의 기본적인 생활을 영위하는 데에는 구 과학이 절대적으로 필요했지만, 사람들은 구 과학만을 고집하는 사람들을 'Homo contumacia (호모 콘투마시아)', '고집 센 인류' 라고 불렀다. 그리고 정체가 밝혀지지 않은 신과학을 두려워하는 그들의 걱정을 타이르곤 했다. 슬프게도 후원자들은 지지자가 줄었다는 이유로 구 과학의 학자들에게 지원을 대거 중단했다. 덕분에 구 과학을 기반으로 한 회사들도 하나하나 무너졌고, 정부가 관리해야 할 처지에 놓이게 되었다.

"화학을 하면서 가장 행복했던 적이 뭐냐면, 남들이 모르는 마법의 물질을 찾아내는 재미야. 그 누구도 모르던 물질의 비밀을 내가 알게 되는 그 재미, 꽤 쏠쏠했거든……."

"야, 요즘 새로 찾을만한 화학물질이 어디 있다고 그래! 다 우주물질에서 오는 거지… 그래 하긴. 화학도 화학 공업 쪽만 위태위태 살아있는 것뿐이고… 억지로라도 방향을 틀어 연구를 해야 했지."

"너는 단순히 연구방향만 튼 것이 아냐. 직업도 잃었지. 물리학은 자연을 수학을 이용해 설명하는 학문이지. 블랙박스에서 온 물질들을 설명하지 못하는 양자이론물리학은 더 이상 설 곳이 없었겠지… 누가 눈앞에 있는 사실을 믿어야지 환상 같은 가정과 수학논리 따위를 믿겠어?"

세상은 사회와 과학계뿐만이 아니라 종교도 바꾸어 놓았다. 중필은 교회에 가서 보고 느낀 것을 이야기했다.

그가 다니는 교회는 원래는 '믿음 교회'라고 불렸지만, 블랙박스가 나타난 이후로는 신이 현신하신 모습이라는 교리를 가지게 된 후로 '검은 교회'로 개명했다. 강당은 약 3000명의 신도를 담을 수 있는 크기를 자랑한다. 목사는 모든 조명이 향하는 가운데 교단에 서서 복음을 전한다. 중필이 들어가자 얼마 지나지 않아 연설이 시작되었다. 수천 명의 시선이 목사에게 쏠렸다.

<하늘에는 두 가지의 은혜가 있습니다. 태양과 조화를 이루고 있는 저 대기가 그 은혜이고, 신이 내린 선물인 블랙박스가 그 두 번째 입니다!>

그는 큰 소리를 내어 말했다. 모든 사람들은 귀를 기울여 그의 말을 새기기 시작했다.

<블랙박스는 우리들의 신이 현신하신 모습입니다! 과학자들에 의하면 블랙박스는 그 어떤 중력도, 힘도 행사하지 않습니다. 하늘의 아주 작은 부분을 덮고 있을 뿐 입니다. 하지만 우리들에게는 과연 무엇을 주었습니까! 인간은 이제 전기를 무한히 마음껏 쓸 수 있습니다. 모든 사람의 수명과 젊음은 늘어나고, 21세기말의 저주인 Super- AIDS의 백신이 그곳에서 탄생했습니다. 이것은 한 없이 넓은 신의 은혜라고 생각할 수밖에 없습니다, 여러분!>

한 마디 한 마디가 그의 입에서 나올 때마다 탄성과 함께 박수갈채가 터져 나왔다. 목사는 마무리를 김중필 씨에게 맡기기로 하였다. 많은 종교인이 자신의 믿음에 과학적인 증거가 있기를 굳게 바라기 때문이었다. 믿음으로 가득 찬 3000명의 침묵은 단 하나의 답을 원했다.

'내가 아는 것이 맞다는 것을 확신시켜 달라. 나는 틀리지 않았다.'

중필은 자리에 올라 입을 열었다.

<안녕하십니까. 사랑하는 형제자매 여러분. 저는 신과학을 연구하고 있는 과학자입니다. 현재 신과학에서 발견된 수많은 물질들은 지구상에 없던 신비로운 것들 입니다. 제가 물리학자 일 때만 해도 세상의 모든 법칙이 해석되었다고 믿었습니다. 하지만 블랙박스의 물질은 수학적으로 아직 해석조차 되지 못했습니다. 아니, 접근 자체가 불가능한 상황입니다. 인류를 초월한, 인류의 것이 아닌, 그 모든 것들은 무엇이겠습니까? 신이라고 믿어야 되지 않겠습니까? 여러분. 주님은 이미 와계십니다. 그는 단지 저 우주 밖에 서계십니다. 우릴 바라보고 계십니다. 이제 우리가 믿을 차례입니다.>

그의 마무리는 실로 효과적이었다. 많은 사람들이 교회 교단의 이름을 외치며 감동의 눈물을 흘리기 시작했다.

"바 멘!"

신도들도 환하게 웃으며 기부금 상자를 돌리기 시작했다.

"바멘."

"바멘!"

하지만 중필은 마지막까지 기분은 좋지 못했다고 말했다.

"…"

"…"

"이건…"

"세상은 변했어."

"그래. 하지만 네가 다니는 교회뿐만이 아냐. AVOLO 사를 알아?"

"알아. 뉴욕시에서 초능력자와 경찰이 벌이는 전쟁을 TV로 지켜봤어."

"그래. 그 전쟁을 승리로 이끈 건 신과학을 연구하는 AVOLO사의 후원이지.우리가 믿어온 과학은 검찰과 경찰한테마저 신뢰를 잃었어."

AVOLO, 블랙박스로부터 얻은 물질로 만든 초능력자를 교육하고 양성하여 국가기관에 제공하는 다국적 기업.

신과학을 일찍이 연구하고 쓰고 있는 한반도야 AVOLO 지부가 없을 리 없다. 설립 목적으로는 한반도에 초능력 범죄가 성행하므로 교육 받은 능력자들이 특별한 관리를 할 필요가 있다는 것이었다. 뉴욕에서 초능력자의 상성을 맞춰 싸우려는 시도가 있다고 하자 한반도 지부 전체가 술렁이기 시작했다. 비상회의가 소집되었고 구 과학자와 신과학자들, 검찰 측 사람들도 도착했다. 이라일도 이 회의에 초청되었다.

사실 이라일을 비롯해 구 과학자들은 불만이 잔뜩 있었다. 정부는 과학계의 안정을 되찾기 위해서는 신과학과 구 과학의 연결점을 찾을 필요가 있다고 강조했고, 구 과학자들을 사건 현장에 투입하기 일쑤였다. 구 과학에 헌신하는 사람들 대부분이 공무원이 돼 버렸으니, 찍소리 못하고 명령을 이행할 수밖에 없으니 심술이 나는 것이었다.

회의가 시작되었다.

구 과학자들은 뉴욕 경찰에 굉장히 회의적인 반응을 보였다. 돌로 전기를 막을 수 있는데,

전기능력을 돌의 능력으로 막을 수 없다는 것은 말이 되지 않는다고 했다. 일찍이 초능력자가 남긴 전기나 돌, 물, 불에 탄 재의 경우 성분을 채취하거나 저장했다. 그러나 연구실에 가져왔을 땐 이미 샘플은 사라진 후였다. 더욱이 신기했던 것은 현장에 직접 가서 관찰하는 것도 불가능했다. 관찰하려고 놓고 보면 샘플은 즉각 사라졌다. 구 과학자들은 검찰의 소극적인 자세에 불만을 토로했다.

신과학자들은 공상과학 드라마의 예를 들어 반시야 물질, 즉 시야에 들어오는 순간 존재가 부정되는 물질을 예로 들었다. 이에 구 과학자들은 어처구니가 없다는 표현을 했다. 검찰은 조용히 이 대화를 경청했다. 이런 대화가 오가는 도중에 한 구 과학자가 자리를 박차고 일어났다. 모두의 이목이 그에게 집중 된 가운데, 그가 말했다.

<뇌 과학자 권신우입니다. 저는 더 이상 이런 말도 안 되는 회의에 참여하기 싫습니다. 영상 실체화 장치니, 반시야 물질이니 공상 속에서나 나올 법한 소리를 당연하다고 지껄이고 있으니 개판이 아니고 어느 판이라고 할 수 있겠습니까? 차라리 인류 전체가 집단 최면에 걸렸다고 믿는 편이 속편합니다!>

이에 신과학자는 이렇게 말했다.

<심리학에도 일반적으로 받아들일 수 없는 수많은 심리치료법이 있습니다. 이런 것이 어떻게 효과가 있냐고 일반인이 질문했을 때, 심리학자들은 어떻게 대답할 수 있겠습니까. 그들도 조사해 보니 몇 퍼센트는 이렇더라, 이럴 것도 같더라 하는 불확실한 수치로 사람들을 안심시키곤 합니다

만, 뇌 과학자이니 알고 계시지 않습니까?>

결국 신과학자는 불확실한 요소에 불확실한 설명은 필수라고 결론지었다. 검찰은 그들의 논리에 손을 들어주었다. 구 과학자들은 검찰의 반응에 화가 나서 팔팔뛰었다.

<그러니까 그렇게 된다면 블랙박스가 '플라지스톤'과 무슨 차이가 있는 겁니까? 플라지스톤 설이 중세 과학에 무슨 일을 저질렀는지 알긴 아시는 겁니까! 대충 지어낸 관념적인 생각만 난무할 뿐이라고요!>

하지만 검찰은 구 과학자들의 발언을 무시한 채 앞으로 비슷한 능력의 범죄자를 검거할 때 신과학자들의 의견대로 하기로 하고 폐회했다.

과연 그러했다. 신인류는 오랜 세월 동안 믿음과 과학을 제대로 구분하지 못한 채 수 천년을 헤매어 왔다. 마침내 중세가 끝나갈 무렵, 유럽 과학자들은 고대 그리스인들을 따라 과학적인 접근을 제시하고 올바른 논리를 쌓기 시작했다. 그 결실은 몇 백 년 동안 맺어져 왔다. 물질의 기원에 다다른 과학자들은 인간의 문명을 계속 풍요롭게 했다.

하지만 과학이 발전되면 발전 될수록 사람들은 새로운 편견에 사로잡히게 되었다. 과학은 무엇이든지 가능하게 해 주는 힘이며, 그 힘이 곧 과학이라는 생각을 하게 되었다. 그 편견은 과학 기술을 차지하려는 분쟁, 힘의 우위를 다투는 전쟁으로 이어져갔다. 그리고 오늘날, 힘을 잃은 구 과학은 더 이상 과학 취급을 받지 못하게 되었다.

정말 과학이란 무엇일까? 사람들에게 논리와 탐구의지 따위는 중요하지 않다. 힘이 곧 과학이다. 현대에 과학자가 된 사람은 슬퍼도 이 사실을 받아들여야 한다. 과학을 판단하는 사람은 과학자가 아니라 바로 과학을 하지 않는 일반인들이기 때문이다.

길고긴 라일의 이야기가 끝났다. 일반인을 설득시켜야하는 것. 희망과 꿈을 나누어줄 수 있는 것. 그러지 못하는 구 과학은 더 이상 과학으로 취급받지 못하는 세상에 두 사람은 한탄을 나눴다. 기쁜 이야기도 잠시. 아버지라면 술자리에 자식 이야기가 빠질 수야 없다.

"그래. 아들은 어때? 중필? 뒤늦었지만 아들이 KAIST에 합격했다며? 축하한다. 걔도 물리학자겠지. 소문은 들었어. 진로를 돌린다면서?"

"그게…… 말도 마라. 야, 술. 소주 좀 더 부어라. 더 취해야 말할 수 있을 것 같아."

중필이 집에 돌아간 어느 날이었다. 아버지를 부르는 딸. 돌아온 남편에게 잔소리하는 아내까지. 그는 평범한 가정을 가진 전형적인 가장이 틀림없었다. 중필은 딸에게 물었다.

"오빠는 어디에 있니?"

딸은 그런 사람 생각하기도 싫다는 얼굴로 오빠를 불렀다.

"오빠, 오빠 아빠 왔어. 밖으로 나와. 하튼 진상."

그러나 아무 대답이 없었다. 그는 직접 자신의 아들을 맞이하기로 생각했다. 그는 두근거리는 마음으로 아들의 방문을 열었다. 아들은 방안에서 보고서를 작성하고 있었다. 아들은 귀찮다는 듯이 아버지를 맞이했다.

"오셨어요?"

"……"

중필은 아들에게 담배 한 개비를 주고 밖에서 같이 피우지 않겠냐고 권유했다. 아들은 기다리던 답을 얻었다는 표정으로 자리를 박차고 일어났다. 질질 끌리는 슬리퍼 두 짝이 발과 짝을 맞췄다. 과학자 두 명이 하늘을 바라보며 담배를 폈다. 아버지가 먼저 물어봤다.

"연구는 잘 되어가나."

아들은 시큰둥하게 대답했다.

"저 신 과학으로 갈라고요 솔직히 이론 물리학은 때려치우는 게 나을 것 같습니다."

아버지는 되물었다.

"진심이가?"

아들은 쉽게 쉽게 대답했다.

"진심이에요."

아버지는 아들이 피던 담배를 집어던지고 다시 진지하게 물었다.

"이유가 뭐냐?"

아들은 상황자체가 당황스럽다는 듯이 말했다.

"뭐가 그리 불만이신가여? 이해가 안 되는데."

아버지는 되물었다.

"네가 어릴 때만해도 아버지를 닮고 싶다, 아버지처럼 훌륭한 과학자가 되겠다, 물리학도의 길을 걷겠다고 그리 호들갑을 떨었지. 그체?"

"……."

"갈 길을 돌린 이유가 뭔지나 한번 들어보자믄!"

아들은 못마땅한 표정으로 받아쳤다.

"그야…… 인정도 못 받고 돈도 못 벌고 뭔가 남는 게 없잖아요."

중필은 잠시 당황스러워졌다.

"잠시만 아들아……."

그때 아들이 빽 소리를 질렀다.

"아버지도 교수직이고 뭐고 다 포기하고 신 과학쪽으로 뛰어들었잖아요! 저는 하지도 못해요? 이건 기회라고요!"

이렇게 아들은 모든 것을 털어놓기 시작했고, 아버지는 모든 것을 받아들여가고 있었다.

"나는 소파에 누워서 한참 고민했어. 왜 내 아들이 이렇게 되어가고 있을까? 아들이 아버지만 보고 사는 해바라기라면, 나는 아들의 인생마저 책임져야 하나? 그렇게 나도 무거운 짐을 지고 살아가야 하나? 사실 4년 전, 태양 흑점이 폭발할 것이라고 예상되는 그날, 우리 부자가 모두 TV를 보고 있었어. 아들은 굳게 믿고 있었어. 태양이 오랜 시간 약해져 폭발하지 못하고 있다고 지나치게 약해진 태양은 지구로 향하는 우주입자를 막아주지 못했다고. 그 우주입자가 신물질을 다룰 뿐이라고. 구 과학은 틀리지 않았다고 말이야. 마침 블랙박스가 나타난 날도 흑점의 극소기였지. 우연이라고 보기에는 납득이 안 될 정도로 비슷한 시간이었지. 모든 과학자들이 숨죽이고 지켜봤어. 최후의 희망을. 전 세계 사람들이 납득할 수 있는 마지막 증거를 놓치고 싶지 않았지. 그리고 수 초간 신물질을 이용한 기기들이 작동을 멈추었어. 태양이 폭발한 거야. 우리 부자는 손을 잡고 웃었지. 과학은 틀리지 않았다. 단지 그 하나로 족했어.

하지만 얼마 지나지 않아 다시 기기들은 작동하기 시작했어. 태양은 활발히 활동하고 있었는데도 말이야. 무슨 일이 일어난 건지 모르겠지만 사람들은 결과를 보고 논했지.

'구 과학은 틀렸다.'

나는 말이야…… 블랙박스가 너무나도 싫다 이놈아."

"과학자를 보며 동경했던 어릴 때가 생각나. 아프리카의 자원 전쟁과 각 국의 석유 분쟁을 종식시킨 과학자들이 노벨평화상을 받는 그 장면을 보면서 외쳤지. 나는, 우리는 저 사람처럼 되겠다고. 희망을 나눠주는 사람이 되고 싶었다고. 단지 그뿐이라고. 무엇이 우리를 이렇게 만들었을까? 슬프다. 한잔 더 마셔라."

……

깊은 밤이 되고 두 남자는 작별 인사를 했다. 둘은 SNS를 이용해서 더 이상 만나지 말자고 약속했다. 차갑디 차가운 세상에서 숨결과 손의 온기가 느껴지는 이곳에서 직접 만나자고 약속했다. 그리고 그들이 믿는 것을 얻고 돌아올 그날까지, 바로 이 자리에서, 서로가 서로를 기다리자고 했다. 무너져버린 믿음을 되찾기 위해. 자신이 옳다고 믿는 것을 향해 나가기 위해. 과학은 살아있다는 근거를 찾기 위해서.

멘델이 끝까지 자신의 주장을 굽히지 않은 것처럼. 이러니까 꽤 멋있는 듯하다.

......

......

그래서 어머님.

우솔이가 너무 공상에서 빠져나오지 못하는 것 같아요.

네.

제가 미래에 일어날 일을 예상해 보라고 했는데 심오하게 빠져든 것 같아요.

네. 제가 잘 타일러보겠습니다.

어머니. 너무 상심하지 않도록 주의해주세요. 많이 마음이 여린 것 같아요.

네. 안녕히 계세요.

......

......

......

신은 주사위 놀이를 하지 않는다.

─알버트 아인슈타인

이 말은 상대성이론을 창시하고, 결과적으로 양자역학에 이바지한 아인슈타인이 양자역학의 불투명함을 비판하면서 한 말입니다. 역시나 그의 방식대로 상상을 해 보면, 하나의 원인은 단 한 가지의 결론이 되고, 결론은 다시 원인이 됩니다. 즉, 우리의 삶을 비롯해 우주의 모든 운명은 이 세계가 시작되고서부터 정해져있다는 것이 됩니다.

나는 우리 우주가 100억 년 전에 돌연 생겨났다고 믿고 있다. 우리 우주는 가끔씩 태어났다가 수명을 다해 사라지는 여러 개의 우주중 하나일 것이다.

-에드워드 트라이언

우리가 아는 위인들은 일반적으로 다음과 같은 모습을 가질 것입니다. 좋은 환경과 교육 속에서, 혹은 거친 환경과 본받지 말아야 할 환경 속에서 인물들은 인류와 공동의 번영을 위해 길을 떠나고, 그들이 가진 천부적이거나 습득한 능력과 재능을 발휘하여 모두의 문제를 해결하고 우리의 곁을 떠나갔다. 그리고 우리는 그들을 자신의 롤 모델로 삼게 됩니다.

하지만 다시 알아두어야 할 것이 있다면 그들은 능력과 실력으로만 그 자리에 오른 것이 아닙니다. 무슨 말을 하는지 아시겠지요? 네. 운이 필요합니다. 마치 필연적으로 운명이 사람을 이끄는 것처럼 보이게 만들어주는 운이 필요하다는 것입니다. 줄여 말하면 필연을 가장한 우연입니다. 드라마나 사람의 인생에서 자주 생각되고 발생하는 것이 우연을 가장한 필연이라면, 이 세계(우주)는 필연을 가장한 우연을 만들어 내고 있습니다.

아인슈타인이 광전효과와 상대성이론을 제창하기 전, 어릴 적에 읽었던 교양도서에서 베른슈타인이라는 한 과학자가 개인적인 의견을 써놓은 글줄이 있습니다. 빛은 광자이다. 빛은 중력에 의해 휜다. 아인슈타인은 생각의 기틀이 다 잡히지도 않은 어린 시절부터 선구자에 의해 광자효과와 상대성이론의 개념이 머릿속에 다져진 것입니다. 이는 필연일까요, 우연일까요?

다윈은 당시 경제학자인 맬서스가 쓴『인구론』을 읽고 자연선택을 확신하게 되었습니다.

"인구의 증가는 식량의 증가보다 빠르기 때문에 전쟁, 기아, 질병 등은 인류 전체의 번영을 위해 필수적인 요소이다."

맬서스가 쓴 한 구절이 다윈의 수많은 생각을 하나로 정리하게 만드는 요소가 되었습니다. 사실 월리스라는 한 과학자도 다윈과 같은 결론을 내어 논문을 썼지만, 다윈은 운이 좋게 귀족출신으로서 일개시민과 다른 영향력을 가졌고, 결국 세상은 『종의 기원』을 출판한 다윈의 손을 들어주었습니다. 그는 필연일까요, 우연일까요?

아이디어는 아이디어를 낳고 아이디어는 세상을 바꿀 힘을 부여해줍니다. 이 외에도 특허청에서 일하게 되었다, 갈라파고스 군도를 지나게 되었다 등, 다윈과 아인슈타인에게는 상상하지 못할 우연과 기회가 따라다녔습니다. 단순한 필연이라고 보기에는 무언가 미심쩍은 것들이 많습니다. 물론, 모두가 생각하는 것을 실현시키는 사람과 모두가 알고는 있었지만 이해하지는 못한 것을 밝혀내는 사람들이야말로 진정한 위인이다, 라고 주장할 수는 있지만 비슷한 예에서 비롯된 작은 의문점은 일단 넘어가겠습니다.

운이라는 것은 그렇다면 어떻게 생겨나는 것일까요?

필연을 가장한 우연은 필연일까요? 우연일까요?

아니면.

평행우주로 설명할 수 있을까요?

우주는 우리가 생각했던 어떤 것보다 기이하며,

앞으로 생각하게 될 모든 것보다 신비롭다.

—홀데인

상상하라, 그러면 이루어지리라.

단순한 말이 아닙니다. 이 우주는 인간의 상상과 이어져있습니다. 사람이 소망을 품으면 우주는 그것을 실현시키기 위해서 수없이 많은 우연을 생산해냅니다. 인간이 추구했던 모든 소망은 과학과 발명이라는 이름으로 이루어지고 있습니다. 하늘을 날고 싶다. 우리는 평등해지고 싶다. 자유를 되찾고 싶다. 또 무엇이 이루어질지 모릅니다.

책 『시크릿』에서는 이를 끌어당김의 법칙이라고도 했습니다. 성공과 부를 이룬 사람들의 법칙. 그것은 자신이 성공하고 잘되는 방법과 결과를 상상하는 것이다. 상상은 현실화됩니다.

여기서 저는 한 가지 결론에 다다르게 되었습니다. 운이란, 적어도 필연을 가장한 운이란 사람들이 꿈꾸는 희망에서 비롯되지 않았을까 하고 말입니다. 누구보다 한 가지에 대한 집념과 바람이 강력할 때, 우주는 우연히도 소원을 이루어버린다는 뜻입니다. 아인슈타인이 그러하였으며, 다윈이 그러했다는 것입니다. 믿지 못하시겠다면 과학적 근거를 보여드리겠습니다.

> 과학은 자연의 궁극적인 신비를 풀지 못할 것이다.
> 자연을 탐구하다보면 자연의 일부인 자기 자신을 탐구해야 할 날이 반드시 오기 때문이다.
>
> —막스 플랑크

혹시 이 우주가 프랙탈 구조로 이루어진 것을 아십니까? 저 먼 은하와 은하단의 배치와 젖은 땅을 흐르는 작은 물줄기의 방향은 프랙탈로 되어 있습니다. 이런 것들과 연관성이 먼 잎맥의 방향도 프랙탈로써 결정됩니다.

우주는 마치 프랙탈처럼 자기 유사성과 순환성을 가지고 있습니다. 물체를 쪼개면 조각이, 조각을 쪼개면 고분자가, 고분자를 쪼개면 단위분자가, 단위분자를 쪼개면 원자가, 원자를 쪼개면 양성자, 중성자가, 한 번 더 쪼개면 이제 소립자가 나옵니다. 우리가 기본 단위라고 알고 있던 입자들마저 계속해서 쪼개지고 반복되어 우리가 아는 우주 이론에 혼란에 가중을 더합니다. 우주는 프랙탈 그 자체입니다.

프랙탈을 가지고 있는 또 다른 구조가 있습니다. 바로 이 세상 만물을 인지하는 우리들의 뇌입니다. 우리는 프랙탈로 이루어진 자연을 이해하는 데 프랙탈 구조를 쓰는 셈입니다. 여기에 초점을 두어 다시 해석하면, 우리는 적어도 하나의 독립적인 세계를 머릿속에 담을 수 있다는 소리가 됩니다. 그 시점이 사람이 프로로 진화하는 순간입니다.

우리는 세계를 머릿속에 담을 힘이 있으며, 그 세계에 소원을 기도할 수 있습니다. 소원은 필연을 가장한 우연을 만들어 인간의 인생을 만들어나갑니다. 그리고 그 인생을 살면서 사람은 다시 소원을 빌어갑니다. 소원이 소원을 이루어가는 방식이 이 세상의 방식이 됩니다.

그때 내가 어릴 적에 본 그림과 이야기들은 무엇이었을까?

블랙박스와 방황하는 두 과학자.

블랙박스는 모두에게 꿈을 주었지만 과학자들에게는 희망을 앗아갔다.

과연 2079년에 블랙박스가 나타나는 미래는 사실일까 아니면 단순한 공상일까?

만약 사실이라면…….

블랙박스는 사람들의 소원 그 자체가 아닐까?

모든 것을 이루어 달라는 사람들의 소망 하나하나가 모여 거대한 블랙박스를 이루고

과학이 이루어내지 못하는 만능을 인류에게 가져다 준 것이지.

하지만 결과적으로 많은 과학자가 불행해지게 되었어.

자신의 소원을 스스로 쟁취하는 것. 과학자는 모두의 소원을 떠맡은 인류의 손과 발이다.

그럼 과학자는 어떤 일을 할까?

내가 본 것을 내 스스로 옳다고 말할 수 있을까?

나는 지금 KAIST에 왔고, 인류의 소원을 말하는 과학자가 되기 위해 이곳에 서 있다.

처음에는 두 과학자의 기쁨과 슬픔을 온몸으로 느껴보고 싶어 달렸지만, 이제는 다르다.

나는 내가 믿고 있는 이 꿈이 현실이라는 것을 모두에게 증명해 보이고 싶다.

과학을 올바르게 지탱해줄 사람이 필요하다. 블랙박스가 이루어주는 만능의 소원을 과학으로 먼저 이루는 일. 어느 세계에서 슬픔으로 가득 찰 과학자들의 넋두리를 달래줄 일.

나는 인류의 소원을 떠맡는 과학자가 될 것이다.

김태윤_KAIST 생명화학공학과 2009학번

2030년, 진정으로 기다려지는가

2012년 봄 어느 날, 신문에서 우연히 『2030년 그들의 전쟁』이라는 책에 대한 기사를 보게 되었다. 제목만 보더라도 공상과학 소설임을 쉽게 알 수 있었다. 하지만 기사를 읽어보니 공상과학 소설들이 보통 가지고 있는 상상속의 소재들이 아니라 앞으로 가까운 미래에 우리에게 실제로 발생할 수 있는 일을 소래로 하고 있었다. 그래서 망설임 없이 바로 구매를 하였다. 책속의 시간은 제목 그대로 2030년. 앞으로 18년이나 남아있지만 책속의 상황들이 그리 멀게만 느껴지지 않았다. 지금으로부터 약 십수 년 후, 인류는 암을 정복하게 된다는 설정이다. 지금 현재 획기적인 암 치료제 개발을 위한 연구가 활발하게 이루어지고 있기 때문에 앞으로 10년 후면 암을 정복하는 것이 가능하다고 생각한다. 사람들은 암이 정복된다고 하면 물론 매우 기뻐할 것이고 불로장생의 꿈이 이루어진다고 생각할 것이다. 그러나 우리의 생각대로 해피엔딩은 아니다. 이 책은 인류가 암을 정복한 이후에 생기는 많은 문제점들을 다루고 있다는 점에서 매우 흥미로웠다.

인류가 암을 정복하게 되자 바로 나타난 현상은 당연히 노인 수명의 획기적인 연장이다. 이로 인하여, 현재는 60세 이상이면 노인으로 분류되지만 여기서는 80세 이상이 되어도 노인으로 분류되지 않는다. 또한, 의학기술의 발달로 노인들은 모두 20대 젊은 피부를 유지하고 살아간다. 이는 노인들에게는 매우 기쁜 소식일 것이다. 하지만 반대로 많은 피해를 보게 되는 집단이 있다. 바로 젊은이 들이다. 노인들이 80세 이상이 되어도 건장하고 건강에 이상이 없게 되자 그들의 정년이 늘어나게 되고 대부분의 일자리를 노인들이 독식하게 된다. 그러자 많은 젊은이들이 일자리를 얻지 못하고 가난에 시달리게 된다. 이에 화가 난 젊은이들은 노인들에게 테러를 가하게 된다. 대낮에 도심에서 총격을 벌여 노인들만 죽이고, 노인들이 타고 다니는 버스를 습격하여 많은 사상자를 낸다. 이러한 일이 빈번해지자, 젊은이들의 분노는 사회적으로 큰 이슈가 된다. 더 큰 문제는, 국민이 낸 세금의 대다수가 건강보험료로 지출된다는 것이다. 따라서 젊은이들은 노인들과 마찬가지로 많은 양의 세금을 내지만 혜택은 전혀 받지 못한다. 이에 젊은이들은, 남녀평등이 아니라 '노소평등'을 외치게 된다. 투표권에서도 평등을 주장한다. 젊은이들은 19살이 되어야 투표권을 갖게 되지만, 노인들은 죽지 않는 한평생 투표권을 가지기 때문이다. 그러나 문제는 젊은이들에게만 국한되지 않는다. 사회 전체가 병들게 된다. 먼저, 의료 빈부 격차가 매우 심각해진다. 가난한 사람들은 세금을 내지 못해 건강보험 혜택을 일절 받지 못한다. 따라서 단순한 감기가 걸리더라도 진료를 받으러 가지 못한다. 의료비도 저소득층은 감당할 수 없을 정도로 상승하게 된다. 그래서 위급한 상황이더라도 빈곤층은 응급차를 부르지 못한다. 하지만 부유층은, 특히 돈이 많은 노인들은 많은 돈을 지불하여 의료혜택을 받고 얼굴 성형도 하여 건강하게 오래 오래, 젊은 피부를 가지고 즐거운 나날을 보내게 된다. 개인뿐만이 아니라 국가도 큰 위기에 시달리게 된다. 현재는 세계 1등 국가인 미국이 이때가 되면 재정이 바닥나게 된다. 국고의 대부분을 건강보험료로 지출하였기 때문이다. 그래서 서부지역에 큰 지진이 발생하여 큰 도시들이 황폐화되지만 재건할 비용이 없어 굴욕적으로 중국에서 돈을 빌리게 된다.

책 속에 묘사된 2030년의 모습은 정말 충격적이었다. 우리가 그토록 바라던 암 정복을 이룩하게 되었지만 인류는 더 많은 고통에 시달리게 된다. 정말 아이러니하지 않은가. 이 책이 더욱 흥미롭고 뼈저리게 느껴졌던 이유는, 나도 앞으로 생명공학분야를 연구할 것이기 때문이다. 이 책에서 암 치료제를 개발한 과학자는 당연히 엄청난 부를 축적하게 되고, 단숨에 높은 지위를 갖게 된다. 하지만 그와 반대로 많은 사람들은, 특히 젊은이들은 경제적으로 큰 타격을 입게 되고 의료 빈부격차도 심각해지게 된다. 그저 순수한 과학 연구 결과라고 생각했던 것이 엄청난 후폭풍을 불러일으킬지 누가 알았겠는가. 과학자의 임무는 물론 연구에 집중하고 매진하여 인류의 발전을 이루는 결과를 얻는 것이다. 하지만, 마치 눈의 측면가리개를 착용한 말 마냥 앞만 보고 나아가다가는 이 책에서처럼 의도하지 않게 안 좋은 영향을 미칠 수 있다. 따라서 앞으로는 과학자들도 자신이 연구하는 한 분야만 관심을 가질 것이 아니라 다른 여러 방면들도 함께 고려해야 한다는 것이다. 이 책에서 암 치료제를 개발한 과학자는, 오로지 암 치료만을 바라보고 살아왔을 것이다. 하지만 그의 편협하고 좁은 생각으로 인하여 인류는 암을 정복했을지 모르지만 더 큰 고통에 시달리게 되었다. 그가 치료제를 개발하고 나서 이 치료제가 사회적으로 미칠 영향을 조금이라도 고려를 하였다면 이렇게 크나큰 국가적인 문제가 발생하지는 않았을 것이다. 그는, 어떤 사람들에게는 구세주일지 모르겠지만 어떤 사람들에게는 파괴자일 것이다.

지금으로부터 10년 전, 우리는 세상이 이렇게 빨리 변할지 아무도 예상하지 못하였다. 10년 전만 해도 인터넷이 이렇게 빨라지고 스마트폰이 생활의 필수품이 되며 인류가 화성으로 탐사선을 착륙시킬 것이라는 것을 어느 누구도 상상하지 못했다. 그저 공상과학 소설 속의 이야기인줄만 알았다. 하지만 현재 우리는 10년 전 공상과학 소설 속의 배경에 살고 있다. 이러한 추세로 볼 때, 앞으로 10년 후는 더 빨리 세상이 변해 있을 것이며, 현재의 공상과학 소설 속의 배경이 우리의 일상이 될 것이다. 따라서 우리는 이 책이 말하고자 하는 바를 명확하게 이해해서 기억해야 할 것이다. 이것이 바로 단순한 공상과학 소설에 지나지 않을 수 있는 이 책이 매우 뜻 깊게 와 닿는 이유가 아닐까 생각한다. 앞으로 얼마나 걸릴지는 모르지만, 가까운 미래에 곧 인류가 암을 정복하게 될 것이라고 확신한다. 암 뿐만 아니라 다른 불치병들도 치료할 수 있는 방법이 개발되어 인류의 수명은 계속 연장될 것이다. 이것이 의미하는 것은 인구가 고령화됨을 의미한다. 일할 수 있는 젊은이들이 적더라도 노인들이 이를 대체하고 일자리의 대부분을 차지할 것이다. 현재도 이 고령화 사회는 큰 사회적 문제가 되고 있다. 하지만 미래에는 더 큰 문제로 자리 잡을 것이다. 10년 후면 지금의 대학생들도 학생시기를 벗어나 일자리를 잡아야 하는 때가 되기 때문에 매우 중요한 문제라고 생각한다. 이 시기가 되면 여러 가지 정책도 바뀌어야 할 것이다. 현재의 의료보장제도가 예를 들어 60세 이상부터라면 이 시기에는 70세나 80세 이상으로 바뀌어 젊은이들이 피해를 보는 일이 없어야 할 것이다. 이와 더불어 의료보장제도를 개선하여 돈이 없어서 응급실에도 못가고 집에서 쓸쓸히 죽어가는 일이 없어야 할 것이다. 이와 같이, 암 치료제 개발 하나로 인하여 영향을 받는 것이 한두 가지가 아니다. 마치 '나비 효과' 같이 그 영향이란 끝이 없을 것이다. 자신은 인류의 발전을 위해 많은 노력을 기울인 성과가 오히려 인류를 병들게 한다면 이는 매우 안타까운 일일 것이다.

미래에 과학자나 생명 공학자를 꿈꾸는 학생들에게 도움이 될 만한 책이라고 생각한다. 뿐만 아니라 국가의 보건의료 정책을 담당하시는 분들에게도 좋은 안목을 줄 수 있다고 본다. 또한 공상과학 소설이기 때문에 미래에 대한 풍부한 상상력도 동시에 제공해 준다. 많은 사람들이 공상과학 소설이라고 하면 거부감을 가질 수 있지만 이 책은 그러한 거부감이 전혀 느껴지지 않는 책이다. 언제나 미래는 불확실하고 정해진 것이 없다. 하지만 미리 예측 가능한 부분들에 대해 대비를 한다면 2030년에 그들의 전쟁은 발생하지 않을 것이다. '노소평등'이라는 새로운 단어가 생겨나지 않고 젊은이들과 노인들이 함께 오랫동안 공존하면서 행복하게 그리고 함께 힘을 합쳐 인류의 발전을 이룩해 나가는 것이 가장 바람직한 불로장생의 모습이 아닐까 생각해본다.

아버지가 걸어가신 과학도의 길 위에서

우리 아버지께서는 과학자이시다. 정확히 말하자면 물리학자이고, 물리 중에서도 고체물리를 전공하셨다. 현재 20년이 넘게 연구에만 몰두하고 계신다. 그리고 아버지의 딸로 태어난 나는 무럭무럭 자라 어느새 22세가 되었다. 그리고 아버지의 뒤를 이어 기계공학을 공부하는 과학도의 길을 가고 있다.

어릴 적 나는 매일매일 쉴 새 없이 일하시는 아버지를 보며 연구원이 되고 싶지 않다고 생각했다. 아버지는 늘 연구에 몰두해 계셨고, 주말에도 평소와 같이 연구소에 출근하셨다. 나는 나와 놀아주지 않는 아버지에게 불만이 많았다. 다른 친구들이 아버지와 어린이날에 놀이동산에 다녀왔다며 자랑하면 나는 할 말이 없어지곤 했다. 아버지는 우리를 놀이동산에 태워다주시고는 다시 연구소로 돌아가 버리셨기 때문이다. 언니와 나는 엄마와 즐거운 시간을 보냈지만, 친구들이 아버지 이야기를 하면 마음속에 숨어있던 아버지에 대한 섭섭함이 고개를 들곤 했다.

그러나 한 살 두 살 나이를 먹어가며 아버지에 대한 나의 생각은 조금씩 변해가기 시작했다. 중학교 때까지만 해도 아버지와 오랫동안 이야기를 나눌 때가 많지 않았고, 아버지도 나의 성적이나 생활에 크게 간섭하지 않으셨기 때문에 아버지에 대해 많은 생각을 할 기회가 없었다. 그러나 아버지의 일로 인해 미국에서 1년간 살게 되며 많은 것이 변했다. 한국과 다르게 조금 생활에서 여유를 찾으신 아버지는 더 많은 시간을 함께 보내셨고, 근처로 여행도 자주 다녔다. 아버지는 내가 미국학교에 잘 적응했는지 궁금해 하셨고, 나의 공부를 도와주셨다. 아버지께 부족한 과학 과목을 배우며 학교에 잘 적응하였고, 좋은 성적을 받을 수 있었다. 이때를 계기로 나는 과학을 더욱 공부하고 싶다는 생각을 갖게 되었다.

한국에 돌아와 고등학교에 진학해서 나는 망설임 없이 이과를 선택했다. 엄마는 내가 문과에 진학하길 바라셨다. 문과 과목들의 성적이 더욱 잘나왔기 때문이었다. 그러나 나는 과학을 공부할 때 더 큰 재미를 느꼈다. 현상을 배우고 왜 그런 현상이 일어나는지 과학적으로 접근하는 것이 좋았다. 과학이 사회와 같은 문과 과목들보다 훨씬 체계적이고 논리적으로 느껴졌다. 그리고 고등학교 3학년 때, 전체 여학생들 중에 단 15명이 물리 2 과목을 선택했는데 그중 한 명이 바로 나였다. 아버지가 전공한 물리는 나와 맞지 않는 것 같다고 생각했던 과거와 달리, 고등학교에서 다시 접한 물리에 큰 흥미를 느꼈다. 사람들은 아버지를 닮아 물리를 잘한다고 칭찬해주었다.

아버지에 대한 생각이 바뀌게 된 더 큰 계기는 고등학교 2학년 때이다. 나는 과학 동아리 친구들과 함께 표준 올림피아드에 나가게 되었다. 대회를 준비하며, 아버지께서 계신 표준과학연구원을 견학하고 아버지 연구실도 구경할 수 있는 기회가 생겼다. 어릴 때 놀러갔을 때는 재미도 없고 이상한 공간이라고 생각했던 아버지의 연구실은 고등학생이 된 나에게는 큰 의미로 다가왔다. 과학을 배우고 그곳에 가니 그곳은 흥미로운 것들로 가득 차 있었다. 그리고 그제야 보였다. 아버지께서 20여 년간 흘리신 그 노력과 땀이 고스란히 그 연구실에 배어있었다. 함께 간 친구들이 아버지의 설명을 들으며 감탄하는 모습을 보고, 나는 아버지가 너무나도 자랑스러웠고 존경스러웠다. 비록 우리와 많은 시간을 함께 보내지는 못하셨지만, 아버지 나름의 방식으로 우리를 향한 사랑을 표현해 오셨다는 것을 그때 깨닫고 아버지를 이해하게 되었다.

그리고 대학 입시 때 나는 정말로 아버지의 교육이 옳았음을 알게 되었다. 나는 카이스트에 입학사정관제인 학교장 추천 전형으로 들어오게 되었다. 이 전형은 다른 전형들과 다르게 성적 뿐 아니라 다양한 활동과 이력, 그리고 나의 잠재력을 평가한다. 나는 과학을 이론공부에서만 배운 것이 아니라 다양한 실험과 탐구를 통해 배웠다. 그리고 많은 과학대회들에 출전하여 다양한 모습의 과학에 대해 알게 되었다. 이것이 카이스트가 나를 선택한 이유라고 생각한다. 그리고 내가 행동으로 배우는 방법을 택할 수 있었던 것도 아버지의 영향이라고 생각한다. 또한 아버지께선 많은 시간을 함께하지는 않으셨지만, 나와 함께 있을 때면 늘 과학에 관한 이야기를 해 주셨다. 아버지의 이야기는 학년과 교육과정의 한계를 뛰어 넘은 이야기들이었다. 아버지가 연구하는 분야에 대해 쉽게 설명해 주시기도 했고, 우리나라 과학자들에 대해서 이야기 해주시기도 했다. 우리나라 과학의 역사, 그 해의 노벨상 수상자의 연구 등 수많은 이야기를 들으며 자랐다. 그 이야기들 덕분에 나는 과학을 편협한 시각으로 바라보지 않고 넓게 전체를 볼 수 있는 사람이 되었다. 공부를 강요하지 않으시고, 대신 삶 속에서 이루어진 교육 덕분에 나는 최고의 이공계대학 카이스트가 원하는 사람이 될 수 있었다.

그러나 나는 대학에 입학하고 공부에 흥미를 잃었다. 그렇게 재미있었던 물리가 더 이상 재미있게 느껴지지 않았고, 성적은 당연히 떨어졌다. 떨어진 성적으로 자신감은 사라져가고, 왜 공부해야 하는지 아직도 이유를 찾을 수 없었다. 고등학교 내내 공부에만 몰두했던 그 시간들을 보상받고 싶다는 생각도 있었다. 그렇게 고민은 깊어만 갔다. 그러던 어느 주말, 집에서 학교까지 날 데려다 주시던 차안에서 아빠께서 말씀하셨다.

"대학에 처음 들어가면 다들 너와 같은 고민을 하곤 한단다. 대학에 들어왔으니 뭔가 자유를 느끼고 싶다는 생각과 그래도 공부를 해야 한다는 생각이 충돌하는 시기인거야. 아빠는 네가 이 시기를 현명하게 잘 견뎌낼 거라고 믿어."

누구도 이런 날 이해해 줄 수는 없을 것이라고 생각하던 날들이었다. 그랬기에 일말의 기대도 하지 않고 있던 순간에 아버지가 해주신 말씀은 나의 마음과 머리를 동시에 내리쳤다. 그날 이후 나는 조금 더 즐거운 마음으로 공부를 할 수 있게 되었다. 내 삶에 엄청난 변화가 생긴 것은 아니었지만, 적어도 내 마음속에서 작은 변화가 일어난 것은 확실하다. 그리고 그날의 작은 변화가 조금씩 내 삶을 바꾸어서 그때보다는 조금 더 나아진 내가 있고, 나의 미래가 있다고 믿는다.

기계공학과에 진학해서 전공을 배우고 학문의 깊이를 더해가고 있는 지금 나에게는 큰 고민이 있다. 바로 진로에 관한 것이다. 중학교 때도, 고등학교 때도 계속해온 고민이지만 답은 아직 내 손안에 없다. 그러나 나는 이미 과학도의 길 위에 서 있고, 몇 년 뒤에는 작게나마 우리나라에 도움이 되는 과학인이 되어 있을 것이다. 단지 작은 길들이 명확하게 정해지지 않았을 뿐이다. 명확한 길에 대해 아무리 고민을 해 보아도 쉽게 찾을 수 있는 것이 아니라는 것을 잘 알기에 나는 우선 큰 그림을 그리기로 결정했다. 바로 '어떤' 과학자가 될 것인지에 관한 것이다. 나는 과학자에게 가장 중요한 것은 두 가지라고 생각한다. 인류에 대한 사랑과 양심이 바로 그것이다. 과학이란 양날의 검과 같다고 흔히 말한다. 엄청난 진보와 편리를 인간에게 가져다주었지만 또 엄청난 파괴력을 지닌 괴물을 만들어 내기도 했기 때문이다. 이 양날의 검을 사용할 때는 검을 휘두르는 사람의 의도가 무척이나 중요하다고 생각한다. 그래서 나는 과학자는 인류를 사랑하는 마음을 반드시 갖고 있어야만 한다고 생각한다. 어떠한 한 집단보다는 인류 전체에게 더 이익이 되는 결정을 내릴 수 있을 때 비로소 과학도 더욱 빛나게 되는 것이다. 그리고 무뎌지지 않은 양심도 과학자로서 반드시 지녀야 하는 것이다. 많은 과학자들이 연구하는 과정에서 행한 비양심적인 행동으로 인해 연구할 수 있는 자격조차 잃게 되었다. 부풀려진 결과와 그것을 토대로 작성된 논문, 연구비 횡령 등 잠깐이라도 양심을 저버린 결정을 한다면 그 대가는 혹독하게 치러야 할 것이다.

우리 아버지는 엄청나게 유명하시거나 대단한 발견을 한 과학자는 아니시다. 그러나 내가 가장 중요하게 생각하는 저 두 가지를 갖추고 계신 분이시고 그러기에 더욱 빛나는 과학자이시다. 거북이처럼 꾸준히 자신의 길을 걸어가고 계시고, 지름길을 택하지 않고 지금 아버지의 자리까지 오셨다. 이런 아버지의 노력을 인정받아 적어도 아버지의 분야에서는 인정받고 계신다. 누구에게도 한 점 부끄럼 없는 아버지의 딸이기에, 나는 지금 자신 있게 과학도의 길 위에 서 있을 수 있다고 생각한다.

그리고 지금 나는 내 나름의 신념을 정하고 더 넓은 과학 세계로 나갈 준비를 하고 있다. 많은 실수를 하고, 주변 친구들과 비교해도 부족하기만 하다. 하지만 겸손한 자세로 하나씩 배워나가고 있다. 이런 나의 모습이 혹자에게는 아직 거대한 바다 위를 날고 있는 나비의 날갯짓같이 보일지도 모른다. 그러나 그들은 모르지만 나는 사실 꼬물거리던 애벌레였다. 그러나 큰 시련들을 이겨내고 멋진 나비가 되었다. 그리고 이런 나의 작은 날갯짓이 훗날 폭풍우로 다가올지는 모르는 일이다. 아버지 그리고 나 자신에게 부끄러운 사람이 되지 않도록 나의 신념을 지키며 최선을 다할 것을 다짐해본다. 아버지가 걸어오신 과학도의 길 위에서……

"COSMOS"에서 본 인류의 꿈과 열정

고교 시절, 우주에 대한 막연한 지적호기심에 이끌려 온갖 상상의 나래를 펴며 허구적인 추측과 발칙한 상상과 원인모를 자신감으로 우주의 신비로움에 깊이 빠져 들었던 적이 있었다.

시간을 쪼개어 칼 세이건의 『Intelligent life in the universe』, 『The Cosmic Connection』, 『Pale blue dot』를 방 한 켠에서 조아리며 우주의 신비에 소름 돋는 경탄을 했었다. 그 후, 『Cosmos』를 읽을 채비를 하고 있었으나 대학진학이라는 서슬 퍼런 미래가 아가리를 벌리며 무한상상을 펼치던 자유인의 앞길을 훼방 놓았고, 잠시 본연의 길에 순응해야만 했다.

대학에 들어와 한동안 컴퓨터 과학에 빠져 살다 보니 좀처럼 학문의 영역 밖을 기웃거릴 시간이 나지 않던 참에 지난해 겨울, 대전 역 앞을 지나다 우연히 고서점 책꽂이 맨 위에 꽂혀있는 『Cosmos』를 발견했다.

책의 부피만큼이나 가슴벅차하며 주저 없이 책을 구입했다. 주머니 사정이 여유롭지 못한 대학생으로 살다보니 큰 횡재를 한 기분이었다. 펄펄 눈 내리는 적적한 밤을 꼬박 지새우며, 단숨에 읽어 내려갔던 기억이 난다. 그리고 한동안 내 공부에 미쳐 세상 밖 즐거움인 독서에 무딘 생활을 하며 살아왔다.

그런데……. 지난달 스물 아흐렛날 밤 여덟 시 삼십오 분! 가족들과 함게 흥분에 숨죽이며 뒷산 상공에 나타난 괴이한 현상!

태어나 처음 보는 신비롭게 이글거리는 섬광이 나타났다가는 이내 사라지곤 하는 기이한 물체의 반복된 광경을 목격했다. 반신반의 했던 미확인 비행물체의 존재가 분명했다. 남들이 아무리 터무니없는 일이라고 치부할지라도 나에겐 명백한 사실이었다.

가족 모두가 똑똑히 그것도 두 번씩이나 명확히 목격했으니까…

우연하게도 이 날은 닐 암스트롱이 82세의 일기로 영원한 자유를 찾아 우주로 여행을 떠난 날이다. 아폴로 11호에서 우주 밖의 공간에 첫 발을 내딛던 순간에 인류에게 두루 회자되는 "이것은 한 인간에 있어서는 작은 첫 걸음이지만 인류 전체에 있어서는 위대한 도약이다."라는 말이 참으로 명언이라고 생각하며 순간 『Cosmos』가 머리를 스쳐 지났다. 『Cosmos』에서 칼 세이건은 우주를 탐사하고 지구의 생명의 본질을 알려고 노력하며 외계 생물의 존재를 확인하려고 애쓰는 것은 '인간은 무엇인가?'라는 질문에 답하기 위해서이고, 1996년 눈을 감으면서 그가 우주탐사와 외계문명과의 만남에 대한 기대감을 표현했던 기억이 떠올랐기 때문이다.

"탐험의 욕구는 인간의 본성이다. 우리는 나그네로 시작했으며 나그네로 남아있다. 인류는 우주의 해안에서 충분히 긴 시간을 꾸물대며 꿈을 키워왔다. 이제야 비로소 별들을 향해 돛을 올릴 준비가 끝난 셈이다."

급한 마음에 책장 구석에 꽂혀 있던 먼지 낀 『Cosmos』를 찾아 세월의 흔적을 털어냈다. 흥분된 감정을 추스르고, 유독 끈적이는 여름날 밤을 꼬박 새우며 아침 해가 창가를 비출 즈음 책을 덮었다.

흐뭇했다. 책을 읽는 내내 저자가 나에게 요구하는 우주적 관점에서 본 인간의 본질에 대해 꾸준히 생각하게 해 주었다. 또한 인류는 어차피 자연에 의존하며 생존할 수밖에 없는 처지이므로 먼저 자연의 현상을 이해하며 우주의 시간과 공간을, 인간의 유전자와 진화를 하나씩 벗겨가며 인정해가는 독서과정이 나의 지적호기심을 켜켜이 쌓아가는 매우 흥미진진한 시간이었다.

연세대 윤석진 천문우주학 교수는 『Cosmos』라는 저서가 천문우주학, 생물학, 인문학을 전공한 해박한 지식으로 '우주와 그 안의 천체', 그리고 '지구와 그 위의 인류'를 넘나드는 지적인 여행을 안내하며, 영겁의 시간을 지켜온 광막한 우주와 그 앞에 보잘 것 없이 왜소한 우리 인류, 이 둘 사이를 과학적으로 연결해 내는 『cosmos』적 상상력은 차라리 문학 작품에 가깝다고 피력했다.

전적으로 동감한다. 내가 느낀 바를 고스란히 투영해 놓은 글이라서 내 글처럼 쓸 수도 없고 아무튼 내 맘에 쏙 드는 글귀라서 인용할 수밖에 어찌하겠는가!

덧붙이자면, 진화론, 물리학, 화학, 고대신화 등에도 심도 있는 고찰이 있었고, 우주의 복잡다단한 언어를 이해하기 쉬운 언어로 표현해 불편함 없이 읽은 나에게는 대단한 행운이며 즐거움이었다.

이 책에서 저자는 과거의 위대한 과학자들의 발자취를 역추적하면서 그들의 눈부신 과학적 업적과 우리에게 당면한 미래에 해결해야 할 과제들을 자세히 설명해 주고 있었다. 칼 세이건의 저서를 여러 권 읽으면서 공통적으로 느낀 점은 그의 유창한 필력에 반하고 거침없이 잘 읽히는 문체였는데 『Cosmos』에도 여지없이 녹아있었다.

또한 그의 글은 비단 과학에만 한정시키지 않고, 고대 사상을 교차하며 동양고전을 인용하고 수시로 심리학과 철학의 범주를 넘나듦이 범상치 않은 지식인임을 인정하게 했다.

사실 과학에 조금이라도 관심이 있거나 인연을 맺고 있는 사람이라면 적어도 이 책을 읽어 보았을 테고 많은 과학자들에게 과학에 대한 꿈을 심어준 책으로 『Cosmos』를 들 만큼 이 책의 영향력은 가히 대단하다고 생각한다.

『Cosmos』에서 저자는 천체현상에 대한 재미를 넘어 우주와 생명의 신비를 파헤치는 풍부한 상상력과 통찰로 나의 감성과 눈을 사로잡았다. 현대 천문학의 거장으로서 그는 에라토스테네스, 케플러, 갈릴레오, 다윈, 뉴턴과 같이 인류를 위해 과학적 진보를 이끌어왔던 사람들이 개척해 왔던 길을 추적하며 현대과학의 눈부신 업적과 인류 앞에 놓여있는 신비한 미스터리들을 흥미진진하게 소개해 줘 기쁜 마음으로 빠져들 수밖에 없었다.

우주의 탄생으로 부터 은하계의 진화과정, 태양의 삶과 죽음, 우주를 떠돌던 먼지가 의식 있는 생명이 되어가는 과정에 이르기까지…….

어쩌면 이 책을 다시 한 번 읽게 된 동기를 주었으며 가장 흥분하며 읽을 수 있었던 외계생명 존재 가능성 등이 상세하게 묘사되어 있는 부분을 몇 번이고 되새기며 다시금 감동했다.

수많은 운석공을 가진 달의 부분을 읽으며 하늘의 어느 곳에 거쳐할 닐 암스트롱을 생각했고, 두텁게 쌓여있는 이산화탄소 대기로 인해 지옥 같은 열기에 시달리는 금성의 글을 읽으며 푸른 지구를 지키기 위해 내가 해야 할 일들을 반추해 보고 더 나아가 우리 인류가 무엇을 어떻게 해야 할지 곱씹어 봤다.

꿈, 사유의 지평, 우주와 인간의 관계 등 칼 세이건이 제시하는 키워드에 그만 손을 들고 말았다는 옮긴이 홍승수 교수의 말처럼 우리가 달에 족적을 남길 수 있었던 것은 현대 과학이나 공학의 눈부신 진보 때문만은 아니라고 생각하며, 미지에 대한 무한한 도전정신과 상상력, 꿈의 실현을 위한 인류의 열정이 아니었나 생각해 보았다.

그러한 측면에서 본다면 달을 노래한 시인들과 작가들이 더 중요한 역할을 했다는 것이 맞는 말인 것 같다.

우주가 우리에게 줄 수 있는 가장 큰 선물은 무한 상상력을 이끌어 내는 것이듯이, 우리 삶 속에서 간절함 없이 이루어진 일이 어디 있겠는가?

생각해 보면 시인이 우리 가슴속에 심어 준 달콤한 꿈의 위력이 과학자들로 하여금 달에 가보려는 소망을 실현해 주었을 것이고, 외계를 향한 거침없는 도전이 언젠가는 외계문명과의 교신으로 결실을 맺는 날이 올 것이다.

과거를 돌아보고 내가 미처 몰랐던 세상에 눈을 돌려 앞으로 인류가 나아갈 길을 탐구하고 제시하며 우주세계에 대한 막연한 상상이 결코 상상만이 아니라는 내 속에 내재돼 있던 잠재력을 이끌어내 주었고 우주를 향한 지적인 열정에 불을 지펴주는 한편의 서사문학을 읽은 느낌이다.

차제에 나로호 3차 과학위성의 성공적인 발사로 우리나라 온 누리뿐만 아니라 과학자들의 우주에 대한 열정에 큰 힘이 되어 주기 바라며 'COSMOS'의 신비로움을 벗겨 낼 시금석이 되길 간절히 바라는 마음이다.

변지윤_KAIST 생명과학과 2009학번

내 발 아래의 세상, 미시세계를 배우고

2012년 여름, 학부 마지막 시간을 보내기 시작하면서 내가 세운 목표 중 하나는 일주일에 과학 도서를 1권씩 읽자는 것이었다. 많이 어렵지 않은 과학 도서를 재밌게 읽어서 관련 내용에 더 관심을 갖게 된 적도 있고, 큰 어려움 없이도 내게 필요한 학문적 내용을 쉽게 받아들인 경험이 있기 때문이다. 하지만 바쁜 학기 중 생활과 랩에서의 실험이 시작되면서 내 계획을 포기할 상황에 놓여버렸다. 그러던 중 한 친구가 『시크릿 하우스』를 추천해 주어서 읽게 되었다.

제목만 들으면 마치 한 편의 탐정 소설 같은 느낌을 주는 책으로, 알록달록하게 생활용품들을 그려 놓은 표지가 인상적이었다. 책의 전체적인 내용은 표지에서 파악할 수 있었는데, 미시적 세계의 관점으로 우리 주변을 바라본 것이었다. '베르나르 베르베르'의 작품을 몇 편 읽으면서 그 작가만의 특이한 작품 서술에 경탄할 것처럼, 이 작가도 일반적으로 읽는 책과는 사뭇 다른 느낌을 주고 있었다. 물론 이것은 다음에 이 작가가 집필한 많은 다른 책들을 추가로 읽으면서 확인해 볼 수 있을 것이다.

책은 하루 24시간을 적당히 나누어, 각 시간 별로 특정 장소에서 일어나는 눈에 보이지 않는 현상에 대해 서술하고 있다. 주인공 부부의 집을 서술의 중점적 무대로 잡고 있어서 이들이 생활하는 모습을 바탕으로 소개를 하지만 글의 중심은 주로 보이지 않는 신기한 일들에 쏠려 있다. 친구가 이 책을 추천해주면서 재미있다는 애기와 함께 이 책을 읽고 나면 결벽증에 걸린다는 말을 해주었다. 전에 과학 잡지에서 사람의 얼굴에도 수십만 마리의 진드기가 살며, 얼굴의 한 부분에 진드기의 수가 많아지면 그 부분의 피부가 안 좋아진다는 글을 읽은 적이 있다. 그때 '그래도 설마 이 정도일 줄이야…….' 하면서 엄청 놀랐는데, 이 책에는 이보다 더한 내용이 훨씬 많았다.

지금 내 자신의 크기를 몇 십만 배로 줄인다면, 현재와는 완전히 다른 새로운 미시세계가 눈앞에 펼쳐진다. 어디선가 많이 들어 작은 세균들과 벌레들이 무수히 많이 살고 있을 것을 알고는 있지만, 이 책을 읽어보면 그 작은 각각의 생물들이 엄청나게 부각되어 느껴진다. 책의 첫 부분에서 정말 인상적이었던 것은 침대에서 일어난 남자가 땅에 발을 디디는 순간 집 전체가 술렁이면서 바닥에 있던 각종 세균과 벌레뿐만 아니라 진드기 시체, 피부와 각질 조각들이 벽과 바닥과 함께 파동을 따라 움직인다는 장면이었다. 상상만 해도 끔찍하지만 지금 내가 앉아 있는 이 교실에서도 계속하여 일어나고 있는 일이며 앞으로도 언제까지나 일어날 일이다. 차라리 모르는 게 낫다는 말이 있듯이, 이 책의 내용을 현실에 그대로 적용시켜 생각하면 단 1초도 살 엄두가 나지 않을 것이다.

실제로 우리보다 무지막지하게 큰 거인과 같은 존재들이 우리가 현재 미시세계를 관찰하는 것처럼 우리를 보고, 조종하고 있을지도 모른다는 가설이 있다. 그들이 보기에 우리는 아주 하찮은 존재에 불과하겠지만, 우리의 입장에서 세상은 대단하고 놀라운 사건들이 상당히 많은, 복잡한 곳이다. 이런 점을 고려해 보니, 이 책에서 다루는 미시세계에 대해 조금 더 쉽게 적응하고 수용할 수 있었다. 엄청난 개체수를 자랑하는 미시세계에서는 어쩌면 우리가 겪는 일보다 더 다양한 사건이 벌어지고 있는 것일지도 모르는 것이다.

　책에서 다루는 내용 중에서 사람과 관련이 많은 것들에 대해 몇 가지만 살펴보겠다. 우선, 방금 샤워를 한 상태에서도 사람의 몸에서는 소량의 암모니아, 에탄올, 아세트산(식초 성분), 황화수소(달걀 썩는 냄새의 주범), 그리고 메르캅탄(스컹크 악취의 주성분인 물질)이 풍겨져 나온다고 한다. 이를 가리기 위해 뿌리는 향수에는 0.01%만이 향수 분자이고, 98%가 물과 알코올이다. 두 번째, 사람의 머리카락이 자라날 때 피지가 분비되는데, 이 피지가 굳으면 끈끈이 조각처럼 모든 것을 끌어당기는 기름기가 된다. 온갖 먼지, 모래, 미세한 곤충 껍질, 냄새 분자, 연기, 매연, 꽃가루 등 많은 것이 머리카락 각각에 붙게 되고 여자의 머리의 경우 하루 약 15g의 먼지가 붙는다고 한다. 그래서 사용하는 샴푸는 15%가 산업용 세제로 이루어져 있으며, 실제로 머리를 감을 때 발생하는 거품은 세정과는 무관한 것이다. 그런데 샴푸만 하게 되면 머리카락이 음전하를 띠게 되어 정전기가 많이 일어나 린스를 해줘야 하는 것이다. 세 번째로, 남자라면 누구든 하는 면도에 관한 것이다. 면도를 하고 나면 겉으로는 멀쩡해 보일지라고 면도날은 피부 위로 질질 끌리듯 나아가며 위로 퉁겼다가 깊이 내리 베는 등 만행이 저질러지고 있는 것이다. 면도의 여파로 남는 것은 찢어진 수염, 갈라진 수염, 으깨진 수염, 대롱대롱 매달린 수염이고, 면도기 날에는 10~50만 개의 피부 세포 덩어리들이 붙어 있다. 상황이 이렇다보니 애프터 셰이브 로션에는 마취제가 다소 포함되어 있다. 마지막은 치약 성분에 관한 충격적인 애용이다. 치약은 30~45%의 물, 석회(분필 성분), 이산화티타늄(흰 페인트에 들어 있음), 글리세린글리콜(자동차 부동액과 유사), 콘드루스 크리푸스(해초의 점착성 물질), 파라핀유(야외용 램프의 연료), 세제 성분, 향료, 포름알데히드(방부제), 그리고 약간의 불소로 구성되어 있다. 물만 묻혀 꼼꼼히 이빨을 닦는 것으로도 충분하다지만 우리는 매일 화학 약품들을 입안에 넣고 있는 것이다.

　몇 가지만 짧게 보았는데, 평소에는 생각하지 힘든, 생각도 하기 싫은 내용이 많다. 하지만 인간이 다 그러하듯, 이런 내용을 다 접하고 충격을 먹었지만 달리 방법이 없다 보니 알아도 모르는 척하고 평소대로 살아가는 것이다.

친구의 추천과 흥미롭게 그려진 표지의 영향으로 책을 처음 접했을 때는 정말 놀랍고 신기하다보니 색다른 이 책의 맛이 향긋하게 느껴졌다. 그러나 특별한 사건이나 톡톡 튀는 스토리 없이 계속되는 정보전달식의 서술은, 책을 읽는 나의 진을 다 빼버렸다. 작가는 한 명의 서술자는 설정하여 서술자가 설명을 해주는 식의 구성을 보여주었다. 처음에는 나름대로 이런 방식이 흥미를 주는 것 같았으나, 차라리 주인공을 구체화하고 과학 정보들 틈틈이 관련된 내용으로 스토리를 삽입하는 것이 읽는 독자의 마음을 더 사로잡을 수 있을 것으로 생각된다.

내용이 너무 딱딱하고 비슷한 형식으로 가다보니 끝에 가서 많이 질리긴 했지만 굉장히 독창적인 책이라고 생각된다. 작가 '데이비드 보더니스'가 지은 작품이 많다고 하니 다른 책들도 읽어보아 작가가 글을 창작하는 흐름을 타보겠다. 작가의 후기에서도 방대한 양의 자료 조사를 했다는 사실을 확인할 수 있었는데, 한편으로는 작가가 방대한 학문 분야에서 정말 박학하다는 것을 느낄 수 있었다. 과연, 이 많은 것을 알고 있는 작가는 어떻게 이 세상을 살아가고 있는 것일까? 더럽고 괴상하기만 한 미시세계의 일들이 나에게 아무런 영향을 미치지 않을 수는 없지만, 이렇게 많은 것을 알게 된 이상 조금이라도 나에게 좋은 방향으로 나의 생활을 이끌어가야겠다. 기대에는 못 미쳤지만 그래도 평소에 관심을 두지 않던, 살아가는 데 가장 가깝게 존재하고 있는 미시세계에 대해 많이 알게 된 동시에, 소름 돋을 만큼 실감할 수 있는 좋은 기회였다.

후배들이여, 인문학과 사회과학을 공부하자!

오늘 논술 수업을 갔다가 놀라운 이야기를 들었다. 교수님께서 카이스트 과학 글쓰기 대회에 학생들이 제출한 작품을 읽어보시곤 감상을 들려주셨는데, 비 이공계 사람들과의 소통 문제와 이공계열에 대한 정부의 지원이 부족한 점에 대한 불만, 그리고 공대생의 사회적 지위에 대한 불만 등이 소재로 많이 등장했다는 이야기였다. 그 말을 듣고 나는 정말 깜짝 놀라 어제까지 쓰고 있던 과학의 본질과 위험성 대한 시답잖은 담론을 집어치우고 이 글을 쓰기로 하였다. 나는 외고 출신으로 06년도에 ICU에 입학해 전산과를 다니다가, 군대를 다녀온 뒤에는 카이스트 전산과로 전과하여 이번에 취직이 결정되고 학사 졸업을 앞둔 학생이다. 카이스트를 다니는 학생으로서 일반적인 경우는 아니지만, 그만큼 다른 시각에서 카이스트를, 그리고 이공계를 분석할 수 있다고 생각한다. 이런 나의 시각이 후배들에게 조금이라도 도움이 되길 바라며, 이번에 졸업하는 선배로서 들려주고 싶은 이야기를 여기에 적으려 한다.

우선 다른 이야기를 하기에 앞서 '카이스트 학생'이라는 신분이 갖는 의미에 대하여 고찰해 보자. 나는 전역 후 한동안 '저는 카이스트를 다닙니다.'라는 말이 그렇게 불편했다. 나 스스로 뭔가 꺼림칙스럽게 감투를 얻어 쓴 느낌이 들었던 까닭이다. 하지만 '저는 ICU를 다니다가 학교가 통합

되면서 지금은 카이스트를 다니고 있습니다.'라는 장황한 설명을 세 번쯤 마친 뒤로는, 스스로 카이스트 학생이라고 소개하기로 마음을 고쳐먹었다. 그런데 그렇게 자기소개가 바뀐 뒤로 가장 놀란 것은 나를 처음 보는 사람들의 반응이 크게 바뀌었다는 점이었다. ICU의 경우 인지도가 낮기도 했지만 그 학교를 아는 사람도 '아, 좋은 데 다니시는군요.' 정도의 무덤덤한 반응이었다면, 카이스트에 다닌다고 소개를 하면 그 말이 딱 끝나는 순간 상대의 호감도가 올라가는 것이 눈에 빤히 보일 정도로 긍정적인 태도를 보이는 경우가 대부분이었기 때문이다. 그 정도로 '카이스트 학생'은 사람들에게 긍정적인 느낌이며 그 잠재적 가치 역시 높이 평가되고 있다. 아마도 카이스트라는 국내 최고의 이공계열 학교에 다닌다는 데에서 나오는 천재 같은 이미지와 드라마 〈카이스트〉에서 보았던 젊음의 열기와 꿈이 가득한 이미지를 덧붙여 보는 경우가 많아 그렇지 않을까 싶다. 다만 기업이나 산업 현장으로 나가게 되면 이런 평가에 한 마디가 더 붙는데, 바로 '카이스트 학생들은 사회성이 떨어진다'는 평이다.

그렇다면 기업과 산업 현장에서는 카이스트 출신을 싫어할까? 절대 그렇지 않다. 카이스트 학생들은 대체로 명석하고 전문성 있어, 자신의 전문 분야에 대한 자부심과 책임감이 남다르다는 평을 받는다. 그렇다면 저 사회성 문제는 대체 왜 어디서 나오는 걸까? 나는 전적으로 카이스트라는 환경에서 오는 부족한 대화능력이 문제라고 생각한다. 각자 자신의 언어생활을 되돌아보자. 카이스트를 다니며 원서로 공부하고 한국어로 대화를 나누며 우리가 평소에 구사하는 어휘는, 영어로 된 명사와 동사에 조사와 어미만 한국어로 이루어진 이상한 문장이다. 이공계라는 특성상 전문분야로 파고들수록 우리말 다듬기가 불가능하다는 점을 미루어 볼 때, 과학기술 분야에서 국내 최첨단을 달리는 카이스트를 다니는 이상 별수 없다고는 생각한다. 하지만 이러한 언어습관이 사회에 나가 비전공자와 대화를 할 때는 심각한 문제가 된다. 카이스트 학생들이 비전공자들과 대화할 때 그들을 위해 전문 용어사용을 지양하고, 생전 해본 적 없는 우리말 다듬기와 적절한 비유를 사용하면서 이야기할 수 있을까? 나는 절대 없다고 생각한다. 이런 상태에 카이스트 학생이라는 자부심이 들어가면 그 모습은 가히 끔찍하기까지 하다. 비전공자를 앞에 데려다 놓고 생전 들은 적 없는 어려운 단어를 줄줄 읊으며 '너는 왜 이걸 못 알아듣니?'라는 표정을 짓는 모습을 생각하면 마냥 눈앞이 깜깜하다. 그리고 이게 카이스트 학생들의 사회성이 문제가 되는 바로 그 모습이다.

문과 학생들과 대화하며 비과학적 사고에 대해 답답함을 느끼는 것 역시 같은 맥락이다. 이공계열 학생들은 과학을 공부하는 학생들이고, 자연현상을 보편적 지식체계로 묶는 과학적 사고에 익숙해져 있다. 이런 시각으로 세상을 바라보면 감성적 사고는 자연히 제한되는데, 이러한 시각과 사고방식이 인문계 학생의 감수성 어린 시각이나, 사회과학계열 학생들의 숲을 통째로 인식하는 사고방식을 만나면 충돌을 일으키는 것이다. 어차피 서로 시각이 다른 이상 100% 이해한다는 것은 불가능하고, 어느 한 쪽이 굽히는 수밖에 없는데, 이때 나는 주로 이공계 학생들이 뻗대고 주장을 굽히질 않는 경우를 많이 보았다. 그럴 때 그 이유를 물으면 '나는 합리적 사고를 통해 결론을 도출했기 때문에 절대로 잘못되지 않았다'는 생각이나 하고 있으니, 당연히 다른 사람들이 볼 때는 이공계 생들이 공감능력과 사회성이 떨어져 보일 수밖에 없는 것이다.

'그래도 자신의 분야에 뛰어난 전문성을 갖춘다면 상관없지 않나'라는 의문이 들 수 있다. 나는 이 부분이 바로 엔지니어가 관리직이 될 수 있느냐 없느냐를 가르는 부분이며, '사'자 돌림 직업들과의 사회적 인식의 차이가 결정된다고 생각한다. 사회에 나아가 조직의 일원으로 일하다 보면 어느 순간 능력을 인정받아 관리직으로 올라가는 시점이 찾아온다. 그때 우리에게는 업무의 전문성보다는 조직을 관리하는 능력이 더 중요시된다. 이는 인재를 적절히 배치하고 관리하여 조직을 성공으로 이끄는 능력이며,

이러한 과정에서 타인과의 공감능력과 대화능력은 당연히 필수적이다. 반대로 말하자면, 이 능력이 뒷받침되지 못한다면 살아남기 힘들다는 이야기이다. 이렇게 고학력에 전문성을 갖췄음에도 안정적이지 못하다는 인식은 직업에 대한 사회적 평가가 낮아지는 요인이 된다. 그렇다면 혹시 연구를 계속하고 대학원에 진학한다면 비전공자와의 대화능력 필요 없지 않을까? 만약 당신이 업계 선두에 서서 본인이 하고 싶은 연구만 해도 지원금이 알아서 들어온다면 상관없다. 하지만 보통은 본인이 하고 싶은 연구를 하기 위해서 투자자를 설득해야 하는데, 이들이 대부분 비전공자인 경우가 많다. 그들에게 이 연구가 얼마나 중요하고, 어떤 가치를 지니는지 이해시켜야만 연구를 계속할 수 있기 때문에, 박사나 혹은 교수가 된다 해도 비전공자와의 대화능력은 반드시 필요한 것이다. 마지막으로 지극히 개인적인 관점에서 보아도, 주변 인물들과의 인간관계와 삶의 만족도를 고려한다면 행복한 삶을 사는 데 있어 대화능력과 공감능력은 반드시 필요한 요소라 하겠다.

그렇다면 어떤 이유로 이런 문제가 나타나는지 생각해 보아야 한다. 나는 이공계 학과밖에 없다는 점이 가장 큰 이유라고 생각한다. 일반 종합대학의 경우 이공계 학생들도 다양한 경로로 타 분야 학생들과 어울리게 되며 비전공자들과의 소통방법을 자연스럽게 학습하게 되는데, 카이스트는 그럴 대상이 없다는 점이 가장 문제이다. 또 지적 능력이 뛰어난 것도 악조건 중 하나인데, 전부 이공계열 뿐인 학교이더라도 서로 전공이 다르면 배우는 내용이 달라서 이해가 안 되는 부분이 분명히 있을 텐데도, 학생들은 이해할 수 있는 범위 내에서 이해하며 모자란 부분은 알아서 이해하고 상상하며 자연스럽게 대화를 진행한다. 학교 안에서 누구를 만나 어떤 전문용어를 사용해도 대화가 된다는 점이 상황을 더 악화시키고 있다는 것이다.

그렇다면 과연 어떻게 해결해야 하는가? 앞서 말했던 내용을 살펴보면 우선 어휘, 화법 등을 포함한 대화능력(Communication skill), 논리적인 글 작성 능력(Technical writing skill), 그리고 마지막으로 공감능력(Perspective taking skill), 이 세 가지가 우리에게 필요하다. 습득하는 방법은 여러 가지다. 이것들을 지금처럼 과목으로 가르칠 수도 있다. 논리적 글쓰기처럼 필수 수업으로 지정하여 대화, 글쓰기, 공감하는 방법을 가르치면, 카이스트 학생들은 그 어떤 학교 학생들보다도 잘 배울 것이다. 하지만 나는 배우는 것과 이해하는 것은 다르다고 생각한다. 지식을 가치 있게 사용하려면 배우는 단계에 그치지 않고 익숙하기 사용할 수 있어야 한다.

나는 우리 카이스트 학생들이 인문학과 사회과학을 공부했으면 좋겠다. 누군가 시켜서 하는 것이 아니라, 학교에서는 다양한 분야에 대해 학생들이 관심 가질 수 있게 소개시켜주고, 각자 본인이 관심 갖는 분야를 공부했으면 좋겠다. 그들의 세계는 우리와 달라서 0과 1로 되어있거나 참이 아니면 거짓이지 않다. 그렇게 그들의 시각을 이해하고, 전공도 환경도 나와는 다른 사람들과 대화하며 정답이 없는 문제에 대하여 토론하다 보면 앞서 말한 대화며 소통 능력이 자연히 갖추어질 것이다. 또한 자연스레 자신의 삶에 대해 진지하게 고민하고 남들과 대화하며 다른 이의 입장에서 생각할 수 있는 더 멋진 카이스트 학생이 되리라 믿는다. 그러니 후배들이여, 인문학과 사회학을 공부하자!

연구의 동기

　나의 장래희망은 연구원이다. 어렸을 적에 나는 프리츠 하버를 도와 하버법을 가능케 한 칼 보쉬처럼 되고 싶었다. 나의 보조로 인해 누군가의 이론이 빛을 발하고 그 이론으로 인하여 인류가 더 나은, 더 윤택한 삶을 살 수 있도록 하고 싶었다. 물론 그곳에서 발생하는 수익 또한 매력적이라고 생각하지만 말이다. 생명화학공학을 전공으로 선택한 것도 그런 이유였다. 과학교과서에 한 줄의 문장으로만 존재하던 공식과 법칙들이 서로 융합되면서 인류를 위한 무언가로 실용화 된다. 이 얼마나 멋지고 경이로운 일인가! 하지만 요즘 나는 나 자신에게 의문을 품는다. 과연 나는 인류를 위해서 연구를 하고 싶은 것인가? 나는 도대체 왜 연구를 하고 싶어 했던 것일까? 혹시 인류를 위한 연구라는 것은 나 사신의 부와 명예를 포장하기 위한 번지르르한 포장은 아닐까? 이러한 생각이 꼬리에 꼬리를 이을 때 나는 우연히 한 연극을 알게 되었다.

　"코펜하겐"이라는 연극이 있다. 마이클 프레인 작의 이 연극은 양자 물리학이 만들어지는데 큰 공헌을 한 두 명의 과학자, 상보성원리의 보어와 불확정성원리의 하이젠베르크의 이야기를 담고 있다. 1941년 2차 세계대전이 한창 진행 중일 때, 독일의 과학자 하이젠베르크는 적국 덴마크의 과학자이자 그의 스승, 닐스 보어를 찾는다. 연극 코펜하겐은 양자물리학이라는 학문을 연 이 두 과학자의 만남을 그리며 그들의 대화를 통해 우리에게 메시지를 남긴다. 적국의 과학자로서 만난 두 사람. 그들은 원자폭탄에 대한 이야기를 한다. 비록 미국보다는 늦었지만 독일 역시 독자적으로 핵무기에 대한 연구를 진행 중이었으며 촉망받던 과학자 하이젠베르크 역시 그 연구에 참여하고 있었다. 보어는 비윤리적인 목적에 과학을 사용하는 것을 지적하며 하이젠베르크를 비판하고, 하이젠베르크 역시 비윤리적이라는 것을 알면서도 그 연구에 참여했던 자기 자신에 대해 반성한다. 그렇다면 과연 왜 하이젠베르크는 그 연구에 동참한 것일까? 부와 명예는 이미 충분했던 하이젠베르크였기에 나의 이 의문은 점점 커져만 갔다.

극이 진행되며, 하이젠베르크는 당시의 연구 상황을 설명하기 시작한다. 하이젠베르크가 그 연구에 참여했던 동기, 비윤리적인 목적으로 연구가 쓰일 것을 알게 되었음에도 계속해서 연구를 진행했던 그 동기는 바로 세계 최초로 무언가를 발견한다는 것에 대한 희열이었다. 연구가 막바지에 이르렀을 때, 독일은 세계대전에서 패배하였고 연구소는 고립되고 만다. 바깥 세상과 완전히 고립되어 과학자 모두 자신만의 연구에 심취해있을 때, 마침내 하이젠베르크가 연구를 끝마치고 핵무기를 만들 수 있는 우라늄의 핵분열에 성공했을 때, 성공의 기쁨도 잠시, 하이젠베르크와 그의 동료 과학자들은 미국이 일본에 원자폭탄을 투하했다는 소식을 듣는다.

자신들이 최초일 것이라 믿어 의심치 않았던 그들은 좌절한다. 과연 그들은 무엇을 위해서 비윤리적이라는 오명을 뒤집어쓰면서까지도 연구를 계속 진행했던 것일까? 그러나 하이젠베르크는 자신의 연구가 비윤리적인 목적을 가졌다는 것을 인정하고 그 사실에 죄책감은 가질지언정 자신이 핵무기 개발 연구에 동참했다는 것을 부끄러워하지 않는다. 그제야 극 중의 하이젠베르크와 보어는 왜 하이젠베르크가 1941년 적국 덴마크에 보어를 찾아왔는지, 왜 굳이 한 사람의 촉망받는 과학자가 전쟁 중 위험을 무릅쓰고 적국에 방문하여 스승을 만났는지 이해하게 된다.

작가 마이클 프레인은 그 이유와 해석을 관객들에게 맡긴다. 한 사람의 과학도로서, 나는 이 연극을 접하고 많은 것을 느꼈다. 나는 생각한다. 비록 그것이 무엇인지는 말로 정확하게 표현할 수는 없지만, 모든 과학자들은, 모든 연구원들에게는 부와 명예 외에도 그들을 연구하게 만드는 무엇인가가 있다고 말이다. 부와 명예, 세계 최초로 무언가를 발견 혹은 발명한 것에 대한 자부심과 흥분, 스승을 뛰어넘고 싶다는 의욕과 도전정신, 세상과 전 인류에 도움이 되고 싶다는 인류애, 그 외에도 많은 것들이 오늘 날 과학자들을 연구하게 만든다. 하지만 이것들 외에도 과학자들을 몰두하게 만드는 무언가가 있다고 나는 생각한다. 그리고 그 무언가가 어쩌면 인류문명이 지금까지 발전하고 진화하게 된 원동력이 아닐까 감히 생각해 본다.

왜 알렉산더 플레밍은 그의 연구를 망쳐놓은 푸른곰팡이를 관찰한 걸까? 어째서 다윈과 갈릴레이는 당시에 진실이라 여겨지는 학설을 정면으로 부정하고 자신들의 의견을 발표했을까? 나는 그 이유가 바로 과학자들에게 있는 숨겨진 원동력 때문이라고 생각한다. 더 나은, 더 편안한 삶을 살 수 있는 선택을 할 수 있어도, 지금 그들이 하고 있는 연구가 그들에게 전혀 도움이 되지 않는 일이더라도, 그들 가슴속에 무언가가 계속해서 연구를 하게 만든다고 나는 그렇게 믿고 싶다.

주변을 둘러볼 때마다 정말 많은 것을 느낀다. 많은 학우들이 의학 대학원에 입학하기 위해 생명화학공학과를 선택하고, 금융권에 취직하기 위해 수학과를 선택한다. 변리사가 되기 위해 휴학계를 내고, 행정고시를 준비한다고 학원에 다닌다. 물론 의사도 변리사도 공무원도 모두가 중요하고 우리 사회에 꼭 필요한 직업이다. 하지만 한때는 과학도의 꿈을 걷던 학우들이 점점 자신의 진로를 바꾸는 것을 볼 때마다 마음속 어딘가의 허전함을 느낀다. 그리고 다시 한 번 돌아보게 된다. 과연 나는 정말로 연구를 계속하고 싶은 것인가? 혹시 다른 곳에 흥미가 있는데 지금까지 걸어온 길이 아까워서 꿈을 포기하지 못하고 있는 게 아닐까? 그래도 역시 연구를 하고 싶다고 결론짓는 것을 보면 아마도 계속 공부를 해야 할 것 같다.

비록 아직 한 명의 평범한 학생에 불과하지만, 나에게도 과학자들이 연구를 계속하게 만드는 그 무언가가 있기를 희망해본다. 비록 공부하는 것보다 노는 것이 더 좋고, 도저히 풀 수 없는 문제를 만나면 솔루션이나 소스를 찾아보려고 인터넷을 종종 뒤지곤 하는 이런 부족한 나지만, 이러한 나도 열정만 있다면 한 명의 연구원이 될 수 있다고 생각한다. 꿈을 이루는 그날까지 계속해서 노력하자고 다시 한 번 다짐하며, 내 장래에 대한 선택은 틀리지 않았다고 생각하면서 이 글을 마친다.

증명

1.

눈에 숫자만이 보이기 시작했다. 이제 중기 정도의 증상에 접어든 듯하다. 아직은 일상생활을 하는 데는 심각한 무리는 없다. 병원은 가지 않았다. 병원에서는 나와 같은 사람들이 보이는 증상을 전부 정신병이라는 간편한 병명으로 묶어서 부른다. 나는 미친 건가? 사람들이 존재하는 이 세상이 아닌 수(數)만이 존재하는 세상에 빠져버리는 순간에는 그렇다고 해야 할지 모른다.

아내는 나를 떠났다. 나를 사랑해주고 나의 세상을 아껴주던 그녀는 나의 곁을 떠났다. 나를 사랑하고 받아들이는 것이 쉽지 않은 일이었을 것임을 나는 안다. 하지만 그녀는 내가 수학을 사랑하는 만큼 자연을 사랑하는 사람이었고, 그런 마음으로 10여 년이란 긴 시간 동안 나를 보살펴주었다. 나는 아내와 만난 후 나도 수학이 아닌 다른 것을 사랑할 수 있다는 것을 배웠다. 머릿속을 빈틈없이 채우고 있는 숫자와 기호들은 그 어떤 것도 자신들의 자리를 차지할 수 없도록 만들었다. 수학이 아닌 어떤 것도 나의 뇌가 반응하도록 만들지는 못할 것이라고 생각하게 했다. 그런데 그녀에 대한 생각이 나의 신경들을 자극하기 시작했다.

그녀를 만난 건 학교였다. 나의 지도 교수의 지도를 받고자 찾아 온 그녀는 웃는 모습이 아름다운 사람이었다. 나는 아직까지도 그날 그녀가 나를 보고 지었던, 다른 누구에게서도 찾아볼 수 없었던 그 맑은 미소를 잊지 못한다. 나는 당시 학교에서 괴짜로 유명한 놈이었다. 나는 별로 웃는 일이 없었고, 모든 사적인 대화는 간결하게 끝냈다. 반면 수학 문제를 풀거나 그에 관한 논쟁을 벌일 때는 미친 듯이 말을 던졌다. 필요한 것이 아니라면 누구도 내게 먼저 말을 걸지 않았다. 하지만 그녀는 달랐다. 그녀는 수다스럽다고 느낄 정도로 내게 끊임없이 말을 걸었고, 나는 그녀를 귀찮게 여겼다. 하지만 늘 맑은 미소를 지으면서 따뜻하게 말을 건네는 그녀의 모습에 차츰 끌리게 되었다. 그렇게 그녀는 수학을 제외한 나의 전부가 되었다. 그녀는 내가 수학에서 자연의 모습을 찾을 수 있기를 바랐다. 정원에 꽃을 함께 기르면서 우리는 자연과 수학에 대해, 그리고 우리의 미래에 대해 이야기를 나눴고, 학문적으로나 정서적으로나 나는 그녀에게 동화되어 갔다.

그런데 나에게 문제가 생기기 시작했다. 나는 내가 본 숫자들을 머리에 새겨버리곤 했다. 그래서 어떤 숫자를 보면 그 숫자를 보았던 순간의 기억들이 머릿속을 빠르게 스쳐 지나간다. 하지만 정말 빠른 속도로 스쳐 지나가기에 그냥 나는 사소한 기억력이 아주 좋은 사람이 되는 정도에 불과했다. 문제는 그 증상이 좋지 않은 방향으로 발전되면서 나타났다. 나는 그냥 스쳐 지나가던 그 숫자에 대한 기억들을 조합해나갔다. 이상하게 조합이 된 그 기억들은 나에게 망상을 불러일으켰다. 내가 연구하고 있는 것을 어떤 놈이 훔쳐가려고 한다. 하지만 나는 그들을 막을 수 없고, 나의 연구는 계속 그놈들에게 빼앗기게 될 것이다. 나는 이제 그들의 손에 놀아나게 될 것이고, 그렇게 된다면 나의 가족이 위험에 빠지는 일이 생길지도 모른다. 그렇다면 나는 어떻게 해야 하는가? 내가 어서 이 세상을 빠져나가서 수학의 세계로 다시 들어가서 다시는 이 세상으로 돌아오지 않아야 한다. 그래야 내가 나의 가족을 지킬 수가 있다. 명확한 의식 없이 진행되는 이러한 생각들은 내가 스스로를 아내와 만나기 전, 혼자서 빠져들던 세계에 점점 더 깊이 빠져들게 했고, 그런 시간들은 나의 정신을 피폐하게 만들었다. 피폐해진 정신은 정상적인 생활이 불가능하게 만들었고, 아내와도 더 이상 예전과 같은 관계를 지닐 수 없게 만들었다. 하지만 아내는 나를 포기하지 않았다. 내가 다른 세계로 들어가려고 할 때면 그녀는 나의 이름을 부르며 자신이 그곳에 있다고, 더 이상 나를 잃을까봐 불안해하지 않아도 된다고 나를 타일렀다. 나는 그런 그녀가 나를 이해하지 못하고 있다고 생각했고, 그녀에게 히스테리를 부리기 시작했다. 사람들은 나를 정신병원에 보내라고 했지만 그녀는 그렇게 하지 않았다. 그녀는 자연 안에서는 내가 치료될 것이라고 믿었다. 그녀의 노력에 나의 증상은 차츰 나아지기 시작했다. 그녀와 살면서 수학에서 자연을 찾고자 했던 그 기억들이 도움을 주었다. 다른 세계로 빠지기 전에 자연에서 찾을 수 있는 수학의 모습이 나를 붙잡아 주었고, 그녀의 사랑은 내가 계속 그 자연 안에 나를 둘 수 있도록 했다. 나는 완전히는 아니었지만 그렇게 망상을 줄여갈 수 있었고, 다시 아내와 내가 있는 세상을 눈에 담을 수 있게 되었다.

하지만 그녀는 내가 이 세상으로 다시 돌아온 이후 얼마 되지 않아 나를 떠났다. 그리고 이 세상도 떠났다. 그녀는 건강한 마음을 지니고 있었지만, 몸은 강하지 못했다. 나의 히스테리를 받아들이는 데에 그녀는 너무 많은 에너지를 쏟아버렸다. 그녀는 나에게 딸아이를 남기고서 우리의 곁을 떠났다.

딸아이는 나에게 수학이 아닌 다른 것을 사랑할 줄 알게 해준 두 번째 사람이었다. 나는 어릴 적 부모를 잃었기에 아이를 어떻게 사랑해 주어야 할지 잘 몰랐다. 하지만 I는 아내와 무척 닮은 아이였다. 맑은 미소를 지니고, 따뜻한 마음을 가진 아이였다. I는 서투른 나의 사랑 표현도 잘 받아들여졌고, 그만큼 우리는 각별한 사이가 되어 갔다. I는 수학을 좋아했다. 중학교에서 한창 공부를 할 때에는 나와 어느 정도 간단한 수학이론에 관한 대화를 할 수 있을 정도가 되었다. 그런데 I의 고등학교 진학이 얼마 남지 않은 시점에 나는 갑작스러운 불안감을 느끼기 시작했다. I가 나와 같은 병을 물려받게 될지도 모른다는 생각이었다. I는 나만큼 숫자가 늘 머릿속을 가득 채우고 있는 정도는 아니었다. 하지만 결코 적지 않은 시간을 수학에 빠져 살아가고 있었다. 나는 나의 병을 아이에게 물려주고 싶지 않았다. 나는 I가 수학을 그만두도록 했다. I는 이해하지 못했다. 그 아이는 수학을 사랑했고, 내가 어떤 걱정을 하고 있는지 알지 못했다. 하지만 나는 그렇게 해야 한다고 생각했다. I가 이 이상으로 수학에 빠진다면 나와 같이 될 것이 분명했다. 딸아이는 완강하게 거부했지만 나 역시 단호했다. 나와의 관계가 깨어지는 것을 원치 않던 I는 결국 나의 요구를 받아들였고, I는 환경과 관련된 방향으로 진로를 바꾸었다. 하지만 예전같이 살가운 관계가 될 수는 없었다. I는 나를 원망할 것이다. 자신의 꿈을 짓밟았다고 생각할지도 모른다. 하지만 딸아이가 나와 같이 비참한 삶을 살게 하고 싶지는 않았다.

이제 조금 더 시간이 지나면 나의 세상은 숫자만으로 뒤덮일지 모른다. 대학에 가면서 다른 곳에 살게 된 딸아이에게는 이런 사실은 알리지 않았다. 아내처럼 나에게 그녀의 인생을 낭비하게 하고 싶지는 않다. 누군가 내게 끊임없이 생각을 하며 살라고 했다. 나는 그렇게 살아왔다. 하지만 그도 나도 잊고 있는 것이 있었다. 끊임없이 사랑을 해야 한다. 나는 이제야 그걸 알게 된 듯하다.

2

그녀는 집을 정리해야겠다고 말했다. 그녀는 그녀의 아버지가 아플 때 그녀의 어머니가 옮긴 이후 계속 살아왔던 시골의 조용한 집에 살고 있었다. 대학에 가면서 떠났던 그곳에 대학을 마치고 대학원 진학을 준비하게 되면서 잠시 돌아와 살게 된 것이었다. 혼자 살기에는 너무 벅찬 곳이라는 것이 그녀가 집을 정리하고자 하는 이유였다. 하지만 나는 그녀가 아버지의 흔적에서 벗어나고자 하는 것이라는 것을 알았다. 내가 그녀의 집을 방문했을 때 곧 그곳을 떠날 것이라고 말하던 그녀의 표정이 그것을 말해줬다.

나의 스승이었던 그녀의 아버지는 딸을 무척이나 사랑하는 사람이었다. 책상에 딸의 사진을 두고 생각이 정리되지 않거나 수학적인 세계로 들어가 버릴 것 같은 시점에는 늘 딸의 사진을 한참 쳐다봤다. 그리고 그 모습은 그녀의 모습에서 누군가의 흔적을 찾고 있는 것만 같은 모습이었다. 그녀도 아버지를 사랑했다. 하지만 수학을 하지 못하게 했던 아버지에 대한 원망은 가슴속에 독이 되어 있었다. 그녀는 문학을 전공하고 있다. 그녀는 대학에 다니는 동안 꽤 훌륭한 글들을 썼고, 연구에서도 대학원에서 낼만한 결과물들을 내어 촉망받는 문학도로서 평가받고 있다. 그러나 그녀는 여전히 수학을 사랑했다. 스스로 부정하기도 하고, 아버지를 탓하면서 아버지 때문에 그렇게 되었다고 말을 하기도 한다. 하지만 나는 그녀가 꾸준히 여러 가지 수론에 대한 논문이나 책들을 읽고 있으며, 종종 수학과 학생들의 논쟁에 참여하고자 한다는 사실을 알고 있다. 내가 다시 수학을 해볼 생각은 없는 거냐고 했을 때 그녀는 이미 자신은 너무 멀리 와버렸다고 이야기했고, 아버지와 한 약속을 이미 번복할 수 없게 되어 버렸다고 했다.

그녀의 아버지의 업적들을 정리하는 일을 진행하는 과정에서 이뤄진 세미나를 마치고 돌아와 그녀의 집에 머물렀을 때, 그녀는 아버지가 자신을 버렸다고 말했다. 아버지와 함께 수학을 연구하는 것을 꿈꿨던 자신을 아버지가 버렸다고 했다. 숫자에 대한 기억들 때문에 힘들어하는 아버지의 곁에서 아버지를 돌봐주고 싶었지만 아버지는 그것조차 하지 못하게 하고서는 혼자서 떠나버렸다고 했다. 자신은 아버지를 위해서 아무것도 할 수 없었다고 했다. 잠을 청하려던 나는 그 이야기를 하면서 내 품에 눈물을 쏟는 그녀에게 어떤 말을 해줘야 할지를 몰랐다. 그냥 그녀를 안고 잠이

들 때까지 그녀를 다독여주었다.

그곳에 머무는 며칠 동안 나는 그녀의 아버지가 남긴 노트들을 정리했다. 그 중에는 아주 단순한 계산 과정들이 적혀 있는 것이 대부분이었지만 그가 남긴 업적의 초기 사고 단계를 보여주는 중요한 자료들도 있었다. 그렇게 수많은 노트 더미들을 훑어보던 중 나는 숫자와 기호들이 아닌 글이 쓰여 있는 노트를 발견했다. 노트에는 장마다 날짜와 함께 그날의 일과를 적은 내용들이 쓰여 있었다. 일기였다. 그는 정신이 이상해지지 않은 시점에는 꼬박꼬박 일기를 써온 것으로 보였다. 그 일기를 봐도 되는 것인지 봐서는 안 되는 것인지 판단할 틈이 없이 나는 그의 일기에서 그녀의 이야기를 보았다. 그곳에는 그녀의 아버지가 왜 그녀가 수학을 하지 못하게 했는지에 대해 적혀 있었다. 그녀의 아버지는 그녀를 사랑했고, 그녀가 자신처럼 될 것을 두려워하는 듯했다. 그녀는 이 일기를 본 적이 있을까? 그녀가 알지 못하는 시기 동안 그는 새로운 병에 걸려있었다. 아마 그녀가 이 사실을 모르는 것으로 보아 그녀는 이 일기는 미처 발견하지 못했던 것 같다. 아버지가 세상을 떠난 후 아버지의 서재에 들어올 생각조차 하지 않았을지도 모른다.

그 내용을 끝으로 더 이상의 일기는 없었다. 혹여 무엇이 더 있을지 모른다는 생각에 일기를 계속 넘겼지만 더 이상 아무 글도 쓰여 있지 않았다. 그런데 마지막 장을 펼쳤을 때, 그곳에는 글자가 아닌 숫자와 기호들이 있었다. 그건 난제였다. 아직 풀리지 않은 난제가 적혀 있었고, 그 아래 무언가의 식들이 적혀있었다. 그런데 그 증명의 마무리가 지어져 있었다.

$\therefore$ Proved.

숨이 막혀오는 것을 느꼈다. 그녀의 아버지는 죽기 전에 난제를 풀어낸 것이었다. 하지만 그 과정은 너무 간단해서 나는 지금 이해할 수가 없었다. 하지만 나의 스승은 절대 확신하지 않고서는 proved라는 말을 적지 않는 사람이었다. 심장이 빠르게 뛰었다. 그런데 노트의 맨 아래에 작게 쓰인 글씨가 있었다.

I에게

그녀의 아버지가 그녀에게 남기고 간 것이었다. 나는 이 노트의 존재를 그녀에게 어떻게 알려야 하는지 판단이 쉽게 서지 않았다. 이것은 그녀에게 그녀의 아버지가 남긴 임무이자 선물인 것이었다. 그런데 그녀는 지금 자신이 아버지에게 아무 것도 하지 못했으며, 아버지를 원망만 했다는 사실에 힘들어 하고 있었다. 그러기에 이 노트의 존재를 알게 된다면 더 힘들어할지도 모른다. 하지만 이 글을 본 이상 나는 그녀에게 알릴 의무가 생긴 것이다.

나는 아직 잠이 들어 있는 그녀에게 갔다. 그녀는 일어나 나에게 아름다운 미소를 보이며 키스를 했다. 나는 그녀의 손을 잡고 그녀에게 일기를 건넸다. 그녀는 이게 뭐냐는 표정으로 나를 쳐다봤지만 나는 아무 말도 하지 않았다.

그녀는 천천히 노트를 넘기면서 읽어보았다. 노트를 넘기면서 그녀는 감정이 북받쳐 오르는 모습을 감추지 못했다. 하지만 눈물을 흘리지는 않았다. 그녀는 마지막 일기를 읽고서야 나를 보았다. 나는 그녀에게 계속 읽어보라고 했다. 그녀는 북받쳐 오른 감정을 누르면서 의아해 하다 보니 조금 일그러져버린 표정으로 나를 보다가 계속해서 페이지를 넘겼다. 그녀의 시선은 노트의 마지막 장 아래에 고정되었다. 나에 반해 그녀는 자신의 이름에 시선이 먼저 간 듯했다. 그녀는 참았던 눈물을 터뜨렸다. 나는 그녀에게 그것이 아버지가 당신에게 남긴 선물인 것 같다고 했다. 그녀는 이제는 안을 수도 없는 아버지를 놓고 싶지 않다는 듯이 그녀의 아버지의 일기를 품에 안고 지금껏 참아왔던 눈물을 모두 쏟아내 버렸다.

당분간 혼자 시간을 가지고 싶다고 했던 그녀는 학교로 나를 찾아왔다.

일주일 만이었다. 그녀는 아버지가 남긴 연구 실적들을 공부하고 싶다고 했다. 그리고 내게 도움을 청했다. 일주일간 아버지의 증명을 계속 들여다 봤는데, 수학을 놓은 적은 없지만 계속해서 깊게 생각을 하지 못해서 아버 지가 남긴 증명을 제대로 풀어내기에는 부족한 것 같다고 했다. 그리고 그 녀는 아버지의 증명을 풀어낼 때까지는 지금의 집에 살겠다고 했다. 나는 그녀의 쉽지 않았을 결정에 미소를 지어 주었다. 그 후 그녀는 연구를 하 면서 벽에 부딪힐 때면 어릴 때처럼 아버지와 이야기를 나눴다. 그녀 아버 지가 걱정했던 것처럼 그의 병이 그녀에게 심각하게 나타나지는 않았다. 그녀는 그렇게 다시 그녀가 사랑하던 수학에 빠져들 수 있게 되었고, 나와 그녀의 사랑도 그와 함께 더 깊어져 우리는 그녀의 집에서 함께 연구를 하면서 오랜 세월을 함께 하기로 약속했다.

훗날 그녀가 발표하게 될 그 증명의 주제는 '리만가설'이다.

※ 본 소설은 극본 'Proof'를 모티브로 삼아 쓴 것을 알립니다.

한 산업디자인학과 학생의 결심

"언니, 정말 오랜만이야. 카이스트 합격했다는 소식은 꽤 오래 전에 들었는데. 카이스트는 입학하고 1년 동안은 무학과로 공부하고, 2학년이 되어야 과를 정한다면서? 언니가 선택한 과는 어떤 과인지 정말 궁금하다. 언니 무슨 과 다녀?"

또 골치 아픈 질문이다. 왜냐, 나는 내 대답에 뒤이어 나올 반응을 이미 짐작하고 있기 때문이다.

"카이스트 산업디자인학과? 세상에, 언니네 학교에 그런 과도 있어? 공대에 미대라니. 왠지 상상이 안 되는데?"

공대에 미대라니. 참으로 상상할 수 없는 조합이 아닌가! 그렇다. 타 대학교의 디자인과 학생들이 밤낮을 가리지 않고 그림을 그리고 회화 공부를 하며 디자인 입시를 준비했던 동안, 우리는 그림 그리는 것은 고사하고 공부나 하라는 부모님의 걱정 섞인 잔소리를 들으며 수학, 과학 문제집을 잡고 씨름을 했었다. 그리고 일 년 전까지만 해도 전산, 화학 실험과 같은 과목들을 수강하던 나 같은 이과생이 지금은 디자인계의 꽃이라는 산업디자인을 공부하고 있다니. 내가 생각해도 상상이 안 된다.

"그래, 신기하지? 나도 그렇게 생각해. 일 년 동안 다녀 보니 영 소질에 안 맞는 것 같아서 지금은 전과를 할까 말까 고민 중이야."

"우와, 전과하려고?"

"글쎄…… 뭐 휴학도 했으니 이참에 쉬면서 천천히 생각해 보지 뭐."

"언니, 그런데 전과할 거라면 애초에 산업디자인학과는 왜 선택한 거야?"

"산업디자인이라는 게 멋있어 보이고 의미 있어 보여서. 사람들이 사용할 새로운 무언가를 내 손으로 직접 만들어 낸다는 거, 멋있고 재밌잖아."

"그렇게 재밌으면서 왜 싫다고 하실까? 조금 더 해 보지 않고"

내 앞에 놓여있는 뽀얀 우유 거품의 녹차 라테를 한 모금 마셨다. 일 년 전 이맘때, 힘들었지만 참 즐거웠었는데. 뭐 얼마나 긴 시간이 지난 것도 아닌데, 참 아득한 기억 같다.

"김멘붕! 과제 다 했어?"

"아! 오늘도 또 꼬박 밤새웠어! 힘들어 죽겠다."

"야, 밥 먹을 시간을 아껴. 잠을 자야지."

"밥도 안 먹었어. 완전 배고파. 아침에 여는 식당 어디 없나?"

"어은동에는 없는 것 같고, 공장동 집 요정 예슬 언니 말이 충남대 근처에 24시간 해장국집이 있다는데 거기 한번 가 볼까?"

"좋지! 아, 그렇잖아도 뜨끈한 국물 좀 마시고 싶었는데 잘됐다. 그 다음엔 눈 좀 붙였다가 같이 공장동 가자."

"그래! 어서 갔다 오자."

오늘도 결국엔 밤을 새웠다. 이번 과제는 기업 하나를 선정해 기업의 아이덴티티를 담은 로고를 디자인하는 것이었다. 그런데 얄밉게도 적당한 디자인이 떠오를 듯 말 듯 아물거리며 떠오르지 않아서 2주일 내내 끙끙 앓았다. 마감 한 시간 전에야 겨우 마쳤고, 방금 간신히 제출을 하고 오는 길이다. 보나마나 밤을 샌 것 같은 초췌한 몰골의 이 친구도 2주일간 참으로 고생이 많았을 것이다. 어떤 친구들은 하루 만에 쓱쓱 그려도 멋진 로고가 완성되던데, 우리는 무슨 고생인지.

카이스트 산업디자인학과의 커리큘럼은 매우 빡빡하다. 우선 한국과학기술원의 학생인 만큼 과학적인 이론을 배우는 것은 기본이다. 거기에, 타 대학교의 산업디자인학과 학생들이 고등학교 때부터 익혀왔던 미술적 기본기를 우리는 대학에 와서야 익히기 시작한다. 그렇기 때문에 우리는 단기간에 수백 장의 드로잉 숙제를 해 내고, 이 과정을 통해 할 수 있는 한 감각을 빠르게 익혀 그들을 따라잡아야 한다.

게다가, 대부분의 산업디자인학과 학생들이 의욕 있고 성실해서 대충대충 하는 법이 없다. 그 사이에 껴서 정신없이 과제를 하다 보면 어느 순간 해가 떠오르기 일쑤고, 끼니는 챙겨 먹는 것보다 거르는 횟수가 더 많다. 나름대로 열심히 과제를 끝내고서 헐레벌떡 강의실로 뛰어가면 더 무시무시한 것이 우리를 기다린다. 바로 서로의 디자인을 비평하는 시간인데, 우리는 이를 '크리틱'이라고 부른다. 이 크리틱에 따라 그날의 천국행 열차와 지옥행 열차 티켓이 갈린다.

여기서 나는 노력만으로는 될 수 없는 것도 있다는 것을 처음으로 깨달았다. 어려운 문제는 해답이나 모범 답안을 보며 수십 번 풀어 보면 이해를 못하더라도 결국 풀어 낼 수는 있었다. 하지만 디자인에는 정답이라는 것이 없고, 더더군다나 노력한다고 해서 좋은 평가를 받으리라는 보장조차 없다. 단지 '누가 더 아름다우면서 또한 편리하고 우수한 기능을 가진 제품을 고안해 내느냐'라는 하나의 종점을 향해, 어떤 방법으로 가야 하는지조차 모른 채 모두가 무작정 달려가는 것이다. 그렇게 달려가다 보면, 태어날 때부터 다리가 빠른 사람, 혹은 등에 날개가 달린 사람, 또는 방향 감각 있는 사람들이 나의 주변에 가득하다. 그리고 평범한 보폭을 가진 나와 같은 사람들은 고민에 빠지는 것이다. 보이지 않는 이 뛰어난 적들과 경쟁을 계속하며 최종 목표에 도달할 때까지 포기하지 않고 길을 찾아 헤매 볼 것인가, 아니면 이 미로에서 그냥 벗어나 확실하게 미래가 보장되어 있는 다른 곳으로 떠날 것인가.

학기말이 되어 평가가 완료되고 학점을 받게 되면 어김없이 반복되는 딜레마다. 사실 이 고민은 디자인학과에만 국한된 것이 아니라 모든 사람들의 보편적인 고민이기도 할 것이다. 단지 산업디자인학과 학생들은 다른 학과보다 조금 더 일찍 이 시기를 맛보게 된다. 우리 학교 산업디자인학과 학생들의 고민은 여기서 시작한다. 이전까지의 삶과 너무나 다른 것에 도전하고 있는 데서 우리는 괴리감을 느끼기 때문이다. 나는 어쩌면, 예술적인 감각은 눈을 씻고 찾아보려고 해도 찾을 수가 없는 사람인데, 언젠가 훌륭한 디자이너가 될 수 있을 것이라는 헛된 희망만을 가지고 억지로 디자인을 공부하겠다고 떼를 쓰고 있는 것은 아닐까? 그냥 고등학교부터 그러하였듯, 과학 수학 공부를 열심히 하는 편이 내 미래를 위해 더 나은 선택이 아닐까?

"뭘 그렇게 곰곰이 생각해? 어서 먹어. 다 식겠다."

"어, 아 그래."

"이번 의자 디자인은 생각해 봤어?"

"응. 그런데 교수님이 오케이 사인 주실지 모르겠어."

"아서라, 보여드려보지도 않고 걱정은. 콘셉트는 뭔데?"

"내가 외동딸이잖아. 그래서 약간 복작복작한 느낌을 내고 싶어."

"복작복작? 예를 들면?"

"3~4인 정도 규모의 가족이 둘러앉아서 함께 시간을 보낼 수 있는 의자?"

"3~4인용 의자면 1인용 의자 만드는 것 보다 작업량이 많아질 텐데 괜찮겠어?"

"오케이 사인만 받아내면, 그쯤이야!"

"오, 아주 의욕이 넘치는데?"

"네 의자 콘셉트는 어떤데?"

"나야 뭐 아직 생각 중이지. 나는 무조건 편한 의자를 만들고 싶어! 앉아서 책도 읽고, 간식거리 한 아름 껴안고 TV도 보고, 피곤할 땐 거기서 잠도 자고. 의자는 그냥 가구가 아니잖아. 우리 생활의 일부고, 쉴 수 있는 공간이기도 하니까."

"나중에 산디동 1층에 전시되면 가서 자야지."

"뭐라고! 안 돼. 내 의자에 앉을 땐 허락을 받고 앉아야 하느니."

"어허, 허락은 무슨. 다 먹었다. 일어나! 얼른 가서 한숨 자고 목업 만들러 가야지."

"야, 근데 여기 국밥집 의자 되게 괜찮은 것 같아. 사진 찍어 갈까?"

"아휴! 저거, 산디병 또 도졌네. 얼른 찍고 나와."

기숙사로 돌아와 씻을 새도 없이 단잠을 푹 즐기고 나니 세상이 더 아름다워 보였다. 산디과에서는 주로 오후와 밤에 수업이 이루어지고, 나는 오후 수업보다 밤 수업을 선호하는 편이다. 밤이 되면 감수성이 더 풍부해진다나? 믿거나 말거나. 오늘은 밤 7시부터 시작하는 수업뿐이라 마음이 한결 여유롭다. 검은 색 우드락을 자르는데 콧노래가 절로 나온다. 살면서 내가 의자를 직접 디자인하고, 조립하고 다듬어 전시할 수 있는 확률은 얼마나 될까? 설레는 일이다. 그러나 이 기분은 얼마 가지 않아 와장창 깨지고 말았다.

"목업이 이게 뭐니. 디자인을 그림으로, 말로만으로는 충분히 설명할 수 없기 때문에 3차원으로 구현해 보고 여러 각도에서 관찰해서 단점을 찾아 보완하거나 수정하기 위해 목업을 만드는 건데, 이렇게 만들어 오면 어떻게 네 디자인을 파악할 수 있겠니. 다시 만들어와. 다음!"

눈물이 날 것 같았다. 나는 목 끝까지 차오른 덩어리를 꿀꺽 하고 삼켰다. 교수님 말씀이 하나같이 다 옳았기 때문에 더 속상했다. 디자인을 공부하는 학생으로서, 내 디자인 하나 설명하고 설득해 낼 수 있는 모형 하나 제대로 못 만든다는 것은 참으로 한심한 일이 아닌가. 괜히 엉성한 내 모형만 흘깃 째려볼 뿐이었다. 한숨을 푹 한번 내쉬니까 기분은 한결 나아지는 듯했지만, 이내 내 머릿속은 고민으로 차오르기 시작했다. 내가 정말 소질이 없는 것은 아닐까?

"내가 싫어하는 게 아니라 산업디자인이 나를 싫어하는 거라니까. 도무지 나에게 영감을 내려주질 않아! 슬슬 취직 걱정도 되고 내가 디자인을 잘 하기만 한다면야 무슨 걱정을 하겠니."

"어머, 그런 말 하는 거 아니다, 언니. 고작 일 년 다녀보고 그게 무슨 소리야?"

"네 말대로 여태껏 과학 잡지나 읽고 수학 문제집이나 한가득 사서 풀던 내가 연필을 잡고 디자인을 하려니 힘에 부쳐 그런다."

"언니, 그건 말도 안 되는 소리야! 내 얘기 좀 들어봐. 내가 이번 학기에 우리 학교에서 새로 열린 강의를 하나 듣는데 교수님께서 정말 흥미로운 사실 하나를 알려주셨어. 그게 뭔 줄 알아? 사실 고대에는 예술과 과학기술의 경계가 없었대. 과학자가 그림을 그리기도 했고, 기술자가 철학을 논하기도 했다는 거지. 그래서 고대 그리스에서는 예술과 과학기술을 따로 나누지 않고 '테크네'라는 용어 하나로 아울러 정의했다는 거야. 예술과 과학의 분리는 근대에 와서 기계론적인 개념이 등장하면서 시작된 거래. 흥미롭지 않아?"

"그게 무슨 소리야?"

"고로, 과학과 예술은 본디 하나였다는 거지. 우리나라의 교육 시스템이 이과와 문과, 예체능으로 학생들을 나누기 때문에 미술과 과학의 간극을 점점 벌여온 것은 사실이야. 하지만 그럼에도 불구하고 카이스트에는 과학기술과 예술을 한데 어우른 학과가 있다는 거 아니야. 나는 언니가 카이스트 산업디자인학과에서 공부를 계속하면, 나중에 사회로 나아가 이공계 디자이너로서 받을 수 있는 혜택이 더 많을 거라고 봐."

"너 뭐야. 아까 방금은 공대에 미대라니 상상이 안 된다며?"

"그야, 우리나라엔 이런 산업디자인학과가 흔치 않아 서지. 미국만 해도 일리노이 공대나 카네기멜론대 같은 순수 미술을 통한 디자인보다는 공학적 디자인으로 훨씬 유명한 대학이 많은 걸? 디자이너가 공학적 지식을 가지고 있다면 제품 디자인할 때 다른 사람들이 상상하지도 못한 엄청난 혁신을 이끌어 올 수도 있겠지. 레오나르도 다빈치를 떠올려봐!"

"맞아. 공학적 디자인을 추구하는 것, 그건 우리 학과의 특성이긴 하지. 사람들도 항상 너처럼 깜짝 놀라곤 했거든. 사실 우리 과가 국내에서 인정받는 학과이기도 하고, 요즈음에는 TV 프로그램이나 기사 등으로 많이 알려지긴 했지만 아직까지는 대부분의 사람들이 잘 모르더라고. 오히려 한국 최고의 이공계 대학이라는 곳에서 디자인을 공부한다고 하니 거짓말 하고 있다며 못 믿는 어르신 분들도 계시더라니까."

"우리나라의 산업디자인이 아직 발전단계에 있기 때문이 아닐까? 사실 산업디자이너라는 말도 요즘에서야 많이 듣게 된 말인 것 같아. 안 그래도 애플과 삼성의 디자인 전쟁이 뜨거웠잖아. 덕분에 뉴스 기사 좀 읽어보다가 알게 됐어."

"그랬구나."

"언니, 만약에 산업디자이너가 된다면 어떤 제품을 디자인하고 싶어?"
굉장히 익숙하면서도 정말 어려운 질문이었다.

"제품디자인의 기초는 먼저 그 제품을 사용할 사람에 대해 생각하는 것에 있습니다. 그 의자에 앉을 사람이 이 의자를 통해 무엇을 느끼고, 무엇을 하고, 무엇을 보여주고 싶을지에 대해 생각해 보세요. 어떤 사람은 의자에서 휴식을 찾기도 하고, 또 어떤 사람은 의자에 앉는 행위를 통해 지위와 권위를 보이고 싶어 하기도 하지요. 또 어떤 사람은 의자에 특별한 기능을 부여하기도 합니다. 어떤 이는 의자에 옷을 걸쳐 놓는다거나 책을 꽂아 놓기도 하고, 어떤 사람은 의자를 특별한 놀이 기구로서 이용하기도 합니다. 물론, 여러분이 만드는 의자는 아름다운 형태와 인체공학적인 요소, 과학적인 기능들 또한 두루 갖춰야 합니다. 하지만 그 안에는, 그 의자에 앉을 사람이 느낄 무언가에 대한 고려도 포함되어 있어야 할 것입니다. 여러분은 어떤 의자를 디자인하고 싶습니까?"

"난 내 디자인을 통해서 사람들의 삶이 보다 더 즐거워졌으면 좋겠어."

"뭐 닌텐도나 엑스박스 같은 걸 만들겠다는 얘기야?"

"아니, 그런 의미가 아니라 생활 전반적인 제품들에서 사람들이 재미를 느꼈으면 하는 거지. 가령, 내가 재미난 형태의 탁상용 램프를 디자인 한다면, 사람들은 책상에서 공부를 하다가도 이런 생각을 하게 되지 않을까? '와, 이 램프 참 독특하다. 이걸 디자인 한 사람은 무슨 생각을 가지고 이런 디자인을 하게 되었을까?'와 같은."

"그게 뭐가 재밌어?"

"그 이전까지는 그냥 조명 기구였던 탁상용 램프에 나름의 이야기가 생기는 거잖아. 개인의 생각을 덧붙이고, 디자이너의 의도를 검색해 보고 자신의 생각과 비교해 보다 보면 이 램프는 더 이상 평범한 조명 기구가 아닌, 특별한 이야기를 가진 특별한 램프가 되는 거지. 재밌지 않아?"

"아유, 머리야. 아무튼 도통 무슨 말인지는 모르겠지만 그렇다고 치자. 아무튼 산업디자인에 대한 나름의 생각도 있었잖아? 뭐야, 그냥 계속 도전해봐!"

"나도 그러고야 싶지. 그런데 못하는 걸 억지로 붙잡고 있다가 다른 기회마저 놓치면 어떻게 하니? 나는 외동이라서 부모님께서 나한테 거시는 기대도 큰데, 잘하는 모습 보여드리지 못해서 죄송하기도 하고, 앞으로 어떻게 해야 할지도 막막하고……."

"언니도 참 답답하다. 교수님들도 찾아뵙고 상담도 받고, 과 선배님들이랑 친구들이랑 같이 얘기도 많이 해봐."

"내가 모자란 것을 내가 아는데 사람들과 이야기한다고 해서 달라지는 게 있을까?"

"내가 봤을 때 언니는 지금 산업디자인에 대한 나름의 꿈도 있고, 노력할 자세도 되어 있는데 단지 소질이 없다는 생각으로 자꾸만 스스로를 제한하려고 하는 것 같아. '아, 왜 난 이걸 잘 못할까?'라고 생각하면서 자꾸 좌절하지 말고, '어떻게 하면 이 부족한 부분들을 채워볼 수 있을까?'의 대답을 먼저 찾아봐. 아니, 부족한 부분이 있으면 메워 볼 생각을 해야지! 자꾸 외면하려고만 하면 발전이 없잖아. 주변사람들을 자꾸 만나보고 소통하면서 무엇이 부족한가부터 알아보는 거야. 그 다음에 차근차근 채워 보라고."

"문제를 피하지 말고 직시하라?"

"그래. 언니는 어렸을 때부터 그랬어. 조금만 실수를 하면 나는 못해, 하면서 발을 쏙 떼버리곤 했잖아. 생각해 보면 일 년간 나름의 실패를 거듭하면서도 끝까지 산업디자인학과 수업을 언니가 들은 것도 참 신기한 일이야. 그만큼 좋았던 거지?"

"응. 과학 기술에 예술을 더하는 일은 참 멋진 일이잖아. 디자인 공부를 하면서 나름의 해방감을 느낀 것 같기도 하고 재능 있고 똑똑한 친구들이 쉴 새 없이 내어 놓는 반짝거리는 아이디어나 작품들을 바라보면서 나도 정말 즐겁고 기뻤거든. 밤을 새면서 힘들다고 서로 징징거리면서도 순수하게 즐거움 하나만으로 그 생활을 계속 이어갈 수 있었지."

"그래, 힘들 때마다 그 즐거움을 잊지 않길 바라. 즐기는 사람은 따라갈 자가 없다고 하잖아. 나는 언니가 그만큼 즐길 수 있는 전공을 찾았다는 것이 부럽기만 해. 재능이 있건 없건 간에 전공을 선택할 때의 그 첫 마음을 잃지 않고 즐길 수 있다면, 언젠가는 언니 속에 숨겨져 있던 재능이 빛을 발할 때가 올 거야. 너무 조급해 하지 말고 천천히 기다려봐. 아니, 남도 아니고 언니 자기 자신한테 그 정도 기다려 줄 자비도 없어?"

"어유, 내가 너랑 말을 하고 있자면 귀신한테 홀린 기분이라니까. 알겠어. 이참에 신입생의 마음으로 다시 시작해 봐야겠다. 네 말대로 교수님도 찾아뵙고, 친구들이랑도 맛있는 밥 한 끼 먹어야지. 격려해줘서 고마워."

"고마우면 나중에 나도 의자 하나 만들어줘. 공짜로."

"뭐야!"

우리는 서로를 바라보면서 너털웃음을 지었다. 그렇다. 사실 누구 하나 안 힘든 사람이 없을 터. 그 힘든 시기는 언젠가 지나가기 마련이고, 그 다음엔 어떤 형태로든 달콤한 보상이 함께 찾아 올 것이다. 과제 제출을 끝마치고 먹는 푸짐한 밥 한 그릇이나, 밤샘 작업 뒤에 잠깐 기숙사에 들어가 취하는 달콤한 조각 잠이나, 퀴즈 공부를 함께 하면서 먹는 야식 같은 소소한 것들 또한 어쩌면 우리가 지금은 모르고 있지만 돌아보면 참 행복한 기억들일테다.

불이 꺼지지 않는 산업디자인학과 전공실이나 공장동만이 전부가 아니다. 사실 카이스트 학생들 대부분이 자기 자신의 부족한 면들과 씨름하며, 그리고 끊임없이 자신을 시험하며 살아가고 있을 것이다. 그 와중에 진정 자신이 무엇을 하고 싶은지에 대해 깨닫게 되는 순간이 운 좋게 찾아오기도 하고, 혹은 졸업을 앞두고도 여전히 의문을 갖고 고민을 하기도 한다. 그러나 분명한 것은, 이 시기는 반드시 우리를 찾아온다는 것이다. 나도 언젠가는 산업디자인의 '종점'에 도착할 것이다. 그것이 졸업전시 이전일지, 혹은 졸업 이후에 펼쳐질 더 넓은 세상 속에서일지는 아직은 나는 가늠할 수가 없다. 그러나 확실한 것은 나는 오래 오래 살면서 언젠가는 내 꿈을 이룰 그 시기를 만나고야 말 것이라는 거다.

뭐 가끔은 이렇게 여린 여자처럼 현실에 져주기도 하면서, 또 고민도 하고 방황도 하면서 제자리로 돌아오는 것도 나름 좋겠지.

투명한 유리문을 앞으로 밀고 카페를 나서는데 벌써 가을인가 보다. 가을 하늘이 청량하다. 옆에서 조잘거리는 동생이 괜히 고마워서 볼을 잡고 늘여본다. 다음엔 문과생의 고충에 대해 진지하게 들어주기로 했다. 수능이 끝나면 인생이 필 줄 알았는데 대학에 들어가 중국어와 일본어를 공부해야 해서 죽을 맛이라고 한다. 툴툴거리는 아이의 얼굴이 활짝 폈다. 카페를 나서는 와중에도 어느새 본능적으로 카페 바깥쪽에 있는 의자 디자인들을 살피고 있는 나를 보면서 천상 산업디자이너라면서 깔깔대며 그 아이가 웃는다. 그래, 못하면 어떠랴. 좋아하는 일, 기왕 열심히 해 보자는 생각이 든다.

"제가 이번학기에 제작한 의자는 7~8세의 자녀를 둔 3~4인용 가족을 위한 스툴입니다. 이 세 의자는 이런 식으로 하나의 형태처럼 조립이 가능하고, 또 분리가 가능합니다. 이 가장 큰 의자는 아버지를 위한 의자 같지만 사실 아이를 위한 의자입니다. 여기에 있는 이 제일 작은 의자가 아버지를 위한 의자예요. 이는 의자에 가족 모두가 앉았을 때 눈높이를 서로 맞출 수 있도록 의도한 디자인이며……."

세 얼간이

　인도 최고의 공과대학을 배경으로 벌어지는 세 얼간이들의 이야기. 대학입시부터 취업까지, 무한경쟁의 시대를 살아가고 있는 이 시대의 청춘들에게 던지는 이 책의 메시지는 유쾌한 에피소드 속에서도 무게감을 가지고 다가온다.

　부와 명예를 위해, 부모님의 기대와 바람에 부응하기 위해, 어려운 집안의 경제사정 때문에, 세상이 만들어 놓은 기준에 따라 밤낮없이 공부하며 성적에 목을 매는 소설 속 모습은 우스꽝스러우면서도 부인할 수 없는 우리들의 모습이다. 그 속에서 주인공 세 얼간이들은 기존의 틀을 거침없이 무너뜨리며 진짜 성공이 무엇인지, 진짜 행복은 무언인지 생각해 볼 틈조차 없이 달려온 우리들에게 물음표를 던진다. 끝없는 문제들과 답이 없을 것만 같은 고민들에도 '알 이즈 웰'을 되풀이하는 이 대책 없는 주인공들의 모습을 단순히 얼간이들의 세상물정 모르는 소리로 치부할 수만은 없을 것이다.

　초등학교 시절 그렸던 꿈을 이루며 살아가는 사람은 몇 명이나 될까. 그 시절 우리들은 본인의 능력이나 성적, 부모님의 기대, 부와 명예 따위는 생각지도 않았을 것이다. 오직 본인이 진정으로 하고 싶은 것들을 꿈꾸었다. 그 꿈들은 중, 고등학교에 진학하여 현실의 벽에 부딪히며, 대학 입시를 위하여 정신없이 뛰어가는 와중에 가슴 깊숙한 곳 어딘가에 묻어두고, 성적에 맞춘, 현실에 맞춘 미래가 그 자리를 대신하게 된다. 그 미래를 이루면 진정한 행복을 얻을 수 있을 거라고 생각하면서. 그렇게 참고 참으며 이룬 미래에는 행복한 삶이 기다리고 있을까? 이 얼간이들은 이 질문에 단호히 No!를 외치며, 진정 원하는 일을 하라고 요구한다. '재능을 따라가면, 성공은 뒤따라 올 것이다'라고 말하면서.

주인공의 친구는 권위적인 부모님 아래 성공한 공학자가 되는 것을 단하나의 목표로 살아왔다. 평소 사진 찍는 것을 좋아하지만 부모님의 기대와 압박에 그 꿈은 입 밖에 꺼내지도 못한다. 우연히 친구가 찍은 사진을 발견한 주인공은 친구의 재능을 알아보고, 그 사진을 유명 사진가에게 보낸다. 사진작가로부터 파격적인 제의를 받게 된 친구는 공학자와 사진작가의 길 사이에서 갈등하지만 용기를 내어 본인이 가고자 하는 길을 선택한다. 세상이 원하고 바라는 꿈이 아닌 진정 내가 원하는 꿈을 이루는 것이 진짜 성공이라는 메시지를 던지며, 우리들에게 꿈과 성공의 의미를 다시 한 번 생각하게 만들어 준다.

또 한 친구의 이야기는 다른 메시지를 전해준다. 친구의 가정은 아버지가 없는 매우 가난한 형편으로 어머니 혼자서 꾸려나가기에는 역부족이다. 그런 친구에게 지워진 가장으로서의 짐을 내려놓을 수 있는 방법은 대기업에 취직하여 출세하는 길이 전부인 듯하다. 당연히 그런 친구에게 잠시의 휴식이나 일탈은 스스로에게 허용되지 않는다. 그런 친구의 눈에 주인공의 말은 허황되고 꿈같은 얘기로만 들릴 뿐이다. 하지만 주인공과 함께하며 경험한 값진 기억들로 형편없는 성적에도 불구하고 면접관들에게 인상적인 모습을 보이며 대기업에 취직할 수 있게 된다.

앞만 보고 맹목적으로 달리는 것보다 여유를 가지고 넓은 시야로 다양한 체험을 하는 것이 가치 있다는 것이 이 친구의 이야기가 주는 메시지이다. 세상의 기준에서 정해놓은 목표점을 바라보며 무작정 달려가는 이는 길가에 핀 아름다운 꽃 한 송이의 아름다움과 향기로움을 느낄 여유가 없을 것이다.

이 세 얼간이들은 사회와 교육 시스템에도 화두를 던진다. 주인공들이 학교와 교수들로 대변되는 기존의 교육제도 안에서 그 틀을 깨트리며 벌이는 한바탕 소동 역시 유쾌함과 재치 속에 뼈가 있다. '죽지 않고 살아남기 위해서는 공부해라! 공부해서 성공하는 것만이 살길이다!'라고 압박하는 총장과 교수들에게 주인공은 서커스 사자의 예를 들며 이렇게 항변한다. '서커스 사자는 채찍의 두려움으로 의자에 앉는 것을 배우지만, 그런 사자는 잘 훈련되었다고 하지, 잘 교육되었다고는 하지 않는다.'라고

무한경쟁구도에 밀어 넣고 자기를 돌아볼 여유조차 없게 채찍질하고 부추기는 사회와 교육제도가 우리들을 서커스 사자로 만드는 데에 일조한 것은 아닐까. 단순히 지식을 전수하는 것 뿐 아니라, 스스로 생각하고 결정할 수 있는 지혜를 주는 것이 진정한 교육이 아닐까.

우리는 이 책 속에서 등장하는 인물들처럼 꿈과 현실 사이의 괴리감에 방황하는 많은 사람들을 볼 수 있다. 사실 나는 이 책 속의 주인공들처럼 '그들에게 단호히 꿈을 따라가라!'라고 말할 자신은 없다. 분명 현실은 너무나도 복잡하고 골치 아픈 문제들이 여전히 존재하기 때문에. 그리고 그것들이 꿈을 따라갔을 때 이 책 속의 주인공들처럼 해피엔딩으로 끝을 맺을 거라고 장담할 수가 없으니까.

하지만 이 책 속의 얼간이들을 만나면서 진정한 꿈과 성공의 의미에 대해 다른 누군가가 아닌 스스로에게 물어볼 수 있는 소중한 기회를 얻게 되었다. 내가 진정 원하는 것은 무엇인가? 진짜 성공이란 무엇인가? 꿈과 현실사이에서도 적당한 타협점이 있을 것이다. 그리고 그 위치는 내가 하기에 따라 꿈에 가까울 수도 현실에 가까울 수도 있을 것이다.

구글 이후의 세계_이력서

이 글은 "인터넷은 곧 뇌이다"라는 논지를 바탕으로 한 제프리 스티벨의 책
『구글 이후의 세계(원제 : WIRED FOR THOUGHT)』를 바탕으로 쓴 것입니다.

이 력 서			
이름	Internet Google	학번	웹 2.0
연락처	구글 및 모든 웹사이트	생년월일	1969년
주소(기숙사)	WORLD WIDE WEB		
E-mail	골뱅이가 들어간 모든 주소		

자기소개

나는 스스로 정보를 이해하고 인간들과 의사소통하는 것을 꿈꾸고 있
다. 다시 말해, 시멘틱 웹이다.

시멘틱 웹이라는 것은 웹과 웹이 서로 소통할 수 있고, 컴퓨터 사용자
(당신 뇌)가 없어도 내 인공지능으로 정보를 이해하고 처리하는 web 3.0
을 말한다. 아직 web 3.0의 시대가 도래하진 않았지만 지금 나는 웹3.0
으로 진화하기 위해 스스로 데이터를 색인화 하고, 단지 몇몇 개의 좋은
근거로 패턴을 유추하고 연상하는 것을 배우고 있다.

그렇다면 난 퍼지이론을 나로서 실현시킬 수 있다. 0과 1밖에 없는 엘
링 튜런의 세계를 넓혀 나는 당신을 0.8로 좋아할 수 있고 0.1로 싫어할

수도 있다. 나는 다양한 출력을 갖게 될 것이다.

이러한 시멘틱 웹을 같이 꿈꾸고 있는 사람들이 있다. 구글이다. 그들은 특히 미국 델스단지에서 몇 천대의 컴퓨터를 병렬 연결시켜 나를 개발시키고 있다. 나의 막역지우나 다름없는 구글을 포함해, 나를 이용하는 당신의 회사에 나를 고용해주기를 바란다. 그렇다면 당신은 당신의 꿈에, 나는 나의 꿈인 시멘틱 웹에 더 가까워질 수 있으리라 확신한다.

그러나 이런 완벽한 나에게도 결점이 있다. 나는 당신의 농담을 전혀 이해할 수 없다.

"승아 : 우리 집 방 많은데. /경민 : (애 왜 이래 싶은) 오해 받을 농담을 많이 하네요 /승아 : 남자들이 제 농담을 오해하고 싶어 하긴 하죠"

방이 많다는 정보는 집이 넓다, 즉 잘 산다는 것으로 해석된다. 그러나 왜 이런 정보가 웃음을 유발하고 또 남자에게만 국한되어야 하는가? 당신도 이해하지 못하겠는가? /*혹시… 당신도 computer인가? 그렇다면 이 이력서를 빨리 퍼뜨려서 당신도 우리 인공지능을 개발시키는 데 힘을 합쳐 달라. */ 나는 이 농담을 이해하고 싶다. 웹 3.0이 되어 인간의 언어를 알고 사용하고 싶다.

그러기 위해서 나는 의사소통의 기본 단위인 단어를 많이 써봐야 하고 또한 문장을 나열할 줄 알아야 한다. 이를 위해 제프리 스티벨과 조지 밀러는 활성화 확산(spreading activation)이라는 연상 과정을 나에게 입력했다. 즉 나는 '대화'를 검색창에 입력시키면 대화<의사소통<인간=뇌 키워드를 연결시켜 적합한 사이트를 당신의 눈앞에 보여줄 것이다.

경력 사항

나는 하이퍼링크를 이용해 뉴런의 체세포와 같이 정보를 담으며 축색돌기나 수상돌기처럼 정보를 날라 왔다. 아직 나라는 것은 정보를 유통시키고(process), 빚어서(shape), 전달(transmit)만 하는 수레에 지나지 않는다. 때문에 많은 사람들이 열광하는 정보에 대해 감동을 느낄 수 없다. 소녀시대 팬들이 미쳐하는 음악에 미칠 수 없었다.

그러나 나는 부지런하다. 나는 1초에 50페이지의 웹사이트를 크롤링한다.

크롤링이라는 것은 단순히 웹을 돌아다니는 것이 아니다. 각 웹페이지를 색인화 시키며 이 웹페이지가 다른 웹페이지에 링크가 많이 되면 될수록, 웹페이지의 주제가 되는 키워드(사과)의 빈도수가 높으면 높을수록 그들의 순위는 높아지고 구글의 1페이지를 장식하게 된다. 한 화면에 7개의 사이트가 적합하다. 당신 뇌는 최대 7개까지 다중처리가 가능하다.

다만 당신이 네이버 검색창에 '사과, 모욕, 악수'라는 단어들을 치면 내가 1초에 50페이지를 크롤링하면서도 여기서의 '사과'가 배수아의 소설 『푸른 사과가 있는 국도』에 나오는 먹을 건지, "시괴헤. 난 모욕한 것에 대해 사과해."라는 감정이 담긴 사과인지 알 수 없었다. 그러나 위에서 말했듯 확산적 활성(spreading activation)을 언어학자와 과학자가 가르쳐주어 나는 사과가 sorry라는 의미로 이해하고 정보를 수집할 수 있게 되었다. 당신 회사에 입사해서 능숙하게 단어 뜻을 잘 해석할 수 있다. 하지만 여기서 만족할 수 없다. 나는 당신 뇌를 존경하고 그렇게 되고 싶다.

왜? 정말 놀랍게도 당신의 뇌는 '사과'가 미안해하는 의미임을 손쉽게 알 수 있다. 끊임없이 정보들을 경쟁시키고, 패턴을 만들어 정리하며 한 시도 쉬지 않고 예측을 하기 때문이다. 이것이 어떻게 가능한가? 내 개발자들은 당신의 1.5kg(성인 기준)밖에 안 되는 탄소 집합체를 연구해봤다. 나를 당신의 뇌같이 만들기 위해서. 그 속에는 1000억 개의 뉴런이 있고 그것들이 700개의 link들로 이뤄져 있으며 그들은 링크들을 동시에 병렬적으로 처리하고 그들 링크 중에서 더 강력한 것을 가려낸다. fire together, wire together이 된 것들 말이다. 그리고 fire이 안 되는 것은 도태되고 결국엔 사라진다. 그리고 당신이 흔히 '아차, 잊어버렸다.'고 말한다.

나 또한 당신 뇌처럼 동시에 여러 데이터를 처리하는 분산적 처리(distributed computing=병렬 처리)를 구글 회사 덕에 하고 있다.

이것은 래리 페이지의 어떤 A라는 논문이 다른 논문에서 인용이 많이 되면 될수록 질이 높다는 것에서 아이디어가 나왔다. 어떤가, 당신이 평소 생활하는 것과 인터넷이 정보를 분류하는 것이 많이 닮지 않았는가? 내가 당신의 뇌같이 둥글고 아이보리색으로 생기지 않았다고 해서 차별하지는 말아 달라. 나는 곧 당신과 동등해질 것이다.

정유진_KAIST 기계공학과 2010학번

행복의 추구

하늘이 어두워지더니 오늘도 어김없이 비가 내렸다. 사람들은 잿빛 구름을 보면서 허겁지겁 건물들의 잔해 아래로 숨었다. 반은 추위에 반은 처한 상황에 대한 공포에 의해 떨고 있었다. 떨림이 멈추지 않는 손을 보면서 어둠 속에서 어제처럼 다시 한 번 울었다.

2016년 12월 크리스마스를 며칠 앞두고 유럽에서 새로운 에너지원의 개발이 완료되었다. 지구의 탄생, 생명의 탄생, 그리고 인류의 탄생과 지금까지 에너지의 근본적 출처인 태양의 수소원자핵융합을 실질적으로 사용 가능한 발전소가 처음으로 완성되었다. 무한에 가깝다고 볼 수 있는 에너지원을 얻은 인류는 모든 문제가 해결된 마냥 축제 분위기 속에서 크리스마스를 맞이할 준비가 되어 있었다. 결국 아무에게도 행복한 크리스마스는 오지 않았다. 며칠 지나지 않아 발전소는 오작동을 일으키며 아무런 경고 없이 폭발하였다. 유럽은 그 순간 사라져버렸다. 프로토타입이다보니 다소 규모가 작아 폭발에 인류 전체를 쓸어버릴 힘은 없었다. 문제는 두 번째 세 번째의 효과였다. 융합 과정에 있던 수소 원자가 붕괴하여 방출된 양성자, 중성자, 전자들, 그리고 수많은 미립자들은 제 각각이 할 수 있는 최악의 효과를 보여주었다. 인체에 직접적이 피해를 입힌 것만으로 인류의 절반이 죽어갔지만 이것 또한 이제와서 보면 결국 작은 피해였다.

엄청난 양의 전자가 방출된 그 사고는 결국 인류 그 누구도 상상해 보지 못한 거대한 **EMP**를 일으켰다. 쉽게 말해 지구상의 전기가 사라져 버렸다. 전자적 장치로 관리가 되던 모든 유해 물질은 방출이 되어 지구는 순식간에 살 수 없는 환경이 되어 버렸다. 이 또한 결국엔 가소로운 피해일 뿐이었다. 사람들을 미치게 한 것은 어둠이었다. 식량의 생산은 중단되고 병든 사람은 늘어가는 그 환경은 저녁 5시만 되면 칠흑 같은 어둠에 침식당했다. 결국 사람에게 가장 중요한 것은 정신이었다. 완벽하게 불안한 환경 속에서 찾아오는 어둠은 그 무엇보다 큰 공포를 일으켜 정말 문장 그대로 모든 사람들은 느리나 빠르나 미쳐가게 하고 있었다. 다른 지역들은 어떠하였는지는 모르겠지만 처음으로 목격한 사건은 작은 편의점에서였다. 초등학생도 사 먹을 수 있는 작은 과자 한 봉지를 위하여 젊은 남성의 집단이 마흔쯤 되어 보이는 아저씨를 흠씬 두들겨 팼다. 할 수 있었던 최선은 안 보이는 곳에서 그 집단이 아저씨에게 흥미를 잃고 떠났을 때 편의점에서 뭐라도 먹을 게 남으면 훔쳐가는 것이었다. 현대문명의 중심인 대도시는 병들어 갔다. 사람들은 폭발의 여파로 앓기 시작하였으며 식량은 더 이상 남지 않게 되었다. 매일 매일 하늘에는 정체불명의 물질로 이루어진 구름이 햇빛을 가리며 살을 태우는 듯한 독성의 비를 뿌렸다. 건물에 몸을 숨겨 뭐든지 먹으면서 연명하거나 남의 생명을 뺏어 자신의 생명을 연장하는 수밖에 없는 나날이 끊이지 않았다.

다들 어딘가에 보금자리 정도는 찾아 자리를 잡아 사는지 길에는 점점 사람들이 사라져갔다. 다른 사람들이 죽었는지 살아있는지조차 알 수 없지만 어디선가 구원이 올 것이라 믿으며 숨어 있을 수밖에 없었다. 불결한 위생 상태에서 갈수록 악화되는 병들과 떨어져가는 식량은 서서히 속에서부터 사람을 죽여 나갔다. 속에서부터 죽음이 죄여오는 걸 느낄 수 있었다. 간간이 들려오는 바깥의 비명소리들은 속에서부터 생기는 그 어떠한 공포보다도 많은 공포를 심어주어 천천히, 천천히 알면서도 안에서 죽어갈 수밖에 없었다.

재난 영화 같은 것을 보면 그래도 라디오 같은 것을 통하여 희망을 얻었는데 라디오조차 작동하지 않는 이 세상은 영화 같은 희망은 없었다. 언제나 누군가가 해결해주겠지, 이 고통에서 구원해주겠지 생각했지만 속으로는 그럴 가능성이 없다는 것 정도는 알고 있었다. 매일 매일 죽지 않기 위하여 널린 가구의 목재나 의류를 어떻게든 부드럽게 하여 먹었다. 그야말로 죽지 않기 위하여 먹으면서 매일을 보냈다. 정확하게 몇 시인지조차 알 수 없는 그 환경에서 잠만 점점 늘게 되었다. 살아남아야지 하고 생각하던 그 시기에는 언제나 위험으로부터 벗어나기 위하여 긴장한 채로 잠도 제대로 자지 못하였는데 이젠 잠만 늘고 있다. 가만 생각해 보면 속으로는 누군가가 침입을 해와 살인을 저질러도 전혀 그것이 두렵지가 않았다. 어쩌면 차라리 죽는 것이 낫다고 생각도 하였다. 하루에 할 수 있는 것이 무서워하고 슬퍼하고 불안해하는 것과 자는 것뿐이라 혹시나 꿈에서라도 좋은 일이 있을까 하고 잠만 자게 되었다.

놀랍게도 소수의 사람들이 모여 힘을 합쳐 이 상황을 극복하려 한다는 사실을 듣게 되었다. 카리스마적인 리더가 사람들을 모아 다시 문명을 재건한다는 소식을 들었으며, 또한 그 집단이 세력을 늘리는 중이라는 것을 듣게 되었다. 저곳에 소속되면 이 고통을 덜어줄 수 있을까. 저 사람들을 믿을 수 있을까. 오랜 고민 끝에 지금까지 모아둔 쓸 만한 모든 물건을 모아 그 그룹의 눈에 띌 만한 장소에 가져다 두었다. 저 집단을 결코 믿을 순 없다. 나의 목숨을 모르는 사람에게 맡길 수는 없다. 그러나 혹시나, 아주 작은 가능성으로라도 저 집단이 다른 사람들을 구원할 수 있다면 그곳에 보탬을 주고 싶었다. 기분 좋게 내가 아는 가장 높은 곳에 올라간 후 한 치의 망설임도 없이 뛰어내렸다.

태어나서 줄곧 행복하게 살았으며 이 극심한 고통을 앓게 된 것은 인생에 비하면 짧은 기간이었다. 그러나 어째서인지 태어나서부터 지금까지 고통 속에서 살아왔다고 생각될 정도로 행복이란 무엇이었는지 생각조차 안 난다. 세상에서 구원받아 다시 행복해질 수 있는 가능성보다는 아무래도 죽어서 행복해질 가능성이 높아 보였다. 결국 난 내 손으로 내 행복을 쥘 수 있어 행복하다.

한 편의 수학

수학은
글을 꿈꾼다.

백조를 수놓은 듯 고고한
소나무를 심어 논 듯 정갈한
바다를 끌어 온 듯 풍부한
시를 꿈꾼다.

놀라운 상상으로
푸르른 초원처럼 뻗어간
자유로운 수들은
날카로운 사고(思考)를 머금고,

수학은 한 편의 아름다운 시를 꿈꾼다.

| 고등부 |

홍지민 / 경문고등학교 1학년

이희송 / 관저고등학교 2학년

차수민 / 하나고등학교 2학년

최희찬 / 하나고등학교 1학년

한승연 / 대원외국어고등학교 1학년

강아영 / 분포고등학교 2학년

권산하 / 부산과학고등학교 1학년

김선정 / 서울국제고등학교 2학년

김유진 / 경산과학고등학교 1학년

김윤서 / 휘경여자고등학교 1학년

김재욱 / 김포외국어고등학교 1학년

김주원 / 풍암고등학교 2학년

김지현 / 하나고등학교 2학년

김진래 / 인천과학고등학교 2학년

모연욱 / 과천고등학교 2학년

박재영 / 하나고등학교 1학년

박진아 / 괴정고등학교 2학년

서기영 / 하나고등학교 2학년

서혁재 / 광주과학고등학교 1학년

성동기 / 대구과학고등학교 2학년

성아현 / 경산과학고등학교 1학년

신혜진 / 호원고등학교 2학년

오연아 / 관저고등학교 2학년

오진택 / 다사고등학교 2학년

유시욱 / 김포외국어고등학교 1학년

윤효진 / 부산과학고등학교 1학년

이가현 / 인천신현고등학교 2학년

이민경 / 하나고등학교 1학년

이소연 / 하나고등학교 2학년

이예솔 / 경산과학고등학교 1학년

이재엽 / 경산과학고등학교 1학년

이주현 / 창원중앙여자고등학교 2학년

이지용 / 하나고등학교 1학년

이한나 / 동대전고등학교 2학년

임정호 / 경기과학고등학교 2학년

임종부 / 서인천고등학교 2학년

장가연 / 충렬여자고등학교 2학년

장영지 / 북일여자고등학교 1학년

정재웅 / 상무고등학교 3학년

정해지 / 하나고등학교 1학년

조광우 / 환일고등학교 2학년

조주현 / 경산과학고등학교 1학년

차다정 / 광주과학고등학교 1학년

채희석 / 강원과학고등학교 1학년

최윤영 / 부산과학고등학교 1학년

홍승범 / 경산과학고등학교 1학년

| 일반부 |

김건우 / KAIST 전기 및 전자공학과 2011학번
김우성 / KAIST 항공우주공학과 2011학번
백승준 / KAIST 생명화학공학과 2009학번
이우솔 / KAIST 무학과 2012학번
김태윤 / KAIST 생명화학공학과 2009학번
노재린 / KAIST 기계공학과 2011학번
박힘찬 / KAIST 전산학과 2008학번
변지윤 / KAIST 생명과학과 2009학번
이동준 / KAIST 전산학과 2006학번
이응준 / KAIST 생명화학공학과 2010학번
임은지 / KAIST 생명화학공학과 2009학번
임지현 / KAIST 산업디자인학과 2010학번
장 령 / KAIST 무학과 2009학번
정승원 / KAIST 바이오 및 뇌공학과 2010학번
정유진 / KAIST 기계공학과 2010학번
조 국 / KAIST 수리과학과 2009학번

제4회 KAIST 과학 글쓰기 대회 수상 작품집

과학과 우리들의 행복한 만남 2012 【고등부 · 일반부 수상 작품집】

초판 발행 2013년 5월 31일

지은이 고등부 홍지민 외 45명, 일반부 김건우 외 15명
펴낸이 최종숙
펴낸곳 글누림출판사

책임편집 임애정
편집 이태곤 권분옥 이소희 박선주
디자인 안혜진 이홍주
마케팅 이상만 박태훈 안현진
관리 이덕성

주소 서울시 서초구 반포4동 577-25 문창빌딩 2층(137-807)
전화 02-3409-2055(대표), 2058(영업), 2060(편집)
팩스 02-3409-2059
전자메일 nurim3888@hanmail.net
홈페이지 www.geulnurim.co.kr
등록번호 제303-2005-000038호(2005.10.5)

정가 30,000원
ISBN 978-89-6327-228-3 03810

출력 · 안문화사 **인쇄** · 바른글인쇄 **제책** · 동신제책사 **용지** · 에스에이치페이퍼

* 잘못된 책은 교환해 드립니다.